전전戰前 세대의 전후 인식

전전戰前 세대의 전후 인식

전전戰前 세대의 전후 인식

안 미 영

도서출판 역락

서 문

근대를 풍미한 작가들은 한국전쟁 이후 현실을 어떻게 바라보았나

1. 연구 목적과 문제의식

한국문학사에서 근대 작가들은 문사(文士)로서, 그들 자체가 생생한 근대 미디어(midea)의 위상을 가지고 있다. 근대 교육을 착실하게 받고 그것을 자신의 언어로 나타낼 수 있었던 근대 문인들은 그들 자체가 이미 근대를 대표하는 미디어였다. 그들은 근대를 인식하는 인식체인 동시에 전달자였다. 조연현이 『한국현대문학사』를 전개하면서, '이광수와 최남선의 문학'을 문학사의 한 장으로 설정한 것처럼,[1] 우리 문학사에서 호명되는 염상섭, 이기영, 김동리 등의 근대 문인들은 한 사람의 소설가로서 그 의미를 창출하면서 동시에 1920~30년대의 '근대'를 대표하는 미디어로서 근대문학사의 성격을 형성하고 있다.

그렇다면, 1920년대 혹은 1930년대 등단하여 근대문학사의 성격을 형성해 나간 문인들이 이후 한국문학사에서는 어떠한 역할을 담당하고 있었는

---

1) 조연현은 『한국현대문학사』(성문각, 1969)를 총 6장으로 나누고, 특히 3장에서는 '최남선과 이광수의 문학'을 따로 장을 설정하여 1920년대 한국근대문학의 성격을 보여주고 있다.

가. 이러한 문제의식으로, 이 책에서는 다음과 같은 목표에 근접했다. 첫째, 근대문학사를 화려하게 장식했던 작가들이 한국전쟁 이후에는 어떤 작품을 남겼는지 살펴보았다. 우선 그들의 작품 중에서 발굴되지 않았거나 제대로 언급되지 않았던 작품을 찾아내고, 논의대상으로 삼았다. 둘째, 전전(戰前) 세대 작가들의 작품은 전후(戰後) 남한 문학사에서 어떠한 도덕적 지평을 만들어 나갔는지 살펴보았다. 셋째, 전전 세대는 사회의 안정과 모럴 수립을 위해 어떤 이데올로기를 지향하고 있었으며, 나아가 그들의 소설에서 분단극복의 가능성과 남북한 공통의 민족정체성이 어떻게 구현되고 있는지 살펴보았다. 이러한 목표에 도달하기 위해 이 책에서는 그들을 총칭 '전전 세대 작가'로 명명하고, 개별 작가들의 전후 소설을 구체적으로 살펴봄으로써 1950년대 소설사에서 전전 세대 작가들이 차지하는 의의를 재고해 보았다.

2. '전전(戰前) 세대'의 개념과 범주

'전전 세대'라는 작가의 개념과 범주를 소개하기 앞서, 1950년대 활동하던 작가들에 대한 명칭을 분류해 보면 다음과 같다. 김병익은 1950년대 작가를 전전(戰前)·전중(戰中)·전후(戰後) 세대로 구분한다. 전전의 작가로는 김동리·황순원을 소개하고, 전중의 작가로는 손창섭을, 전후의 작가로는 서기원·하근찬 등을 소개한다.[2] 권영민은 전후에 활동하던 문인을 '기성 문단 작가'와 '전후 세대 작가'로 구분한다. '기성 문단 작가'로는 김동리·황순원·안수길·최정희·이무영·박화성·박영준·임옥인·최태응 등을 들고, '전후 세대 작가'로는 손소희·한무숙·오영수·손창섭·유주현(해방

---

2) 이외 1960년대 최인훈, 1970년대 홍성원·윤흥길·김원일에 대한 소개도 있지만, 이 글에서는 1950년대 작가들만을 소개한 것이다. 김병익, 「분단문학의 문학적 전개」, 『문학과 지성』, 1979, 봄호, 84~99면.

직후등단)·장용학·박연희·강신재·이범선·김광식·정한숙·전광용·김성한·선우휘·박경리·이호철·한말숙·정연희·오유권·오상원·하근찬·서기원·최일남·최상규·이문희·박경수 등을 든다.3) 송하춘은 1950년대 작가를 네 층위로 세분한다. ① 신문학 초기부터 1920~30년대를 거쳐 1950년대까지 창작활동을 한 원로, ② 1930년대 후반에 등단하여 이전 작가들과 함께 동시대를 살며 적극적인 의욕을 지닌 작가, ③ 1940년대 후반에 등단하였으나 6·25로 일시 중단했다가 다시 신인으로 시작하는 젊은 작가, ④ 휴전 이후 새롭게 발행된 잡지와 신문의 신춘문예를 통해 등단한 작가로 각각 세분한다.4) 이외 김윤식은 '6·25 체험'을 기준으로 '체험 세대', '유년기 체험세대', '미체험 세대'로 구분하고 1950년대 이후 한국문학사를 총괄한다.5)

전후에 활동하던 작가들에 대한 다양한 명명법을 참조하여, 이 책에서는 '전전 세대 작가'를 6·25체험 세대이면서 해방이전 구체적으로 말하자면 1920~30년대에 등단하여 1950년대 이후까지 창작 활동한 작가들을 명명

---

3) 권영민, 『한국현대문학사―1945~1990』, 민음사, 1994, 144면.

4) 송하춘, 「1950년대 한국 소설의 형성」, 『1950년대의 소설가들』, 나남, 1994, 13~30면 참조. ①의 범주에는 박종화·염상섭·계용묵·박화성·이무영·전영택·이주홍·주요섭, ②의 범주에는 김동리·황순원·안수길·곽하신·김광주·김송·박영준·이봉구·정비석·최인욱·최정희, ③의 범주에는 강신재·박용구·김성한·서근배·손소희·오영수·손창섭·유주현·윤금숙·임옥인·장용학·한무숙, ④의 범주에는 안동민·전광용·최현식·이병구(조선일보)/정연희·천승세·성학원(동아일보)/오상원·정한숙·하근찬(한국일보)/이범선·박경수·이호철·선우휘·박경리·오유권·김광식·서기원 등을 소개하고 있다.

5) 김윤식은 '체험 세대'의 작품으로 염상섭의 「취우」(1953), 박영준의 「용초도 근해」(1953), 손창섭의 「비오는 날」(1953)을 들고, '유년기 체험세대'의 작품으로 김승옥의 「환상수첩」(1962), 윤흥길의 「장마」(1973)를 든다. '미체험 세대'의 작품으로 선두에 임철우의 「아버지의 땅」(1984)이 있지만 이미 그들에게는 아버지 세대와 다른 그들만의 절실한 세계가 따로 있음을 시사한다(김윤식, 「6·25 소설의 원점」, 『우리 소설을 위한 변명』, 고려원, 1991, 282~285면. 「6·25전쟁문학―세대론의 시작」, 『1950년대문학연구』, 예하, 1991, 11~39면 참조. 이동하도 전후 세대를 체험세대(제1세대)―오상원의 「유예」, 유년기 체험세대(제2세대)―김원일의 「어둠의 혼」, 미체험세대(제3세대)―임철우의 「곡두운동회」 등으로 구분하여 파악하고 있다(이동하, 「분단소설의 세단계」, 『분단문학비평』, 청하, 1987).

한 것이다. 지금까지 전후 문단에 대한 연구는 다양하게 전개되고 있지만, 주로 '전후 세대 작가'를 중심으로 논의되었다. 한국문학사에서는 한국 전쟁을 겪으면서 청춘기를 맞은 전후 세대 손창섭, 장용학, 선우휘, 이호철 등 소위 신세대 작가들의 작품경향(당대 사회를 거부·비판하고 주로 실존의 문제를 다룸)을 1950년대 소설사의 특징으로 일반화하고 있다. 그렇다고 해서 전전 세대의 작품을 다룬 논의가 아예 없는 것은 아니다.6) 전전 세대의 전후 작품은 주로 '분단의식'이라는 주제아래 분단문학사의 초기 형태로 논의되거나,7) '종군체험'을 중심으로 전전 세대 작가들의 소설이 집중적으로 다뤄지고 있다.8)

일련의 선행연구에도 불구하고, 전전 세대의 작품은 전후 세대의 작품과 비교해 볼 때 1950년대 문학사의 중심에 놓여 있지 못하며, 전전 세대에 관한 논의의 대부분은 김동리, 황순원, 안수길, 이무영, 박화성 등을 중심으로 한 작가론이 주종을 이룬다. 이들을 제외한 최태응, 김이석, 김말봉, 정비석 등에 관한 논의는 협소하다. 그런 의미에서 필자는 1950년대 전전 세대 작가의 소설을 통해 그들이 전후 현실을 어떻게 인식하고 있었는지 살펴보고, 그들이 1950년대 소설사에 남긴 의의를 살펴보고자 한다. 남북한 통일문학사의 기초를 다지기 위해, 우리는 전전 세대의 소설에 나타난 분단이전의 감수성과 분단 극복의지에 주목해야 할 시점에 이르렀다.

---

6) 김영택은 전전 세대의 전후 작품을 1950년대 문학사에 부각시키고 있다(김영택, 「전쟁체험의 소설화에 대한 일 고찰－전전세대 작가의 작품을 중심으로」, 『선청어문』 23, 서울대 사범대 국어교육과, 1995. 4). 김영택은 1950년대 문학연구의 일환으로 전전 세대(구세대)와 전후 세대(신세대)를 각각 세분한 후, 전전 세대인 염상섭(『취우』)과 김동리(「귀환장정」, 「흥남철수」, 「밀다원시대」, 「실존무」), 황순원(「인간접목」, 「나무들 비탈에 서다」)의 작품을 언급하고 각각의 의미를 밝힘으로써, 기성 문인 작가의 작품을 1950년대 문학의 일 범주 속에서 확인한 바 있다.

7) 유임하의 『분단현실과 서사적 상상력－한국현대소설의 분단인식연구』(태학사, 1998)는 '분단인식'이라는 주제 하에 염상섭과 김동리 등을 전후 세대 작가들과 동일선상에서 다루고 있다. 이봉일은 『1950년대 분단소설 연구』(월인, 2001)에서 1950년대 분단 소설의 성격을 논하면서 염상섭, 곽학송, 황순원 등의 작품을 대상으로 삼고 있다.

8) 신영덕, 『한국전쟁기 종군작가 연구』, 국학자료원, 1998.

1부에서는 김말봉(1901~1962), 안수길(1911~1977), 정비석(1911~1991), 황순원(1915~2000), 김동리(1913~1995)의 전후소설을 대상으로 전전 세대의 대중성과 도덕적 지평에 주목해 보았다. 2부에서는 염상섭(1897~1963)과 한설야(1901~1963), 최태응(1917~1998?), 김이석(1914~1964), 이기영(1895~1984)의 전후 소설을 대상으로 전전 세대의 분단극복 의지와 민족정체성에 대해 살펴보았다. 1950년대 남한의 작가는 재남(在南) 작가와 월남(越南) 작가로 나눌 수 있으며, 월남 시기에 따라 그들은 해방전후와 한국전쟁직후로 구분할 수 있다. 김말봉[부산]과 염상섭[서울]은 재남 작가이며, 정비석은 해방 이전부터 남한에 있었고 최태응·안수길·황순원 등은 해방직후 월남한다. 이례적으로, 김이석은 한국전쟁시[1·4후퇴] 월남한다. 월북작가의 경우 한설야가 함남 함흥 출생인 반면, 이기영은 충남 아산 출생으로 해방과 더불어 월북한다. 이러한 차이에도 불구하고, 전전 세대 작가들은 공통된 주제를 통해 동일한 지점을 바라보고 있다. 그들 모두는 '고향에 대한 향수'와 더불어 정서적 공동체를 기억하고, 부락 공동체의 삶을 지향한다.

3. 전전 세대의 특수성과 한계

전전 세대 작가들의 작품을 논하기 앞서, 우선 전전 세대 작가들의 특수성을 지적해 둘 필요가 있다. 첫째, 그들은 1910년대를 전후하여 출생했으며 조선의 식민지 체험을 온전히 겪은 세대이다. 전전 세대에게 있어서 '식민지(1910~1945) 체험'은 '한국전쟁(1950~1953) 체험'을 불식시킬 정도로 큰 의미를 가진다. 그들은 부모세대로부터 '청일전쟁(1894)', '러일전쟁(1902. 4~1905. 9)'을 추체험했으며 그들 자신은 '만주사변(1931)'과 '중일전쟁(1937~1945)', '태평양전쟁(1941~1945)'을 직·간접적으로 체험한다. 그들은 식민지 조선과 그 인근에서 벌어지는 국제전을 관망하면서 성장한다. 그러므로 전전 세대 작가들의 원체험은 한국전쟁보다 훨씬 앞선 제국의 식민지 체험에 뿌리를 두고 있다.

예컨대, 안수길은 자신의 체험에 의거하여 『통로』(『현대문학』, 1968. 11~1969. 11)에서 함경도 함흥지방을 배경으로 과도기 조선의 풍경을 가감없이 보여 준다. 영문도 모르고 동학교도가 되는 가족들의 모습, 러일전쟁 당시 함흥에 주둔하던 아라사인들의 실태, 이들을 쫓기 위해 나타난 일병들, 구식 무기와 무기력으로 힘을 잃은 조선 병졸들의 모습이 사실적으로 나타나 있다. 조선의 나약한 백성들은 러시아 군대와 일본 군대가 나타날 때 마다 거듭 보따리를 싸야 했고, 두메산골로 피난을 떠나야 했다. 그런 의미에서, 전전 세대가 한국전쟁을 바라보는 관점은 역사적이고 통시적임을 알 수 있다. 그들은 전대 동아시아 역사의 연속선상에서 한국전쟁을 바라본다. 그들에게 '한국전쟁'은 불완전했던 전대 역사가 초래한 부산물로서, '삶의 장애'는 될지언정 '삶의 방식'을 바꿀 정도의 심각성은 띠고 있지 않다.

둘째, 이 글에서 다루려는 전전(戰前) 세대 작가들은 1920~30년대를 전후하여 문단에 등단한 세대이다. 그들의 문학적 감수성과 청춘의 센티멘털은 식민지 근대와 부모 세대의 영향 아래 형성된 것이다. 이러한 사실은 그들의 글쓰기가 어디에 기원을 두고 있는지 시사해 준다. 개인적으로 그들은 식민지 조국에 대한 센티멘털을 소설 쓰기로 승화시켜 나간 세대이다. 아울러, 그들은 조선 왕조의 백성이던 부모 세대로부터 전대(前代)의 윤리를 체득한 세대이기도 하다. 그러므로 소설을 창작하는 그들의 의식 기저에는 '전대의 규범과 질서'가 자리 잡고 있다. 그들은 배일(排日) 사상은 물론, 전통적인 유교 의식을 소설의 모럴로 삼고 있다. 예컨대 정비석은 「자유부인」 (『서울신문』, 1954. 1. 7~8. 6)에서 '직업여성'보다는 '가정부인'으로서 여성의 모럴을 강조하고 있다. 최독견은 「애정능선」(『영남일보』, 1956. 4. 16~1956. 10. 10)에서 개인의 욕망을 초월하여 자식의 미래를 근심하는 '전쟁미망인 (장한경 마담)의 모성애'와 딸을 사랑하는 '실업가(김창구 사장)의 부성애'를 강

조하고 있다. 이 작품에서 근무 중이던 청춘 남녀가 창밖 덕수궁에서 들려오
는 애국가 소리를 들으며, '어버이 날'을 의식하는 장면은 이채를 띤다.[9]

셋째, 그들은 한국전쟁 이후에도 지속적으로 작품을 발표한다. 그들의
작품활동은 1960년대, 나아가 1980년대까지 지속되고 있다. 월북한 한설야
와 이기영의 경우 북한현대문학사의 중추에서 오랫동안 창작활동을 했다.
전전 세대 작가 염상섭, 정비석, 김말봉, 최태응 등은 1920~30년대에는 각
각 개성적인 면모를 보이면서 문단에 등장하지만, 1950년대 접어들면 특별
한 개성을 보이지 않은 채 풍속 소설을 쓴다. 전전 세대 작가는 전중과 전
후 시기에 생활비를 마련하고자, 신문과 잡지에 대중적인 소재의 소설을
연재한다. 김말봉의 경우 3편의 신문연재소설을 한꺼번에 쓰다보니, 동일
한 시기에 발표한 소설에는 동일한 모티프와 동일한 캐릭터가 반복적으로
양산되기도 했다. 이러한 경향은 1960년대까지 지속된다. 1970~80년대에 이
르면, 전전 세대 작가는 도시 문명을 비판하는 소설을 쓰기도 하지만, 주로
역사소설과 야담류를 집필하게 된다. 황순원의 「신들의 주사위」(『문학과지성』,
1978. 3~1980. 6 · 1981. 8~1982. 5)가 도시 문명을 비판하는 전전 세대의 대표
작이라면, 정비석의 『명기열전』(이우출판사, 1977) · 『삼국지』(고려원, 1985) 등
은 대표적인 야담류 역사소설이라 할 수 있다.

남한에서 전전 세대 작가들은 전대에 비해 양적으로 더 많은 작품을 창
작하지만, 문단에서 그리 호평을 받지 못했다. 소설에서 '신라'로 대변되는
역사적 공간을 재구성한 김동리, '북간도'를 문학사에 소환해 낸 안수길 등

---

9) 1955년 8월 30일 국무회의는 5월 8일을 '어머니날'로 제정하고, 보건사회부가 '어머니날'
행사를 주관하였다. 강준만과 이임하는 당시 전쟁 미망인의 타락을 막기 위해 정부차원
에서 '어머니의 끊임없는 인내와 희생'을 정당화하려는 공적 기제로서 '어머니날'이 만들
어졌다고 소개한다. 이임하, 『계집은 어떻게 여성이 되었나 : 한국 근현대사 속의 여성 이
야기』, 서해문집, 2004, 38~39면. 강준만, 「전쟁미망인의 타락을 막아라」, 『한국현대사산
책－1950년대편』 2권, 인물과사상사, 2004, 314면.

12

전전 세대 중 소수의 작가만이 전후 한국문학사의 새로운 장을 형성할 뿐이다. 기존 문단에 저항하고 서구의 신사조를 수용한 전후 세대에게 밀려, 그들의 작품은 전후 한국문학을 대표하는 '미디어(media)'로서 각광받지 못했다. 여기에는 당대 문단을 주도하던 평론가들이 주로 전전 세대가 아니라[10] 전후 세대라는 사실도 간과할 수 없을 것이다. 그러므로 이 책에서는 전전 세대 작가들의 전후 소설을 분석함으로서, 전전 세대의 소설이 노정하고 있는 문제점과 1950년대 소설사에 미친 영향을 살펴보려 했다. 나아가 이 책에서는 분단문학사에서 통일문학사로 나아가기 위한 발판으로 전전 세대의 전후 소설을 적극적으로 평가하려 했다.

일련의 연구는 학술진흥재단의 연구비 수혜과정에서 비롯되었다. 2002년 대구한의대학교의 '해방이후 대구경북 지역 신문연재 소설에 대한 조사 연구', 2003년 충남대학교의 '전전 세대의 소설에 나타난 전후 인식 연구' 수행 중, 자료를 공유하고 토론하는 과정에서 여러 선생님들의 조언과 격려를 받았다. 김일영, 한명환, 남금회 선생님, 그리고 송기섭 선생님께 감사의 마음을 전한다. 아울러 난삽한 원고를 반듯하게 책으로 만들어 주신 이소희 선생님과 역락출판사 식구들에게도 감사의 마음을 전한다.

2008. 1.

안미영

---

10) 임화·김남천·한효·안막·윤규섭·김동석·김병규 등 좌파 평론가들이 월북하고, 비평과 창작을 겸하던 정지용·김기림이 부재한 가운데, 전후 남한의 비평계는 신세대 비평가들이 등장하는 1955년 무렵까지 백철, 조연현, 곽종원 등 극히 작은 숫자의 평론가들이 대부분의 비평작업을 감당해 나갔다. 한수영, 「1950년대 비평의 좌표와 그 형성조건」, 『한국현대 비평의 이념과 성격』, 국학자료원, 2000, 38면.

차 례

자료편
전전 세대의 장편 소설 자료

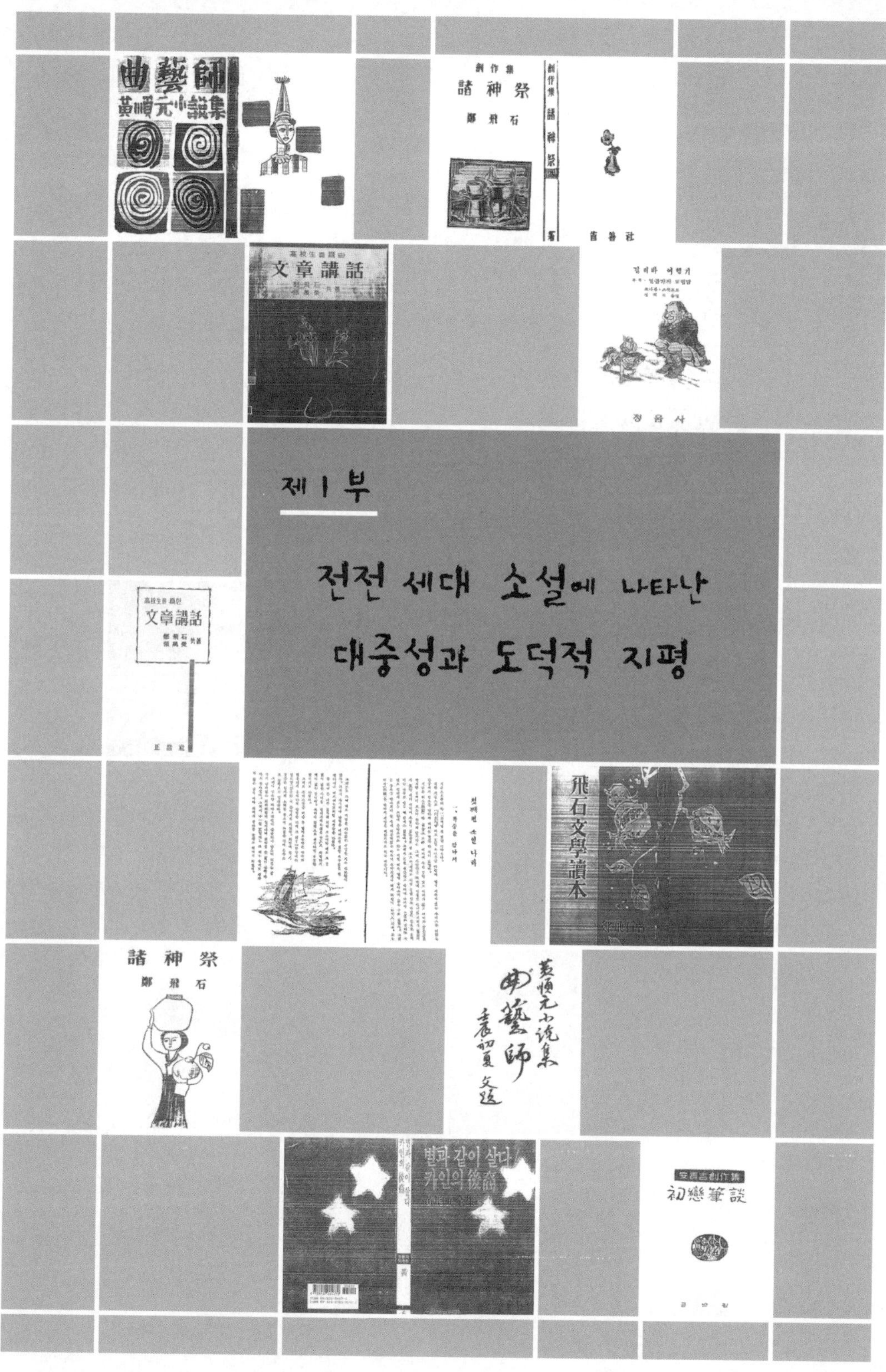

제 1 부

전전 세대 소설에 나타난
대중성과 도덕적 지평

김말봉의 전후 소설에서
선(善)·악(惡)의 구현 양상과 구원 모티프

―『새를 보라』·『푸른 날개』·『생명』·『장미의 고향』에 등장하는 '고학생'을 중심으로 ―

1. 머리말

김말봉은 「시집사리」(『동아일보』, 1925)와 「망명녀」(『중앙일보』, 1932)로 문단에 나온 이후, 활발한 창작활동을 해 온 다작(多作) 작가이다.[1] 특히, 그녀는 전전(戰前)에 비해 전후(戰後)에 더욱 많은 작품을 발표하면서, 1950년대에는 전전 세대 기성 작가로 활발한 창작활동을 했다.[2] 김말봉은 1930년

---

1) 김말봉의 작품 세계는 크게 세 시기로 나눌 수 있다.
　① 전기(등단 이후 1930년대) : 사회주의 사상의 일면을 보여주면서 통속소설을 창작. 이후 일제강점기는 일본어로 소설을 창작하지 않겠다는 신념으로 절필했다고 함. 단편으로 「시집사리」(1925)·「고행」(1929)·「망명녀」(1932)·「편지」(1934), 장편으로 『밀림』(1935~1938)·『찔레꽃』(1937).
　② 중기(해방이후 한국전쟁기) : 해방후에는 유곽(창기) 철폐를 시사하는 중편『화려한 지옥』(1945~?)을 발표하며, 해방 후 좌·우익의 대립에서 전쟁에 이르기까지 '좌익'을 비판하는 장편『별들의 고향』(1950~?), 단편으로『어머니』(1952).
　③ 후기(한국전쟁 이후) : 남녀의 애욕문제를 보여주되, 기독교 사상에 입각하여 전후 사회의 모럴 제시『새를 보라』(1954)·『푸른 날개』(1954)·『생명』(1956)·『장미의 고향』(1958) 등.
2) 장편소설만 하더라도 전전에 비해 전후에 압도적으로 많은 작품을 발표했다. 전전에는

대 대중소설로 출발한 만큼, 1950년대 전후 소설에서도 줄곧 대중적이고 통속적인 소재를 다루어왔다. 그런 까닭에 김말봉의 소설은 '통속'으로 폄하되거나 제대로 언급되지 않았다. 김말봉에 관한 논의는 전전에 발표된 『밀림』과 『찔레꽃』 위주로 진행되었으며, 대다수가 1930년대 대중소설의 출현배경과 그 성격을 밝히기 위한 준거로 논의되었다.3) 이 글에서는 김말봉의 전후 소

장편 『밀림』(『동아일보』, 1935. 9. 26~1938. 2. 7)·『찔레꽃』(『조선일보』, 1937. 3. 31~10. 31)과 중편 『화려한 지옥』(『부인신보』, 1945~?)의 3편이 있는데 비해, 전후(戰後)에 발표된 장편은 20여 편에 달한다. 특히, 전후에 김말봉은 3~5편의 소설을 신문과 문예지 등에 동시 연재한다. 전후에 발표된 장편만을 시기순에 따라 소개하면 대략 다음과 같다(정가은 편, 「생애와 작품 연보」, 『김말봉의 문학과 사회』, 종로서적, 1986, 411~414면 참조) ; 『별들의 고향』(1950), 『태양의 권속』(『서울신문』, 1952), 『바람의 향연』(『여성계』, 1953), 『새를 보라』(『대구매일』, 1954), 『푸른 날개』(『조선일보』, 1954), 『찬란한 독배』(『국제신보』, 1955), 『생명』(『조선일보』, 1956~1957), 『푸른 장미』(『국제신보』, 1956), 『화관의 계절』(『한국일보』, 1957~1958), 『방초탑』(『여원』, 1957~1958), 『행로난』(1958), 『사슴』(『연합신문』, 1958), 『광명한아침』(『학원』, 1958~1959), 『아담의후예』(『보건세계』, 1958), 『장미의 고향』(『대구매일』, 1958~1959), 『환희』(『조선일보』, 1958~1959), 『해바라기』(『연합신문』, 1959~1960), 『제비와 도령』(『부산일보』, 1959).
3) 정한숙, 「대중소설의 면모-애욕과 순정의 갈등」, 『현대한국소설론』, 고려대출판부, 1977, 114~123면.
　　정영자, 「김말봉의 페미니즘 문학 연구」, 『여성과 문학』1, 1989.
　　유문선, 「애정갈등과 통속소설의 창작방법-'찔레꽃'에 관하여」, 『문학정신』, 1990. 6, 54~63면.
　　권선아, 「1930년대 대중소설의 양상 연구-『찔레꽃』의 구조와 의미를 중심으로」, 고려대학교 석사학위논문, 1994.
　　이상신, 「대중소설의 반페미니즘적 경향-김말봉론」, 『페미니즘과 소설비평-근대편』, 한길사, 1995, 291~319면.
　　서영채, 「1930년대 통속소설의 존재방식과 그 의미-김말봉의 『찔레꽃』을 중심으로」, 『한국 근대대중소설 비평론』, 태학사, 1997, 415~441면.
　　정희진, 「김말봉의 『찔레꽃』연구-서사기법과 독자 흥미유발 요소를 중심으로」, 공주대학교 석사학위논문, 1998.
　　김한식, 「김말봉의 『찔레꽃』과 '본격통속'의 구조」, 『한국학연구』, 고려대학교 한국학연구소, 2000. 12.
　　박종홍, 「김말봉 『밀림』의 통속성 고찰」, 『어문학』 76, 2002, 341~362면.
　　한명환, 「30년대 신문연재소설의 심미적 모티프 연구-「魔都의 향불」과 「찔레꽃」을 중심으로」, 『현대소설연구』 3, 1995, 175~204면.
　　홍은희, 「김말봉 소설 연구」, 대구가톨릭대학교 석사학위논문, 2002.
　　정한숙, 유문선, 권선아, 서영채가 1930년대 대중소설의 일 범주로서 김말봉의 장편이 놓인 위치와 성격을 논하고 있다면, 이상신과 김한식은 김말봉 소설의 통속성이 감상적 위

설을 대상으로 작품의 성격과 의의를 살펴보고자 한다.

전후 소설에서 전전 세대 작가들이 소박한 인정적 휴머니즘을 일깨웠다면, 전후 세대 작가들은 실존주의 영향아래 암담한 현실을 비판했다.[4] 현실을 비판하는 전후 신세대 작가들과 달리 전전 세대 작가들이 현실을 포용하는 태도를 보인다고 할 때,[5] 김말봉의 전후 소설은 전전 세대의 현실 포용력을 잘 보여준다. 김말봉은 "인간을 하나의 의지에서보다도 원초적인 인간성을 탐구하고" 있으며, "그 인간성은 어느 때는 사회개선을 위한 적극성이 있는가 하면 어느때는 박애주의적인

김말봉(1901~1962)

인간애"[6]를 보여준다. 그녀의 소설에는 가난과 부, 무산계층[노동]과 유산계층[유희]이 극명하게 분리·대립하고 있다.[7] 독실한 기독교 신자인 김말봉은 이항대립을 통해 선(善)과 악(惡)을 구분하고, 구원 모티프를 통해 악은 징벌하고 선을 권면한다.[8] 김말봉의 통속소설에서 권선징악(勸善懲惡)의 도식

안의 범주를 벗어나지 못한다고 부정적 시각으로 보고 있으며, 박종홍은 『밀림』에 내재한 현실적 요소를 긍정적으로 평가하고 있다. 이와 달리, 홍은희는 김말봉의 1930년대 작품과 1950년대 작품을 대상으로 총괄적인 평가를 시도하고 있다.

4) 한수영, 「월남작가와 1950년대의 소설」, 『문학과 현실의 변증법』, 새미, 1997, 438~439면.

5) 1950년대 중후반에 이르면 분단 및 전후 현실에 대한 비판적 인식을 보여주는 신세대 작가군이 등장한다. 생존 논리에 지배되었던 기성 작가들에 비해, 그들은 전쟁과 현실에 대해 비판적 거리를 가지고 있었다. 이은자, 「월남작가 작품에 나타난 반공이데올로기 수용과 비판양상—월남지식인상을 중심으로」, 『현대소설연구』, 1994, 184면 참고. 이때 포용은 생존 문제와 관련된다. 작가의 생존 문제는 자신의 안정을 기반으로 전후 사회의 안녕으로 나아간다.

6) 최일수, 「네 사람의 女流作家—강경애·백신애·장덕조·김말봉」, 『한국단편문학대계』 15, 삼성출판사, 1975, 449면.

7) 박종홍, 「김말봉 『밀림』의 통속성 고찰」, 『어문학』 76, 2002, 349면. 박종홍은 통속의 성격을 '도식성과 자극성'에서 찾고, 이를 '관능성'·'선정성'·'감상성'·'환상성'·'신기성'·'경이성'으로 세분한다. 이러한 통속성의 제성격은 '이항대립'을 통해 구현된다.

성은 전전·전후 소설을 막론하고 반복적이고 지속적으로 나타난다. 그런 의미에서 김말봉의 전후 소설은 통속소설의 일반적인 구도를 벗어나지 못하고 있다. 그럼에도 이 글에서 김말봉의 전후 소설을 주목하는 데는 다음과 같은 작품의 두드러진 특징 때문이다.

첫째, 작중 주인공들은 전재민(戰災民)의 현실 적응을 보여준다. 김말봉의 전후 소설에는 '전쟁미망인', '고학생', '상이군인', '자유분방한 마담', '월남민', '양갈보', '실업가 모리배' 등 다양한 전재민이 등장한다. 그러므로 청춘남녀의 애정갈등을 보여주더라도, 1930년대 소설과 전후 소설간에는 인물이 처한 상황이 다르다. 1930년대『찔레꽃』에서 남녀(정순과 민수)간의 갈등이 '오해'와 '물질' 문제에서 기인한 것이라면, 1950년대 장편소설에서 남녀간의 갈등에는 무엇보다도 전쟁의 상흔이 내재해 있다. 예컨대, 1954년작『푸른 날개』에서 권상오는 이북에 처를 두고 왔으므로 선뜻 한영실과 결혼하지 못하는가 하면, 결혼을 한다손 치더라도 단신 월남한 그들은 애정보다도 경제력에 좌우되어 배우자를 선택한다. 동일한 시기에 발표된『새를 보라』에서도 청춘남녀는 다양한 전흔(戰痕)을 보여준다. 서옥정은 아버지가 납북되고 전쟁통에 어머니마저 죽자, '고학생'이 된다. 곽연수는 '상이군인'으로 제대한다. 이외, 초명은 남편이 월북하자 '전쟁 미망인'이 된다. 김말봉의 전후 소설에서 전재민(戰災民)들은 육체적·정신적 피해는 물론, 당장 물질 문제에 직면한다. 작중 전재민은 다수가 실향민(失鄕民)이

---

8) 이 글에서는 '(여자)고학생'이 등장하는 작품『푸른 날개』(『조선일보』, 1954. 3. 26~9. 13)·『생명』(1956. 11~1957. 9),『새를보라』(『대구매일』, 1954. 2. 1~6. 17·120회)·『장미의고향』(1958. 11. 20~1959. 4. 22·142회)을 텍스트를 삼고자 한다.『조선일보』에 연재된 두 작품은 단행본『생명·푸른날개』(민중서관, 1958)를 텍스트로 삼았으며, 그 외『대구매일』 연재본을 텍스트로 삼았다. 이외, 논자가 찾은 김말봉의 전후 장편 소설은『별들의 고향』(1950~?),『태양의 권속』(1952),『꽃과 뱀』(1957?)이 있다.『별들의 고향』은 대학생이 등장하지만 작중 배경이 해방 후부터 전쟁기에 해당함으로 제외했으며,『태양의 권속』은 오피스걸과 사무원(상공부장관의 비서)이 작중 주인공으로 등장함으로 제외했고,『꽃과 뱀』은 작중 배경이 명시되지 않은 채 아름다운 여자 주인공과 스님의 현세를 벗어난 불멸의 사랑을 보여주는 작품으로서 이 글의 논의 대상에서 제외했다.

므로 생활 터전을 마련하기 위해 물질 문제에 민감한 만큼, 그들에게 생활은 또 하나의 전선(戰線)이다. 전재민들은 생존하고 살아남기 위해 적극적으로 삶의 제 일선(一線)에 뛰어든다.

둘째, 1930년대에 비해 더욱 강화된 작가의 기독교 의식을 들 수 있다. 전후 소설에서 김말봉은 남녀 애정을 부각시키되, 종국에는 기독교적인 박애와 구원을 실현한다. 작가의 기독교 의식은 소설의 구조에 스며들어 있다. 일반적으로 통속 소설에서 '우연성'이 인과성 없는 불완전한 짜임새를 노출하고 있다면, 김말봉의 전후 소설에서 '우연성'은 '눈에 보이지 않는 하느님의 섭리'를 대변한다. 이러한 양상은 1930년대 장편소설에서도 어느 정도 나타나지만,9) 전후 소설에 이르면 더욱 강화된다. 세상의 보이지 않는 힘, 주재자는 '우연성'에 기대어 그 능력을 실현한다. 소설에서 '선'은 '보이지 않는 힘'의 출현에 힘입어 악을 초극한다. 작중 주인공인 전재민과 실향민의 선 의지는 '보이지 않는 힘'과 조우함으로써 행복을 맞이한다. 김말봉의 전후 소설에서 '구원 모티프'는 '우연성'이라는 통속소설의 형식을 빌어 '보이지 않는 힘'의 형태로 실현된다.

요컨대 김말봉의 전후 소설은 전재민과 실향민의 상실감이 기독교 의식과 어떻게 조우하는지 잘 보여준다. 김말봉은 통속적인 대중소설을 통해 1950년대 전재민들에게 당대 지배이데올로기를 시사한다. 대중소설은 다른 소설에 비해 당대 대중들에게 훨씬 많은 영향력을 행사할 수 있다는 점에서, 완결된 구성으로서 소설의 형식을 논하기 앞서 작가의 의식을 살펴보아야 할 것이다. 이 글에서는 김말봉의 전후 소설에 나타난 선·악과 구원 모티프를 통해, 전전 세대 작가 김말봉의 전후 인식을 살펴보고자 한다. 김말봉

---

9) 전전 소설에서도 '보이지 않는 힘'에 대한 언급은 나타난다. 은행장 조두취의 아내는 임종을 앞두고, '피조물'과 '주재자'의 관계를 언급한다. "피조물은 언제나 조물의 섭리", "주재자(主宰者)의 섭리"(194면)만을 기다릴 수밖에 없다고 말한다(김말봉, 『찔레꽃』, 『조선일보』, 1937). 이 글에서는 『찔레꽃』(청화, 1983)을 참고함.

의 전후 인식 고찰은 궁극적으로, 전전 세대 작가의 '소박하고 인정적인 휴머니즘'이 노정하고 있는 문제의 일면을 알 수 있는 계기가 되리라 본다.

2. 여성 인물과 선·악의 구현 양상

2-1. '여자고학생'과 선의 존재 방식

김말봉의 전후 소설에서 선을 구현하는 인물은 주로 '여자 고학생(여대생)'이다. 작중에서 '여자 고학생'은 지고지순한 정신의 대변자이다. 전후 피폐한 현실에서, '여자 고학생'의 '학문(공부)'은 육체의 쾌락을 지향하는 '자유분방한 미망인'과 대조적으로 고매한 정신을 대변한다. 작중에서 '여자 고학생'과 '자유분방한 미망인'은 '육체에 매몰되어 있는 인물'과 '육체를 극복한 정신주의자'간의 대립, 나아가 기독교의 선과 악의 대립을 보여준다.[10] 이 장에서는 '여자 고학생'을 통해 김말봉이 선을 구현하는 방식을 살펴보고자 한다.

『생명』에서 전창님은 피를 팔아 번 돈(헌혈)으로 대학에 다니는 '여자 고학생'이다. 전쟁 통에 부모를 잃었고, 등록금 문제로 동생마저 자살한다. '자유분방한 미망인'과 대조적으로 '여자 고학생'은 육체의 순결을 중시한다. 전창님과 대조적인 인물이 자유분방한 화주여사이다. 화주여사가 뭇남성들에게 성욕을 적극적으로 행사하는 데 비해, 고학생 전창님은 육체적

---

10) 김말봉의 소설에서 "'육체'는 현세적인 의미를 띠고 있으며 소모적인 속성을 가지고 있는데 비해, '영혼'은 죽지 않고 영원히 살 수 있다"는 기독교의 영육관(靈肉觀)이 극명하게 드러난다. 이러한 영육관(靈肉觀)을 엿볼 수 있는 성서의 한 대목을 소개하면 다음과 같다. "육체적인 몸으로 묻히지만 영적인 몸으로 다시 살아납니다. 육체적인 몸이 있으면 영적인 몸도 있습니다. (중략) 살과 피는 하느님의 나라를 이어 받을 수 없고 없어질 것은 불멸의 것을 이어 받을 수 없습니다." 「고린토1-육체의 부활」, 『공동번역 성서』, 대한성서공회, 1996, 336면.

'순결'을 중시하고 '정조' 관념이 투철하다. 전창님의 순결과 정조 관념은 다음과 같은 일화에서 잘 드러난다. 전창님의 판잣집에 불이 나자, 설병국은 창님을 데리고 여관에 들어간다. 설병국이 창님에게 잠자리를 요구하자, 창님은 '전후파'를 언급하며 순결과 정조 관념을 강조한다. "전후파"는 "아주 무슨 초 모던으로 자처하면서 함부로 육체를 더럽히는 계집들"이며 "쓰레기보다도 추한 고깃덩이"[11]에 지나지 않는다며 잠자리를 거부한다. 전창님외 김말봉의 다른 작품에서도 '여자 고학생'들은 비록 가난하지만, 육체에 대한 순결을 유지하고 한 남자에 대한 정조 관념을 투철하게 고수해 나간다.

전란(戰亂) 중에서도 여자 고학생이 순결을 유지할 수 있었던 토대로 김말봉은 '기독교 신앙'을 제시한다. 『푸른 날개』의 한영실은 단신(單身) 월남한 자신이 "간혹한 세상"에서 "몸을 지"키고 공부할 수 있었던 것이 "양심의 지상명령, 바꾸어 말하면 하나님의 목소리"(550면)를 듣고 실천해 온 때문이라고 한다. 『새를 보라』의 서옥정에게도 기독교 신앙은 철저하게 생존 윤리로 작용한다. 서옥정은 전쟁으로 인해 부모를 잃고, 어렵게 생활하는 고학생이다. 서옥정(21살)은 낮에는 학교 공부를 하고, 5시부터 9시까지는

---

11) 김말봉, 『생명』, 민중서관, 1958, 161면(이하 원문 인용은 이 책으로 하되 페이지수만 밝힘). 이 부분은 육체의 소용을 보여주는 대목이다. 『장미의 고향』에서 김인순은 양갈보와 첩생활을 하면서 고학생 박형만을 돕고, 부모의 생계를 돕는다. 김말봉의 전후 소설에서 육체는 이타적으로 소용될 때 의미를 발하며, 고매한 정신은 자신은 물론 타인을 감화시킨다.

'전후파(戰後派) 여성'은 "세계 제2차 대전 이후에 생겨진 모라리티의 여성"으로서 "패전 후 일본에서 한때 물의를 일으켰고 동난 이후 유·엔군의 진주와 더불어 이 땅에서 볼 수 있는 기괴한 타입의 여성"을 일컫는다. 그들은 "이국적인 그 몸차림과 도발적인 대담 무쌍한 그 행동이 최전선의 생활주의자"이다. "성행위는 육체노동이 되고 정조는 생활 도구로 화해"버린 그들은 "양갈보"와 동일하게 취급되었다. 1950년대 "전후파의 모라리티"는 일반성을 띠고 "여대 학생의 알바이트방법"으로 나아가 "성행위는 자기 향락과 생활 목적에 있어 자유로 할 수 있다"는 새로운 "현대 여성의 애정관"으로 파생되어, 당대에 전후파 여성에 대한 시선은 부정적이었다. 이명온, 「民主女性의 進路」, 『신천지』, 1954. 7, 94~96면.

가정부로 일한다. 서옥정이 현실의 어려움을 감내해 나갈 수 있는 힘의 원천은 기독교 신앙이다. 김말봉의 전후 소설에서 여자 고학생들은 하나같이 독실한 기독교 신자로 등장한다. 그들은 주일을 지키는데 충실하며, 봉사활동 및 전교활동에도 적극적이다.『푸른 날개』의 한영실은 밀매업하는 마도로스 김상국에게도 복음을 전파하려 한다. 육감적인 애욕을 실현하는 미스현이 "양의 껍질"을 쓴 "사탄"[12)로 비유되는 반면, 한영실은 주일을 착실히 지키는 검박한 크리스챤으로 등장한다.

이와 같이, '여자 고학생'의 순결과 정조관념에는 기독교 신앙이 자리잡고 있다. '여자 고학생'이 설령, 타의에 의해 순결을 잃더라도 김말봉은 여자 고학생의 뱃속에 생명의 씨앗을 만들어 그녀의 결혼을 돕는다.『생명』에서 전창님은 설병국의 강요에 의해 한 번 관계한 후 아이를 가진다. 처녀로서 임신 사실을 안 창님은 "보이지 않는 하느님의 손"을 믿고 "주님의 처분"(330면) 기다린다. 그 결과 뱃속에 든 '생명'으로 인해, 전창님은 설병국과 결혼한다. 이때 통속소설에 나타나는 '우연성'은 '여자 고학생'이 믿는 '보이지 않는 힘'의 발현이며,[13) 그들의 신앙은 그들의 삶에 빛을 비춘다. 김말봉의 전후 소설에서 '우연'을 가장한 '보이지 않는 힘'의 빛은 '고학생'에게만 비추어진다. 가령,『장미의 고향』에서 김인순 역시 타의에 의해 아이를 갖지만, 그녀는 아이와 함께 고아원에 들어가는 것으로 작품은 종결된다. 양갈보와 첩생활을 전전하는 김인순은 고등학교 졸업도 불분명하다. 김말봉의 전후 소설에는 '공부하는 여성'과 '공부하지 않는 여성'의 삶이 확연히 구분된다. 김말봉은 어려운 상황에도 굴하지 않고 '공부하려는 의지를 가진 여

---

12) 김말봉,『푸른 날개』, 민중서관, 1958, 540면.

13)『푸른 날개』에서 한영실과 권상오의 결합에도 다음과 같은 '눈에 보이지 않는 힘'이 작용하고 있다. 첫째, 복음을 전하기 위해 김상국의 호텔에 간 한영실은 김상국과 미스현의 관계를 직접 목도하고 김상국과 파혼한다. 둘째, 권상오는 아내와 재회하지만, 교통사고로 아내는 죽고 자신은 불구가 된다. 이 두 가지 사건은 소설 전개 과정상 '우연의 연속'이지만, 궁극적으로는 순결한 영혼의 소유자 한영실이 실향 지식인 청년 권상오의 구원자가 되게 하려는 '보이지 않는 힘'을 대변한다.

성'에게 최상의 가치를 부여한다.

김말봉의 전후 소설에서 '여자 고학생'은 선을 대변하고 실천해 옮긴다. 첫째 여자 고학생이 실천하는 선은 '육체에 대한 순결 및 한 남자에 대한 정조 관념'이며, 이것은 궁극적으로는 '보이지 않는 힘(기독교)'을 대변한다. '여자 고학생'의 권선(勸善)에 의해 남자 주인공들은 악의 늪에서 선으로 선회한다. 둘째, '여자 고학생'의 선은 무엇보다도 '공부(배움)에 대한 의지'에 있다. 김말봉은 '여자'가 아니라 '여대생'이라는 작중 인물의 조건에 힘을 실어준다. 『새를 보라』의 서옥정은 '사범대학생'이며, 『생명』의 전창님은 '한성여자대학'을 다니며, 『푸른 날개』에서 한영실은 '피아노'를 전공했다. 김말봉은 『장미의 고향』에서 여고졸업이 불분명한 김인순을 양갈보·첩 노릇시켰던 것과 달리, 다른 작품에서 어려운 상황에 굴하지 않고 공부를 지속하는 여대생들에게는 안정된 생활 기반을 마련해 준다. 김말봉에게 있어서 '고학(苦學)' 의지는 고매한 정신으로서 선을 대변한다. 요약하자면, 김말봉의 전후 소설에서 '여자 고학생'이 실현하는 선은 '보이지 않는 힘 (기독교)'을 대변하며 '공부'에 대한 절대적인 의미를 함의한다.

2-2. '자유분방한 미망인'과 악의 존재 방식

김말봉의 전후에서 도덕의 파탄을 통해 악을 실현하는 인물은 '전쟁 미망인'이다. 그렇다고 해서 전후 소설에 나타난 '전쟁 미망인' 모두가 도덕의 파탄을 보여주는 것은 아니다. 전쟁 미망인은 '남편의 행로'에 따라 '영예롭게 전사한 남편의 미망인(군경 유가족)', '월북한 남편의 미망인', '납북된 남편의 미망인' 세 부류로 나눌 수 있다. '남편이 영예롭게 전사(戰士)한 미망인'이 군경유가족으로서 정부와 민간의 후원을 받는 등 사회적으로 후한 대접을 받았다면, '남편이 이념을 쫓아 월북한 미망인'은 반공 이데올로기가 날로 팽배해 가는 남한 사회에서 활로가 제한되었다.14) 그 결과 그들은 남편과 현실에 대한 원망이 큰 나머지, 좀 더 억척스럽고 타락한 방식으로 살 수 밖에 없었다. 군경 미망인에 비해 생존을 위해 정신과 육체를 헌신짝처럼 내 던지는 등 타락하기 쉬웠다는 점에서, 이 글에서는 그들을 '자유분방한 미망인'이라 명명한다.[15] 특히 전후 소설에서 '미망인'의 '자유분방함'을 남편의 자진 월북과 관련시켜 부정적으로 시사하고 있다는 점은 특기할 만한다. 현실의 반영이기도 하려니와, 여기에는 작가가 의도했건 하지 않았건 작가의 정치적 무의식이 내재해 있다.

김말봉의 전후 소설『새를 보라』(1954)에서 초명은 '자유분방한 미망인'의 전형이다. 이 장에서는 김말봉의『새를 보라』를 중심으로 자유분방한 미망인의 성격을 살펴보도록 하겠다. 남편이 월북하자, 초명은 육체를 자본삼아 생활의 최전선에 뛰어든다. 마담이 된 초명은 여러 남자들과 관계한다. 그 결과 초명은 자신의 파탄은 물론 그녀와 관계하는 모든 남자들의 삶에 균열을 몰고 온다. 초명은 장대규 사장과 관계하는 동시에, 그의 사위가 될 곽연수와도 관계하면서 한 집안의 파탄을 몰고 온다. 장대규는 '사위'를 잃고 딸과 아내로부터 '신뢰'를 잃으며, 곽연수는 '약혼녀'를 잃고 나아가 '직장'을 잃는다. 작중에서 초명은 악의 화신이다. 전쟁 미망인 초명의 '악'은 다음과 같은 두 가지 조건을 가지고 있다.

첫째, '월북'한 남편을 두었다. 전후 한국사회에서 공산주의는 전쟁의 원흉으로서 분쇄되고 파멸되어야 할 악의 불씨였다. 남편이 자진 월북한 경우의 미망인은 전쟁과 파괴의 주범인 공산주의와의 인접성으로 말미암아,

---

14) 이임하,「1950년대 여성의 삶과 사회적 담론」, 성균관대학교 사학과 박사학위논문, 2002, 13면.
15) 가령, 염상섭의『驟雨』(『조선일보』, 1952. 7. 18~1953. 2. 20)에서 여자 주인공 강순제는 남편이 이념을 쫓아 월북하자, 자본가의 애첩이 되고 젊은 남자에게 적극적으로 구애하는 등 전후의 '자유분방한 미망인'을 대변한다. 최독견의『애정능선』(『대구매일』, 1956. 4. 16~1956. 10. 10)에서 장한경은 대학교수인 남편이 월북하자 마담이 되었으며, 그녀는 유엔마담으로 미국인의 아이를 낳는다. 아이를 오빠부부에게 맡기고, 그녀는 여러 사업가와 육체를 거래한다.

작중에서 단죄당한다.16) 초명은 여러 사람들의 질시 속에 구금된다. 김말봉은 월북한 남편을 둔 미망인 초명을 현 사회에서 '범법자'로 몰고간다. 『푸른 날개』에도 전쟁 미망인이 등장하지만 『새를 보라』에 등장하는 '자유분방한 미망인'과는 상이한 행보를 보인다. 『푸른 날개』에서 마담 윤지순은 남편이 '납북'된 경우의 미망인이므로, 악의 화신은 아니다. 자연과학도

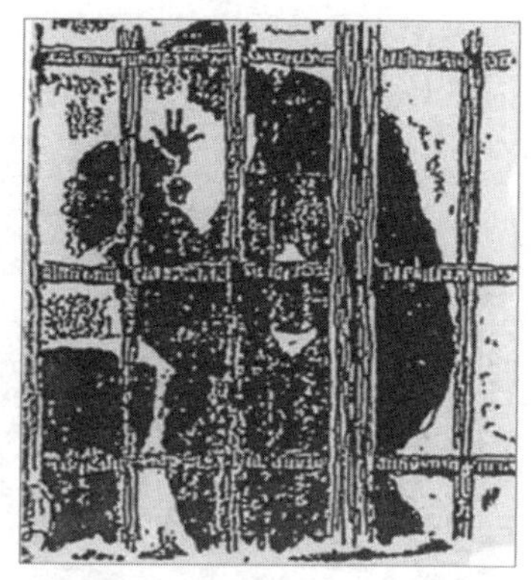

백락종 그림, 『새를 보라』 연재 42회

인 그녀의 남편은 '본인의 의사에 반(反)'하여 납북되었다. 그 후 생활난에 봉착한 지순은 박경래 사장의 첩(파트론)이 되어 물질적 조력을 받는다. 그녀는 『새를 보라』의 초명과 달리, 육체를 함부로 하지 않을 뿐 아니라 갱생에 성공한다. 그녀는 술집을 청산하고 타락의 늪에서 헤어 나온다. 그녀의 갱생은 그녀의 의지에서 온 것이 아니라 이미 예견된 것이다. 부연하자면, 그녀의 갱생 가능성은 이미 남편이 '월북'한 것이 아니라 '납북'된 것에서부터 여지를 남기고 있었던 것이다.17) 그녀는 간호원이 된다. 윤지순의 갱생에 도움을 준 인물이 월남한 지식인 청년이라는 사실은 흥미롭다. 납북된 남편을 대신하여, 월남한 지식인 청년이 부재한 남편의 부덕(不德)을 대신해 준 것이다. 미망인의 행보를 남편의 '월북'과 '납북'으로 구분하여 바라보는 김말봉의 의식에는 투철한 반공의식이 자리 잡고 있다.

---

16) 이러한 사실은 김말봉을 비롯한 전쟁 유가족의 상처에 의해 더욱 심화된다. 김말봉의 경우, 전쟁터에 나간 아들은 죽고 돌아오지 않았다. 당시대 '연좌제'는 월북한 남편을 둔 '미망인'에게만 국한된 것이 아니라 제2세대들의 삶에도 어두운 그림자를 드리웠다. 임헌영은 이들 2세대들에 의한 연좌제 문제 때문에 "공동부락체의 미쁜 순풍양속을 파괴시키고 '고향이 원수'가 되는 아픔을 남긴다"고 보았다. 임헌영, 「6·25와 분단에 따른 실향민」, 『문학과 이데올로기』, 실천문학사, 1988, 201면.

17) 이외, 『새를 보라』에서 서옥정의 경우도 이에 해당한다. 그녀의 아버지는 납북되었으나, 옥정은 고학하여 학비와 생활비를 벌면서 건강한 삶을 산다.

김홍 그림. 『장미의 고향』 69회

둘째, '자유분방한 미망인'은 농염한 육체와 적극적인 성욕을 구사한다. 성적 욕망을 발산하는 그들의 육체는 악의 출처로서 작중 인물들을 파멸의 구렁텅이로 몰고 간다. 남자 주인공의 건강한 정신을 좀먹게 하고 삶의 파탄을 몰고 오는 것이 바로 그들의 농염한 육체이다. '육체의 악'과 관련하여, 전쟁 미망인은 아니지만 결혼한 전력이 있는 유한 마담들 역시 동일한 범주에서 논의될 수 있다. 『푸른 날개』에서 미스현은 '생활감정'과 '취미'의 차이로 남편과 헤어진다. 『생명』에서 유화주여사는 남편에게 전처가 있음을 알고 집을 나온다. 그들은 밀매업으로 부를 축적하고 육신의 안락만을 추구한다. 작중에서 두 여인은 농염한 육체를 소유한 악의 화신이다. 그들은 자신의 성욕을 적극적으로 발산할 뿐 아니라, 남자의 성욕을 일깨우는데도 적극적이다. 남자의 사랑을 받지 못하자, 그들은 파행적 삶을 치달으며 종국에는 죽는다. 『푸른 날개』에서 '미스현'은 기차에 뛰어들어 자살하고, 『생명』에서 '화주여사'는 폭음하고 죽는다. 김말봉은 '육체의 덧없는 말로'를 통해 '육체'는 죄악의 불씨에 지나지 않음을 보여준다.

김말봉은 『새를 보라』에서 자유분방한 미망인, 초명을 통해 전후 현실에서 악이 어떻게 존재하는지 보여준다. 첫째, 소설에서 '악'은 당대 정치적 입장을 대변한다. '월북한 남편'의 미망인이 타락하여 사회를 혼란스럽게 한다는 김말봉의 명제에는 반공이데올로기가 전제되어 있다. 작중에서 '자유분방한 미망인'의 타락은 악을 대변하며, 악은 작가의 반공이데올로기에 의해 단죄받는다. '납북'은 용서될 수 있는 것으로서 일말의 동정을 받을 수 있지만, 자진 '월북'은 철저히 용서받을 수 없는 연좌제로 작용하고 있음을 엿볼 수 있다. 김말봉이 은연중에 드러내는 정치적 무의식은 주지하다시피 전후의 정치적 지배담론이다.[18] 둘째, 악은 외견상 감각적인 육체의 기운을 발하며 기독교 교리와 상충한다. '한 남자'를 사이에 두고, 육체에 빠져 있는 인물과 육체를

백락종 그림. 『새를 보라』 연재 50회

극복한 정신주의자들(기독교 신자)간의 대립은 기독교의 악과 선의 대립을 대변한다. '여자 고학생'은 독실한 기독교 신자로서 남자 주인공을 구원시키는 고매한 정신을 실현하는 데 비해, '자유분방한 미망인'은 육체를 잘못 사용함으로써 범법자가 되거나 죽는다. 작중에서 '자유분방한 미망인'의 구금과 죽음은 김말봉이 악을 단죄하는 적극적인 방식이다. 김말봉은 작품의 시작과 중간에서 그 힘을 떨치던 악을 종국에는 냉엄하게 근절한다.

---

18) 1950년대 반공이데올로기는 한국전쟁을 겪으면서 분단국가주의로 부상하여 이승만 독재체제를 구축·강화하는 정치적 기능을 수행했다. 이승만 정권은 반공이란 미명으로 반대세력을 탄압하고 전시파시스트적 분위기를 조성함으로써 일체의 반발을 철저히 봉쇄하였다. 특히 부역자처벌을 통해 반공공포 분위기를 조성하였다. 유재일, 「한국전쟁과 반공이데올로기의 정착」, 『역사비평』, 1992, 봄호, 역사비평사, 139~150면 참조. 1950년대 소설에서 반공이데올로기가 수용된 양상을 살핀 논의로는 김동윤의 「1950년대 소설의 이데올로기 수용양상─구세대의 작품을 중심으로」(제주대학교 석사학위논문, 1992)가 있다.

3. 구원 모티프의 전개 양상

3-1. '성녀(聖女)'에 의한 '아담'의 구원

김말봉의 전후 소설에 나타나는 갈등은 항상 동일하다. 애정의 기근(饑饉)에 빠진 남자 주인공이 점점 애욕(惡)에 빠져들면서 이야기가 전개된다. 『푸른 날개』에서 주인공 권상오는 자신을 '아담의 후예'라고 한다. 작중에서 '아담'은 여자의 관능과 애욕에 빠진 남자를 의미한다. 김말봉은 '성욕'과 '애정'을 구분하여 '성욕'에 휘둘리는 남자를 '아담'이라 명명한다. 반면, 이상적인 여성의 모습을 '성녀(聖女)'로 구현하고 있다. 성녀는 아담의 산발적인 성욕에 경종을 울리며 이성(理性)의 각성을 촉구한다. 작중에서 성녀를 대변하는 인물은 '여자 고학생'이다. 이 장에서는 작중 남자 주인공, '아담'에 초점을 맞추어 구원 모티프를[19] 살펴보고자 한다.

전후 전장에서 돌아온 남자들이 몸과 마음에 상처를 입고 재활이 쉽지 않다면, 김말봉은 그의 소설에서 전후 현실의 복구 주체로 남자가 아닌 '여성'과 '제3자(미국・자선단체)'를 지목한다. 성녀는 전후의 현실을 복구하는 여성으로서, 농염한 육체 및 경제력의 소유자가 아니라 '고매한 정신의 인격자'로 등장한다. 그들은 모두 독실한 크리스찬이다. 성녀는 주일을 지키며 교회에 나간다. 당대 기독교의 입장에서 '전쟁'은 죄악이다. 특히, 김말봉의 전후 소설에서 '전쟁'과 관련된 전재민들은 모두 원죄를 가지고 있다. 예컨대, 작중에서 실향민은 전쟁으로 말미암아 낙원(에덴)을 상실한 아담으로 묘사된다. 낙원을 상실한 아담은 농염한 이브가 아니라 성녀를 통

---

19) '구원'과 '구제'를 구분할 필요가 있다. 양자 모두 어려운 처지에 있는 사람을 도와준다는 뜻을 담고 있지만, 미세한 차이가 있다. 김말봉의 소설에서 '구원'은 "인류를 죽음과 고통의 죄악에서 건져내"려는 종교적 사명감을 띠고 있다. 요컨대, 김말봉의 전후 소설에 나타난 '구원'은 작가의 종교적 염원을 보여준다. 작중 남자 주인공이 스스로 '아담'이라 규정한다는 점, 그리고 남자 주인공들은 물질이 아니라 '독실한 기독교 신자(여자 고학생)'에 의해 '정신(영혼)의 회생'을 맞이한다는 점에서 작중 주인공들은 '구원'받는다.

해 구원받는다. 아래의 인용문은 아담이 구원받는 극적인 장면들이다.

① "「모든 것은 운명이예요」 「곽중위님 결국 과거는 다 흘러 가버린 겁니다. 새를 보세요. 땅을 차고 창공으로 훨훨 날라가듯 무궁한 현재와 미래만을 보세요」" "옥정씨 감사합니다. 당신과 나는 한쌍의 새가 된다면, 새가 되어 새로운 인생출발 할 수 있다면— 죽지 않겠어요. 새로 살어 보겠어요.」"(마지막회)

② "영실씨, 당신만 내 곁에 있어 준다면 난 한 다리가 없어도 땅 끝까지 아니 저 대공을 향해 마음껏 날아갈 수 있어요. 당신은 나의 영혼의 푸른 날개야요."(654면 · 마지막회)

인용문 ①은 『새를 보라』에서 상이군인으로 퇴역한 곽연수 중위가 여자 고학생 서옥정을 통해 구원받는 장면이다. 곽연수는 고학생 서옥정, 의사 장선주, 마담 초명 사이를 전전하던 중 자신의 파행적 애정행각이 발각되자, 서옥정을 찾아간다. 옥정은 연수의 과거를 묻지 않고 포용한다. 김말봉은 곽연수를 '육체적 쾌락(마담 초명)' 및 '물질(의사 장선주)'이 아니라 고학하는 여대생의 '순결한 정신'에 의해 구원시킨다. 주일마다 교회에 나가는 성녀는 현실에서 방황하는 아담을 구원한다. 성녀 서옥정은 과거의 문제를 모두 '운명'의 탓으로 돌린다. 후술하겠지만 과거사에 대한 이러한 처리 방식은 종교적인 박애는 보여줄지언정, 냉철한 현실 인식과 미래에 대한 탐색은 보여주지 못한다.

인용문 ②는 『푸른 날개』에서 아담이 방황을 종식하고 한영실에게 구원받는 장면이다. 실향 지식인 청년인 권상오는 여러 여자 사이에서 방황한다. 육체와 물질에 눈이 멀어 여러 여자를 전전하던 권상오는 다리 하나를 잃고서야 성녀 한영실에 의해 구원받는다. 그녀는 고학으로 공부했으며 성실하고 모범적인 기독교 신자이다. 방황하던 아담은 성녀의 품에 안겨 험난한 세상으로부터 구원받는다. 권상오의 고백처럼, 영실과의 결합은 육체적인 것이 아니라 영혼의 영역에 속한다. 인용문 ①과 ②에서 아담의 구원은 '새'와 '날개'의 이미지를 빌어 '정신의 비상과 상승'을 효과적으로 보여준다.

김말봉은 '구원'이 물질 문제가 아니라 정신의 영역임을 강조한다. 두 작품에서 남자 주인공 아담은 모두 육체적인 결함을 가지고 있다. 구원받는 작중 남자 주인공이 '상이군인'과 '장애인'이라는 사실은 김말봉이 제시하는 구원이 물질의 영역이 아닌 철저히 영혼의 영역에 있음을 시사해 준다. 즉, '가난'은 '부'와 결합하지 않고 또 하나의 '가난'과 결합함으로써 고매한 정신을 영속시켜 나간다. 그것은 전후 소설의 '성녀'가 1930년대 소설의 여성 인물과 구분되는 차이점이기도 하다. 작중 여성 인물이 처해 있는 상황(가난·고학)은 같으나,[20] 인물의 결합 방식에서 차이를 보인다.『찔레꽃』에서 정순은 가난한 고학생 이민수를 선택하지 않는다. 정순과 민수는 연애는 하지만 결합하지는 않는다. 작품 말미에서는 가난한 이민수가 부호의 딸 조경애와, 그리고 가난한 정순은 부호의 아들 조경구와 결합할 것임을 시사해 준다.

김말봉이 1930년대 소설에서 '가난'과 '부'의 결합을 통해 기층민의 원초적 바람을 만족시켜 주고 있다면, 1950년대 전후 소설에서 '가난'은 '부'와 결합하지 않는다. '가난'은 '부'를 찾아 방황하지만 종국에는 다시 '가난'과 합류한다.『새를 보라』에서 김말봉은 쾌락과 물질에 헤매는 곽연수의 방황을 보여주기 위해 자유분방한 미망인(초명)과 여의사(장선주)를 등장시킬 뿐, 종국에는 곽연수를 가난한 서옥정에게 인도한다. '가난'은 다시 '가난'에게로 되돌아간다. 이러한 양태는 김말봉의 다른 전후 소설에서도 나타난다.『푸른 날개』에서 가난한 권상오는 부호의 딸 추백련, 은행원인

---

20)『찔레꽃』에서 정순이가 보육학교를 졸업하고 조만호 은행 두취의 집에 가정교사로 일하는 것과 마찬가지로『푸른 날개』에서 한영실은 음악학교를 졸업하고 추백련의 집에 파아노 가정교사로 일하며,『새를 보라』에서 서옥정도 장선주의 집에 가정부로 일하고 있다.

송현숙, 재력과 미모를 겸비한 미스현 사이에서 방황하지만 종국에는 가난한 한영실의 품으로 돌아온다. 특히, 권상오는 부호의 딸 추백련의 '부'에 경사되었으나, 다리 하나를 절단한 장애인이 된 후에야 가난한 한영실의 품에 돌아온다. 이때 '성녀'의 기표가 '여자 고학생'이듯, '영혼'의 현실적인 기표는 '가난'이다. 여기에서 전대에 비해 한층 강화된 김말봉의 기독교 의식을 발견할 수 있다. 김말봉의 전후 소설에서 '성녀를 통한 아담의 구원'은 선·악의 대립이 종국에는 권선징악으로 귀결됨을 보여주며, 나아가 사회 보편윤리로서 기독교 윤리를 암묵적으로 제시한다.

3-2. 미국 유학과 자선 단체에 의한 구원

김말봉 소설에는 전후 현실을 반영하는 이색적인 구원 모티프들이 등장한다. 전전 소설 『밀림』에서 구원의 대상이 '빈민'이었다면, 전후 소설에서 구원의 대상은 '전재민'이다. 구원 모티프는 고학생들의 '미국 유학', 그리고 '고아원(자모원)과 같은 자선 단체'의 형태로 실현된다. '미국 유학'의 경우, 구원받는 대상은 '고학생'이고 구원의 주체는 '미국'이라는 국가 차원의 자선 단체이다.[21] 전재민들의 구원자라는 점에서, '미국'과 일반 '자선 단체'는 함께 논의될 수 있다.

『생명』에서 전창님은 정조와 사랑을 모두 잃자, 세브란스 병원에서 교회의 불우한 노인을 간호한다. 세브란스 병원에서 창님은 '미국인 선교사'들과 만난다. 성실한 병간호를 지켜보던 교회 선교사들은 그녀를 신임하여, 미국유학을 주선한다. 전창님은 미국으로 건너가 새 삶을 맞는다. 미국에 유학온 전창님은 가난에서 탈피하고 마음에 여유를 찾는다. 전창님은 "얼

---

21) 김말봉은 1949~1950년 하와이 시찰을 다녀온 바 있으며, 1955~1956년(날짜는 정확하게 명시되지 않음)에는 미국무성 초청으로 도미 시찰을 다녀온 바 있다. 정가은 편저, 「생애와 작품 연보」, 위의 책, 412~415면 참고. 이 장에서 논의하려는 작품, 『생명』(1956~1957)·『장미의 고향』(1958~1959)은 모두 미국에서 돌아온 후 집필한 것이다.

굴빛이 뽀얗게 화색이 도”는가 하면, “입가에 겸손한 미소가 피어나”고 “전체에서 풍족하고 너그러운 기분이 흘러나”(386면)온다. 미국 유학은 전 창님에게 삶의 새로운 터전을 마련해 준다. 전창님에게 ‘미국’은 신학교 입학 및 새로운 생명과의 조우, 나아가 사랑하는 설병국과의 만남과 결혼을 성사시키는 구원의 공간이다.

『장미의 고향』에서 가난한 고학생 박형만은 서재영 등의 횡포로 말미암아 교회 장학금을 받지 못하게 된다. 이후 상경한 그는 학비를 마련하기 위해 ‘바람난 남편의 뒤를 살피는 일(협잡군)’, ‘노상의 화장품 장수’ 등 밑바닥 생활을 전전한다. 요행히 그는 양갈보 김인순의 도움으로 미군부대의 식당일, 미군부대 사무실의 통역관 등을 하며 야학을 시작한다. 성실한 모습을 지켜보던 미군 장교의 주선으로 그는 미국유학길에 오른다.[22] 고학생 박형만에게 ‘미국’은 ‘대구’ 및 ‘서울’과는 질적으로 다른 이상향이다. 박형만에게 고향 대구는 해소될 수 없는 빈부차로 인해 학문의 기회마저 앗아간 곳이라면, 서울은 그를 협잡군과 노점상으로 밑바닥 삶의 고뇌를 안겨준 곳이다. ‘미국유학’으로 인해 박형만은 ‘가난’은 물론, 전후 한국 사회의 여러 가지 구조적인 모순으로부터 탈피한다. 고학생 박형만은 학문에 대한 진지한 탐구보다도 자신을 둘러싼 환경에서 벗어나고 싶었던 것이다.

『생명』에서 전창님이 ‘미국인 선교사’들에 의해 미국 유학길에 올랐다면, 『장미의 고향』에서 박형만은 ‘미군’에 의해 미국 유학길에 오를 수 있었다. 창님이가 교회의 일(불우한 할머니의 병수발)에 헌신하면서 미국선교사들의 눈에 들었다면, 박형만은 미군부대를 청소하고 통역관으로 헌신한 까닭에 미육군 중위의 도움을 받을 수 있었다(물론 박형만을 도우려는 양갈보 김인순의 입김도 무시할 수 없다). 그러므로 김말봉의 전후 소설 『생명』과 『장미

---

22) 박형만은 김인순과 관계한 미군 장교 뽑에게 다음과 같은 편지를 쓴다. “아무쪼록 미국 가서 공부할 기회를 만들어 주십이요 크게는 한미 양국간에 문화교류가 되겠고 작게는 일개인의 성공의 길이 열리는 것이니 이점은 인순이도 쌍수를 들어 찬성하고 있습니다.”(연재 108회)

의 고향』에서 고학생들의 미국유학은 '미국'을 '자선단체'로 인식하는 김말봉의 인식은 물론, 전후 한국의 미국에 대한 인식 풍토를 대변한다. 아울러, 작중 인물의 미국유학은 '내면적 갈등의 필연성'이 아니라 '우연한 사건의 복합적 관계'에 의해 만들어졌다는 점에서, 대중소설의 안이한 구성에 한몫한다.23)

미군에 의해 혹독한 피해를 입은 북한이 '미국'과 '기독교'를 동일시하면서 전후 기독교에 대한 억압정책을 계속했던 것처럼, 미국에 의해 원조를 받는 남한은 '미국'과 '기독교'를 동일시 한 것으로 보인다. 남한 사회의 기독교 팽창을 논하는 연구자에 의하면 "재건"에 대한 국민의 열망을 교회가 부응하기도 했거니와, 또한 국민은 조국해방과 6·25동란의 은인격인 '미국'을 '기독교의 대표국'으로 인식하는 경향이 있어서 기독교에 대한 일반적인 호감이 편만했다고 한다.24) 김말봉의 전후 소설『생명』에서 창님은 미국을 지상 낙원으로 묘사한다. "큰 바다 같은 미국은 좁은 우물 속에서 살던 한 마리의 개구리 전창님에게는 고래나 상어가 사는 무서운 바다가 아니라, 부드러운 해초와 보석 같은 조개들이 있고 산호가 수림처럼 서 있는 아름다운 바다이다. 마음대로 헤엄치고, 원대로 지식의 열매를 따 먹을 수 있는 복지 가나안의 평지이기도 하다."(370면)25) 그렇다면, "고래나

---

23) 정한숙은『찔레꽃』을 분석하면서 '내면적 갈등의 필연성'이 확보되지 않은 채 '우연한 사건의 복합적 관계'속에 사건이 진행된다고 지적한 바 있다. 정한숙, 위의 책, 119면. 김말봉 전후 소설의 형식과 구성은 1930년대 소설을 그대로 유지하고 있다.

24) 김중기 외 2인,『한국교회성장과 신앙양태에 관한 조사연구』, 현대사회연구소, 1982, 26면. 이와 대조적인 시각에서, 1950년대 전후 현실에서 미국에 대한 존재에 의문을 제기하는 작품으로 송병수의「쇼리 킴」을 들 수 있다.

25) 김말봉의 전후 소설에서 '미국 유학'이 기독교적 구원 모티프를 노정하지만, 현실도피의 성격 역시 간과할 수 없다. 동시대 대다수 작가의 소설에서 '미국 유학' 및 '미국행'은 지적 허영과 사치, 현실에 대한 피안을 의미한다. 가령, 박경리의 초기 소설『銀河』(『대구매일』, 1960. 4. 2~8. 10)에서 진호는 '미국유학'을 언급하며 인희에게 프러포즈한다. 두 사람의 연인은 밤하늘 은하수의 아름다움을 보면서 '미국 유학'을 꿈꾼다. 이 밖에 최독견의『애정능선』(『영남일보』, 1956. 4. 16~1956. 10. 10)에서 사업가는 여비서를 유혹하기 위한 수단으로 '미국 여행'을 운운한다. 두 사람이 미국을 떠나는 날에는 대대적

상어가 사는 무서운 바다"는 어디를 말하는가. 그곳은 다름 아닌 전후의 한국이다. "상어나 고래가 사는 무서운 바다"를 피해 전창님과 박형만 등은 "복지 가나안의 평지", 미국을 찾아 유학을 갈망하고 서두른 것이다.

이외, 고아원 등의 자선단체는 김말봉의 전후 소설에서 빼놓을 수 없는 구원자가 된다. 김말봉은 그의 소설에서 '자선단체'를 '구제'가 아닌 '구원' 단체로 묘사한다. 『장미의 고향』에서 사업가의 첩노릇을 하던 안강순은 자신의 과거를 청산하고 새 삶을 산다. 그녀는 다음과 같이 회고한다. "예전의 호화스러웠던 불의의 진미보다도. 죄를 짓고 받은 사치한 의복보다도 이렇게 검소하고 깨끗하게 세탁된 옷을 입고 산다는 것은 얼마나 기쁜 일이냐? 자랑스런 일이냐?"(118회) 그녀는 "고아들을 도와줄려고 갔던 건데 자신이 구원을 받았"(118회)다고 여긴다. 이 밖에 김인순도 자선 단체를 통해 구원을 받는다. 그녀는 혼인을 빙자하여 간음한 서재영의 아이를 낳는다. 그녀는 '고아원'에서 아이를 낳고, 그곳에서 아이를 기른다.[26]

김말봉의 전후 소설에서 '구원 모티프'는 전전 세대 작가 김말봉의 적극적이고 능동적인 전후 인식을 보여주는 대목이다. 기독교 신자인 김말봉은 작중 인물을 죄악에서 구원하는 것은 물론, 죄를 박멸하고 기독교적 세계관으로 충일한 사회를 만드려는 염원을 드러낸다. 아쉬운 점이 있다면, '구원'의 실현에 있어서 개개인의 도저하고 철저한 자기 탐색없이 단지 타자(미국·자선단체)의 일방적인 원조에 의해 이루어진다는 점이다. 그저 '착하고 성실하게 살기만 하면 미국유학과 자선단체의 구원을 받는다'는 논리는 종교적 교리의 일부를 반영할 수는 있지만, 구체적이고 현실적인 문제의식은 배제하고 만다.[27]

인 파티(환송회)가 벌어진다.

26) 전후 소설에서 고아원 사업은 자주 등장한다. 곽학송의 『화원』(『매일신문』, 1956. 8. 5~1957. 2. 12)에는 젊은이들이 외부의 많은 어려움에도 굴하지 않고 꿋꿋하게 전쟁고아를 위한 고아원 사업을 벌이는 내용을 담고 있다. 유환과 유섭 형제는 성광육아원의 고아들을 위한 학교를 설립하는데 헌신한다.

4. 맺음말

  김말봉의 전후 소설은 1930년대『찔레꽃』과 동일한 통속소설의 범주에 속한다. 김말봉의 전후 소설이 이전 소설과 다를 바 없음에도 이 글에서 문제시하는 이유는, 전후 소설에 투영된 '작가의 윤리'가 전후 사회와 대중들에게 적지않은 영향을 미치기 때문이다. 그것은 다음과 같이 두 가지로 요약된다. 첫째, 김말봉의 전후 소설에는 기독교 의식이 전후 사회의 보편적인 윤리로 작용한다. 1952년부터 약 5년간 개신교 세례교인수가 100% 증가했다는 사실에 비추어 볼 때,[28] 김말봉이 소설을 통해 제시하는 기독교 윤리의 당대 수용효과와 의의를 짐작할 수 있다. 둘째, 김말봉은 전후 소설에서 기독교의 선·악 구분과 대립을 통해 반공이데올로기를 비롯하여 당대 지배적인 정치 담론을 제시한다.

  김말봉의 전후소설에서 선과 악은 '여자 고학생'과 '자유분방한 미망인'에 의해 구현된다. '여자 고학생'이 육체적 순결과 정조관념을 고수하면서 사회적인 선을 대변하는 반면, '자유분방한 미망인'은 육체의 타락을 통해 자신은 물론 이웃을 파멸의 길로 몰고가는 악의 화신이다. 이때 정도를 넘

---

27) 이외, 김말봉은 전후 소설에서 능동적으로 당대 지배적인 정치 담론을 수용한다.『장미의 고향』에서 박형만과 김인순의 삶에 불행의 불씨를 던진 서재영은 종국에 자신의 잘못을 뉘우친다. 이때 김말봉은 서재영의 회개 방법으로 '군입대'를 설정해 놓는다. 서재영은 김인순에게 용서를 청하며 다음과 같은 내용의 편지를 보낸다. "유사시에는 심신을 흘러 나라에 보답할 수 있는 「군대」라는 곳은 얼마나 감격스러운 대상인지— 내가 군에 복무를 마치고나가는 날 나는 이전의 내가 아니요 씩씩하고 참된 한 사람목의 대장부로서 당신 앞에 설 것입니다."(140회)

28) 1952년부터 1957년까지 주요 개신교의 세례교인 증가추세를 소개하면 다음과 같다(김중기 외 2인, 위의 책, 26면 참조).

연 대	예수장로회	기독장로회	고려파장로회	감리교회	성결교회
1952	231,473			23,166	7,025
1953	250,000	16,944		29,105	11,339
1957	550,853	30,892	17.366	42582	16,634

(R. E. Shearer의 일람표 준거)

어선 미망인의 '자유분방함' 기저에 남편의 자진 월북이 자리잡고 있다. 남편이 선택한 이데올로기가 남쪽에 남아있는 아내의 삶에 치명적인 영향력을 행사한다. '선'을 구현하는 '여자 고학생'의 의식 기저에 투철한 '기독교 신앙'이 자리하고 있는 반면, '악'을 구현하는 '자유분방한 미망인'의 출현 배경에는 월북한 남편이 선택한 '공산주의 이념'이 자리 잡고 있다. 이때 '악'은 종교의 입장은 물론 사회 보편 윤리의 입장이기 앞서, 정치적인 성격을 띠고 있다.

김말봉의 전후 소설에는 반공 이데올로기와 아울러 미국에 대한 일방적인 찬탄이 노출되어 있다. 전후의 고학생에게 '미국유학'은 '구원'에 해당한다. 고아원을 비롯한 자선단체와 마찬가지로 '미국'은 전후의 피폐한 고학생들에게 구원자의 역할을 한다. 작중에서는 '미국선교사들'과 '미군부대'가 고학생들에게 구원의 손길을 내밀어 준다. 성녀(기독교)에 의한 아담의 구원과 달리, '미국유학'에 나타난 구원모티프는 기독교의 선교사가 매개해 있음에도 구원(救援)보다는 구제(救濟)의 성격을 띠고 있다. 무엇보다도, 미국유학생들은 자기 연마(자기 구원)의 과정 없이 선택당하거나 선택을 기다린다. 그들의 유학 동기에는 공부에 대한 목적보다는 전후의 혼란으로부터 탈피하려는 의식이 강하다.

김말봉의 전후소설에서 구원은 '성녀'에 의해서건 '미국 선교사 · 미군장교'에 의해서건 간에, 주체의 적극성이 배제된 채 타율적 양상을 띠고 있다. 작중 인물들은 주체를 정립하는데 적극적이지 않으며, 단지 피조물로서 피동적으로 현실에 적응한다. 『푸른 날개』에서 적극적으로 사회를 개선하고 의기를 불태워야 할 교사, 권상오는 자신을 비롯한 모든 사람을 "죄인"이라 규정한다. "우리는 다 약합니다. 기회만 있으면 얼마든지 죄를 지을 수 있고 타락할 수 있는 피조물(被造物)입니다. 그 때문에 우리에게는 항시 고민이 따르는 겁니다. 그 고민이 육체적이든 정신적이든 이길 때까지 싸우는 것이 우리에게 부여된 운명인가 봅니다."(588면) 기독교의 교리가 그러하듯, 권상오의 고백은 시공을 초월한 인류의 보편적인 정서를 담고 있다. 그러나 아무리 설득력있는 보편 윤리라고 하더라도, 그것은 1950년대 첨예한 한국의 전후 현실과는 괴리되어 있음을 지적하지 않을 수 없다. 인류 보편의 문제를 고민하기에, 1950년대 한국의 현실은 전쟁과 분단이라는 특수하고 개별적인 문제에 직면해 있었기 때문이다. 권상오와 같은 남자 주인공들을 보필하여, 여자주인공(여자 고학생)들 역시 종교에 전적으로 의지하고 현실에서는 무조건적으로 권선(勸善)한다. 이 과정에서 전후의 첨예한 현실 문제가 희석되고 만다. 이러한 사실은 궁극적으로 추상적 역사 인식, 현실 인식의 불투명으로 지적될 수 있다. 이처럼 김말봉이 역사에 선행하여 종교적인 구도로 '1950년대 현실'을 바라보았다고 한다면, 우리는 당 시대 기독교 윤리의 형평성을 재고해 보아야 할 것이다.

한국 개신교의 주종을 이루고 있는 교파는 미국계의 여러 교파들의 선교에 의해 이루어졌다. 초대 한국에 파견된 개신교 선교사의 87% 정도가 미국인이며, 선교 초기에 미국의 남북감리교·장로교단의 선교부가 분할받은 선교지는 전국토의 70%에, 전인구의 거의 80%를 차지했다.[29] 전후에 이르면 기독교의 교세는 더욱 넓혀졌다. 특히, 전쟁이 가져다준 위기의식과 흑백논리식의 경직된 사회심리적 상태는 한국교회로 하여금 비판적인 검토 없이 이승만 정권을 반공세력이며 기독교에 도움을 준다는 이유로 지지하는 태도를 가지게 했다.[30] 1950년대 대표적인 기독교 기관지 『기독

---

29) 이만열, 「한국 기독교와 미국의 영향」, 『한국기독교와 민족의식』, 지식산업사, 1991, 445~492면 참조. 이만열은 미국 선교사는 한미수호통상조약의 체결(1882년) 이후 내한할 수 있었던 만큼, 미국 선교사의 한국 입국이 미국의 외교·통상문제와 깊은 관련이 있음을 시사한다. 이만열은 1910년대 한국에 영향을 미친 기독교의 성격을 다음과 같이 언급한다. "일본이 정치적으로 한국을 강점해 갈 때 미국이 종교(영)적으로 한국을 점거해 갔는 것은 통감부와 선교사들간에 치외법권이 준수되고 정교분리의 약속을 충실히 지키려고 했던 점에서 보였던 것처럼 또 하나의 '가쓰라—태프트밀약'의 수해과정 그것이었다."(이만열, 앞의 책, 456면)
30) 노치준, 「한국전쟁이 한국종교에 미친 영향—한국의 개신교회를 중심으로」, 『한국전쟁과 한국사회변동』, 풀빛, 1992, 237면.

공보』는 전쟁으로 인해 중지되었던 것을 속간하면서 공산주의 비판을 연재한다.31) 전후 한국에서 기독교의 가장 큰 사명은 "멸공구족 민주건국"이며 "공산주의를 반대하고 기독주의를 확립하는 것"이라고 강변한다.32) 전후 한국교회는 공산정권에 의해 당한 박해의 경험과 한국전쟁 및 냉전체제의 경험에 의해서 정치 이데올로기로서의 반공주의에 완전히 침잠되거나, 더 나아가서 그러한 이데올로기의 가장 적극적인 옹호자가 되었다.33)

전후 한국에서 정치와 기독교가 매우 높은 친화성을 가지고 있듯이, 김말봉의 전후 소설에서도 정치와 기독교는 교묘하게 얽혀있다. 자신이 의도하건 의도하지 않았건, 김말봉은 전후의 통속 소설을 통해 반공 이데올로기를 비롯한 정치적 강령이 삼투된 당대 기독교의 보편 윤리를 대중들에게 전파한다. 그 결과 김말봉은 독자들에게 위안과 일말의 희망을 남겨줄 수 있었지만, 개선하고 변화해야 할 현실의 문제는 보여주지 못했다. 한국전쟁을 인류보편사적인 '원죄형태'로 풀이할 경우, 작가는 물론 독자들은 객관적이고 총체적인 역사인식에 이르지 못하는 한계를 가질 수밖에 없다. 이것이야말로 전전 세대 작가 김말봉이 안고 있는 '소박하고 인정적인 휴머니즘'의 한계라 할 수 있다(2004. 9).34)

---

31) 「공산주의 비판」, 『기독공보』, 1952. 1. 4. 위의 책, 233~234면 재인용.
32) 『기독공보』, 1952. 2. 4. 위의 책, 234면 재인용.
33) 노치준, 위의 책, 233~234면 참조.
34) 물론 '소박하고 인정적인 휴머니즘'을 보여주는 모든 작품이 현실 인식의 한계를 노정하는 것은 아니다. 전전 세대 중 김이석이 보여주는 '소박하고 인정적인 휴머니즘'은 전대로부터 내려오는 유교 담론에 근거해 있으며, 김이석은 선량한 인물이 참담한 현실을 수용하고 극복하는 방식을 서정적으로 보여준다.

정비석의 대중소설에 나타난 '윤리' 고찰

－『청춘의 윤리』·『愛情無限』·『民主魚族』·『에덴동산의 길은 아직도 멀다』를 중심으로 －

1. 머리말

정비석은 1930년대부터 1980년대에 이르기까지 쉬지 않고 왕성하게 작품을 발표했다. 그는 일제 강점기에 『동아일보』(1936년)와 『조선일보』(1937년) 양대 일간지의 신춘문예를 석권하면서 문단에 진출한 노련한 작가이다. 정비석의 출세작은 1937년 「성황당」이며, 1954년 『자유부인』으로 일약 대중작가의 자리를 굳힌다. 그는 한국의 근·현대사를 거쳐 오면서 시대의 변화에 발맞추어, 당시대 유효한 모럴을 작품에 제시한다.

정비석(1911~1991)

예컨대, 1937년 「성황당」의 모럴은 '법(산림법칙)'이 아니라 '토속신앙(성황당)'이다. 여기에는 "저녁 까마귀가 울면 집안이 불길하다"[1]던가 "여우가

울 때에 그 입을 향한 곳에는 반드시 흉사가 있다”(43면)는 것과 같은 ‘토속신앙’을 비롯하여, 순이가 갖은 유혹을 물리치고 남편 현보를 섬기는 일부종사(一夫從事)의 ‘유교 윤리’가 혼용되어 있다. 1954년 『자유부인』에 이르면, ‘토속신앙(성황당)’은 ‘자유민주주의’의 윤리로 교체되는 반면, 일부종사의 유교 윤리는 견고하게 지속된다. 1960년대 『非情의 曲』에 이르면, 정비석은 자본주주의가 초래한 부도덕을 개탄하고 소극적인 대안으로서 ‘신가족주의’를 제시한다.

이처럼 정비석이 당 시대 대표적인 모럴을 작품에 반영한 작가이니 만큼, 그의 소설을 논함에 있어 윤리의 문제를 간과할 수 없다. 더군다나 그가 통속적인 대중소설로서 당대 다수의 독자를 확보한 작가이니 만큼, 독자 대중을 견인하는 작중의 모럴은 당대 수용자(독자)에게 일상 생활의 ‘윤리’와 동일시되었음을 짐작할 수 있다. 이 글에서는 정비석의 대중소설에 나타난 ‘윤리’의 성격과 의의를 살펴보고자 한다.

김상봉은 서양정신이 추구해온 윤리적 삶의 이상을 고찰하면서, ‘윤리적 인간(homo ethicus)’의 탄생을 역설한 바 있다. 그에 의하면 ‘윤리적 인간’은 ‘추수에 대한 희망 없이 선의 씨앗을 뿌리는 사람들’이며, ‘보상에 대한 기대 없이 세계에 대한 의무를 다하는 사람들’이다. 그는 어느 시대를 막론하고 이러한 ‘윤리적 인간’에 의해 인간의 역사가 지속된다고 본다.[2] 그렇다고 해서 ‘윤리적 인간’이 외부로부터 ‘도덕성’을 새롭게 수용해야 하는 특수한 인간을 의미하는 것은 아니다. 칸트에 의하면, 도덕성의 원칙인 정언명령은 신적 명령이나 관습 혹은 교육을 통해서 주어진 것이 아니라 모든 인간의 이성 속에 이미 내재해 있고 인간 이성의 본질과 이미 ‘한몸을 이루고’ 있기 때문에 자신의 이성 밖에서 찾아보려고 하거나 고안해 낼 필

---

1) 정비석, 「城隍堂」, 『暮色』, 범조사, 단기 4290년(1957), 42면. 이하 인용문은 말미에 페이지 수만 명기.
2) 김상봉, 『호모에피쿠스』, 한길사, 1998, 9면 참조.

요가 없다. 칸트는 인간과 짐승의 차이는 '지적능력'이 아니라 '도덕성' 유무에 있다고 한다.3) 그러므로 문화는 단지 '문명화'·'문화화'에 그치지 않고 '도덕화'를 겨냥하여 당면한 사회를 '이상적인 도덕공동체'로 만드는 데 기여해야 할 것이다.4)

앞서 지적한 바와 같이, 문학의 제 양식 중에서 '대중소설'은 당 시대 대중들에게 큰 영향력을 발휘한다. 특히 정비석의 대중소설은 오늘날에 비해 문화의 진폭이 그리 넓지 않았던 일제 강점기와 한국전쟁 직후에 널리 창작되었던 만큼, 그 어느 때보다 수용자들에게 큰 영향력을 행사하였음을 짐작할 수 있다. 대중소설이 당대 수용자들에게 미치는 파급효과를 감안한다면, 정비석의 대중소설에서 '윤리'의 문제는 단순히 주제의 차원을 넘어서서 당 시대 지배 이데올로기와의 상관관계에서 면밀히 검토되어야 할 것이다.

기존의 연구자들은 정비석 소설을 논함에 있어서 「성황당」·『자유부인』을 중심으로 언급하였다.5) 제 논의들은 대체로 「성황당」의 문학적 성과를 높이 평가하는 반면,6) 『자유부인』의 대중성에 대해서는 그다지 후한 점수를 주지 않았다. 대중문학에 대해 적극적인 의미를 표명하는 논자들을 제

---

3) 강영안, 『도덕은 무엇으로부터 오는가 – 칸트의 도덕철학』, 소나무, 2000, 74~75면.
4) 강영한, 「제3장 목적의 왕국과 최고선」과 「제6장 악의 진실과 칸트적 대안」, 위의 책, 103~136면과 195~218면 참조.
5) 정비석에 관한 대표적인 논의를 소개하면 다음과 같다.
  김동윤, 「1950년대 신문소설의 한 양상 – 정비석의 『자유부인』론」, 『국문학보』 14, 제주대학교 국어국문학과, 1996.
  강진호, 「전후세태와 소설의 존재방식 – 정비석의 『자유부인』을 중심으로」, 『현대문학이론학회』, 2000.
  김지영, 「정비석 초기연애소설 연구」, 부산대학교 석사학위논문, 2000.
  안영숙, 「정비석 문학의 에로티시즘 연구 : 「성황당」과 『자유부인』을 中心으로」, 충남대학교 교육대학원 석사학위논문, 2000.
  한혜원, 「정비석 소설의 창작방법 연구」, 이화여대 석사학위논문, 2002.
6) 문학적 성과를 높이 평가하는 일례로 김병욱의 「정비석의 문학」(『월간문학』, 1971. 8)을 들 수 있으며, 최근에는 「성황당」에 대한 생태학적 접근(차봉준, 「정비석의 <성황당>에 나타난 생태적 인식 연구」, 『인문학연구』, 숭실대학교, 2000)까지 이루어지고 있다.

외하면, 정비석의 전후 소설에 대한 논의는 거의 없다. 이 글에서는 정비석의 장편소설을 대상으로, 1942년 발간된『청춘의 윤리』·1952년작『愛情無限』·1955년 한국일보에 연재된『民主魚族』, 1960년 조선일보에 연재된『에덴동산의 길은 아직도 멀다』를 중심으로 작가의 의식추이를 조명하고, 소설에 나타난 '윤리'의 문제를 고찰해 보고자 한다.

2. 정비석의 대중소설에 나타난 '윤리'의 성격과 변이 과정

2-1.『청춘의 윤리』(1942)[7] : 황국신민으로서 '자기희생'의 윤리

이 작품은 네 사람의 청춘 남녀를 대상으로 그들의 애정갈등과 이상(理想)을 다루고 있다. 이 작품에서 정비석은 당 시대 젊은이들에게 '청춘의 꿈'이 아니라 '지배 이데올로기가 요구하는 윤리'를 쫓아야 한다고 역설한다. 작중 정비석이 제시하는 '윤리'는 무엇인가. 그것은 젊은이들이 자기를 계발하고 자아를 실현하는 대신, 타자(벗·국가·민족)를 위해 끊임없이 희생해야 한다는 것이다. 그 결과, 청춘 남녀는 애정을 쫓기보다 당 체제가 요구하는 직업과 책임을 완수하는데 젊음을 바친다. 작중 주인공 장현주와 주성호를 통해 당 체제가 요구하는 윤리의 성격과 의의를 구체적으로 살펴보면 다음과 같다.

여자 주인공 장현주는 사랑하는 남자의 부인이 되기 앞서, 벗에 대한 신

---

7) 정비석에 의하면, 매일신보사에서 간행된『청춘의 윤리』는 1942년 초 당시 출판부장 양재기의 권유에 의해 창작한 것이라고 한다(정비석,『나비야 청산가자』, 신원문화사, 1988, 190면). 이 작품을 쓸 무렵, 정비석은 매일신보의 신문기자로 있었다. 그에 의하면, "41년 가을로 접어들자 시국은 더욱 험악해져서 조선 청년들을 '지원병'이라는 명목으로 무수히 뽑아갔"으며, 자신은 "그냥 놀고 있다가는 징용으로 뽑혀나갈 우려가 농후하기에 매일신보에 기자로 입사했다"(188면)고 한다.

의를 존중하고 자선단체 성애원(産院·託兒所)을 운영하는데 헌신한다. 성
애원은 태평양 전쟁이전에는 미국 선교사가 경영해 왔으나, 전쟁직후 미국
인이 떠나자 경영자는 최영득으로 바뀌었으며 실질적인 관리는 장현주가
전담한다. 장현주가 성애원을 맡기까지 내면의 추이를 살펴보면 다음과 같
다. 장현주는 미국 선교사 부인의 비서로 있었으나, 태평양 전쟁의 발발로
미국인이 한반도를 떠나자 직장을 잃는다. 이에 최영옥은 장현주에게 오빠
최영득이 경영하는 성애원의 일을 위탁한다. "남의 종살이 그만치 해 줬음
인제 제 나라를 위해서 일을 좀 해야"8)한다는 것이다. 이때 '남'은 미국이
고, '제 나라'는 내선일체의 조선(일본)을 의미한다. 장현주를 비롯한 작중
인물의 의식에 자리잡고 있는 '나라'는 조선 민족의 개념이 희석된 '제국
일본'을 의미한다. 장현주는 "스물 네해 동안 성심 전력으로 남의 종살이
를 한 것을 생각하면 새삼스러이 이가 갈리면서, 이제부터나마 나라를 위
해서 몸을 바쳐야겠다"고 결심하고, "오금이 바스라져서 가루가 되어도 좋
으니 조금이라도 국가와 민족을 위해 보람 있는 일을"(260면) 하겠다는 일
념으로 성애원에 헌신한다. 장현주는 '황국신민'으로서9) 철저히 자기를 희
생하려는 것이다.

그렇다면, 장현주가 헌신하는 '성애원'은 어떤 곳인가. 성애원은 단순한
고아원이 아니라 미혼모들의 출산을 적극적으로 돕고 그들이 낳은 아이를
맡아서 돌보는 산원(産院)을 겸한 고아원이다. 미혼모 임정희는 성애원에서

---

8) 정비석, 「청춘의 윤리」, 『고원·애정무한·청춘의 윤리·장미의 계절』, 민중서관, 1960,
   221면. 네 작품은 한 권으로 합본되어 있지만, 모두 장편소설이다. 이하 「애정무한」·「장
   미의 계절」 등의 인용은 인용문 하단에 페이지 수만 밝히도록 함. 정비석은 이 작품에 대
   해 다음과 같이 증언한다. "초판 3천부가 보름만에 매진되고, 재판 3천부도 한달만에 매
   진되어 자꾸 판을 거듭했다. 이어 유치진이 주재하는 극단 '신협(新協)'에서 이광래 각
   색·유치진 연출로 부민관에서 상연되었다. 이해랑·김동원·황정순·강계식 등 당대의
   일류배우들이 총동원된 데다가 전시답지 않게 무대장치가 매우 호화스러워서 관객이 놀
   랄 만큼 많았고 그 영향력으로 책은 자꾸만 팔렸다."(정비석, 위의 책, 193면)
9) 역사가 이중연은 일제말기 지식인들의 친일행각을 성토하며, 그 시기를 '황국신민의 시
   대'라 명명한다(이중연, 『'황국신민'의 시대』, 혜안, 2003).

아이만 낳을 뿐, 자신은 노동 현장으로 귀환하며 '애국부인회' 활동을 한다.[10] 아이는 엄마의 품이 아니라 성애원 보모의 품에서 자란다. 요컨대, 성애원은 여성의 출산을 장려하고 여성의 노동력을 사회에 귀속시키기 위한 기관이다. 여성의 출산 장려는 작품에서 자주 나타난다. 성애원에서 일하는 산부인과 의사 혜순은 전시기에 처한 여성의 임무를 언급하면서 '출산에 대한 의무'를 강조한다. "여자가 제 아무리 용감허구, 나라에 대헌 충성이 열렬허다 해두 총 메구 군인들처럼 전장에 나갈 수 있겠니? 그야 나가면 나갈 수도 있겠지만 나간댔자 남잘 따를 수가 있나. 그러니깐 괜히 날치는 것보다는 제 힘에 자라는 한도 내에서 최선을 다허는 것이 결국 나라로서두 유익허구, 본인을 위해서두 상책이지, 그렇다구 그런 여잘 못난 여자라군 생각지는 않을 거거든. <u>애기 낳는 것은 뭐 나라에 대헌 봉공이 아닌가. 가장 큰 봉공이지.</u>"(311면, 밑줄은 인용자의 강조) 최영득은 장현주에게 "출산증식"과 관련하여 여성의 결혼과 윤리적 의무를 다음과 같이 제시한다. "혼인은 개인의 일이라는 그릇된 관념을 버려야 하죠. 여자는 혼인해서 가정을 통하여 국가나 민족을 돕는 것이 오히려 여자로서의 참된 길일 것이오. 개인 개인으로서 국가를 돕는 것두 물론 필요허겠지만 그런 분산적인 노력보다 가정을 통해서 협력허는 것이 더욱 줄기찬 것이 아니오? 여자가 혼인해서 애기를 낳는 것이 어째 개인만을 위하는 것이겠오. 더구나 우리 민족은 처지가 남과도 다르니까 덮어놓구 많이 낳아야 할 거요!"(368면) 결국 성애원이 표방하는 출산 장려 정책은 '조선 민족'을 위한

---

10) 이선옥은 「여성해방의 기대와 전쟁 동원의 논리」(『친일문학의 내적 논리』, 역락, 2003, 239~272면)에서 일제 강점기 여성지식인들의 친일담론에 반영된 여성상을 "銃後婦人의 覺悟와 군국의 어머니"라 명명하고, '군국의 어머니'·'근검절약과 물자 생산확충'으로 그 성격을 규명한 바 있다. 『청춘의 윤리』에서 미혼모 임정희는 '군국의 어머니'로서 건강한 아들을 낳고 이후에는 '근검절약과 물자 생산 확충'을 위해 노동현장에 투신한다는 점에서, '군국의 어머니'이자 '근검절약과 물자 생산 확충'을 실현하는 모범적인 황국신민이다.

것이 아니라, '전시기 일본'을 위한 것임을 알 수 있다.[11]

이 작품에서 '자기희생'의 윤리는 비단 여성 인물에게만 국한된 것이 아니다. 남자 주인공 주성호은 더욱 능동적으로 '자기희생'의 윤리를 실천한다. "청춘? … (중략) … 성호는 청춘이 가지고 있는 힘의 위대함에 새삼스러이 놀란다. 제가 짊어지고 있는 힘의 위대함에 새삼스러이 놀란다. 제가 짊어지고 있는 의무가 너무나 거창함에 일종의 쾌감을 느꼈다. 성호는 잠시 눈을 감으며 고요히, 일선에 싸우고 있는 병사들에게로 생각을 내려본다. 국가의 흥망이 오직 이 한 싸움에 달린 절대절명의 운명을 짊어지고 용감무쌍하게 싸우는 일선의 용사들은 거의 전부가 이십대요, 삼십대가 아닌가. 목숨은 하나 밖에 없다. 하나 밖에 없는 목숨이니, 제 목숨 아깝기는 누구나 다 마찬가지다. 그 유일무이한 목숨을 오직 나라를 위하여서는 터럭같이 가볍게 생각하는 그보다 더 신성한 사상이 또 다시 있을 수 없을 것이다."(255면) 정비석은 주성호의 동생 성준을 "출정군인"으로 등장시켜, "애국부인회"의 열렬한 환호 속에서 출정하는 '청춘의 희생'을 예찬한다. 주성호에게 청춘의 윤리는 내선일체의 조선(일본)을 위한 '자기 희생'이다.

주성호가 주창하는 "희생 정신"은 "생활을 근본적으로 개조"하여 "자기 본위"가 아니라 "남을 위한다든가 국가 민족을 위한다"는 것이다. 주성호는 "의학박사의 칭호를 얻어 주성호라는 이름을 사회에 떨쳐 보려고 생각했던 것"과 "현주의 사랑을 차지해서 그와 더불어 단란한 가정을 베풀어 보려고 했던 것"(356면)을 모두 "허영"으로 치부한다. 그는 사랑하는 여성 장현주를 선택하는 대신, 그리고 전문의 학위를 취득하는 대신, 부상병들

---

11) 일본의 한 연구자에 의하면, 총력전 당시 일본에서는 '자보보국(子寶報國 : 아이를 낳는 것을 통해 보국한다)'의 '낳는 어머니'가 요구된 반면 조선에서는 징병·징용에 반대하지 않는 '계발 대상의 어머니'가 강조되었다고 한다. 그런 의미에서 전시기 조선 여성에게 강조된 역할은 '창부의 역할', '생산 노동력으로서의 역할'이라고 한다(가와 가오루·김미란 역, 「총력전 아래의 조선 여성」, 『실천문학』, 2002, 가을, 290~313면). 그러나 이 작품에서 알 수 있듯이, 일본의 전세가 급박해지자 식민지 조선에서도 '자보보국'이 요구되었다.

을 치료하기 위해 일선의 병원에 간다. "남들은 나라와 민족을 위해서 총 검을 들구 생명을 내대구 싸우는데 나는 대체 방구석에 박혀서 무엇을 허구 있누."(258면) 자책하던 성호는 결국 자진해서 일선에 나간다. 그는 자신이 사랑하는 장현주 대신 최영옥과 결혼하기로 마음먹고, 그녀에게 다니던 직장을 그만두고 자신과 같이 일선 병원에서 간호원으로 일할 것을 권고한다.

주인공들은 한결같이 자신이 '하고 싶은 일'을 하는 것이 아니라, '해야 하는 일'을 선택한다. 그들이 '해야 하는 일'은 사랑하는 여자(남자)를 평생의 동반자로 삼는 것도 아니며, 의학도로서 자기를 계발하는 것도 아니다. 그들은 모두 당시 지배 체제가 요구하는 바에 따라 '자선 단체'와 '일선 병원'에서 청춘을 송두리째 희생한다. 전세가 급박하게 기울어질수록, 일제는 조선의 젊은 청춘들에게 자기 희생을 강요한다. 정비석은 이것을 '청춘의 윤리'라는 이름으로 당시대 독자들에게 널리 유포한다. 정비석이 조선의 청춘들에게 제시하는 '윤리'는 전황의 심각한 위기에 처한 일본을 위해, 아낌없이 목숨을 바칠 수 있어야 한다는 것이다.[12] 일제 강점기 정비석이 제시하는 윤리가 '제국 일본에 대한 조선 청년의 희생'이었다면, 1950년대 한국전쟁 이후 정비석이 제시하는 윤리는 철저한 '반공(反共) 이데올로기'이다. 다음 장에서는 '반공 이데올로기'를 정비석의 전후 소설에 나타나는 중심 윤리로 보고, 작중에서 반공 이데올로기가 어떻게 드러나는지 살펴보고자 한다.

---

12) 정비석이 제시하는 윤리는 '어떤 다른 목적'을 위한 유용한 수단에 불과하다는 점에서, 칸트의 윤리학에서 말하는 '선한 의지'와는 거리가 멀다(김상봉, 「법칙 속에 있는 선」, 앞의 책, 264~277면 참조).

2-2. 전후 사회에서 '반공 이데올로기(윤리)'의 강화와 '자유 민주주의'의 윤리

(1) 『愛情無限』(1952) : '연애의 자유'로서 '반공 이데올로기(윤리)'의 수용

이 작품에서 정비석은 작가로 등장한다. 작가 정비석은 피난지 대구의 달성공원 이상화 시비 앞에서 이근호를 만나, 비극적 사랑 이야기를 전해 듣는다. 그 비극적 사랑 이야기가 바로 이 작품의 내용에 해당한다. 이근호는 적치하 서울에서 '중구선전실'의 일을 맡게 된다. '중구선전실'에는 책임자 김철과 선전대원 김선옥·이근호가 함께 일한다. 작중에서 김철은 "본시는 사무원이었는데 민애청(民愛靑) 관계로 반년 가량 형무소에 미결로 들어가 있다가, 육이오통에 출옥한 소위 「출옥동지」로서 지식도 교양도 대단치 않은 청년"에 불과하지만 "형무소에서 나왔다는 단지 그 한 가지 특권으로 선전실 책임자"(125면)가 된 얼치기 공산주의자이다. 반면, 이근호는 공산주의를 피해 월남한 자유주의자를 대변한다. 이근호는 적치하에서 공산당의 일을 도우며, 우익측에 정보를 제공하는 역할(스파이)을 맡는다. 그가 선전실에서 남몰래 적는 "自由! 自由! 아아 自由가 그리워!"(135면)라는 글귀는 우익이 '자유'를 대변한다기보다, 좌익이 자유를 압살하고 있음을 간접적으로 시사한다. 그렇다면, 공산주의 사회가 압살하는 '자유'는 어떤 것인가. 결론부터 말하자면, 그것은 사랑하는 여인과의 '자유로운 연애'를 의미한다.

이근호와 김철은 양자 모두 김선옥을 사랑한다. 그러나 김선옥이 마음을 주는 인물은 자유주의자 이근호이다. 이 작품의 표면적인 주제는 남녀간의

韓國文學全集
20
鄭飛石
古苑·愛情無限·其他

民衆書舘

민중서관 1960년 발간

애정이지만, 이면적인 주제는 공산주의에 대한 자유주의의 우위를 보여준다. 이때 자유주의의 가치 척도는 '연애의 자유'에 있다. 공산주의 진영에서 일하는 아름답고 이지적인 여성 김선옥은 공산주의자가 아니라 자유주의자를 선택하며, 그들의 자유 연애는 공산주의의 굴레를 벗어난 후에야 실현된다. 김선옥은 이근호에게 다음과 같이 쪽지를 보낸다. "自由가 그렇게 그리우세요? 사람에게는 自由가 生命보다도 貴하다는 것을 저도 요새와서 깨달았에요. 自由, 自由! 先生님이 自由를 그리워 하시듯이 저도 自由가 그리워요!"(136면) 오빠가 뿌리깊은 공산주의자임에도, 김선옥은 이근호를 사랑하고 그가 추종하는 이념을 선택한다. 그녀는 다음과 같이 자신의 과오를 고백한다. "저는 인민군이 서울에 들어왔을 시초에는 공산주의자가 무엇인지도 잘 모르면서도 오빠의 영향도 있고 해서 공산 세상이 좋거니만 믿었어요. 그렇게 믿었기 때문에 일에도 충실하려고 노력했어요. 그렇지만 시일이 차차 경과하면서 그들이 개인의 자유를 너무나 압제하는 것이 불만이었는데, 마침 그럴 무렵에 근호씨가 자유를 그리워하는 글발을 쓰시는 것을 보고 그 때부터는 저도 근호씨의 뒤를 따를 결심이었어요." (161면)

공산주의 굴레를 박차고 나온 김선옥은 이근호와 더불어 완전한 결혼과 사랑을 언약하고 낭만적인 연애와 동거에 돌입한다. 두 사람은 산속으로 피난가서 꿈같은 시간을 보낸다. 김선옥과 이근호는 피난생활이라기보다 아무런 방해도 받지 않는 산속에 들어가 달콤한 동거생활을 영위하는데, 정비석은 이것을 "에덴동산의 아담과 이브의 생활"(185면)로 묘사한다. 이근호와 김선옥이 "개인의 자유"를 압살한다는 점에서 공산주의를 부정했다면, 공산주의를 등진후 그들의 행적, 즉 자유로운 연애와 동거 생활은 그들이 갈망하는 "개인의 자유"가 구체적으로는 '연애의 자유'임을 보여준다. 정비석에게 '자유'는 '남녀간의 자유로운 연애와 결합'을 의미한다. 무릇 '자유'는 이념으로서 개인의 의식 성장과 자아 실현 등 폭넓은 사유 지평을 가지고 있는데 비해, 유독 이 작품에서 '자유'는 남녀간의 '연애의 자유'에 국한되어 있다. 즉 자유연애는 북한의 공산주의 사회에서는 불가능하며, 남한의 자유주의 사회에서만 가능하다는 것이다. 작중 젊은이들의 '반공 의식'은 '공산주의 사회에서는 연애의 자유가 없다'는 데서 출발하고 있다. '연애의 자유'를 만끽하기 위한 '반공의 논리'는 정비석의 1960년대 작품에도 지속적으로 나타난다.13)

유엔군이 서울을 수복하자, 두 사람은 피난생활을 끝내고 다시 서울에 들어온다. 그러나 김선옥은 병(복막염)을 얻는다. 이근호가 유엔군과 함께 서부전선으로 종군한 동안, 김선옥의 병은 악화된다. 다시 전세가 악화되어 서울에 돌아온 이근호는 병중에 있는 김선옥을 데리고 부산으로 피난간다. 그곳에서 김선옥은 마지막 숨을 거둔다. 김선옥의 죽음은 그녀가 이전에 선택했던 공산주의와 관계가 있다. 자유주의자와 공산주의자가 만나서 공산주의자는 자유주의자로 귀환하지만, 그들은 낭만적인 연애와 동거에 그칠 뿐 구체적인 생활로 이어지지 못한다. 두 사람간에 사랑의 미완성은 김선옥의 이전 행적(공산주의자)과 관련이 있다.

좀처럼 정비석은 공산주의자와 자유주의자를 결합시키지 않는다. 예컨

---

13) 1961년작 『에덴동산의 길은 아직 멀다』에서 옥란과 성준은 결혼을 반대하는 부모에 대항하여, 더욱 적극적으로 교재한다. 그들은 호텔에서 사랑을 나눌 수 있는 기쁨의 원천을 그들이 소속한 사회가 '공산주의'가 아니라 '자유주의'라는 데서 찾고 있다. 혼전(婚前), 한성준과 지옥란은 호텔에서 함께 밤을 보낸다. 그들은 공산주의 사회와 대조하여 그들의 행복을 배가시킨다.
"옥란은 폴란드의 젊은 작가가 썼다는 <제八요일>이라는 소설을 읽어본 일이 있어? (중략) 그 소설의 주인공은 우리들처럼 진심으로 사랑하는 청년 남녀야. 두 사람은 서로 사랑하기 때문에 같이 자고 싶은 생각이 간절했지만, 그럴 만한 장소가 없어서 무척 애쓰고 있는 심리가 기가 막히게 잘 그려져 있어!"
"정말 자고 싶으면 호텔에라도 가지 않고 왜 안타까와만 했을가요?"
"그건 자유주의 국가에서나 할 수 있는 일이야. 공산국가에서는 감시가 심해서 호텔출입이 아무나 맘대로 안 되거든! (중략)"
"서로 사랑하면서 단 둘이 만날 기회가 전연 없다면, 그처럼 안타까운 일이 없을 것예요. 그렇죠?"(정비석, 『에덴동산의 길은 아직도 멀다』, 회현사, 1978, 279면).

대 전쟁이전 1947년에 발표된 장편『장미의 계절』에는 공산주의 사상을 추종하는 남자 인물 노인수가 등장한다. 여자 주인공 유경채는 같은 출판사에서 일하는 노인수와 사랑에 빠진다. 그러나 노인수는 애정을 미끼로, 회계를 담당하는 유경채에게 회사의 공금을 횡령하도록 유인한다. 그는 돈을 손에 넣자, 종적을 감추고 모리배의 짓을 하다가 경찰에 적발된다. 이후, 노인수는 남한 사회를 떠나 자진 월북한다. 상심한 유경채는 출판사 사장 강시중의 구애를 받고 그와 결혼한다. 공산주의 사상에 경도된 노인수는 여자 주인공 유경채의 반려자가 될 수 없으며, 작중에서는 부도덕한 인물로 묘사된다. 정비석은『장미의 계절』에서 공산주의자와는 완전한 사랑의 완성에는 이르지 못함을 간접적으로 피력한다. 이 글에서 다루는 작품의 표제 '愛情無限'은 상충되는 이념 아래에서도 남녀간 애정은 무한함을 보여준다. 그러나 자유주와와 공산주의를 대변하는 각각의 남녀는 상충된 이념에도 불구하고 애정은 나눌 수 있으나, 행복한 애정의 완성에는 이르지 못한다.

동시대 다른 전전 작가의 작품에서도 사정은 마찬가지이다. 1953년에 간행된 김말봉의『별들의 고향』에서 공산주의에 경도된 유송난은 자유주의자 최창열을 사랑하지만, 두 사람은 결합하지 못한다. 김말봉은 공산주의에 경도된 유송난을 철저히 불행으로 몰고 간다. 출생에서부터 그녀를 '기생의 딸'로 낙인찍는가 하면, 성격파탄자로 만들어 사랑하지 않는 남자와 관계하고 미군 접대부로 전락하게 만들며, 종국에는 죽음으로 몰고간다. 반면, 자유주의자인 최창열은 조신한 기독교 신자인 박영주와 결합하는 것으로 끝을 맺는다.14) 전전세대 작가의 소설에서 사상을 달리하는 남녀간의 만남은 이루어지지 않는 비극적인(불완전한) 사랑을 보여준다. 그들의 애정파국은 상대 연인이 추종하거나 혹은 추종한 바 있는 공산주의 사상에서 비롯된 것이다.

---

14) 김말봉,『별들의 고향』, 정음사, 단기 4286년(1953) 참조.

정비석은 공산주의에 대한 거부감을 간접적으로 시사한다. 정비석은『애정무한』에서 비록 김선옥이 자유주의로 전향했더라도 종국에는 그녀를 죽음으로 몰고 간다.『장미의 계절』에서 공산주의 사상에 경도된 노인수를 남한 사회에 발을 붙이지 못하고 월북하도록 만들어 놓았듯,『애정무한』에서도 한때 공산주의 사상에 경도된 김선옥에 대해 정비석은 그녀의 사랑을 미완성으로 나아가 그녀의 삶을 죽음으로 응징한다.

(2)『民主魚族』(1955)[15] – 자유 민주주의 사회에서 '직업 윤리'의 강조

이 작품에서 정비석은 전후 혼란한 사회에 대한 계몽 의지를 강하게 표출한다.[16] 이 작품에서 정비석은 '반공 이데올로기'를 정치적·군사적 범주에서 벗어나 경제적인 범주에서 '직업 윤리'로 승화시킨다. 작중 주인공인 박재하 사장이 표방하는 '직업 윤리'는 직장내 근로자의 윤리이기 앞서, 전후 한국사회가 당면한 과제이다. 박재하 사장은 평소 "경제적인 독립 없이는 정치적인 독립이라는 것이 있을 수 없다"고 여기며, "무력전쟁(武力戰爭)"이 아니라 "생산전쟁(生産戰爭)"(380면)의

『민주어족』(정음사, 1955)

---

15)『民主魚族』은 1954년 12월 10일부터 1955년 8월 8일까지(228회) 한국일보에 연재되었다. 텍스트로는『民主魚族』(정음사, 1955)을 삼았으며 인용문은 페이지수만 밝힘.

16) 연재에 앞서 정비석은 작품의 주제를 다음과 같이 밝히고 있다. "義務와 權利가 秩序있게 수행될 때에 비로소 참된 民主主義가 具現될 것이므로 국민각자의 그에 대한 노력은 그것이 바로 愛國心이기도 할 것이다. 나는 이번 小說에서 愛國心에 불타는 몇 사람의 그러한 노력을 그려볼까 한다. 내가 그려보려는 것은 몇 사람의 私生活에 불과하다. 그러나 그것이 우리 國民 全體에 공통된 行動目標가 될 수 있다면 作家로서는 望外의 榮光이겠다." (『한국일보』, 1954. 12. 4)

중요성을 강조한다. 정비석은 박재하 사장을 통해 전후 한국사회에서 '반공 윤리'는 정치·군사력의 영역이 아니라 '경제의 영역'에서 실현되어야 함을 강조한다.

정비석은 자유 민주주의가 도래한 한국 사회에서 민주 국민은 자신이 몸담은 직장에서 자신의 임무를 충실히 수행하는 것이라고 역설한다. 표제어 '민주어족(民主魚族)'에서도 드러나듯, 작중 인물은 '민주어족'과 '반(反)민주어족'들로 구분된다. 민주어족에 속하는 인물로는 사업가 박재하 사장, 엔지니어 홍병선, 회계를 맡은 강영란과 변호사 오창준, 오창준의 모자 아파트 일을 돕는 강영희가 등장한다. '반민주어족'으로는 재산가의 아들 배영환과 타락한 유한 마담 김은애 여사, 부정부패를 일삼는 정치인과 중상모략가가 있다. '민주어족'이 맡은 바 임무에 충실한 직업인인데 비해, '반민주어족'은 직업이 없거나 직업이 있더라도 일은 태만하고 방탕을 일삼는 인물들이다. 후자는 민주주의 사회에 역행하면서, 전자들이 '직업 윤리'를 수행하는데 걸림돌이 된다.

특히, 이 작품은 '민생알루미늄'이라는 기업을 배경으로 이야기가 전개되고 있는 만큼, 사장 박재하와 엔지니어(연구원) 홍병선, 회계를 맡은 강영란의 삼각관계가 서사의 중심에 놓인다. 박재하 사장은 "여순(旅順) 공과대학 출신으로 일제 때에는 겸이포제련소(兼二浦製鍊所)에 일급 기사로 있었"(28면)으며, 해방후에는 북한측에 억류되어 반동분자라는 죄명으로 감옥살이를 하다가 탈옥하고 월남한 반공주의자이다. 그는 가족을 북한에 두고 온 실향민이지만 사적인 욕망에는 눈을 돌리치 않은 채, "사십대 남성의 냉철한 판단력과 강인(強靭)한 인내"(246면)로 공장 숙질실에서 6년째 독신 생활을 한다.

박재하 사장은 '민주주의'를 다음과 같이 정의한다. "민주주의의 기본 정신은 인권옹호에 있다고 나는 생각하는데, 인권옹호라는 말을 뒤집어 표현하면, 사람을 소중히 여기지 않으면 안된다는 사상일께요." 그의 공장은

'민주주의가 실현되는 작은 사회'이다. 박사장은 고용주와 고용인의 관계에 있어서도 민주적이어야 함을 강조한다. 예컨대 그는 "칭호(稱號)로써 권위와 위신을 지켜나가려는 풍습이 남아 있는 동안에는 민주주의는 제대로 발전되지 못"(15면)한다고 여겨, 사원들에게 '님'자를 배제하고 '사장'·'대장'을 자칭한다. 이외 박사장은 직원들에게 주(株)를 적당히 분배하여 '민생 알루미늄'을 '주식회사'로 만들려고 계획하며, "대한민국의 부흥공사"(355면)를 도모한다. 박재하 사장이 자본가의 직업 윤리를 철저히 수행해 나간다면, 연구원 홍병선은 엔지니어로서 직업 윤리를 수행해 나간다. 그는 "명예를 바라는 것도 아니요, 이욕을 탐내는 것도 아니다. 오직 자기가 소신하는 바를 향하여 주야로 연구에 몰두"(80면)한다. "연애에는 소년같이 유치하면서도, 사업을 위해서는 백전노장처럼 노련"(488면)하다. 박재하 사장과 오창준 변호사가 공산주의자라는 혐의를 받고 수감되자, 그는 '민생 알루미늄'의 사활을 위해 진취적인 기상을 펼친다.

민주어족이 생산 현장에서 적극적인 직업 윤리를 실천해 옮기는데 비해 반민주어족인 '정치인'과 '유한마담(김영애 여사)·'재벌가의 아들(배영환)'은 개인의 이권(利權)과 영달(榮達)에 몰두한다. 특히 작중에서 반(反)민주어족이 내세우는 '반공 윤리'는 '민주주의 사회 건설'의 걸림돌로 작용하고 있다. 그도 그럴 것이 국방의 범주에서 다뤄져야 할 '반공(反共)'이 정치인들의 이권과 영달을 위해 오용되고 있기 때문이다. 작중에서 고위 정치인들은 박재하 사장에게 애국자의 유가족(군경 미망인)을 위해 대리점을 줄 것을 명한다. 박재하 사장은 정치의 임무와 경제의 영역을 분리하여, 일언지하에 거절한다. 이에 정치가들은 박재하 사장을 '공산분자'로 내몬다. "내(정치가 : 인용자) 생각이 틀렸다면, 그러면 당신은 모리배나 공산분자란 말이요? 공산분자 이외에는 내 말이 틀렸다고 할 사람이 없을터인데, 당신은 지금 내 말이 틀렸다고 분명히 말했으니, 그렇다면 당신은 틀림없는 공산분자이구료!"(86면) '민주어족'이 소신껏 '직업 윤리'를 단행하자, '반민주어족'은 그들을 '공산주의자'로 낙인찍는다. 이러한 사례는 오창준 변호사의 경우에도 마찬가지이다. 오변호사는 "공산주의를 근본적으로 방지하려면, 공산사상의 온상이 되어 있는 사회의 결함을 시급히 시정해야 한"다고 여긴다. 그러나 그는 "일부의 동업자들한테서는 빨갱이라는 비방"을 듣는다. 이러한 사실은 전후 사회에서 자유 민주주의의 실현이 어려움을 보여주고 있거니와, 민주적인 직업 윤리는 부패한 정치권력에 의해 제대로 실현되기 어려웠음을 짐작할 수 있다.17)

그 밖에, 반(半)민주어족으로 유한마담 김영애 여사와 재벌가의 아들 배영환이 등장한다. 그들은 자신의 편의에 맞추어 '민주'와 '문화'를 오용한다. '문화'에 대한 오용 사례로서 '자동차', '요리집', '댄스' 등의 무절제한 탐닉을 들 수 있다. 그들은 '화려한 소비'를 생활의 중심에 놓는다. 김영애 여사는 '자유 민주주의 윤리'를 오용하여 가정을 파탄으로 몰고 간다. 그녀는 소비와 향락에 있어서 '여남동권'을 주장하며, 댄스홀을 출입하고 여러 남자들과 관계한다. 정비석은 '자유'와 '민주'에 대한 오용 사례로 '남녀', '부부'간의 문제를 지적하고 있다. 작중 김영애 여사는 여성이 남자와 동등하다는 이유로 자신의 책무(어머니·아내)를 등한히 한다. 그녀는 '노동과 근로의 영역'에서도 여성이 남성과 동등해야 함에도 불구하고, 오직 '소비(유흥)의 영역'에서만 남성과 동등해지려 하거나 남성을 압도하려 한다.

은행장의 아들인 배영환은 댄스를 일삼고 자동차를 타는 것을 '문화(생활)'로 치부한다. 배영환은 강영란에제 자가용을 보내며 다음과 같이 말한다. "현대문화인은 문명의 이기를 최대한도로 이용해야 하지 않습니까?"(33면) 그러나 실상, "문명의 이기"를 최대한 활용하는 것은 '문화'가 아니며

---

17) 당대에는 식민지구조의 청산을 통한 자립경제 확립으로서 공업화가 시급했음에도, 1950년대 공업화는 소비재 중심의 취약한 공업구조와 대외의존과 대내불평등으로 표현되는 사회경제의 불평등구조를 그 특징으로 하였으며 특히 '관료독점자본제적 성격'을 가지고 있었다(김대환, 「1950년대 韓國經濟의 연구―工業을 중심으로」, 『1950년대의 인식』, 한길사, 1990, 157~255면 참조).

오히려 '그릇된 소비와 허영 풍토'를 조성한다. 배영환은 "문명의 이기"를 오용하여, 여러 여자를 농락한다. 그는 사무실 여직원을 농락하여 정조를 유린한다. 정비석은 소비의 제 형태를 총칭 '문화'라고 명명하는 '반민주어족'의 의식 부족을 질타한다. 반민주어족의 '문화' 개념은 민주어족 박재하 사장과 사뭇 다르다. 박재하 사장은 '문화'의 의의를 집권 세력자인 여당에 대항하는 야당의 입지에서 찾는다. "문화인은 영원한 야당적 존재가 아니어서는 안된다는 말이요. 대당이 정권을 잡으면 여당(與黨)이 되지만, (야당적 존재)라는 것은 영원히 여당이 못되는 동시에 어느 시대에 있어서나 영원한 민의(民意)의 대변자"(90면)가 되어야 한다고 본다. 박재하는 "민주시대의 문화인은 반드시 정치에 관심을 가져야 하는 법"(91면)이라고 재삼 강조한다. 민주어족을 대표하는 박재하에게 '문화'는 '지배 이데올로기에 대항하는 능동적인 정신'이다. 정비석은 『민주어족』에서 계몽의지를 직설적으로 노출하고 있지만, 당 시대 지배 체제에 대항하는 능동적인 정신의 가능성을 보여주고 있다.

이외 정비석은 민주주의 사회에서 여성의 직업 윤리를 강조하고 있다. 정비석은 "용모미(容貌美)와 의상미(衣裳美)만 내세우는 것은 너무나 봉건적"이며, "현대 여성의 새로운 아름다움"은 "근로(勤勞)와 생활에서 오는 아름다움"(26면)이어야 한다고 역설한다. 작중 직업 여성인 강영란은 '현대 여성'을 대변한다. 강영란은 민생알루미늄 회사의 회계 관리를 빈틈없이 해내면서 현대 여성의 진취적인 기상을 보여준다. 언니 강영희는 소극적인 미망인이었으나, 동생 강영란과 오변호사의 도움으로 근로 현장에 뛰어들어 새로운 삶을 산다. 그녀는 '모자 아파트'를 적극적으로 운영하는가 하면, 이혼한 오변호사가 청혼하자 그와 재결합한다.

이 작품에서 '현대여성(강영란·강영희)'은 민주주의 사회를 선도하는 직업 여성으로서 진취적인 기상을 보여준다. 아쉬운 점이 있다면, 작중 여성들이 '일'과 '애정'을 동일한 범주에 두고 사고한다는 점이다. 강영란은 박재하 사장이 자신의 애정을 받아주지 않자 "여자라고 반드시 애정에만 지배되어야 할 이유가 어디 있을가?" 반문하며 "애정에는 실패했더라도 인간적으로도 지지"(247면) 않으려고 맡은 업무에 성실한 자세를 보이지만, 일에 대한 자발적 성취욕은 없다. 그녀는 '일'을 위해 일하는 것이라기보다 '그 남자'가 좋아서 '그 남자의 일'을 돕고자 일한다. 한 남자에 대한 자신의 애정을 일을 통해 간접적으로 실현하는 것이다. "그냥은 맺어지기 어려운 애정이라도, 사업을 통해서는 수월하게 맺어질 수 있을 것같기 때문"에, 강영란에게 있어서 "새 사업에 대한 애착은 동시에 박재하에 대한 애정"(355면)을 의미한다.

그러므로 그녀는 자신의 애정이 결렬되었을 때 업무에 태만하게 된다. 박사장과의 애정 문제로 상처를 받자, 영란은 무단결근한다. 홍병선과의 애정 문제로 상처를 받았을 때에도 영란은 무단결근한다. 이에 남자들은 강영란에게 편지를 보내어 회사에 나올 것을 권고하던지, 직접 택시를 타고 데리러 가야 했다. 강영란은 '직업의식'보다 항시 '애정'이 우선해 있었다. 면직당한 후 강영란의 행보가 이를 잘 보여준다. 회사를 그만두자, 강영란은 결혼에 대한 환상적인 상념을 가지고 배영환과 결혼할 마음을 먹는다. 그녀는 다른 일자리를 찾아본다거나 복직을 염두에 두기보다, 향후 결혼 문제를 더욱 심각하게 고려한다. 이러한 사실은 결국 강영란에게 '결혼은 또 하나의 직업을 얻는 것'과 다르지 않음을 보여준다.

강영희의 경우도 마찬가지이다. 강영희는 오창준에 대한 애정을 그가 관리하는 일(모자 아파트)을 돕는 것으로 대신한다. "「아파아트」 경영에 그처럼 열성인 것도, 결국은 오변호사에게 애정을 품고 있기 때문"(362면)이다. 정비석은 민주주의 사회에서 여성의 적극적인 직업 윤리를 제시하고 있지만, 작중 여성은 능동적이거나 자발적으로 직업의 주체가 되지 못하고 있다. 그들에게 직업은 사랑하는 남자를 돕는 간접적 애정행위로서, 주체가 아닌 보조적인 직위와 역할에 머무르고 있다. 이러한 한계는 이 작품에 앞서 발표된 『심해어』(1954)・『자유부인』(1954)에서도 나타난다. 『심해어』에서 작중 여주인공 김경애는 전란으로 가세가 기울자 '여사무원'으로 일한다. 그녀는 한건호로부터 파혼당한 후에 우연히 만난 변인규를 사랑하기 시작한다. 부산에서 서울로 올라온 김경애는 '요리집 사무원'으로 일하면서 변인규를 그리워한다. 이 작품은 요리집을 그만둔 후, 김경애가 극적으로 변인규를 만나는 것으로 끝을 맺는다. 김경애에게 '직업'은 한건호의 품에서 떠나 변인규의 품으로 안기기 전까지 '생계유지의 임시 방편'에 지나지 않는다. 사랑하는 남자를 만난 김경애는 '가정부인'이라는 또 하나의 직종을 통해 생계를 유지해 나갈 것이다. 정비석 소설에서 유부녀(有夫女)가 '가정부인'이라는 신성한 직업을 뒤로 하고 다른 직업을 가질 때, 그 직장은 타락의 온상이 되기 쉽다. 정비석은 『자유부인』에서 가정부인에게 '가정' 이외의 '직업'은 불필요함을 보여준다. '가정'에 있던 오선영은 '화장품 상점'에 나가 일하면서 타락일로에 접어든다. 결국 정비석 소설에서 여성 인물의 직업 윤리는 남자 인물에 비해 투철하지 못하며, 있다손 치더라도 그것은 혼전까지 생활의 임시방편에 불과하다. '직업 여성'에 대한 이러한 미온적 시선은 단순히 작가의 한계라기보다 1950년대 사회의 구조적 한계라고 보아야 할 것이다

2-3. 『에덴동산의 길은 아직도 멀다』(1961)
─소시민의 안심입명(安心立命)과 '신가족주의' 윤리

이 작품은 1960년대를 배경으로 소시민의 갈등과 욕망을 보여준다. 작품은 크게 세 부분으로 나누어진다. 초반에는 4・19 이후 불안 세태가 묘사되어 있으며, 중반에는 기업가 모리배들의 정경유착과 부정부패가 묘사되어 있고, 후반으로 접어들면서 기혼자와 요리집 마담간의 애절한 사랑이야기가 주조를 이룬다. 이 장에서는 주인공 지영환이 지향하는 '에덴'의 성격

을 살펴봄으로서, 1960년대 정비석이 제시하는 윤리의 구체적인 면모를 살펴보고자 한다. 자유당 시절, 역사학자 지영환은 교육계를 떠나 정계에 진출하여 차관감투까지 썼다. 그는 4·19를 계기로 실업자가 되면서, 여러 가지 고난을 겪는다. 개인적으로 그는 관직을 잃고 학자의 명예마저 훼손된다. 딸 영란이는 실업가 한사장으로부터 파혼당한다. 그는 요리집 마담과 아내 사이에 갈등한다. 그러나 지영환이 직면한 고난은 1년내 모두 해결된다. 딸은 약혼자와 다시 결혼하게 되며, 지영환의 애정행각은 요리집 마담이 스스로 물러섬으로서 종결된다. 그는 다시 대학 강단으로 돌아가게 된다. 그러므로 이 작품에서 '남녀간의 애정 문제'는 주인공의 한때 외도로 그치고, 작중에 묘사되는 '정경유착과 부정부패'는 배경 설정에 그친다. 이러한 사실을 염두에 두고, 정비석이 제시하는 '에덴'이 어떤 곳인지 알기 위해 '에덴'이 묘사된 두 인용문을 비교해 보도록 하겠다.

①『당신은 여기 온 것이 그렇게도 기쁘오?』
『네, 무척 행복해요. 일생에 이런 행복을 맛보기는 처음이에요. 남포불 밑에서 당신하고 단둘이 식사를 하려니까, 꿈나라에 온 것만 같애요』
『꿈나라가 아니라, 에덴 동산이겠지?』
『참말 그래요. 에덴 동산이 따로 있는 것이 아니라, 여기가 바로 에덴동산인가봐요. 에덴동산도 이 이상 즐겁지는 못할 거예요』
『여기가 에덴 동산이라면 당신은 이븐가?』
『제가 이브라면 당신은?』
『나는 아담이겠지!…』(267면)

② ≪이 나라는 글자 그대로 지상 낙원이오. … (중략) … 그 중에서도 가장 감명 깊은 것은 애정생활이 무척 자유롭다는 점이었오. 아무리 기혼남녀라도 자기가 좋아하는 이성이 있으면 그 사람하고 마음대로 돌아다녀도 사회에서는 아무 비난도 아니하오. … (중략) … <에덴>이란 다른 것이 아니라고 나는 생각하오. 자기가 좋아하는 사람과 마음대로 인생을 즐길 수 있는 자유—그러한 자유를 마음대로 누릴 수 있다면 그 곳이 바로 <에덴>이 아니고 무

엇이겠오. 나는 지금 명순과 더불어 그러한 <에덴>의 즐거움을 누려보고 싶
은 욕망이 간절하오…≫(422~423면)

인용문 ①은 기혼자인 지영환이 강마담과 방갈로에서 밀애를 속삭이는
장면이다. 아내와 타인의 이목을 피해 지영환은 강마담을 청평의 산장으로
데리고 간다. 그곳에서 두 사람은 일상의 부부와 마찬가지로 저녁 식사를
한다. 이때 정비석은 남녀간에 밀애의 시·공간을 '에덴'이라 명명한다. 인
용문 ②는 지영환이 유럽(스웨덴) 순방길에서 강마담에게 보낸 편지이다.
지영환에 의하면 에덴은 "자기가 좋아하는 사람과 마음대로 인생을 즐길
수 있는 자유-그러한 자유를 마음대로 누릴 수 있"는 곳을 의미한다. 정
비석은 기혼자가 규범에 얽매이지 않고 연애의 자유를 맘껏 펼 수 있는 곳
을 '에덴'이라 명명한다.

그렇다면, 이를 용인하지 않는 현실은 어떤 곳인가. 정비석이 특별히 '에
덴동산'과 대조하여 '지옥'이라고 규정하고 있는 시·공간의 묘사를 살펴
보면 다음과 같다. "천국이 따로 있고 지옥이 따로 있는 것이 아니다. 아담
과 이브가 선악과를 따먹고 에덴 동산에서 추방되었을 때, 하느님은 그들
에게 무엇이라고 말씀하셨던가. <너희들은 너희들의 노력으로 지상에서
낙원을 이룰수가 있느니라>고 분명히 말씀하시지 않았던가. 그렇다! 사람
은 노력만 하면 낙원을 얼마든지 이룰 수 있다. 미국이 그러하고, 스웨덴이
그러하고, 덴마크가 그러하다. 그러나 우리네는 노력대신에 <u>사기협잡을 하
다 못해 이제는 돈에 눈이 어두워 사람 죽이는 것을 예사로 알게 되었으
니, 그것이 바로 지옥이 아니고 무엇이란 말인가.</u>"(382~383면, 밑줄 인용자
강조) 정비석은 4·19 이후 신정부(장면 내각)의 어수선한 불안정국을 '지옥'
으로 묘사하고 있다. 사기협잡배들이 판을 치고 황금만능주의가 기승을 부
리는 4·19 이후 한국사회가 '지옥'에 해당된다.

작중에 묘사된 '에덴'과 '지옥'의 상관성을 따져 볼 때, 우리는 '지옥'의

문제가 해결된다고 해서 정비석이 지향하는 '에덴동산'이 이 땅에 도래하는 것이 아님을 알 수 있다. 왜냐하면, 유부남과 요리집 마담간에 연애의 자유가 허용되는 공간(에덴)과 4·19 이후 어지러운 신정부(지옥) 간에는 필연적인 상관성이 없기 때문이다. '연애의 자유'에 초점이 맞추어져 있다면 당대의 엄격한 풍속이 '지옥'에 해당되어야 할 것이며, '4·19 이후 불안정국'에 초점이 맞추어져 있다면 정치적 안녕과 규범적인 사회 환경(민주주의 국가)이 '에덴'에 해당되어야 할 것이다. 연애의 자유를 구가하는 '기혼자'와 "사기협작"·"돈에 눈이 어두워 사람죽이는 것"을 예사로 하는 '당대 불안정국'이 추구하는 '에덴'은 결코 동일한 곳이 아니다. 작가의 의식 속에 '에덴'은 개인의 애욕과 정치의 난황이 착종되어 있으며, 정비석은 개인의 애욕 실현에 압도적으로 경사되어 있다. 1954년 『민주어족』에서 정비석이 "영원한 야당적 존재"·"어느 시대에 있어서나 영원한 민의(民意)의 대변자"(90면)를 표방하며 지배 이데올로기에 대항하는 '능동적인 정신'의 가능성을 보여준 데 비해, 1960년대 이르면 정비석은 당대 지배이데올로기와 거리를 둔 소시민의 소박한 모습을 보여준다.

정비석은 정치적인 부정부패와 개인의 애욕문제를 뭉뚱그려, '가족주의'로 해결한다. 정비석은 화류장의 마담 강명순이 이루어질 수 없는 사랑에 빠진 것을 '가정'의 부재에서 찾고 있다. "남자나 여자나 무릇 사람이란 성인(成人)에 달하면 가정을 제대로 갖추고 살아가기로 마련이다. 그리하여 몸을 비비고 살을 비벼가면서, 서로간에 유무상통하고 외로운 마음을 위로해 가면서 살아가도록 마련되었다." 정비석은 강마담이 "자기 자신의 갖추치 못한 반신(半身)"으로 인한 "공규(空閨)의 애달픔"(255면)에서 지영환과 애절한 사랑에 빠졌다고 본다. 정비석은 지영환으로 하여금 가정을 버리고 '연애의 자유'를 선택하는 대신, 강명순이 아이를 갖는 것으로 상황을 종결시킨다. 강명순은 "지영환선생을 영원히 못 만난다손 치더라도, 그에게서 물려받은 새로운 생명에 의하여 그에 대한 애정을 한없이 이어나갈 수 있"

다는 "거룩한 사랑"을 간직하고, "단순히 여자로서의 애정이 아니라 자손에서 자손으로 영속시켜 나가 수 있는 어머니로서의 행복감"을(255면) 갖는다. 정비석은 불완전한 형식이지만, 강명순에게도 '가정(어머니)'의 굴레를 만들어 준다. 지영환은 부귀공명을 위해 남편의 입신양명(관직운동)을 꾀하는 아내를 버리지 않는다. 지영환은 "물질 문명에 대한 노예 근성"(239면)과 허영(명예욕·금전욕·세도욕)에 가득 차 있는 아내의 품으로 돌아간다. 정비석은 당대 정치의 난황과 개인의 애정 문제를 모두 '가족주의'로 해결하는데, 이것은 전통적인 가족 윤리와 구분되는 다른 성격을 가지고 있다는 점에서 '신가족주의'라 명명할 수 있다.

1950년대 들어서 핵가족화는 더욱 급속하게 진척된 것으로 보인다. 전쟁 후의 급속한 인구의 증가, 가족의 해체, 농지개혁으로 인한 지주세력의 물적 기반 와해 등과 맞물려 부부와 자녀로 구성되는 가족이 보편화된 것이다.[18] 전쟁이라는 비상한 상황을 겪으면서 가족은 전통적인 확대가족 및 친족을 의미하기보다는 가구 혹은 대소가라는 극히 제한된 혈연집단만을 의미하게 되었고, 그들은 그들만의 안전장치를 도모하였다. 이러한 가족주의 형태를 전통적인 유교적 가족주의와 구별하여, '신가족주의(neo-famílism)'라 명명할 수 있다. 원자화된 가족이 견지하는 신가족주의는 국가와 가족 사이에 아무런 매개적 사회조직 없이 가족이 국가, 즉 관(官)과 수직적인 관계망을 형성하게 되는 조건에서 발생한다. 그 결과 지역사회에서 협동과 공동체 의식은 발휘되기 어려워진다.[19] 정비석이 제시하는 가족주의는 이러한 '신가족주의'의 성격을 잘 보여준다.

정비석이 제시하는 '신가족주의' 윤리는 보편성은 있지만, 작중 현실인 1960년 4·19 이후의 난황 해결과는 거리가 멀다. 정비석이 제시하는 '신가

---

18) 김동춘, 「1950년대 한국 농촌에서의 가족과 국가」, 『1950년대 남북한의 선택과 굴절』, 역사비평사, 1998, 203면.
19) 김동춘, 위의 글, 223~224면 참조.

족주의' 윤리는 당면한 현실 문제와는 거리를 둔 채 개인의 안녕을 고수하려는 소시민의 피안이라는 점에서,[20] 문제의 진원지를 찾아나선 것이 아니라 오히려 도피한 것이다. 그 결과 정비석의 대중소설 『에덴―』은 현실의 실제 문제를 다루는 것이 아니라, 현실을 피해 잠시 외도하고는 다시 현실 내 자신의 보금자리로 귀환하는 것에 그치고 만다. 작중에서 정비석은 4·19 이후의 불안정국을 자유당과 장면내각에 돌리고 '영도자'가 있는 새로운 혁명을 기대하며 끝을 맺을 뿐, 현실에 대한 구체적이고 적극적인 비전을 독자들에게 제시하지 않는다.

이 작품의 한해 앞서 완간된 『非情의 曲』에서도[21] 정비석은 개인과 사회의 구조적인 모순을 '신가족주의'로 귀결시키고 있다. 은행가인 송완철은 이권 다툼에서 패한 후 은행가의 직함을 잃고 실업자가 된다. 이후 그는 실업가 모리배에 의해 재산을 잃는가 하면 스탠드빠의 여급에게 돈을 잃고 모욕을 당한다. 일련의

『非情의 曲』(삼중당, 단기 4293년)

---

20) 개인의 안녕을 도모하는 소시민의 모습은 칸트가 주장하는 '의무의 윤리학'과 동떨어져 있다. 칸트에 의하면, '자기행복의 원리'는 도덕성을 파괴하고 도덕의 숭고함을 파괴한다. "자기 행복의 원리는 가장 혐오스런 것이다. … (중략) … 한 사람을 행복한 사람으로 만드는 것과 선한 사람으로 만드는 것이 다른 문제이고, 또한 그 사람을 영리하고 자신의 이익에 밝게 만드는 것과 그를 덕스럽게 만드는 것이 다른 문제이기 때문에, 자기 행복의 원리가 도덕성을 확립하는 데 아무런 기여도 하지 못하기 때문만도 아니다. … (중략) … 그 동기는 덕을 향한 동인(動因)을 악덕을 향한 동인과 같은 줄에 놓고 오로지 계산을 더 잘하는 것만 가르치며, 둘(덕과 악덕) 사이의 종류상의 차이를 아주 완전히 없애버리기 때문이다."(김상봉, 「법칙 속에 있는 선」, 앞의 책, 252~253면)

21) 이 작품은 『경향신문』(1958. 12. 15~1959. 4. 30)에 연재되던 중 신문의 폐간으로 인해 136회로 중단되었다. 이후 잡지 『월간화제』에 연재 했으나 이 역시 자진 휴간으로 중단된다. 이후 1960년 정비석은 이 작품을 단행본 『非情의 曲』으로 출간한다. 이 글에서는 텍스트로서, 『非情의 曲』(삼중당, 단기 4293년)을 참고함.

시련을 겪은 후, 송완철은 그간 자신이 소원했던 아내의 마음을 헤아리고 아내의 품에 안긴다. 그는 자신이 겪은 시련의 근본적인 문제를 자신의 '물욕'과 '육욕' 탓으로 돌린다.

"사람이란 말을 하면 견마를 잡히고 싶고, 견마를 잡히고 나면 그 때에는 구종(驅從)을 거느리고 싶고—요컨대 욕심은 한정이 없는 법이야! 그러니까 언제든지 그 욕심을 버려야만 안심입명(安心立命)할 수가 있단 말일세."(295면) 송완철은 모든 문제의 근원은 개인의 욕심에서 비롯된 것이므로, 욕심을 버리고 소시민의 삶을 살면서 자숙하겠다는 것이다. 그는 실업가 모리배가 횡행할 수밖에 없는 현실의 근본 문제에는 관심이 없으며, 요리집과 더불어 당시 난립하는 '스탠드빠'와 그곳에서 일하는 여성의 부도덕성에는 관심이 없다. 그는 외부 세계의 문제에 대해 고투하지 않으며, 단지 그간 소원해졌던 가족 구성원들에게 관심을 가지고 가족의 응집력(집결력)을 일깨우며 시련을 수용할 뿐이다. 그는 외부 세계의 모순과 갈등에 대해 구체적으로 고민하기보다, 그것을 피할 수 있는 보호막으로서 가족이라고 하는 안일한 둥지를 찾는다. 작중 주인공들의 안심입명은 '안심에 의하여 몸을 천명에 맡기고 생사 이해에 당면하여 태연'을 추구하지만, 현실 문제와는 거리를 둔 채 '개인(내 가족)의 안심(安心)'에 경도된 소시민의 모습을 보여준다. 정비석은 『비정의 곡』·『에덴—』에서 1960년대의 시대 상황은 적절하게 포착하고 있지만, 당대 상황이 직면한 문제에 대해서는 지극히 안일한 태도를 보인다. 그 결과 일련의 작품들은 긴장감 없는 통속소설로 전락하고 만다.22)

---

22) 이후 정비석은 '지식층 노인의 만년기 사랑'을 소재로 한 『욕망해협』(『동아일보』, 1963. 7~1964. 7·노벨문화사, 1971)을 발표한다. 이 작품에 이르면, 작중 주인공(선우원만)은 일체의 사회 현실에는 무관심하며 단지 '육체적으로 욕망할 수 있는 인간'을 지향한다. 그는 기생집에서 만난 젊은 여자(방유미)와 사랑에 빠진다. 그러나 그 여자의 절연으로, 그는 오래지 않아 아내의 품으로 돌아와 노년의 잔잔한 기쁨에 자족한다. 이 작품은 60을 앞둔 노년의 애욕과 더불어 미망인의 애욕이 주제로 부각될 뿐, 당대 사회와 현실 문제는 전혀 나타나 있지 않다.

3. 맺음말 : 대중소설에 나타난 '윤리'의 한계

정비석의 대중소설에[23] 나타난 '윤리'는 각 시기별로 다음과 같은 특징을 가지고 있다. 일제 강점기에 발표된 『청춘의 윤리』에서 정비석은 조선의 젊은 청춘들에게 황국신민으로서 '자기 희생'을 '청춘의 윤리'로 제시한다. 한국전쟁 이후, 정비석은 소설을 통해 공산주의와 구별되는 '자유' 세계의 윤리를 모색해 나간다. 한국전쟁 당시 발표된 『애정무한』에서 '반공(反共)'은 '연애의 자유'를 실현하기 위해 필수불가결한 것이다. 1950년대 중반에 접어들면서, 정비석은 '반공 의식'이 '정치'의 영역에서 실현되어야 할 것이 아니고 '경제'의 영역에서 투철한 '직업 윤리'로 실현되어야 함을 강조한다. 1961년 『에덴-』에 이르면, 정비석은 정치 문제와 개인의 애욕 문제를 다루되 '정치 문제'의 본질을 보여주지도 않을 뿐 아니라 남녀간의 새로운 애정 풍속도 보여주지 않는다. 한때 외도했던 주인공은 그간 소원했던 가족(아내)의 품에 돌아감으로써 모든 갈등을 끝낸다. 정비석은 사회와 개인의 난황을 보여주되 문제의 핵심으로부터 살짝 비켜나갈 수 있는 '소시민의 처세 윤리', 그리고 외부 세계의 난황으로부터 벗어날 수 있는 출구로서 '신가족주의'를 보여준다.

시기별로 살펴본 데서 알 수 있듯, 정비석의 대중소설에서 '윤리'는 다양한 스펙트럼을 가지고 있다. 일제강점기 『청춘의 윤리』에서 '윤리'는 당

---

23) 정비석 대중소설의 전반적인 특징은 다음과 같다. 첫째, 당대 상류사회를 모델로 하여 상류층의 물질문제와 애정문제를 다루고 있다. 둘째, 해방전후에는 결혼이전의 청춘남녀를 대상으로 이야기를 전개시키는 반면, 1950년대에는 주로 중년층을 대상으로 하며 1960년대는 장년층을 대상으로 한다. 작가 정비석의 연령 변화가 작중인물의 형상화에 그대로 반영되어 있다. 특히, 장년층을 대상으로 한 작품에서 주인공들은 주로 실직(失職)에 처해 있다. 그들은 당 시대 사회 권력에서 밀려난 무직자로서 사회에 대한 허무의식을 강하게 표출하고 있다. 그들은 1960년대 사회 문제에서 한 발짝 떨어져 있다. 작중에서 그들의 '달관(達觀)'은 사회와 자신에 대한 '체념'이다. 그들에게 남아있는 청춘의 열기는 젊은 여자를 만나 그들의 육체미에 동요될 때만 발산될 뿐, 사회적으로 어떠한 영향력도 행사하지 않는다.

대 지배 이데올로기를 그대로 재현해 내고 있다. 한국전쟁 이후 1950년대 소설에서 '윤리'는 당시 지배 이데올로기인 '반공(反共)'을 형상화 하고 있다. 1952년 발표된『애정무한』에서 '반공 의식'은 이념적 차원의 '자유' 수호를 위한 것이 아니라 남녀간 '연애의 자유'를 위해서 강조된다. 1955년 발표된『민주어족』에서 '반공'은 정치의 문제가 아니라 경제의 문제에서 자유 민주주의 사회 '직업 윤리'로 나타난다. 계몽의도가 직접적으로 노출되어 있지만,『민주어족』에서 정비석이 제시하는 '윤리'는 당대 지배 이데올로기와 거리를 두고 있으므로 객관성과 보편성을 유지하고 있다. 그러나 이후 1961년『에덴―』에 이르면 작중에 나타난 '윤리'는 당면한 현실 문제와 등진 채, '소시민의 안심입명(安心立命)'을 위한 수단에 그치고 만다.

정비석의 대중소설에서 '윤리'는 영구적인 의의를 발하는 것이 아니라 다분히 현세적인 생존과 안녕에 직결되어 있음을 알 수 있다. 정비석의 대중소설에 구현된 '윤리'는 당대를 살아나가기 위한 한시적 효과는 충족시킬 수 있지만, 시대를 초월하는 보편 윤리로서 인간의 삶을 구현해 내는 데는 역부족임을 알 수 있다. 문학이 당대 지배 이데올로기를 추종할 경우, 문학의 진위와 가치는 당대 지배 이데올로기에 종속되고 만다. 당대 지배 체제가 긍정적이고 선도적인 위상을 간직하고 있으면 모르겠거니와 파행적인 구도를 지니고 있을 경우, 그것을 그대로 수용하거나 방관하는 대중 문학은 대중을 오도(誤導)할 위험이 크지 않을 수 없다. 대중소설에 나타나는 '윤리'는 윤리 그 자체의 의의와는 별개로, 수요의 '양적인 요소'로 말미암아 '보편 윤리'로 당 시대를 규율하고 통제할 수 있음을 간과해서 안된다. 대중작가는 '대중의 목소리'를 자처하기 앞서 '자신의 목소리'의 형평성을 점검해 보아야 한다. 정비석의 대중소설에 나타난 '윤리'는 당대 지배 이데올로기의 재생산 및 현실에 대한 비판적 거리 상실이라는 점에서 소설의 한계를 보여준다.

안수길의 대중소설에 나타난 '외화(外畵)'의 의의

-『第二의 靑春』·『浮橋』를 중심으로 -

1. 머리말

안수길(1911~1977)

1950년대 대중소설에서 작중 인물들은 '영화관람'을 즐긴다. 다방·댄스홀·뮤직홀·까페 등도 출입하지만, 그에 못지않게 그들이 즐겨 찾는 곳은 극장이다. 이를 대변하는 당시 신문지면의 두드러진 특징으로 '영화광고'를 들 수 있다. 총 4면 중, 1면을 제외한 2·3·4면의 하단에는 로맨틱한 남녀의 모습을 담은 '영화포스터'가 활자로 뒤덮인 신문에서 톡톡히 화보의 구실을 해낸다. 중간중간 삽입된 '약'광고, '책' 광고를 제외하고, 신문 하단을 메우고 있는 '영화포스터'는 1950년대 영화의 위상을 짐작하게 한다. 1950년 문예지에서는 영화의 대중적 가치와 의의를 다음과 같이 소개한다. "무릇 지금 社會에 있어서 映畫는 우리들 生活속에 啓蒙・娛樂・其他生存 手段以外에 새로운 藝術로서 浸透하야 孤高한 精神素를 直接 間接 提供하고 實際로 家庭에 있어서도 映畫的이라는 觀念을 等閑視할 수 없게끔 現代 映畫藝術은 確立되어가고 있는 것이다."[1)

안수길의 대중소설에는 영화의 효용과 가치가 두드러지게 나타나 있다. 작중에서 '영화'와 '영화관람'은 새로운 사건을 전개하기 위해 빼놓을 수 없는 소재가 되고 있다. 작중 남녀는 극장에서 여가를 즐긴다. 로맨스그레이(중년의 사랑)를 즐기는 남녀 그리고 동성의 친구 모두에게 영화관람은 일상적인 여가선용이다. 작중 인물들에게 '유희'의 기분을 제공하면서 동시에 새로운 사건(이야기)를 접하게 해주는 '영화'와 '영화관'은 소설 전개에 있어서 새로운 국면을 야기하는 문제적인 계기가 된다. 이것은 비단 안수길의 대중소설에만 국한된 것이 아닐 것이다. 이 글에서 필자가 안수길의 대중소설에 주목한 이유는 작중 인물이 유독 외화(外畫)만을 관람하고 있으며, 작중에 나타난 외화가 서사의 추동력이 되고 있기 때문이다.

1950년대에는 전대에 비해 압도적으로 많은 한국영화가 만들어지고 상영되지만, 안수길 소설의 작중 인물들은 국산영화를 보지 않는다. 그 이유에 대해 자세히 알 수 없지만, 당대 국산영화가 국산소설의 위상을 뛰어넘지 못한다는 통념이 있었던 것으로 보인다. 1950년대 후반 국산영화의 영화화가 대거 이루어질 무렵, 일간지에는 다음과 같은 글이 게재된다. "현재 소리 없이 계속되고 있는 문학정신의 저속화는 주로 왕성한 '뿜'을 맞이한 국산영화제작과 손을 맞잡고 깊어"간다고 지적하고, "문제는 단순히 작가의 작품이 영화화된다는 일에 있는 것이 아니라 영화화되는 마당에

---

1) 하한수, 「映畫와 藝術」, 『문예』, 1950(단기 4283년). 3, 148면.

있어서 그 원작자인 작가가 얼마만큼 스스로의 문학정신을 원형대로 지키려고 노력했는가"[2]에 있음을 통탄한다. 이러한 지적을 통해 당시 국산영화의 다수는 소설을 원작으로 만들어졌으며, 그렇게 만들어진 국산영화는 원작소설을 능가할 수 있을 만한 독자적인 기술이 부족했음을 짐작할 수 있다.

국산영화에 대한 부정적 시각은 1950년대 후반뿐 아니라 1950년대 초에도 나타나 있다. 1950년 문예지에서 하한수는 국산영화가 "映畵藝術에 對한 創造意慾이 獨創的이라기보담 너무나 被動的이고 模倣的임으로 더욱 이땅에서는 映畵藝術이 表面上 널리 認識되지 못하고 架空的으로 「스크링」 위에 彷徨하고 있는 形便"이라고 지적한다. 그 결과 "國産映畵의 觀賞者로 하여금 連續的인 失望끝애 마침내 活動寫眞以上의 價値性을 느낄 道理가 없게스리 封해 놓고 있다"[3]고 비판한다. 그런 탓인지, 안수길의 대중소설에 나타난 작중 인물들은 외국영화 상영관만을 출입하며, 그들은 새로운 외국영화가 상영되는 때를 놓치지 않고 기대하고 있다. 특히 이 글의 논의 대상이 되는 『第二의 靑春』(『조선일보』, 1957. 9. 17~1958. 6. 14, 270회)·『浮橋』(『동아일보』, 1959. 7. 21~1960. 4. 1, 254회)에서 작중 인물들은 모두 외화만을 관람한다. 이 글에서는 외화가 안수길의 대중소설에 어떤 영향을 미치고 있는지 주목해 보고자 한다.

국산영화가 아닌 외화에서 그들이 본 것은 무엇인가. '외화'는 전후의 사회적 진공상태에서 당대 민중의 감수성을 새롭게 조작해 낸다. 해방이후부터 한국전쟁을 거치면서 민중은 미국으로부터 유입된 외래 문명을 의식하고 있었으며, 일상의 곳곳에는 서구식 생활풍조가 자리 잡기 시작한다. '외화'는 사회 환경의 변화만을 견인한 것이 아니라, 사람들의 정서와 감수성에도 큰 영향력을 행사한다. 그러므로 안수길의 대중소설에 나타난 '외화'는 작중 인물의 내면추이를 보여줄 뿐 아니라, 1950년대 후반 문화적 감수성

---

2) 김봉건, 「映畵에 먹히는 文學精神―作家는 좀 더 고급해야겠다」, 『동아일보』, 1959. 8. 31.
3) 하한수, 앞의 글, 148면.

의 변화를 시사해 준다. 안수길의 대중소설에 외화가 미치는 영향을 살펴보는 일은 궁극적으로 민족정서의 수립을 위해 『북간도』를 비롯한 3부작(『통로』·『성천강』)을 집필한[4] 전전 세대 작가 안수길의 내면을 다양한 각도에서 조명해 볼 수 있는 계기가 되리라 본다. 우선, 『第二의 青春』과 『浮橋』를 살펴보기에 앞서 1950년대 한국 영화관과 외화의 수용에 대해 개괄적으로 살펴보고, 1949년 발표된 단편 「密會」를 통해 외화가 안수길 대중소설의 연애담론에 어떤 영향을 미치는지 살펴보고자 한다.

2. 전후 한국의 영화관과 외화의 범람

'영화'의 유입이 그렇듯이, 식민지 조선의 근대에 상영된 영화는 '외화'가 압도적이다. 1934년도 조선총독부 영화검열상황을 보면, 일본영화와 서구영화가 압도적으로 많다.[5] 해방 이후부터 1950년대 이르면, 서구영화 특히 미국영화가 대거 수입되고 국산영화에 비해 압도적으로 많이 상영된다. 해방 이후 1948년 정부수립 전까지, 국산영화의 연간 제작편수는 1946년 4편, 1947년 13편에 불과한 반면, 미국영화는 한국의 영화시장을 점령하다

---

4) 『第二의 青春』이 『북간도』(1959~1965)가 발표되기 전인 1957년부터 1958년까지 『조선일보』에 연재되었다면, 1959년부터 『동아일보』에 연재된 『浮橋』는 『북간도』와 동일한 시기에 발표된다. 『浮橋』가 대중 일간지에 연재된 반면, 『북간도』는 지식인 잡지 『사상계』에 연재되었다는 점에서 차이가 있다. 이러한 차이는 작품창작에 앞서 작가가 독자를 염두에 두고 있음을 보여준다. 지식인 대상의 『사상계』에 연재된 『북간도』와 달리, 일반 대중을 독자로 상정한 『第二의 青春』과 『浮橋』는 작가가 대중소설을 염두에 두고 쓴 것임을 알 수 있다.

5) 1935년에는 흥행장이 96개소, 영화상설관 39개소이며 상영된 영화를 제작국별로 살펴보면, 일본산이 69% 외국산 27% 한국산은 겨우 4%이다. 1933년만 해도 외국에 거의 60% 정도를 의존하고 있었지만, 1934년 조선총독령 제82호 활동사진 영화취제규정 공포령에 의해 일본국산영화진흥책이 이루어졌다. 이중거, 「한국영화사 역사」, 『한국영화의 이해』, 예니, 1992, 61면 참조.

시피 한다. 그 선봉이 미국의 9대 영화사 대표와 미 육군성, 국무성의 대표로 이루어진 중앙영화배급사(CMPE : Central Motion Picture Exchange)의 조선사무소이다. 1946년 개봉한 158편 중, 미국영화는 79편이었고 그중 중앙영화배급사의 직배영화는 54편이었다.[6]

한국전쟁 기간에도 피난지의 극장은 관객들로 대성황을 이루었다. 1951년 가을 재일교포 이현수가 일본에서 경영했던 불이무역주식회사가 미국·프랑스 영화를 배급한 것을 시작으로 1920년대부터 외화 수입을 하던 기신양행, 해방 이후 외화 수입을 시작한 신한문화사, 극동영화사도 이때 외화 수입을 재개했다. 한국전쟁 이후 영화산업은 외화 상영에서 시작되었기 때문에 한국전쟁기에는 부산시내 극장과 밀양, 포항, 경주 등을 중심으로 상영하였으며 외화수입사에서 직접 필름을 가지고 극장을 돌며 배급했다. 불이무역, 동양영화사, 세기 상사, 한국예술이 대표적인 외화 수입 업체였다. 불이무역 산하에서 배급 의뢰를 받는 회사에는 신한문화사, 극동영화사, 신흥영화사, 불이지사, 오스커영화사 등이 있었다.[7]

1953년경에는 30개 가까운 외화수입사가 속출할 정도였다. 1953년 휴전 이후 복구가 진행되면서 각 지방에는 그 지역을 대표하는 개봉관을 비롯해 다수의 극장이 만들어진다. 1958년도에는 영화만 전문으로 상영하는 극장이 14곳이다. 당시 서울의 극장 현황을 살펴보면 서울 개봉관 9개관 중 국산영화 상설관이 국제·명보·국도·수도극장의 4개관이고, 외국영화 상설관은 단성사·대한극장·중앙극장·아카데미극장·을지극장의 5개관이다. 지방은 이와 반대로 대부분이 국산영화 상설관이며, 외국영화는 1개월에 1본 내지 2개월에 3본 정도로 상영하고 있을 뿐이다. 높은 문맹률과

---

6) 조혜정, 「미군정기 영화정책에 관한 연구」, 중앙대 영화학과 박사학위논문, 1997, 41면. 영화진흥위원회, 『한국영화 배급사 연구』, 2003, 15면에서 재인용.
7) 영화진흥위원회, 『한국영화 배급사 연구』, 2003, 15~26면을 참조. 이하 한국영화 배급에 관한 글은 이 책을 참조함.

문화적 차이로 말미암아 지방에는 외화 관객이 많지 않았으며, 외화는 서울과 여타 대도시 개봉관 정도로 상영할 수 있는 극장이 한정되어 있었다. 외화는 1960년대 중반 이후까지 수입사가 직접 상영하는 것이 대부분이었다.[8]

한국영화사를 돌이켜 볼 때 1950년대 중반부터 1965년에 이르면, 한국영화는 그 어느 때보다 양적으로 팽창할 뿐 아니라, 소재적인 면에서도 다양한 전개를 보인다.[9] 그럼에도 한국영화는 외화의 기세에 눌려있었다. 전후 한국사회에서 미국문화의 신화를 만드는데 할리우드 산 영화는 지대한 영향력을 행사한다. 수입된 영화들은 외화 전용극장에서 관객을 유인한다. 극영화제작업이 명맥만 유지하던 1953·54년은 말할 것도 없고 한국영화의 중흥기로 불리는 1959년의 경우에도 국산영화가 11편 제작된 것에 비해 거의 20배인 203편의 외화가 검열을 받았다. 이미 당대 관객들은 양적으로 한국영화보다 외화에 더 많이 노출되어 있었다. 전후 이상향으로 군림하는 미국적 기호들과 더불어 미국영화는 '높은 완성도'와 '스펙터클'을 통해 한국 관객의 시선을 끌었던 것이다.[10]

초기 미국사회에서 영화는 대중문화의 소비자들에게 '아우라(aura)'의 느

---

8) 1958년 전국에는 서울 34개, 경기 12개, 충북 4개, 충남 13개, 경남 34개, 경북 18개, 전남 13개, 전북 12개의 극장이 있다. 전국 극장 140여 개 중 도시에 집중되어 있는 평균 35개의 극장에서 배극 흥행이 이루어지고 있었다. 위의 책, 15~26면 참조.

9) 한국영화의 역사를 시기적으로 구분하면 다음과 같다(김정옥, 「한국영화사 연구 서설」, 위의 책, 186~187면 참조). ① 1900~1919년 : 영화의 건너옴과 영화관의 등장기, ② 1923~1935 : 무성영화시대, ③ 1935~1940년 : 발성영화시대, ④ 1940~1945년 : 전쟁기, ⑤ 1945~1950년 : 해방과 광복영화의 시기, ⑥ 1950~1955년 : 6·25동란기, ⑦ 1955~1965년 : 양적 팽창과 다양한 전개, ⑧ 1965~1975년 : 기업의 좌절과 예술성의 상실.

10) 김미현, 「1950년대의 멜로드라마」, 『소품으로 본 한국영화사』, 소도, 2001, 168~171면 참조. 예컨대 1960년도 국산영화는 85편 개봉된 반면, 외화는 169편이 극장에 걸렸고 이 중 미국영화는 127편으로 전체의 75%에 해당한다. 이외 영국 영화 4편, 프랑스 14편, 이탈리아 16편, 서독 7편, 그 외 1편이 있다. 1950년대 말기 한국영화는 '멜로드라마의 전성기'를 보인다. 1958년에 제작된 74편 중 69편(80%)이, 1959년에 제작된 111편 중 85편(77%)이 멜로드라마이다. 1950년대 말기 멜로드라마의 융성은 자유당 말기의 정치적 무기력이 배태한 것이다. 사회적 빈곤과 탈출구 없는 막다른 골목에서 '멜로드라마'의 과도한 감상성은 당대 민중들의 정서를 유인하기에 충분했다.

낌, 혹은 적어도 신기함과 홍분의 독특한 느낌을 회복시켰다. 기계적으로 재생산되지만, 영화는 '직접성'과 '현존성'의 인상을 계속 만들어낼 수 있었다. 초기 미국사회에서 '영화관람은 습관이 되었고', '없어서는 안 될 경험'이 되어버렸던 것처럼,[11] 1950년대 중반 서울을 중심으로 한 대도시에서 '영화관람'은 중산층 시민들의 대표적인 여가활동이 된다. 서울(대도시) 시민은 지방과 달리, '외화'를 볼 수 있다는 점에서 중산층의 특혜를 누린다. 특히, 전후 한국사회의 중산층은 외화를 통해 새롭게 수입된 교양에 눈을 뜬다. 안수길의 대중소설에서 외화를 보는 관객의 수준이 이러한 사실을 반영한다. 『第二의 靑春』의 영화관객(작중인물)은 대학졸업자, 교사, 잡지사 사장, 유한 마담 등이다. 『浮橋』의 영화관객(작중인물)은 피아니스트, 신문사 기자, 대학생, 악기상의 사장 등이다. 그들은 당대 최고 학제를 마친 지성인이면서 물질적 기반도 고루 구비하고 있다. 그들은 외화를 통해 서구 문화를 추체험한다. 매체의 특성상, 영화는 대중에게 '관객'의 직위를 부여한다. 전래의 문자 문화가 대중에게 '독자'의 직위를 부여한 것과 달리, 영화는 '관객'이 된 대중들로 하여금 문화에 대한 지각 방식의 변화를 초래한다.[12] 그런 의미에서 안수길의 대중소설에 나타난 '외화'는 1950년대 중반 작가의 의식은 물론, 당대 문화의 특징과 민중의 감수성 변화를[13]

---

11) 존 벨튼·이형식 역, 『미국영화/미국문화』, 한신문화사, 2000, 3~6면.
12) 예술작품의 기술적 복제 가능성은 예술을 대하는 대중의 태도를 변화시킨다. 회화 감상과는 달리, 영화관에서 관객은 처음부터 집단에 의해 직접적인 영향을 받는다. 발터 벤야민·반성완 옮김, 『발터벤야민의 문예이론』, 민음사, 1994, 197~231면 참조.
13) 영화는 다른 장르와 달리, 활자문화와 과학기술의 조화를 보여준다. '기술'의 관점에서, '영화'의 출현은 이후 사람들의 감수성 변화를 몰고 온다. 그들은 '스피드 시대'에 노출되었으며, 이제 민중은 새로운 시각적 감수성을 체득하게 된다. '듣는 것'에서 '읽는 것', 그 다음으로 '보는 것'으로 민중의 감수성은 변한다. '듣는 것', '읽는 것', '보는 것'은 수용자의 입장에서 다음과 같은 차이를 가지고 있다.
  ① 듣는 것 : 일방적으로 수용하기만 하면 된다. 시간과 공간의 제약이 따른다. 전적으로 화자의 구술에 의지한다. 톤, 음색을 비롯한 다양한 대구 등의 말하기 방식이 이야기에 반영되고 이야기를 변형시키기도 한다.
  ② 읽는 것 : 개인이 조절하면서 이야기의 흐름을 이해한다. 시간과 공간의 구애를 받지

보여주는 준거이다.

3. 외화 <밀회(密會)>의 수용
: '밀회 모티프'의 수용과 모럴 모색

　월남한 후, 안수길이 발표한 단편 「密會」(『문예』, 1949. 10)는 외화 <밀회(密會)>가 작품의 주제 구현에 큰 영향을 미치고 있다. 평소 부부관계가 원만한 남편과 아내는 극장에 가서 영화 <密會>를 본다. 이 작품은 영화를 보고 나온 부부간의 고백이 줄거리를 형성한다. 아내는 아내대로 남편은 남편대로, 각각 자신의 '밀회(密會)'를 떠올리며 상대에 대한 죄책감을 갖는다. 1950년대 발간된 『현대영화감상』에는, 영화 <밀회>가 생활 이념이 투철한 영국인의 의식을 반영한 대표적인 '영국 영화'라고 소개한다. 저자에 따르면, 영화 <밀회>는 대단히 도덕적인 영화로서 성적묘사는 조심성 있게 다루어진다. 중년 부인이 중년 남자에 대한 사랑을 묘사하면서 '키쓰'하는 장면은 한 번뿐으로, 그 외는 대단히 점잖은 장면만으로 구성된 절제된 정서를 보여주는 영화로 소개되어 있다. 작중 여주인공은 한번 정거장에서 자살을 생각하고 동요하기도 한다. 그러나 쌍방이 가정을 가진 남녀이면서 '사랑'을 한다고 하면서도 육체적 교섭이 한 번도 없다. 그들은 지극히 정신적인 사랑을 나눈다.14)

　　않는다. '활자'화된 문자로 인해 독자는 작가의 다채로운 문체(개성)에 주목하고, '문체'의 아름다움에 매료된다.
　　③ 보는 것 : 시·공간의 제약을 받지 않는다. 시각과 청각을 모두 활용한다. '활자' 대신 '영상'을 본다. 관객은 영상이 보여주는 '이미지'에 매료된다.
14) 영화 <밀회(密會)>의 내용에 대해서는 史明, 『현대영화감상』, 신조사, 단기 4292년, 167~168면 참조함. 저자에 의하면, 영국영화는 다음과 같은 특징이 있다. ① 도덕적으로 대단히 엄격한 전통이 있어 미불(美弗)영화에 비해 '에로틱'한 묘사에는 소극적이다. ② 일

요컨대, 영화 <밀회>는 남녀간의 애정을 보여주지만 도덕적인 영화라는 것이다. 이것은 남녀간의 애정을 보여주되 도덕의 범주를 벗어나서는 안된다는 안수길의 대중소설 전략과 동일한 것이다. 이 작품은 이후 안수길의 대중소설에 나타난 외화의 영향력을 알 수 있는 좋은 준거가 되므로, 이 장에서 자세히 살펴보고자 한다. 아내 미애는 <밀회>를 보면서 "여주인공이 끝끝내 경계선을 넘는 일 없이 의사와의 밀회 전말을 남편에게 고백하고 남편의 관대한 용서 밑에 가정으로 돌아"15)간다고 생각한다. 미애는 "남편이 오늘밤 영화구경을 계획적으로 꾸"(204면)며, "영화를 보임으로써 미애로 하여금 넌지시 반성의 기회를 갖게 하려는 계획"(205면), 즉 "칼에 피 한 방울 묻히지 않고 적을 베려는 비겁한 전법"(205면)을 쓴다고 생각한다. 실상 미애 편에서 보면 우연히 만난 소학교 선배와 몇 차례 차를 마시고, 그가 준 티켓으로 음악회에 간 것이 고작이었다. 음악회가 파한 후, 뒤따라 나오던 그는 가정생활에 대한 불만과 미애에 대한 애정을 고백하지만 이 일을 계기로 미애는 그와 연락을 끊는다. 미애는 "그렇게 마음을 바치는 아내를 밀회나 하러 다닌 여자로 간주하는"(207면) 남편이 원망스러웠다. 남편은 남편대로 극장 안과 밖에서 침울한 태도로 아무 말이 없다가 '천주당 정문 앞'에 이르러 아내에게 자신의 '밀회'를 고백한다. "용서하시오. 난 그 사이 어떤 소녀에게 마음이 끌렸었소. (중략) 처음엔 그 애가 따르고 귀엽게 굴어 동생이나 딸같이 여기지 않았겠소. 그러나 귀여워하는 정도가 지나쳐서 그만 그 애에게 마음이 끌린 게로구료. (중략) 이 모든 이야기를 당신한테 고백함으로 깨끗이 내 마음 속에 깃들어 있는 애욕

반적으로 작품경향이 장년(壯年) '팬'의 환영을 받을 수 있다. ③ 교묘한 '사스펜스', '스릴'의 창조수법은 영국영화계의 전통으로서, 작품에도 비교적 음침한 감각이 내포되어 있다. ④ 기록영화적 수법이 극영화에 흔히 사용된다. ⑤ 고상하고 침착한 취미도 표현되고 있으나, 일반적으로 퇴폐적이고 열광적인 광경을 거부하는 일방, 좋든지 나쁘든지 상식적인 경향이 있어 부족감이 있으며 보수적이다.(174면)

15) 안수길, 「密會」, 『初戀』, 태창문화사, 1977, 204면. 이하 작품 인용은 이 책으로 하되, 인용문 말미에 페이지 수만 기입함.

의 마귀(魔鬼)를 쫓으려고 한 것이오."(209면) 이때 두 부부가 이르른 곳은 외화(外畵) 전용 상영관인 '중앙극장 앞'이었고, '선전판'에는 쟝 가방 주연의 '외화 〈애욕〉'의 예고가 그려져 있다.

이 작품에서 '외화'는 작품의 형식과 내용에 걸쳐서 밀접한 관계를 맺고 있다. 형식적 측면에서, 소설의 서두에 소개된 영화 '밀회'는 그간 작중 부부가 제 각각 어떻게 지내왔는지 내력을 암시해 준다. 작품의 공간은 다섯 부분, '영화관→영화관 밖의 풍경→아내의 내면 풍경(남편의 의심을 살만한 일에 대한 회상)→천주당 정문(남편이 아내에게 말을 건넴)→중앙극장 앞(남편이 자신의 밀회를 고백함)'으로 정교하게 짜여져 있다. 특히 남편이 '성당'과 '영화관'을 배경으로 고백하는 '장면 설정'은 소설을 입체적으로 조명하고 있다. 뿐만 아니라 영화관 앞에서 아내의 회상은 영화의 '몽타쥬'를 떠올리게 한다. 영화관이라는 현실 공간을 벗어나, 미애는 소학교 선배와 만났던 시·공간을 떠올린다. 과거의 시·공간이 현실에 중첩되어 나타나 있다. 이러한 형식 외,16) 영화 〈밀회〉의 극중 사건은 소설의 주인공으로 하여금 자신의 일상을 돌이켜 보게 만든다. 아내는 영화에 등장하는 여주인공과 자신을 비교하며, 남편은 영화에 등장하는 남자 주인공과 자신을 비교한다. 그들이 영화 '밀회'에 공감(共感)할 수 있었던 것은 영화와 자신의 일상을 동일시했기 때문이다. 이때 외국에서 유입된 영화 속 사건과 1949년 한국 사회의 현실, 어느 것이 먼저 인지 따질 필요는 없다. 중요한

---

16) 무엇보다도 캬메라의 시선과 동일한 시점을 작가가 소설에 도입한다는 점을 들 수 있다. 벤야민에 의하면, 캬메라는 다음과 같은 기능을 한다. 영화는 사물을 확대하여 보여주고, 우리에게 익숙한 사물의 숨겨진 세부 사항에 초점을 맞추고, 캬메라의 뛰어난 사물 파악 능력에 의해 진부한 주위환경을 천착함으로써 한편으로는 우리의 삶을 지배하는 필연성에 대한 인식을 증가시키고, 다른 한편으로는 우리가 전혀 상상하지 못했던 엄청난 공간을 확보해 주고 있다. '클로즈업된 촬영' 속에서 공간은 확대되고 '고속도 촬영' 속에서 움직임은 연장된다. '확대촬영'은 불분명하게 볼 수밖에 없는 것들을 보다 분명하게 보여줄 뿐만 아니라, 물질의 전혀 새로운 구조를 밖으로 드러내어 보인다(발터 벤야민, 앞의 책, 223면 참조).

것은 안수길의 대중 소설에 등장하는 작중 인물들이 서구에서 유입된 '외화'를 통해 자신의 일상을 발견하고 있다는 것이다.

이외 한 가지 더 주목해야 할 부분은, 전전 세대 작가 안수길의 계몽 의지이다. 소설의 작중 인물들이 영화 <밀회>를 통해 자신의 일상을 발견하고 있다면, 작가 안수길은 영화 <밀회>를 통해 사회의 '모럴'을 모색하고 있다. 이 작품에 등장하는 영화의 표제 '밀회(密會)'는 '애욕(愛慾)'과 더불어 그 자체가 인물의 사사로운 욕망을 암암리에 시사한다. 영화 '밀회'를 작중 인물의 중심 사건으로 다루고 있으면서도, 굳이 작가가 선전간판에 나타난 영화 표제 '애욕'까지 언급한 이유는 무엇인가. 그것은 부부가 각각 '밀회'를 한 바 있지만, 양자 모두 '애욕'은 경계했음을 강조하기 위해서이다. 안수길은 마음속에서 이루어진 밀회일망정 아내에게 낱낱이 고백하는 남편의 도덕적 교양을 보여줌으로써, '애욕'에 대한 치밀한 경계심을 보여준다. 이외 남편의 고백을 듣기만 하고 자신의 밀회를 털어 놓지 않은 데서 오는 아내의 도덕적 양심은, 일체의 '밀회'도 용납하지 않는 작가의 완고한 도덕성을 보여준다. 부부가 자신의 감정을 통제할 수 있었던 것은 두 말할 나위 없이 '부부애(夫婦愛)' 때문이다. 이 작품에서 안수길은 중년에 접어든 남녀의 '부부애'를 환기시킨다. 영화 '밀회'와 영화 '애욕'은 경계(警戒)의 대상으로서, 부부애의 의의를 강조하기 위한 장치이다. 외화에 의탁하여, 안수길은 당대 도덕의 재건을 시사하고 있다. 그는 '부부애'를 통해 전대에 비해 문란해진 풍속을 극복해 보려는 것이다.

안수길의 대중소설에서 '밀회'는 의미 있는 소재이다. 연애(戀愛)를 경험해 보지 못한 전전 세대 작가 안수길에게 '연애'는 '밀회'로 인식되었던 것이다.『第二의 靑春』에서 연애에 눈을 뜬 중년의 엄택규는 젊은 여인 성희에게 '첫사랑'을 고백하면서, 다음과 같이 그들 세대의 특수성을 지적한다. "그때 청년들의 사상적 풍조가 개인의 애정문제 같은 것은 안중"에도 없었으며 "애정이 없는 조혼(早婚)이 모순이라고 생각하면서도 달리 뜻이 맞고

정으로 끌리는 여자를 찾아 연애 같은 달콤하고 열렬한 시간을 보내고 싶은 생각을 또한 죄악같아 배격하지 않을 수 없었"[17]던 것이 그들 세대의 역사적 특수성이었으므로, 자신의 애정 고백이 첫고백에 해당한다는 것이다. 개인의 애정이 지닌 의의를 누려보지 못한 세대이므로, 그는 이후 대중소설에서도 남녀의 애정을 보여주되 '연애'가 아닌 '밀회'를 보여주게 된다.

요컨대, 안수길의 대중소설에 나타난 연애담론은 '연애'라는 '사랑'을 보여주는 것이 아니라 '밀회'라는 '연애' 방식의 도덕성 유무를 보여주는데 그친다. 그 결과 안수길의 대중소설에 빈번히 나타나는 '밀회 모티프'는 다음과 같은 성격을 가지고 있다. '밀회'가 일시적인 동요에 그치는지, 그렇지 않으면 '애욕'으로 번지느냐에 따라 작중 인물의 귀추가 달라진다. 예컨대 『第二의 靑春』에서 기혼자 엄택규와 김성희는 일시적 '밀회'에 그치며, 기혼자 신현우와 백영주도 일시적인 '밀회'에 그친다. 예외가 있다면, 전대의 인습으로 말미암아 밀회를 할 수 밖에 없었던 세대의 경우 그들(신현우와 유자애)은 재회와 더불어 부부의 언약을 맺는다. 반면, 『浮橋』에서 강치규와 정선비는 '밀회'에서 '애욕'으로 번진다. 그 결과 사생아 강득수가 태어나며, 그것은 강득수의 인생에 어두운 장막이 된다.

안수길은 대중소설에서 자유로운 '연애(사랑)'을 보여주는 대신, '밀회'라는 부도덕한 남녀간 만남을 보여줌으로서 궁극적으로 '도덕'의 재건을 시사한다. 그의 대중소설에서 작중 인물들은 자유로운 연애 대신, '밀회' 혹은 '애욕' 사이를 오고간다. 그들은 자유연애를 보여주기보다, '못 미치는 애정' 혹은 '더 넘치는 애정'만을 보여준다. 작가는 작중 인물들의 밀회와 애욕을 경계의 눈초리로 지켜보며, 종국에는 그들을 가정으로 귀환시킨다. 청춘남녀는 자유로운 연애를 즐기기보다, 하루바삐 '밀회'에서 벗어나 '결혼'해야 한다. 예컨대, 『浮橋』에서 피아니스트 김남주와 음악 선생 박기택

---

17) 안수길, 『第二의 靑春』, 일조각, 1958, 340면. 이하 이 작품의 인용은 이 책으로 하되, 인용문 말미에 페이지수만 기입함.

이 결혼하고, 대학을 졸업한 강득수와 최지애가 결혼을 계획하면서 이야기는 종결된다. 남녀의 문제는 '가정' 만들기로 귀결된다. 집 밖에서 방황하는 중년세대도 집 안으로 들어가 가정을 돌본다. 다음 장에서는 『第二의 靑春』과 『浮橋』를 통해 외화가 서사에 미치는 영향력에 대해 구체적으로 살펴보고자 한다.

4. 서사의 추동력으로서 외화의 의의

4-1. 연애 형성의 코드로서 외화

안수길의 대중소설에서 작중 남녀는 '영화관'을 애용한다. 영화관은 연애의 적절한 장이 되는가 하면, 나아가 작중 인물은 상대를 유혹하기 위한 방편으로 영화관을 이용하기도 한다. 영화가 아니라, 영화를 볼 수 있는 공간(영화관) 그 자체가 연애형성의 코드가 된다. 특히 이국 정서를 동반하는 외화는 더욱 관객들의 호기심을 자극한다. 외화는 상품화된 연애를 관객들에게 암암리에 유포하고, 연애 욕망을 부추긴다. 예컨대, 『第二의 靑春』에서 중년에 접어든 유자애에게 '연애'를 부추기는 것은 '외화'이다. 그녀는 첫사랑에 실패한 후, 김사장의 후취로 들어간다. '권태'·'우수'의 일상에 젖어있는 유자애에게 청춘의 불씨를 자극하는 것은 '외화'와 '외국문학(外國文學)'이다. 유자애가 본 외화는 '멜로 드라마', <에덴의 동쪽>(엘리아 카잔 감독, 1955)과[18] <자이언트>(조지 스티븐스 감독, 1956)[19]이다. 유자애는

---

18) 1957년부터 1958년까지 소설의 연재 중, 『조선일보』의 하단에는 영화 <에덴의 동쪽> 광고가 빈번히 나타난다. 1957년 12월부터 1958년 1월에 이르기까지, 이 영화의 재개봉(경남극장·동도극장) 포스터가 소개되어 있다. 존스타인백의 소설을 영화로 만든 이 영화는 안수길의 소설 『부교』와 동일한 서사 패턴을 보여준다는 점에서 소개할 필요가 있다. '부도덕한 어머니', 그리고 '아버지와 아들간의 갈등'은 두 작품에 동일하게 나타난

당시 영화포스터

<에덴의 동쪽>을 보면서 주인공 '제임스 딘'을 통해 잊을 수 없는 첫사랑 '신현우'를 떠올린다. 그 첫사랑으로 말미암아, "미국의 농촌을 배경으로 하는 천재배우 제임스 띤의 명연기가 화면에서 육박해 왔"(36면)던 것이다. 유자애는 "화면에 나타나는 인물들을 젊은 날의 신현우에게도 비겨보고 중년인 신현우에게도 비겨"보며 "주연배우의 이름도 외"(324면)운다. 유자애로 하여금 '제2의 청춘'을 욕망하도록 자극하는 또 다른 동인은 플로베르의 '보봐리 부인'이다.20) 그녀에게 마담 보봐리는 동일한 '애정

다. <에덴의 동쪽>의 줄거리는 다음과 같다. 1917년 미국 캘리포니아의 시골 농장을 배경으로 아버지 아담과 두 아들 아론과 칼이 등장한다. 아담의 부인은 칼을 낳고 집을 나간다. 모범 청년인 형 아론에 비해 동생 칼은 반항하는 문제아이다. 아버지 아담은 동생 칼에게 집나간 부도덕한 아내의 피가 흐른다고 여긴다. 칼은 빠에서 일하는 어머니에 대한 존재를 알리면서, 아버지와 형의 삶에 균열을 몰고 오지만 종국에는 아버지와 화해하는 모습을 보여준다.

19) <젊은이의 양지 A Place in the Sun>(1952), <셰인 Shane>(1953)과 함께 조지 스티븐슨 감독의 미국 3부작중 하나이다. 텍사스 석유왕 글렌 메카시(Glenn McCharthy)의 삶을 재구성한 에드너 퍼버(Edna Ferber)의 소설이 원작이다. 미국 개척기 2세대에 걸친 농장주 일가의 이야기이다. 연재 당시, 『조선일보』의 하단에는 <자이안트>에 대한 광고가 매우 많이 나타난다. 1957년 10월부터 이듬해 3월까지, 수도·국제·평화·성남·경남·동화·동양·동도 등 대다수의 극장에서 <자이안트>를 개봉·재개봉한다. 『동아일보』에도 1959년 11월 3일에는 "豪華燦爛한 配役陣 堂堂三時間半의 超大巨篇"이라는 문구와 함께 <쟈이안트 巨人>가 청계극장에서 4일부터 개봉된다는 광고가 실린다. 1959년 11월 28일 『동아일보』 광고에는 시네마 극장에서 11월 29일과 30일, 12월 1·2일 <쟈이안트> 상영을 예고한다. 당대 다른 작품에 비해 매우 오랫동안 관객을 끌었다.

20) 작중에서는 유자애가 <보봐리 부인>을 책으로 읽은 것으로 묘사하고 있지만, 작품의 연재당시 이 영화가 상영된 것으로 보아 작가는 영화를 보았을 것이다. 장 르누아르 감독이 연출한 영화 <보봐리 부인>은 1934년 제작된다. 연재중인, 『동아일보』 1959년 10월 6일 2면에는 영화 <보봐리 夫人 Madam Bovary>이 을지극장의 7일 개봉작으로 소개

문제'를 공유하는 동지와 다를 바 없다. '마
담 보봐리'는 유자애에게 자신의 현실과 욕
망을 비추어 주는 생생한 거울이다.

『第二의 靑春』에서 엄택규 역시 김성희와
함께 영화를 보면서 '제이의 청춘'을 꿈꾼다.
"아내와 한번도 함께 가보지 못했던 영화 구
경을 이렇게 성희와 함께 간다"(88면)는 데서,
엄택규의 '밀회' 기쁨은 배가된다. 종국에는
김성희가 중년의 엄택규 대신 청년 윤필구
를 선택했지만, 엄택규는 젊은 여인에 대한
자신의 애정을 유감없이 표현한다. 상처한
엄택규가 과감하게 김성희에게 애정을 고백

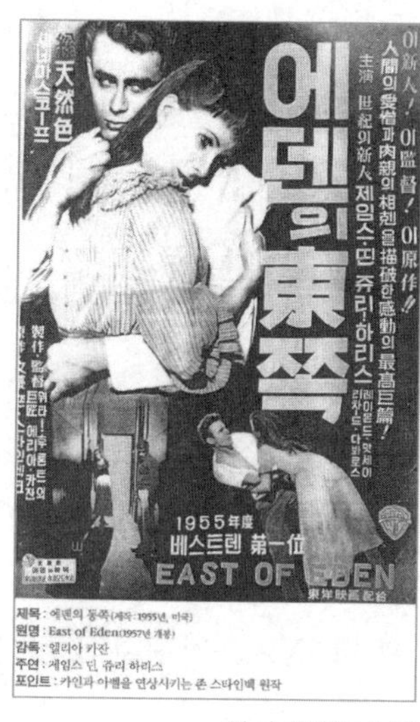

당시 영화포스터

할 수 있었던 것만으로, 그에게 제이의 청춘은 도래된 것이나 다름없다. 『浮
橋』에서, 청년 세대인 득수와 지애가 본 영화는 '드릴러 영화' <함정 The
Trap>이다. 이들은 한강에서 수영과 보우트를 즐긴 후, 영화구경을 간다.
그들이 선택한 '드릴러 영화'는 활기찬 젊은이들에게 연애유희의 일부가
된다. 영화관람 후 집으로 돌아온 득수는 지애에게 친구 이상의 감정을 자
각한다.21)

된다. '문호 큐스타브 푸로벨 원작'이라는 표제. "끝없는 허영에 사로잡힌 女人의 生態와
至誠의 純情을 說破하는 한 男子의 至極한 純愛를 그린 千古에 빛나는 푸로－벨 原作小說의
完璧映畵化" 연재중인 『동아일보』에는 이 영화에 대한 광고가 빈번히 나타나 있다. 10월
13일 광고에는 <보봐리 부인>이 연속 2주 상영 되면서 초만원을 이룬 것으로 광고하고
있다. 11월 20일 명동극장에서는 <보봐리 부인>을 20일 재개봉작으로 광고를 보낸다.
11월 25일에는 20일 재개봉된 <보봐리 부인>에 대해 다시 광고를 낸다.
21) 연재 중 『동아일보』 하단에 광고가 난다. 1959년 7월 26일 4면의 광고에는 24일 개봉된
<함정>을 소개하면서 "영화사상 초유의 서부극 현대판!", "자동차・비행기 등이 출동
하는 대규모의 깽團과 熱血爆彈兒! 위드마－크와의 피의 對決!"이라는 문구가 "連日連回超
滿員"(중앙극장)이라는 문구와 함께 적혀 있다. '총천연색'이라는 문구와 더불어, 이 영
화는 7월 29일 1차례, 7월 31일, 8월 2일 거듭 광고가 나오며, 12월 30일에는 시대극장에
서 31일부터 개봉될 영화로 소개되고 있다.

안수길의 대중소설에는 '연애'가 아니라 '밀회'가 작품의 주된 모티프로 나타나고 있다. 그러므로 작품에 나타난 외화는 연애형성의 기제가 되기보다, 오히려 작가의 모럴 수립을 피력하기 위한 매체에 그치고 만다. 그럼에도 작중 외화를 '연애'형성의 코드로도 볼 수 있는 것은, '외화'의 성격 때문이라기보다 영화관이라는 공간이 지닌 의의 때문이다. 두 남녀가 나란히 한 공간에서 동일한 곳을 바라볼 수 있다는 점에서, 영화관은 은밀한 사적 공간을 만들어 낸다. 예컨대, 『浮橋』에서 유부남 윤영섭은 김남주를 영화관으로 인도한다. 영화를 보면서 윤영섭은 김남주에게 스킨쉽을 시도한다. 영화의 내용보다도 오히려 영화관이라는 공간이 작중 남녀에게 은밀한 연애 감정을 조장했던 것이다.

4-2. 인물의 의사전달 매체로서 외화

안수길의 대중소설에서 작중 인물은 '외화'를 통해 자신의 감정을 상대에게 전달할 뿐 아니라, 작중 인물은 '외화'를 통해 자신의 문제를 해결할 방안을 모색하기도 한다. 작중 남녀는 함께 보지 않았지만, 과거 그들이 본 외화를 통해 그들의 의사를 전달하고 당면한 문제의 대안을 찾기도 한다. 『浮橋』에서 윤태섭은 아내에 대한 의혹을 영화 <세븐스 베일>을 빌어 다음과 같이 이야기한다.

> "《일곱 번째 베일(세븐스 베일)》이란 영화, 아마 그것이 《처녀의 애정》이
> 라고 이름을 고쳐 상영되었겠다. 사변 전 거요. 그 영활 본 일이 있소?"
> "있는 듯하오"
> "그럼 묻겠소"
> "……"
> "일곱 번째 베일 속에 가려 있는 게 누구냔 말이요."[22]

---

22) 안수길, 『浮橋』, 삼성출판사, 1972, 367면. 이하 작품의 인용은 이 책으로 하되, 인용문

이 글에서 필자가 주목하는 것은 작중 인물인 아내 노금희의 내면에 그녀가 존경하는 의사 임동호가 자리 잡고 있다는 사실이 아니라, 작중 인물들이 자신이 본 외화의 내용을 빌어 자신의 의사를 상대에게 전달한다는 사실이다. 결혼 이전부터 그들에게 외화 감상은 일상적인 일이었다. 외화 <세븐스 베일, (처녀의 애정)>을 본 노금희의 내면에 임동호가 존재한다는 것, 그것은 당대 민중의 삶에 새로운 감수성으로 자리 잡고 있는 영화의 위상을 시사해 준다. 오래 전에 본 영화가 처녀시절을 비롯하여 결혼 후에도 특별한 영향력을 행사한다. 외화 <처녀의 애정>이 노금희의 애정과 미래를 결정짓고 있다. 자신의 의지가 만들어지기도 전에, 이미 외화에서 본 내용이 그들의 생활을 직조해 냈던 것이다.

이외, 『浮橋』에서 혼사 장애에 직면한 청춘 남녀는 영화 <제7의 천국>을 떠올리며 해결 방안을 모색한다. 지애 모친이 혼인을 반대하자, 강득수는 지애와 더불어 그들이 처한 문제를 고민하면서 '제7의 천국'·'제8의 천국'을 모색한다. 함께 본 것은 아니지만 이미 강득수와 최지애는 영화 <제7의 천국>을 보았던 것이며, 그때 본 영화의 내용을 잊지 않았기 때문에 그들은 '제8의 천국'을 모색할 수 있는 것이다. '로맨스 드라마' <제7의 천국>(Seventh Heaven, 1927)에서 '제7의 천국'은 다음과 같은 의미를 지닌다. 연인들이 자신을 위해 창조한 '제7의 천국'은 현대의 혼돈 한가운데 만들어진 세속적인 에덴동산 역할을 한다. 그것은 이 영화 이전과 이후에 등장한 거의 모든 멜로드라마가 설정하기를 원하고 외부로부터 보호하고 싶어 하는 이상적인 공간이다. 이 '가정적' 공간을 위협하는 것은 대개 비인간적이고 적대적인 도시 대중사회가 만들어낸 세력들이다. 이 영화의 키워드는 '탈출과 초월'이다.23)

말미에 페이지 수만 밝힘.

23) 존 벨튼, 『미국영화/미국문화』, 한신문화사, 2000, 139~140면 참조. 내용을 소개하면 다음과 같다. 남녀 주인공은 현대 대중 사회의 원죄(절망과 냉소)를 거부한다. 그들은 도시

영화 <제7의 천국>에서 남녀가 모색한 '제7의 천국'이 도심의 '아파트'였다면, 『浮橋』에서 득수와 지애가 모색한 '제8의 천국'은 조용한 시골의 승방이다. 득수는 승방에서 번역작업을 하고, 지애는 절 아래 집에서 득수를 뒷바라지한다. 강득수와 최지애는 영화에 등장하는 주인공들이 자신의 사랑을 실현하기 위해 '제7의 천국'이라는 탈출구를 통해 초월을 꿈꾸었던 것처럼, 그들은 자신의 삶 속에서 '제8의 천국'이라는 탈출구를 모색한다. 이처럼 외화는 그들에게 의사소통의 수단이 될 뿐 아니라, 난관을 헤쳐 나갈 수 있는 현실적인 방안을 제공하기도 한다. 1950년대 외화는 이미 그들의 정서를 전달할 수 있는 감수성의 범주 안에 들어와 있었던 것이며, 그들은 외화를 통해 개인의 미래를 모색한다. 그들에게 외화는 앞으로 도래할 삶의 거울이었던 것이다. 이러한 사실은 소설의 작중 인물에게만 국한된 것이 아니다. 궁극적으로 작가 안수길에게 있어서 외화는 당면한 1950년대 현실의 난관을 헤쳐 나갈 수 있는 모색의 장이었고, 일정 정도 미래를 추체험할 수 있는 계기가 되었다.

4-3. 모럴 수립의 기제로서 외화

안수길의 대중소설에서 외화는 작중 인물들로 하여금 자신의 '욕망'을 절제하도록 경종을 울린다. 작중에서 여자가 미혼인 반면 남자는 기혼자(유부남)으로 등장하는데, 그것은 그들의 만남이 '밀회'임을 작가가 의도적

의 익명성과 비정함을 극복하고 그 속에서 피난처 혹은 '제7의 천국'을 창조한다. 이때 '제7의 천국'은 그들의 아파트를 가리키는데 파리의 건물 7층 꼭대기에 있으며 따라서 원래 그들이 있던 길거리보다는 천국에 가깝다. 이후 그들은 세계1차대전에 의해 헤어진다. 그들은 서로 매일 오전 11시에 행하는 영적인 의식을 통해 교감하면서 끝까지 신의를 지킨다. 영화의 주인공 치코(찰스파렐)가 전사한 후에도 여주인공 다이엔(자넷 게이너)은 돈 많은 구애자를 물리치며 그에 대한 정절을 지킨다. 영화의 마지막에 치코는 기적적으로 살아 돌아오고 그가 아직 살아있음을 예감했던 다이엔은 그에게 달려간다. 영화의 동화같은 결말은 젊은 연인을 가로막는 20세기 삶의 모든 장벽을 극복할 수 있는 멜로드라마적인 소원 성취의 세계로 이끈다.

으로 드러내려는 장치이다. 『第二의 靑春』
에서 중년의 기혼자 엄택규는 '제이의 청
춘'을 갈망한다. 윤필구를 잡지사에 취직시
키자, 성희는 답례로 엄택규에게 저녁을
대접한다. 식사를 끝내고 성희는 엄택규에
게 '영화구경'을 제의한다. 시네마 코리아
에서 엄택규는 성희와 함께 미국영화 <행
복에의 초대>를 본다. "'행복에의 초대'를
보는 순간, 엄택규는 모든 것을 잊을 수 있
었다. 서로의 사랑을 얻기 위해 부호인척
하는 '마네큐어 껄'과 자동차 수리공인 젊
은 남녀의 사랑을 성취시켜 주는 중년의 이

『제이의 청춘』 앞표지

야기는 일종의 웃음거리였으나, 감미한 음악과 함께 그의 마음을 훈훈하게
해 주었다."(88면) 엄택규는 화면에 나오는 '중년'을 자신과 비교해 보면서
'나도 좋은 일을 했다. 성희와 윤군과의 사이가 어떤지 그것은 모른다. 그러
나 내가 좋은 일을 했다. 윤군의 취직이 이처럼 성희를 기쁘게 해 주었
다'(88면)고 생각한다.

'영화구경'이라는 기표는 엄택규에게 젊은 여인과 밀회하는 기쁨을 안겨
주었지만, '외화'의 내용은 또 다른 기의를 생산해 낸다. 중년 세대는 지나
간 청춘의 열정을 현실로 소환해내기 보다 젊은이들의 건강한 사랑을 위
한 협조자가 되어야 한다는 것을 점차 자각하게 된다. 안수길의 소설에서
'외화'는 기표와 기의가 복합적인 효과를 거둔다. '외화'는 남녀간의 '연애
(밀회)'의 기표가 되지만, 실지로 영화의 내용은 '모럴 회복'으로 기표를 배
반한다. 안수길은 '외화'를 연애의 기표로 활용하고 있지만, 궁극적으로는
'모럴' 회복으로 귀결시킨다. 그러므로 안수길의 대중소설에서 남녀의 만
남은 '연애'로 발전하지 못하고, '밀회'의 범주로 전락한다. 안수길은 당대

발 문(跋文)

중년에 찾아 드는 청춘은, 청춘의 남아 있는 마지막 연소(燃燒)라고 할까요? 그러므로 그것은 찬란하면서도 인생의 위기와 슬픔을 그 속에 간직하고 있다고 할 수 있겠읍니다. 이 소설에서 나는 제이의 청춘인 중년과 젊은 세대의 청춘 남녀를 교류 대결(交流, 對決)시키면서 인생의 마지막 연소를 보다 화려하게 하고, 위기를 올바르게 처리하는 걸을 찾아 보려고 하였으며, 나아가서는 애정의 진실과 세대적 갈등을 재미있는 줄거리에 담아 문학적으로 파들어가려고 한 것입니다.

이런 의도로 작년 九월 중순부터 금년 六월 중순까지 만 아홉달 동안, 二백七十회에 걸쳐 조선일보(朝鮮日報)에 연재했던 작품이었으나, 서툰 솜씨라 보시는 바와 같은 것 밖에 남아 놓지 못해 오직 부끄러울 따름입니다.

그러나 뜻 밖에도 연재 중, 이해있는 여러 독자가 있어 그 분들이 그때 그때 던져준 기탄없는 평과 격려가 나를 매질한 것은 고마운 일이 아닐 수 없었읍니다. 그리고 그런 독자의 한 분인 일조각 사장(一潮閣 韓萬年社長)은 한국에서 처음인 연재화가의 삽화까지 살리는 새 체재로 이 작품을 책으로 내는 열의까지 보여주고 있읍니다. 바쁜 중 서문을 써주신 유진오(俞鎭午)씨와 삽화와 장정으로 애쓰신 한봉덕(韓奉德) 화백과 교정에 수고하신 일조각 편집부 여러 분에게와 함께 마음으로 감사를 드리는 바입니다.

一九五八년 十월 十五일

안 수 길

『제이의 청춘』 발문

‘도덕 재건’의 문제에 외화라는 매체를 동원하고 있다. 이후 『동아일보』에 연재되는 『浮橋』는 노년과 청년, 그리고 양자를 조율해 주는 중년의 3세대가 등장한다. 작품의 표제 ‘부교’는 ‘청년’과 ‘노년’을 연결하려는 ‘중년’의 의지를 반영하고 있다. 작중 인물들은 밀회의 방식으로 영화관을 찾지만, 영화를 통해 그들이 궁극적으로 발견한 것은 ‘현실’이며, 당대에 회복되어야 할 ‘도덕’이다.

‘제이의 청춘’을 구가하는 인물과 달리, 특정 목적을 염두에 두고 만나는 남녀가 있다. 신현우는 유자애와 결혼한 후 낙민증권주식회사에 과장으로 근무한다. 같은 사무실에 근무하는 백은주는 자신의 이권을 위해 기혼자인 신현우를 유혹한다. 봉급생활자 신현우와 백은주가 본 영화는 <세일스맨의 죽음>이다.24) 신현우와 백영주의 가슴을 뭉클하게 한 영화 장면을 안수길은 다음과 같이 묘사한다.

> “들어와, 들어 와 이리 와.”
> 화면은 ‘레스토랑’ 화장실이었다. ‘늙은 세일스맨’이 꿇어 앉아 문을 바라
> 보며 방바닥을 두드리고 애타게 아들을 부르는 장면이었다.

---

24) 『第二의 靑春』이 연재되고 있던 1957년 12월 초순(5·10·16·30)부터 1월 말(31일), 2월 초(4일)까지 『조선일보』의 하단에는 “<쎄일스맨의 죽엄Death of A Salesman> 근일 개봉”을 알리는 광고가 나타나 있다. 2월 5·6·7일이 되자, 국제극장에서 11일 개봉을 알리는 광고를 보낸다. 개봉 중에도 영화에 대한 광고가 신문의 하단을 장식한다.

모처럼 희망을 붙였던 아들의 취직이 실패였음을 안 '세일스맨'이 젊은 날
의 환각에 사로잡혀, 부리는 미친 행동이었다.(302면)

안수길은 이 영화를 다음과 같이 요약한다. "영화 <세일즈맨의 죽음>은
'프레드릭 마취'가 아들에게 보험금 이만딸라를 남겨 주기 위해 자살한 후
장례식 장면으로 끝났다." 이때 아버지가 선택한 자살방법은 자동차 사고
인데, "백은주의 눈 앞에는 지금 막 보고 나온 영화 장면이 얼른 사라지지
않았다. 죽음을 결심하고 불빛이 찬란한 밤거리를 무턱대고 자동차를 달리
는 주인공의 모습이 선하여 견딜 수 없었다." 신현우는 영화 속 '세일즈맨
의 죽음'이야 말로 "월급쟁이의 말로", "내 생활이요 그대로 우리 동료들의
생활인 것 같아 우울"(302면)해 한다. 같은 사무실에서 일하는 그들은 '세일
즈맨의 죽음'을 보고 그들의 미래를 발견한다. 이들은 연애(밀회)의 일환으
로 외화를 선택했지만, 그들은 외화를 통해 몸담고 있던 척박한 도시를 직
시한다.

이 작품에서 영화 '세일스맨의 죽음'은 단순히 작중 남녀가 영화관에서
본 영화의 표제에 그치는 것이 아니다. 백영주가 자신의 과오를 참회하고
최영호를 따라 시골로 들어가 계몽사업에 헌신할 것이라는 결론을 고려한
다면, 그리고 신현우가 자신의 과오를 참회하고 아내와 더불어 토함산의
일출을 맞이한다는 것을 염두에 둔다면, 이 영화는 자본주의 도시의 삶을
직시하는 작가의 비판적 시선을 대변하고 있다. 유자애와 신현우는 고도
경주의 토함산에서 일출을 맞으며 새 출발을 기약하는가 하면, 최영호는
백은주와 더불어 낙향하여 농촌학교를 재건하고 농촌학생들의 계몽(면학)
에 앞장서려한다. 양자 모두, 도시 문명의 퇴폐에 대해 자각하고 도시가 아
닌 곳에서 내일의 행복을 기약한다. 최영호는 "도회의 부허(浮虛)한 생활"
과 달리, "명동도 없고 형광등도 없"으며 "우리의 눈과 마음을 현혹하게
했던 아무것도 없"는 '농촌'을 호명한다.

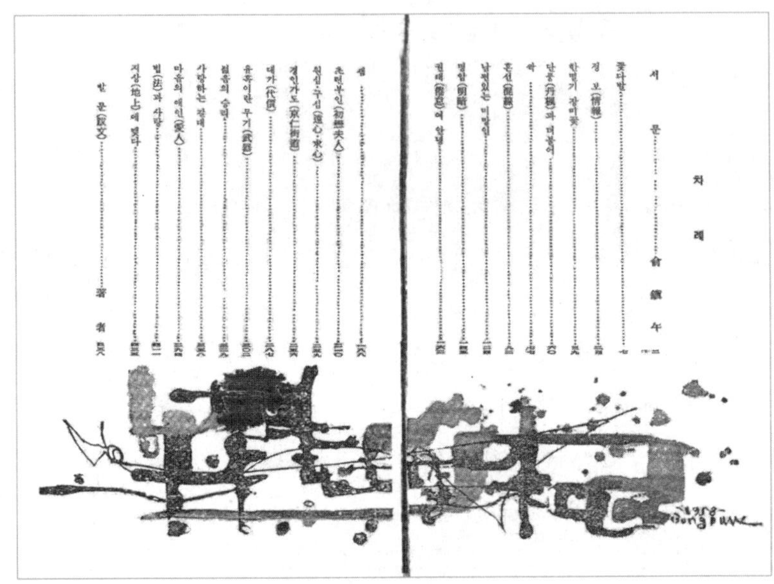

『제이의 청춘』 차례

『浮橋』에서 김남주는 영화 <여로>를 보며, 자신이 기혼자인 윤영섭과 함께 있다는 사실을 직시한다. 윤영섭은 김남주의 독주회 장소를 알선해 주면서, 김남주에게 유혹을 손길을 뻗힌다. 다방에서 차를 마신 후, 윤영섭은 남주에게 영화구경을 제의한다. 김남주가 기혼의 윤영섭과 함께 본 영화는 율 부린너 주연의 '여로'이다. 영화 <여로>는 남주에게 자신의 상황을 직시할 수 있는 현실감각을 일깨운다. <여로>를 본 후, 남주는 자신이 기혼 남자와 함께 영화를 보고 있다는 사실을 깨닫는다. "더우기 <여로>는 달콤한 내용만이 아니었다. 흡사 삼팔선의 비극을 연상시키는 것 같은 엄숙한 것이 남주로 하여금 한층 더 윤태섭이의 저속한 동작에 목석처럼 대하도록 만들었다."(353면)

작품이 연재중인 10월 29일 『동아일보』의 광고란에는 "遂! 30일 單獨 大開封(대한극장)"이라는 문구와 함께 다음과 같이 줄거리가 소개된다. "一.

항가리 動亂의 戰火를 避해 國境을 넘으려는 14名 의 避難民 속에는—, 二. 너무도 뚜렷하게 예쁜 아쉬모 부인(데보라 카)이 섞여 있다, 三. 一行은 途中 蘇聯將校(율부린너)로부터 通行制止를 받는다. 四. 율부린너는 그 자리서부터 못견디도록 안타까운 戀情을 夫人에게서 느낀다, 五 . 夫人은 當惑한다! 몸을 바치고 一行을 구할 것인가? 六. 허지만 夫人自身도 마음속으로 蘇聯將校를 사랑했는지? 七. 結局 사랑을 爲해 蘇聯將校는 祖國을 背反하고 '게리라' 銃彈에 쓸어진다." 전쟁을 배경으로 남녀의 애정을 다룬 외화 <여로>는 전후 한국 사회의 정서와 유사한 점이 많았으므로, 당시 많은 관객을 끌어들인 것으로 보인다. 남주 역시 이 영화에서 "삼팔선의 비극"을 연상한다. <여로>에서 아쉬모 부인이 처해있는 상황이 민족애를 자극하는 긴박한 상황인 만큼, 그와 대조적으로 남주는 자신이 윤태섭과 건전하지 못한 관계에 처해 있음을 자각한다

남녀간의 모럴 외, 가정의 모럴을 수립하는 데도 외화는 중요한 기능을 한다.『浮橋』에서 용기와 용희 남매가 보러가는 영화는 <보리수>이다. 영화 <보리수>는 용기에게 용희의 성급한 행동을 너그럽게 이해할 수 있는 오빠로서의 넓은 도량을 준다. 용희는 용기보다 앞서, 남주에게 오빠와 결혼해 줄 것을 권고하는 편지를 띄운다. 용기는 뒤늦게 이 사실을 알고 노여웠지만, 가족의 차원에서 동생의 마음을 이해하려 한다. "역경에 처해 있는 가족들의 따뜻한 이야기"가 용기로 하여금 "용희의 행동을 사랑스럽게 이해하도록 만"(561면)[25]든 것이다.

---

25) 연재중인『동아일보』에는 1959년 10월 24일 영화 <보리수 속편>이 중앙극장 24일 개봉작으로 소개되고 있다. "家族同伴必見 名畵!" "넘치는 애정! 가슴을 파고드는 世界의 메로디! 感激도 새로운 續 菩提樹 珠玉의 홈 드라마!"로 소개되고 있다. 11월 1일에는 중앙극장 측에서 "今年度家族同伴의 最高名畵!" "文敎部長官認定 學生入場歡迎!"이라고 거듭 광고한다. 11월 3일에는 "어린이들에게 희소식! <들장미>에서 여러분에게 잘 알려져 있는 천재적 소질을 발휘한 '미하엘 엔덴'군이 또 다시 한국어린이들을 즐겁게 하여주고 있읍니다" 라는 문구와 함께 보리수 속편에 대해 홍보한다. 이후 5일, 7일, 10일에도 30일 개봉작으로 거듭 <보리수>의 광고가 나간다. 이외 1957~1958년『조선일보』에서도 '미국의 어

5. 맺음말

안수길의 대중소설에서 외화는 서사의 빼놓을 수 없는 추동력이 된다. 외적으로는 연애형성의 코드가 되고, 내적으로는 인물의 의지(내면)을 전달하는 수단이 된다. 작중 외화는 작게는 작중 인물의 정서를 좌우하고, 크게는 작가가 지향하는 주제를 뒷받침한다. 작중 인물에게 외화는 자신의 의지를 전달하기 위한 '매체'가 되기도 하고 자신의 욕망을 경계해야 함을 알리는 '경종'이 되기도 한다. 궁극적으로 안수길의 대중소설에서 외화는 작가가 지향하는 도덕담론을 자연스럽게 인물과 독자에게 알리는 매개가 된다. 안수길의 대중소설에서 외화는 작가의 계몽담론으로 귀결된다. 1949년 발표된 단편 「밀회」는 안수길의 대중소설에 나타난 '밀회모티프'의 기원을 보여주는 동시에 작가가 모럴을 수립하는 방법을 보여준다. 안수길은 작중에서 부부가 보는 영화 <밀회>를 통해 부부에게 경계의 대상으로서 '밀회'를 부각시키는 동시에 부부애를 강조한다. 안수길은 대중소설에서 남녀간의 사랑으로서 연애를 보여주지 못하며, 연애의 방법으로서 '밀회'가 지닌 부도덕성을 고발하고 있다. 그는 소설에서 '밀회 모티프'를 통해 작중 남녀의 순수한 애정을 보여주기보다 '밀회'에 대한 경계심을 조장하며 종국에는 작중 남녀를 가정으로 귀환시킨다.

그 결과 그의 대중소설에 나타난 '연애'는 일상에 대한 새로운 자각을 반영하지만, 그것은 흡사 1910년대 신소설에 나타난 '자유연애'를 떠올릴 정도로 계몽적 수준에 그치고 만다. 전위적이어야 할 연애와 계몽담론의 어설픈 결합은 오히려 '소설'이라는 장르를 '계도의 장치'로 떨어뜨리고 말았다. 안수길은 외화 <밀회>에 주목하고, 대중소설에서 '밀회 모티프'를 선택하여 불완전한 연애의 일면을 보여줄 뿐 종국에는 계몽담론으로 귀결

머니'로 당선된 트랩 부인의 자서전을 영화화한 <보리수 Die Trapp- Familie>에 대해 지속적으로 광고를 보낸다.

시킨다. 안수길은 계몽이 왜 필요한지 계몽의 의의를 부각시키기 위해, '제이의 청춘을 꿈꾸는 중년'과 '절제하지 못하는 청춘'을 대상으로 '밀회 모티프'를 수용하고 있는 것이다. 안수길은 당대 유입된 외화를 통해 동시대 모럴을 모색한다.

그렇다면, 안수길이 대중소설에서 1950년대 모럴 수립을 위해 '외화'를 선택한 이유는 무엇인가. 안수길의 영화관이 드러난 다음 대목은 그의 대중소설에서 영화가 어떤 역할을 하고 있는지 시사해 준다.『第二의 靑春』에서 백은주와 신현우는 영화의 효용과 가치에 대해 논쟁을 벌인다. 백은주는 '오락을 위한 영화감상'의 태도를 보이는 반면, 신현우는 '공감을 위한 영화감상'의 태도를 보인다. 백영주는 "왜, 우울하고 숨막히는 생활을 '스크린'에서까지 보아야 되는"지 회의한다. 그녀는 "음악을 듣듯이 보는 동안만이라도 일상생활의 우울한 면 어두운 면을 잊어"(302면) 버릴 수 있어야 한다고 여긴다. 반면, 신현우는 영화는 공감(共感)할 수 있는 내용을 담고 있어야 한다고 본다. 그는 "공감이 오지 않는 영화는 질이 낮은"(303면) 것이라 여긴다. 안수길에게 '공감'은 그들의 생활을 일정 부분 반영하면서, 아울러 그들이 일상에서 보지 못하는 부분(일상 그 이상)까지 보여주어야 가능한 것이다. 여기에는 작가 안수길의 영화관이 반영되어 있다. 그는 영화에서 자신이 공감할 수 있는 요소를 찾았던 것이며, 그것은 당시대를 선도할 수 있는 도덕적 전망이어야 했다. 안수길에게 그러한 목적을 만족시킨 매체가 당대 상영된 외화였다. <밀회>를 포함하여 <에덴의 동쪽>, <여로>, <행복에의 초대>, <세일즈맨의 죽음>, <보리수> 등의 작품이 작가 안수길이 공감을 보인 외화이다.

안수길이 자신의 대중소설에 '외화'의 내용을 직·간접적으로 드러내고 있다는 것은 그가 전후 한국 사회의 도덕재건을 위해 동시대 다른 나라를 의식하고 있음을 보여준다. 안수길이 공감한 외화의 다수가 미국영화이다. 이와 아울러, 소설에서 주목해야 할 부분은 작중 인물의 '미국유학'이다.

『第二의 靑春』·『浮橋』에서 전도유망한 청년은 미국유학 길에 오르는 것으로 끝을 맺는다.『第二의 靑春』에서 공대 대학원생인 윤필구가 미국유학을 가는가 하면,『浮橋』에서 법률을 전공하는 임용기가 미국유학을 준비하고 있다. 공학과 법률을 공부하기 위해 이 땅의 젊은이들은 미국 유학을 준비한다. 민족정서를 담은『북간도』를 비롯하여『통로』·『성천강』을 통해 구한말과 일제하의 역사를 현대사에 소환해 낸 안수길이, 동시대 대중소설에서 일상적인 남녀의 애정은 물론 전도유망한 청년의 미국유학을 보여주는 이유는 무엇일까. 안수길은 과거사를 현실로 복원함과 동시에 미래사에 대한 모색을 서구에서, 미국에서 찾고 있음을 추정해 볼 수 있다. 안수길은 자신이 의식하건 의식하지 않았건 1950년대 중반 한국 사회의 난관을 극복할 수 있는 방법을 서구를 비롯한 미국식 근대화에서 찾았던 것이다. 그것이 자신의 '문화적 취향'에 그친 것인지 아니면 '민족 담론의 발견과 존속'을 위한 방편이었는지는 이후 더욱 자세한 논의를 통해 규명되어야 할 것이다.

황순원의 전후 장편소설에 나타난 '아벨'의 초상화

— 『카인의 後裔』·『人間接木』·『나무들 비탈에 서다』를 중심으로 —

1. 머리말

전후 소설에서 황순원은 '냉소적인 고발자'가 아니라, '적극적인 치유자'의 면모를 보여준다. 전 전 세대 작가들이 반공 이데올로기를 직·간접적 으로 노출하고 있는데 비해, 황순원은 이념과 전 쟁을 배경으로 삼되, 보편적인 '인간애(人間愛)'를 보여주는데 초점을 맞추고 있다. 예컨대 『카인의 後裔』에서는 지주와 소작인의 대립에 앞서 '지주 와 소작인 딸의 애절한 사랑'을, 『人間接木』에서

황순원(1915~2000)

는 '상이군인과 고아들 간의 신뢰'를, 『나무들 비탈에 서다』에서는 제대한 학도병의 '자기 응시와 성찰'을 보여주고 있다. 이처럼 인간에 대한 애정과 신뢰, 성찰을 다루는 일련의 소설에는 이념 문제가 거세되어 있다. 황순원 의 전후 소설에서 작중 주인공들은 '이념'과 '전쟁'으로 인해 상처받았지

만, '자기(自己)'를 응시하고 소외된 타자를 돌아본다. 그들에게 분단 현실의 극복은 자기 성찰의 잣대일 뿐, 자기 완성의 궁극적인 지점은 아니다.

작중 인물들에게 '분단'과 '전쟁'은 이념과 역사의 그림자로서, 현실의 실체가 아니다. 그것은 인간이 직면해야 하는 또 하나의 '고해(苦海)'로서 현실이다. 이전에 비해 더 큰 고해에 직면한 작중 인물들은 보다 근원적인 사고를 통해 당면한 상처와 위기를 극복해 나간다. "작가의식의 對사회적 응전력"이라는 측면에서[1] 황순원은 전후 소설에서 '신화적 모티프'를 원용하여 전후 사회에 존재해야 할 긍정적인 인간상을 구현해 낸다. 한국전쟁 직후, 황순원이 발표한『카인의 後裔』에 기독교 창세기의 신화적 모티프가 원용되어 있음은 시사하는 바가 크다. 이 작품에서 황순원은 '카인 모티프'를 통해 분단과 갈등을 인간의 근원적 죄악으로 파악하고 있다. '카인 모티프'는『카인의 後裔』뿐 아니라, 전후의 다른 소설에 등장하는 인물에게 큰 영향을 미치고 있다는 점에서 주목을 요한다.

이 글에서는 황순원의 전후 장편『카인의 後裔』(1953~1954)·『人間接木』(1955)·『나무들 비탈에 서다』(1960)를 대상으로[2] 소설에 나타난 '신화적 인물'을 살펴보고, 그들이 구현해 내는 전후의 인간상을 살펴보고자 한다. 특히,『카인의 後裔』에서 '카인'의 대극점에 놓인 '아벨'의 이미지를 통해 황순원이 제시하는 전후의 인간상을 살펴보고자 한다. 황순원 소설에 대한 신화 원형적 접근은 다수 이루어져 왔으나, 단편과『일월』·『움직이는 城』위주로 논의되었다.[3] 이 글에서는 전후 장편을 대상으로 신화적 인물의 성격

---

1) 양선규는 황순원 소설의 의의를 '심리소설의 측면'에서 고찰할 부분, '작가의 對사회적 응전력'에서 고찰할 부분으로 구분하고 있다(양선규,『한국현대소설의 무의식』, 국학자료원, 1998, 254~256면). 이 글에서는 후자에 관심을 맞추어 전후 장편소설을 대상으로 전후 사회의 난조(亂調)를 포용하는 적극적이고 긍정적인 인물에 대해 살펴보고자 한다.

2) 김윤정은 황순원 소설을 4기로 나누고 있다. 제1기는 일제강점기, 제2기는 해방공간부터 6·25이전시기, 제3기는 50년대 전후의 문제를 다룬 시기, 제4기는 60년대 이후 산업화가 가속화되는 시기로 구분한다(김윤정,『황순원 문학연구』, 새미, 2003, 18면). 이 구분에 의하면, 이 글에서 다루려는 작품은 황순원 소설의 제3기를 대표한다.

을 고찰해 보고자 한다. 이러한 접근은 전전 세대 작가들이 전후 소설에 구현해 내는 긍정적이고 적극적인 인물의 토대를 알 수 있는 계기가 되리라 본다.

2. 동종이형(同種異形)의 갈등과 신화적 인물의 인격화

황순원 소설에 형상화된 '카인'과 '아벨'을 이해하기 앞서, 신화적 인물 '카인'과 '아벨'을 살펴보도록 하겠다. 우선, '카인'의 이해를 돕기 위해 기독교 성경에 기록된 내용을 살펴보면 다음과 같다. 인류 최초의 인간인 아담과 이브는 선과 악을 알게 된 후, 에덴 동산에서 쫓겨나게 되었다. 그 후, 그들은 '땅'에서 '농사'를 짓게 되었다. '카인'은 아담과 이브에 의해 이 땅에 태어난 최초의 '사람의 아들'이다. 형 '카인'은 동생 '아벨'을 시기하여 동생을 죽인다. 이것은 기독교 창세기에 나타난 인류 최초의 살인이자, 형제 최초의 살인이다. 이해를 돕기 위해 기독교 창세기의 원문을 인용하면 다음과 같다.

> 아담이 아내 하와와 한 자리에 들었더니 아내가 임신하여 카인을 낳고 이렇게 외쳤다. "야훼께서 나에게 아들을 주셨구나!" 하와는 또 카인의 아우 아벨을 낳았는데 **아벨은 양을 치는 목자**가 되었고 **카인은 밭을 가는 농부**가 되었다. 때가 되어 카인은 땅에서 난 곡식을 야훼께 예물로 드렸고 아벨은 양떼

---

3) 임관수, 「황순원작품에 나타난 '자기실현'문제─『움직이는 城』을 중심으로」, 충남대 석사학위논문, 1983.
  김정하, 「황순원『日月』연구─전상화된 상징구조의 원형비평적 분석과 해석」, 서강대 석사학위논문, 1986.
  양선규, 「어린 외디푸스의 고뇌─황순원의 「별」에 관하여」, 『문학과언어』 9, 1988.
  ______, 「황순원 초기 단편소설 연구1」, 『개신어문연구』 7, 1990.
  오연희, 「황순원의 『日月』 연구」, 충남대 박사학위논문, 1996.

가운데서 맏배의 기름기를 드렸다. 그런데 야훼께서는 아벨과 그가 바친 예물은 반기시고 카인과 그가 바친 예물은 반기시지 않으셨다. 카인은 고개를 떨어뜨리고 몹시 화가 나 있었다.4)(창세기, 4장 1절~5절, 강조-필자)

에덴동산에서 선과 악을 체득한 아담과 이브는, 카인과 아벨을 통해 다시금 선과 악을 구현해 낸다. '카인'은 농경민이고,5) '아벨'은 유목민이다. 농경민과 유목민이라는 차이 이외, 두 사람의 이름에는 각각 다음과 같은 의미가 들어있다. 카인(Cain)이라는 이름은 '창(槍)' 또는 '대장간'이라는 의미이고, 아벨(Abel)은 '숨결'이라는 뜻이다. 그러니까 카인은 '쇠붙이'이고 아벨은 '숨결'이다.6) 또 다른 해석에 의하면, 카인의 이름은 '획득', '소유'라는 뜻으로 그 사람의 됨됨이를 암시하고 있다고 본다. 이에 의하면 카인은 '획득하는 일(qanah, 얻다)', 즉 '소유하는 일'에 정력을 집중하는 '이기주의자'로 해석된다. 반면 아벨의 이름은 '호흡', '공허'라는 두 가지 뜻을 가지고 있는데, 이 이름은 영적인 것과 관계된 이름이다. '호흡'이란 성경에서 '생기'라는 말인데, '하느님의 숨'이라는 뜻이다. 이에 의하면, 아벨은 '생명의 사람'으로 해석된다.7) 카인을 '농부'라고 강조한 것은 단순히, 그가 농부였다는 것보다도 세상적인 것에 관심이 많았던 세상 사람임을 상징적으로 암시한다. 반면 아벨이 '양치는 목동'이라 강조되는 것은 그가 영적(靈的)인 것, 거룩한 것에 관심이 많았던 영(靈)의 사람임을 암시한다.8)

---

4) 『공동번역역서』, 대한성서공회, 1977, 5면. 이후 성서 인용은 인용문 하단에 페이지 수만 밝히도록 함.
5) 게리 그린버그는 '카인과 아벨 이야기'가 이집트 전설과 수메르 신화에서 영향을 받았다고 본다. 그의 논의에 따르면, '카인'은 이집트 전설에 등장하는 '오시리스', 수메르 신화에 등장하는 '두무지'의 영향을 받아 변형된 인물이다. 게리 그린버그·김한영 옮김, 『성서가 된 신화』, 씨앗을뿌리는사람들, 2001, 96~98면.
6) 三浦孫子·최현 옮김, 『성서에서 본 인간의 죄』, 삼민사, 1986, 12~13면. 헤브루어로 카인은 '대장장이', '금속세공인'을 의미한다. 대장장이는 기술자인 동시에 공예와 관련된 지식의 보고였다. 게리 그린버그, 위의 책, 99면.
7) 서울장신성서연구원편, 『구속으로 본 성서속의 인물』, 소망사, 1989, 13면.
8) 서울장신성서연구원편, 위의 책, 14면.

신약의 주인공 예수가 '양치는 목자'로 비유되는 것도 같은 맥락에서 이해할 수 있다. '농경민'과 '유목민'이라는 그들의 생업에 비추어 카인과 아벨의 상징적 의미를 새겨볼 필요가 있다. 카인은 아담과 이브가 에덴동산에 쫓겨난 이후에 가졌던 생업인 농사를 이어받고 있다. 그는 아담과 이브가 하느님에게 죄를 지었듯이 그 역시 형제 살해로 인류 최초의 살인자가 된다. 반면 아벨은 인류 최초의 목자이자 희생자다. 그는 '사람의 아들'로 오신 하느님의 아들 예수의 전신에 해당한다. 아벨이 양치는 목자라면 예수는 사람의 아들을 구하러 온 목자이다. 카인이 사람의 아들로 태어난 최초의 살인자인 반면, 아벨을 거쳐 신약에 이르러 출현한 사람의 아들 예수는 인류 최초의 구속자이다.

두 사람의 상징적 의미는 수확물을 예물로 바치는 데서 결정적으로 드러난다. 아벨은 정성이 깃든 예물(양떼 가운데서 맏배의 기름기)을 드린 반면, 카인은 그저 수확물(땅에서 난 곡식)을 드린다. 하느님이 카인의 예물을 반기지 않은 것은 '제사를 드리는 카인의 인격과 정성' 때문이다. 아벨이 '첫새끼'라는 가장 좋은 것을 성별(聖別)한데 비해, 카인은 정성을 다하지 않은 예물을 드렸던 것이다. 이 일을 계기로 카인은 동생을 시기하여 죽인다. "카인은 아우 아벨을 '들로 가자'고 꾀어 들에 데리고 나가서 달려들어 아우 아벨을 쳐죽였다."(5면) 아벨을 죽인 후, 카인은 어떻게 되는가. 훗날, 카인의 후예들은 문명의 시조가 된다. "카인은 하느님 앞에서 물러나와 에덴 동쪽 놋이라는 곳에 자리를 잡았"(6면, 4 : 16)으며, 이후 카인의 후예들은 다음과 같이 번창한다. "아다가 낳은 야발은 장막에서 살며 양을 치는 목자들의 조상이 되었고, 그의 아우 유발은 거문고를 뜯고 퉁소를 부는 악사의 조상이 되었으며, 실라가 낳은 두발카인은 구리와 쇠를 다루는 대장장이가 되었다."(6면, 4 : 20~22)

앨렌 에이콕은 '카인 신화'를 문명의 태동으로 해석한다. 그녀에 의하면 하느님은 카인의 이마에 징표를 남긴다. 그것은 카인이 인간 역사에서 '살인’과 관련되었음을 나타내는 육체적 낙인이다. 그러나 하느님이 징표를 남긴 것은 ‘아무도 카인을 죽이지 못하게’하기 위해서이다. 이것은 ‘문화영웅’으로서 카인의 역할을 알리는 시초이다. 카인은 후일 도시 거주자들과 천막에 살면서 가축을 기르는 자들의 선조가 되며, 카인의 자손들은 인간 사회에 기술과 산업을 가져온다. 카인의 폭력적 행위에서 문화적 행위가 산출된 것이다. 카인의 ‘폭력적 행위’는 동생에 대한 살인행위, 인류 문명의 태동 두 가지 양태로 나타난다. 동생에 대한 ‘살인행위’는 육체적으로는 필멸성을 보여주지만, 정신적으로는 불멸하는 문명(문화)을 파생시킨 것이다.9) 이러한 맥락에서 ‘전쟁’은 카인의 후예가 초래한 폭력적인 징표이다.

그렇다면, ‘목자’와 ‘거룩한 영’을 상징하는 ‘아벨’은 어떻게 되었는가. 그는 땅에서 ‘저주의 피’가 된다. 카인이 그 땅에서 추방된 직접적인 원인 역시 그 땅이 아벨의 ‘저주의 피’를 받았기 때문이다. 하느님은 그 사실을 카인에게 다음과 같이 전한다. “네 아우의 피가 땅에서 나에게 울부짖고 있다. 땅이 입을 벌려 네 아우의 피를 네 손에서 받았다. 너는 저주를 받은 몸이니 이 땅에서 물러나야 한다. 네가 아무리 애써 땅을 갈아도 이 땅은 더 이상 소출을 내 주지 않을 것이다. 너는 세상을 떠돌아다니는 신세가 될 것이다.”(5~6면) ‘아벨의 피’는 자기를 살해한 형에 대한 복수를 호소한다. 고대 유대인 사회에서는 ‘복수하는 법’이 있어서 까닭없이 사람을 죽인 자는 ‘피의 복수를 하는자’라고 하는 피해자의 근친자에 의하여 복수당해도 좋다는 법이 있었다(민수기 35 : 16~21). ‘카인의 죄’가 경쟁심과 질투심에서 나온 것처럼 ‘아벨의 피’는 복수심과 저주가 되었다. 그것은 인간과 인간간 파탄의 결정적인 계기일 뿐 아니라, 그것을 확대시킨다. 그런 의미에서 인간은 ‘카인의 후손’일 뿐 아니라 ‘아벨의 후손’이기도 하다.10) 카인

---

9) 에드먼드 리치 · 신인철 옮김, 「카인의 징표」, 『성서의 구조인류학』, 한길사, 1996, 339~340면.

10) 성서문학연구회 편, 『성서속의 인물연구』, 성서문학회, 1990, 113면.

과 아벨은 모두 가해자인 동시에 희생자라 볼 수 있다.

카인과 아벨의 신화에는 '에덴의 세계'와 '경험의 세계', 두 세계가 전제되어 있다. '에덴의 세계'에는 죽음이 없고 인간존재란 번식되는 것이 아니라 그 원형이 최초의 한 쌍 부부 그대로 영원히 존재한다. 또한 이곳에는 충족될 수 없는 욕구가 존재하지 않으며 출산의 도구인 성(性)도 알려지지 않은 세계이다. 반면, '경험의 세계'는 지식과 성에 대한 지각이 있고 출산과 죽음이 존재한다. 이 세계는 죽음이 필연성을 띠게 되는데 그 이유는 공간의 제약성으로 말미암아 출산과 불사(不死)가 공존할 수 없기 때문이다. 첫 번째 남자와 인간은 자신의 선택에 의해 죽음과 시간, 역사, 이에 수반되는 온갖 악들을 현실로 소환한다. 카인과 아벨의 출생은 아담과 이브가 경험의 열매를 따먹은 데서 이미 예견된다. 거기에서부터 흉악한 인간의 역사는 시작된다. 인간의 역사가 흉악한 이유는 인간이 무지가 아니라, 의지의 자유를 가지고 있기 때문이다.11) 카인과 아벨의 신화에서 '카인'은 분노와 폭행으로 죽음을 이 땅에 들여오고, 신과 인간의 관계 단절 및 불행과 재난을 초래한 상징적 존재이다.12)

카인과 아벨은 '경험의 세계'에서 '신의 의지'가 아니라 '자신의 의지'를 실현한 이들이다. 카인은 시기심으로 동생을 죽이고, 아벨은 그 땅에 복수의 피를 흘린다. 그들은 속악(俗惡)한 인간 역사의 서막을 장식하면서, 인격화된다. 그들은 하느님을 섬기는 자세(신앙)에 차이가 있을 뿐 양자 모두 인간의 범주를 벗어나지 못하고 있다. 기독교의 관점에서 아벨은 그가 바친 제물에 반영된 신앙을 높이 평가하여, 최초의 순교자·속죄양의 의미가 강조되어 있다.13) 문학에서 19세기까지 카인은 성서의 전승에 입각하여 죄 없는 사람인 아벨과 대립되는 살인자, 죄인의 이미지를 가지고 있었다. 반

---

11) 『기독교대백과사전』 11, 기독교문사, 1980, 141면 참조.
12) 류형기 편저, 『성서주석』, 숭문사, 1978, 7면.
13) 『새성경신학대사전』下, 1998, 1396면.

면 아벨은 악인에게 박해받는 의인의 모습, 죄 없는 희생양의 원형이 되었다.[14] 같은 맥락에서 황순원의 전후 장편에서 카인은 '죄인'의 다양한 이미지를 보여주고 있으며, 아벨은 '희생양'의 다양한 이미지를 보여주고 있다.

3. '죄인'과 '희생양'의 원형으로서 '카인'과 '아벨'
:『카인의 後裔』(1953~1954)[15]

표제가 '카인의 後裔'지만, 황순원은 작중에서 '카인'이 누구인지 명시해 놓고 있지 않다. 연구자들은 '카인'을 여러 가지로 해석한다. 김병익은 '카인'을 '아벨'과 더불어 동족상잔의 비극을 보여주는 포괄적인 알레고리로 파악한다.[16] 유임하는 '카인과 아벨'의 모티프가 특정 인물에 국한된 것이 아니라 사회전반의 갈등에서 비롯된 가해와 희생의 반복적 연쇄를 의미한다고 본다.[17] 장현숙은 '카인'을 "농민의 후예", "조상 대대로 땅 파 먹고 사는

---

14) 다니엘 푸이유 외 5인 · 정애련 옮김, 『성서문화사전』, 솔출판사, 2001, 327면과 520~521면. 문학에서는 '카인'이 더 작가들의 주목을 받았다. 카인은 죄인의 이미지 외, '부당한 질서에 반항'하는 '반항아'의 이미지를 구현해 내기도 했다.

15) 이 작품은 휴전직후인 1953년 9월부터 1954년 3월에 걸쳐 『문예』에 5회 연재되다가 잡지의 폐간으로 중단된다. 1954년 5월 전작을 탈고하고, 12월에 단행본으로 출간된다.(중앙문화사, 1954, 12) 단행본으로 출간되면서 개작이 이루어졌으며, 개작과정에서 반공 이데올로기는 표면화된다. 김주현은 「『카인의 후예』의 개작과 반공 이데올로기의 문제」(『민족문학사연구』 10, 1997, 198~222)에서 1953년 문예지 연재본과 1954년 단행본을 비교하고 단행본에 반영된 반공 이데올로기를 확인하고 있다. 이 글에서는 이데올로기의 입장에서 분석하기보다 신화적인 관점에서 작품을 보기로 하고, 문학과지성사에서 간행한 단행본(1990)을 텍스트로 삼았다. 이 작품은 황순원에게 제1회 아세아자유문학상을 주었고, 1968년에는 영화로 만들어졌으며, 1975년에는 영역(英譯)되기도 한다.

16) 김병익은 "『카인의 後裔』가 포착하는 시대와 장소는 오늘의 한국이 가장 통절한 수난을 감수하게끔 하는 역사의 비극적 현장이며 그 비극성은 동생 아벨을 죽인 구약 창세기의 인물 카인을 표제로 사용, 골육상잔의 처참한 진상을 드러"내고 있다고 보았다(김병익, 「수난기의 결벽주의자」, 『황순원문학전집』 5, 삼중당, 1978, 371면).

17) 유임하, 「설화적 세계와의 訣別儀式」, 『한국문학연구』 17, 동국대학교 한국문학연구소,

농민들"[18]로 규정한다. 김
인환은 '카인'을 국외자로
서, 사회적 금기를 넘어선
사람으로 오작녀를 지목
한다.[19] 정혜경은 박훈의
행위에서 인류 최초의 살
인자 카인의 형상을 찾으
며 나아가 근대적 인간으
로서 카인이 지닌 비극적

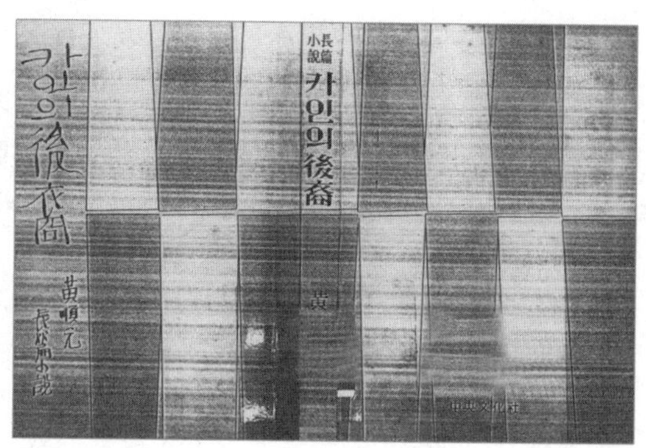

『카인의 후예』 표지

운명 및 타자를 구하기 위해 자신을 죽이는 희생제의의 성격을 부여한
다.[20] 이 글에서는 '카인'을 '생존욕에 눈멀어 인간과 인간간의 신뢰를 파
괴한 존재'로 본다. 작중에서 이를 실행에 옮긴 인물은 '농민의 후예' 도섭
영감이다. 창세기 신화에서 '카인'의 '형제살해'가 인간과 인간·인간과 신
의 단절을 의미하듯, 작중의 카인은 마을 사람들 간의 단절을 몰고 온다.
황순원 소설에서 카인의 죄명은 이데올로기를 신봉했기 때문이 아니라, 선
량한 인간에 대한 믿음을 여지없이 무너뜨리고 인명을 살상한 데 있다. 이
후, 황순원의 전후 소설에서 카인은 아벨이 처한 상황에 따라 다양한 모습
과 성격으로 존재한다.『人間接木』에서 '카인'은 고아를 양산하는 전후의 피
폐한 현실이며,『나무들 비탈에 서다』에서 '카인'은 순수한 청년의 내면에
상흔을 남기는 흉악한 전쟁이다.

　『카인의 後裔』에서는 '도섭영감'이 '카인'의 성격을 구현해 내고 있다.

　　1995. 3, 255면.
18) 장현숙은 좀 더 구체적인 대상으로 '카인'의 존재를 설명하고 있다. 그녀는 "아벨을 죽
　　인 인류 최초의 살인자로서의 카인을 상징하기보다 농민으로서의 카인"을 규명하고 있
　　다(장현숙,『황순원문학연구』, 시와시학사, 1995, 187면).
19) 김인환,「인고의 미학」,『황순원전집』5, 문학과지성사, 1990, 364면.
20) 정혜경,「근대적 자아의 희생제의―『카인의 후예』論」,『어문논집』50, 2004, 326~359면.

『카인의 후예』 간지

그는 충직한 소작인이었던 자신의 과오를 씻기 위해 그간 서로 신뢰해 왔던 지주 일가족을 배반한다. 그는 농민을 선동하여 마을의 질서와 전통을 뿌리째 뒤흔들어 놓는다. 그는 자신이 세운 비석돌을 가차 없이 허물어 버린다. 그는 자신[자신의 가족]의 생존을 위해 타인을 매도하고 궁지에 몰아넣는다. 황순원은 마을의 비극[同族相殘]을 초래한 ‘카인’을 단죄한다. 창세 신화에서 카인이 ‘아벨의 피’로 말미암아 그 땅에서 추방당하듯, 『카인의 後裔』에서 도섭 영감은 그가 배반한 지주의 아들인 박훈에 의해 죽는다. 도섭영감이 농민들을 선동하고 나아가 박용제를 죽음으로 내 몰자, 훈은 자신의 손으로 도섭영감을 죽인다. 창세기 신화에서 카인이 아벨을 들로 불러내어 죽이듯, 훈은 도섭영감을 “뒷산 기슭”[21]의 “잡목숲”(351면)으로 데리고 가서, 도섭영감의 옆구리에 단도를 찌른다.

작중에서 ‘도섭영감’을 응징하는 박훈은 복수하는 ‘아벨의 피’를 보여준다. 창세기 신화에서 하느님은 카인을 추방하더라도, 아무도 그를 죽이지 못하도록 이마에 징표를 남겨 주었다. 반면, 황순원은 ‘아벨’과의 객관적 거리 두기에 실패한 나머지, ‘도섭영감’에게 어떤 여지도 남기지 않는다. 창세기 신화에서 카인이 추방당한 후 새로운 땅에서 새 삶을 살았던 것과 달리, 작중 ‘아벨(박훈)’은 카인을 죽임으로서 자신이 새로운 땅에서 새 삶을 살 수 밖에 없는 상황을 만들어 놓는다. 그러나 엄밀한 의미에서 박훈

---

21) 황순원, 위의 책, 350면. 이하 작품 인용은 인용문 말미에 페이지 수만 기입함.

과 마찬가지로, 도섭영감 역시 가해자이자 희생자이다. 박훈이 '희생자'의 위치에 있을 때 도섭영감이 '가해자'의 위치에 있었다면, 박훈이 '가해자'의 위치에 있을 때 도섭영감은 '희생자'의 위치에 있다. 작품 말미에 이르면, 도섭영감은 박훈뿐 아니라 인민위원회로부터 동시에 협공을 받는다. 사면초과에 놓인 것은 박훈이 아니라, 오히려 도섭영감이다. 그럼에도 작가는 아벨에 경도된 나머지, 카인의 미래를 부정하고 만다.

『카인의 후예』 판권

　'도섭영감의 죽음', '박훈과 오작녀의 결합'에는 아벨에게 새로운 미래를 제시하려는 작가의 애정이 반영되어 있다. 황순원은 '아벨의 미래'를 위해 '카인'을 단죄하고, '아벨'이 카인의 땅을 떠날 수밖에 없는 상황을 설정해 놓는다. 그는 '카인'의 개과천선(改過遷善)을 바라기보다 오히려 응징함으로써, '아벨'에게 전도유망한 미래를 만들어 준다. 작가는 애초부터 '아벨'에 대한 깊은 연민을 가지고 있었으며, 아벨과 자신을 동일시했던 것이다. 창세기 신화에서 카인에게 새 땅과 새 삶을 허락해 준 하느님의 공평무사(公平無私)와 달리, 『카인의 後裔』에서 황순원은 인물과 사건에 대한 객관적인 거리두기에 실패한다. 작품 말미에서 작가는 '오작녀'와 '훈'의 결합 가능성을 어렴풋이 시사한다. 주지하다시피, 두 사람의 결합은 '카인'과 '아벨' 간의 근원적인 갈등을 종식시키지는 못한다. '오작녀'는 상처받은 '아벨'의 치유자(모성)일 뿐, '카인들(도섭영감을 비롯한 농민들)'의 치유자(성모)는 아니다. 그녀는 상처받는 인간 모두를 구원해주는 성모(聖母)가 아니다. 그녀는 지주인 '아벨'과 소작인 '카인'의 갈등을 중재해 주는 매개적 인물이 아니다. 박훈에 대한 오작녀의 모성적 사랑은 지나치게 '아벨' 편에 경도된 작가의 의식을 반영한다. 오작녀의 모성애는 곧 박훈의 미성숙을 반증한다. 그 결과, 이 작품은 카인과 아벨의 복수극으로 일그러져 있다. 이념 문제와 거리를 두려는 작가는 남녀간의 애정을 강조하면서 당면한 현실의 갈등을 피해간다.

이 작품에서 카인과 아벨은 그들의 갈등을 스스로 풀어나가지 못한다. 작중에서 '카인(도섭영감)'의 성격은 적절하게 형상화된 데 비해, '아벨(박훈)'은 구체적인 성격을 갖지 못한다. 아벨은 성숙한 인격의 소유자가 아니라, 어머니의 품을 벗어나지 못하는 유아적 단계에 머물러 있다. 작가는 인물(아벨)과의 객관적 거리 확보에 실패했다. 황순원은 이후 다른 장편에 이르러서야, '아벨'의 성격을 구현하는 데 성공한다. 『나무들 비탈에 서다』에 이르면, 주인공들은 희생과 대속(代贖)의 이미지를 훌륭하게 실현한다. 이 작품은 비록 '아벨'의 성격 창조에는 실패했지만, 전후 황순원의 장편소설에 나타날 인물을 예고해 준다는 점에서 의의가 있다. 도섭영감이 옆구리에 피를 흘리며 쓰러진 대신, 박훈은 삼득이의 도움으로 말미암아 오작녀와 함께 그 마을을 떠나 월남할 것을 시사하고 있다. 우리는 이후 장편소설에서, 작가가 '카인'이 아니라 '아벨'의 위치에 서서 전쟁을 체험하고 전후현실의 새로운 삶을 모색할 것임을 짐작할 수 있다. 황순원은 『人間接木』과 『나무들 비탈에 서다』에서 '카인'의 존재에 대해 언급하지 않는다. 이후 작품에서 그는 '카인'의 죄악보다는 '아벨'의 치유능력과 희생적 태도에 주목하고 있다.

4. 전후 소설에 나타난 '아벨'의 초상화

4-1. '상이군인'과 현실 재건 – '치유적 인물'의 현실 포용 : 『人間接木』(1955)[22]

『인간접목』 표지

'획득'·'소유'를 상징하는 카인과 달리, '아벨'은 '호흡(숨결)'과 '공허'를 상징한다. '호흡(숨)'은 세상에 없어서는 안 될 생명을 의미하면서도 생명의 유한성으로 말미암아 역설적으로 '공허'를 의미하기도 한다. 이러한 야누스적 의미는 '아벨'이라는 인물의 삶과 죽음에서 구체적으로 구현된다. 구약시대 '거룩한 영혼'을 상징하는 '아벨'의 삶과 죽음은 신약 시대의 '예수'를 떠올리게 한다. '양치는 목자', 아벨은 어린 양(인간들)을 이끄는 예수와 유사한 인물이다. 아벨이 자신의 형제인 카인(형)에 의해 죽음을 당한 것처럼, 예수 역시 제자와 이스라엘 백성들의 배반으로 죽음을 당한다. 아벨과 예수의 행적에서 나타나듯, 그들은 인류의 '호흡(생명)'이기도 하면서 동시에 형제들에 의해 죽음을 맞이한다는 점에서 '공허'를 표상한다. 아벨은 최초의 의로운 순교자로서 신앙의 대한 증거가 될 뿐 아니라, 그리스도 죽음의 원형이 된다.[23] 황순원의 전후 장편소설에는 이러한 '아벨'의 초상이 다양한 측면에서 제시되어 있는데,[24] 특히 『人間接木』에는 어린 양을

---

22) 원래 「천사」라는 제목으로 1955년 1월부터 『새가정』에 1년 동안 연재됨. 단행본으로 출판할 무렵, 황순원은 『인간접목』(중앙문화사, 1957. 10)으로 제목을 바꾼다.

23) 『기독교대백과사전』, 기독교문사, 1980, 974면.

24) 「움직이는 성」에서 '준태'는 기독교 교역자로서 '생명'이면서 '공허'이기도 한 '아벨'의 삶을 대변하는 인물이다. 그는 빈민촌의 빈민들과 주변의 여인(홍여사와 남지연)을 통해 '창조주'를 만난다. 준태는 목사의 신분으로 '교회 안'에서가 아니라, 날품팔이 빈민으로

이끄는 목자의 이미지가 나타나 있다. 이 작품에서 아벨은 길 잃은 양을 포용하고 치유한다. 이 작품에서 '카인'은 불행한 고아를 양산해 내는 피폐한 현실이다. 그것은 전쟁의 상처이기도 하고 가난을 비롯한 가정불화에 이르기까지 어린 생명의 안정된 삶을 방해하는 모든 현실적 악조건이다.

『人間接木』의 주인공은 고아원에서 헌신하는 상이군인 최종호이다. 그는 선한 인물 '아벨'의 성격을 구현하며, 전후 현실에서 구원자의 역할을 톡톡히 해낸다. 휴전협정이후, 최종호는 상이군인으로 제대한다. "사변 전까지 그는 서울에 있는 모 사립 의과대학 외과에 적을 두고 있었"으나 "오른쪽 팔을 팔꿈치 위에서부터 잘라내"야 했다. "그에게 있어 팔은 눈 맞잡이였다. 그는 정말 스물다섯이란 나이에 앞이 캄캄하기만 했다." 나아가 그는 "이번 전란통에 홀어머니마저 잃"[25]었다. 그는 대학 은사 정교수의 주선으로 갱생소년원으로 오게 되었다. "지금 눈앞에 보는 이 애들과 자기의 사이에는 아무런 거리도 없다는 느낌이었다. 그것은 지금 자기도 한낱 고아, 그것도 오른팔이 하나 없는 불구 고아에 지나지 않는다는 의식이 그렇게 만드는지도 몰랐다."(24면) "갱생 소년원을 찾아나서는 날, 종호는 자기 자신"이 "갱생되는 듯"(24면) 했다.

그는 성심성의껏 고아들을 돌본다. 갱생 소년원은 전쟁고아 장태운을 비롯하여 남준학, 박영철, 차돌이, 짱구대가리 등 이 세상에서 소외된 불우한 아이들의 박물관[孤兒院]이다. 종호는 이제 육체의 병을 치료하는 외과의사가 아니라, 마음의 병을 치유하는 고아원 교사가 된다. 그는 재난과 슬픔 아래 가려진 아이들의 선량(善良)을 믿는다. 그는 "지금 이 애들은 때가 긴 거울"과 마찬가지이므로 "닦기만 하면 안쪽은 성한 거울 알"(113면)이 나올 것이라는 굳건한 믿음을 갖고 있다. 그의 가장 큰 어려움은 거리의 왕초를

____

서 '교회 밖'에서 창조주를 만난 것이다.

25) 황순원, 『인간접목 / 나무들 비탈에 서다』, 문학과지성사, 1995, 23면. 이하 인용문은 인용문 하단에 페이지 수만 기입함.

꿈꾸는 '짱구대가리'이다. 짱구대가리는 일요일 점심 근신에 대한 불만을 토로하고, 고아원 창고 물건을 훔친다. '거지 대장 왕초'는 짱구대가리를 조종하여, 고아원 원아들을 빼돌리려 한다. 그는 원아들로 하여금 소매치기를 비롯한 범죄의 회색지대로 내몬다. 왕초가 지배하는 거리는 "하나의 딴 왕국"(76면)이다. 종전까지 고아원 측은 왕초와 암묵적인 거래를 해 왔다. 특정한 방문을 받을 때면 고아원 측에서는 배급량을 늘이기 위해 왕초의 양해를 얻어 아이들을 고아원으로 불러들였으며, 또 일정한 때가 되면 왕초가 다시금 아이들을 거리로 불러내어 범죄의 미끼로 활용해 왔던 것이다.

'짱구대가리'가 어떤 악행을 저지르더라도, 종호는 그에게 신뢰를 잃지 않았다. 홍집사가 '짱구대가리'를 감화원에 들어가야 할 범법자로 여기는 데 비해, 종호는 "한번 말한 것은 끝까지 지키는 애"(167면), "자존심이 강한 애"라고 짱구대가리를 신뢰했다. 이외 '짱구대가리'를 추종하는 배선집은 고아원의 문제아이다. 그는 왕초에 의해 거리로 나갔다가, 고아원에서 인원을 늘일 무렵 다시 홍집사에 의해 들어왔다. 그는 고아원의 사업을 방해할 뿐 아니라, 고아원의 사업에 적극 동참하는 모범적인 아이들에게 폭행을 가한다. 그때마다 종호는 '짱구대가리'에게 신뢰를 보이며 도움을 청한다. 원장의 초대로 원장집에 갔다가 돌아오던 날 밤, 종호는 '짱구대가리'가 고아들을 인솔하여 왕초에게 가려는 것을 목도한다. 종호는 몰래 도주하려는 '짱구대가리'에게 다음 날 떳떳한 모습으로 나갈 것을 당부한다. '짱구대가리'는 다음 날 내보내준다는 종호의 말을 신뢰하여, 아침에 떠나기로 한다. '짱구대가리'가 왕초에게 가서 그 사실을 전하지만, 왕초는 '짱구대가리'가 종호의 꼬임에 넘어간 것으로 여겨 그를 칼로 찌른다. 종호는 부상당한 '짱구대가리'를 안고 소년원으로 돌아온다. 종호는 짱구대가리를 통해 '신뢰'를 확인한다. 그 시간 고아원 천막안에서 고아 남준학은 원생들이 모두 '천사'가 되는 환영을 본다.

　　－난 봤어.

　　－짜식 베란간 보긴 뭘 봐?

　　－아냐, 봤어. 하아얀 날개, 아주 눈 같이 하아얀 날개야.

　　준학이는 천사의 그림이 붙었던 어두운 벽 쪽을 가리키며,

　　－저기 있든 천사의 날개보다도 더 희었어. 그걸 우리가 모두 달고 있었어.

　　　너도 달고 있고 나도 달고 있고 그리고 저, 짱구대가리도 (183면)

　　최종호는 단순히 '소년원의 교사'가 아니다. 종호는 거리의 아이들(깡패·양아치)에게 숨어있는 '천사'를 소환해 내는, 영혼의 치유자이다. 그는 "사람과 사람 사이의 혼의 교섭"(180면)에 나서며, 인간의 영혼을 치유해 준다. "사람과 사람 사이에 뿌려진 애정의 씨앗"(119면)을 가꾸어 나가는 그의 '호흡(숨결)'은 그가 교사이기 이전에 영혼의 구원자임을 보여준다. 그는 소년원에서 일하는 '식모할멈'과 은사인 '정교수'를 통해, 진정한 애정의 숨결을 배운다. '식모할멈'과 '정교수'는 새로운 형태의 모성애를 실현한다. 식모할멈은 "죽은 자기 자식"을 빼닮은 철수를 자신의 아들로 여기며 돌보다가, 철수의 부모가 나타나자 철수에 대한 애착을 버린다. 식모할멈의 '모성애'는 소유가 아니라, 아끼지 않고 베풀며 바라지 않고 지켜보는데 있다. 정교수는 병원에 버리고 간 아이를 돌보며, "친히 자기 손으루 궂은 것을 주무르구 매만"(106면)진다. 그들은 아낌없이 베풀고 바라지 않는 모성애를 보여준다. '식모할멈'과 '정교수'가 아이들의 육신을 돌보는데 주력했다면, 최종호는 그들의 영혼을 구원하는데 주력했다. 그는 고아들에게 생명의 호흡을 불어 넣어준 것이다.

　　구원자로서, 최종호의 역량은 같은 고아원에서 일하는 유선생 및 홍집사와 대조적이다. 동일한 소년원에 몸담고 있지만, 최종호는 그들과 구분된다. 유선생이 허무주의적 태도를 보이고 있다면, 홍집사는 이해타산적인 태도를 보인다.[26] 이들과 구분되는 최종호의 헌신은 지나치게 계몽적으로

---

26) 유선생은 한 때 소년원을 위한 열정이 가득했지만, 자신의 애정을 저버린 원생과 고아

보일 수 있다. 그러나 '상이군인'이라는
종호의 입지에 주목한다면, 그것은 전
후 피폐한 현실에서 적극적인 인물의
모색으로 평가될 만하다. 이것은 한국
전쟁이후 전재민이 전후 피폐한 사회를
어떻게 재건해야 하는가의 문제와 맞물
려 있다. 상이군인 '최종호'의 현실적
의의를 살펴보기 위해, 다른 작가의 전
후 장편에 등장하는 '상이군인'과 『人間
接木』의 주인공을 비교해 볼 필요가 있다.

백락종 그림, 『새를 보라』15회

　김말봉의 『새를 보라』(『대구매일』, 1954. 2. 1~6. 17)에는 상이군인 곽연수
가 등장한다. 그는 다리 하나를 전다. 그는 자활적으로 갱생의 길을 도모하
기보다 여러 여인을 전전하면서 여자들의 애정에 기댄다. 여의사 선주를
통해 회사에 취직하려는가 하면, 미망인 초명을 통해 청춘의 열애를 꿈꾼
다. 결국 그는 고학하는 여대생 옥정의 품에서 마음의 안식을 얻는다. 그는
애정기근에 빠져, 방황하고 방탕으로 떨어진다. 작중 '상이군인'은 '자신의
상처에 함몰'되어 있다. 전후의 상이군인은 자기를 구제하는 일조차 쉽지
않았던 것이다. 이와 유사한 예를 최태응의 『행복은 슬픔인가』(『영남일보』,
1954~1955)에서도 찾아볼 수 있다. 대대장 출신의 정민식은 한 쪽 눈을 실
명했으며, 나머지 눈마저 실명위기에 있다. 화가인 그에게 실명은 치명적
이다. 그는 전후 현실에 제대로 적응하지 못한 채, 미망인과 불량배 틈에서
곤욕을 치른다. 이후, 환도한 서울에서 그는 과거의 애인을 만나 재활에 성

　원 운영자에게 실망한 후 허무주의자가 된다. 반면 홍집사는 교회집사・소년원 집사・
원장댁 집사를 겸하는 실리적이며 적극적 인물이다. 해방전에 상업학교를 나온 그는 피
난가서 아내를 잃었다. 그는 소년원 원장(한장로)의 딸이 결핵성 관절염으로 한 쪽 무릎
을 못쓰자, 적극적으로 그녀의 병간호에 전념한다.

공한다. 그는 화가로서 개인전을 열고, 헤어진 연인과 재회한다. 이 작품에서 제대한 상이군인은 '자기 자신의 재활'에 성공하지만, 그것은 전적으로 다양한 조력자[전우 김중사·친구 명관·권노인 등]의 도움 때문에 가능한 것이다. 김말봉과 최태응의 작품은 전후 사회에서 상이군인이 외부의 조력 없이 자활하는 일이 극히 어렵다는 사실을 시사해 준다.

정비석은 『人間失格』(정음사, 1962)에서 상이군인의 비극적인 말로를 보여준다. 『人間失格』에서 남자 주인공은 성불구자가 되어 제대한다. 아내는 남편을 이해하려 하였지만, 시일이 흐를수록 남편과의 관계가 소원해 진다. 그 과정에서 아내는 학창시절의 첫사랑을 만나 애정을 키워나간다. 결국 아내는 남편을 떠나고, 아이들은 친척집과 고아원으로 내몰린다. 아내는, 신문에서 행려병자가 되어 죽은 남편의 기사를 읽는다. 이 작품에서 정비석은 상이군인의 '불구'는 자기 자신뿐 아니라, 한 가정[이 사회]의 불행과 파탄으로 이어질 수 있음을 보여준다. 지금까지 세 작품에서 살펴보았듯이, 상이군인이 전후 현실에 적응하는 일은 무척 힘들었던 것으로 보인다. 그들은 스스로의 힘으로 '자기'를 구제하는 일이 불가능했으며, 다양한 조력자들의 도움이 뒤따라야만 자활이 가능했다.

상이군인이 자기구제마저 힘든 전후의 현실에서, 황순원은 타인의 구원을 도모하는 적극적이고 긍정적인 상이군인을 형상화하고 있다. 『人間接木』에서 황순원은 '상이군인'과 '고아'를 접붙이는데 성공한다. 상이군인 최종호는 갱생 소년원의 '갱생'을 통해 자신의 '갱생'에 성공한다. 그는 불구자가 아니라 치유자가 되어, '거리의 아이'를 '천사'로 치유한다. 동시대 다른 작가들의 작품에서 상이군인이 불완전하고 불안한 존재로 나타나는데 비해, 『人間接木』의 상이군인은 피폐한 현실에 매몰되지 않는 적극적인 인물로서 타자의 영혼을 구원한다. 그런 의미에서 상이군인 최종호는 상처받은 영혼에게 생명의 숨결을 불어 넣는 현실적인 '아벨'의 모습을 하고 있다.[27]

4-2. '지식인'의 자기 응시와 대속(代贖)
ㅡ'현대적 영웅'의 창출 :『나무들 비탈에 서다』(1960)[28]

'카인'의 어의에 담긴 상징성을 논하면서, '창(槍)'·'대장간'·'쇠붙이'를 언급한 바 있다.『나무들 비탈에 서다』에서는 가공할만한 쇠붙이들의 카니발을 연상시키는 '전쟁'과 '전쟁터'가 바로 '카인'에 해당한다. 전쟁의 희생자인 작중의 '학도병들'은 '아벨'에 해당한다. 아벨의 어의가 '호흡(생명)', '공허', '거룩한 영(靈)'이었듯, 작중 학도병들은 전쟁의 비애 속에서 하나의 '숨결'이었으며, 동시에 이 땅에서 빨리 죽어야 했던 '공허'

『나무들 비탈에 서다』표지

였다. 작중의 '아벨들'은 '카인의 폭력' 앞에 피를 흘려야 했다. 그것은 '순수의 피'이자, '자학의 피'이며, '정화의 피'이다. 작중에서 '아벨'의 거룩한 영은 두 사람의 모습으로 대변된다. 전쟁터를 배경으로 하는 1부에서는 '동호'가, 전후 현실을 배경으로 하는 2부에서는 '현태'가 각각 아벨의 이미지를 구현한다.

1부는 1953년 여름부터 겨울까지 전방을 배경으로 하고 있으며, 2부는 1957년을 배경으로 서울의 일상(후방)을 배경으로 하고 있다. 1부는 '아벨'이 전쟁터에서 자신의 '순수'가 오히려 결백증이 되어 자살하고 마는 모습

---

27) 이외, '고아원'을 배경으로 하는 작품으로 곽학송의『화원』(『매일신문』, 1956. 8. 5~1957. 2. 12, 163회)이 있다. 이 작품 역시, 전후 전쟁고아들의 갱생을 위해서 고학생 형제(유섭·유환) 두 사람이 어려움 속에서 전력을 다하는 모습을 그리고 있다. 고아들과 마찬가지로, 엄밀한 의미에서 고아원의 원장 역시 부모도 없고 기댈 친지가 없는 고아이다.

28) 이 작품은 1960년 1월부터 7월까지『사상계』에 연재되어, 그해 9월 단행본(『나무들 비탈에 서다』, 사상계사, 1960)으로 간행되었다.

을 보여준다. 2부는 '아벨'이 전후 현실에서 자신의 과오에 대한 참회로 말미암아 자멸(무기징역)하고 마는 모습을 보여준다. 양자 모두 결벽증의 형태로 자기를 학대하고 피 흘린다. 이때 '아벨의 피'는 '복수(증오)의 피'가 아니라, '참회의 피'이자 '정화의 피'라는 데 의의가 있다. 그들은 자기 속죄(贖罪), 더 나아가 대속(代贖)의 '성스러운 피'를 흘린다.

우선 제1부에서 '아벨의 이미지'를 구현하는 동호를 행적을 살펴보도록 하겠다. 전쟁터에서 동호는 '살인행위'와 '매음행위'에 대해 경악한다. 국문학을 전공하는 동호는 인명(적군) 살상을 혐오하고, 애인의 순결을 존중하는 순결한 영혼의 소유자이다. 그러나 상대를 죽이지 않으면 자신이 죽는 전쟁터에서 그 역시 적군을 살상한다. 나아가 현태 등에 이끌려 매음한다. 무의지로 일어난 매음이 기화가 되어, 현태는 자진하여 창녀와 관계한다. 작중에서 시종일관 '유리'로 표상되던 '순수'는 여지없이 깨어진다. 순수에서 너무 멀리 나아간 동호는 술병의 유리로 동맥을 끊어 자멸한다. '동호의 죽음'은 '복수(증오)의 피'가 아니라 '참회의 피'·'정화의 피'라는 점에서 '제의'의 성격을 띠고 있다. 그는 자신의 피를 통해 전쟁이라고 하는 큰 비극의 종지부를 찍는다. 그것은 '카인'의 죄악을 대신하는 '아벨'의 대속이다. 대속의 희생양으로서 '동호의 죽음 현장'은 맑고 깨끗한 제단을 연상시킨다.

하늘에는 얼음을 부스러뜨려 뿌린 듯한 차가운 별들이 박혀있었다. 그 아래 눈 덮인 땅이 별빛에 희뿌옇게 드러나 거리가 멀어짐에 따라 차츰 그 빛을 잃어가다가 나중에는 어둠과 뒤섞여지고 마는 것이었다.

현태는 유리 깨지는 날카로운 소리를 듣고 뒤를 돌아보았다. 동호가 술병을 메쳐 깨뜨려버린 모양이다. 자식, 오늘 기분상한 일이 있었나 부군, 꽤두숙맥이지, 그러나 흰 파카를 입은 동호의 그림자는 이미 눈빛과 하나이 되어 어둠속에 묻혀 보이지 않았다.(285면)

동호의 죽음을 묘사하고 있는 위 인용문에는 차가운 이미지, 순결한 이미지, 빛의 이미지 등 다양한 이미지가 나타나고 있다. '하늘', '얼음', '별', '눈', '별빛', '어둠', '유리', '술병', '흰 파카', '눈 빛' 등에는 기본적으로 '어둠'과 '빛'의 대립이 나타나 있다. '어둠'을 둘러싼 세계에, 하늘의 눈(별빛)과 땅의 눈(雪)이 순결한 이 땅의 눈(흰파카를 입은 동호)과 더불어 하나되고 있다. 날카로운 '유리'의 파열음이 난다. 동호는 그 투명한 유리를 자신의 몸 속에 집어 넣는다. '흰 파카를 입은 동호'는 '눈빛'과 하나된다. 비록 온전히 '어둠'을 거두어내지는 못했지만, 동호는 흰색의 순수 안으로 다시 돌아간다. 그것은 동호만을 위한 것이 아니라, 이 땅의 어둠을 대속(代贖)하기 위한 것이다. 비록 하늘의 빛은 땅의 어둠을 모두 덮지 못하지만, 이 땅의 눈(흰파카를 입은 동호)이 이 땅의 어둠을 밝히는데 일조하고 있다. 동호는 '카인'에 대해 반발하거나 의문을 제기하지 않는다. '동호의 피'는 전쟁의 속죄양이자, 스스로 '정화의 희생물'이 된다. '아벨'은 '속죄의 피'이자, '대속의 피'를 흘린다.

2부에서 '아벨의 이미지'를 구현해 내는 인물, 현태는 '곰의 잠'을 비롯하여 가사(假死) 죽음의 상태에 있다. 전후 사회에서 그는 스스로를 주체할 수 없어 자학하고 조롱하며, 광기를 보인다. 제대 후, 그는 한동안 아버지 회사 일을 도왔다. 어느 날 차창 밖의 부녀자와 어린아이를 보았을 때, 현태는 자신이 죽인 무고한 주민과 대면하게 된다. 이후 현태는 삶의 균형을 잃는다. 석기·윤구 등과 어울려 술을 마시거나, 시내 한 복판에서 다른 여자의 꽁무니를 쫓아다니며, 기생 계향의 집에서 무료한 시간을 보낸다. 심지어 동호의 애인 숙을 겁탈하기까지 한다. 현태는 현실을 도피하는 대신, 현실의 밑바닥(수렁)까지 내려간다. 어머니가 미국행을 권고하지만, 그는 떠나지 않는다. 그는 카인(전쟁)이 만들어 놓은 혼란에서 도피하기보다 오히려 맞대결하려 한다. 그는 자신을 파멸로 몰고 온 '카인'을 다시 한번 맞대면 하려 한다.

술기운으로 붉어진 눈을 석기에게로 향한 채,
"도대체 이런 상태에 빠지게 하는 것이 뭘까?—자기에게 주어진 자율 처리
하지 못할 만큼 무능력하게 만든 게 뭐냐 말야?—대체 언제, 어디서 누구 땜
에 이런 무능력자가 되지 않으면 안됐느냐 말야, 응?"—(중략)—"다시 한번 전
쟁터에 서보구 싶어. 그리구선 죽음과 맞선 순간순간에 잃어버린 나 자신을
도루 찾구 싶어. 그땐 정말 자신이 있었어."29)

전쟁이 주는 가장 큰 위협은 '죽음'이다. 카인은 생사를 넘나드는 전장
터에서 '죽음'으로 '아벨'을 위협한 것이다. 카인의 위협 앞에서 아벨은 자
기 자신을 잃어버리고, 전쟁의 꼭두각시가 되었던 것이다. 이제 그의 내면
에 자리 잡고 있는 '순수'가 다시금 그를 소환해 내며, 카인을 대신하여 대
속한다. 현태는 죽고 싶다는 계향에게 단도를 주면서 그녀의 자살을 방조
한다. 그는 무기징역을 선도 받고, 제법 긴 '곰의 잠'을 잔다. 동호가 육신
을 가해함으로써 정화(淨化)의 속죄양이 되었다면, 현태는 정신을 가해함으
로써 정화의 속죄양이 된다. 이 정화의 공간에 현태 대신, 계향이 피를 흘
린다. 피 흘리는 단죄 행위가 종식되자, 이제 현실은 새 생명의 탄생을 기
다리는 신생의 공간이 된다. 장숙은 현태의 아이를 가졌으며, 그 아이를 낳
아 기르려 한다.

이 작품에 등장하는 '아벨'은 '카인'을 대신하여 자신을 단죄하고, 스스
로 속죄양의 길을 걷는다. 스스로 고독한 자신의 숙명과 맞대결한다는 점
에서, 그들은 알베르 까뮈가 발견한 부조리한 영웅 '시찌포스'을 떠올리게
한다. 신화에서 '시찌포스'는 영웅이자 죄인이다. 그는 꾀를 내어 명성을
얻은 영웅이지만 그러한 꾀로 말미암아 신의 노여움을 사고, 결국 지하 감
옥에서 "커다란 돌을 굴려서 언덕 위로 올려놓아야 하는 형벌"을 받았던
인물이다. 그는 "그 힘들고 고통스러운, 그럼에도 불구하고 아무런 의미도
없는 행위를 끝없이 반복해야만 했다."30) 프랑스의 전후 현실에서, 카뮈는

---

29) 황순원, 『나무들 비탈에 서다』 7, 문학과지성사, 1995, 359면.

무의미한 노동의 세계에서 신음하는 비극적 영웅을 '현대의 영웅'으로 적극 소환해 낸 바 있다.[31] 그는 "위를 밀어 올리는 시찌포스의 모습에서 부조리한 인생을 성실하게 살아가는 인간의 숭고한 정신을 발견했"던 것이다. "까뮈에게 있어서 시찌포스의 바위 밀어올리기는 인간의 숙명적인 비극을 상징"하는데, 여기에서 그는 "오히려 인간의 행복을 발견"한 것이다. "인간의 존재가 무의미하다는 것을 알면서도 이 부조리에 반항하는 인간을 실존적 인간"으로 본 것이다.[32]

카뮈는 시찌포스가 부조리한 세계에 도전했다가 패배했으나, 부조리한 자신의 존재를 자각하고 부조리한 세계를 직시하여 인간의 승리를 확신한 인물이라고 본다. 인생의 참된 의미는 이러한 부조리를 인식하고 극복해 나가는 것이다.[33] 카뮈가 소환해 낸 시찌포스는 황순원의 『나무들 비탈에 서다』에 등장하는 순수한 영혼의 소유자들과 유사하다. 작중의 '거룩한 영(靈)'은 자신이 직면해 있는 고통으로부터 도피하지도 않으며, 타인에게 회피하지도 않는다. 그들은 자신의 숙명적인 비극에 굴하지 않고, 그것을 스스로의 힘으로 극복해 나간다. 그런 의미에서 작중의 아벨들은 단순히 신화적 인물에 그치지 않고, 오히려 전후 한국 사회에 등장하는 '현대적 영웅'이라 명명할 수 있다. 『나무들 비탈에 서다』에서 황순원은 '신화적 모티프'를 동원하여, 피폐한 전후 사회를 재생의 공간으로 거듭나게 할 수 있는 '현대적 영웅'을 창출해 낸 것이다.

---

30) 스티픈 앨 해리스／글로리아 플래츠너·이영순 옮김, 『신화속의 미로 찾기—신과 영웅 이야기』, 동인, 2000, 316면.
31) J. F. 비얼레인·현준만 옮김, 『세계의 유사신화』, 세종서적, 2000, 295~303면 참조.
32) 반덕진, 『신화로 보는 세상—그리스 신화와 문학』, 신광출판사, 2001, 198면.
33) 반덕진, 위의 책, 199면.

5. 맺음말

이 글에서는 황순원의 전후 장편소설에 나타난 '신화적 모티프'에 주목해 보았다. 발표 시기 순에 따라 『카인의 後裔』(『문예』,1953)・『人間接木』(『새가정』, 1955(天使))・『나무들 비탈에 서다』(『사상계』, 1960)에 등장하는 '신화적 인물'에 주목하고, 작가가 전후 사회에 구현해 낸 인간상에 대해 살펴보았다. 황순원의 전후 장편에는 기독교 창세기의 신화적 모티프가 나타나 있다. 황순원의 소설을 살펴보기 앞서, 기독교 창세 신화를 통해 신화적 인물 '카인'과 '아벨'의 성격과 의미를 살펴보았다. '카인'은 최초의 사람의 아들이자 인류 최초의 살인자라는 '죄인'의 이미지를 가지고 있는 반면, '아벨'은 하느님에 대한 그의 신앙으로 말미암아 인류 최초의 '희생자・순교자'의 의미를 가지고 있다. 인간 세상에서 '카인의 죄'는 인간과 인간・인간과 신의 단절을 의미하며, '아벨의 희생'은 구원의 의미를 가진다.

황순원은 전후 발표한 장편 『카인의 後裔』에서 기독교 창세 신화에 등장하는 '카인 모티프'를 원용하여 인물의 성격을 창조한다. 작중에서 '카인'은 선량한 인간에 대한 신뢰를 무너뜨리고 마을 공동체의 혼란을 야기한다. 카인의 적절한 성격 창조에 비해, 황순원은 아벨의 성격 창조에 실패한다. '아벨'은 모성애에 집착하는 미성숙한 유아의 의식을 보여준다. 작중에서 '오작녀'는 카인과 아벨 간 갈등의 근원적인 모색자가 아니라, 아벨에 대한 모성(母性)만을 대변한다. 기독교 창세 신화에서 하느님이 카인과 아벨에게 공평무사(公平無私)한 시점을 취한 것과 달리, 이 작품에서 황순원은 '아벨'과 자신을 동일시 한 나머지, '희생양'이자 '속죄양'과 같은 성숙한 아벨의 이미지를 구현해 내지 못한다. 아벨은 카인에게 복수의 칼날을 휘두른다. 이후 장편 소설에 이르면, 황순원은 성숙한 '아벨'의 모습을 다채롭게 구현해 낸다.

『人間接木』에서 '아벨'은 길 잃은 양을 찾아 헤매는 '목자'의 이미지를 가지고 있으며, '치유적 인물'로 등장한다. 상이군인 최종호는 자신의 상처에 함몰되지 않고 타자의 상처(영혼)를 치유해 나간다. 상이군인으로 제대한 최종호는 갱생소년원의 고아들을 '갱생'시키는데 헌신한다. 최종호는 전란통에 홀어머니를 잃은 고아이며, 한쪽 팔을 잃어 외과의사의 기능을 상실한 불구자이다. 그는 짱구대가리를 비롯한 고아들에게 신뢰를 잃지 않고 그들을 '천사'로 복원하는데 성공한다. 동시대 다른 작가들[김말봉·최태웅·정비석]의 작품에서 '상이군인'이 자활이 어려운 존재·구원받아야 할 존재로 부각되고 있는데 비해, 황순원은 상처투성이 '고아들'을 구원하면서 자신 역시 구원받는 '치유적 인물'로서 상이군인을 부각시키고 있다.

『나무들 비탈에 서다』에서는 가공할만한 철기구들의 카니발인 '전쟁'이 '카인'을 상징하는 반면, 전쟁에 징집되어 나온 '학도병'은 '아벨'로 표상된다. 작중의 아벨은 자신의 피로 스스로 단죄한다. 그들은 횡포한 전쟁, '카인'에 대해 복수하기보다 속죄의 피를 흘림으로서 대속한다. 이 작품에서 카인을 대신하여 대속하는 아벨들은 알베르 까뮈가 소환해 낸 '시찌포스'를 떠올리게 한다. 『나무들 비탈에 서다』에서 어떤 현실적인 어려움에도 굴하지 않고 자신을 속죄하고 나아가 타자의 구원을 지향하는 그들은 황순원이 창출해 낸 '현대적 영웅'이다. 이들로 말미암아 전후 사회는 전흔(戰痕)으로 가득 찬 피폐한 현실이 아니라, 재생을 기약하는 신화의 공간으로 거듭난다. 『人間接木』에서 '고아원'은 외로운 아이들의 집이 아니라, 갱생과 구원의 공간이 된다. 『나무들 비탈에 서다』에서 장숙의 뱃속에 있는 '새 생명'은 잿더미 같은 현실에 새로운 삶을 예고한다. 황순원은 전후 사회를 재건할 수 있는 긍정적이고 적극적인 인물로서 '대속·속죄하는 아벨'을 창조했다. 그들이야말로 오늘날, 현실적으로 존재할 수 있는 '현대적 영웅'이라 할 수 있다.

김동리의 전후 장편소설에 나타난 대중성 고찰

-『자유의 기수』·『애정의 윤리』·『이곳에 던져지다』·『비오는 동산』·『해풍』을 중심으로-

1. 머리말

김동리(1913-1995)

김동리는 『조선일보』(1934) 신춘문예에 시 「백로」가 입선했으며 『조선중앙일보』(1935) 신춘문예에 단편 「화랑의 후예」, 『동아일보』(1936) 신춘문예에 단편 「산화」가 당선되면서 괄목할 만한 문단 입사식을 가졌다. 양적 측면에 있어서도 그는 식민지 근대는 물론 해방 이후, 한국전쟁을 거쳐 작고하기까지 150여 편의 작품을 발표한 것으로 알려져 있다.[1] 이 글에서는 김동리의 『자유

---

1) 김동리의 작품은 김윤식·신영덕·김주현 등에 의해 새롭게 발굴된 바 있다. 김주현은 김동리가 지금까지 150여 편의 소설을 창작한 것으로 소개하고 있다. 김주현, 「떨림과 여

의 기수』(1959~1960)·『애정의 윤리』(1959)·『이곳에 던져지다』(1960)·『비오는 동산』(1961)·『해풍』(1963)과 같은 전후 대중적인 장편소설을 대상으로 김동리의 전후 장편소설에 나타난 대중성을 고찰하려 한다. 소설의 대중성은 주제의 측면에서 대중의 삶의 방식을 반영하고 있으며, 수용의 측면에서 대중에 의해 소비된다는 것을 의미한다.[2] 순문학자로 알려진 김동리는 1950년대 말부터 1960년대 초까지 대중성에 부합하는 작품을 창작한다.

김동리는 '나의 20년 문단'을 회고하는 글에서 1945년(해방이후)부터 1965년까지 작품세계를 네 시기로 구분한 바 있는데,[3] 이 글의 논의 대상인 전후 장편소설은 한국전쟁이후인 제3기 말과 제4기 초에 해당한다. 이 무렵 그는 그간 발표한 작품으로 명성도 얻고 문단 내 특정 지위도 점한다. 그

운」, 『작가세계』, 세계사, 2005, 72면.

2) 이 글에서 쓰는 '대중성'의 개념을 설명하기 위해 '통속'의 개념과 구분하면 다음과 같다. '통속'이 내용의 측면에서 속되며 흥미위주의 소설을 지칭하는 개념이라면, '대중'은 양적 측면에서 다수의 대중이 즐겨 읽는 소설을 지칭하는 개념이다. 이러한 개념 규정은 대중소설 연구자 이정옥의 견해를 참고한 것이다. 이정옥에 의하면 '통속문학'은 고급문학에 대립되는 저급문학이라는 가치 평가의 시선이 전제되어 있으며 '통속소설'이라는 용어에는 엘리트주의 입장에서 '내용적으로 속되고 질이 떨어진다'는 식의 작품에 대한 폄하의 시선이 전제되어 있다. 반면 '대중소설'이란 용어에는 대중의 삶의 방식과 취향을 반영한 문학이라는 개념이 전제되고, 이 위에 기술 복제의 발달에 의해 상품화의 길을 건는 문학작품으로서 다수 대중에 의해 소비되는 문학적 산물이라는 함의를 지닌다(이정옥, 『1930년대 한국대중소설의 이해』, 국학자료원, 2000, 78~79면 참조). 한명환은 1930년대 대중소설의 특징으로 모방성, 선정성, 도식성, 감상성(感傷性)을 들고 있는데, 이러한 특징은 대다수 대중소설이 지닌 형식과 내용에 해당한다(한명환, 「1930년대 신문소설들의 통속적 특성」, 『한국 현대소설의 대중미학 연구』, 국학자료원, 1997, 203~222면).

3) 김동리, 「「흥남 철수」의 주변 이야기」, 『김동리전집8 : 나를 찾아서』, 민음사, 1997, 282~283면.

　　① 제1기 : 1945. 8. 15~1948. 5. 10 남한 총선기, 좌우투쟁기(『무녀도』, 1947).

　　② 제2기 : 1949~1953. 7. 27 6·25동란기(『황토기』, 1949, 『귀환장정』, 1951).

　　③ 제3기 : 1954~1960. 4. 19 문단 재분열기(1954. 3 예술원 회원선거를 계기로 문단분열, 문단의 총단합체 한국문학가협에서 자유문학협회, 시인협회, 전후문학가협회, 소설가협회로 삼분오열, 순문예지 『현대문학』·『문학예술』·『자유문학』. 종합지 『사상계』·『신태양』·『현대』·『사조』 등 속출(『실존무』, 1955 – 제3회 아세아 자유문학상 수상, 1956), 『사반의 십자가』, 1957 – 예술원 문학 부문 작품상, 1958).

　　④ 제4기 : 1961. 5. 16~1965 신인팽창기(『등신불』, 1963).

는 전후 많은 양의 역사소설과 대중적인 장편소설을 발표하는데 대중적 장편소설의 창작은 1950년대 말부터 1960년대 초까지 이루어진다.[4] 역사소설을 제외하면, 『자유의 기수』(1959~60)·『애정의 윤리』(1959)·『이곳에 던져지다』(1960)·『비오는 동산』(1961)·『해풍』(1963) 등은 대중적인 장편소설로서 일간지와 여성지에 연재된다. 『사반의 십자가』가 『현대문학』에 『을화』가 『문학사상』에 연재된 것을 고려한다면, 김동리는 문예지와 일간지의 성격을 엄격히 구분하여 작품을 발표한다.[5] 그런 의미에서 당시 발표한 장편소설은 김동리 스스로 대중성을 의식적으로 고려하여 창작한 것임을 알 수 있다. 김동리가 창작하면서 고려한 것이 소설의 수용자[신문과 여성지의 독자]라고 한다면, 일련의 소설들은 다른 작품들에 비해 전후 작가의 현실 의식을 직접적이고 구체적으로 노출하고 있음을 알 수 있다. 이 글에서는 작품에 형상화된 대중성의 구체적인 특성을 살펴봄으로서 전후 김동리 의식의 전모를 살펴보려는 것이다. 전후 김동리 의식 고찰은 궁극적으로 전전세대를 비롯한 문협정통파가 지닌 현실 의식을 대표한다는 점에서, 1950~60년대 문단의 일면을 알 수 있는 계기가 되리라 본다.

---

4) 전후 발표된 김동리의 중·장편소설을 소개하면 다음과 같다. 『풍우기』(『문화세계』, 1953~1964), 『사반의 십자가』(『현대문학』, 1957), 『춘추』(『평화신문』, 1956), 『남포의 계절』(『현대』, 1957. 11~?), 『자유의 기수』(『자유신문』, 1959~1960), 『애정의 윤리』(1959), 『이곳에 던져지다』(『한국일보』, 1960. 10. 1~1961. 5. 23), 『비오는 동산』(『여원』, 1961. 1~12), 『해풍』(『국제신문』, 1963), 『극락조』(『중앙일보』, 1968), 『아도』(『지성』, 1971), 『삼국기』(『서울신문』, 1972), 『대왕암』(『대구매일신문』, 1974. 2. 1~1975. 11. 1), 『을화』(『문학사상』, 1978) 등이 있다.

5) 이러한 사실은 동시대 안수길의 작품 활동에서도 나타난다. 안수길은 1959년 『북간도』를 『사상계』(1959~1965)에 발표하는 반면, 같은 시기 『浮橋』는 『동아일보』(1959. 7. 21~1960. 4. 1)에 연재한다. 당시 문인들은 작품창작에 앞서 발표지면과 독자의 성격까지 염두에 두고 있다. 정비석은 일간지에 연재되는 소설을 '신문소설'이라고 명명하고 다음과 같이 정의한다. "신문이라는 특수지면에 연재된다는 사실과 전체 독자가 공통적인 흥미를 가지고 읽게 해야 한다는 사실 등등이 있으므로, 그 모든 것이 한데 응결(凝結)되어 하나의 특수한 문학 '장르'를 이룬 것"이다. 정비석, 「신문소설론」, 『소설연구』, 서라벌예대 출판부, 1958(조성면 편저, 『한국 근대대중소설 연구 비평론』, 태학사, 1997, 254~255면에서 재인용).

지금까지 김동리 소설 연구에서는 대중적 장편소설은 김동리 문학의 본질을 말해주지 못한다고 폄하해 왔다. 김윤식은 김동리의 작품을 소개하면서 '시대성'과 '구경적 인간의 문제'로 구분한 바 있는데, '시대성'이 작품 속으로 들어오면 올수록 작품의 성취도가 떨어진다고 보았다.6) 구체적으로 이동하는 「이곳에 던져지다」·「비오는 동산」을 비롯한 일련의 장편소설을 통속적인 흥미 영합, 대중의 흥미 자극이라는 요소를 들어 오락소설의 차원을 벗어나지 못한다고 지적하고 있다.7) 김동리가 지향하는 구경적 삶과 인간에 대한 탐구는 대다수의 단편소설8) 및 장편소설 『사반의 십자가』·『을화』에서 해명되고 있기 때문이다. 그러나 전후 일련의 대중적 장편소설에 관한 연구는 김동리의 1950~60년대 현실 인식을 물론 전후 한국 문학사에서 전전 세대로 대변되는 문협정통파의 입장을 알 수 있는 계기가 된다는 점에서 의미 있는 작업이 될 것이다. 이 글에서는 김동리의 대중적 장편소설에 나타난 대중성의 구체적인 특징에 주목하려고 한다. 만약 그가 전후 장편소설에서 시대에 대한 통찰의 부족을 보인다면, 그 이유가 무엇인지 소설에 나타난 '대중성'의 특성을 통해 살펴보려는 것이다. 나아가 전후 장편소설에 '시대성'이 개입되었다면, 당대 어떠한 현실문제가 개입되었으며 얼마나 깊이 있게 시대를 통찰하고 있는지 살펴보려는 것이다. 대중적 장편소설은 그의 다른 소설에 비해 열등할 수 있지만, 동시대 다른 작가의 대중소설과 비교해 볼 때 구조와 밀도 면에 있어 상대적으로 우수한 것도 사실이다. 그의 대중적 장편소설이 비록 그의 소설세계를 대표하지 못하더라도, 한국전쟁이후 대중소설의 범람 및 이후 김동리의 현실 인식을 알기 위해 논의될 필요가 있다. 김동리의 전후 장편소설에 나타난 대

---

6) 김윤식, 「주인과 노예의 변증법」, 『김동리전집2 : 역마·밀다원시대』, 민음사, 1995, 451면.
7) 이동하, 「전통지향적 보수주의와 김동리 소설」, 『현대소설의 정신사적 연구』, 일지사, 1989, 95~104면.
8) 예컨대 정혜영의 「김동리 소설 연구」(경북대 박사학위 논문, 1996, 99~106면)에서 '전쟁체험과 인간 실존'을 언급하는 장에서도 「귀환장정」·「흥남철수」·「밀다원시대」와 같은 단편이 중심 텍스트로 논의되고 있다.

중성을 살펴보기 앞서, 우선 김동리의 대중적 장편소설 창작동기와 문학관
을 살펴보도록 하겠다.

2. 전후 대중적 장편소설의 창작동기와 김동리의 본격문학론

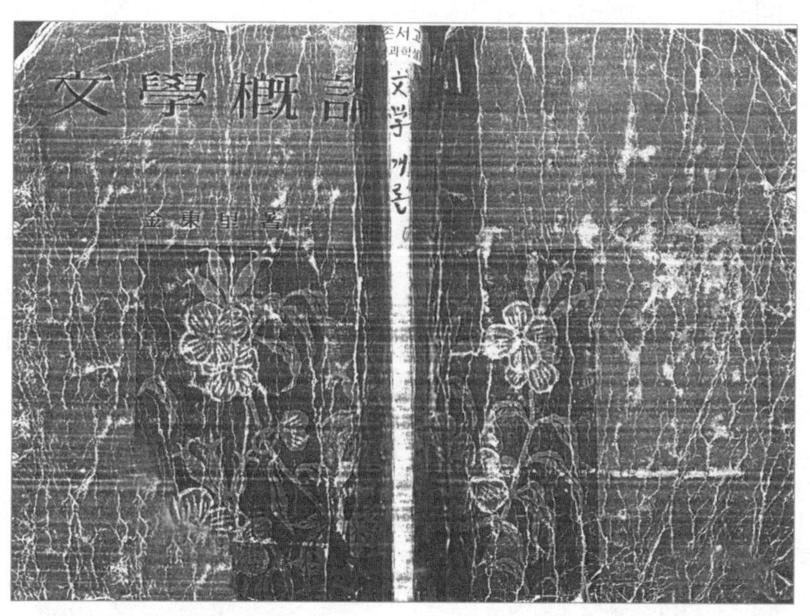

1952년 발간된 『문학개론』 표지

　한국전쟁이후 대다수 전전 세대 작가들은 일간신문을 대상으로 대중적
이고 통속적인 장편소설을 연재한다. 정비석, 최태응, 최인욱, 김말봉, 김이
석, 안수길 등 전전 세대 작가들은 한국전쟁 이후 앞 다투어 일간신문에
장편소설을 연재한다. 이들이 대거 장편연재소설을 쓰는 것은 무엇보다도
경제적인 동기에서 기인한다. 김동리도 예외가 아니다. 대중적 장편소설의
집필 시기는 1950년대 말에서 1960년대 초반으로 집중되어 있다. 부산피난

시절 그는 『문학개론』(1952. 2)을 발간하는데 "어려운 형편은 나로 하여금 무모한 욕심을 일으키게" 했으며, 그 결과 이 책은 1953년 5월 3판이 나올 정도로 "피난 생활에서 적지않은 힘이 되"었다고 회고한다.9) 그는 1962년 겨울 증권에 손을 대었다가 그때까지 모았던 돈을 모두 잃었다. 이후 그는 1962~3년에서 1966년까지 4~5년 동안 생활비 마련으로 무척 고생을 했다.10) 「해풍」(『국제신문』, 1963)과 같은 대중적인 장편소설은 이 무렵 발표된 것이다.

경제적인 동기 외, 전전 세대 작가들이 일간지를 통해 장편소설을 창작하는 이유에는 전후 사회의 모럴 정립이라는 계몽 의지도 빼놓을 수 없다. 예컨대 동시대 김말봉, 정비석 등의 전전 세대 작가들은 신문연재 장편소설에서 도덕과 부덕(不德)을 구분하고, 현실에서 부덕한 인물을 응징하며 현실에 도덕이 재현됨을 보여준다. 김말봉이 『장미의 고향』(『대구매일』, 1958. 11. 20~1959. 4. 22)·『푸른 날개』(『조선일보』, 1954. 3. 26~9. 13)

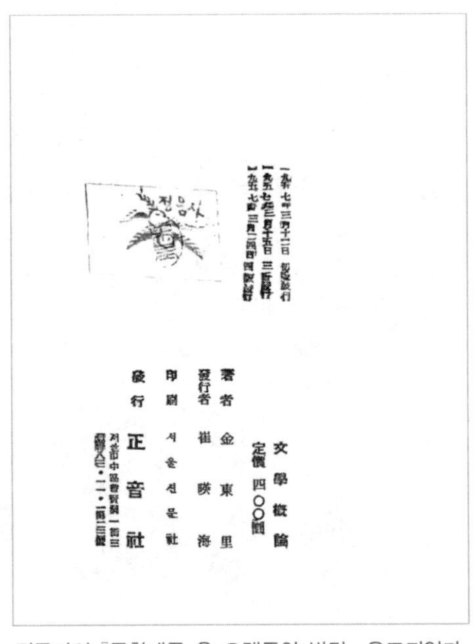

김동리의 『문학개론』은 오랫동안 발간·유포되었다

등의 작품에서 기독교 윤리의 체현자인 선한 인물을 통해 악한 인물을 응

---

9) 김동리, 「개정판을 내면서」, 『문학이란 무엇인가』, 1984, 대현출판사(김동리, 「문학이란 무엇인가」, 『김동리전집8 : 나를 찾아서』, 민음사, 1997, 403면 참조).
10) 김동리, 「땀을 뺀 이야기」, 『김동리전집8 : 나를 찾아서』, 민음사, 1997, 332면. 이후 1967년 발간된 『김동리대표작선집』(삼성출판사)은 꽤 많이 팔렸다고 한다.

징하고 전후 사회 윤리를 재건하고 있다면, 정비석은 『자유부인』(1954)·
『에덴의 길은 아직도 멀다』(『조선일보』, 1961. 1. 25~12. 11 /『에덴동산의 길은 아
직도 멀다』, 회현사, 1978) 등의 작품에서 서구문명에 동요되던 주인공이 가족의
내부로 귀환하는 모습을 보여준다. 황순원은 『인간접목』(중앙문화사, 1957. 10/
「천사」, 『새가정』, 1955. 1~12)에서 전쟁고아의 재활에 헌신하는 상이군인을 통
해 보다 실천적으로 전후사회의 재건과 모럴 정립에 기여하고 있다.

전전 세대 작가들이 처한 것과 동일한 환경·동일한 목적에서, 김동리
역시 대중적인 장편소설을 일간지에 연재한다. 대중성이 두드러진 소설에
서는 모럴 정립이라는 계몽성을 노출하고 있으며, 대중적이되 시대성을 담
보하려는 소설에서는 작중 인물의 죽음을 통해 예술성을 덧붙이려는 노력
이 엿보인다. 김동리가 추구하는 순문학관에 비추어 볼 때 대중성은 공리
성과 더불어 경계의 대상이 되기 때문에, 전후 장편소설에 나타난 대중성
에는 시대성과 예술성이 뒤섞여 나타난다. 김동리는 「문학적 사상의 주체
와 그 환경」이라는 평문에서 '장편소설'은 "사회적 의의와 공리성을 가질
것을 주장하"지만, "문학적 사상의 주체는 시대와 사회를 초월하여 인간이
영원히 가지지 않을 수 없는 인간의 보편적이요 근본적(구경적)인 문제"
"자연과 인생의 일반적 운명"에 대한 독자적 해석과 비평에서 나와야 한다
고 주장한다.11) '본격소설론'은 이러한 그의 문학관을 반영하고 있다. 해방
이후 김동리는12) 순수문학과 참여문학 간의 반목과 질시를 떠나 '본격문

---

11) 김동리, 「문학적 사상의 주체와 그 환경」, 『김동리전집 : 문학과 인간』, 민음사, 1997,
  68~69면.
12) 해방이후 김동리의 활동은 다음과 같이 전개된다. 김동리는 1946년 4월 4일 최태응, 곽
  하신, 조연현, 서정주, 박두진 등 신진세력과 더불어 <청년문학가동맹>을 결성하고 대
  공문화전선의 최전선에 선다. 이들의 공격대상은 <조선문학가동맹>(1945. 12)의 좌익문
  인들이다. 염상섭이 처음부터 국외자의 입장에 있었다면, 김동리는 <청년문학가협회>
  의 초대회장에 피선되어 문단활동에 적극성을 보인다. 그는 '본격문학'이라는 용어를 사
  용하여, 자기만의 소설 영역을 구축해 간다. 1949년 그는 기존의 문학단체를 해체하고
  <한국문학가협회>를 결성하여 소설분과 위원장에 피선된다. 한국전쟁시기 김동리는 황
  순원, 최인욱 등과 더불어 공군작가단을 조직하고 잡지 『창공』·『코멘트』를 만들었으

학'이라는 명제를 만든다. "문학이란 사회의 현실을 떠나 있을 수 없는데, 참여 쪽은 현실의 책임을 사회 체제에 돌리고 사회 개조의 의지 아래 글을 쓴다. 그것은 공리주의 또는 목적주의와 연결되는 것으로, 목적의식이 전제되면 산 인간과 자연을 그리지 못하고 사상을 그리게 된다." 그는 "한국적이면서도 세계적인 새로운 휴머니즘"을[13] 구현하기 위해 문학은 문학 이외의 어떤 다른 가치에도 문학을 보조수단으로 이용하지 말아야 한다고 주장한다.

일체의 공리성을 배제하려는 김동리의 문학관에 의하면, 대중소설의 권선징악이라는 도식 역시 공리적인 범주를 벗어나지 못하는 것이었다. 그는 「작가와 현실 참여─R군의 현실 참여에 대한 대화를 중심으로」에서 R군에게 "참되고 가치 있는 문학"은 "어떤 시류적이며 공리적인 목적을 위한 문학이 아니라 과거·현재·미래의 현실이 그 속에 들어 있는 이런 문학이야말로 진지한 의미에서 미래의 문학"[14]이라고 제시한다. 자신 역시 현실 참여 문학을 하고 있다는 김동리의 관점에서, 문면에 제시된 '현실'은 정치적 복선을 배제한 것이다. 미래에도 남을 문학으로서, 과거·현재·미래를 담아내려는 그의 문학관은 '구경적 생의 탐구'와 상통한다. 그가 제시하는 "자아 속에서 천지(天地)의 분신을 발견"[15]하는 것, "각자가 자기 자신 속에 혹은 자기 자신을 통하여 영원히 새로운 신의 모습을 찾고 구"[16]하는 것은 인간에 대한 탐구인 동시에 '인간 자유 의지'에 대한 인식과 상통한다. 김동리가 발견한 신(神)은 특정 종교의 색채를 지닌다기보다 인간에 대

며, 전쟁과 전후는 물론 작고하기까지 왕성한 창작활동을 해 나간다(이남호, 「1950년대 한국 소설의 형성」, 『1950년대의 소설가들』, 나남, 1994. 김병익, 『한국문단사 1908~ 1970』, 문학과지성사, 2001 참조).
13) 김동리, 위의 글.
14) 김동리, 「작가와 현실 참여─R군의 현실 참여에 대한 대화를 중심으로」, 『나를 찾아서』, 민음사, 1997, 381면.
15) 김동리, 「문학하는 것에 대한 사고(私考)」, 위의 책, 73면.
16) 김동리, 위의 글, 74면.

한 새로운 가능성이다.

김동리가 그의 소설에서 인간성에 대해 확장된 인식을 보여주고 있다면, 그것은 외부로부터 강제되거나 압제되지 않는 인간의 극대화된 자유 의지에 대한 탐색이다. 그러므로 김동리의 소설에서 작중 인물은 선·악으로 성격이 구분되지 않는 대신, 삶에 있어 인간의 자율성을 적극적으로 실현한 인물과 소극적으로 실현한 인물로 구분할 수 있다. 이때 적극적인 인물은 세계에 굴복하기보다 세계와 부딪히면서 자신의 자유 의지를 극대화하며, 그들의 굽힘 없는 성격은 작중에서 죽음의 형태로 나타난다. 작중에 나타난 '죽음'은 살아있는 인간이 세계와 충돌하는 극적인 모멘트이다. 그것은 세계가 인간성을 위협하는 장면인 동시에 세계에 굴복하지 않는 인간의 자유 의지가 표출된 궁극의 지점이기도 하다. 작가의 측면에서 본다면, 당면한 세계에 대한 회의감이기도 하다.

김동리가 지향하는 본격문학의 성격에 비추어, 전후 대중적인 장편소설 역시 인간탐구의 연장선상에 있다고 적극적으로 평가할 수 있지만, 작품을 면밀히 검토해 보면 과다하게 대중성이 노출되어 있음을 확인할 수 있다. 『사반의 십자가』와 『을화』가 세계에 굴복하지 않는 인간의 극대화된 자유 의지를 표출하고 있는데 비해, 전후 대중적 장편소설에는 '사반'과 '을화'와 같은 적극적 인물이 등장하지 않는다. 이러한 성격은 전후 대중적인 소설이 김동리의 이전 소설 및 이후 소설과 구분되는 특이하고 이질적인 작품들임을 시사한다. 이 글에서 김동리의 전후 장편소설을 지칭할 때 '대중적'이라는 수식어를 부가하는 이유는 인간 탐구의 의지를 견지하고 있으나 궁극에는 그의 소설 역시 동시대 신문장편연재소설이 표출하고 있는 '대중성'을 여실히 드러내고 있기 때문이다. 대중소설과 본격소설의 틈새에서 형성된 김동리의 전후 장편소설을 이 글에서는 '대중적 장편소설'이라 명명한다. 다음 장에서는 그의 전후 장편소설에 나타난 대중성이 어떠한 특성을 지니고 있는지 구체적으로 살펴보도록 하겠다.

3. 김동리의 전후 장편소설에 나타난 대중성

3-1. 멜로드라마의 구도와 역사성의 거세

김동리의 전후 장편소설에서 대중성은 멜로드라마의 공식을 쫓고 있는 계열, 예술적 장치로서 죽음을 차용하는 계열 두 가지로 나눌 수 있다. 이 장에서는 멜로드라마의 구도에 대해 살펴보려 한다. 김동리 전후 장편소설의 대중성을 설명하기 위해 멜로드라마의 속성을 끌고 온 것은, 멜로드라마가 비극과 유사하면서도 비극과 구분되기 때문이다.[17] 김동리의 인간 탐구문학이 비극의 속성을 띠고 있다면, 전후 대중적 장편소설은 비극의 경지까지 이르지 않으면서 권선징악과 같은 동시대 대중의 요구를 수용하고 있다. 김동리는 시간을 초월하여 불변하는 인간성을 탐구해 오던 것과 달리, 전후 장편소설에 이르면 시간과 함께 변화하는 대상을 묘사하고 있다. 비극이 신성(神聖)을 주제로 삼고 있다면, 멜로드라마는 새로운 사회를 지키기 위한 이데올로기의 요구로서 '도덕적 비학(moral occult)'을 주제로 삼고 있다. 멜로드라마가 '타락한 비극의 연고자'라고 표현된 것은 멜로드라마가 비극과 마찬가지로 반전과 고뇌를 지니면서도 결국은 해피엔딩으로 끝나기 때문이다.[18]

대중소설에는 멜로드라마적 상상력(melodramatic imagination)이 의미생산의

---

17) 윤석진은 멜로드라마와 비극의 차이를 다음과 같이 구분하고 있다(윤석진, 「관객의 즐거움과 멜로드라마적 기획」, 『한국 멜로드라마의 근대적 상상력』, 푸른사상, 2004, 25면).

	멜로 드라마	비 극
텍스트 정서	단일 정서	복합 정서
인간 유형	패배 혹은 승리하는 인간	패배 속에서 승리를 경험하는 인간
재현 대상	정치학과 역사	종교와 신화
추구 대상	시간과 함께 변화하는 것	시간을 초월하는 불변의 것

18) 이하 멜로드라마와 비극의 비교를 비롯한 멜로드라마에 대한 설명은 윤석진의 「관객의 즐거움과 멜로드라마적 기획」, 『한국 멜로드라마의 근대적 상상력』, 푸른사상, 2004, 23~47면을 참고함.

체계를 이루고 있다. 표면적으로는 세계를 선과 악의 이분법으로 단순화한다는 점에서, 김동리의 전후 장편소설은 멜로드라마와 유사한 속성을 지닌다. 멜로드라마는 대개 순결의 미덕과 더불어 미덕을 위협하는 악의 힘을 보여주지만, 악의 횡포에도 불구하고 선이 승리하는 낙관주의적 결말을 지향한다. 박해받는 순결과 미덕의 승리를 보여주는 멜로드라마적 상상력은 도덕적으로 명료한 세계를 희망하는 대중 독자들의 기호와 취향에 부합한다.[19]

멜로드라마의 공식을 쫓고 있는 계열의 작품으로 『애정의 윤리』(1959)와 『해풍』(1963)을 들 수 있다. 『애정의 윤리』(1959)는 청순가련한 여주인공을 내세워 여성의 애정 모럴을 보여주는 전형적인 멜로드라마의 구도를 띤다. 평양에 살던 윤애경은 전쟁으로 말미암아 사랑하는 연인 이경식과 헤어진다. 이경식이 돌아오지 않자, 윤애경은 단신 월남(越南)하여 부산에서 그와 해후(邂逅)한다. 작중에서 윤애경은 순결한 처녀로 등장한다. 그녀의 순결은 한국전쟁이라는 환란을 계기로 혹독한 박해를 받는다. 혈혈단신 월남한 부산에서, 다방 주인으로부터 순결을 잃는가 하면 그 사건으로 인해 임신하고 만다. 동료의 도움으로 낙태하고, 재취로 들어가지만 주위 사람들의 냉대를 받는다. 아이가 태어난 지 오래지 않아 남편은 열차사고로 죽는다. 그녀에게 한국전쟁은 불우한 세월로 전개되는 혹독한 박해자이다. 그녀는 전쟁으로 말미암아 파란만장한 삶의 굴곡[강간, 낙태, 재취, 남편의 죽음, 유부남과 동거 및 이별]을 경험하지만, 수복된 서울에서 다시 첫사랑 이경식을 만난다.

이 작품에서 김동리는 여성을 통해 '애정의 윤리'를 보여주고자 했을 뿐, 한국전쟁의 의의에 대해서는 언급하지 않는다. 작품의 말미에는 크리스마스를 즈음하여 애경과 경식이 새로운 마음가짐으로 만나면서, 두 사람의

---

19) Peter Brooks, "The Melodramatic imagination", New York : columbia University Press, 1985, pp.198~206(이정옥, 『1930년대 한국대중소설의 이해』, 국학자료원, 2000, 81면에서 재인용).

행복한 결말을 예감케 하며 해피엔딩의 구도를 보인다. 이 작품은 대중소설의 형식을 잘 따르고 있다. 멜로드라마적 상상력의 관점에서 볼 때 윤애경의 삶은 '박해받는 순결'을 의미하며, 악의 횡포에도 불구하고 선이 승리하는 명료한 도덕세계를 보여준다. 이 작품을 대중소설이라고 인정한다면, 굳이 이 작품을 들어 역사적 의의와 가치가 박약하다고 폄하할 수만은 없을 것이다. 이 작품이 부정적으로 평가된다면, 그것은 김동리 스스로 언명한 본격문학론과 구경적 생의 탐구에서 너무 멀어진 때문일 것이다.

『해풍』(『국제신문』, 1963)은 조상의 과거에 얽매이지 말고 젊은이들이 삶을 주체적으로 살아가라는 계몽적 메시지를 전달하고 있다. 『애정의 윤리』가 청순한 여성을 주인공으로 삼아 그녀의 파란만장한 고난과 마지막에 찾아온 행복을 보여주고 있다면, 이 작품은 세대간의 갈등을 보여주면서 전후 사회 새로운 모럴 정립을 지향하고 있다. 백만장자의 외아들 백경준과 배다른 형 정인식, 두 사람 모두 오미란을 사랑한다. 여주인공 오미란은 미천한 신분이지만 백만장자의 외아들 백경준과 사랑에 빠진다. 미천한 신분의 여주인공은 사업가의 아들을 통해 신분상승에 이른다. 남녀주인공은 사랑과 일 모두에 있어 성공을 이루어낸다. 백경준은 수형생활 중에 소설가로 데뷔하고, 오미란은 뛰어난 여배우로 인정받으면서 그들의 사랑 역시 결실을 이룬다. 이 작품은 이복형제가 한 여자를 두고 갈등하는 삼각연애를 보여 주고 있으며, 전형적인 해피엔딩의 구도를 따르고 있다. 특히 오미란은 조모가 무당이고 아버지가 천민이라는 미천한 과거를 지닌 '타락한 비극의 연고자'라는 점에서, 전형적인 멜로드라마의 여주인공이라 할 수 있다.

『해풍』(1963)은 김동리가 증권에 손을 대었다가 모았던 돈을 모두 잃었던 1962년 이후에 발표된 작품이라는 점에서, 전후소설에 나타난 대중성은 작가의 경제적 동기와 무관하지 않음을 짐작할 수 있다. 이 두 작품의 공통점은 멜로드라마의 구도를 가지고 있다는 것 외에도 다음과 같은 공통점이 있다. 작중 주인공은 그 시대 보편적 인물이라는 점이다. 『애정의 윤리』의 주인공 순결한 여성은 애인을 쫓아 단신 월남하는 등 갖가지 환란을 겪는 끝에 자신의 애정을 찾는다. 『해풍』의 남녀 주인공 역시 배우가 되거나 소설가로 데뷔하는 등 동시대 도덕이 요구하는 보편적인 삶의 기대치를 살아 나간다. 그러므로 한국전쟁을 비롯한 현실문제는 주제 형성에 개입되지 않는다. 그런 면에서 멜로드라마 구도를 지닌 일련의 소설은 『자유의 역사』와 『이곳에 던져지다』에 등장하는 지식인 주인공과 다르다. 창작 과정에서 주인공의 선택은 작품의 주제에 밀접한 영향을 미친다. 남녀간 애정을 주제로 한 멜로드라마 계열의 소설에서 주인공들의 가장 긴요하고 시급한 문제는 '어떻게 사랑을 얻을 수 있는가'이므로, 작중에서 역사적 문제는 남녀 애정 실현의 가장 극적인 장애물로서 형상화되고 있다. 김동리는 멜로드라마 구도를 보이는 소설에서 역사적 문제의 사회적 가치와 의의를 거세시키고 있다.

3-2. 예술적 장치로서 주인공의 죽음

김동리의 전후 장편소설에는 대중성을 적극 실현하기보다 감추기 위해, 예술적 의장을 부가하려는 작위적 의도가 노출되어 있다. 통속성에 경도되는 것을 막기 위해, 김동리가 끌어온 예술적 장치는 주인공의 죽음이다. 김동리의 전후 장편소설에 나타난 대중성을 고찰하려는 이 글에서 특히 주목하는 것이 작중 주인공의 죽음이다. 대중소설의 두드러진 특징 가운데 하나가 해피엔딩이라고 할 때, 김동리의 전후 대중적 장편소설 중에서 예술적 장치를 부가한 일련의 작품은 비극으로 끝난다는 점에서 대중소설과 차이를 보인다. 그는 남녀 주인공의 죽음을 통해 애정의 파국은 물론 남녀의 연애담을 종식시키고, 새로운 메시지를 전달하려는 의도를 강하게 표출한다.

이 장에서는 김동리가 전후장편소설에서 통속성을 탈피하기 위해 고안해 낸 예술적 장치, 주인공의 죽음에 주목하려 한다. 김동리의 전후 대중적 장편소설에서 인물의 '죽음'은 사건의 전개는 물론, 작가의 의지가 구체적으로 드러난 매개가 된다는 점에서 눈여겨보아야 할 소설 장치이다. 김동리의 대중적 장편소설은 남녀간 애정 문제가 인물 간의 갈등을 촉발하고 있다는 점에서 여느 대중소설과 다르지 않다. 그러나 애정 문제를 논외로 하고, 그의 소설을 살펴보면 모든 작품에 공통적으로 작중 인물의 죽음이 나타난다는 사실을 발견할 수 있다.『자유의 역사』에서는 윤식의 죽음,『애정의 윤리』에서는 박병호의 죽음,『해풍』에서는 백경호의 죽음,『비오는 동산』에서는 장준의 죽음,『이곳에 던져지다』에서는 기애의 죽음 등이 나타난다. 작중에서 인물의 '죽음'은 사건을 진전시키거나 갈등을 종식한다.

『애정의 윤리』와『해풍』에서 '주변 인물의 죽음'은 주인공의 환란과 그에 대한 극복 과정을 보여주기 위한 대중소설의 전형적 구도를 수행해 낸다.『애정의 윤리』에서 윤애경을 재취로 얻은 박병호는 열차사고로 죽음으로써, 젊은 부인 윤애경의 삶에 새로운 국면, 즉 과거의 연인 이경식과 해후할 수 있는 가능성을 만들어 놓는다.『해풍』에서 김또불과 백사장의 죽음은 젊은이의 주체적 삶을 위해 과거지사의 무용함을 보여준다. 작중 김또불과 백사장의 죽음 등 주변 인물의 죽음은 주인공의 갈등을 와해시키거나 궁극적으로 주인공에게 새로운 삶의 국면을 제공한다. 오미란의 친부(親父) 김또불과 백경호 부친(父親) 백사장의 죽음은 구세대 인습의 소멸과 더불어 신세대의 새로운 모럴 확립과 약진을 알리는 신호탄이 된다. 김동리는 과거의 전적(前績)에 얽매이는 인생이 아니라, 스스로 자신의 삶을 개척해야 함을 강조하기 위해 과거 세대를 작품내부에서 퇴장시킨다. 백경호는 사업가인 아버지가 만들어 놓은 '과거의 유산'과 별개로, 소설가로 데뷔하면서 자기 삶의 적극적인 주체가 된다.

『애정의 윤리』와『해풍』에서 죽은 인물은 주인공이 아니라 주변[보조]인물이며, 사건의 진행을 돕고 주인공에게 새 삶을 열어주는 매개 역할을 한다. 김동리는 작중에서 자신이 지향하는 모럴을 선명하게 부각시키려는 계몽적인 의도에서 보조 인물을 죽이고 작중에서 퇴장시킨다. 반면, 『자유의 역사』·『비오는 동산』·『이곳에 던져지다』에서는 주변인물이 아니라 '주인공'이 작품 말미에 이르러 불의의 죽음을 당하고 만다. 『자유의 역사』에서 윤식의 죽음은 정치적[우익] 이데올로기를 환기시키고 있으며, 『비오는 동산』에서 장준의 죽음은 장준의 가치관을 소멸시키는 것이 아니라 그의 가치관을 존속시키고자 하는 작가의 의지가 굴절된 것으로, 김동리의 인간 탐구 의지를 반영하고 있다. 다음 장에서는 『애정의 윤리』와 『해풍』은 논외로 하고, 『자유의 역사』·『비오는 동산』·『이곳에 던져지다』에 등장하는 주인공의 죽음을 중심으로 김동리의 전후 대중적 장편소설을 고찰해 보려 한다. 그에 앞서 작중 주인공의 '죽음'에 주목하여 세 작품의 내용을 소개하면 다음과 같다.

『자유의 역사』(1959~1960)[20]는 인식과 윤식, 미경과 경애를 중심으로 한 국전쟁 전(前)과 후(後) 청년들의 일상을 조명하고 있다. 인공치하 서울에서 인식과 윤식의 생활은 여자들과의 애정행각에 초점이 맞추어져 있다. 그들은 연애의 자유를 만끽하되 특정한 이데올로기, 삶의 지향점은 없다.[21] 작품 말미에 이르러 이데올로기를 선택한 윤식은 총살당하지만, 나머지 인물은 자신의 처세술에 맞추어 일상적인 삶을 살아간다. 『이곳에 던져지다』(1960~1961)에는 한 남자의 애정을 두고 자매간의 삼각갈등이 전개된다. 여

20) 『자유의 기수』(『자유신문』, 1959~1960)는 출간되면서 "자유의 역사"로 개제된다. 이 글에서는 『김동리대표작선집 : 자유의 역사』 4(삼성출판사, 1967초판 / 증보판 발행, 1978)를 텍스트로 삼고 있으며, 이하 본문 인용은 인용문 말미에 페이지 수만 기입하도록 한다.
21) 이 작품은 통속적인 애정관계에 주목하고 전후사회의 세속성에 부응한다는 점에서 연구자들에게 부정적으로 평가되었다. 유임하는 적 치하 서울에서의 도피생활을 다룬다는 점에서 염상섭의 『취우』와 마찬가지로 "전쟁의 긴장이나 비극적인 여파는 멀리 배경화시켜버리는 불균형"을 보여준다고 지적한다(유임하, 「전후소설과 대중문화의 상호연관」, 『한국문학연구』 20, 동국대학교 한국문학연구소, 1998, 4면).

느 통속소설과 다르지 않지만, 이 작품은 다음과 같은 두 가지 시사점이 있다. 첫째, 주인공 이경준은『자유의 역사』의 윤식와 마찬가지로 결말에 이르러 당대 현실을 의식한다는 점이다. 둘째, 여주인공 이기애가 '4·19 데모'에 참여하여 죽는다는 점이다. 이 작품이 문제적인 것은 대중성을 주조로 하되, 궁극에 이르러 동시대 현실에 대한 작가의 견해를 노출하고 있기 때문이다. 김동리는 4·19가 순결한 처녀(기애)의 젊음과 애정을 앗아가는가 하면 무고한 소년(고아) 역시 희생시켰음을 보여줌으로서 현실에 대한 비판의 여지를 보인다. 하지만 기애가 4·19에 가담하기까지 필연적인 계기가 전혀 없다는 것은 이 작품의 한계이다.[22]

『비오는 동산』(1961) 역시 남녀간의 애정 문제를 주축으로 인물간의 갈등을 보여준다. 장준은 진희, 영애, 미란 세 여자에게 애욕을 표출한다. 장준의 애욕은 현세적이다. 작가는 작품 말미에서 장준을 교통사고로 죽임으로서 작품의 주된 갈등을 무화시키고 있지만, 장준의 '죽음'은 도덕적인 관점으로 해석될 수 없는 여지를 남긴다. 멜로드라마의 구도를 따르고 있는 소설에서 주인공의 행복한 삶을 위해 주변 인물(『비오는 날』에서 남편,『해풍』에서 아버지들)이 죽었던 것에 비해, 시대성을 반영한 작품에서는 말미에 이르러 작중 주인공이 죽음을 당한다. 작중에서 주인공의 죽음은 대중성에 시대성을 가미해 놓고 대중성을 경계하되, 그렇다고 시대성에도 충실하지 못한 작가가 작위적으로 부가한 예술적 장치이다. 소설에서 부각된 '주인공의 죽음'은 작가의 의식을 이해할 수 있는 구체적인 준거가 될 수 있으므로, 다음 장에서는 작중에서 '주인공의 죽음'의 의미 천착을 통해 김동리

---

22) 언니를 제치고 경준의 사랑을 획득한 기애는 평소 자기 집과 경준의 하숙방을 오가고 있었는데, 돌연 4·19 주동세력으로 가담했다는 것에서 사건의 개연성이 떨어진다. 실업가 김대성과 정치가들 간의 부정부패, 이경준이 당한 폭력이 폭력배·실업가·정치가 간의 밀월 관계 속에서 이루어졌다는 점을 제외하면, 작중에서 4·19가 촉발된 현실적인 동기는 전혀 나타나 있지 않다. 그 결과 4·19는 남녀간 애정 파국을 초래한 현실적 장애에 그칠 뿐, 깊이 있는 통찰로 이어지지 않으므로 작품의 주제에도 영향을 미치지 못한다.

의 전후 대중적 장편소설에 나타난 대중성의 의의와 한계를 살펴보도록 하겠다.

4. 김동리의 전후 장편소설에 나타난 '자유'와 '죽음'의 성격

4-1. '자유'의 중층성 : 이데올로기와 페시미즘

『자유의 역사』에 나타난 주인공의 죽음은 그들이 추구하는 '자유'와 밀접한 관련을 맺고 있다. 그러므로 이 장에서는 '주인공의 죽음'의 의미를 천착하기 앞서 그들이 지향하는 '자유'의 의미에 주목하려 한다. 우선, 작중 윤수의 '죽음'부터 살펴보도록 하자. 한국전쟁이 발발하고 서울이 인공 치하에 있을 때, 안경애는 윤수에게 정치 및 사상과 무관하게 방관적으로 나갈 것을 제안한다. 이에 윤수는 다음과 같이 말한다. "저는 지금 이 시기니까 그렇게 되지 않습니다. 사변 전에는 저도 사실 막연했습니다. 우익에 가담해 있긴 하였지만 정치의식이라곤 대단히 흐리멍덩했습니다. 정치의식보다도 인간적 조건, 요컨대 우정이랄까, 의리랄까, 그런 것 속에 몸을 붙이고 살아 왔지요. 그런데 요즘은 그렇지 않습니다. 움직이는 세계에 몸을 던지고 있으니 훨씬 보람이 느껴져요. 명목도 자유의 깃발이라면 무방하지요.─그렇지만 저에게는 자유의 전사(戰士)가 된다거나 자유 세계의 기수가 된다거나 하는 그러한 영웅적인 흥미나 소질은 본래 없습니다."(446면)

인식은 안경애의 제안을 거절하면서 '자유 세계'에서 '자유의 깃발'을 자청한다. 이때 '자유'는 우익에 대한 환유이며, 윤수는 우익의 첨병이 되려는 것이다. 앞서 발표된 『밀다원 시대』(『현대문학』, 1955. 4)에서 이중구가 '서울'을 "자유의 수도"로 보고 "새로운 자유"로23) 항도 '부산'을 명명하고 있는 데서도 알 수 있듯, 한국전쟁 당시 김동리에게 '자유'는 공산정권의 반대 항인 우익을 대변하는 명제이다. 윤수가 명명하는 '자유'는 좌익(인민 민주주의)에 대한 우익(자유 민주주의)를 환유하며, 『자유의 역사』의 표제에 제시된 '자유' 역시 우익 이데올로기를 대변한다.24) 일체의 공리성을 배제한다는 그의 문학관과 달리, 김동리는 이 작품에서 정치적 입장을 분명히 한다. 시대성을 반영한 작품에서 인물이 표방하는 '자유'는 그의 다른 소설에 비해 훨씬 단선적인 의미를 보인다. 그런 의미에서 '목적의식'이 전제가 되면 '산 인간'을 그릴 수 없다는 자신의 문학관을 김동리 스스로 증명한 셈이다. 작중 인물이 지향하는 '자유'는 사상적 깊이를 담보하지 못한 채, 자신이 몸담고 있는 정치노선의 반공(反共) 이데올로기를 표명한다.

이 작품에서 '자유'는 문면에 드러난 의미 외, 또 다른 의미도 내포하고 있다. 이를 살펴보기 위해 우선, 김동리가 '자유'의 기원을 어디에서 찾고 있는지 주목할 필요가 있다. 『자유의 역사』에서 제시된 이 땅의 '자유의 역사'는 한국전쟁 이전, 일제 '식민치하'에서 시작된다. 작중 인물의 부모나 그들의 과거는 모두 독립운동과 연계되어 있다. 김동리는 반(反)자유의 역사를 조명함으로써, 자유의 기원을 찾고 있다. '식민지 역사'는 이 땅에 '자유'를 호명하는 시원이 된다. 사회주의의 관점에서, '자유'가 봉건과 계급 타파를 위해 요구되었다면 분단된 우익 측 민족주의 관점에서 '자유'는 식민지 압제[일본]로부터 벗어나기 위해 요구되었다. 이러한 사실은 민족주의 이데올로기의 기원을 시사해 준다. 좌·우익 양측은 '식민지 시대 독립운동'을 통해 민족의 자유를 구가하면서, 각자 민족주의의 정통성을 찾고 있다.25)

---

23) 김동리, 「밀다원시대」, 『역마 밀다원시대 : 김동리전집』 2, 민음사, 1995, 302면.

24) 김동리의 전중(戰中) 발표된 미완성 작 「스탈린의 노쇠」(『영남일보』, 1951. 6. 7~6. 18)를 보면, 우익의 '자유'는 독재의 반대 항에 놓인다.

25) 전후 북한문학사의 대표작이라 할 수 있는 이기영의 『두만강』(1954~1961)에는 19세기 말부터 1930년대를 배경으로 사회주의의 출현배경을 보여주고 있다. 봉건적 지주세력과

‘해방’ 담론은 곧바로 ‘자유’ 담론으로 호환된다. ‘해방’이 집단의 희망이라고 한다면, ‘자유’는 집단의 희망과 개인의 욕망을 두루 포괄하는 개념이다. 작중에서 식민지 시대 ‘압제’는 인식의 수기(手記)에 나타났던 것처럼, 일제에 의한 강제징용의 형태로 나타난다. 작중 인물들은 압제에서 해방된 것을 ‘자유’로 보지만, 해방된 서울에서 그들은 ‘자유’가 아니라 ‘자유분방’을 누린다. ‘자유’가 외적인 ‘구속’ 일체로부터 벗어남과 같은 대의적 의미를 내포하는 반면, ‘자유분방’은 ‘격식’과 ‘규범’에서 벗어나는 행위를 의미한다. 자유분방한 그들의 삶은 지향 없이 표박한다. 식민지 하 모든 지식인이 독립투사를 지향하며, ‘해방’이라는 공통의 목표를 가지고 있었지만 한국전쟁 이후 그들은 공동의 목표를 상실한다. 고작 그들이 성취하려는 자유는 ‘연애의 자유’에 불과하다. 가족과 주위 시선(격식과 규범)에도 아랑곳하지 않고 감정을 쫓는 그들의 연애는 자유가 아니라 자유분방이다. 석미경은 부모의 권유로 약혼하지만 스스로 그 약혼을 파기하고, 만난 지 얼마 되지 않은 인식에게 사랑을 고백한다. 그들의 자유는 ‘연애지상주의’로 귀결되고, 자유분방한 연애는 정염(情炎)의 발산으로 이어진다.

‘한국전쟁’은 김인식에게 육체적 욕망의 포문을 활짝 열어준다. 작중 인물에게 내재해 있는 욕망은 전쟁을 기화로 더욱 무절제하게 발산된다. 그는 결혼을 염두에 두고 있는 미경뿐 아니라 영옥과 숙자에게 욕정의 불길을 내뿜는다. 한국전쟁이 발발하기 전까지, 인식은 미경과의 관계에서 이성적 분별력을 지니고 있었던 데 비해, 전쟁이 발발하자 그는 걷잡을 수 없는 욕정의 노예가 된다. 해방이후에도 작중 남녀는 자유분방하게 성(性)을 탐닉했다. 윤수는 대학시절 다방 마담 오금녀와 관계했고 출판사에 근무할 때는 다방 마담 장숙영과 관계했다. 윤수는 자신의 여자 친구가 다른

악독한 일본 관료에 의해 혹사당하는 농민(노동자)들은 자연, 계급에 눈을 뜨고 투쟁 일선에 나간다. 일제에 대한 농민들의 독립운동은 사회주의 이데올로기가 필연적이며 민족주의적인 노선에 입각해 있음을 보여주는 전제이다.

남자를 만나는 것에 개의치 않는 대신, 안경애와 사랑을 약속하고, 경애의 친구 장숙영과 관계한다. 윤수의 자유분방한 연애생활은 당시 젊은이들이 정치적 현실과 무관하게 개인의 욕망에 충실한 삶을 살고 있었음을 시사한다. 해방된 민족에게 개인의 해방은 육체적 본능의 방기로 나타난다. 이러한 양태는 한국전쟁이 발발하고 서울이 인공치하에 있을 때, 보다 적극적으로 나타난다.

『비오는 동산』에서 장준 역시 욕정의 노예로 등장한다. 가난한 고학생[대학생] 장준은 진희와 사랑을 약속하고 욕정을 표출한다. 진희보다 아름다운 영애를 만나자, 그는 영애와 사랑을 나누고 결혼을 약속한다. 영애와 못 만나는 동안, 장준은 다시 미란에게 접근한다. "장준은 한 보름 동안이나 영애를 보지 못해서 그런지 왕성한 정욕이 지르르 흐르는 듯한 두 눈으로"(469면) 미란을 쏘아본다. 미란은 약혼자 진식이 있지만, 수려한 외모의 장준이 접근하자 다시 그에게 다가간다. 장준은 육체의 향락에 집중한다. 비록 작가가 작품 말미에 장준을 교통사고로 즉사시키고 말지만, 그의 죽음은 욕정의 불길에 사로잡힌 주인공의 본능을 독자들에게 더욱 뚜렷이 각인시킨다. 장준은 목표없이 취미에 만족하는 삶을 산다. "무엇이 된다는 목표는 없"(430)으며, "취미"만 있다. 이때 취미는 '좋아한다'는 것으로, 그는 여자에 대한 취미와 일에 대한 취미를 가지고 있다. 장준은 "무엇이 되기 위한 <일>이요, <여자>가 아니라 일하고, 여자를 즐기고, 하는 그 자체가 그의 인생의 전부요, 그 이외엔 모든 것이 무의미할 뿐"(449면)이다.

지금까지 살펴본 『자유의 역사』·『비오는 동산』에서 인물들의 공통점은 삶의 지향점이 없다는 것이다. 특정한 지향 없이 규범을 이탈하는 이들의 행위는 '자유'가 아니라 '자유분방'이다. 자유가 의지와 통제의 구도 속에 형성된다면, 자유분방함의 이면에는 무질서와 무절제가 내재해 있다. 『자유의 역사』에서 인식은 자신을 '방랑객'으로 자처한다. 그것은 "한자리에 붙어 있지 못하고 여기저기 떠다니는 사람, 따라서 일정한 직장(職場)에 몸

을 바칠 수 없는 사람", "마
음속에 일정한 목표나 회포
를 품고 그것이 이루어질 때
까지, 여러 가지 경험을 쌓
으며 이곳저곳 흘러 다니는
사람"이다. 그들은 자유인(自
由人), 방랑자(放浪者), 염직자
(厭職者), 반직자(反職者)로서
"일과 자리에 매이"지 않고,

김영주 그림. 『이곳에 던져지다』 연재 25회

"술을 마시고 친구와 이야기를 나누고 깡패들을 다투고" "여자와 희롱하
고" "노는 일"(117면)에만 관심한다. 그들은 무엇이 되겠다거나 무엇을 하겠
다거나 하는 삶의 목표가 없다. 그들은 사색인도 아니며 행동하는 지성도
아니다. 『자유의 역사』에서 인식은 노동민보사 촉탁으로 있을 뿐, 특정한
직업도 없으며 이념도 불분명하다. 얼핏 인식은 아나키즘에 경도된 듯 보
이지만, 그것 역시 자유분방함이다. "나의 근본태도라고 할지 그런 것은
일종의 자유주의죠. 아나키스트 그룹 속에 있지만 실상 나는 아나키스트도
아니라오. 그저 인간적으로 통하는 점이 있어서 그런 것 뿐"(311면)이다. 특
정한 삶의 목표가 없으므로, 그들은 전쟁이 발발하더라도 생존을 위해 본
능에 의존한다. 『이곳에 던져지다』에서 주인공 경준 역시 삶의 목표가 뚜
렷하지 않다. 오히려 그는 현실과 격돌해야 하는 '문학'을 피해 '미술'을
선택한다. 경준은 "인생의 전사(戰士)로서 현실과 대결"을 피하고 "문학보
다 숨 돌릴 여유", "뒷전에 물러앉아서 자연과 인생을 바라볼 수 있"는 인
생보다 예술에 가까운 미술을 선택한 것이다. "문학을 취하면 인생을 격렬
하게 살아야 하는데"26) 그는 격렬한 삶에서 한 발짝 물러나고 싶었던 것이

---

26) 김동리, 「이곳에 던져지다」, 『한국일보』, 168회. 이하 이 작품의 인용은 『한국일보』의
　　원문에 의하되, 인용문 하단에 회수만 기입하도록 함.

김영주 그림, 『이곳에 던져지다』 연재 25회

다. 그는 개인교습과 학관에 나가 간간히 생활비를 마련하며, 그림을 그린다. 작중 주인공들이 당대 지식인이자 대학생이라는 사실을 염두에 둔다면, 이러한 인물의 몰취미와 과도한 욕정을 전쟁체험의 산물로만 볼 수 없다. 대중 일간지에 연재 형식을 취하고 있는 만큼 일련의 작품이 독자의 흥미를 겨냥하고 있다는 것도 고려되어야겠지만, 김동리는 욕정이 분출되는 현장을 과도하게 보여준다. 이것을 개인으로서 인간의 자유와 관련시킨다면 개인성의 확충이라 할 수 있지만, 그렇다고 하더라도 김동리는 작중 인물이 추구하는 '자유'에 깊이를 보여주지 못한 채 자유분방한 남녀의 연애행각 묘사에 그침으로써, 시대성 대중성 예술성 모두를 균형 있게 작품에 담아내는데 실패하고 말았다. 이러한 한계는 공산정권에 대한 우익진영을 총칭 '자유'라고 호명하는 김동리의 투철한 이데올로기와 무관하지 않다. 극대화된 인간성을 추구하던 다른 소설에 비해, 시대성을 반영한 김동리의 대중적 장편소설에서 '자유'는 매우 단조로운 성격을 지닌다. 그것은 정치노선의 연장선상에서 좌익에 맞서는 우익 이데올로기를 대변한다. 이것이 문면에서 작가가 제시한 '자유'의 의미라면, 문맥 속에 감춰진 '자유'는 해방이후 독립된 개체가 규범을 파기하려는 자유분방을 의미한다. 작중 인물의 무절제한 욕망은 그 시대를 극복할 수 있는 '자유'가 아니라 시대에 대한 좌절과 회피라는 페시미즘(pessimism)의 성격을 띤다.

4-2. 돌발적인 '죽음'과 인간 탐구의 한계

『자유의 역사』에서 윤수는
돌연 '자유의 기수'를 자청하
며, 그간의 무(無)목적적인 삶
을 청산한다. 그의 급작스러
운 의식 추이는 '자유'에 대
한 의식이 깊지 않음을 시사
해 준다. 작품 중반에 이르기
까지, 그는 좌·우익 어느 쪽
에 대해서도 정확한 입장을
보여주지 않았다. 사변전 그

김영주 그림, 『이곳에 던져지다』 연재 195회

는 우익의 보도연맹 정책에 대해 비판하고 좌익분자 최익상을 자기 집에
숨겨둔 바 있으나, 자기 목소리가 명확하지 않았다. 전쟁이 발발하자, 윤수
는 우유부단한 인물에서 적극적 인물로 표변한다. 도강(渡江)하지 못한 윤
수는 서울 시내에서 부상당한 운전수 민중석을 구해 주었고, 그를 치료하
던 집에서 은신중인 통신병 정호영을 알게 된다. 윤수는 그들과 더불어 무
전송신기를 구해 서울 상황을 국군 측에 송신한다. 인공치하 서울에서 국
군에게 무전송신으로 이쪽 사정을 알려주었다고 하더라도, 윤수의 의식 변
화는 급작스럽다.

윤수는 공산군에게 발각되어 도망치다가 총살당한다. 김동리는 적 치하
에서 용맹을 떨친 윤수를 살려두지 않고, 총살당하는 것으로 작품을 끝맺
는다. 작가는 비록 충동적이긴 하나 '자유'를 직시한 윤수를 죽음에 몰아넣
은 반면, 정염(情炎)에 빠져 있던 인식은 살려둔다. 욕정에서 벗어나지 못한
인식을 살려두는 대신, '움직이는 세계'에 눈을 뜨고 생의 목표를 발견한 인
식을 죽인 이유는 무엇인가. 김동리는 '자유의 발견'과 죽음을 맞바꾼 것이

다. 이때 '죽음'은 단절과 소멸을 의미하기보다 오히려 '자유'를 시사한다. 윤수의 죽음을 불사른 '자유 의지'는 우익의 사수라는 정치적 성격을 대변한다. 『밀다원시대』(『현대문학』, 1955. 4)에서 시인 박운삼의 자살이 인간의 근원적인 자유를 대변하고 있다면, 김동리는 『자유의 역사』에서 윤수의 죽음을 통해 우익의 정치성을 사수한다.

『자유의 역사』에서 윤수의 죽음이 한국전쟁 당시의 이데올로기 문제를 환기시킨 것처럼, 『이곳에 던져지다』에서 김동리는 자기에 침잠해 있는 경준을 4·19라는 현실로 소환해내기 위해 여주인공 기애를 죽음에 몰아넣는다. 이경준을 두고 언니 석애와 동생 기애가 애정을 다툰다. 석애는 결혼과 사랑을 별개로 취급하며, 경준을 연애 대상으로 선택한다. 언니보다 순수한 동생 기애는 대학에 입학하자 경준에게 적극 구애하고, 경준은 기애의 사랑을 받아들인다. 그러나 4·19가 발발하자, 기애는 4·19 데모에 가담하다가 뇌진탕으로 죽고, 경준은 4·19 현장에서 어린 소년을 구하려다 부상당한다. 이제 경준에게 남아 있는 것은 어지러운 현실뿐이다. 작가는 경준을 비롯한 연애갈등을 현실문제로 전환시키기 위해 여주인공 기애를 죽임으로서 작중에서 퇴장시킨다.

미국에서 새 애인을 만난 석애가 현실과 무관한 개인의 삶에 충실한 반면, 경준은 시국의 상흔을 호흡하며 젊어져야 하는 이 땅의 젊은이를 대변한다. 폭력배로부터 린치를 당한 후, 그는 국전작가[예술가]가 아니라 현실에 참여하는 문학가의 삶을 직시한다. 사랑하는 여자의 죽음과 더불어, 그는 개인[그림]이 아니라 현실[문학]에 눈을 뜬다. 4·19가 정치경제의 부정부패에서 촉발된 것이라면, 기애는 부정부패로 만연한 이 사회가 초래한 속죄양이다. 기애의 죽음은 개인의 슬픔이기 앞서, 그가 받아들여야 하는 현실의 상흔이다. 김동리는 현실과 무관한 삶을 사는 석애 '개인'으로부터 자유를 찾은 것이 아니라, 4·19에서 죽은 기애를 통해 '현실'에서 자유를 찾는다. 이때 기애의 죽음은 자유의 대가이다. 김동리는 기애의 죽음을 통해 불우한 시국이 초래한 운명을 수용하고 극복해야 한다는 작가의 현실 의지를 표명한다.[27] 김동리는 『자유의 역사』에서 주인공 윤수를 죽임으로 서 전쟁 중인 분단된 현실을 상기시켰듯이, 『이곳에 던져지다』에서 기애를 죽임으로서 4·19의 참상에 눈을 돌리도록 만들고 있다. 두 작품 모두 일간 지에 연재된 장편소설로서 통속적인 삼각연애로부터 작품이 전개되지만, 말 미에 이르면 주인공이 죽음으로써 작품의 주제가 연애문제에서 현실문제로 옮겨온다. 주인공의 죽음은 작가가 대중성을 경계하고 시대성을 고려해서 마련한 예술적 장치이지만, 일련의 '죽음'에는 필연적인 동기가 부여되어 있 지 않다는 점에서 예술적 장치로서 빈약할 뿐 아니라 인간 탐구도 이루어지 지 않았다.

이에 비해 『비오는 동산』에서 '장준'의 죽음은 인간 탐구의 관점을 견지 하고 있다. 그는 진희를 임신시키고, 영애가 병들자 미란에게 정욕을 표출 한다. 미란과 애욕을 나누기 앞서 그녀에게 줄 선물을 사러가던 중, 그는 교통사고로 즉사한다. 장준의 죽음을 단순히 인물과 현실에 대한 작가의 냉소로만 해석할 수 없다. 김동리는 장준을 단순히 부정적 인물로 고정시 키지 않았다. 작중의 다른 인물 강진식과 장준을 비교해 볼 때, 강진식은 일류대에서 경영학을 전공하지만 이기적인 냉혈한으로 부정적인 인물로

---

27) 김동리는 1967년 『김동리대표작선집1~5』(삼성출판사)을 간행하는데 장편소설 『이곳에 던져지다』는 수록되어 있지 않다. 김동리가 자의적으로 이 작품을 대표작에서 배제했다 면 그 이유는 무엇일까. '이곳에 던져지다'는 표제에서 짐작할 수 있듯이, 이 작품은 실 존주의 분위기를 수용하여 동시대 현실과 무관할 수 없는 김동리의 실존주의에 대한 경도 를 시사해 준다. 작중에서 경준은 카뮈의 <이방인>에 대해 두 차례 언급하는데, 그는 '부조리'와 '운명'을 동일한 관점으로 바라본다. 김윤식은 김동리의 실존주의를 『밀다원 시대』와 더불어 규명하면서 다음과 같이 평가한다. "김동리에게 있어 실존주의란, 한편 으로 보면 <땅끝 의식>이고 다른 한편으로 보면 한갓 <일상적 의식>에 지나지 않는 6·25의 성격을 설명할 수 있는 방편에 다름 아니었다. 따라서 실존주의 철학의 본질 파악보다는 그것이 풍기는 시대 사조적 의미층에 그때그때 충실하면 그만이었다."(김윤 식, 『사반과의 대화』, 민음사, 1997, 327면) 이어령과 있었던 실존주의 논쟁을 통해 짐작 해 보건데, 실존주의에 대한 미숙한 이해가 이 작품에 대한 자신감을 앗아간 것은 아닌 가 생각해 본다.

성격화 되어 있다. 강진식은 여동생의 친구 영애를 농락했으며, 영애가 장준과 보트를 타고 있을 때 보트를 뒤집어 곤경에 빠뜨린다. 여동생으로 하여금 그의 하숙방에 가도록 하여 그 모습을 사진에 담은 뒤, 장준의 새 애인이 된 영애에게 보이며 그녀에게 쇼크[급성 뇌막염]를 일으킨다. 여동생의 소파수술을 장준에게 일임했다가 장준이 죽자, 곧바로 자신이 여동생을 수술실로 데리고 간다. 장준이 무(無)목적적 인간이라면, 강진식은 이기적이고 실리적인 인물이다. 강진식과 비교해 볼 때, 장준은 현실과 괴리되어 살아가는 표박자[방랑객]의 모습을 하고 있다. 장준은 이 작품에 앞서 발표된 『자유의 역사』의 인식과 같은 존재이다. 장준, 인식과 같은 표박자는 전후 장편소설에서 김동리가 구현해 낸 '살아있는 인간'이며, 이들은 한국전쟁과 더불어 방향을 상실한 젊은 세대이다. 이 작품에서 '장준의 죽음'은 『자유의 역사』에서 윤수의 죽음이 한국전쟁 중 자유의 사수였다든가 『이곳에 던져지다』에서 기애의 죽음이 4·19 속죄양이었다든가 하는 공리적 도식과는 별개로, 작가 김동리의 인간 탐구를 보여준다.

『비오는 동산』에서 김동리는 인물의 죽음을 통해 시대에 경도되지 않은 인간성을 탐구해 내려 한다. 이 작품에서 사회 현실과 무관하게 자신의 욕정에 몰두하는 인물 장준은 어떤 역경이 닥치더라도 자기 삶의 태도를 바꾸지 않는다. 이와 더불어 지적되어야 할 것은 죽음에 직면하기까지 주인공은 어떠한 고통과 번민도 느끼지 않는다는 점이다. 작가는 인물을 죽일지언정, 작중에서 삶의 태도를 바꾸도록 하지 않는다. 김동리는 『비오는 동산』에서 현실과 무관하게 자기 에너지로 충일한 인간을 조명해 낸다. 이때 작중 인물의 죽음은 욕망하는 인간의 내적 에너지를 반증한다. 작중에서 인물의 '죽음'은 우연성과 작위성을 노출하고 있지만, 그에 맞서 '살아 있는 인간'의 의지도 보여준다. 김동리는 전후 대중적 장편소설에서 시대성을 반영하되, 인간 탐구라는 자신의 명제도 견지했던 것이다. 『자유의 역사』에서 윤수의 죽음이 이데올로기를 노정하고 있는 것과 달리, 『비오는 동산』에서 장준의 '죽음'은 곧 인간의 극대화된 자유를 반증한다. 그렇다고 하더라도, 전후 장편소설에서 구현된 인간은 『을화』를 비롯한 다른 작품에 비해 성찰의 깊이를 담보하고 있지 않다. 그것은 김동리가 전후 장편소설을 연재하는 과정에서 인간성 탐구보다 대중성과 시대성에 더욱 경도되어 있음을 시사해 준다. 김동리의 전후 장편소설에 나타난 '대중성'의 불완전한 양태는 예술성과 시대성 그 어느 하나도 놓칠 수 없었던 김동리의 절박한 의식을 반증한다.

5. 맺음말

이 글에서는 김동리 전후 장편소설에 나타난 대중성을 살펴봄으로써 김동리의 전후 장편소설에 대한 적극적인 의미부여를 시도했다. 김동리 전후 장편소설의 대중성은 멜로드라마의 구도를 보이는 계열과 예술적 장치를 부가하는 계열로 나눌 수 있다. 멜로드라마의 구도를 충실하게 따르고 있는 『애정의 윤리』와 『해풍』은 세계를 선(善)과 악(惡)의 이분법으로 단순화하고 현실적인 어려움에도 불구하고 선으로 대표되는 주인공이 승리하는 모습을 보여준다. 반면, 한국전쟁과 전후 사회의 문제와 같은 역사성은 거세되어 있다. 예술적 장치를 부가하는 『자유의 역사』와 『이곳에 던져지다』는 주인공의 죽음을 계기로 연애 문제에서 현실 문제로 갈등이 전환된다. 작중 주인공의 죽음은 동시대 현실 문제를 천착하려는 작가의 의지인 동시에, 통속소설에 경도되지 않도록 하기 위해 작가가 선택한 예술적 장치이기도 하다. 그러나 현실[한국전쟁과 4·19] 문제가 개입된 작품에서 인물의 '죽음'은 작위적이고 단선적 의미의 '자유'를 환유하는데 그친다. 시대성을 고려하지 않은 『비오는 동산』에서는 인간성을 탐색하지만 필연성과 깊이를 담보하지 못한 채, 성급하고 작위적인 결말을 유도하고 만다. 이러한 전후 장편소설에 주목해 볼 때, 대중성의 가치가 돋보이는 작품은 멜로드라마의 구도를 따르고 있는 『애정의 윤리』와 『해풍』임을 알 수 있다. 그 외 『자유의 역사』· 『이곳에 던져지다』· 『비오는 동산』에서는 시대성을 고려하여 예술성을 부가한 결과 '자유', '인간 탐구' 모두에 있어 일정한 한계를 노정하고 있다.

한국전쟁이후 발간된 단행본 『실존무』(인간사, 1958)의 발문에서 김동리는 자신의 작품계보를 <역사적 현실>, <인간성의 실험>, <향토적 정조-詩情系>, <역사소설> 네 범주로 구분한[28] 바 있다. 이러한 구분에 의하면, 그의 전후 장편소설은 미비하나마 '역사적 현실'을 다루되 '인간성의 실험'이라는 계보에 속함을 알 수 있다. 앞서 살펴본 대로, 김동리의 전후 장편소설에는 역사적 현실과 인간성의 실험이 드러나긴 하지만 양자가 무질서하게 혼용되어 있어 어느 하나에도 깊이를 담보하지 못하고 있다. 예컨대 김동리의 전후 장편소설에는 시대성이 반영되어 있지만, 작중에서 '한국전쟁'과 '4·19'는 작품의 화두가 아니라 단지 배경으로 그친다. 그것은 한국현실의 특수성을 반영한 역사적 사건이 아니라 '애정의 장애(난관)'일 뿐이며, 동시에 인간이 수용하고 극복해야 하는 '불우한 운명'에 지나지 않는다. 김동리는 대중적 장편소설 『해풍』을 끝으로, 이후에는 주로 역사소설을 창작한다. 그는 1950년대 말에서 1960년대 초 사이 다양한 장편소설을 창작했지만, 해방정국과 달리 한국전쟁 이후 표변하는 현실을 소설로 구현해 내지 못했다. 김동리는 전후 단편소설에서 현실과 밀착된 의지를 노출하고 있지만, 전후 장편소설에 이르면 현실과 일정한 거리를 유지하기 위해 애쓴 흔적이 역력히 드러난다. 그가 이승만을 비롯한 당대 정권, 4·19로 대변되는 청년들의 움직임, 이 모든 것으로부터 거리를 둔 것은 그 만큼 당면한 현실을 정확하게 읽어내지 못했거나 그렇지 않으면 그러한 현

---

28) 김동리, 『實存舞』, 인간사, 1958, 280~281면.

실과 밀착해 있기 때문이라 여겨진다. 그만큼 김동리는 시대와 무관하게 창작할 수만도 없었던 것이다.

김동리의 전후 대중적 장편소설을 보다 면밀하게 논하기 위해서는 1957년『사반의 십자가』와 1975년『을화』, 그리고 이전에 발표한 단편소설과 더불어 논의되어야 할 것이다. 토속적인 에너지를 발산하던 전대 소설의 여성 인물에 비해 전후 대중적 장편소설에 등장하는 여성 인물은 신비감을 상실하고 세속적이고 단순하다. 이것은 인물의 성격 창조가 전대 소설에 비해 개성적이지 못함을 시사한다. 김동리의 전후 장편소설은 비록 동시대를 조명하고 있지만, 동시대를 호흡하는 '살아있는 인간'을 조명하기보다 김동리의 관념위에 현실이 어색하게 돌출되어 나타난다. 전후사회에서 전전세대 작가들 대다수가 신문장편 연재소설을 통해 전재민들에게 새로운 모럴을 제시하고 있었다면, 김동리 역시 전후사회의 모럴을 표출하는 대중소설을 창작한다. 하지만 김동리가 단순히 대중성 속에 안착할 수 없었던 것은 문단의 중추로서 '시대성'을 소홀이 할 수 없었으며, 아울러 문협정통파로서 '예술성'도 소홀히 할 수 없었기 때문이다. '원형적 인간'의 모색에 까지는 이르지 못했으나, 작중 주인공을 죽임으로써 주인공을 현실의 무대에서 퇴장시킨 김동리의 의식 기저에는 문협정통파의 정치적 이데올로기가 굴절되어 있다.

제 1 부 참고문헌

가와 가오루, 김미란 역, 「총력전 아래의 조선 여성」, 『실천문학』, 2002년 가을.

강영안, 『도덕은 무엇으로부터 오는가―칸트의 도덕철학』, 소나무, 2000.

강진호, 「전후세태와 소설의 존재방식―정비석의 『자유부인』을 중심으로」, 『현대문학이론
　　　학회』, 2000.

권선아, 「1930년대 대중소설의 양상 연구―『찔레꽃』의 구조와 의미를 중심으로」, 고려대
　　　학교 석사학위논문, 1994, 70면.

『기독교대백과사전』, 기독교문사, 1980.

김대환, 「1950년대 韓國經濟의 연구―工業을 중심으로」, 『1950년대의 인식』, 한길사, 1990,
　　　157～255면.

김동리, 「이곳에 던져지다」, 『한국일보』, 1960. 10. 1～1961. 5. 23.

＿＿＿, 『김동리대표작선집2 : 사반의 十字架・愛情의 倫理』, 삼성출판사, 1978.

＿＿＿, 『김동리대표작선집3 : 海風・비오는 동산』, 삼성출판사, 1978.

＿＿＿, 『김동리대표작선집4 : 자유의 역사』, 삼성출판사, 1978.

＿＿＿, 『김동리전집2 : 역마 밀다원시대』, 민음사, 1995.

＿＿＿, 『김동리전집8 : 나를 찾아서』, 민음사, 1997.

＿＿＿, 『문학과 인간』, 민음사, 1997.

＿＿＿, 『문학이란 무엇인가』, 대현출판사, 1984.

＿＿＿, 『실존무』, 인간사, 1958.

김동윤, 「1950년대 소설의 이데올로기 수용양상―구세대의 작품을 중심으로」, 제주대학교
　　　석사학위논문, 1992, 97면.

＿＿＿, 「1950년대 신문소설의 한 양상―정비석의 『자유부인』론」, 『국문학보』 14, 제주대
　　　학교 국어국문학과, 1996, 49～88면.

김동춘, 「1950년대 한국 농촌에서의 가족과 국가」, 『1950년대 남북한의 선택과 굴절』, 역
　　　사비평사, 1998, 18～227면.

김말봉, 『생명・푸른날개』, 민중서관, 1960, 654면.

＿＿＿, 『찔레꽃』, 청화, 1983, 411면.

＿＿＿, 『별들의 고향』, 정음사, 1953.

김미현 외,『소품으로 본 한국영화사』, 소도, 2001.

김병욱,「정비석의 문학」,『월간문학』, 1971. 8.

김병익,「수난기의 결벽주의자」,『황순원문학전집』5, 삼중당, 1978.

______,『한국문단사 1908~1970』, 문학과지성사, 2001.

김봉건,「映畵에 먹히는 文學精神−作家는 좀 더 고급해야겠다」,『동아일보』, 1959. 8. 31.

김상봉,『호모에티쿠스』, 한길사, 1999.

김윤식,「주인과 노예의 변증법」,『김동리전집2 : 역마·밀다원시대』, 민음사, 1995.

______,『사반과의 대화』, 민음사, 1997.

김윤정,『황순원 문학연구』, 새미, 2003.

김인환,「인고의 미학」,『황순원전집』5, 문학과지성사, 1990.

김주현,「떨림과 여운」,『작가세계』, 세계사, 2005.

______,「『카인의 후예』의 개작과 반공 이데올로기의 문제」,『민족문학사연구』10, 1997.

김중기 외 2인,『한국교회성장과 신앙양태에 관한 조사연구』, 현대사회연구소, 1982, 231면.

김지영,「정비석 초기연애소설 연구」, 부산대학교 석사학위논문, 2000.

김한식,「김말봉의『찔레꽃』과 '본격통속'의 구조」,『한국한연구』, 고려대학교 한국한연구
        소, 2000. 12.

노치준,「한국전쟁이 한국종교에 미친 영향」,『한국전쟁과 한국사회변동』, 풀빛, 1992, 223~
        259면.

대한성서공회,『공동번역성서』, 1977.

류형기 편저,『성서주석』하, 숭문사, 1978.

박종홍,「김말봉『밀림』의 통속성 고찰」,『어문학』76, 2002, 341~362면.

반덕진,『신화로 보는 세상−그리스신화와 문학』, 신광출판사, 2001.

史明,『현대영화감상』, 신조사, 단기 4292년.

『새성경신학대사전』상, 아카데미아리서치, 1999.

서영채,「1930년대 통속소설의 존재방식과 그 의미−김말봉의『찔레꽃』을 중심으로」,『한
        국 근대대중소설 비평론』, 태학사, 1997, 415~441면.

서울장신성서연구회편,『구속으로 본 성서속의 인물』, 소망사, 1989.

성서문학연구회,『성서속의 인물연구』, 성서문학회, 1990.

송하춘·이남호 편,『1950년대의 소설가들』, 나남, 1994.

안수길,「密會」,『初戀』, 태창문화사, 1977.

______,『浮橋』, 삼성출판사, 1972.

______,『第二의 青春』, 일조각, 1958.

안영숙,「정비석 문학의 에로티시즘 연구 :「성황당」과『자유부인』을 中心으로」, 충남대학
        교 교육대학원 석사학위논문, 2000.

양선규, 「황순원 소설의 분석심리학적 연구」, 경북대학교 대학원 박사학위논문, 1991. 12.

영화진흥위원회, 『한국영화 배급사 연구』, 2003.

오연희, 「황순원의 『日月』연구」, 충남대 박사학위논문, 1996.

유문선, 「애정갈등과 통속소설의 창작방법—'찔레꽃'에 관하여」, 『문학정신』, 1990. 6, 54~
　　　 63면.

유임하, 「설화적 세계와의 訣別儀式」, 『한국문학연구』 17, 동국대학교 한국문학연구소,
　　　 1995. 3.

＿＿＿, 「전후소설과 대중문화의 상호연관」, 『한국문학연구』 20, 동국대학교 한국문학연구
　　　 소, 1998.

유재일, 「한국전쟁과 반공이데올로기의 정착」, 『역사비평』, 1992, 봄호, 역사비평사, 139~
　　　 150면.

윤석진, 『한국 멜로드라마의 근대적 상상력』, 푸른사상, 2004.

이동하, 『현대소설의 정신사적 연구』, 일지사, 1989.

이만열, 「한국 기독교와 미국의 영향」, 『한국기독교와 민족의식』, 지식산업사, 1991, 445~
　　　 494면.

이명온, 「民主女性의 進路」, 『신천지』, 1954. 7, 94~101면.

이상신, 「대중소설의 반페미니즘적 경향—김말봉론」, 『페미니즘과 소설비평—근대편』, 한
　　　 길사, 1995, 291~319면.

이선옥, 「여성해방의 기대와 전쟁 동원의 논리」, 『친일문학의 내적 논리』, 역락, 2003, 239~
　　　 272면.

이은자, 「월남작가 작품에 나타난 반공이데올로기 수용과 비판양상」, 『현대소설연구』, 1994.

이임하, 「1950년대 여성의 삶과 사회적 담론」, 성균관대학교 사학과 박사학위논문, 2002.

이정옥, 『1930년대 한국 대중소설의 이해』, 국학자료원, 2000.

이중거 외, 『한국영화의 이해』, 예니, 1992.

이중연, 『'황국신민'의 시대』, 혜안, 2003.

임헌영, 『문학과 이데올로기』, 실천문학사, 1988.

장현숙, 『황순원문학연구』, 시와시학사, 1995.

정가은 편저, 『김말봉의 문학과 사회』, 종로서적, 1986.

정비석, 「深海魚」, 『영남일보』, 1954. 1. 1~5. 19(119회 연재).

＿＿＿, 『고원·청춘의 윤리·애정무한·장미의 계절』, 민중서관, 1960.

＿＿＿, 『나비야 청산가자』, 신원문화사, 1988.

＿＿＿, 『暮色』, 범조사, 단기 4290년(1957).

＿＿＿, 『民主魚族』, 정음사, 1955.

＿＿＿, 『非情의 曲』, 삼중당, 단기 4293년(1960).

______, 『에덴동산의 길은 아직도 멀다』, 회현사, 1978.

______, 『慾望海峽』, 노벨문화사, 1971.

______, 『자유부인』, 고려원, 1985.

정한숙, 「대중소설의 면모－애욕과 순정의 갈등」, 『현대한국소설론』, 고려대출판부, 1977, 114~123면.

정혜경, 「근대적 자아의 희생제의－『카인의 후예』論」, 『어문논집』 50, 2004.

정혜영, 「김동리 소설 연구」, 경북대 박사학위 논문, 1996.

조성면, 『한국 근대대중소설 비평론』, 태학사, 1997.

차봉준, 「정비석의 <성황당>에 나타난 생태학적 인식 연구」, 『인문학연구』, 숭실대학교, 2000, 305~323면.

최일수, 「네 사람의 女流作家－강경애·백신애·장덕조·김말봉」, 『한국단편문학대계』 15, 삼성출판사, 1975, 449면.

하한수, 「映畵와 藝術」, 『문예』, 1950(단기 4283년). 3.

한명환, 「30년대 신문연애소설의 심미적 모티프 연구－「魔都의 향불」과 「찔레꽃」을 중심으로」, 『현대소설연구』 3, 1995, 175~204면.

______, 『한국 현대소설의 대중미학 연구』, 국학자료원, 1997.

한수영, 「월남 작가와 1950년대의 소설」, 『문학과 현실의 변증법』, 새미, 1997, 438~439면.

한원영, 『한국현대신문연재소설연구』 상·하, 국학자료원, 1999.

한혜원, 「정비석 소설의 창작방법 연구」, 이화여대 석사학위논문, 2002.

홍은희, 「김말봉 소설 연구」, 대구가톨릭대학교 석사학위논문, 2002.

황순원, 『별과 같이 살다 / 카인의 後裔』 5, 문학과지성사, 1990.

______, 『인간접목 / 나무들 비탈에 서다』 7, 문학과지성사, 1995.

J. F. 비얼레인·현준만 옮김, 『세계의 유사신화』, 세종서적, 2000.

게리 그린버그·김한영 옮김, 『성서가 된 신화』, 씨앗을뿌리는사람들, 2001.

다니엘 푸이유 외 5인·김애련 옮김, 『성서문화사전』, 솔출판사, 2001.

발터 벤야민·반성완 옮김, 『발터벤야민의 문예이론』, 민음사, 1994.

三浦孫子·최현 옮김, 『성서에서 본 인간의 죄』, 삼민사, 1986.

스티븐 앨 해리스 / 글로리아 플래츠너·이영순 옮김, 『신화속의 미로 찾가－신과 영웅이야기』, 동인, 2000.

에드먼드 리치·신인철 옮김, 『성서의 구조인류학』, 한길사, 1996.

존 벨튼·이형식 역, 『미국영화 / 미국문화』, 한신문화사, 2000.

그 밖에 『대구매일』·『동아일보』·『영남일보』·『조선일보』

논문이 수록된 학술지

「김동리의 전후 장편소설에 나타난 대중성 고찰-「자유의 기수」·「애정의 윤리」·「이곳에
　　던져지다」·「비오는 동산」·「해풍」을 중심으로-」(『민족문화논총』, 2006. 12).
「김말봉의 전후(戰後) 소설에서 선(善)·악(惡)의 구현 양상과 구원 모티프-<새를 보라>·
　　<푸른 날개>·<생명>·<장미의 고향>에 등장하는 '고학생'을 중심으로」(『현대
　　소설연구』, 2004. 9).
「안수길의 대중소설에 나타난 '외화(外畵)'의 의의-『第二의 靑春』(1957~1958)·『浮橋』
　　(1959~1960)를 중심으로」(『한국문학이론과 비평』, 2005. 6).
「정비석의 대중소설에 나타난 '윤리' 고찰-『청춘의 윤리』·『愛情無限』·『民主魚族』·『에
　　덴동산의 길은 아직도 멀다』를 중심으로-」(『개신어문연구』, 2004. 8).
「황순원의 전후(戰後) 장편소설에 나타난 '아벨'의 초상화-「카인의 後裔」·「人間接木」·
　　「나무들 비탈에 서다」를 중심으로-」(『민족문화논총』, 2004. 12).

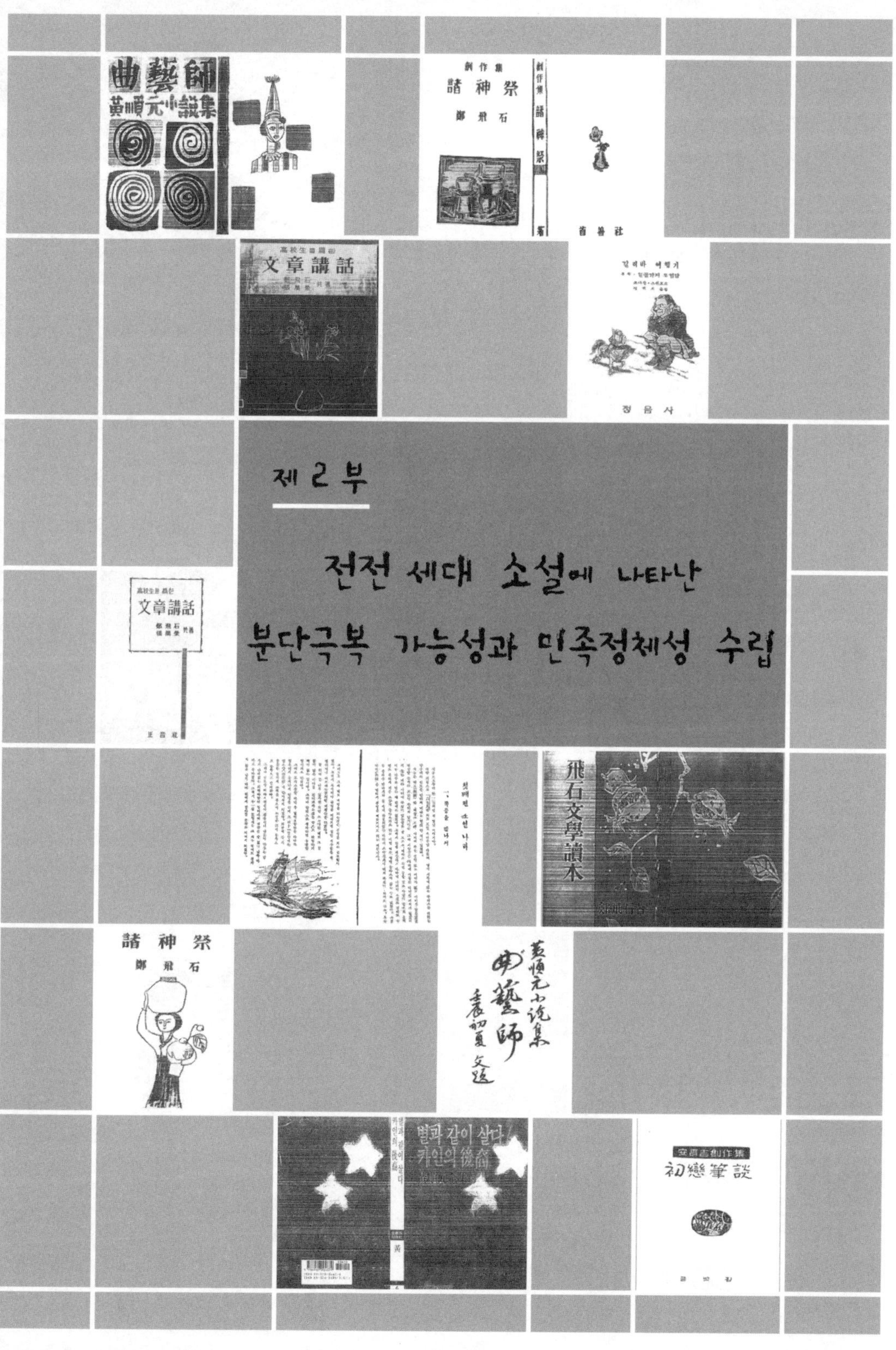

제 2 부

전전 세대 소설에 나타난 분단극복 가능성과 민족정체성 수립

1950년대 한국전쟁 배경 소설에 나타난
'서울'과 '평양'

－염상섭의 『驟雨』와 한설야의 『대동강』에 등장하는 여성 인물의 비교－

1. 머리말

염상섭의 『驟雨』(『조선일보』, 1952. 7. 18~1953. 2.
20)는 남한에서 발표된 작품이고, 한설야의 『대동
강』(1954년 탈고, 전체 3부중 1·2부는 전쟁시기에
창작)은 북한에서 발표된 작품이다. 상반된 이념
아래 창작되었음에도 불구하고 두 작품을 함께
논의할 수 있는 배경은 다음과 같다. 첫째, 두
작가 모두 근대문학사의 연속선상에 있는 전전
세대 작가이다.[1] 염상섭과 한설야는 근대문학사

염상섭(1897~1963)

---

1) 염상섭(1897~1963)은 『동아일보』·『폐허』를 창간하고(1920), 『조선일보』 학예부장(1929)
및 『만선일보』 주필과 편집국장(1936)을 역임하면서 다수의 작품을 발표한 서울 출신의
작가인 반면, 한설야(1901~1963)는 1927년 카프에 가입하고 1934년 <신건설> 사건으로
투옥된 바 있으며 1946년 평양에서 북조선문학예술총동맹을 조직하는 등 북한문학사에
크게 기여한 함남 함흥 출신의 작가이다. 북한에서 한설야는 1962년 일련의 문학가들과
더불어 비판을 받은 것으로 알려져 있는데, 그의 죽음과 관련한 자세한 내막은 알려져 있
지 않다. 김재용, 「북한문학계의 '반종파투쟁'과 카프 및 항일혁명문학」, 『역사비평』, 역
사비평사, 1992, 243면 참고.

한설야(1901~1963)

에서 민족문학과 프로문학 양 진영을 각각 대표하는 작가이다. 둘째, 두 작품 모두 1950년 '한국전쟁'을 배경으로 하고 있다. 염상섭의 『驟雨』가 인민군 치하(1950. 6. 28~12. 13) 서울 풍경을 보여주고 있다면, 한설야의 『대동강』은 유엔군 치하(1950. 10. 19~12. 4) 평양 풍경을 보여주고 있다.[2] 염상섭이 '서울', '한미주식회사'를 배경으로 공장 간부(중산층)의 생활 풍속을 보여주고 있다면, 한설야는 '평양', '인쇄공장'을 배경으로 공장 노동자의 생활 전선을 보여준다. 근대문학사에서 민족 문학과 프로 문학을 대표하던 두 작가는 1950년대 작품에서도 세월만 흘렀을 뿐, 1930년대 『삼대』의 치부한 인물과 『황혼』의 공장노동자를 각각 주인공으로 등장시킨다.

1950년대 남·북한의 문학은 근대문학사의 연속선상에서 논의될 수 있다. 북한에서 유일(주체) 사상이 확립된 것이 1967년의 일이며, 이후 김일성 중심의 사상체계가 확립되기 전까지 북한의 문학은 근대 프로 문학을 계승·유지하고 있다.[3] 염상섭의 『驟雨』와 한설야의 『대동강』은 상반된 이념에서 창작된 작품일지라도, 민족문학과 프로문학의 연속선상에 각각 놓여 있다. 아울러, 두 작품은 각 진영의 문학이 이후에는 어떻게 변화할지를 보여준다는 점에서 의미 있다. 이 글에서는 두 작품에 나타난 서울과 평양의 풍경을 살펴봄으로써, 각 진영의 문학 흐름을 비교해 보고자 한다. 염상

---

2) 한국전쟁의 추이를 간략하게 소개하면 다음과 같다. 1950년 6월 25일 한국전쟁 발발 / 1950년 9월 28일 서울 수복 / 1950년 10월 19일 평양 탈환 / 1950년 10월 25일 중공군 개입 / 1950년 10월 27일 정부가 부산에서 서울로 환도 / 1950년 11월 11일 부역자 처벌 특별 조치령 / 1950년 11월 15일 중공·인민군 총반격 개시 / 1950년 12월 4일 국군의 평양 철수 / 1950년 12월 24일 서울의 시민 대피령 / 1951년 1월 1일 중공군 6개 사단 3·8선을 넘음 / 1951년 1월 4일 1·4후퇴, 정부가 부산으로 이전, 인민군의 서울 점령 / 1951년 1월 26일 인천상륙 작전 / 1951년 2월 10일 국군이 다시 서울로 입성 / 1951년 3월 14일 서울 재수복.

3) 김윤식, 「50년대 북한문학의 동향」, 『북한문학론』, 새미, 1996, 75~76면.

섭의『驟雨』에 대한 개별 논의가 많은 반면,[4] 한설야의『대동강』은 북한에서 발표된 까닭에 남한에서 쓴 북한문학사에서는 '조국해방전쟁기(1950~1953)'의 대표작품 정도로 언급되고 있으며[5] 한설야에 대한 다수의 작가론에서도 이 작품은 누락되어 있다.[6] 이 외 두 작품을 함께 다룬 논의가 있는데, 김윤식은 염상섭과 한설야의 전기적 사실 및 두 작품 이외 다른 작품과도 관련하여 두 작품을 폭넓은 시각으로 조명하고 있다.[7] 이러한 선행 연구를 바탕으로 이 글에서는 두 작품의 여성 인물을 통해 서울과 평양의 공간을 비교하고 분석하는데 역점을 두고자 한다.

2. 소설에 나타난 '서울'과 '평양'의 거리

2-1. 서울, '연적(戀敵)'의 발견

염상섭의『驟雨』는 1950년 6월 28일부터 12월 13일까지 인민군 치하 서울의 풍경을 중산층 소시민을 대상으로 보여준다. 한미무역 사장 김학수 영감 일행은 한강 다리의 폭파로 서울에 잔류한다. 총소리에 기겁한 운전

---

4) 김영화,「염상섭의 '취우'」,『현대작가론』, 문장, 1983, 267~278면.
　　신영덕,「'취우'에 나타난 현실인식의 성격」,『한국의 전후문학』, 태학사, 1991, 169~184면.
　　김종욱,「염상섭의 '취우'에 나타난 일상성에 관한 연구」,『관악어문연구』, 1992, 141~156면.
　　김승환,「염상섭론―상승하는 부르주아와 육이오」,『한국학보』, 1994. 3, 2~32면.
　　박현수,「전쟁의 객관화와 그 의미」,『1950년대 문학의 이해』, 성균관대학교출판부, 1996, 133~160면.
　　김경수,『염상섭 장편소설 연구』, 일조각, 1999, 232~249면.
5) 신형기·오성호,『북한문학사』, 평민사, 2001, 147~148면.
6) 예외적으로 조수웅은 한설야를 논하면서는『대동강』을 비롯하여 북한에서 발표한 작품을 총체적으로 언급하고 있다. 그는『대동강』을 잔류파·피난파·영웅전사·배신자로 인물의 유형을 구분하여 논한다. 조수웅,「해방후 장편의 세계」,『한설야 소설의 변모양상』, 국학자료원, 1999, 228~253면.
7) 김윤식,「우리 현대 문학사의 연속성―염상섭의『驟雨』와 한설야의『대동강』」,『한국현대 현실주의 소설연구』, 문학과지성사, 1990, 344~373면.

수는 도망가고, 사장은 보스톤 백에 현금과 패물을 챙겨가지고 신영식 과장의 집에 피신한다. 사장이 잠적하자, 공장의 노동자들은 월급과 생활보장을 독촉한다. 사장의 비서겸 애첩인 강순제는 김학수 영감의 수중에서 떨어져 나와, 젊은 남자 신영식에게 접근한다. 신영식은 약혼녀 정명신이 있음에도 강순제의 애욕에 빠져 갈등한다. 사장은 공장 노동자들에게 끌려간 후 행방이 묘연해지며, 신영식은 강순제와 약혼녀 정명신을 사이에 두고 갈등하면서 피난을 준비한다.

대강의 줄거리에서 짐작할 수 있듯이, 한설야의 『대동강』과 대조적으로 염상섭의 『驟雨』에는 '유엔군(국방군)'과 '인민군'이 작품 표면에 직접 등장하지 않을뿐더러 양자가 대립하거나 충돌하는 장면도 없다. 작중 배경이 한국전쟁이니만큼, 두 작품의 각 공간인 서울과 평양에서는 모두 '인민군'과 '유엔군'이 등장한다. 그러나 한설야의 『대동강』에서 '유엔군'이 '인민군'은 물론 평양 시민 모두의 적(敵)으로 등장하는 것과 달리, 염상섭의 『驟雨』에는 '유엔군'과 '인민군'이 서사에 개입되지 않는다. 염상섭 소설에서 '인민군'은 서울 시민의 생명을 직접적으로 위협하는 적군이라기보다 노동력과 물자를 차출하는 존재이다.[8]

작중에서 인민군의 행적을 살펴보면 다음과 같다. 인민군이 서울을 점령하자, 남자들은 징병당하고 여자들은 전쟁물자 생산을 위해 노동 현장에 동원된다. 인민군은 서울의 인명과 건물 모두를 전쟁물자로 총동원한다. 김학수 사장의 집과 강순제의 집이 인민군의 수중에 들어가고, 강순제의 여동생은 전쟁물자를 생산하는 공장에 나간다. 신영식과 강순제의 남동생

---

8) 1950년대 분단소설을 논하는 신진 연구자에 의하면, 북한이 남한 점령지역의 인적 자원을 전투에 동원하려고 결정한 것은 미(美) 해·공군의 투입이 이루어진 직후였다는 견해가 제시되어 있다. 본격적인 모병은 미 지상군 투입이 결정된 7월 1일부터 각급학교와 직장단위로 궐기대회를 열어 실시했는데, 처음에는 자격구비의 선발주의를 선택했으나, 7월 6일 의용군 초모사업에 관한 노동당의 공식결정이 하달된 후 중순부터는 대대적인 강제징집이 시행되었다는 것이다. 중앙일보사 편, 『민족의 증언2』, 중앙일보사, 1983, 99면.

은 강제 징병을 피해 이집 저집 돌아다니며 몸을 피한다. 인민군에게 발각된 신영식은 강제 징병당하지만, 무사히 귀환한다. 염상섭은 신영식의 전쟁 경험은 전혀 언급하지 않고, 신영식의 여자관계에만 초점을 맞춘다. 이 작품은 '한국전쟁'을 배경으로 하고 있지만, '전쟁'에 대한 정치적인 언급은 전혀 없다. 작중에는 '유엔군'과 '인민군'의 첨예한 대립과 갈등대신, 인간의 탐욕과 남녀간에 얽힌 애욕이 서사의 골격을 형성한다. 강순제와 정명신이 발견한 적(인민군)치하 서울의 풍경은 다음과 같다.

> 「응, 저게 김일성군야? 저런 한참 자랄 애송이들을 몰아가지구—」하며 순제는, 이편을 향하여 로오타리 앞에 총을 세우고 맥없이 보초를 섰는 병정을 건너다보며 혀를 찼다. 열 일곱 여덟 즘 된 새까맣게 타고 빳빳이 마른 어린 애가 허기가 졌는지 졸린 눈으로 멍하니, 툭트면 쓰러질 듯이 이쪽을 바라보고 섰다.
>
> 그물(網) 뜨개비를 씌운 모자를 머리에 얹은 것이 눈서투를 뿐이지 예전에 활동사진에서 본, 보따리에 절무를 매달아서 걸머진 중국 병정과 똑 같았다. 흙투성이가 된 구랄만한 국방색 바지 저고리에 목달이 운동화를 신은 꼴은 총을 가졌으니 군인이랄까? 저런 것들에게 국군이 밀리다니, 순제는 발을 구르고 싶었다.
>
> 「이거 어디, 전쟁요! 소꿉장난이지」
> 「그나마, 우리는, 서울 시민은 포로가 된 걸!」
> 두 남녀는 실소를 하였다.9)

인용문은 적치하의 서울 풍경이라기보다, 연애하는 남녀의 산책 풍경을 보여준다. 신영식과 강순제는 '얼음에 찬 맥주(칼피스)'를 마시고, '담배(럭키스트라익)'를 피운다. 작중 '서울'은 전쟁이 벌어지고 있는 곳이 아니라 일상적인 사건이 발생하는 후방과10) 다르지 않다. 기존의 연구에서 이 작품

---

9) 염상섭, 「驟雨」, 『염상섭전집』 7, 민음사, 1987, 40면. 이하 작품 인용은 인용문 하단에 페이지 수만 기입.
10) 김승환, 위의 글, 145면.

이 염상섭의 중도적 입장11) · 가치중립적 시각에12) 대해 논의되었던 것도, 앞서 살펴본 바와 같이 작중인물이 두드러진 반공의식을 가지고 있지 않은 채 이데올로기 문제가 희석된 데 있다. 적치하 서울에서 작중 남녀 인물들은 두 축의 삼각 관계를 형성하고 있다. 전반부에는 김학수 영감-강순제-신영식의 관계, 후반부에서는 강순제-신영식-정명신의 관계로 단일화 된다. 김학수 영감은 피신해 있는 처지지만 그의 감각은 애첩 강순제의 육체에 집중되어 있으며, 그의 예민한 촉각은 강순제와 신영식 두 사람에게 곤두서 있다. 사장 김학수 영감이 노동자 임인식 일행에게 붙잡혀 간 후 행방이 묘연해지자, 작품의 전면에는 강순제-신영식-정명신의 관계가 부각된다. 강순제는 전란을 틈타 신영식의 애정을 얻는데 성공하지만, 정명신의 출현으로 인해 그의 입지가 다소 불투명해 진다.

작중 인물들에게 현실적인 갈등을 초래하는 대상은 '인민군'이 아니다. 그들의 현실 문제는 '전쟁'도 아니고 '인민군'도 아니다. 그들의 '적'은 그들 가까이에 있다. 한설야가 『대동강』에서 싸워야 할 적(유엔군)이 하나로 집약된 세계를 보여주는데 비해, 염상섭은 『驟雨』에서 이곳저곳 가는 곳마다 적을 만나고 또 다른 적을 만들 수 있는 세계를 보여준다. '한국전쟁'이 발발하자 작중 인물들은 인민군을 피해 서울을 떠나려하지만, 오히려 그들에게 실재 위협을 가하는 대상은 '인민군'이 아니라 그들의 '동료'이다. 사장 김학수 영감의 적(敵)은 같은 회사에 근무하는 임인식을 비롯한 '노동자들'이자, 강순제와 부쩍 가까워진 같은 회사 과장 신영식이다. 동일한 의미에서, 강순제의 적은 신영식의 애정을 다시 찾으려는 '여학교 후배' 정명신이다.

작중 인물에게 적(敵)은 다음과 같은 두 가지 이유로 형성된다. 김학수

---

11) 신영덕, 위의 글, 183면.
12) 김윤식, 「제9장 「취우」의 세계-가치중립성의 표정」, 『염상섭연구』, 서울대학교출판부, 1987, 819~843면.

영감의 처지를 통해 서울 소시민들에게 적이 만들어지는 과정을 살펴보면 다음과 같다. 사장인 김학수 영감은 '물질' 문제와 관련하여 회사 노동자들과 대적해 있으며, '애욕' 문제와 관련하여 같은 회사 사원 신영식과 대적해 있다. '물질'과 '애욕'은 전쟁을 초월하여 '서울'이라는 공간을 지배하고 있다. 염상섭의 『驟雨』에서 서울에 나타난 연적(戀敵)들은 전선(戰線)이 전방(前方)에만 있지 않고, 후방(後方)에도 있음을 보여준다. 전쟁 발발과 동시에, 염상섭은 서울에서 자본주의 풍속을 대변하는 '물질과 애욕 전선'을 본 것이다. 이는 서울로 대변되는 남쪽의 전후 현실이 자본주의의 풍속을 대변하는 '물질과 애욕 전선'으로 옮아갈 것임을 보여준다.13)

2-2. 평양, '악당'의 횡포와 '영웅'의 출현

한설야의 『대동강』은 1950년 10월 19일부터 12월 4일까지 유엔군 치하 평양 풍경을 평양에 잔류한 노동자들을 대상으로 보여준다. 평양의 노동자들은 피난가지 않고 자신의 일터에 잔류하여 유엔군을 교란시키는 방해공작을 펼친다. 작중에서 '인민군'과 '유엔군'은 선악(善惡)의 이분구도아래 뚜렷이 구분된다. 모든 평양 시민에게 '유엔군(미군)'은 가족·친지들을 죽음과 파멸로 몰고 가는 적(敵)이다. 한설야는 인민들의 증오심과 투쟁욕을 고취시키기 위해, '유엔군(미군)'을 악당으로 묘사한다.14) 평양 시민들은 인민의 희생과 고통을 초래한 미군에 대해 분노하고 보복한다. 작중에서 유엔군의 악행은 다음과 같이 묘사된다.

---

13) 한국전쟁 이후 1950년대 소설의 일군에서는 신문연재형식을 통해 '애욕 전선'을 소재로 한 작품이 양산된다. 정비석의 『여성전선』(『영남일보』, 1952. 1. 1~7. 9)『자유부인』(『서울신문』, 1954. 2~8), 박영준의 『애정의 계곡』(『매일신문』, 1952. 3. 1~7. 17), 최독견의 『애정능선』(『영남일보』, 1956. 4. 16~10. 10) 등을 그 예로 들 수 있다.

14) 한설야는 『대동강』을 창작할 무렵 「승냥이」(1951)라는 작품을 통해 반미주의 사상을 보여준바 있거니와, 『대동강』에 나타난 '유엔군'은 '미군'과 동일한 명칭으로 보아도 무방하다.

평양을 점령한 미군은 도적질·강도질을 일삼으며 아편과 여자에 빠진 채 타락하고 부패해 있다. 그들은 평양의 선량한 인민들에게 상해를 입히고, 고통당하는 인민을 백안시하는 부도덕한 인물이다. 그들은 전쟁 물자에 사람을 동원하지 않아도 될 만큼 튼튼한 기계를 가지고 있다. 그러나 그들은 기계를 전쟁에 동원하지 않고, 개인의 치부 수단으로 팔아넘긴다. 작중에서 미군은 다음과 같이 묘사되어 있다. "미군들은 들어오던 첫날부터 시민들 재산 쳐 먹기와 저이들 군대 물자를 도적해다 팔아넘구기였다.", "미군은 강도질에는 선수다.", "태평양을 건너온 도적의 명수들"15) 등으로 묘사되어 있다.

작중에서 미군은 평양 시민을 모두 죽이려는 야욕을 가지고 있다. 미군은 평양을 떠나면서 평양에 원자탄을 투하한다는 소문을 퍼뜨린다. 그들은 "진달래꽃 필 때" 다시 온다고 하여, 북한 주민의 정신을 교란시킨다. 특히, 상락이 수감된 수용소의 고문과 학대는 매우 혹독하게 묘사되어 있다. 작중에서 미군은 비열하고 악독한 고문을 일삼는 악의 무리이다. 이외, 작중에서는 미군을 직·간접적으로 동조하는 무리 역시 악당으로 분류된다. 이른바 '미군 앞잡이'로 통칭되는 그들은 비록 평양에서 노동자로 일하고 있지만, '남쪽 출신'으로서 '이승만 정권을 찬양'하며 '식민치하 일본의 잔재'를 가지고 있다. 아울러 한설야는 '게으름'과 '나태'를 악으로 규정한다. 작중에서 "놀고먹던 버릇"을 가진 인물은 마땅히 응징을 받아야 할 부정적 인물이며, "게으르고 놀고먹으려는" 인물들은 사상이 불완전한 인물이다.

'한국전쟁'을 정치 노선에서 바라보는 한설야에게 유엔군 치하의 평양은 크고 작은 다수의 악당이 횡포를 벌이는 공간이다. 작중에서 평양은 영웅의 출현이 절실히 요구되는 상황이다. 이때 전쟁 영웅은 선량한 인민들을 위한 필수불가결한 존재이다. 작중 노동 전사(戰士)로 형상화된 평양의 영

---

15) 한설야, 『대동강』, 조선작가동맹출판사, 1955, 126면. 이하 작품 인용은 이 책으로 하되, 인용문 하단에 페이지 수만 기입.

웅들은 성인·현군과 같은 지혜로 선량한 평양 시민을 구해야 한다는 사명감을 갖고 있다. 그들은 평양이 본시 선으로 충만한 곳인데, 선에 대항하는 악(惡)의 세력이 침투했다고 본다. 미군의 침투로 말미암아 북한의 인민이 고통에 빠진 것처럼, 남한 역시 미군에 의해 타락하게 되었다고 본다.

작중에서 평양시민을 비롯한 노동 전사들은 어려움에 처할 때 마다 김일성 장군의 행적을 떠올린다. 특히 노동 전사들은 전대(前代)의 민중 영웅과 그들의 행적을 떠올리면서, 맡은 공작을 더욱 성실히 수행하며 당면한 어려움을 감내해 낸다. 노동 전선에서 투쟁하는 노동 전사들은 자신의 소임을 가깝게는 '김일성 장군', 멀게는 '이순신 장군'의 행적과 접맥시키며 역사적 연속성을 강조한다. 한설야는 평양 도심지에서 벌어지는 빨치산 활동을 일제 식민치하 애국 항쟁과 동일시한다.

> 장구한 시일 동안! 바로 해방 전까지 왜군과 싸운 빛나는 빨찌산의 역사를 가진 조선 사람의 자랑을 점순은 곧 자기의 자랑으로 생각했다. 점순이 자신도 바로 빨찌산의 자손이라고 생각하였던 것이다.(158면)
> 우연이란 있을 수 없어. 꼭 전통이 있는 거야. 리 순신 장군 뒤에는 오늘의 우리의 장군님(김일성 : 필자)이 계시고ー또 그 아래에 수많은 인민 군대 용사와 영웅들이 있지 않소.(161면)

한설야는 북의 역사적 정통성과 연속성을 강조한다. 적치하의 평양 시내에 잔류한 노동 전사들은 일제치하 항일항쟁의 후예이며, 나아가 임진왜란 당시 이순신 장군의 후예이다. 이때 '김일성 장군'은 당대 현존하는 영웅이자, 모든 영웅의 전범이다. 한설야는 '영웅'이 역사적 연속성을 계승하고 있는 것과 마찬가지로, '악당' 역시 역사적 연속성을 계승하고 있음을 강조한다. 가령 평양 수복 후, 공장에 새로 들어온 인쇄공 기석의 행적을 살펴보면 다음과 같다. 그는 미군이 평양을 점령하자 우선 평양을 떠나 미군 앞잡이 노릇을 하였고, 인민군이 평양을 수복하자 인민군 노동자로 취직하여 유엔군 치하 평양 공장에 잔류한 노동자들을 매도한다.

> 그는 어려서 일본인 철공소에도 조금 다녔고 기계 조수로도 다녔다. 그러나 그때부터 일본인 주인에게 직공들을 고자질하고 물어먹고 한 덕에 놀고 먹던 버릇이 박혀서 해방후 개인 인쇄소에 있을 때나 국영 인쇄소에 있을 때를 믹론하고 놀고 먹을 구실만 찾다가 직맹 회의 때마다 두들겨 맞다가 못해서 공장을 그만 두고 한 때는 「스꼴까」시장에서 「야미」장사를 한 일도 있었다.(263면)

기석은 해방이전에는 일본 주인의 그늘에서 요령을 부렸으며, 그것은 해방이후에도 지속된다. 이와 동일한 인물로, 미군 점령 당시 평양 인쇄공장의 기계과장 김정만이 있다. 그는 무척 게으른 인물로서 일은 하지 않고 밤늦게까지 술 마시고 아침 늦게까지 잠자며, 공장일은 태만하다. 잠에서 깨면 그는 제본부에서 쓸 풀을 간식으로 먹어치운다.

작중에서 전투적인 노동 전사와 적대 관계에 있는 '미군'과 '미군 및 이승만 앞잡이'는 종국에 응징 받는다. 미군이 전선에서 패하고 평양을 떠나야했듯이, 김정만은 딱총에 의해 총살되고 기석은 미군앞잡이로 적발되어 잡혀간다. '악당'과 '영웅'은 권선징악의 세계관 아래 상선벌악(賞善罰惡)에 처한다. 선인(善人)인 영웅은 전승(戰勝)하고 그들의 과업을 이루는 반면, 악당(惡黨)은 모두 궤멸하고 만다. 일상의 감각으로 서울을 바라본 염상섭과 달리, 정치적 감각으로 한설야가 바라본 적치하의 평양은 악당과 영웅의 대치공간이다. 평양에서 악당은 궤멸하고 영웅은 과업을 완수한다. 이러한 한설야의 작품구도는 전대 소설의 구도를 보여준다.

3. 전쟁이 양산한 인물과 '전선 모티프' 확산

3-1. 서울, '자유분방한' 미망인[16]의 세속(世俗) 전선

염상섭의 『驟雨』에서 작중 인물들은 개인의 손익을 위해 계산하고 행동한다. 그중 가장 민첩하게 현실의 상황을 조율하는 인물이 강순제이다. 강순제는 여학교 출신의 인텔리 여성이다. 양장 미녀인 그녀는 인민군이 서울을 점령하자 재빨리 조선복(한복)으로 갈아입는가 하면, 유엔군이 서울에 입성하자 다시 원피스로 바꾸어 입는다. 그녀는 김학수 영감의 첩 생활에 대해 "생활의 방편으로―물질적으로나 생리적으로나 필요에 응해서 서로 이용하는 외에는, 각기의 생활에 구속받을 것은 조금도 없다는 주견"(36면)을 신영식에게 밝힌다.

> 결국 피차간에 감정이나 기분이나 맞으니까 대등한 인격으로 자기 책임을 자기가 지구 융합한 것이지, 정조를 일반적으로 제공했다거나 유린을 당하거나 희생은 된 건 아니니까요. 하지만 인젠 포화상태가 되어서 이 이상 지속할 흥미도 능력도 없어진 걸 질질 껄구 있언 뭘해요. (중략) 난봉두 오입두 아내요. 필요한 요구의 자연스러운 해결 방도를 취했을 뿐인데 뭐 우숴요. 난 남을 속이긴 싫으니까 정상적 수단을 취했다구 볼 수 있지 않아요.(107면)

강순제가 '전쟁미망인'이라는 사실은 중요하다. 전후 사회에서 '미망인'은[17] 전재민들이 수용해야 할 절신한 현실 문제였고,[18] 소설에서는 주된

---

16) '자유분방한' 미망인은 전쟁미망인이되, 군경미망인(軍警未亡人)과 대조적으로 남편이 좌익과 직·간접적으로 연관된 미망인을 이 글에서 제한하여 지칭한 용어이다. 반공 이데올로기가 강화되는 남한 사회에서, 이들은 '도덕적 일탈을 서슴지 않는' 존재로 부각된다.

17) "미망인이라는 호칭은 죽은 남편을 기준으로 살아 있는 아내를 규정하는 호칭으로 '남편을 뒤따라 죽어야 하는 자신의 도덕적 책무를 다하지 못한 아내'라는 윤리적 의미와, 독립된 개체로서의 여성의 존재를 부정하고 '남성에 의해서 보호되고 규정되는 여성'이라는 존재적 의미를 동시에 지니고 있"다. 이임하, 「1950년대 여성의 삶과 사회적 담론」, 성균관대학교 사학과 박사학위논문, 2002, 13면.

이야기 거리가 되었다. '미망인'은 전 남편의 행적에 따라 전후 그들의 삶에 각각의 편차를 가져 왔다. 남편이 이념을 쫓아 월북한 경우의 미망인과 남편이 명예롭게 전사(戰士)한 경우의 미망인은 그들에 대한 사회적 인식도 달랐으며, 그 차이는 그들 자신의 의식과 삶에 큰 영향을 미쳤다. 1950년대 한국사회가 극단적인 반공 이데올로기를 기반으로 한 경직된 사회였기 때문에, 좌익과 직·간접적으로 연관된 미망인들이나 납치자의 부인들은 일정 정도 국가와 사회에 의해 보호받던 군경미망인(軍警未亡人)에 비해 더욱 큰 사회적 문제가 되었다.[19]

남편이 영예롭게 전사한 미망인이 군경유가족으로서 정부와 민간의 후원을 받는 등 사회적으로 후한 대접을 받았던 것과 달리, 남편이 이념을 쫓아 떠나버린 미망인은 사회의 시선은 물론 남편에 대한 자신의 원한도 큰 나머지 좀더 억척스럽고 타락한 방식으로 살았다. 남편이 이념을 쫓아 월북한 경우의 미망인은 남쪽에서 생존을 위해 다른 군경미망인들에 비해, 정신과 아울러 육체를 헌신짝처럼 내던지는 등 타락하기 쉬웠던 것이다.

---

18) 김종욱에 의하면, 미망인의 문제는 전쟁 후유증과 관련되었을 뿐 아니라 전후 사회를 새롭게 구축하는 과정에서 해결해야 할 사회적 과제의 하나이다. 그는 춤 바람, 신흥종교의 범람, 축첩과 매매춘 등등 1950년대를 특징짓는 여러 병리적인 사회현상들이 전쟁미망인과 밀접한 관계를 맺는 것으로 보고 있다. 김종욱, 「전후 소설에 나타난 전쟁미망인의 존재 양상」, 『한국 문학과 전쟁』, 2003 한국현대문학회 하계 학술발표대회 자료집, 147~149면 참고. 아래의 '한국전쟁 인명피해 통계' 수치에서 보듯, 죽은 남자들의 이면에는 유족을 포함하여 많은 미망인이 사회의 문제로 떠오를 수밖에 없었다. (표)는 국방군사연구소, 『한국전쟁피해통계집』, 1996, 33~85면. 이임하의 위의 논문 18면에서 재인용. 이임하는 표를 통해 1950년대 전쟁미망인의 규모를 최소 30만 이상으로 추정한다.

구 분	사 망	행방불명	학 살	납 치	계
민간인(남)	166,104	253,271	97,680	78,377	595,432
민간인(여)	78,559	49,941	31,256	6,155	165,911
민간인(계)	244,663	303,212	128,936	84,532	761,343
군 인	137,899	19,392			157,291
경 찰	3,759	7,306		537	11,602
합 계	386,321	329,910	128,936	85,069	930,236

19) 이임하, 위의 논문, 14면 참조.

강순제가 육체와 정신을 자율적으로 구사하는 것도 남편의 월북과 무관하지 않다.[20] 강순제는 당시 여학교를 졸업한 재원으로서 영어가 능통하고 러시아어에 대한 지식도 가지고 있었으므로, 미망인에도 불구하고 중상류 사회에 쉽게 편입할 수 있었다. 고등 교육의 수혜를 받은 만큼, 그녀는 한미무역회사의 비서직을 얻을 수 있었던 것이다. 그러나 사장의 첩 노릇을 겸할 수 있었던 것은 남편의 월북과 관련하여 그녀의 자유분방해진 사고에서 기인한 것이다. 전쟁이 발발하자, 순제는 다시 한번 대담한 자유를 행사한다. 그녀는 김학수 영감의 첩노릇을 청산하고, 젊은 남자 신영식과 본격적인 연애에 돌입한다. 그녀는 전남편으로부터 호적을 분명히 가르고, 회사와도 인연을 끊으려 한다. 강순제는 신영식에게 사랑의 선전포고를 한다.

> "하면 목숨을 걸구 하지. 사랑도 쌈야. 전쟁에 나가는 군사가 뒤를 깨끗이 깡구리뜨려 놔야 할 거 아닌가. 손톱 발톱 깎고 목욕재계를 하고 출진을 해두 이길뚱 말뚱한데! 호호호 − 죽을 각오로 나서는 거야! 그 대신에 엄연하거던! 용서가 없어!" "의론이나 합의가 아니라 명령야, 군령야!"(105면)

강순제는 신영식과 관계하고, 그의 마음을 사로잡는다. 신영식이 의용군으로 징집되자, 순제는 사장으로부터 받아 낸 돈으로 그의 집 살림을 꾸려나가면서 며느리 역할을 톡톡히 해낸다. 가을에 신영식이 돌아오자 약혼자 정명신이 그의 집에 찾아온다. 순제는 영식의 속옷빨래를 자청하고, 부엌에서 음식준비를 하면서 정명신에게 신영식에 대한 자신의 선점을 부각시킨다. 강순제는 비록 연적(戀敵)인 정명신의 주선으로 피난길에 오르지만, 의연하게 신영식의 식구들과 어울려 피난을 준비한다. 강순제는 남편이 단신월북한 후 미망인이 된 이래, 다른 군경미망인과 달리 자유분방하고 타락하기 쉬운 인물이 된 것이다. 이 '문제적' 미망인은 전후 소설에서 입체적인

---

20) 작중에서 강순제는 '남편을 미워하는 것이 아니라, 남편이 좇는 이념을 받아들일 수 없'을 뿐이라고 말한다. 이것은 염상섭의 시선이기도 하다.

여주인공으로 발탁되어 동시대 다른 작가의 작품에도 빈번히 등장한다.[21]

최독견의 「애정능선」(『영남일보』, 1956. 4. 16~1956. 10. 10)에는 유엔마담이 등장한다. 남편(교수)이 붉은 이념을 선택하여 아내를 버리고 떠나자, 아내는 세속적으로 타락한다. 미군 콜트대령과 동거하여 아이를 낳는가 하면, 세상에 냉소하며 돈버는 일에만 몰두한다. 이러한 여성들은 후방을 또 하나의 '전선(戰線)'으로 만든다. 이른바 '생존 전선'에서 살아남기 위해 이 여성들은 도덕과 인륜을 벗어던지고, 강한 남성에 버금가는 억척스런 기상으로 생활 전선에서 살아남기 위해 발버둥친다. 이러한 여성들은 전후 소설에서 주로 도덕적으로 타락한 인물로 부각된다. 예컨대, 김말봉의 『새를 보라』(『대구매일』, 1954. 2. 1~6. 17)에서 초명의 행적을 들 수 있다. 남편이 이념을 쫓아 월북하자, 초명은 마담이 되어 여러 남자들과 육체를 거래한다. 장대규 사장과 잠자리를 함께 하는가 하면, 그의 사위될 곽연수와도 잠자리를 함께 한다. 미망인 초명은 생존을 위한 자신의 다급한 심사를 다음과 같이 토로한다.

> 얼굴! 이 얼굴이 시들기전에 부지런이 돈을 모아야 한다. 한 사람만 바라보고 있으면 단선이 되어 위험하다. 복선을 가져야 한다. 장대규씨도 박용균씨도 그 밖에 어떤 사나이라도 자기에게 정신을 쏟는 이가 있다면 조금도 주저할 까닭은 없다. 닥치는 대로 빼앗고, 집히는 대로 빨아먹어야만 자기의 생명이 유지될 수 있는 것이다.[22]

인용문은 초명의 물불을 가리지 않는 생존욕을 보여준다. 염상섭의 『驟雨』를 비롯하여 동시대 다른 작품에도 드러나듯, 남편이 월북한 미망인들의 방종과 타락은 물론 그들의 실제 삶이 그러했겠지만 그에 앞서 당시 그

---

21) 염상섭은 『미망인』(1954), 『화관』(1956~1957) 등의 장편 이외 다수의 작품에 '미망인'을 주인공으로 등장시키고 있으며, 전후 소설에는 적극적인 미망인의 생존 방식을 보여주는 작품이 많다.

22) 김말봉, 『새를 보라』, 『대구매일』 64회.

들에 대한 사회적 시선이 그만큼 곱지 못했음을 알 수 있다. 이러한 '자유분방한' 미망인들은 세속적으로 타락할지언정 그 누구보다 적극적으로 생존욕을 구가했으며, 그들에게 현실은 또 하나의 '전선'이었다. 염상섭의『驟雨』에서 전쟁미망인 강순제는 서울 소시민의 감각과 '자유분방한' 미망인의 적극적인 생존 전략을 보여준다는 점에서, 이후 전개될 전후 소설의 새로운 여성 인물의 전형으로 부각된다.

3-2. 평양, '노동 전사'의 전쟁복구 전선

염상섭이『驟雨』에서 '자유분방한' 미망인을 통해 세속 전선이 형성된 서울의 모습을 보여주고 있다면, 한설야는『대동강』에서 '노동 전사(戰士)'의 형상화를 통해 전쟁복구 전선에 주력하는 평양의 모습을 보여주고 있다. 염상섭 소설에서 '전쟁 미망인' 강순제가 중류층 삶을 대변하면서 개인의 애욕에 치중하는 인물이라면, 한설야 소설에서 '여성 노동자' 점순은 하층민의 삶을 대변하면서 조국과 민족의 장래를 책임지는 민중 영웅이다. 아래의 인용문은 '노동 전사'의 사명을 역설하는 한설야의 다급한 목소리가 직설적으로 노출되어 있다.

> 그는 자기들의 누구나가 전선에 선 전사가 되자는 것과 전사들은 조국의 고지에서 대포나 기타 중무기가 아직 도착하지 못한 조건하에서도 적을 초위 섬멸하였으며 보총과 수류탄 등을 가지고도 적과 싸워 이기고 있다는 것과 이것은 전사들이 강철 같이 뭉치여 있기 때문이며 로동자들도 이와 같이 한 목적에 뭉쳐야 할 것과 이것은 빈말에서 되는 것이 아니고 열성적으로 일하는 데서만 가능하다는 것을 말하였다. (중략) 공장 복구는 곧 조국의 승리를 위한 사업의 하나라는 것을 말하고 수령의 말씀을 인용하면서 조국의 강토는 영구히 남북으로 갈릴 수 없으며 조선 인민의 마음과 피에 남북이 있을 수 없다는 것을 말하고 나서 마지막으로 특히 사상 의지의 통일에 대해서 말하였다.(261~262면, 밑줄 : 인용자 강조)

인용문에서 한설야는 '전선에 임한 전사의 자세'가 '전쟁'에서는 물론이거니와, '전후 복구의 현장'에서도 지속적으로 관철되어야 함을 '노동하는 전사'의 강조로 힘주어 말한다. 작중에서 노동 전사의 전형은 점순이다. 그녀는 배움이 모자라고, 힘없는 18세 소녀에 불과하지만, 전사로서 손색없는 모습을 보여준다. 점순은 동지들을 규합하여 유엔군에 대항하는 두 차례의 격전을 가진다. 첫째, 점순은 상부 조직의 지시에 따라 평양에서 유엔군과 게릴라전을 벌인다. 인쇄소에서 일할 때는 적을 조롱하는 기사문을 싣고, 토굴에 피신해서는 아군의 위세를 알리는 삐라를 만들어 평양 시내에 배포한다. 이후에는 대담하게 수용소를 습격하는 등 도심지에서 빨치산 투쟁을 활발히 추진한다. "우리도 빨찌산이라는 걸 알아야 하오. 빨찌산 별동대―이제 본대와 련합하게 될 날도 오라지 않을 것이오. 용기를 냅시다. 싸우는 길 밖에 없지 않아요."(157면) 둘째, 점순은 전쟁으로 폐허가 된 공장을 복구하기 위해 적기의 공습을 무릅쓰며 혼신을 다한다. 점순은 땅에 매몰되는 등 온갖 위험을 당하지만, 기계부품을 찾고 조립하는 등 전쟁 복구에 전력을 다한다. 점순의 평양내 빨치산 활동은 비록 전방에서 이루어지는 직접적인 공격이 아니라 할지라도, 후방에서 일반 시민의 자격으로 수행할 수 있는 가장 적극적인 대응책이다.

점순은 개인의 의지를 배제하고, 조직의 일환으로 행동하는 모범적인 노동자의 모습을 보여준다. 점순은 '조직선'을 가지고 있으며, 항시 조직의 지시에 따라 행동한다. 조직을 부분과 전체로 나눈다면 부분은 전체를 위해 희생하며 "조직"은 "전체의 생명을 사수"한다는(146면) 신념에서, 점순은 덕준의 지시를 충실히 실행해 옮긴다. 적치하 평양에서 활동하는 노동 전사 점순의 투쟁은 모두 조직선의 일부로서 모든 활동은 조직(당) 차원으로 귀속됨을 보여준다. 그녀는 어린 노동자 동수의 섣부른 공명심을 조직 차원으로 조율해 준다. 한설야는 미군 '기계의 불모성'을 강조하는 반면, 인민군 '조직의 견고성'을 강조한다. 미군에게는 막강한 장비와 기계가 있지만, 그것은 전쟁을 위한 도구로 사용되기보다 각 개인의 치부 수단이다. 점순은 인민군에게 기계가 없는 대신, 기계보다 튼실한 노동 전사로 구성된 조직이 있음을 보여준다.

인쇄공장을 재건하고 조직을 위해 헌신하는 점순은 일체의 사적 감정을 배제한다. 조직[당] 우선 사회에서 '개인'은 조직의 일부에 불과하므로, 개인적인 욕망도 자리할 틈이 없다. 점순은 청춘 남녀간의 애정을 조직차원으로 승화시킨다. 점순에 대한 상락의 감정은 '이성애'에서 '동지애'로 바뀐다. 점순은 이성적 호감을 표명하는 상락에게 사상과 이념 무장을 촉구하며 그를 동지로 거듭나게 한다. 그 결과 상락은 적의 수용소에서 갖은 고문을 당하지만, 조직을 위해 헌신하는 투사가 된다. 마찬가지로 점순은 대민에 대한 연애 감정 역시 조직 차원에서 '노동의 영역'으로 승화시킨다. 점순은 상락에 대해 '남녀관계'를 '동지관계'로 치환시키고, 대민에 대해서는 공장 재건과 맞물려 동일한 작업 현장의 노동자 동무관계로 치환한다. 한설야는 점순을 통해 노동자가 '노동 전사'로 정신 무장해야 함을 강조한다. 한설야는 평양의 시민이 조직을 위해 쉬지 않고 일하는 '노동자'가 되어야 함을 보여준다.

한설야의 『대동강』에서 노동 전사 점순의 성품은 다음과 같이 소개된다. "언제나 일이 생기면 앞에 나서고 먹을 것이 생기면 뒤로 돌던 점순이다. 적 강점 시기에 그렇게 잘 싸웠어도 남이 치하하면 부끄러워하는 점순이었다. 언제나 지난날의 자랑을 팔아 살기를 원치 아니하고 항상 앞을 내다보고 머리 들고 사는 점순이었다."(295면) 작중 점순이는 적극적이면서도 겸손하고, 미래지향적인 인물로 그려져 있다. 그런데 어딘지 모르게 점순은 동화(童話)적 세계의 주인공과 닮아 있다. 어떤 역경과 난관이 있더라도 슬퍼하거나 낙담하지 않는 그녀의 모습은 긍정적 세계관으로 점철되는 전래 소설의 주인공을 떠올리게 한다. 괴로워도 슬퍼도 울지 않고 앞만 내다보며 살아나갈 수 있는, 세계에 대한 믿음과 열의를 간직한 인물이 1950년대 전시(戰時)와 전후 현실에서 실재하기는 힘들다. 그것은 희망의 세계이지 현실의 모습이 아니기 때문이다. "불타는 거리에서 너도나도 마음속에 지니고 있던 건설과 창조의 희망들을 깃발처럼 휘날리며 서로를 동무라고 부르며 형제라고 부르면서 살고 일할 그 날"(334면)만을 고대하는 점순의 모습에는 한설야의 낙관적이고 낭만적인 혁명관이 노출되어 있다. 기존의 논의에서 논자들이 공히 한설야의 '혁명적 낙관주의'를 지적하는[23] 근거를 이 글에서는 점순의 형상화에서 구체적으로 볼 수 있다. 한설야가 아무리 공산주의적 인간형을 형상화하고 있다 해도, 그러한 인물은 권선징악이 통용되는 전래 소설의 인물이거나 교조적인 인물일 뿐, 현실에 실재하기 어려운 인물이기 때문이다.

그럼에도 한설야의 『대동강』에서 점순이가 노동 전사의 전형으로 의의를 가질 수 있는 것은 이 작품이 1950년대 평양을 배경으로 하고 있기 때문이다. 적치하의 평양은 무엇보다도 적을 몰아내고 전후의 피폐한 현실을 재건할 수 있는 적극적인 인물, '노동 전사'가 요청되었다. 점순은 1950년대 평양이 요구하는 인물이다. 그녀는 전후의 평양에서 노동자들이 '김일성 장군'을 전범으로 삼아 일상의 노동 현장에서 '영웅적인 노동 전사'로 활약할 수 있는 가능성과 실례를 보여준다.

4. 전대(前代) 소설의 계승과 한계

염상섭의 『驟雨』에는 전통적인 기복 신앙과 유교적 가족공동체가 나타나 있다. 염상섭은 『驟雨』에서 전통적인 기복 신앙을 통해 '적치하 서울'

---

23) 김윤식, 위의 글, 369면.
　　조수웅, 위의 글, 249~250면.

소시민의 불안 심리를 보여준다. 신영식이 인민군으로 징집되어가자, 그의 모친과 강순제는 눈먼 장님의 점집을 찾아간다. 점집에서는 "북으루 갔을 것이나 몸에 왕기가 있어 신상에 아무 탈 없을"(195면) 것이며, "추석 전으루 반가운 소식을 들을"것이라는 희망을 준다. 점집의 예언대로, 그 가을 신영식은 집으로 돌아온다. 염상섭은 "절망의 구렁에 허덕이는 서울의 시민은 마지막에 눈먼 장님에게서 밖에는 한때의 위안도 희망도 얻을 때가 없"(196면)다고 하지만, 이러한 사실은 전대 사상을 계승하고 있는 염상섭의 봉건성을 시사하고 있다. 염상섭은 1950년대 서울 시민의 현실을 운명과 주술의 문제로 보고 있다.

염상섭은 『驟雨』에서 유교적 가족공동체의 삶을 보여주는데,24) 작중 인물의 의식과 생활반경은 가족을 기반으로 한다. 신영식은 홀어머니·누이동생과 사활을 함께하며, 강순제 역시 계모 일망정 가족을 동반하고 있다. 정명신 역시 아버지 정회장 및 오빠와 사활을 함께한다. 작중 인물들은 부지불식간에 모두 가족의 삶을 자기 생활의 준거로 삼는다. 강순제는 신영식의 사랑을 얻는데 그치지 않고, 신영식의 집에서 며느리 노릇을 하며 모친과 누이의 마음을 얻기 위해 노력한다. 일견 강순제와 신영식의 '사랑'은 지극히 사적이고 가벼운 양태를 보이지만, '결혼' 문제를 염두에 둘 때 그것은 단순히 개인과 개인의 문제에 그치지 않고 집안과 집안의 문제로 확산된다. 신영식이 약혼자 정명신과 쉽게 결혼할 수 없었던 것도 신영식의 빈약한 가계를 받아들이지 않는 정면신의 부모 때문이다. 마찬가지로, 신영식이 강순제와 선뜻 결혼을 하지 않는 것도 "헌 계집을 며느리로 맞아들이기 싫다는 모친"(250면)의 의지 때문이다.

염상섭의 『驟雨』에서 '전통적인 기복 신앙'과 '유교적 가족주의'는 근대

---

24) 작중 인물은 가족 단위로 나타나며, 부자(父子)관계가 뚜렷하게 명시되어 있다.

부(父)·모(母)	김학수 영감	정필호 회장	계 모	신영식의 모친
자(子)·녀(女)	김종직	정달영·정영신	강순제(순영·순철)	신영식·신영희

부터 유입된 서구 문명 및 '유엔군'으로 대변되는 1950년대 서구화의 물결에도 불구하고, 당대 서울 시민의 정서적 구심점은 전통적인 샤머니즘과 유교적 가족주의임을 보여준다. 이 점은 전후 신세대와 구별되는 전전 세대 염상섭의 전후 인식을 보여주는 지점이기도 하다.

염상섭이 '작중 인물(소시민)의 의식'을 통해 전대 소설의 전통을 보여주고 있다면, 한설야는 '소설의 구조'를 통해 전대 소설의 연속성을 보여준다. 『대동강』은 선악의 대립구도로 짜여져 있으며, '권선징악'으로 귀결된다. '인민군'과 '유엔군'은 각각 '선'과 '악'을 대변한다. 한설야는 평양의 시민을 '선량한 사람들'로 묘사한다. 평양 시민의 선량을 묘사한 대목은 다음과 같다. "모든 선량한 사람들은 한결같이 그것을 듣고 싶어할 것이었다. 선량한 사람들은 괴로운 사람들의 편이오 그 사람들의 괴로움을 없앨 것을 희망하는 사람들이라고 점순은 생각하였다."(107면) "모든 선량한 사람들이 다만 삶과 평화를 사랑하는 한가지 리유로 해서 사람잡이하는 놈들(미군 : 필자주)에게 목숨을 바쳐야하는 판이었다."(111면) 반면, 이들의 '선량'을 위협하는 미군과 미군 앞잡이들은 '악당'이다.

한설야는 적치하의 평양에서 선량한 평양시민을 구출하기 위해 '영웅'을 등장시킨다. 예컨대 노동자들은 노동 전사가 되어, 역사적 영웅의 계보선상에서 '김일성 장군'을 '영웅'의 표본으로 삼아 맡은 바 소임을 다한다. 그 결과 작중 악의 세력은 선의 세력에 의해 쫓겨나거나 선의 세력은 잔존한 악의 세력을 일망타진한다. 작중에서 권선징악에 따른 상선벌악(賞善罰惡)은 엄격하게 실현된다. 미군은 패전하여 평양에서 물러나는가 하면, 미군 앞잡이들은 죽거나 적발되어 조직차원에서 응징을 받는다. 이러한 선악의 이분화된 도식구조는 고소설의 영웅서사 양식을 따르고 있다.25)

지금까지 살펴본 이러한 두 작가의 특성은 전대 소설의 계승과 한계를

---

25) 전대 소설의 영웅서사 양식에 관해서는 조동일의 「前代小說의 構造에서 일어난 變化」(『신소설의 문학사적 성격』, 서울대학교출판부, 1998, 14~39면)를 참조함.

보여준다. 염상섭과 한설야는 전전 세대를 대표하는 작가이다. 염상섭이 전후 실존주의 세례를 받은 신세대 작가들과 달리 여전히 전통적인 유교적 세계관을 견지하고 있다면, 한설야는 전대 소설의 서사양식을 계승하고 있다. 이 점은 남북의 두 작가가 근대문학사의 연속선상에 있음을 보여줌과 동시에, 전전 세대 작가로서 의식의 한계를 시사해 준다.

5. 맺음말

지금까지 살펴본 두 작품의 특성을 도식화하면 다음과 같다.

구분 ＼ 작품	염상섭의 『驟雨』	한설야의 『대동강』
작중 공간	서울	평양
작중 시간	1950. 6. 28~12. 13	1950. 10. 19~12. 4
작중 주인공(직업)	자유분방한 미망인(회사 간부)	여성 노동자(공장 노동자)
인물의 이동 공간(목적)	집과 길(연애・애욕의 실현)	공장・토굴・수용소・공장 (삐라작성, 수용소 습격, 공작 복구)
인물간의 갈등	남녀간의 애욕과 대립	유엔군과 인민군의 대립
전선 모티프의 확산	세속 전선(미망인의 형상화)	전쟁 복구 전선(노동 전사의 형상화)
전대 소설의 계승과 한계	샤머니즘・유교적 가족주의	전대 소설의 영웅 서사

염상섭의 『驟雨』와 한설야의 『대동강』에서, '서울'과 '평양'은 새로운 타입의 인물을 창출하고 그 인물은 전후 각 공간의 성격을 규정한다. 두 작품에서 이질적 공간의 특성을 가장 잘 체현해 내는 주인공은 '전쟁 미망인'과 '여성 노동자'이다. 염상섭의 『驟雨』에서 '자유분방한' 미망인이 자본주의 인간의 모델이라면, 한설야의 『대동강』에서 '노동 전사'는 사회주

의 인간의 모델이다. '자유분방한 미망인'이 '세속 전선'의 서울 풍경을 보여준다면, '노동 전사'는 '전쟁복구 전선'의 평양 풍경을 보여준다. 아울러 염상섭의 '문제적 미망인'이 전후 소설에서 새로운 타입의 여성 인물을 예고해 준다면, 한설야의 '노동 전사'는 1960년대 주체사상이 확립된 이래 당의 영도체계에 충실한 노동 청년을 예고해 준다.

끝으로 다음과 같은 사실을 지적할 수 있다. 두 작품은 각각 인간의 '분산'과 '응집'을 보여준다. 근대 자본주의의 세례를 받은 지식인 염상섭이 한국전쟁 당시 무절제한 인간의 자유를 직시하고 민족의 '분산'을 읽었던 것이라면, 식민치하 근대에서 투쟁을 강조하던 프로문인 한설야는 한국전쟁 당시 민족의 '응집'을 주장하고 있다. 이때 두 작가 모두 전전 세대 작가라는 사실은 중요하다. 그들은 일제 식민치하 근대를 동고동락해온 동시대 지식인으로서, 각각의 작품에서 그들은 자신이 쫓는 이념과 상반된다고 하여 상대와 그의 이념을 부정하지 않는다. 염상섭은 후방에 남은 소시민들의 심리를 보여주고, 한설야는 유엔군에 대한 적대감을 보여준다. 그들은 공히 전쟁의 상흔을 가슴아파하고, 통일을 갈망한다. 이것이 한국전쟁 직후 당대 지식인의 내면풍경이라는 사실은 중요하다. 왜냐하면 상대에 대한 반목과 질시는 전쟁이 끝난 다음 세대인, 전후의 세대에 의해 만들어진 것이기 때문이다.[26]

---

26) 정영태, 「일제말 미군정기 반공이데올로기의 형성」·유재일, 「한국전쟁과 반공이데올로기의 정착」·김혜진, 「박정희정권기 반공이데올로기의 정치경제적 기능」(모두 『역사비평』, 역사비평사, 1992, 봄, 126~162면 참조함). 한수영, 「월남작가와 1950년대의 소설」, 『문학과 현실의 변증법』, 새미, 1997, 422~447면 참조.

최태응 소설에 나타난 전후 인식

- 전후 미발굴 장편소설을 중심으로 -

1. 머리말

최태응(1917~1998)

지방에서의 문학 활동이 가장 왕성했던 구체적인 사례가 있다면, 그것은 전후 문단기이다. 한국 전쟁이 발발한 1950년부터 그 중반까지, 중앙 문인들은 일반 난민들과 마찬가지로 지방으로 피난했으며, 그들은 지방에서 터를 잡고 집필활동을 지속했다. 전쟁을 기준으로, 당시 공간을 전방과 후방으로 나눌 때 문인들은 가족들을 이끌고 후방으로 피신했던 것인데 이때 후방을 대표하는 공간으로 '부산'과[1] '대구'를 들 수 있다.

---

1) 1950년대 전시기 부산을 배경으로 한 대표적인 소설로 다음과 같은 작품이 있다. 황순원의 「곡예사」(『문예』, 1952. 1), 안수길의 「제삼인간형」(『자유세계』, 1953. 6), 손창섭의 「비오는 날」(『문예』, 1953. 11), 김동리의 「밀다원시대」(『현대문학』, 1955. 4), 이호철의 「탈향」(『문학예술』, 1955. 7) 조갑상 편저, 『소설로 읽는 부산―「혈의 누」에서 「모래톱이야기」

최태응의 경우, 그는 가족과 더불어 대구로 피난 와서[2] 『대구매일』과 『영남일보』에 글을 발표하며, 문필 활동을 지속했다. 그는 종군작가로 활동하면서 전방과 후방을 넘나들었고, 이러한 그의 활동 반경은 곧 그가 쓰는 소설의 배경 및 나아가 주제를 좌우했다.

　전후 문단을 '기성 문단 작가'와 '전후 세대 작가'로 구분할 때,[3] 기존의 전후문학 연구는 '전후 세대 작가'를 중심으로 논의되었다.[4] 전후 세대 작가들은 '해방직후 등단'하여 전쟁 속에서 청춘기를 맞은 이들로서 손창섭, 장용학, 선우휘, 이호철 등이 대표적인데 이들의 작품이 당대 사회를 거부・비판하고 실존의 문제를 다루고 있다는 점에서, 전후문학은 곧 이들 전후 세대 작가들의 작품특성을 일반화한 것이었다. 기성 문단 작가들은 '해방이전(일제 식민지 시대)'에 등단하고 활동하다가 전쟁을 겪으면서 중년에 접어들었다. 이들에 대한 논의는 김동리, 황순원, 안수길, 이무영, 박화성 등을 중심으로 작가론이 주종을 이루고 있으며,[5] 이들을 제외한 최정

까지』(경성대학교출판부, 1998) 참고.

2) 한국전쟁이 발발하자, 최태응은 가족과 더불어 부산을 거쳐 대구에 정착한다. 당시 최태응은 아내와 3남매를 데리고 대구의 칠곡에 정착한다. 최태응은 전방과 후방을 전전했으며, 아내는 칠곡의 매천초등학교에서 교편 생활을 하며 막내를 낳아 4남매를 양육했다(최은철, 「나의 아버지 최태응」, 『죽순』 33, 1999, 143~152면. 최태응, 「50년대 대구시절 일기초」, 『죽순』 35, 2001, 62~71면. 유족 최은철씨(3녀―미국 샌프란시스코 거주)의 증언 참고).

3) 권영민, 『한국현대문학사―1945~1990』, 민음사, 1994, 144면. 권영민은 전후에 활동하던 문인을 다음과 같이 구분한다. '기성 문단 작가' 김동리, 황순원, 안수길, 최정희, 이무영, 박화성, 박영준, 임옥인, 최태응 등과 '전후 세대 작가' 손소희, 한무숙, 오영수, 손창섭, 유주현(해방직후등단), 장용학, 박연희, 강신재, 이범선, 김광식, 정한숙, 전광용, 김성한, 선우휘, 박경리, 이호철, 한말숙, 정연희, 오유권, 오상원, 하근찬, 서기원, 최일남, 최상규, 이문희, 박경수 등으로 구분한다.

4) 대표적인 논문과 저서를 소개하면 다음과 같다.
　신경득, 『한국전후소설연구』, 일지사, 1983.
　박신헌, 「한국 전쟁전후기소설의 현실의식 연구」, 경북대 박사학위논문, 1992.
　이대영, 『한국 전후실존주의 소설 연구』, 국학자료원, 1998.
　배경렬, 『한국 전후 실존주의 소설 연구』, 태학사, 2001.

5) 예외적으로 김영택은 1950년대 문학연구의 일환으로 전전 세대(구세대)와 전후 세대(신세대)를 각각 세분한 후, 전전세대인 염상섭(『驟雨』)과 김동리(「귀환장정」, 「흥남철수」, 「밀

희, 임옥인, 최태응, 장덕조 등에 대한 연구는 협소하거나 제대로 되지 않은 형편이다.

전후 발표된 최태응의 장편소설 『행복은 슬픔인가』(『영남일보』, 1954. 10. 24~1955. 2. 24. 총106회)·『낭만의 조락』(『대구매일』, 1956. 3. 25~7. 3. 총83회)을6) 논하는 이 글은 다음과 같은 두 가지 목적을 가지고 있다. 첫째, 최태응의 미발굴 지방신문 연재소설을 소개함으로써 전후 중앙문인의 지방활동을 조명하려는 데 있다. 둘째, '전후 세대 작가'를 중심으로 이루어진 기존의 전후문학 논의에 '기성 문단 작가'의 작품을 발굴하고 분석함으로서 전후문학에 대한 더욱 폭넓은 접근을 하려는 데 있다. 이러한 목적으로 이 글에서는 최태응 소설에 나타난 전후 인식을 살펴보고자 한다.7) 우선 최태응 소설의 전반적인 특징을 인물 중심으로 살펴보고, 특히 장편소설 『행복은 슬픔인가』·『낭만의 조락』의 작중 인물을 분석함으로써 두 작품에 나타난 전후 인식을 살펴보고자 한다.8) 두 작품은 전후에 발표된 최태응의 장편소설로

다원시대」, 「실존무」), 황순원(「인간접목」, 「나무들 비탈에 서다」)의 작품을 언급하고 각각의 의미를 밝힘으로써, 기성 문인 작가의 작품을 1950년대 문학의 일 범주 속에 확인한 바 있다(김영택, 「전쟁체험의 소설화에 대한 일 고찰―전전세대 작가의 작품을 중심으로」, 『선청어문』 23, 서울대 사범대 국어교육과, 1995. 4). 이 밖에 유임하의 『분단현실과 서사적 상상력―한국현대소설의 분단인식연구』(태학사, 1998)는 '분단인식'이라는 주제 하에 염상섭과 김동리 등을 전후세대 작가들과 동일선상에서 다루고 있다.

6) 두 작품이외, 대구지방 신문에 연재된 작품으로 3편의 단편이 있다. 「여인의 경우」(『대구매일』, 1952. 9. 2~9. 27), 「가족 계보」(『대구매일』, 1954. 1. 1~1. 7), 「남일동에서」(『대구매일』, 1955. 7. 15~7. 28).

7) 최태응에 대한 기존의 연구서지를 찾아본 결과, 최태응은 문학사에서 이름만 언급될 뿐 그에 대한 단일 연구는 전무하다. 신영덕은 '종군작가'를 논하는 자리에서 최태응의 작품을 논한 바 있다. 최태응은 한국전쟁에 직접 참전한 종군작가이니 만큼, 그의 소설은 전방을 배경으로 한 작품이 논의의 대상이 되었다. 신영덕에 의하면, 최태응의 전쟁기 소설은 다음과 같은 두 가지 의미를 지닌다. 첫째, 대부분 전쟁과 피난지 모습을 그리면서 애국심을 고취하고 공산주의에 대한 강한 적개심을 드러내고 있다. 둘째, 전쟁기 작품 중 전장의 모습을 그린 작품은 많지 않다는 점에서, 최태응의 작품은 의의를 지닌다. 신영덕, 『한국전쟁기 종군작가 연구』, 국학자료원, 1998, 166면.

8) 권영민의 『최태응문학전집』(태학사, 1996)은 최태응 문학의 발굴 소개에 큰 기여를 한 바 있다. 아쉬운 점이 있다면, 몇몇 작품과 평문이 전집에 누락되어 있다는 것이다. 그럼에도 불구하고 작가와 작품을 문학사에 복원시킨 연구자의 공로는 큰 것이다. 이 글에서는 '전

서, 가장 왕성한 창작활동을 보이던 1950년대 최태응의 전후 인식을 보여줄 뿐 아니라, 기성 문단 문인의 전후 인식을 보여준다는 점에서 의미 있는 작업이 되리라 믿는다.

2. '순박하고 의지적인 인물'의 긍정적 세계 인식

최태응의 작품 활동은 우리 현대 문학사를 집약적으로 보여준다. 일제 식민치하에서 교육받고 문단에 나왔으며, 한국전쟁 당시에는 종군하여 전·후방을 고루 조감했고, 1960~70년대에는 한국의 산업화 현장을 목도하면서, 그는 소설을 통해 당면한 한국의 현실 문제를 보여주었다. 이러한 최태응의 작품 세계는 크게 4시기로 나눌 수 있다. '해방'을 전후하여 1944년 이전 작품과 1945년에서 한국전쟁 전까지의 작품, '전쟁'을 배경으로 1950년대와 1960년대 이후 작품으로 나눌 수 있다.9)

해방 전 1939년 『문장』지로 문단에 나온 최태응은 서정적 향토물 「바보 용칠이」(『문장』, 1939)·「趣味와 딸과」(『문장』, 1940) 등을 창작했으며, 해방 후에는 일제의 횡포를 고발하는 작품 「소」(『문장』, 1949)·「강변」(『대조』, 1946)

집'과 '문학사 연표'에 수록되지 않은 작품을 소개함으로써, 전후 지방에서도 꾸준히 창작활동을 거듭해 나간 작가의 행로를 밝히고자 한다.

9) 각 시기별로 최태응의 작품 세계를 개괄하면 다음과 같다.

① 1기(1939년 문단 데뷔~1944년) : 향토를 소재로 한 서정적 순문학 작품. 작품 곳곳에 반일(反日) 성향이 보임. 1943년부터 1945년간의 작품을 찾을 수 없어서 유족(막내딸 최은희(수원거주). 2003년 6월 5일)에게 의뢰한 결과, 당시 창작물중 다수가 일제 비판의 성격이 강한 까닭에 몰수당했다고 함. 실지로 중편 「再戰」은 『문장』지에 투고했으나 몰수당함.

② 2기(1945년~1950년 6·25) : 해방전후 일제 식민치하 궁핍한 농민의 비애와 해방이후 월남한 가족들의 생활난을 보여주는데 주력.

③ 3기(1950년 6·25~1960년) : 전쟁을 계기로 전방과 후방의 재건 문제를 보여줌.

④ 4기(1961년~1979년 미국이민 전까지) : 산업화와 물질문명에 대한 폐해 시사.

등을 썼다. 한국전쟁을 기점으로 남쪽을 선택한 최태응은 남쪽 이데올로기에 준하는 반공 및 전후 현실 복구 문제를 다룬 『행복은 슬픔인가』(『영남일보』, 1954~1955) · 「삼인가족」(『사상계』, 1959)과 같은 작품을 쓰거나, 폐허가 된 현실을 고발하는 「자매」(『신천지』, 1953) · 「옛 같은 아침」(『신천지』, 1954) 등을 썼다. 1960년대에 이르면 최태응은 전쟁소재 작품에서 한 걸음 벗어나 산업화 및 물질주의 문제로 시선을 옮기면서 「서울은 하직이다」(『신동아』, 1969) · 「말세」(『월간문학』, 1975)와 같은 작품을 썼다.

이러한 최태응의 작품 세계는 한국 역사의 운명과 동일한 것이었고, 역사의 궤적을 따라 살아온 당대 문인의 삶을 보여준다. 최태응은 황해도 은율군 장연읍에서 태어나 휘문고보를 입학하면서 주로 서울에서 생활했다. 그는 일본으로 건너가 선진 문명을 호흡했으며, 해방 후 1946년 5월에는 가족들과 더불어 서울에서 생활했다.[10] 1946년 전국청년문화가협회를 결성했으며, 1949년에는 서라벌 예대 창립 이사 겸 강사 생활을 했고, 1950년 전쟁 전에는 정신여고 교사 생활도 했다. 전쟁이 발발하자, 그는 가족과 더불어 부산을 거쳐 대구에 5~6년간 거주하면서 왕성한 창작활동을 했다. 이 글에서 다루고자 하는 『행복은 슬픔인가』(『영남일보』, 1954. 10. 24~1955. 2. 24) · 『낭만의 조락』(『대구매일』, 1956. 3. 25~7. 3) 역시 대구 시절, 지역 신문에 게재한 작품들이다. 1955년 아내의 죽음 이후, 최태응은 칠곡에서 대구로 거처를 옮기지만 1년 남짓하여 가족들과 더불어 서울로 떠난다.

최태응 소설 세계를 대표하는 특징으로 '순박하고 의지적인 인물'의 창조를 꼽을 수 있다. 최태응 소설의 작중 인물들은 대체로 바탕이 순박하고, 어떤 위기에 직면해서도 의기를 굽히지 않는 의지적 인물들이다. 전작에 걸

---

10) 최태응의 월남은 1945~1948년 월남한 이범선, 장용학, 손창섭과 동일한 시기이다. 북쪽이 고향인 이들은 10대 후반이나 20세를 전후해서 유학 및 기타 형식으로 일본 혹은 만주에 간 경험이 있으며, 해방후 월남한다는 공통점이 있다. 김동환, 「한국 전후소설에 나타난 현실의 추상화방법연구」, 『한국의 전후문학』, 태학사, 1994, 210면 참고.

처 등장하는 '순박하고 의지적인 인물'들은 당면한 현실의 난관에 굴하지 않고 항상 긍정적인 삶을 모색한다.[11] 자신의 이익을 도모하기 위해 타인에게 해를 입히는 일없이, 그들은 당면한 불행을 수용하고 환경에 순응하면서 묵묵히 살아나간다. 각 시기별 작품을 통해, 각각의 인물이 처해있는 현실과 그들의 고난 극복과정을 살펴보면 다음과 같다.

1기 소설(1939~1945)에서는 「바보 용칠이」의 '용칠이', 「봄」(『문장』, 1939)의 '사님이', 「항구」(『문장』, 1940)의 '장손'의 행적을 꼽을 수 있다. 그들은 시골 태생으로서 순박한 성품을 소유하고 있으며, 불우한 삶의 조건 속에서도 자신의 의기를 굽히지 않는 의지적 인물들이다. 「바보 용칠이」에서 용칠이는 아내의 부정을 목도하지만, 아내를 내쫓기보다 아내를 부정한 존재로 만든 마을을 벗어남으로써 아내를 포용하고 새로운 삶의 기반을 마련한다. 「봄」에서 사님이 역시, 유곽을 전전하다가 돌아온 얌전이의 빚을 갚아주고 얌전이와 더불어 가정을 꾸리며 숯을 굽는 등 적극적인 삶을 살아 나간다. 「항구」에서 장손이 역시 지게꾼 곽서방이 죽자, 그의 지게를 물려받아 건장한 지게꾼으로 노동 현장에 뛰어든다.

2기 소설(1945~1950)에서는 해방 전후를 배경으로 일제 식민치하 농민들이 고단한 삶을 어떻게 극복하는지 보여준다. 「소」(『문장』, 1949)에서 소작인 김푸언은 친일 지주 백초시가 소를 약탈해 가고, 아들 용득을 징용 보내기 위해 강제로 끌고 간 후에도, 묵묵히 살아남아 해방의 기쁨을 만끽한

---

11) 최태응 자신의 관절염과 지병을 소재로 한 작품을 제외한 전작에는 '순박하고 의지적인 인물'이 등장한다. 최태응은 학창 시절, 축구 선수로 활약하다가 무릎을 다친 이후 수 차례 무릎 수술을 했으며, 이후 죽기까지 만성관절염으로 병원 신세를 지며 고생한 것으로 알려져 있다. 그의 작품 곳곳에서 작중 인물은 무릎 부상을 입고 병원 신세를 지는 것으로 나타나 있다. 「취미와 딸과」(『문장』, 1940. 7)·「작가」(『춘추』, 1942. 12)에는 관절염을 앓는 주인공이 등장하며, 「혈담」(『백민』, 1948. 3)·「유명의 경지에서」(『백민』, 1948. 10)에는 폐병을 앓는 주인공이 등장하고, 「스핑크스의 미소」(『대조』, 1948. 12)·「참새」(『백민』, 1949. 5)·「빠이론의 수명」(『문예』, 1953. 11)에는 병을 앓는 작가가 주인공으로 등장한다.

다. 해방 후를 배경으로 하는 「슬픔과 고난의 광영」(『문예』, 1949)은 월남 가족들이 경제적·정치적 어려움 속에서도 꿋꿋하게 남쪽에 정착하는 과정을 보여준다. 상당한 지식인임에도 불구하고 신원이 보장되지 않아 직장을 얻기 힘든 상황에서, 가장인 '철'은 성실하게 막노동으로 식솔들을 먹여 살린다. 아내는 남편이 하루 품삯으로 사온 '생선'과 '화분'을 받아들고, '꽃잎 위에 아침 이슬' 같은 눈물을 떨군다.

3기 소설(1950~1960)에서는 한국정쟁을 배경으로 폐허 속에서도 건강한 삶을 일구어 나가는 인물들이 등장한다. 「삼인가족」(『사상계』, 1959)·「인간가족」(『자유문학』, 1960)은 연작 소설로서 두 작품의 주인공은 동일한 인물이다. 육군대령 김준섭은 전쟁을 계기로 가족을 잃었지만, 전쟁터에서 버려진 아기 '옥'을 데려다 양육하고 학교에 입학시킨다. 옥을 계기로 준섭은 학교의 여교사를 만나 그녀와 더불어 새로운 가정을 가꾸며 새 삶을 도모한다. 그들은 비록 전쟁으로 인해 가족을 잃는 슬픔을 겪더라도 현실의 불행을 수용하고 감내해 낸다. 「타인」(『문학예술』, 1955)에서 일선(一線)에서 귀향한 '학수'는 불륜으로 아기를 낳고 도망간 아내를 단죄하지 않으며, 오히려 그 아기의 아버지를 자청한다.

4기 소설(1960~1979)에서는 도시화와 산업화의 물결 속에서 살아남은 도시 정착민들의 건강한 삶이 조명된다. 「뭍에서」(『문학춘추』, 1964)·「대폿집에서」(『문학춘추』, 1964)는 연작 소설로서, 두 작품에는 동일한 주인공이 등장한다. 두 작품은 섬에서 성장한 평순이가 도시로 정착하기까지 적극적인 삶의 모습을 보여준다. 유달리 풍성한 몸매를 가진 평순이는 육체적 욕망이 남달리 컸다. 「뭍에서」는 평순이가 섬에서 자신의 육욕을 감당해 낼 만한 남자 남칠을 만나지만 그의 죽음을 계기로 뭍으로 떠나게 되는 과정을 보여주며, 「대폿집에서」는 평순이가 대구 대폿집에 접대부로 있으면서 여러 남자와 관계하여 자신의 배필을 찾아가는 과정을 보여준다.

지금까지 살펴본 바에서 알 수 있듯이, 최태응 소설의 특징이라 할 수 있는 '순박하고 의지적인 인물'은 한국 역사의 어려운 고비에 처할 때마다 긍정적 세계 인식으로 역경을 감내해 낸다. 이들은 '일제 치하'라는 식민지 현실·'한국전쟁'이라는 전시기를 배경으로 독특한 성격을 발한다. 특히, '한국전쟁'을 배경으로 한 3기 소설(1950~1960)에서 '순박하고 의지적인 인물'은 당대의 실향문제와 이산문제에 대한 긍정적인 삶의 방식을 보여준다. 최태응은 이른바, '새로운 가족 만들기'를 실현하는 적극적인 인물을 창조함으로써, 잃어버린 고향과 친족을 대신하여 새 삶을 재건하도록 제시한다. 이러한 인물은 전란기 최태응의 소설에서, 전쟁 미망인과 홀애비들이 서로 결합하는 계기 및 전쟁에 참전한 군인과 인근 처녀가 서로 결합하는 계기를 만들면서 전후의 피폐한 현실을 복구할 수 있는 구체적이고 직접적인 사례를 보여준다.

3. 전후 소설의 공간 변화에 따른 인물의 의식 변화

3-1. 전후 인물의 전방(前方) 지향성 : 『행복은 슬픔인가』(1954~1955)

최태응의 문학 세계를 4시기로 구분할 때, 그가 가장 왕성하게 작품을 발표한 시기는 한국전쟁을 배경으로 한 3기이다. 최태응 소설에는 전쟁을 배경으로 소설의 공간 구분이 뚜렷하게 나타나며, 작중 인물은 공간의 이동에 따라 변화를 거듭하면서 입체적인 인물이 된다.12) 신문장편 연재소설 『행복은 슬픔인가』를 통해, 공간 변화에 따른 인물의 의식 변화를 살펴보

---

12) 후술하겠지만 최태응 소설에서 '전방'이 생사를 넘나드는 적극적이고 건강한 삶의 현장이라면, '후방'은 세속적이고 이기적인 욕망이 판을 치는 악의 공간이다. 나아가 '전방'과 '후방'의 구분 외에, 최태응 소설에는 '후방'의 이원화 현상이 나타난다. 동일한 후방이지만, 작중에서 '서울'은 '부산' 및 '대구'와 다른 '출발'과 '생성'의 공간이다.

도록 하겠다. 이 작품은 상이군인의 자활의지를 통해, 전란 후 어지러운 현실에도 불구하고 '순박하지만 의지적인 인물'이 어려움 끝에 고난을 극복하고 자아를 실현하는 것으로 종결된다. 작중 인물의 공간 이동에 따른 인물의 의식 변화를 추적해 보면 다음과 같다.

백락종 그림, 연재 27회

부산에서 주인공 정민식은 아틀리에를 마련하여 그림을 그린다. 대대장 출신의 정민식은 전쟁터에서 한쪽 눈을 잃고 나머지 한 쪽 눈마저 실명위기에 있다. 미술을 전공하는 그에게 실명은 전쟁이 안겨준 큰 상처가 되었다. 그의 조수 노릇을 하는 전우(戰友) 김중사 역시 손발이 성치 않은 상이군인이다. 실명으로 인해 실의에 빠진 정민식은 오락장13) 마

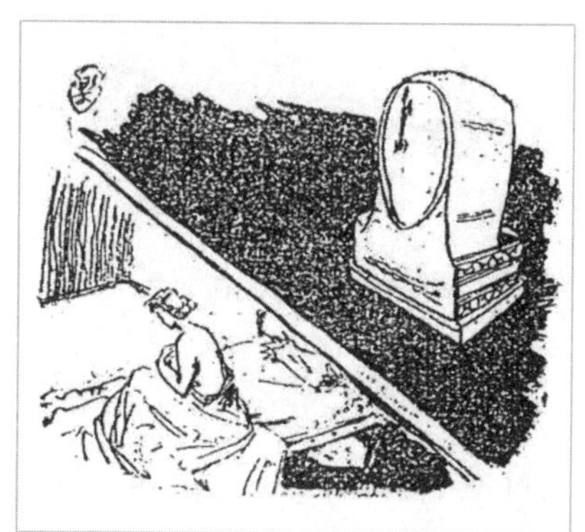

백락종 그림, 연재 18회

담 유성애의 애욕에 빠져든다. 나체 모델을 자청하며 접근한 유성애는 '정민식'과 주먹 세계의 거두인 '날매'간을 오가면서, 정민식의 혼란을 가중시킨다. 그가 당면한 시련을 감내해 내는데, 항시 전우 김중사의 조력을 받는다. 정민식과 김중사를 두텁게 연결하는 끈은 그들이 '삿갖고지 전투'에서 생사를 함께 나누었다는 동일한 전방 체험에 있다. 두 사람의 전우애(戰友愛)는 그들이 의형제로 결속하는 계기를 마련한다. 이때 '전우애'는 한국전

---

13) 여기서 '오락장'은 일정 돈을 내고 '모형 총'으로 진열된 상품을 쏘아서, 그 상품을 쓰러뜨리면 가져 갈 수 있는 야외 유흥장을 의미한다.

쟁 이후 분단된 남한 이데올로기하 민족의 정체성 및 가치를 만들어주는 집단적 상상력이 된다.14) 전쟁은 끝났지만, 두 사람의 '전방 체험'은 그들이 적극적으로 현실에 생존해 나갈 수 있는 자양분이 된다.

백락종 그림, 연재 20회

정민식과 김중사는 부산을 떠나는 상행선 기차를 오른다. 서울로 달려가는 열차 안에서, 정민식은 북쪽 고향에 얽힌 추억담을 김중사에게 들려준다. 정민식에게 북쪽 고향은 해방 이전의 모습, 한국전쟁 이전의 모습으로 남아있다. 해방 이전, 고향은 수려한 자연풍광을 자랑하던 곳이었으며 동시에 일제에 의해 신사가 들어서면서 전통이 파괴되던 공간이기도 했다.

그럼에도 불구하고, 고향은 사랑하는 여인과의 순결한 추억이 어려 있는 정감의 공간이다. 한국전쟁 이후 고향을 잃은 정민식에게 북쪽은 '자연과 전통이 살아 있는 곳'이면서 '사랑하는 여인과의 추억이 서려 있는 곳'이다. 요컨대, 북쪽 고향은 추억만 남아있고 현재는 부재한 그리움의 공간이다.

서울에 도착하여 정민식은 삼각산 기슭에 아틀리에를 마련한다. 그는 서울에서 나머지 한 눈 마저 실명하지만, 김중사가 정민식의 눈이 되고 정민식은 김중사의 손발이 되어 형제애에 버금가는 우애를 나눈다. 그의 서울

---

14) 유교전통내 인물간의 윤리와 애정이 수직관계로 나타나는 것과 달리, 전후 소설에서 인물간의 유대감이 수평적인 전우애로 드러나는 사실은 눈여겨보아야 할 대목이다. 전우애라는 수평적 동료의식은 남한 이데올로기를 견고하게 만드는 의도적인 상상력이다. 왜냐하면, 베네딕트 앤더슨이 지적했듯이 상상의 공동체 '민족'은 각 민족에 보편화되어 있을지 모르는 실질적인 불평등과 수탈에도 불구하고 항시 '심오한 수평적 동료의식'으로 상상되기 때문이다. 베네딕트 앤더슨·윤형숙 역, 『상상의 공동체』, 나남출판, 2002, 27면 참고.

활동은 세 가지로 구분된다. 첫째, 그는 상이군인들의 집단 시위 현장을 찾아가, 그들에게 자활의 길을 권고하는 강연활동을 한다. 둘째, 그는 그림을 보러온 친구 명관과 권노인을 통해 자신의 그림을 외부에 알릴 수 있는 기회(개인전)를 얻는다. 셋째, 권노인의 주선으로 헤어진 연인을 만나 결혼한다. 실명을 둘러싼 생사의 고민·혼란스러운 애욕을 자아내던 공간 부산과 달리, 서울은 '웅변가'로서 '화가'로서 활약할 수 있으며 나아가 사랑하는 여자와 결혼할 수 있는 '희망의 공간'이다.15) 작중의 공간 이동에 따라 주인공 정민식의 의식과 행로는 비극에서 희극으로 전환된다.

최태응 소설에서, 전방과 후방의 대립은 '격전지'와 '피난처'라는 '전쟁의 위험'을 기준으로 나누어진 공간이 아니다. 그의 소설에서 '전방'이 '후방'과 대조적으로 인식되는 이유는 '후방'이 '전방'의 수고와는 무관하게 퇴폐와 안일을 추구하는 공간이기 때문이다. '전방'에서는 앞날이 총총한 젊은이들이 조국과 민족의 생존을 위해 목숨을 무릅쓰고 혈전을 벌이는 의기 충만한 공간인 데 비해, '후방'은 감각과 주먹이 난무하는 무질서의 공간이다. 그런 까닭에 주인공 정민식은 후방 '부산'에서 애욕과 혼란의 소용돌이에 휘말린다. 후방 중에서 '부산'과 대조하여 주목해 볼 공간은 '서울'이다. 최태응은 '전방'과 '후방'이라는 이원적 공간 인식 외, '후방'의 이원화된 인식을 보여준다. 동일한 '후방'이되, '부산'이 무질서와 혼란이 난무하는 공간이라면, '서울'은 갱생과 재건을 실현할 수 있는 공간이다. '서울'이 한 차례의 전쟁을 겪은 공간이며 '부산'은 전쟁의 위협으로부터 비

---

15) 정민식의 공간 이동 경로와 공간 내 중심 사건 및 인물의 의식 추이를 도식화하면 다음과 같다.

	전방(격전지 회상)	부 산	철도(평양일대 회상)	서 울
중심 사건	삿갖고지 전투	애욕과 혼란	고향의 자연풍광, 사랑하는 연인의 추억	강연활동, 개인전, 결혼
인물 의식	적극적이고 긍정적인 생존력	육체적·정신적 상처	정감, 그림움 충만	'순박하고 의지적 인물' 긍정적 생활의지

교적 먼 공간이라는 점에서, 엄밀히 '서울'은 '후방'이라기보다 '전방 일선'
과 '후방 부산' 등을 연결해주는 매개 공간으로서 '파괴'와 '복구'를 동시에
실현하는 생동 공간이다. 전후, 전쟁의 홍수가 빠져나간 '서울'은 그 어느 곳
보다 '갱생'과 '재건'이 활발한 공간이 된다. 이러한 공간의 성격이 곧 작중
인물의 의식과 행동변화에 그대로 반영된다. 수인공 정민식은 애욕과 혼란
의 집산지인 부산을 빠져 나와 서울에 오면서 자아를 실현하는 역동적 인물
로 거듭난다.

이러한 특성은 동시대 발표된 다른 작품에서도 찾아볼 수 있다. 최태응
의『전후파』(『평화신문』, 1951. 11~1952. 2)는 전쟁기, 장동규와 그의 제자 여
옥을 중심으로 이야기가 전개된다. 장동규의 가족은 '대구'에 피난 가 있으
며 여옥의 가족은 '부산'에 피난 가 있는데, 서울에서 두 사람은 피난 간
가족들의 생계를 책임진다. 전쟁이 발발하자, 여학교 훈도 장동규는 종군
작가가 되어 일선에 다니고 그가 가르친 여학생들은 전쟁 미망인 혹은 양
갈보로 전락한다. 이 작품에서 주의 깊게 살펴볼 부분은 작중 공간의 이동
에 따른 인물의 의식 추이이다. 작중 주인공 동규는 '서울→일선(종군)→
서울→대구→부산→종군(일선)→서울'이라는 이동 경로를 가진다. 서울
에서 시작하여 서울에서 끝나는 이 작품에서, 주인공은 '후방'인 '대구' 및
'부산'에 대해 부정적으로 인식한다. 동규는 '대구'에서 폐렴이 재발되어
병원에 입원하고 아내로부터 이혼 청구를 받는다. 병이 완쾌되자 동규는
'부산'에서 썩고 부패된 피난지의 모습을 성토한다. 고난과 부패로 대변되
는 '대구' 및 '부산'과 대조적으로, '서울'은 동규가 사랑하는 여옥을 만나
고 조국의 앞날을 계획하는 미래지향적 공간이다.

최태응 소설에서 전방(前方)과 후방(後方)의 구분은 '한국전쟁'이라는 역
사적이고 지리적 의미이외, 인물의 정서적인 의식 공간을 대변한다. 이푸
투안이 지적한 공간의 일반적 상징성처럼, '전방'이 미래로 간주되면서 존
엄함을 표현한다면 '후방'은 과거로 간주되면서 속(俗)의 공간을 대변한

다.16) 작중에서 전방은 젊고 의기충만한 장병과 같은 적극적이고 긍정적인 인물이 활약하고 있는 반면, 후방에는 양갈보와 날건달과 같은 퇴폐적이고 부정적인 인물이 권모술수를 노리고 있다.

특히 한국전쟁 당시에 쓰여진『전후파』에서 '서울'은 전쟁을 경험한 바 있다는 점에서 후방이라기보다 전방으로서, 최전방(最前線)과 후방을 연결하는 이색적인 공간이다. 작중 인물들은 '서울'에 집결하여 기운을 얻고 전방에 종군작가로 활동한다. '부산'과 '대구'가 비교적 전쟁의 위험을 받지 않은 안전한 피난처이자 물질 중심의 퇴폐적인 공간으로 부각된다면, 전쟁을 한 차례 겪은 '서울'은 재건과 신생의 공간으로 부각된다. 그에 따라 작중 인물들은 전쟁의 피로 및 후방의 퇴폐와 대조적으로, 서울에 들어서면서 긍정적이고 역동적인 생활인이 된다. 최태웅의『행복은 슬픔인가』는 전후 소설의 공간 변화에 따른 인물의 의식 변화를 보여준다는 점에서 의미 있는 작품이다. 전후에 상이군인 정민식은 피난지 부산에 정착하지만, 부산에서는 삶의 회의를 느끼고 애욕에 말려드는 등 혼란이 가중된다. 반면, 그는 서울에 정착한 후 '웅변가'로서 시위 현장에서 강연을 하고 '화가'로서 개인전을 열며 사랑하는 여인을 만나 결혼하는 등 자아를 실현한다. 이러한 전방 지향성은 이전 작품(1951년)인『전후파』에도 그대로 나타난다. 소설가 장동규는 종군작가로 활약하면서, 대구와 부산에서 심각한 실의에 빠지지만 일선을 거쳐 서울로 돌아오면서 연인 여옥과 재회하고 조국의 미래를 고민하는 지식인으로 거듭난다. 최태웅의 전후 소설에 나타난 공간 변화에 따른 인물의 의식 변화는 전후 현실의 단면을 보여준다. 목숨을 앗아가는 살벌한 위험이 없는 대신 타락한 소비문화와 인습이 공존하면서 발전과 신생을 억제했던 피난지[부산, 대구]와 달리, 서울은 복구와 재건을 서두르

---

16) 이푸 투안·구동회 심승희 역,『공간과 장소』, 대윤, 1995, 72면. 이푸 투안이 지적한 공간내 전방(앞)과 후방(뒤)의 상징성은 최태웅 소설에서, 한국전쟁을 기준으로 형성된 작중 인물간 '전방'과 '후방'의 인식에도 동일하게 나타난다.

며 이를 실행하는 긍정적이고 역동적인 인물이 요구되었던 것이다.[17)]

3-2. 식민 공간의 재고와 인물의 형상화 부족 : 『낭만의 조락』(1956)

오설죽 그림, 연재 32회

『낭만의 조락』(『대구매일』, 1956. 3. 25~7. 3)은 83회로 연재 중단된 작품이다. 이 작품은 1935년부터 1940년 이전까지 일제 식민치하 지식인 청년의 방황을 보여준다. '낭만은 빨리 시들어버렸다'는 제명(題名)의 이 작품은 정준식(21살)을 중심으로 한 무리의 학도들이 불우한 시대를 살아가는 과정을 보여준다. 그들은 학교 모범생으로서 식민지 현실에 대한 책임을 느끼고 민족의 운명을 모색하는 애국 청년들이었다. 그들은 일제의 스파이인 학교 체육교사 스즈끼에 의해 검거되자, 후송 도중 스즈끼와 경찰을 죽이고 도주한다. 정준식과 일행은 중국에서 만날 것을 약속하며 각기 다른 행로를 선택한다. 아내가 있는 정준식은 고향이 있는 진남포로 향하던 중, 지인의 도움으로 형을 만난다. 정준식은 폐렴으로 형의 병원에 입원해 있으면서, 일본 여자 아야꼬를 만나 애정을 나눈다. 형의 주선으로 정준식은 '평양환'을 타고 무사히 중국

---

17) '서울'에 대한 최태응의 각별한 의지는 그의 월남 선택과도 어느 정도 관련이 있다. 황해도 개화파 대지주의 자손인 최태응은 문명의 공간으로서 서울을 동경해 왔다. 최태응의 아버지 최상윤은 기독교 장로로서, 교육활동과 신교포교를 통해 마을 주민의 개화에 앞장 선 인물이다. 「여명기」(『문학예술』, 1957. 12) 참고. 유족 최은철의 증언에 의하면 「여명기」는 조부의 개화활동을 소재로 했다고 한다. 최태응은 「사과」에서 작중 주인공 "윤이 서울로 떠나온 까닭"은 "그는 문학하는 사람, 소설을 만드는 일로 일생을 보내려는 사람이었고 그 이상의 민족적인 과업이 있다 해도 가장 문학과 가까운 거리에서 일하지 않고는 견딜 수 없는 일념"으로 서울을 지향하고, 월남한 것이라 밝힌다.

의 청도에 도착한다. 정준식은 그를 따라온 아야꼬와 함께 가정을 꾸리며 딸을 낳는다. 중국 청도에서 아야꼬가 죽자 정준식을 따르던 윤정임이 그의 딸을 키우며, 그에게 더욱 가까이 다가간다는 데서 이야기가 중단된다.

정준식은 학창 시절에 '맑스'를 읽으며 시국을 한탄하는 지식인 청년의 면모를 보였으나, 쫓기는 몸이 되면서 복잡한 여자관계에 얽히는 등 우유부단한 소시민이 된다. 이러한 정준식의 행로는 작품이 발표된 1956년대 분위기로 보자면 어느 정도 수긍되지만, 작중 시대 배경인 1936년에서 1940년간의 정치

박왕호 그림, 연재 78회

적 상황을 고려하자면 전체 소설 구성의 혼란상을 보여준다. 왜냐하면, 해방이전 일제치하에서 개인적 낭만을 뒤로 한 청년의 시대적 사명감을 그렸다고 보기에는 최태응의 현실인식 능력 미비를 보여주며, 청년의 개인적 낭만을 그렸다고 보기에는 청년의 열정이 극히 부족하기 때문이다. 작품의 중단이 1956년 당시 대구 독자들의 '재미없다'는 투고 때문이라는 지적도 있지만,[18] 그에 앞서 이 작품의 중단은 작가의 창작과정에서 빚어진 어려움 때문으로 보인다. 이 작품은 총 11장의 소제목으로 구성되어 있는데, 그 중 6장의 제목은 '「맑스」를 읽는 바보'이다. 이 제명으로 연재된 내용의 일부가 유실되었다고 하지만, 내용도 다른 장에 비해 극히 짧으며, 왜·어째서 맑스를 읽는 것이 바보가 되는 일인지는 제시되어 있지 않다. 식민치하 지식인 청년의 비애와 활약을 그리기 위해서는 반드시 '맑스'의 이야기가 전제해 있어야 하는데, 전쟁 이후 남쪽에는 '맑스'의 세례를 받은 지식인

---

18) 대구 『죽순』동인 회장 윤장근의 회고담 참고. 당시 윤장근은 전후에 최태응이 대구에 거주하면서 창작하던 시절 최태응을 따르던 문학청년이었다.

청년은 용납하지 않는 정치적 이데올로기가 강제해 있었기 때문이다.

지식인 청년이 일제 식민치하에서 겪는 비애를 다루려는 작품의 구상은 의미 있지만, 청년의 정신 구조를 세세히 묘사하기에는 1956년 남쪽의 정치 사회적 상황이 자유롭지 않았던 것이다. 인물의 형상화 부족, 연재 중단의 미완성 작품이라는 평가에도 불구하고, 이 작품은 다음과 같은 두 가지 의미를 가진다. 해방 이전 일제 식민치하 지식인 청년의 정신을 재조명하려는 작가의 의도 및 과거 식민지 역사를 재규명하려는 작가의 노력을 들 수 있다. 아울러 이 글에서 한 가지를 더 지적하자면, 1950년대 중반 남쪽 이데올로기 하에서 식민치하 일제의 잔재를 청산하는 작업이 쉽지 않음을 보여준다. 해방공간에 접어들면서 일제 치하 '친일분자'에 대한 역사적 해명과 단죄는 어느 정도 불투명하나마 이루어 질 수 있었으나, '맑스 추종자'에 대한 역사적 해명은 당시 정치이념으로 인해 올바른 평가가 이루어지기 어려웠던 것이다. '맑스 추종자'들은 일제 식민정책에 누구보다 앞장서서 대항했던 애국자였으나, 한국전쟁 이후 강제된 이데올로기로 인해 그들은 반시대적 인물로 사장되어야 했던 것이다. 전쟁은 체제내 이질 요소를 뿌리 뽑는 정치적 역할을 수행함과 동시에 남북한의 이념적 지형을 좌·우파 일색으로 정렬시켰다. 이로 인해, 한쪽에서 선택된 사고체계와 언어가 곧 다른 쪽에서는 금기사항이 되면서 남과 북은 보편적 가치가 심각하게 왜곡되었는데,[19] 최태응의『낭만의 조락』역시 분단의 정치 파장이 문학에까지 미친 당대 현실의 일면을 보여준다.

최태응의 작품 중에서 '해방이전 식민공간에 대한 재고'가 제대로 이루어진 작품은 '식민지 지식인'을 주인공으로 하는 작품이 아니라, '식민지 농민'을 주인공으로 하는 작품이다. 「소」(『문장』, 1949. 5)와 「강변」(『대조』, 1946. 7)은 식민지에서 해방으로 넘어가는 과도기를 다루고 있는 작품으로

---

19) 박명림,『한국1950 전쟁과 평화』, 나남출판, 2002, 34~35면.

서 농촌을 배경으로 농민들이 주인공이다. 두 작품에서, 농민들은 일제 동조세력과 저항세력으로 양분된다. 일제로부터 녹을 먹는 군청직원·면서기들은 개인의 치부와 욕망을 채우기 위해, 농민의 재산을 약탈하고 부녀자를 겁탈한다. 그들은 일제의 세력을 내세워 헐벗은 농민들에게 공출·세출을 강요했으며, 무기력한 농민들은 징병 가는 대신 산으로 도주하거나, 울분을 삼키고 농사일에 전념하면서 소리 없이 저항한다. 해방이 되자 농민들은 일본의 권력을 앞세우는 친일 관료로부터 자유로워지고, 일제 앞잡이들은 그들 스스로 파멸을 맞는다. '식민지 농민'은 '순박하고 의지적인 인물'로서 그들의 긍정적 세계 인식은 곧 현실에 수용되고 나아가 실현된다.

가령, 「소」에서 소작인 김푸언은 건장한 아들 용득과 딸 용녀를 데리고 성실하게 농사일을 한다. 반면, 백초시의 두 아들 관청직원과 면서기는 마을 주민을 약탈한다. 소작인으로서 김푸언은 백초시의 소를 길러주면서, 새끼를 본다. 그중 한 마리를 얻어 김푸언은 아주 훌륭한 소로 만들어 놓았다. 백초시는 그 소를 앗아갈 요량으로, 또 그의 아들은 용득의 약혼녀 보옥을 가지려는 야욕으로, 김푸언의 아들 용득에게 징집 통지를 보낸다. 용득은 깊은 산 속으로 피신했으나 오래지 않아 백초시의 아들에게 붙잡혀 부상을 입고 수감된다. 이 일을 계기로 백초시는 김푸언의 소를 가질 수 있게 되었고, 그의 아들은 보옥에게 쉽게 접근할 수 있게 되었다. 이 작품에서 해방은 소리 소문 없이 실현되는데, 김푸언의 소는 백초시를 들이받고, 감옥에 있는 용득을 잔등에 태워서 김푸언의 집으로 돌아온다.

단편 「소」와 장편 『낭만의 조락』의 비교를 통해 다음과 같은 사실을 알 수 있다. 최태응 소설에서 '해방이전 식민공간의 재고'는 '지식인' 주인공의 작품보다 '농민' 주인공의 작품에서 명확하고 분명하게 이루어진다는 것이다. 일제 저항논리로서 맑스를 추종했던 일제치하 지식인의 특수성을 감안한다면, 이러한 사실은 최태응의 작가로서 작중 인물의 형상화 능력 부족을 말해준다기보다, 전후 남쪽의 일방적인 우익 편향 풍토를 우회적으로 보여준다.

4. 맺음말

　지금까지 최태응의 미발굴 신문연재 장편소설『행복은 슬픔인가』(『영남일보』, 1954~1955)와『낭만의 조락』(『대구매일』, 1956)을 중심으로 최태응 소설에 나타난 전후 인식을 살펴보았다. 우선, 최태응의 작품 세계를 4시기로 나누어 살펴보았는데, 그의 소설에서 두드러진 특성은 '순박하고 의지적인 인물'이 불행한 현실을 감내하며, 적극적인 삶을 도모한다는 점이다. 이러한 인물은 일제 치하·한국 전쟁을 치른 당대 민중에게 현실의 고난을 극복하고 삶의 터전을 마련할 수 있는 긍정적 전망을 제시한다.

　특히, 전후 발표된 두 작품에서 '순박하고 의지적인 인물'은 적극적인 전후 복구를 실현한다.『행복은 슬픔인가』에서 최태응은 '후방'보다 '전방'이, '피난지'보다 '격전지'를 긍정적으로 옹호한다. 작중에서 전쟁의 위험과 먼 피난지 '부산' 등이 부패와 욕망의 집산지로 묘사되는 반면, 전쟁의 세례를 받은 '서울'은 재건과 신생의 생동하는 공간으로 묘사되는데 이러한 사실은 인물의 행로와 공간 이동에 따른 그들의 활약을 통해서 잘 드러난다. 작중 주인공은 부산에서 애욕과 혼란에 휩쓸리는 반면, 서울에서는 웅변가, 화가로 거듭난다. 해방 이전 식민공간을 배경으로 하는『낭만의 조락』에서, 최태응은 식민치하 지식인의 치열한 고뇌를 보여주지 못할 뿐 아니라 낭만을 추구하는 개인의 열정을 보여주지도 못한다. 이러한 사실은 일제치하 지식인 청년의 내면을 가감 없이 보여주기 쉽지 않았던 1950년대 중반, 남쪽의 정치적 풍토를 보여준다. 그런 까닭에, 최태응의 '해방이전 식민공간에 대한 재고'는 '지식인'을 주인공으로 한 소설보다 '농민'을 주인공으로 한 소설에서 명확하게 이루어진다. '농민'이 주인공인 소설에서 '순박하고 의지적인 인물'은 피폐한 현실을 특유의 긍정성으로 생존해 나간다.

그렇다면, 이러한 사실이 '전후문학'에서 어떤 의미를 가질 수 있는가. 결론부터 말하자면, 전후문학 연구는 '전후 세대 작가'가 보여주는 '전후 의식'도 중요하게 취급되어야 하겠지만, 해방전 등단하여 해방전후 풍경을 고루 작품으로 담았던 '기성 문인 작가'의 한국전쟁 체험 역시 의미있는 대상으로 다루어져야 한다는 것이다. 대다수의 '전후 세대 작가'가 전후 현실에 대한 반항과 비판을 보여주는 반면, '기성 문인 작가' 최태응은 무엇보다도 전후의 피폐한 현실을 재건하고 재출발하려는 긍정적이고 포용력 있는 현실 인식 태도를 보여준다. 최태응 소설 특유의 '순박하고 의지적인 인물'들은 전후를 배경으로 하는 소설에서 빛을 발하는데, 그들은 한국전쟁이 초래한 현실의 불행을 묵묵히 수용하면서 꿋꿋하게 살아나간다. 예컨대, 『행복은 슬픔인가』에서 상이군인 장동규는 전쟁에서 시력을 잃지만 '화가'로서 개인전을 열고, 불우한 상이군인을 선도하는 '웅변가'가 되며, 사랑하는 여자와 가정을 꾸리면서 적극적이고 긍정적으로 자아를 실현해 나간다. 다른 '기성 문인 작가'들의 작품을 통해 더 확인해 보아야 하겠지만, 최태응의 긍정적이고 적극적인 전후 인식은 동시대 전후문학의 새로운 일면을 보여주고 있으며, 이러한 장편소설이 지방 신문에 연재되었다는 사실 역시 전후문학의 일 성격이라 할 수 있다.

전전 세대의 소설에 나타난 유교적 휴머니즘 일고(一考)

- 김이석 소설의 '선량한 인물'을 중심으로 -

1. 머리말

김이석(1914~1964)

김이석(1914~1964)은 1930년대 문단에 알려졌으나, 전후에 더욱 활발한 창작활동을 한 전후 작가이다. 그는 김동리, 염상섭 등과 동일한 전전 세대로서, 1950년대 김이석의 작품은 전후문학에 속한다. 월남(越南) 작가이니 만큼, 전후에는 생존 및 집필을 위해 각고의 노력을 했음에도 전후문학사에서 그에 대한 언급은 소략하다.[1] 김이석은 1930년대 <斷層> 동인으로 활약하면서 문단에 알려졌으나[2] 본격적인 창작 활동은 1950년대 접어들

---

1) 이북출신의 이범선[평남], 장용학[함북], 손창섭[평남], 선우휘[평북], 오상원[평북] 등의 전후 세대 작가들에 비해 전전 세대 작가 김이석의 문학사적 위치는 미비한 편이다.

2) 김이석에 의하면, <斷層>의 지명(誌銘)은 "새로운 文學으로서 文壇과 斷層을 지어보겠다는 氣魄"에서 나왔으며, 그 내용은 "현실의 반발·자의식의 과잉"이 주조를 이룬다. 김이석, 「作家로 世上에 나오기 까지」, 『신태양』, 1955, 7, 202~203면.

면서 이루어진 만큼, 그에 대한 활발한 논의 역시 이 시기를 기점으로 이루어진다.

김이석 소설에 관한 제 논의는 세 가지 층위로 구분할 수 있다. 첫 번째 1930년대 <斷層> 동인으로 활동하던 무렵에 대한 평가, 두 번째 1950년대 김이석의 단편소설에 대한 평가, 세 번째 김이석 전작을 포괄하는 작가론을 들 수 있다. 첫 번째 논의에서는 <斷層> 동인의 성격 일부로서 김이석 소설의 심리주의적 경향을 언급하고 있으며,3) 두 번째 논의에서는 주로 김이석의 1950년대 단편소설에 대한 단평 위주로 언급하고 있으며,4) 세 번째 논의에서는 김이석 전작에 걸쳐 작가 의식을 논하고 있다.5)

전전 세대 작가의 특징을 논하는 이 글에서는 김이석의 1950년대 소설에 관한 논의에 주목하고자 한다. 1950년대는 월남 작가 김이석의 가장 왕성한 창작활동기이며, 당시 발표된 「失碑銘」(『문예』, 1954. 3), 「뻐꾸기」(『문학예술』, 1957. 5) 등은 그의 전작을 대표할 만한 수작이다. 1950년대 김이석 작품에 대한 평가는 '토속적 인정미', '고유한 휴머니즘'으로 요약할 수 있다. 이 글에서는 '토속적 인정미'와 '고유한 휴머니즘'을 구현하는 인물의 원형적 성격을 살펴보고자 한다. 이러한 인물의 고찰은 1950년대 김이석

---

3) 최재서, 「단층파의 심리주의적 경향」, 『문학과 지성』, 인문사, 1938, 98~112면과 181~187면.
　홍성암, 「단층파의 소설연구」, 한양대 석사학위 논문, 1983. 12.
4) 1950년대 논의는 주로 김이석 작품에 대한 단평 및 개별 작품론의 범위를 벗어나지 못하고 있다.
　방기환, 「새로움에 대하여 -5월호 작품을 중심으로」, 『문학예술』, 1957. 6, 169면.
　이어령, 「문장면에서 본 5월의 소설」, 『문학예술』, 1957. 6, 172면.
　유종호, 「8월의 소설」, 『현대문학』, 1960. 9, 240~241면.
　이래수, 「토속적 인정의 세계」, 『소설문학』, 1982. 1, 237면.
　임헌영, 「김이석편」, 『신학국문학전집』, 어문각, 1980, 535면.
　이동기, 「김이석론 -<동면>을 중심으로」, 『문학춘추』, 1964. 12.
5) 김영화, 「김이석론」, 『어문론총』 22, 고려대 국어국문학과, 1981.
　변혜원, 「김이석 소설연구」, 숙명여대 석사학위 논문, 1985. 12.
　김은자, 「김이석 소설 연구」, 이화여대 석사학위 논문, 1992.
　박장춘, 「김이석소설연구 -자의식의 변이과정을 중심으로」, 『동명전문대논문지』 14, 1992. 12, 271~284면.

소설에 대한 구체적인 이해는 물론, 전전 세대 작가의 전후 인식을 알 수 있는 계기가 되리라 본다.

2. 유교적 전통과 '선량한 인물'의 출현

2-1. 김이석 소설과 '선량한 인물'

김이석 소설에 나타난 '토속적 인정미'와 '고유한 휴머니즘'은 1950년대 독자들의 감수성을 자극하고 감동을 자아낸다.[6] 어떤 작품이 독자들의 감동을 이끌어 내는 것은 그 작품에 당대 독자들이 요구하는 정서가 잘 반영되어 있기 때문이다. 이때 독자와 작가의 정서적 공감대가 '1950년대'를 배경으로 한다는 사실은 주목을 요한다. 동족상잔의 비극인 한국전쟁(1950. 6. 25~1953. 7. 27)은 실향민을 양산하고 가족 이산을 초래하면서 한국현대사는 물론 한국현대문학사에도 큰 파문을 던지고 있다. 1950년대 한국전쟁을 계기로 실향과 이산을 직·간접적으로 겪은 독자들은 전쟁이전의 세계를 그리워했으며, 소설에서 그 세계는 '토속적'이며 '고유한' 인정이 묻어나는 휴머니즘의 색채를 띠고 나타났다. 김이석 역시 가족을 북한에 두고 단신 남한에 정착한 실향민인 만큼,[7] 그의 소설은 실향민 특유의 '토속적'이며 '고유한' 인정미가 두드러진다.

1950년대 김이석 소설에 나타나는 '토속적 인정미'·'고유한 휴머니즘'은 '유교적 휴머니즘'에 뿌리를 두고 있다. 전후의 독자들은 실향과 이산으

---

6) 김이석은 1956년 「실비명」(『문예』, 1954. 3)으로 제4회 아세아자유문학상을 수상한다. 1964년에는 제14회 서울시 문화상을 수상한다.
7) 김이석은 1950년대 중반 박순녀와 재혼하였다. 박순녀는 1950년대 문단에 나온 전후 신세대 여성작가이다.

로 말미암아 전전의 가족 공동체적 삶을 지향했으며, 이때 유교는 그 구심점이 되었다. 우리의 전통 사상은 유교와 불교에 근원을 두고 있으며, 불교가 자비·인연의 사상이 두드러지게 부각되면서 종교의 영역으로 자리를 굳히고 있다면 유교는 정치 이념·생활 윤리로 정착되어 주로 교육·학술의 영역에 자리를 잡아 니갔다.[8] 동일한 차원에서 후대에 들어온 기독교가 신중심의 초자연적·초월적 법칙에 의거해 있는 반면, 유교는 인간중심의 학문적·자연법적 기준에 의거하고 있으므로[9] 그 어떤 종교보다도 일상의 관습과 모럴 형성에 큰 영향을 미친다.[10]

특히, 김이석이 1930년대를 전후하여 문단에 나온 전전 세대 작가라는 사실은 그의 의식의 근원을 유교 전통에서 찾는 일이 무리가 아님을 시사해 준다.[11] 유교는 사람들의 미적 관심을 충족시켜 주는 뿌리 깊은 전통으로서 근대소설의 인물들을 규정할 뿐 아니라,[12] 1950년대 소설에서도 전후 피폐한 독자들의 내면을 어루만지는 전통 미학으로 자리 잡고 있다. 소설에 구현된 유교적 인간은 고향과 가족을 잃은 1950년대 독자들의 애환을 어루만져 주면서, 그들에게 위무의 기능은 물론 재활의 가능성을 심어주며 전후 소설의 전형적인 인물로 자리 잡는다. 유교는 본질적으로 휴머니즘적인 성격을 가지며 인간의 실제적이고 잠재적인 위대함에 초점을 맞추고

---

8) 최근덕, 「儒敎와 佛敎에 있어서의 理想的 人格」, 『불교연구』 15, 1998, 28면.

9) 권기성, 「儒敎 人間論과 基督敎 人間論의 比較 硏究」, 『한국행정사학』, 1995, 23~36면.

10) 카지 노부유끼는 유교의 성격을 '禮敎性(윤리)'과 '宗敎性'으로 구분하고 있는데(加地伸行·김태준 역, 『유교란 무엇인가』, 지영사, 1996, 51~58면 참조), 이때 藝敎性은 일상의 관습과 모럴 형성에 영향을 미친다.

11) 김이석을 제외하더라도 염상섭, 김동리, 최독견, 김말봉, 황순원, 안수길, 정비석, 박영준, 박화성, 박계주 등 다수의 전전 세대 작가들은 1920~30년대 문단에 나왔으며, 근대를 비롯하여 1950년대에도 왕성한 창작활동을 하였다. 그들의 작품은 다양한 양태로 나타나지만, 작가가 의도했건 무의식적이건 간에 어느 정도 유교 전통을 노정하고 있다. 가령, 염상섭은 『驟雨』(『조선일보』, 1952. 7. 18~1953. 2. 20)에서 전쟁을 배경으로 하되 가족 중심의 모럴을 드러내고 있으며, 최독견은 『애정능선』(『영남일보』, 1946. 4. 16~ 10. 10)에서 이산된 가족의 상봉과 결합을 보여준다.

12) 송기섭, 「근대소설과 유교적 인간」, 『국어국문학』 127, 2000, 359면.

있으며, 유교의 휴머니즘은 사회적 질서와 불가분의 관계에 있다.[13] 그런 의미에서, 유교 전통은 실향과 가족 이산을 비롯한 크고 작은 전흔을 치유하고 복구해 나가는데 있어서 당대 큰 활력이 됨을 짐작할 수 있다.[14]

이 글에서는 전후의 독자들에게 큰 공감대를 형성해 주고 나아가 재활 의지를 심어 줄 수 있었던 의식의 근원을 유교 전통에서 찾고자 한다. 이것은 지금까지 전후문학 연구에서 간과되어온 전후 인식의 일부를 알 수 있는 계기가 될 것이다. 흔히 전후문학에 관한 논의는 손창섭, 장용학, 선우휘 등의 전후 세대 작가의 소설에 나타난 실존주의를 주축으로 이루어져 왔다. 전후문학에서 실존주의가 전후에 등단하여 활발한 창작활동을 펼친 젊은 작가들의 작품 경향이라면, 이외 유교적 휴머니즘은 근대부터 지속적으로 창작활동을 해온 전전 세대 작가들의 전통적인 작품 경향이다. 전전 세대 작가들은 그들이 의도했건 무의식적이건 간에 서구 사상 대신, 종래의 유교적 인간상을 형상화하면서 피폐한 현실을 재건하고 복구해 나가는데 힘쓴다. 김이석 소설에 나타나는 '유교적 휴머니즘'은 이러한 전전 세대 작가들의 작품 경향을 대변하고 있다.

김이석 소설에서 '토속적 인정미'·'고유한 휴머니즘'은 그의 작품에 빈번히 등장하는 '선량한 인물'에 의해 구현된다. 인물의 성격을 살펴보기 앞서, 우선 김이석 소설의 전반적인 특성을 살펴볼 필요가 있다. 그의 전작에는 페이소스(pathos)가 짙게 깔려 있다. 김이석 소설에서 페이소스는 '인물'과 '상황'의 불일치에서 기인한다. '선량한 인물'의 '선행'과 '성실'에도 불구하고, 현실의 상황은 그에 값하는 보상은커녕 오히려 좌절을 몰고 온다. 1950년대 작품이 한국전쟁을 배경으로 하고 있다면, 작중의 '상황'은 전란

---

13) 쥴리아 칭, 임찬순·최효선, 『유교와 기독교』, 서광사, 1993, 34면.
14) 분석심리학자에 의하면, 유교문화에서 발생하는 심각한 갈등과 혼란은 상당 부분 유교 사상 때문에 생겼다기보다 유교 사상과 삶의 태도에 대한 잘못된 해석과 경직된 사회관습 때문이라고 한다. 이부영, 「유교의 분석심리학적 이해」, 『유교문화연구』 1, 2000, 147면 참조.

(戰亂)의 비애로 가득 차 있을 수밖에 없다. 비애를 수용하고 극복해 나가려는 '선량한 인물'의 태도가 작품의 미학을 형성한다. 김이석의 전후 소설에 등장하는 '선량한 인물'은 상황과 성격의 불일치로 말미암아 독자들에게 페이소스를 자아내면서, 김이석 소설의 전통 미학(토속적 인정미와 유교적 휴머니즘)을 만들어 낸다.

대표작, 「失碑銘」(『문예』, 1954. 3)은 김이석 소설의 미학이 돋보이는 작품이다. 작중에서 페이소스는 '선량한 인물'과 '절망적 현실'이 길항하면서 생성된다. 세 차례의 페이소스는 작품의 골격을 형성하면서 인물의 '선량'을 부각시킨다. 첫 번째 페이소스는 성실한 남편이 맞이하는 아내의 죽음에서 기인한다. 평양 권번의 인력거꾼 덕구는 선량한 성품으로 성실하게 살아간다. 성실한 품행과 선량한 인품에도 불구하고, 덕구는 아내를 먼저 저 세상으로 보내야 했다. 마라톤 대회에서 받은 광목으로 덕구가 아내의 시체를 감장할 때, 비애는 증폭된다. 두 번째 페이소스는 자애로운 아버지가 맞이하는 딸의 불량에서 기인한다. 기생의 술추렴을 듣는 등 갖은 고생을 다 해서 공부시킨 딸은 불량소녀가 되어 퇴학당한다. 아버지는 딸이 의사가 되기를 간절히 소망했지만 딸은 공부는커녕 학교를 다닐 수 없게 된 것이다. 세 번째 페이소스는 이 작품의 절정으로, 딸을 사랑하는 아버지의 죽음에서 기인한다. 덕구는 간호부로 고생하는 딸의 모습이 애처로워 병원에서 딸을 데리고 나온다. 추운 겨울 밤, 그는 자신의 인력거에 손수 딸을 태우고 집으로 가던 중 자동차에 치어 죽는다. 세 차례 거듭되는 페이소스는 이 작품의 골격을 이루면서, '선량한 인물'이 당면해야 하는 현실의 고난을 강조한다. 인물의 선량한 성품·성실한 품행에도 불구하고 그에게 돌아오는 것은 아내의 죽음, 딸의 퇴학, 나아가 자신의 죽음이다.

이외, 「破鏡」(『현대문학』, 1955. 5)과 「俗情」(『새벽』, 1957. 5) 등 김이석의 1950년대 소설에는 짙은 페이소스를 유발하는 선량한 인물들이 많이 등장한다. 이때 작중 인물의 비애가 커질수록 인물의 선량한 성품은 더욱 뚜렷해진다. 작중 고단한 '현실'이 인물의 '성격'과 길항하면서 인물이 지닌 '선'을 더욱 순결하고 고귀한 차원으로 승화시키는 것이다. 이러한 사실은 김이석 소설의 전반적인 특성으로 지적될 수 있을지언정, '선량한 인물'의 성격을 규명해 내는 데는 미흡하다. 이 글에서는, 김이석 소설에 등장하는 '선량한 인물'이 선을 구현하는 구체적인 방식에 주목하고자 한다. 이러한 연구는 인물의 특성은 물론, '토속적 인정미', '고유한 휴머니즘'의 본질이 무엇인지 알 수 있는 계기가 될 것이다. 우선, 선의 구현 방식을 살펴보기 위한 선행 작업으로 『論語』를 중심으로 '유교적 인간'의 성격에 대해 살펴 보고자 한다.

2-2. 유교에서 '선인(善人)'과 '충서(忠恕)'의 구현

『論語』의 첫 장에는 '학(學)'을 권고하면서, '사람의 본성은 모두 선하다 [人性皆善]'는 인간에 대한 성선(性善)의 입장이 명시되어 있다. 부연하자면, '사람의 본성은 모두 선하나 이것을 앎에는 먼저 하고 뒤에 함이 있으니, 뒤에 깨닫는 자는 반드시 선각자(先覺者)의 하는 바를 본받아야 선을 밝게 알아서 근본과 처음을 회복할 수 있다'는[15] 것이다. 유교 전통에 의하면, 인간은 본질적으로 '선인(善人)'이다. 『論語』에는 '선인'에 대한 언급이 세 구절 있는데, 이는 모두 '성인(聖人)'과 '군자(君子)'를 언급하기 위해 이보다 낮은 층위로서 '선인'을 언급한 것이다. 본문의 내용을 비교해 봄으로써, 선인의 성격에 대해 자세히 살펴보도록 하겠다.

① 자장이 善人의 道를 묻자, 공자께서 말씀하셨다. "聖人의 자취를 밟지 않더라도 〈악한 일을 하지 않지만〉 또한 방〈聖人의 경지〉까지는 들

---

15) "而學有先後, 先覺者必效覺之所爲, 乃可以明善而復其初也". 성백효 역주, 「學而 第一」, 『論語集註』, 전통문화연구회, 1999, 17면. 이하 『論語』의 원문은 이 책을 인용하되, 원문만 각주로 밝히도록 한다.

어가지 못한다.”―善人은 자질은 아름다우나 배우지 못한 자이다. 정자가 말씀하셨다. “踐迹은 길을 따르고 바퀴자국을 지킨다는 말과 같다. 善人은 비록 굳이 옛 자취를 밟지 않더라도 저절로 악한 짓을 하지 않는다. 그러나 또한 聖人의 방에 들어가지는 못한다.” 장자가 말하였다. “善人은 仁을 하려고 하나 學問에 뜻을 두지 않은 자이다. 仁을 하려고 하기 때문에 비록 聖人이 이루어놓은 법을 밟지 않더라도 악을 따르지 않아 <善을> 자기 몸에 잘 간직한다. <그러나> 배우지 않았기 때문에 스스로 聖人의 방에 들어갈 수 없는 것이다.[16]

② 공자께서 말씀하셨다. “聖人을 내가 만나볼 수 없으면, 君子만이라도 만나보면 된다.”―聖人은 神明하여 헤아릴 수 없는 이의 칭호요, 君子는 才德이 출중한 이의 이름이다.[17] (중략) 공자께서 말씀하셨다. “善人을 내가 만나볼 수 없으면, 항구한 마음이 있는 자 만이라도 만나보면 된다.” ―장자가 말씀하셨다. 항심이 있는 자란 그 마음을 이랬다 저랬다 하지 않는 것이요, 善人이란 仁에 뜻을 두어 惡한 일이 없는 것이다.[18]

③ 공자께서 말씀하셨다. “善人이 나라를 다스리기를 백년동안 하면 잔학한 사람을 교화시키고 형벌을 없앨 수 있다’라고 하니, 참으로 옳다, 옳은 말이여!”―윤씨가 말하였다. “잔학한 사람을 교화시키고 사형을 없앨 수 있는 것은 惡한 짓을 하지 않게 할 뿐이니, 善人의 공효는 이와 같은 것이다. 聖人으로 말하면 백년을 기다리지 않고서도 그 교화가 또한 여기에 그치지 않을 것이다.[19]

위의 세 인용문은 ‘선인’에 대한 다음과 같은 사실을 시사해 준다. 모든 인간은 ‘선’을 타고 났으므로 인간은 곧 ‘선인’이다. 선인은 자신의 노력에

---

16) “子張問善人之道, 子曰 “不踐迹, 亦不入於室”―善人質美而未學者也. 程子曰踐迹如言循途守轍. 善人雖不必踐舊迹而自不爲惡.然亦不能入聖人之室也. 張子曰, 善人欲仁而未志於學者也. 欲仁故雖不踐成法亦不蹈於惡有諸己也, 由不學故無自而入聖人之室也.”「先進 第十一」, 216~217면. 밑줄：인용자의 강조.

17) “子曰 “聖人, 吾不得而見之矣. 得見君子者,斯可矣.”―聖人神明不測之號,君子才德出衆之名.”「述而 第七」, 140면.

18) “子曰 善人, 吾不得而見之矣. 得見有恒者, 斯可矣. ―子曰字疑衍文. 恒常久之意. 張子曰有恒心者不二其心, 善人者志於仁而無惡.”「述而 第七」, 141면.

19) “子曰 “善人, 爲邦百年, 亦可以勝殘去殺矣. 誠哉, 是言也!”―尹氏曰勝殘去殺不爲而已, 善人之功如是, 若夫聖人則不待百年其化亦不止此.”「子路 第十三」, 261면.

따라, 보다 나은 경지의 '군자', '성인'이 될 수 있다. 군자가 재덕(才德)이 출중한 사람을 일컫는다면, 성인은 한 차원 더 나아가 신명(神明)하여 헤아릴 수 없는 사람이다. 그러나 유교 전통에서 인간을 '선인'으로 규정한다고 해서, 모든 인간이 천편일률적이고 항구하게 '선인'으로 존재하는 것은 아니다. 노력(學) 정도에 따라, '선인'으로 존속할 수 있으며 오히려 그보다 못한 '소인(小人)'도 될 수 있다.

'선인'은 타고난 선을 훼손하는 일이 없도록 항구한 마음으로 지켜나가야(學) 한다. 나아가, 이러한 노력을 자기 자신에게만 국한시키지 않고 다른 사람들에게도 널리 퍼뜨릴 수 있어야 한다. 유교에서 자기(자아)는 서구 근대의 '절대 개인(individual)'이 아니라 본래적으로 '다른 사람의 존재 및 그와의 관계'를 전제하고 있으므로,[20] 선인은 반드시 자기 자신에 대해 수기(修己)한 연후에, 다른 사람들에 대해 안인(安人)해야 한다. 이때 노력에 따른 성취 정도에 따라, 선인은 '군자' 및 '성인'으로 향상될 수 있다.

그런 의미에서, 유교의 제 덕목은 선인의 항구성 유지는 물론 군자와 성인으로 거듭나기 위한 다양한 노력(學)이 명시된 현실적인 수행법이라 할 수 있다. 유학사상에서 인간의 도덕적 자각과 사회적 실천을 강조한 개인윤리로는 '충서(忠恕)'가 있다. '충서'란 공자의 모든 사상을 꿰뚫고 있는 도리로서, 인간 개인의 자아 확립과 이를 통한 만물일체(萬物一體)의 실현을 위한 것이다.[21] 공자의 제자인 증자는 문인들에게 공자의 도(道)를 '충(忠)'과 '서(恕)'로 집약한다. '충'과 '서'에 대해 언급한 『論語』의 구절을 찾아보면 다음과 같다.

> 충(忠)은 자기 마음을 다하는 것이다.[22]

---

20) 김석근, 「'유교적 사유'와 그 구성원리」, 『아세아연구』 41권 1호, 1998, 31~32면 참조. '인간 사이의 규범'을 보여주는 대표적인 유교 윤리는 오륜(五倫)이다.
21) 성균관대학교 유학과 교재편찬위원회, 『유학사상』, 성균관대학교 출판부, 1999, 102면.
22) "盡己之謂忠", 「學而 第一」, 20면.

> 증자께서 말씀하셨다. "夫子의 道는 忠과 恕일 뿐이다."―혹자는 말하기를 "中心이 忠이 되고 如心이 恕가 된다"하니, 뜻에 또한 통한다. 증자가 말씀하셨다. "자신으로서 남에게 미침은 仁이요, 자기 마음을 미루어서 남에게 미침은 恕이다."[23]

'충서'의 의미는 "자신이 하고자 하지 않는 것은 남에게 베풀지 말라"고 한 공자의 말에서 구체적으로 드러난다. 이것은 '나'와 '남'이 모두 같은 마음의 바탕을 지닌 존재임을 확인함으로써 이기심을 극복하고 일치의 길을 찾아가는 것이다. 주희의 해석에 따르면 '충'은 자신을 다 발휘하는 것이요, '서'는 자신을 미루어 남에게 까지 미치게 하는 것이다. 그러므로 '충'이 내면의 진실성을 실현하는 것이라면, '서'는 '충'을 밖으로 구현하여 다른 사람과 일치시키는 것이라 할 수 있다.[24] 이 밖에 다음과 같은 사실을 부연할 수 있다.

'충'이란 중심이다. 인간이 태어날 때부터 지닌 순수한 마음이라 할 수 있다. 이는 '자기의 마음을 다하는 것(盡己之心)'으로 자기 자신에 대한 충실을 말한다. '서'란 여심(如心)으로 내 마음과 같이 한다는 것이다. 공자는 "내가 하고자 하지 않는 바를 남에게 베풀지 말라"(『論語』「위령공」), "내가 서고자 하면 남도 서게 하고, 내가 이루고자 하면 남도 이루게 하라"(『論語』「옹야」)고 말하고 있거니와, 사회윤리 규범으로서 '서(恕)'는 사람이 상하(上下), 전후(前後), 좌우(左右)의 사람에게 자기 마음을 미루어 올바른 행위를 하는 것이다. '서'는 인(仁)을 바탕으로 한 추기급인(推己及人)으로 사회 속에서 나의 도덕성을 남의 도덕성과 상호 확인하여 일치시키는 것으로 인간관계의 가장 포괄적인 규범원리라고 할 수 있다.[25]

---

23) "曾子曰, 夫子之道忠恕而已矣.―或曰中心爲忠如心爲恕, 於義亦通. 程子曰, 以己及物仁也, 推己及物恕也."「里仁 第四」, 78면.
24) 금장태, 『유학의 사상과 의례』, 예문서원, 2000, 56면.
25) 성균관대학교 유학과 교재편찬위원회, 위의 책, 102면과 123~125면 참고.

　요약해 보면, 유교 전통에서 인간은 '선인'으로 규정된다. 개별 인간은 이 사회에서 '선'을 항구하게 존속시키기 위해 노력하고, 궁극적으로는 타인들에게 영향을 미칠 수 있도록 노력해야 하며 이것이야 말로 더 나은 층위의 인간 '군자'와 '성인'이 될 수 있는 수양방법이다. 이러한 자기수양의 사회적 덕목이 '충'과 '서'이다. '충'은 자신의 마음과 양심에 대한 성실성, '서'는 타인에 대한 존경과 배려라는 상호성을 띤다.26) 일상의 평범한 사람들은 비록 종교·철학적 견지에서 비범한 존재인 '군자'와 '성인'을 지향하지 않더라도, 타고난 자신의 '선'을 항구하게 유지해 나가면서 자신이 소속한 공동체의 일익을 담당해 왔다.27) 김이석 소설에 나타난 '선량한 인물'은 어떤 악조건 속에서도 타고난 자신의 '선'을 변질시키지 않고 유지해 나감으로 인해, 독자들에게 감동을 준다. 이때 작중 인물이 '선'을 유지하고 도모하기 위해 힘쓰는 덕목이 '충'과 '서'이다. 다음 장에서는 김이석의 구체적인 작품을 통해, '선량한 인물'에게 '선'이 존재하고 실현되는 양상을 살펴보도록 하겠다.

3. 선의 존재 방식

3-1. 충, 자기의 마음을 다하는 것(盡己之心)

　「학춤」(『신태양』, 1956)에서 성구영감은 학춤의 대를 이은 춤꾼이다. 성구

---

26) 줄리아 칭, 임찬순·최효선, 『유교와 기독교』, 서광사, 1993, 128면.
27) 야나부 아키라의 지적을 적용해 보면(柳父章·서혜영 역, 『번역어 성립사정』, 일빛, 2003, 17면), 전대(조선시대) 사람들은 '개인(individual)'으로 존재하지 않고 '신분'으로 존재했다는 점에서, '개인(individual)'을 단위로 하는 인간 단계인 '사회(society)'는 존재하지 않았다. 그런 의미에서 유교 사회라는 말보다 유교 공동체라는 말이 더 설득력 있다고 본다. 유교 공동체에서 '신분(身分)'은 계층과 혈연 질서에 기반하고 있다.

영감의 성격을 두드러지게 보여주는 것은 '작품의 배경'과 '인물의 조건'이다. '양로원'을 배경으로 '병든 사고무친의 노령'이라는 조건은 작중에서 인물의 결핍을 상정하고 있다. 성구영감을 비롯하여 영월영감과 예쁜할멈 등의 양로원 노인들은 과거 좋은 시절을 보냈지만, 현재는 쇠락한 인물들이다. 과거, 성구영감이 빼어난 학춤으로 원각사를 주름잡았다면 예쁜할멈은 기생이었다. 영월영감은 야담잡지를 읽으며 이제는 관상쟁이 노릇을 하고 있다. 그들은 이제 양로원에 모여 앉아 '봉투를 붙이는 일'로 시간을 보낸다. 보부아르는 '노인'을 일컬어 '인생의 살아온 과거를 지닌' 인간이라고 하여 풍요로운 존재로 격상시킨바 있지만,[28] 이 작품에서 노인은 작품 말미 성구영감의 죽음이 보여주듯, 인생의 종료기에 접어든 꺼져가는 불씨 같은 존재를 의미한다. 이 작품의 의의는 성구영감이 숭고한 예인(藝人)으로서, 생명의 불씨가 꺼지기 전까지 자신의 소임을 잊지 않고 실행하는 데 있다.

요컨대, 이 작품이 감동을 자아내는 이유는 주인공인 성구영감이 자신이 처한 신체적·물리적 악조건에도 불구하고 춤을 실현하는데 있다. 그는 자식과 제자 없이 양로원에서 고독한 말년을 보낸다. 그는 지독한 불면증과 중풍을 앓고 있다. 그에게 남아 있는 유일한 기쁨은 그가 학춤을 잘 추는 순수한 예인이었다는 과거에 대한 추억이다. 양로원에서 성구영감은 학춤을 추던 화려한 과거를 주위 노인들에게 자랑하면서 노후의 고독을 달랜다. 여자 양로원의 예쁜할멈이 성구영감의 이야기를 즐겨들어 주는데 반해, 영월영감은 항시 성구영감의 이야기를 못마땅하게 여겼다. 여느 때와 다름없이 성구영감이 학춤 이야기를 하는데, 그날따라 영월영감은 핀잔만 주는 것이 아니라 아예 곱사춤을 흉내 내며 성구영감의 학춤을 멸시한다. 이 일을 계기로 성구영감은 크게 앓고 자리에 눕는다.

---

28) 시몬 드 보부아르 / 홍상희·박혜영 역, 「제2부의 세계 속의 존재」, 『노년—나이듦의 의미와 그 위대함』, 책세상, 2002, 392~706면 참조.

고아원의 아이들이 양로원에 방문하여 재롱을 보일 때, 성구영감은 "바람결에 장구소리"[29]를 듣는다. 그는 "허덕이며 앙상하게 뼈만 남은 손"으로 당목중의를 껴입고 "갑자기 미친 듯이 관중들의 어깨를 헤쳐 가며 무대 위로 올라갔다." "성구영감의 눈에서는 광채가 돋으며 획하고 팔을 한번 접어들자, 놀랍게도 장내는 호수의 물속처럼 조용해"진다. "손끝으로부터 발끝까지 전신을 부드럽게 떨어대는 움직임—그의 이마에는 땀이 빗발치고 숨결이 고도로 높아졌다. 그래도 자세를 구기지 않고 서 있던 그는 주춤하고 학의 걸음으로 두어 걸음 걸어 나가고는 지금까지 광채가 나던 눈이 부드러워지며 팔을 차차 거두듯이, 그러고는 사풋이 주저앉아 목을 두어 번 비꼬고서는 옆으로 약간 누인 채 눈을 감아 버렸다."(58면)

학춤을 추고 난 후 성구영감은 죽는다. 성구영감은 육체적 질병·정신적 쇠락·주변의 질시에도 불구하고 자신의 마음을 다하여 의지를 실현한다. 학춤을 마치고 죽은 성구영감의 말로는 작품의 비장미를 가중시킨다. 이 작품은 학춤을 전수받은 예인의 자기실현을 보여주고 있으므로, 충의 성격이 그 어느 작품보다 두드러지게 드러난다. 비단, 예인이 아니더라도 '충'을 실현하는 일상 인물은 김이석의 다른 소설에서도 흔히 찾아볼 수 있다. '자신의 마음을 다한다[盡己之心]'는 '충'의 덕목은 인물이 하는 일의 종류에 관계없이 자신이 얼마나 마음을 다하느냐는 것이므로, 작중 인물의 직업과 신분에 관계없이 나타난다. 장편『아름다운 행렬』(『조선일보』, 1957)에서 김의사와 윤간호사는 올바른 의도(醫道)를 실천하면서 충의 덕목을 구현하는 이들이다. 김의사는 전쟁 때 북에서 내려온 피난민이며, 윤간호사는 전쟁으로 의학교를 다니지 못한 채 간호사가 되었다.

김의사는 황경식이 운영하는 황산원의 부원장으로 일하고, 윤간호사는 간호원으로 일한다. 그들은 병원에서 다양한 악(惡)의 공세를 받는다. 황산

---

29) 김이석의 「학춤」은 잡지 『신태양』의 원본을 찾지 못해, 부득이 『한국문학대전집』 25(학원출판공사, 1987)를 참조하게 되었다. 이하 인용문은 이 책의 것임.

원 원장 부인과 그녀의 친구들은 기혼인 김의사에게 적극적인 애정공세를 벌이지만, 김의사는 슬기롭게 대처한다. 더욱 난감한 일은 황산원 원장의 왜곡된 의도(醫道)이다. 원장은 병원의 수익을 위해 낙태시술을 강요한다. 원장은 낙태시술을 합법화하기 위해 산부인과 '황산원'을 종합병원 '안심병원'으로 고치고 내과의를 네려온다. 그는 인공유산의 정당성을 표명하기 위해 내과의의 진단(내부기관 이상으로 낙태)을 내세우지만, 김의사는 내과의의 낙태 지시를 따르지 않는다. 그는 병원을 나오고 윤간호사는 그에게 동참의사를 밝힌다. 그들은 비록 규모가 작고 영세할망정 올바른 의도를 실현할 수 있는 병원에서 일하려 한다.

1950년대 김이석 소설에서 '선량한 인물'은 자기 내면의 진실성, '충'을 실현하는 인물이다. 직면한 상황이 어려우면 어려울수록 그들이 실행하는 '충'은 값진 의의를 발하면서 그들의 '선량(善良)'을 부각시킨다. 양로원에서 사고무친의 성구 영감은 육체적 질병과 정신적 쇠락·주변의 질시에도 아랑곳 하지 않고 학춤으로 '충'을 실현하는가 하면, 물질만능을 대변하는 악덕 병원주의 병원에서 김의사는 실직의 위협과 냉대에도 아랑곳 하지 않고 의도(醫道)로서 '충'을 실현한다. 그들은 자기의 마음과 양심에 대해 성실하면서[盡己之心] '선량한 인물'의 자기소임을 다한다. 불안정한 현실에서도 자신의 소신을 다하는 인물은 전후의 혼란상을 평정하려는 작가의 의지를 보여주는 것은 물론, 당대 독자들에게는 혼란한 현실에 대한 적극적이고 능동적인 삶의 모델을 제공해 준다.

3-2 서(恕), 내 마음을 살펴 남의 마음 헤아리기(推己及物)

「뻐꾸기」(『문학예술』, 1957. 5)에서 나는 마흔이 넘은 나이에 실직한다. 나는 일자리를 찾기 위해 서울을 떠나 H읍으로 간다. 그곳에서 나는 나와 마찬가지로 일자리를 찾아온 최를 만난다. 나는 최의 숙식 일체는 물론, 양갈보를 사이에 두고 그가 미국인과 다투며 부신 기물 값 일체를 지불한 결과 집으로 돌아갈 여비마저 다 써 버린다. 최는 공사현장에서 친구를 만나 돈을 갚겠다고 했으나 그의 친구는 오지 않았고, 나는 그곳에서 일자리를 얻지 못했다. 나는 서울행 버스 비용을 마련하기 위해 수중에 있는 만년필을 팔기로 마음먹고, 작업장을 떠나는 트럭에 몸을 싣는다. 트럭이 출발하자 최가 자신의 손목시계를 주었으나, 나는 받지 않았다. 나는 일자리를 얻지 못했고 가진 돈마저 다 잃었지만, 최를 비난하거나 현실을 냉소하지 않는다. 오히려 나는 트럭에 앉아 고향에서 들어봄직한 뻐꾸기 소리를 들으며 마음의 평화를 얻는다.

나는 나의 처지가 그러하듯이, 무일푼으로 일자리를 찾아 나선 최의 처지를 이해하고 있다. 그러므로 여비문제로 그에게 시비를 걸지 않을 뿐 아니라 자신이 처한 상황을 관조한다. "어떻게 가요, 어떻게. 이것을 갖고 가요. 이것을"30)이라고 말하는 최의 목소리에 이어서 나는 뻐꾸기 소리를 듣는다. "나는 안개가 자욱한 산중턱을 쳐다보며" "내가 예까지 왔던 것은 혹시 저 뻐꾸기의 울음소리를 들으러 왔던지도 모른다고 생각"한다. 나는 최를 나와 동일한 처지에 있는 노무자로 이해했을 뿐 아니라, 나아가 '최'를 통해 고향의 '자연'을 떠올린다. 타자가 곧 '나'이며, 타자를 통해 자연을 발견할 수 있는 내면의 여유는 어디에서 연유한 것인가.

정약용은 '서(恕)'를 '용서(容恕)'와 '추서(推恕)'로 구분하여 설명한다. 그는 '용서'란 남의 허물을 나의 관대함으로 용납하는 태도요, '추서'란 나와 남이 진실한 마음으로 일치하는 것으로서 자신의 인격을 수양하는 기준이 되는 것이라고 하였다.31) 나는 나의 여비를 모두 써 버린 최를 관대하게 용납함[容恕]은 물론, 나아가 돈을 갚지 못해 안타까워하는 최의 마음을 나의 마음으로 여겨 넓게 포용함으로써[推恕] 고양된 인격을 보여준다. 나는

---

30) 김이석, 「뻐꾸기」, 『문학예술』, 1957. 5, 30면. 이하 인용문은 이 책의 것임.
31) 금장태, 위의 책, 56면.

낯선 시골에서 비록 직업을 얻지 못했지만, 고향의 자연을 발견해 내는 것이다. 내가 발견한 고향[자연]은 나에게 비정한 물신주의의 삶이 아니라, 뻐꾸기 소리의 반향처럼 청아한 삶을 살도록 인도한다. 작중의 나는 '용서'와 '추서'를 모두 실현하면서, 내가 지닌 '선'을 항구하게 유지함은 물론 다른 사람에게도 전달해 준다. 작중에서 '선량한 인물'의 '서'의 실천은 실직이라는 상황과 대비되어 인물의 '선'이 한층 두드러져 보인다.

김이석 소설에서 서의 정서를 보여주는 작품은 많다. '서'의 정서가 교우(交友)관계에서 실현된 예로 '우정'이 있다. 「冬眠」(『사상계』, 1958. 7·8), 「관앞골 기억」(『자유문학』, 1962. 9·10)에는 마음을 살펴 상대를 이해해주는 친구가 등장한다. 「冬眠」에서 청년들은 피난지 대구에서 곤궁한 생활을 하고 있지만, 모두 서로에 대한 마음을 살피고 이해한 나머지 힘든 시절을 감내해낸다. 전란기(戰亂期)를 고통과 상처가 아니라 '동면(冬眠)'으로 기억할 수 있는 것도, 그들 서로가 상대를 배려하는 마음을 행동으로 실현한 때문이다. 「관앞골 기억」에서 대성은 친구 선덕의 마음을 살펴 이해한 나머지, 좋아하는 여자를 잊고 고향을 떠난다. 대성은 자신이 그 여자를 좋아하기 앞서 친구 선덕이 그 여자를 좋아했다는 사실을 알게 되자, 기술을 배운다는 명목으로 그곳을 떠난다. 교우관계 외, 서의 정서는 김이석 소설의 다른 인물을 통해서도 발견할 수 있다. 「密酒」(『자유문학』, 1961. 9)에서 나는 평양 내무서원 시절, 산골 마을에 밀주 단속을 나간다. "나는 그들이 밀주라도 하지 않고서는 살 수 없다는 그 답답한 심정",[32] 산골의 가난한 속사정을 이해하는 까닭에 밀주 현장을 목도하지만 방조한다. 나는 마을 주민을 감독하고 단속해야 하는 내무서원이지만, 가난한 산골 주민의 사정을 곧 나의 사정으로 여겨 그들이 만든 밀주를 못 본 채 한다. 이 일을 계기로 나는 탄광으로 쫓겨나지만, 그 일을 후회하지 않는다.

김이석 소설에서 서는 자신의 안녕이 아니라, 이웃과 공동체의 안녕을

---

32) 김이석, 「밀주」, 『자유문학』, 1961. 9, 19면.

도모하고 있다. 「뻐꾸기」에서 실직한 내가 직업을 얻기 위해 시골에 갔지만, 직업을 얻기는커녕 가진 돈마저 다 잃는다. 그러나 나는 절망하지 않을 뿐더러, 오히려 자연을 관조할 수 있는 내면의 여유를 얻는다. 그러한 내면의 여유는 어려운 현실에서 만난 또 다른 실직자가 단순히 타자가 아니라 나와 동일자임을 알기 때문이다. 상황이 어렵고 힘들수록, 김이석 소설의 주인공은 타자에 대한 이해와 공감의 폭을 더욱 넓게 실현한다. 이로 인해, 나의 선은 나에게만 항구하게 머물지 않고 이웃과 현실에 널리 퍼지게 된다. '자신의 마음을 다한다[盡己之心]'는 '충'의 덕목이 자신에 대한 성실성을 보여준다면, '내 마음을 살펴 남의 마음을 헤아린다[推己及物·推己及人]'는 서의 실현은 타자와 현실에 대한 포용력을 보여준다. 김이석 소설에서 '충'과 '서'를 실현하는 '선량한 인물'은 전후 상흔으로 상심한 독자들에게 인간과 현실에 대한 신뢰와 희망을 심어 주었을 것임을 짐작할 수 있다.

4. 맺음말

김이석은 1930년대 『斷層』지에 「감정세포의 전복」(1937. 4)·「환등」(1938. 3)을 발표하면서 문단에 알려졌다. 두 작품은 심리주의 기법을 동원하여, 일제 식민치하에서 이념 세계와 감각 세계를 오가는 지식 청년의 방황을 보여준다. 이후 김이석은 집필활동을 보이지 않다가 1950년대 접어들면서 괄목할 만한 작품을 양산한다. 1950년대 김이석의 소설에는 짙은 페이소스가 깔려 있다. 김이석 소설의 페이소스는 작중 '상황'과 '인물'의 길항에서 빚어진 것이다. 부연하자면, 1950년대 전후 한국의 피폐하고 부정적 '상황'과 그에 굴하지 않는 적극적이고 긍정적 '인물'이 김이석 소설의 페이소스를 만드는 것이다. 이는 전전 세대 김이석의 전후 인식을 보여주는 대목이다.

김이석은 전전 세대 어느 작가보다도 건강하고 긍정적인 전후 인식을 보여준다. 김이석 소설에 나타난 인물을 총칭하여, '선량한 인물'로 명명할 수 있다. 김이석은 1950년대 전후의 피폐한 현실을 감내해 내는 '선량한 인물'을 통해 유교적 휴머니즘의 본질을 보여준다. 작중 '선량한 인물'은 '충'과 '서'를 실현하면서 현실의 고난을 긍정적이고 적극적으로 수용해 나간다. '충'이 내면의 진실성을 실현하는 것이라면 '서'는 그 '충'을 밖으로 구현하여 다른 사람과 일치시키는 것이다. 작중에서 충과 서는 각각 다음과 같이 구현된다. 「학춤」에서 성구영감은 양로원에 몸져 누워있지만 학춤의 진수를 보여주고 죽는다. 성구영감은 자신이 처한 상황의 악조건에도 굴하지 않고 자기의 마음을 다함[盡己之心]으로서 '충'을 실행한 것이다. 아울러 「뻐꾸기」에서 나는 일자리를 얻지 못할 뿐 아니라 가진 돈을 다 잃지만 그 돈을 갚지 않는 상대를 원망하지 않고, 오히려 그를 통해 청명한 자연[뻐꾸기]과 조우한다. 나는 내 마음을 살펴 남의 마음을 헤아림[推己及物]으로서 '서'를 실행한 것이다. '충'을 실현한 성구영감에 비해, '서'를 실현하는 나는 한층 고양된 인격을 보여준다.

김이석 소설에서 '선량한 인물'은 자기 내면의 진실을 충실히 실행함[盡己之心]은 물론, 자신의 마음을 살펴 남의 마음까지 헤아린다[推己及物]. 그들은 제 각각 자신이 처한 상황에서 '충'과 '서'를 다함으로서, 인물의 선량(善良)이 이웃을 비롯한 현실에 구체적으로 실현된다. 이러한 사실은 비단 김이석 소설에만 나타나는 것이 아니라, 1950년대 다른 전전 세대 작가의 작품에서도 발견할 수 있다. 예컨대, 황순원의 「학」(『문예』, 1953. 2)에서 성삼이가 덕재에게 방아쇠를 당기지 않고 상대에 대해 관대해 질 수 있는 것도 그들 특유의 선량함 때문이다. 서울수복(1950. 9. 28) 이후로 추정되는 1950년 가을, 국군 성삼이가 농민동맹부위원장인 덕재를 포승줄에 묶어 압송한다. 덕재는 기력이 없는 노부모를 봉양하려는 자신(아들)의 소임을 다하기 위해 피난가지 않았다. 이때 성삼이의 '충'은 아들의 신분에 충실한 것이라는 점에서 '효(孝)'와 동궤에 놓인다. 전쟁직후 인민군이 마을에 들이 닥쳤을 때, 부모와 처자를 두고 떠나야 했던 성삼이는 덕재의 마음을 미루어 헤아릴 수 있었다. 포승줄을 풀어주는 성삼이와 그러한 행위가 무엇을 뜻하는지 아는 덕재는 양자 모두 동일한 '서'의 정서를 공유하고 있다. 작중 성삼이와 덕재는 이념의 대립에 앞서 그들이 전통적인 정서를 공유하고 실행해 옮기는 '선량한 인물', 한 민족임을 보여준다.

　전후 세대 작가들이 실존주의의 세례를 받고 현실을 비판하며 문제를 제기한 반면, 1920~1930년대 등단한 전전 세대 작가들은 종래의 유교적 휴머니즘으로 피폐한 현실을 복구하고 재건하는데 앞장선다. 1950년대 전후문학에는 전후 세대 작가들의 실존주의 사상에 앞서, 전전 세대 작가들의 유교적 휴머니즘이 바탕에 있음을 간과해서는 안 된다. 1950년대 실향민과 이산가족들은 유교적 전통의 과거를 그리워했으며, 사회 정책적인 면에 있어서도 유교적 통합력은 당대에 어느 정도 실효성 있는 힘을 발휘했던 것으로 보인다. 이러한 전전 세대 작가의 전후 의식은 그들이 '한국전쟁'을 통해 '동일민족의 압제'를 받은 경험에 앞서 근대에 '이민족의 압제(일본 식민지)'를 체험한 세대라는 점에서, 더욱 호소력 있게 다가온다.

이기영의 『두만강』에 나타난 집단주의 체제와 유교의 예교성(禮敎性) 고찰

- '유교적 인간'과 '사회주의 인간'의 친화성 고찰 -

1. 머리말

1-1. 연구 목적과 의의

이기영(1895~1984)

1920~30년대 문단에 나와 다수의 역작을 발표한 작가들은 한국전쟁이후 1950년대에도 활발한 작품 활동을 해 나간다. 이러한 사례는 남한문학사뿐 아니라 북한문학사에서도 나타난다. 남한문학사에서 김동리, 황순원, 안수길, 정비석 등과 같은 전전 세대 작가들이 해방을 거쳐 전후 남한문단의 중추에 있었던 것처럼, 북한문학사에서도 이기영, 한설야, 김남천 등은 해방을 거쳐 전후 북한문단의 중추에 있다. 이 글에서는 월북 문인 이기영(1895~1984)의 『두만강』(1954~1963)을 통

해 전전 세대 월북 작가의 의식을 조명해 보려 한다. '월북작가'라는 타이틀은 한국문학사의 트라우마와 특수성을 보여주는 문제적인 용어이다. 그들은 월남(越南)작가와 구분될 뿐 아니라 재북(再北)작가와도 변별성을 지닌다. 남쪽에 고향과 연고지를 두고 있음에도 북쪽의 이념을 쫓아간 월북작가의 행적은, 재북작가와도 구분되는 사회주의 대한 그들의 굳건한 신념을 보여준다. 해방직후 1945년 11월 1차 월북한 이기영, 한설야, 이북명 등은 사회주의 이데올로기에 대한 투철한 신념을 가지고 있었으며,[1] 북한에서 김일성이 1948년 1차 내각을 조직했을 때 이기영은 제1기 최고 인민회의 상임위원으로 선출된다.[2] 그들은 1920~30년대 문단에 첫발을 들여놓을 때부터 사회주의 사상을 작품에 적극 반영했고, 해방직후는 물론 한국전쟁이후 북한문학사의 전개과정에서도 그들의 신념은 다양한 작품으로 구현되었다.

북한문학사에서 이기영의 소설은 매 시기마다 그 시기를 대표하고 있다. '항일혁명투쟁시기(1926. 10~1945. 5)'에는 항일혁명투쟁의 영향 아래 발전한 진보적 소설, 농민들의 계급적 각성과 투쟁을 반영한 소설로서 『고향』(조선일보, 1933. 11. 15~1934. 9. 21)이 소개되어 있으며, '평화적 건설시기(1945.

---

1) 조선문학가동맹에 가담했던 문인들 가운데 월북한 문인들은 북한지역에 잔류하던 문인들과 더불어 북조선문학예술총동맹(1946. 3. 25)을 조직한다. 이기영은 위원장이었고, 부위원장 안막, 서기장 이찬, 중앙상임위원 이기영, 한설야, 안막, 최명익, 정률, 안함광, 이동규, 박용호 등이 가담하고 있다. 권영민, 『해방 직후의 민족문학운동 연구』, 서울대학교출판부, 1986, 31면.

2) 김병익, 『한국문단사 1908~1970』, 문학과지성사, 2001, 285~290면 참조. 이기영은 1953년 작가동맹 중앙위원회 상임위원에 선임되었고, 1966년에는 문예총 중앙위원회 위원장, 1972년에는 문학예술총동맹 위원장, 1980년에는 문예총 위원장을 지내면서 북한 문예정책의 이론과 보급을 진두지휘한다. 이외 그는 정치인이자 외교사절로서 1955년 세계평화회의[헬싱키]를 비롯 1958년 북한·소련친선협회 중앙위원장을 맡으며 소련과의 친선활동에 중심 역할을 수행한다. 남북관계에 있어서도 그는 1958년 평화수호전국민족위원회 상무위원으로 선임된 후 1961년 조국평화통일위원회, 1984년 조국통일민주주의전선 중앙위 위원, 1980년 노동당 제6차 대회 시 김일성 주석의 '고려연방공화국' 창설지지담화를 발표, 1981년 5월에는 김대중 구속 1주년을 맞아 한국정부를 비방하는 담화문을 발표한다. 북한에서 그는 1955년 노력훈장, 1958년 국기훈장 제1급, 1970년 소련 노력적기훈장을 수훈하였다. 전영선, 「특별기획 : 북한문화 예술인물—한설야·이기영」, 『북한』, 북한연구소, 2000. 12, 172~181면 참조.

8~1950. 6'에는 민주건설의 현실에서 새 인간의 탄생을 보여준 소설로서『땅』
(1부, 조선인민출판사, 1948 / 2부, 조쏘문화협회, 1949)이 소개되어 있고, '전후복구
건설과 사회주의 기초건설을 위한 투쟁시기(1953. 7~1960)'에는『두만강』이
소개되어 있다.[3] 『두만강』의 1부는 1954년에, 2부(상·하)는 1957년에, 3부
(상·하)는 1961년에 나왔다.[4] 신형기와 오성호는『북한문학사』에서 이기영
의 두만강이 북한의 '전후복구와 사회주의 건설기(1953~1958)'의 작품이니
만큼, '전통' 만들기의 일환으로 '과거'를 절대화하는 작업이 본격 시도되고
있으며, 무장투쟁사의 전사(前史)를 조명하고 있다고 소개한다.[5]

　인민 모두가 공평하게 잘 살아야한다는 명제는 전대는 물론 지금까지 유
효한 현실의 과제이지만, 궁핍과 기아가 만연한 오늘날의 북한 사회는 그들
의 신념과 현실 간 큰 낙차를 보이고 있다. 그럼에도 해방 후 근대 지식인
작가들이 월북하고 사회주의 신념을 위해 자신을 헌신할 수 있었던 것은 무
엇 때문일까. 이 글에서는 사회주의에 대한 작가의 신념에 주목하기 앞서,
그 이전부터 작가의 내면에 자리 잡고 있던 의식의 기층에 주목해 보고자
한다. 작가의 의식 기층에 대한 논의는 근대 지식인의 특수한 신념에 대한
해명의 문제가 아니라, 식민지 이전부터 식민지 시대를 관류하여 한국전쟁
에 이르기까지 한국 정신사의 특수성과 연속성을 고려하고 수용해야 하는
문제이다. 이러한 논의는 이기영의『두만강』을 북한 소설의 대표 텍스트로

---

3) 사회과학원 문학연구소,『조선문학사』, 과학·백과사전출판사, 1977. 박종원·류만,『조
　선문학사개관』Ⅱ, 북한사회과학출판사, 1986 참조.
4) 이 작품으로 그는 노벨문학상 후보에 오르기도 했다. 이 글에서는『두만강 : 이기영선집』
　7-11(풀빛, 1989)을 텍스트로 삼았다. 이하 작품 인용은 인용문 하단에 페이지 수만 밝히
　도록 한다. 풀빛출판사의 책은 1961년 <작가동맹출판사> 발행의『두만강』제1부, 1958
　년 <조선작가동맹출판사> 발행 제2부, 1963년 <조선문학예술총동맹출판사> 발행 제3
　부·상, 1964년 <조선문학예술총동맹출판사> 발행 제3부·하를 원 텍스트로 삼은 것으
　로, 제2부를 상·하 두 권으로 나누어 놓았다. 1부와 2부의 작품이 발표된 후인 1960년,
　이기영은 이 작품으로 인민상을 수상하고, 그 이듬해에 3부를 발표한다.
5) 신형기·오성호,『북한문학사 ─ 항일혁명문학에서 주체문학까지』, 평민사, 2001, 209~216
　면 참조.

서 수용하려는 것이 아니라 통일문학사의 관점에서 이기영의 『두만강』을 한 국문학사에 포용하려는 작은 시도이다.

이기영의 대하장편소설 『두만강』은 남북한통일문학사의 가능성을 살펴 볼 수 있는 좋은 준거이다. 작가 이기영은 식민지하 근대문학의 감각과 전 후 북한문학의 특성을 고루 구비하고 있으며, 특히 전후에 발표된 『두만강』 은 전대의 전통성과 김일성체제의 사상성 양자를 반영하고 있다. 김윤식이 지적한 바와 같이, 문학이 작가의 체험과 분리될 수 없는 것이라면 근대소 설사의 연속성을 논의할 때 이기영과 같은 전전 세대와 그들의 작품은 소 설사의 연속성을 확인할 수 있는 뚜렷한 지표가 된다.[6] 근대소설사와 전후 북한소설사의 연속성과 차별성을 살펴보는 일은 엄격한 의미에서 '문학사 (소설사) 연구'의 일환이라 할 수 있다. 장사선은 「남북한 소설사 연구와 이 데올로기」에서 동일한 정서적 공동체와 정신적 경험을 근간으로 하는 '정 신사적 소설사'를 제안한 바 있다.[7] 한국의 근대소설사와 전후소설사를 연 결해주는 '정신사(精神史)' 탐색의 일환으로서 이기영의 『두만강』은 근대소 설과 전후소설의 문학사적 연속성을 보여주는 계기를 마련할 뿐 아니라, 남·북한 소설사의 연속성을 보여주고 아울러 차별성이 시작되는 단초를 보여 줄 것이다.

1-2. 선행 연구 검토와 민족적 형식으로서 유교의 예교성

이기영의 『두만강』에 관한 선행 연구는 세 가지로 나눌 수 있다. 첫째, 『두만강』의 남한 발간과 더불어 문단 내 연구자들의 지대한 관심, 둘째, 1990년대 각종 학술지에 발표된 개별적인 작품론, 셋째, 1990년대 중반에 접어들면서 『두만강』과 다른 작품 간의 비교의 형태로 전개되었다. 우선

---

6) 김윤식, 『한국현대 현실주의 소설 연구』, 문학과지성사, 1990, 211면 참조.
7) 장사선, 「남북한 소설사 연구와 이데올로기」, 『현대소설연구』 25호, 한국현대소설학회, 2005. 3, 19면.

개별적인 작품론에 주목해 보면, 1988년 월북 작가의 해금조치후 이듬해 1989년 『두만강』이 출간(논장출판사·풀빛·사계절출판사, 1989)되면서 연구자들의 주목을 받기 시작했다. 1989년 발간된 이기영의 『두만강』은 1980년대 무르익은 민주화 운동의 열기 속에서 문단의 집중을 모으며 연구자들에게 적극 수용되었다. 김재용의 「역사의 주체인 민중의 생활과 투쟁의 서사시적 형상화」(『두만강』 제3부·하, 풀빛, 1989, 해설)·최원식의 「소설과 역사적 법칙성」(『두만강』, 사계절출판사, 1989, 해설)·정호웅의 「두만강론—항일무장투쟁의 길」(『창작과비평』, 1989, 가을호)·조남현의 「두만강을 통해 본 북한문학—이기영의 「두만강」론」(『문학사상』, 1989. 6)의 논의를 필두로 1990년대 전반에 본격 소개된다.

작품의 발간과 더불어 당시 문단내 반응은 뜨거웠다. 김재용은 이기영의 『두만강』이 "분단문학사에서 통일문학사로 가는 그 '핵심적 고리'의 역할을 한다"는 전제 아래 작중 인물의 성격분석을 통해 민족해방운동의 전개과정에 주목하고 있다.[8] 최원식은 『두만강』 1부에 비해 2·3부에 이르면 관념적 요소가 소설 전면을 지배함으로써 관념이 현실성을 잃고 역사의 법칙성에 인물과 사건이 종속되어버린 한계를 지적하고 있다.[9] 정호웅은 '옥녀봉 전설(나무군과 선녀 전설의 일종)'을 토대로 맺어진 박곰손 부부의 결연담을 조명하고, 가난한 소작농의 식량을 약탈하는 악랄한 지주 김장자 일가의 몰살을 '김장자 전설(장자못 전설의 변용)'로 조명하고 있다. 그는 '생명력·계몽성·집단성'을 작품의 특징으로 꼽고 있다. 그는 교조주의와 도식성 등의 한계를 지적하지만, 이기영의 『두만강』이 북한문학의 전범일 뿐아니라 전설을 비롯 순수 우리말의 활용 등을 통해 전대의 문학을 계승하

---

8) 김재용, 「역사의 주체인 민중의 생활과 투쟁의 서사시적 형상화」, 『두만강』 제3부·하, 풀빛, 1989, 435~449면.

9) 최원식, 「소설과 역사적 법칙성—이기영의 두만강을 읽고」, 『두만강』 제3부·하, 사계절 출판사, 1989, 321~326면.

고 있다고 본다.10) 조남현은 『두만강』을 전대의 작품 『고향』과 비교하고 인물의 기계적 형상화를 비롯 작품의 지나친 목적의식 등을 한계로 지적하고 있다.11)

발간과 더불어 문단의 관심을 모았을 뿐 아니라, 1990년대에 이르면 개별적인 작품론과 비교작품론이 성행한다 김강호는 『두만강』을 통해 송월동으로 대표되는 원형공간의 훼손 및 그로 인한 기층민중의 삶의 황폐화, 사회주의 운동의 역사적 흐름과 방향성을 분석하고 있다.12) 고정욱은 『두만강』이 사회주의 문학·당(黨)의 문학이라는 점에 입각하여 각성과 단결을 통해 혁명으로 나아가는 공산주의적 인간의 형상화에 주목하며, 아울러 주인공이 전인(全人)이라는 점에서 각성의 계기가 없음을 한계로 지적하고 있다.13) 박홍배는 『두만강』을 이기영의 자전적 활동 및 그의 이전 소설과 비교검토하고 있으며, 『두만강』 2부 중반부터 문학성이 결여되고 관념적 투쟁일변도로 치우쳐 있다는 한계에 주목하여 이러한 작품의 한계는 개인 우상화와 투쟁성 위주의 당성(黨性)에 경도된 1950년대 중반이후 북한문학의 특성이라 지적한다.14) 이상경은 『두만강』이 식민지 자본주의화 과정과 그것을 극복하려는 민족 투쟁의 총체성을 보여준다는 미덕과 더불어 1부 긍정적 인물의 이상화와 2·3부 사건의 도식성을 한계로 지적하고 있다.15) 신춘호는 작품의 구조와 형식에 주목하여 『두만강』의 문학적 장치의 장·단점과 의의를 지적하고 있다.16)

---

10) 정호웅, 「두만강론 — 항일무장투쟁에의 길」, 『창작과비평』, 창작과비평사, 1989, 94~111면.
11) 조남현, 「『두만강』을 통해 본 북한문학 — 이기영 「두만강」론」, 『문학사상』, 문학사상사, 1989. 6, 218~229면.
12) 김강호, 「이기영의 <두만강>論」, 『국어국문학지』 27, 문창어문학회, 1990, 167~186면.
13) 고정욱, 「<두만강>론 — 계급적 대립구조에 입각한 등장인물의 각성과 단결을 중심으로」, 『반교어문학회지』 2, 반교어문학회, 1990, 376~396면.
14) 박홍배, 「民村小說 硏究 — 「두만강」을 中心으로」, 『동의어문논집(새얼어문논집)』 5, 새얼어문학회, 1991, 255~273면.
15) 이상경, 『이기영 — 시대와 문학』, 풀빛, 1994, 370~397면.
16) 신춘호, 「이기영의 두만강 연구」, 『중원인문논총』 15, 건국대학교 동화와번역연구소(구

일련의 개별적 작품론이 『두만강』의 문학성 실현 여부와 한계에 주목하고 있는 것과 달리, 비교 논의에 이르면 『두만강』이 한국문학사에 차지하는 비중과 의의에 주목하고 있다. 이기영의 『두만강』은 동일 시기에 창작되었을 뿐 아니라, 작중 시·공간적 배경이 동일한 안수길의 『북간도』와 비교·논의되었다. 한창엽은 인물의 유형과 작가의 세계관 비교를 통해 『북간도』가 혈연을 중시하는 이상적 민족주의에 치우친 한계를 노정하고 있다면, 『두만강』은 계급사관에 입각한 작가의 역사의식이 작품 구성을 지나치게 도식화 한 한계를 노정하고 있다고 지적한다.17) 신형기는 '민족사 쓰기'의 관점에서 『북간도』가 작가의 만주체험 개입으로 말미암아 민족 이야기의 문법을 충족시키지 못했다고 보는 반면, 『두만강』은 역사에 대한 이야기의 욕망이 성공했지만 이것은 역사를 외면한 일시적 결과물에 불과한 것이라 지적한다.18)

지금까지 이루어진 일련의 논의는 『두만강』의 인물과 사건에 대한 분석, 문학사적 의의와 한국전쟁이후 남북한 비교 문학의 특성을 고루 밝혀냈다. 이 글에서는 통일문학사의 관점에서 이기영의 『두만강』을 대상으로 전전세대 월북작가 이기영의 의식을 조명해 보려 한다. 이기영의 『두만강』은 '사회주의 문학'의 모범이 되는 텍스트로서, 북한문학이 남한과 다른 생산 배경과 과정을 지닌다는 전제 아래 논의를 전개해 나가려 한다. 그러므로 이 글에서는 문학적 성과 및 의의에 대한 평가보다 작품에 나타난 작가의 세계관에 주목하고, 그 중에서 작가의 유교 의식을 조명해 보려 한다. 신형기는 통일문학사 서술 방법을 모색하면서 "분단과 분단 체제를 유지해 온 이념적 대립이 민족 구성원 모두의 생존과 발전을 제약하는 커다란 장애

건국대학교 중원인문연구소), 1996, 47~74면.
17) 한창엽, 「<북간도>와 <두만강>의 대비적 고찰」, 『한양어문연구』 9, 한국언어문화학회 (구한양어문연구회), 1991, 331~362면.
18) 신형기, 「민족이야기의 두 양상 - 안수길의 『북간도』와 이기영의 『두만강』 분석」, 『한국학논집』 32, 계명대학교 한국학연구소, 2005, 39~78면.

물로 작용"했음을 지적하며, "분단을 넘어서는 눈을 갖는 것이 민족적 자기 인식의 조건"이며 궁극적으로 통일문학사를 서술해야 하는 이유라고 언급한 바 있다.19) 이 글에서는 남북한 문학의 상이한 전개방식보다 동일한 기원에 주목하고, 남북한이 동일한 기원과 현재를 공유하는 민족 정체성의 근거를 '유교적 세계관'에 입각하여 논의하려 한다. 통일문학사 서술이 민족의 문화적 동질성 확보에서 시작된다면, 유교적 전통은 남북한의 심층적인 동질성을 읽어낼 수 있는 좋은 준거가 될 수 있다. 이기영의 『두만강』을 논하면서 작품에 드러난 집단주의 체제와 인물의 성격을 고찰함으로써, 작품에 반영된 유교의 예교성(禮敎性)을 중심으로 사회주의 지식인 작가의 의식 기저에 내면화된 전대의 전통적 요소를 고찰해 보려 한다.

가지노부유끼(加地伸行)는 유교를 사회규범과 윤리에 해당하는 '예교성(藝敎性)'과 죽음을 의식하고 조상을 숭배하는 '종교성'으로 구분한 바 있다.20) 그러나 엄밀한 의미에서 유교의 윤리로서 예교성은 생사(生死)와 영육(靈肉)을 초월하여 관습과 모럴로 일상화 되었다는 측면에서, 유교 윤리 전반을 포괄하고 있다. 왜냐하면 유교는 사후 세계에서 개인의 구원을 확보하려는 것이 아니라 현세에서 건전한 국가의 통치 질서를 확립함으로써 사회의 도덕적 가치 질서 속에서 인간의 이상을 실현하려고 노력하기 때문이다.21) 공자는 삶의 의미 속에 죽음의 의미를 적극적으로 끌어들여서 죽음의 의미 또한 삶의 의미 속에서 찾아야 할 것임을 제시한다.22) 공자는 인본주의(人本主義)의 입장에서 천명(天命)과 덕(德)의 사상을 제시함으로써

---

19) 신형기, 「통일문학사 서술 방법론 개발의 전제」, 『현대문학이론연구』 8, 현대문학이론학회, 1997, 33면 참조.
20) 이러한 구분이 유교에 대한 정확한 이해라고 할 수 없지만, 소설 분석을 목표로 하는 이 글에서는 유교 윤리를 '예교성'으로 명명하여 작품 분석의 잣대로 삼고자 한다. 加地伸行·김태준 역, 『유교란 무엇인가』, 지영사, 1996, 51~58면 참조.
21) 금장태, 『유교의 사상과 의례』, 예문서원, 2000, 33면 참조.
22) 금장태, 앞의 책, 44면. 논어, 「先進」, "未知生, 焉知死"(삶도 모르는데 어찌 죽음을 알겠는가) 참조.

외재적 초월신에 대한 관념을 인간 내면으로 향하게 하였다.[23] 이처럼 유학은 현실적인 삶과 유리되지 않는 실천을 중시했으며, 실천이 전제가 되어 나타난 것이 '예(禮)'이다.[24] 유학의 제례 의식은 귀신에 대한 찬양과 경배의 행위가 아니라 '생명에 대한 감사를 표현하는 도덕적 행위'이다.[25] 제례의식은 기본적으로 효(孝)를 실천하는 하나의 방법으로서, 효(孝)라는 예교성이 확충된 것이다. 유교의 예교성은 영육과 생사를 초월하여 현세 사회 질서를 정의롭게 실현한다.

이 글에서는 생사·영육을 초월하여 관습과 모럴로 존재하는 유교 윤리를 총칭 유교의 예교성으로 명명한다. 전래 유교 윤리는 농업사회 윤리의 근간이 되었지만 이후 공업사회에서도 공동체의 윤리로 건재해 있다는 점에서, 실상 유교의 예교성은 시·공을 초월하여 유교문화권을 존속시키고 있다. 일찍이 '북한'을 연구하는 논자들은 유교와 북한체제의 친화성에 대해 언급한 바 있다. 스즈키 마사유키(鐸木昌之)는 유교의 '혈연공동체'에서 효를 중심에 두고 개인에게 영원한 생명을 보장하는 것과 북한의 '사회정치적 생명체론'에서 그 중심에 수령에 대한 충성을 두고 개인 생명의 영생을 생각하는 것을 동일한 것으로 본다. 그는 인민에게 수령은 영원한 생명을 주는 아버지이고 당은 어머니로 비유된다는 점에서, 북한사회를 '유사 가족공동체'로 명명한다. 북한사회는 현실적으로 혈연을 넘어 집단을 단결시켜야 하기 때문에, '충성', '효성'이 혈연집단과 지연집단을 초월하는 민

---

23) 금장태, 앞의 책, 167면.
24) 성균관대학교 유학과 교재편찬위원회, 『유학사상』, 성균관대학교 출판부, 1999, 221면.
25) 성균관대학교 유학과 교재편찬위원회, 앞의 책, 234면. 예기 「祭統」에서는 제사의 의의에 대해 "제사는 죽은 이를 계속 공양함으로써 효를 이어가는 것이다. 그러므로 제사는 우리 바깥의 존재가 밖에서 이르는 것이 아니라 안으로부터 마음속에서 우러나는 것이며, 근본에 보답하고 처음으로 돌아가는 데 의의가 있다." 요컨대, 제례의식은 조상의 혼령을 모시고 한 끼 음식을 대접하는 절차로서, 감사드리고 싶은 사람을 집으로 불러 식사 대접하듯 조상님이 흠향할 음식을 마련하고 조상님께 대접하는 것이다(238~239면 참조).

족, 이를 대표하는 상징으로서 수령을 향하고 있다.26) 와다 하루키(和田春樹)는 북한문화를 다양한 관점에서 바라본다. 그는 조선의 기층문화로서 전통적인 양반 유교문화와 민중적인 토속문화, 그리고 근대에 이르러 수용된 기독교문화와 혁명적 마르크스주의, 특히 식민지 지배 말기에 강압된 일본적인 것을 북한문화로 수개한다. 그는 북한문화의 정체성을 논하면서 북한은 유교 문화 외, 외래로부터 유입된 다양한 문화가 절충되어 있다고 본다.27)

이 글에서는 이기영의 『두만강』에 나타난 집단주의 체제에 주목하고, 집단을 유지 존속시키고 있는 유교적 예교성에 주목하려 한다. 이기영이 『두만강』에서 제시한 대로 '사회주의 인간'의 자연발생설을 인정한다면, 사회주의 인간의 성장에는 유교의 예교성이 큰 몫을 차지하고 있음을 살펴보려 한다. 이기영의 『두만강』(1953~1963)에서 작중 인물은 '사회주의 인간'이기 이전에 '유교적 인간'의 속성을 구비하고 있으며, 이 글에서는 양자 간의 친화성을 살펴보려는 것이다. 정신사적 맥락에서, 전전 세대 월북작가의 의식 고찰은 사회주의에 대한 근대 지식인의 신념이 전대(前代) 유교적인 세계관과 무관하지 않음을 알 수 있는 계기가 되리라 본다. 아울러 남·북한이 공유하고 있는 '전통'을 통해 북한소설 이기영의 『두만강』에 접근하려는 본 논의는 남북한 통일문학사를 견지할 수 있는 작은 시론이 될 수 있으리라 본다.

---

26) 스즈키 마사유키·유영구 옮김, 「유교와의 공명」, 『金正日과 수령제 사회주의』, 중앙일보사, 1994, 183~189면 참조. 스즈키 마사유키는 마르크스-레닌주의가 '생산관계'의 변화에 착안한 것과 달리, 북한의 사회주의는 수령을 중심에 두고 개인의 영생을 생각하는 '사회정치적 생명체'에 착안해 있다고 본다.
27) 와다 하루키·서동만 / 남기정 옮김, 「북조선의 정치문화」, 『북조선 — 유격대국가에서 정규군국가로』, 돌베개, 2005, 132~157면 참조.

2. 혈연공동체와 공동 보장 공동체로서 대동(大同)사회

유교 윤리와 관련하여 이기영의 『두만강』은 다음과 같은 두 가지 특징을 가지고 있다. 첫째 작중 인물들의 혈연공동체는 유사가족공동체의 형태를 강화하고 있으며, 둘째 그들이 지향하는 토지 국유화는 유교의 이상사회인 '대동(大同)사회' 구현과 상통하고 있다. 작중 인물들은 가족 중심의 혈연공동체로서 개인의 운명은 가족의 운명과 밀접하게 연결되어 있다. 작품에 등장하는 주인공들은 다음과 같은 세 가지 특성을 지니고 있다. 첫째, 마을 빈민 노동자들의 결집력과 단결력이 두드러진다. 충청도 송월동 마을의 빈농들은 단 한사람도 전체에서 이탈하지 않고 단결한다. 강덕만, 이춘실, 김관일, 맹덕삼, 권치백, 유성관, 임봉임 등은 박곰손과 뜻을 같이한다. 박곰손의 아들세대에 이르러서도 그들의 단결력은 돋보인다. 씨동이는 쌍둥이 형제, 덕성이, 옥이, 분이, 상금이 등과 단결하며, 하나된 힘이 지닌 위력을 보여준다. 이러한 결집력은 농민뿐 아니라 광산 노동자들에게도 나타난다. 신흥광산에서 씨동이는 광산 노동자들을 하나로 결집시킴으로써 노동자의 요구를 관철시킨다.

둘째, 가계(家系)의 특수성은 대를 이어 존속된다. 구한말 부패한 관료의 집안은 시대가 바뀌어도 여전히 부패한 세력(일제)에 의지하여 타락한 삶을 산다. 반면, 이에 대항하는 곰손 일가는 자손 내내 정의 구현의 선봉장이 된다. 곰손 일가는 곰손의 할아버지, 곰손의 아버지, 곰손이, 씨동이, 창길에게 이르기까지 부패한 정권에 맞서 정의를 실현하려는 올곧은 인물로서 자손대대로 그 혈통을 이어나간다. 송월동을 배경으로 한길주 일가가 부패한 '양반가정의 비극'을 대표하고 있다면, 박곰손 일가는 부지런한 '근로인의 정직한 심정과 생활의 진실성'을 대표하고 있다.[28] 이외 노동운동을 돕

---

28) 작중 중심인물의 가족 계보를 살펴보면 다음과 같다.

는 최동욱과 최학연(조선일보 신문기자), 친일지주세력 김진해와 그의 아들 김동원, 얼개화꾼이자 이진경의 친구 윤용섭이 등장한다.

이러한 가족계보에서 알 수 있는 사실은 이기영의 『두만강』이 가족사 연대기 형식을 띠고 있으며, 개인이 아니라 '혈연공동체'를 중심으로 이야기가 전개된다는 사실이다. 구한말 부패한 양반에 대비되어, 노동자의 전형인 박곰손 일가의 5세대에 걸친 가족사가 이야기의 중심에 놓여 있다. 이를 통해 우리는 중심인물 박곰손 일가에 대한 작가의 애정은 물론, 총 3부에 걸친 이야기가 가족공동체의 구심적 삶의 양태를 보여주고 있음을 알 수 있다. 박곰손 일가 외, 작품의 초반부에 등장하는 이진경은 격변기 시대적 의의를 지닌 인물이다. 아버지 이진사와 마찬가지로, 이진경은 지사적 풍모를 지니고 있다. 읍내에 사립개명학교를 세우고, 송월동 그의 집에 분교를 만든다. 그는 한문을 가르칠 뿐 아니라 박연암의 열하일기를 가르친다. 1930년대 소설 『고향』에 등장하는 지식인 김희준에 비해 『두만강』에 등장하는 이진경은 더 강직하지만 훨씬 유연한 모습을 보이고 있다. 정신사적 측면에서, 개화 지식인 이진경은 조선시대 실학사상의 전통과 근대 출현한 사회주의 사상의 친연성(親緣性)을 보여준다는 점에서 깊이 천착해 보아야 할 대상이다. 청빈과 노동을 강조하던 실학자들은 조선시대 진보적인 유학자였으며, 그들의 진보적 현실관은 사회주의자들의 현실관과 상통하는 면이 있다.

셋째, 구한말에서 근대에 이르기까지 농민과 노동자의 '빈궁'을 문제 삼

세대 계층	1세대	2세대	3세대
구한말 부패한 양반	한판서	한길주(부패한 양반과 친일 지주의 전형)	한경식(적자 : '시대의총아'방탕아) · 한창복(서자 : 개량주의자→한경식의 아들(저능아)
진보적 지식인	이진사(폭도로 몰려 양팔을 잘려 죽음)	이진경(학교설립, 빈농의 단결을 도움)	큰아들 이형준 · 딸 이형옥
노동자의 전형	• 할아버지(민란 주동) • 아버지(경복궁 부역)	박곰손(빈농의 전형)	박씨동 · 박분이(노동자)→아들 박창일(노동운동의 계보)

는다. 기층 민중의 적빈은 곧 현실 비판으로 이어진다. 이기영은 빈궁한 생활의 전모를 유연하게 형상화함으로써 노동자 계급의 단결과 투쟁을 필연적이고 자연발생적인 것으로 보여주는데 성공한다. 농민과 노동자들이 '항일의병'이 될 수밖에 없었던 것도 '적빈'에서 말미암은 것이다. 무산 일대의 화전민과 포수도 동일한 운명이다. 그들에게 적빈을 조장하는 현실은 식민지 종주국 일본, 일본의 주구가 된 봉건적인 지주와 관료이다. 이기영은 빈민들의 기본적인 생존마저 위협하는 적빈을 타개하기 위해 사회주의 사상이 자연발생적이고 필연적으로 도래할 수밖에 없었음을 보여준다.

인물의 형상화 면에서, 이기영은 의병, 종파주의자, 기회주의자 등 각종 인물 창조에 뛰어난 수완을 보인다. 그중 박곰손과 박씨동은 단연 돋보인다. 예컨대 박곰손이 아내 봉임을 만나게 된 계기와 곰손이 봉임과 냇가에서 고기를 잡는 일, 옥녀봉에 앉아서 백년가약을 하는 일 등 박곰손의 소박한 로맨스는 곰손의 정직하고 성실한 됨됨이를 보여준다. 지주 한길주의 시회(詩會)가 열리는 날, 어린 씨동이는 나무 위에서 까치새끼를 잡아먹으려는 구렁이와 겨루다가 그가 이긴다. 씨동이가 떨어뜨린 구렁이는 나무 아래 있는 부패 관료와 지주에게 떨어지며, 나무에서 중심을 잃은 씨동이는 용소에 빠진다. 본시 씨동이가 구렁이와 겨루려고 나무 위로 올라간 것이 아니었듯이, 그는 나무 아래 부패 관료와 지주에게 구렁이를 떨어뜨리려는 염을 갖고 있지 않았다. 그가 처한 자연스런 상황으로 말미암아 그의 행동은 자연발생적 저항으로 표출되었다. 박곰손과 박씨동의 인물 형상화가 돋보이는 이유는 농민(노동자)로서 순박한 성품이 그들의 노동운동과 자연스럽게 어울어져 있기 때문이다. 이와 같은 자연스러운 인물형상화가 '송월동'을 배경으로 하고 있다는 점에서, 송월동은 기층민 곰손 일가의 원형공간으로 작가 이기영의 애정이 간접적으로 투사되어 있다.

지금까지 살펴본 인물의 특성을 통해 다음과 같은 사실을 알 수 있다. 이기영의 『두만강』은 농민·노동자의 자연발생적 '빈궁'을 보여줄 뿐 아니라 이에 대한 농민·노동자의 적극적인 현실 대응 투쟁을 보여준다. 시간적 배경인 구한말에서 1930년대라는 시기의 특수성은 빈민들의 빈궁 원인을 암시하고 투쟁의 필연성을 시사해 준다. 이외, 두드러진 특징은 혈연공동체·가족공동체의 삶이 유지 존속되고 있다는 점이다. 민란을 주동했던 할아버지, 경복궁 공사에서 혹사당해야 했던 아버지, 충청도 시골 농촌에서 양반관료와 일제관료로부터 억압받았던 농민 박곰손, 농민의 아들로 태어나 노동자(무산의 광산 인부)로 살아나가는 박씨동, 그의 아들 박창길에 이르기까지 박곰손 일가의 삶이 『두만강』1부에서 3부까지 이야기의 중추를 이루고 있다. 그들은 혈연으로 결속되어 있으며, 이러한 유대감은 집단을 형성하고 존속시키는 토대가 된다.

북한은 단일민족신화를 강조하고 있으며, 동일한 혈연공동체는 궁극적으로 국가라는 큰 범주의 가족으로 모든 인민들을 통합해 낸다. '평양학생소년궁전'에 걸려 있는 시 「우리는 세상에서 가장 행복한 아이들」에는 다음과 같은 구절이 있다. "김정일 위원장은 우리 아버지이시다. 당은 우리가 사는 집이다. 우리 모두는 피를 나눈 형제 자매들이다. 우리는 전 세계에서 가장 행복한 아이들이다."[29] '아버지' 수령을 중심으로 모든 인민은 같은 피를 나눈 혈연공동체가 된다는 이 시에서, 가족은 국가로 확장되고 있으며 나아가 가족의 모럴이 국가의 모럴로 자리 잡고 있음을 알 수 있다. 북한은 단일민족 공동체로서 '단일 혈통'을 강조하고 있으며, 단일 혈통에 대한 강조는 북한체제의 유사가족공동체 형태를 강화시켰다. 유교의 가족 윤리가 보편적 윤리 규범의 실천적 근거가 됨으로써 사회윤리를 향해 확산되었듯이, 효(孝)·충(忠)·경(敬)을 비롯한 제 윤리는 북한의 집단주의 체제를 공고히 하는 모럴로 확산된다.

---

29) 기 들릴 글/그림·이승재 옮김, 『평양－프랑스 만화가의 좌충우돌 평양 여행기』, 문학세계사, 2004, 158면 재인용. 기 들릴은 애니메이션 하청 작업을 위해 2달간 평양에 머물면서 위의 구절을 인상 깊게 기억하고 소개해 놓았다.

유교의 이상사회인 대동사회 구현에 대해 살펴보기 앞서, 총 3부로 구성된 『두만강』의 사건 추이를 살펴보면 다음과 같다. 1부는 19세기말부터 1910년대를 배경으로 반일의병투쟁과 애국계몽운동을 보여주고 있다. 반일의병투쟁은 주인공인 빈농 박곰손이 주동이 되어 전개되고 있으며, 애국계몽운동은 애국 지식인 이진경의 학교설립 활동으로 전개된다. 박곰손을 선두로 하는 농민 의병과 애국 지식인 이진경은 서로 힘을 하나로 모아 반일(反日)운동에 전력한다. 일제의 토지조사사업으로 말미암아 자작농민들은 소작농으로 소작농은 머슴이나 임금노동자로 전락하자, 농민들은 '격문'을 배포하고 힘을 모은다. 1부의 주인공에서 알 수 있듯이, 이기영은 구한말부터 한일합방이전까지 '농민(노동자)'와 '애국 지식인'을 당대 주역으로 조명하고 있다. 그러나 2부에서 3부로 접어들면서 지식인의 역할은 줄고 그 자리를 전적으로 노동자가 대체한다.

2부는 1910년대부터 1919년 3월 1일을 배경으로 삼고 있다. 이 시기에 이르면 아버지 박곰손과 아들 씨동이가 함께 활약한다. 이기영은 아들 씨동의 활약을 통해 새로운 세계관에 입각한 민족해방투쟁의 성장을 예고한다. 곰손이 전형적인 농민의 삶을 사는데 비해, 씨동이는 농민에서 '노동자(광부)'의 삶으로 전환한다. 씨동이는 의병 활동의 한계를 자각하고, 새로운 민족해방투쟁을 '사회주의' 사상에서 찾는다. 이기영은 씨동의 인물 형상화에 주력하여 사회주의 사상의 필연성을 예고하는데 성공하고 있다. 3부는 1920년대부터 1930년대 초를 시간적 배경으로 삼아 노동계급의 영도 아래 민족해방운동과 항일무장투쟁을 보여주고 있다. 3부의 공간적 배경으로는 남쪽 지방 송월동 외 북쪽 지방 무산7소, 만주 동북지방과 일본이 나타나 있다. 1961년 발표된 3부에서 이기영은 '위대한 과거' 만들기의 일환으로 김일성의 영도성을 부각시킨다. 김일성이 이끈 항일무장투쟁사는 당 역사의 기원이자 건국의 시원임을 시사한다.

『두만강』에서 이기영은 노예교육, 원료공급지, 판매시장으로 전락한 식민지 조선의 피폐한 현실 등을 직시하지만, 그 중에서도 특히 식민지하 일제에 의한 농민의 토지 수탈 과정에 주목하고 있다. "일본은 조선 안에 상공업자본과 금융자본을 투입"시키고 "상공은행과 흥업은행을 개점하였으며, 동양척식회사를 만들었다." "봉건적 공용지, 궁장토와 부락주민들의 공동유지였던 간석지, 진지, 산림, 소택 등을 모두 국유지로 편입시킨 뒤에 그것을 주금(株金)으로 환산(換算)하여 '동척'을 설립한 것이다. '동척'을 개점한 일제는 농민들과 중간계급의 몰락을 촉진시키는 고리대금과 신용제도의 금융정책을 감행하였다."(2부 18장) 일제는 동양척식회사를 설립하고 국유 토지를 약탈했으며, 직접 농민을 착취하는 기관으로 금융조합을 창설한다. 조선의 빈궁화를 초래한 동척은 일본인에게는 이민을 주선하고 농사 비용을 대준다. 지세만 물리고 소작료 없이 이주민들에게 토지를 제공한다. 2부에서 무산으로 간 박곰손이 '화전민'의 삶에 주목하는 이유는, 그들이 토지에 대한 소유뿐 아니라 토지 수탈에의 위험이 없는 "임자 없는 땅"에 살았기 때문이다.

곰손은 그해 풍작을 거둘 수 있었던 이유를 "임자 없는 땅"에서 농사지었기 때문이라며 다음과 같이 회고한다. "명문이 없이 살던 옛날 화전민들은 정말로 지금보다는 잘 살았다. (중략) 그때는 **임자 없는 나라땅**에 화전을 일궜는데, 농민들은 구실만 물고 농사를 지었다. 그러니 그들에게 여유곡이 있었다. 지금도 **그와 같이 모든 토지를 국유로 만들어서 농민들이 노나 부칠 수만 있다면 그들은 잘살 수 있지 않을까? 지주가 없는 땅을**"(2부·상 177면, 강조는 필자) 작중에서 이기영이 일제와 부패한 양반관료의 토지수탈에 대해 비판의 목소리를 높이는 궁극의 의도는 '토지 국유화'의 정당성 표명에 있다. 전래의 유교는 재물의 사유화보다 기본 생활의 공동 보장에 깊은 관심을 기울여 왔다. 일찍이 맹자는 「양혜왕상」에서 백성의 본성을 회복하는 데 일정한 경제적 기반의 항산을 주어서 민생의 안정을 도모하는 것이 필요하다고 언급한 바 있다. 이것은 넓은 의미에서 생업이라는 뜻으로 백성들에게 생활의 경제적 안정이 없으면 마음의 안정도 있을 수 없게 됨을 직시하고, 도덕의 경제적 기초를 중시한 것이다. 당시 맹자는 전법(田法)을 예로 들어, 공평한 토지의 분배가 왕도정치의 가장 중요한 경제적 기초를 이룬다고 보았다.[30]

유교에서는 사후 세계의 복락을 누린다는 의식이 결핍되어 있는 반면, 하층 백성을 위한 분배의 균형이 바로 인간이 실현해야 할 이상 사회의 근본 조건임을 확신하며, 현실 세계에 충실한 모습을 보여준다.[31] 『예기』의 「禮運」편에서 유교적 유토피아로 제시된 '대동사회'는 재물과 노동력을 공동체가 공유하는 데서 이상형을 발견하고 있다.[32] 대동사회는 만민의 신분적 평등과 재화의 공평한 분배, 인륜(人倫)의 구현을 특징으로 한다.[33] 이러

---

30) 성균관대학교 유학과 교재편찬위원회, 『유학사상』, 성균관대학교 출판부, 1999, 135면 참조.
31) 금장태, 『유교의 사상과 의례』, 예문서원, 2000, 29면.
32) 금장태, 위의 책, 31면. 본문은 다음과 같다. "大道之行也 天下爲公 選賢與能 講信修睦 故人不獨親其親 不獨子其子使老有所終 壯有所用 幼有所長 矜寡孤獨廢疾者 皆有所養 男有分 女有歸 貨惡其棄於地也 不必藏於己 力惡其不出於身也 不必爲己 是故謀閉而不興 盜竊亂賊而不作 故外戶而不閉 是謂大同" 대도가 행해지던 시대에는 천하를 공공(公共)의 것으로 보았다. 따라서 어질고 유능한 자를 가려서 신의를 강명(講明)하고 화목의 길을 닦았다. 그러므로 사람들이 그 어버이만을 친애하지 않고 다른 사람의 어버이에게까지 미쳤다. 나이 많은 자로 하여금 안락하게 그 수명을 마칠 수 있게 하고, 장년의 사람은 충분히 그 힘을 발휘할 수 있게 하고, 어린이는 건전하게 자라날 수 있고, 환과고독(鰥寡孤獨 : 늙고 아내가 없는 사람, 늙고 남편이 없는 사람, 어리고 부모가 없는 사람, 늙어서 자식이 없는 사람), 폐질자도 모두 충분히 그 몸을 기를 수 있게 한다. 남자는 직분이 있고, 여자는 그 갈 곳이 있었다. 재화는 거두어 땅에 버려지는 것을 싫어하지만 반드시 자기를 위해서 사장(私藏)하지 않았으며, 힘은 그 몸에서 나오지 않는 것을 싫어하지만 반드시 자기 한 몸만을 위해서 쓰지 않았다. 그러므로 간특한 계모(計謀)가 폐색되어 일어나지 못하고 도절난적(盜竊亂賊)이 일어나지 못했다. 그렇기 때문에 사람마다 대문을 잠그지 않고 편안하게 살 수 있었으니 이것을 '대동(大同)사회'라 한다(「禮運」, 『禮記』, 홍신사, 1996, 198~199면 참조).
33) 성균관대학교 유학과 교재편찬위원회, 『유학사상』, 성균관대학교 출판부, 1999, 155면 참조. 대동사회의 구체적인 내용은 다음과 같다. 천하를 사유화하지 않고 공공의 공유물로 하는 것, 사람들은 모두 전체의 이익을 위해 노동하며 노동의 산물인 재화는 모든 사람이 공동으로 향유하는 것, 노동 능력이 있는 자에게 노동에 종사할 수 있게 하며 노동능력이 없는 노인이나 어린이는 사회보장에 의해 잘 부양하는 것 등의 항목은 북한식 사회주의의 이상과 일치한다.

한 대동사회를 실현하기 위해 기초가 되는 것이 천하위공(天下爲公) 사상이다. 천하위공의 사상은 천하의 공(公) 아래 사(私)를 무화하는 관념이었으며,34) 그것은 일체의 사사로움을 배제한다. 후술하겠지만, 북한의 집단주의 체제는 일체의 개인의식을 배제한 데서 가능한 것이다. 박애와 평등을 지향하는 대동사회는 모택동이 지향하던 이상사회이기도 하거니와, 북한식 사회주의 이념의 성립에도 일정 영향을 미쳤으리라 본다. 이기영은 식민지하 토지수탈과정을 통해 토지 국유화의 필연성을 시사하고 있으며, 이러한 의식의 기저에는 유교가 지향하는 경제적 안정 및 대동사회의 잔영이 나타나 있다.

'유교적 인간'과 '사회주의 인간'의 친화성을 고찰하려는 이 글에서는 박곰손 일가를 주축으로, 사회주의 인간의 계급 각성과 성장에 유교의 예교성(禮敎性)이 밑거름이 되었음을 살펴보려 한다. 박곰손 일가는 '사회주의 인간'의 탄생과 성장을 보여주는 동시에, 유교의 예교성을 실현하는 '유교적 인간'이다. 그를 통해 유교적 예교성이 사회주의 체제를 공고히 하고 '사회주의 인간'의 의식을 더욱 고양시키는 기제가 됨을 살펴보려는 것이다. 이기영이 『두만강』에서 형상화해낸 인물들은 '사회주의 인간'이기 이전에 예교성을 구현하는 '유교적 인간'이다. 작중 인물에게 내재해 있는 유교적 예교성은 체제를 구심점으로 하여 인물의 사회주의 의식을 더욱 견실하게 만든다. '장유유서(長幼有序)의 질서'는 '체제를 공고히 유지'시키는 데 기여하고 있으며, '공동규약체'는 집단의 '공리성 추구'로 귀결되며, '청빈의 삶'은 '노동하는 인간'으로 변형되고, '권선징악의 윤리'는 '계급의식의 고취'와 직결된다. '유교적 인간'과 '사회주의 인간'의 친화성을 살펴보

---

34) 이것은 "하늘은 사사로이 만물을 덮지 않고 땅은 사사로이 만물을 싣지 않으며, 해와 달은 사사로이 만물을 비추지 않으니, 이를 일러 세 가지 사사로움이 없다(三無私)고 한다"(『예기』, 「孔子閑居」, 天無私覆 地無私載 日月無私照 奉斯三者以榮天下)는 공자의 말에 기초한 것이다. 앞의 책, 155면과 『예기』(권오돈 역해, 홍신문화사, 1996) 516~517면 참조.

기 앞서, 우선 다음 장에서는 이기영의 『두만강』을 통해 집단주의 체제를 존속시키기 위하여 개인의식이 어떻게 배제되고 있는지 주목해 보도록 하겠다.

3. 집단주의 체제의 존속과 개인의식의 배제

북한이 오늘날에 이르기까지 집단주의 체제를 존속시킬 수 있었던 동인 중의 하나는 "봉건 시대→식민지 시대→사회주의 시대"라는 특수한 시대적 추이로 말미암아, 그들이 근대 체험을 근절시킨 데 있다. 북한은 '식민지 시대'와 '사회주의 시대' 그 간극에 존재하는 '자본주의 시대' 근대적 개인(individual)의 체험을 불허했다. 근대에 출현한 새로운 인간형 '개인'에 대한 체험을 배격한 결과, 인민 대중은 근대적 인간으로서 개인의 존재방식에 대해 자각할 수 없었다. 그들은 '개인'이 내포하는 사생활, 내밀한 정서, 사적인 욕구를 가질 수 없었다.[35] 북한은 봉건 시대가 채 끝나기도 전에 식민지 시대에 들어섰으며, '식민지'에 대한 강조는 곧 '사회주의'의 무장을 가속화 시켰다. 그 결과 식민지 시대를 거쳐 사회주의 시대에 이르면서, 집단적 사고체계는 바뀌지 않은 채 지도자만이 바뀐다. '봉건적 관료'를 대신하여 당의 영도자가 인민의 영웅이 되어 집단적 사고체계를 선도해 나간다. 1980년대 북한을 방문한 루이제 린저는 당교육과 더불어 유교의 전통을 높이 평가하면서 북한 체제의 '아시아적인 것', '아시아인의 심성'으로 다음과 같은 유교의 예교성에 주목한다. '대가족 속에서 노인을 존

---

35) 개인주의는 애초부터 인간에게 주어진 여건이 아니다. 개인의 자유가 거의 제로에 가까웠던 상태로부터 점차적으로 전개된 것이다. 자율적 개인이 공동체의 통제로부터 해방되는 개인주의의 역사는 알랭 로랑의 『개인주의의 역사』(김용민 옮김, 한길사, 2001)에 잘 소개되어 있다.

경하는 것',36) '모범적인 아버지상으로서 김일성의 상징성'(218면), '장남(김정일)이 아버지의 대를 잇는 것'(223면) 그녀 역시 북한의 "사회생활은 혁명적으로 변화된 유교 덕목에 따라 이루어"(143면)진다고 지적하고 있거니와, 그녀가 주목한 유교의 예교성은 북한 체제를 존속시키는 기반이 된다.

북한식 사회주의가 전통적 신조체계를 중핵으로 하고 사회주의 외피를 쓴 민족공동체라고 할 때,37) 북한에서 유교는 전통적 신조체계이며 전대의 집단적 사고체계를 대표한다. 유교는 '절대개인'을 상정하지 않을 뿐 아니라 개인을 상상할 수 있는 담론이 없다. 절대개인을 상상할 수 없는 유교사상에서는 개인의 '생존, 자유, 행복의 추구'를 인간 공동체의 최고 이념으로 여기지 않는다. 이(利)에 대한 인(仁)과 의(義)의 강조 역시, 개인보다 공동체를 우위로 하는 유교적 세계관을 보여준다. '인간'은 철저히 간주관적인 존재이며 타자와의 관계 속에서 비로소 그 존재가 확인된다. 전통적인 유교사상의 핵심인 삼강오륜은 '간주관성의 존재론(ontology of intersubjectivity)'의 극명한 예이다.38) 유교적 가르침에 따르면 자기 수양은 그 자체가 목적이 아니라 가정과 국가, 세계라는 다른 사람들을 위한 봉사의 기초로서 의미가 있다. 유교적 인간이 성인을 지향한다면, 성인은 전적으로 "타인을 위한" 인간이다.39) 유교에 내재한 예교성은 간주관적인 존재로서 인간의 규율과 통제를 실현하고 있다. 북한체제에서 유교의 예교성은 집단을 더욱 공고히 하고 질서정연하게 유지시키는 공무(公務)를 수행한다. 식민지 시대를 거치면서 북한은 인민들에게 일제에 저항하는 단결된 힘을 요구했으며, 그 결과 전대의 유교적 집단주의 사고는 견고한 결속력과 더불어 실천력을 보

---

36) 루이제 린저·강규현 옮김, 『북한이야기』, 형성사, 1988, 63면. 이하 이 책의 인용은 인용구 말미에 페이지 수만 기입하도록 함.

37) 스즈키 마사유키, 앞의 책, 180면 참조.

38) 함재봉, 『탈근대와 유교』, 나남출판, 1998, 258~273면 참조.

39) 줄리아 칭·임찬순/최효선 옮김, 「인간이란 무엇인가」, 『유교와 기독교』, 서광사, 1993, 121면 참조.

이게 되었다. 북한은 전대 유교 사상의 권위(authority)를 토대로, 사회주의라는 새로운 권력(power)을 잉태할 수 있었다.

이러한 전제 아래 이기영의 『두만강』을 살펴보면, 이 작품은 북한의 건국신화(권위)를 만들기 위해 창작된 것임을 알 수 있다. 이기영은 전대 역사와 사회주의 국가의 영속성을 구한말과 식민지 시대에서 찾고 있다. 북한의 관점에서 식민지 시대의 근대성은 사회주의의 태동이다. 우리나라의 경우 사회주의 체제는 일방적으로 이입되었다기보다, 전대의 유교적 세계관을 흡수하여 그 체제를 공고히 해 나간 것으로 볼 수 있다. 북한이 사회주의 체제를 지금까지 유지 존속할 수 있었던 것도 체제 자체의 견고성보다 오히려 전대 유교의 규율(disipline)과 권위(authority)를 적극 수용하여 집단주의 체제를 존속시키는데 이용했기 때문이다. 이기영은 『두만강』에서 개인의 사유를 용납하지 않는다.40) 작중 젊은이들은 스스로 개인의 갈등과 욕망을 비롯한 일련의 개인적 사유를 근절시키고 있으며, 자신을 비롯한 동료들에게 계도적인 목소리를 높인다. 전대 할아버지와 아버지 세대에 비해, 씨동이와 같은 젊은 세대는 집단적 사유와 개인적 사유에 대한 갈등, 개인적 사유에 대한 배격이 더욱 격렬하다. 이는 당대 일기 시작한 개인의식을 배제하려는 작가의 의도가 더욱 강압적으로 나타난 것이다.

작가 이기영은 씨동이의 입을 빌어 젊은이들에게 "올바른 길"을 제시한다. 그가 제시하는 "올바른 길"이란 "자기의 이익보다도 큰 일"이며 "나라와 백성을 위하는 가장 옳은 길"(3부·하 390면)로서 개인을 버리고 집단을 위해 헌신하는 것이다. 작중 배경이 일제 식민치하이므로 당(당성)이 구체적으로 명시되어 있지 않지만, 『두만강』이 발표된 1950년대 이기영은 인민

---

40) 이러한 사정은 당시 북한의 정치적 상황을 반영하고 있다. 문학과 예술이 조국과 인민에게 복무해야 한다는 전제 아래, 북한문학의 이념성은 전쟁이후 더욱 공고해졌다. 1953년 9월 작가 예술가 대회에서는 인민대중의 혁명의식을 마비시키는 개인주의적 반동 부르주아 문학사상을 철저히 분쇄해야 한다는 결의를 한다.

성, 계급성을 비롯한 당성을 인물 형상화를 통해 충실히 작품에 반영하고 있다.41) 씨동이의 목소리에는 작가의 의도가 직설적으로 나타나 있다. "사람은 누구나 올바른 길을 걸어야 되겠지만 더구나 혁명을 지향하는 청년으로서는 언제나 자기의 이익보다도 큰일을 더 생각해야 되는거다! 왜냐하면 그런 큰일은 나라아 백성을 위하는 사상 옳은 길로 되기 때문이다."(3부·하 390면) 씨동이는 청년들에게 "더 큰 일을 위해서 투쟁하는 것"이 옳은 것이라고 토로한다. 이에 분이는 씨동이의 말을 받아 "더 큰 일"이 "조선혁명을 위해서 헌신적으로 싸우는" 것이라고 명시한다. 씨동이가 지향하는 '올바른 길'은 '가정'과 '개인'의 삶을 부정하는 데서 출발한다. 개인에 앞서 집단이 선행해 있듯이, '가정'보다 '국가'가 선행해 있다. 씨동이는 '당성'을 지향하고 있다. 후술하겠지만, 씨동이는 노동자를 대변할 뿐아니라 노동자의 계급각성과 투쟁의욕을 고취시킨다는 점에서 '인민성'과 '계급성'을 실현하고 있다.

작중에서 장포수의 삶은 사회주의 이데올로기가 강요하는 집단주의 체제의 전모를 반영하고 있다. 가난한 화전민의 아들 장포수는 무산지역에 살았으며, 그는 백두산 일대를 다니며 의병들의 독립운동에 가담했다. 『두만강』 너머로 이동하여 농사를 짓게 된 후부터, 그는 독립운동의 일선에서 물러나 가족을 위한 삶속에서 보람을 찾았다. 그러한 그에게 갑작스런 비극이 벌어진다. 둘째 손자의 해산을 앞둔 딸 또숙이가 왜놈들의 손에 무참히 죽은 것이다. 또숙이는 항일 의지가 돈독한 사상분자로 일본인에게 지목되어 불의의 죽음을 맞이한 것이다. 딸의 죽음을 슬퍼하며, 장포수는 다음과 같이 자신의 과거(과오)를 비판한다.

---

41) 서영빈은 이기영의 『두만강』에는 북한사회의 창작환경이 요구하는 당성, 인민성, 계급성이 인물의 성격 창조로 나타나고 있다고 지적한다(서영빈, 「통일문학사 서술 시각에서 본 중국 조선문학」, 『재외 한국인문학의 어제와 오늘, 내일에의 전망 : 한국문학이론과 비평학회 2006 국제학술회의 요지집』, 한국문학이론과 비평학회, 2006, 128면 참조).

"내가 이 고장으로 가족을 이사시키고 농사를 짓게 된 이후부터 늙은 것을 빙자해서 **가정살림에만 몰두**하고 있었지— 아! 나의 잘못은 바로 여기에 있었네 (중략) 그렇게 나는 몇 십 년 동안을 가정살림이라고는 못해보고 늘상 홀몸으로 떠돌아다녔는데 의지가지없는 처자식이 자나 깨나 항상 마음에 걸리더란 말일세! (중략) 그때부터 **가족에게 여생을 의탁하려는 생각**이 간절하여서…"(3부·하 354~355면) "나는 … 시대가 변하는 것도 모르고 수십 년 동안 왜놈들과 싸워오던 것도 다 잊어버리었고 젊은 사람들이 의로운 일을 하는 것도 못하게 가로막으며 **가정생활에만 눈이 현황**해져서 그만"(3부·하 356면, 강조 : 필자)

장포수가 참회하는 과오는 개인적이고 가족 중심적인 삶이다. 그는 딸의 죽음을 계기로 그간 개인(가족)에 치중했던 생활을 참회한다. 이제 그는 '가정생활'이 아니라 '조국'을 위해 헌신하는 새 시대의 투사로 거듭난다. 씨동이가 어머니와 아내를 떠나 조국과 인민을 위해 헌신했듯이, 장포수도 가족적인 삶을 영위해서는 안 되는 것이다. 그들의 일신은 조국의 해방에 소용되어야 했다. 조국애 앞에서 개인과 가족은 단연 희생되어야 했다. 도덕사회를 구현하기 위해 권위, 규율, 기강, 획일성을 강조하던 유교적 전통 아래, 이기영의 『두만강』에 등장하는 인물들은 모두 집단주의 체제에 획일적으로 흡수된다. 개인과 가족 모두는 가족주의를 극복하고 유사가족공동체로서 국가에 헌신해야 한다. 개인의 사생활을 불허하고 조국애를 강요하는 집단주의 체제의 기저에는 전대의 유교 전통이 깊숙이 자리 잡고 있다.

개인에 대한 배제는 남녀간 연애 감정을 다룬 부분에서 더욱 첨예하게 나타난다. 이기영은 씨동이에 대한 옥이의 사랑을 설명하는 데 공을 들인다. "비록 남녀간의 사랑이라 하더라도 그것이 이성에 대한 본능의 한계를 벗어나서 동지애로 발전하게 되면 그들의 크나큰 사랑은 가정생활에 국한되지 않고 고상한 사업을 위하여 자기를 희생하는 높은 세계를 지향할 수 있"(3부·하 305면)다고 말이다. 작가는 청춘 남녀의 연애감정은 '동지애'로 승화시켜야 함을 강조한다. "사랑에는 여러 가지가 있다. 그렇다! 부모와 동기 간의 피로 맺어진 육친의 사랑이 있는가 하면 존경하는 스승과 제자 간의 근엄한 사랑과 막연한 친구간의 우정도 있는 것이다. 또한 그보다도 거룩한 조국과 인민을 위하여 원수들과 싸우는 마당에 사생고락을 같이하는 동지간의 사랑과 전우간의 고상한 사랑을 들 수 있다." 분이가 갑룡에게 그러하듯, 옥이는 씨동에게 '동지간의 사랑', '전우간의 고상한 사랑'을 보여준다. 동지애·전우애로 치환되는 젊은 남녀간의 사랑에는 일체의 개인적 욕망과 자유가 배제되어 있다.

이기영은 『두만강』에서 민족적 대의명분, 구국(救國)을 강조하는 가운데 '개인'에 대한 사유를 배제한다. 씨동이는 아내 옥이에게 다음과 같이 말한다. "지금 우리들은 개인의 행복을 바랄 것이 아니라 우선 빼앗긴 나라를 찾기 위하여 원수인 왜놈들과 싸워야겠소."(27면) 그들에게 있어서 개인적인 행복과 애정은 "비속한 본능적 애정"에 지나지 않는다. "같은 부부간의 사랑이라도 사람에 따라서는 각각 그 정도의 차이가 있을 수 있다. 가령 한 부부의 사랑이 좀더 고상한 반면에 다른 하나는 비속한 본능적 애정으로 만족할 수도 있지 않겠는가." 이때 '고상함'과 '비속함'으로 구분되는 애정의 척도는 '조국'과 '인민'에 대한 헌신 여부이다. 그들에게 개인의 자유와 개인적 사고는 찾아볼 수 없다. 비록 작중 인물간의 대화 속에 '개인'이 명명되고 있지만, 그것은 수적인 측면에 국한된 단수를 지칭한다. 이춘실은 '단체 세력의 필요성'을 역설하는 덕성에게 다음과 같이 말한다. "매 개인의 힘은 약하니까 어떤 단체의 뭉친 힘으로 일을 해야 된다."(85면)고 말이다. 이때 '개인'은 근대적 존재로서 주체에 대한 인식에까지 미치지 못한 채 집단을 구성하는 낱낱을 의미한다. 작가는 복수가 하나의 집단으로 단결하는 것과 대조적으로, 수적으로 열세에 있는 단수적 의미를 '개인'의 속성으로 보고 있다. 식민지 체제는 '집단'의 힘이 요구되는 시기이므로, 북한은 집단을 대표하고 선도하는 영웅은 있을 수 있을지언정 사적인 '개인'의 존재는 용납하지 않는다.

이춘실은 덕성을 통해 "개화세상에서는 신학문을 배워야 된다는 것과 개인의 힘은 미약하니까 어떤 사회적 단체의 힘을 발동시켜야만 무슨 일을 할 수 있다."(86면)는 결론을 내린다. 식민지하 억압받는 민중에게는 '단체'가 아니라 '단체의 힘'이 요구되었다. 제국주의 횡포에서 벗어나 식민지 조선 민족이 공평하게 잘 살 수 있는 사회를 구현하기 위해 '단체의 힘'이 요구되었으며, 이에 작가는 작중 청년들에게 '개인의식'을 경계하도록 한다. 박분이는 김갑룡에게 이성적 연애 충동을 느끼지만, 그러한 사사로운 감정을 배제하려 한다. 김갑룡은 분이를 비롯한 소녀회 동지들에게 대중운동가로서 세 가지 사항을 지시한다. "첫째로 중요한 것은 조직의 규율과 비밀을 엄수할 것, 둘째는 침착하고 대담하게 희생적으로 투쟁할 것, 셋째로는 동지를 사랑하고 서로 도우며 절대로 이기적 행동을 하지 말 것"(3부·상 236면) 사회주의 운동가들에게는 "일심동체로 사상적 단결"이라는 집단적 사고만이 요구된다. 이기영은 『두만강』에서 개인에 대한 사유를 배제하는 대신, 집단의 대의명분과 역량을 더욱 강력하고 역동적인 것으로 부각시킨다.[42] 식민지하 독립운동가들은 개인의 삶과 민족의 운명을 동일시하는 가운데 근대적 개인에 대한 체험을 갖지 못했다. 그들은 조선시대 봉건적 가치관을 넘어서기도 전에 일본 제국주의의 식민 지배에 대항해야 했다. 이와 마찬가지로 월북 지식인은 사회주의의 물결이 거세게 밀려오는 1920~30년대 구국(救國)의 사명감으로 사회주의 이데올로기를 습득하고 사회주의를 민족 해방담론으로 수용한 것이다.

---

42) 정호웅은 '집단성'을 민촌문학을 일관하는 하나의 핵심요소로 소개한 바 있다. "해방전 민촌 소설이 두레, 결혼식, 장례식 등 구성원 전부의 참여가 이루어지는 조직이나 의식을 적절하게 사용하여 집단성을 부각"시키고 있는데, "「농부 정도령」의 장례식, 「홍수」의 결혼식, 「민촌」의 공동작업, 고향의 두레 등"을 그 대표적인 예로 소개하고 있다. 정호웅, 앞의 논문, 108면 참조.

4. 유교적 인간의 예교성과 사회주의 인간의 의식 성장

4-1. 장유유서(長幼有序)와 체제 유지

이기영의 『두만강』에 등장하는 인물은 '사회주의 인간'이기 이전에 '유교적 인간'의 면모를 지니고 있다. 그들은 '장유유서(長幼有序)의 질서'를 구현하면서 사회주의 '체제 유지'에 이바지 하고 있으며 '공동규약체'를 통해 집단의 '공리성'을 추구하며, '청빈의 삶'을 통해 '노동하는 인간'의 미덕을 절대시하고, '권선징악의 윤리'를 통해 '계급의식'을 고취한다. 이 장에서는 '장유유서'의 윤리가 어떻게 '체제 유지'에 기여하는지 살펴보도록 하겠다. 이 글에서는 장유유서를 '어른'과 '아이'의 관계에만 국한시키지 않고 선자(先者)와 후자(後者)와 같은 상하(上下) 간에 존재하는 엄격한 차례, 복종해야 할 질서를 명명한 것이다. 수령과 당을 어버이로 하는 '대가정론(大家庭論)'에 입각한 북한의 조직사회에서, 상하 간의 질서는 장유유서의 전통에서 근거를 찾아볼 수 있다. 이 작품에서 장유유서의 윤리는 '봉제사', '경(敬)', '효'의 형태로 나타난다.

첫째, 곰손 일가(一家)는 첫 수확물을 조상에게 바치는 제사(祭祀)를 지내면서 가정의 규율을 준수한다. 봉제사는 혈연공동체의 범주 안에서 영육을 초월하여 규범화된 유교의 예교성이며, 근본적으로 장유유서의 윤리를 내포하고 있다. 제사는 돌아가신 부모에 대한 자손들의 효행(孝行)이다. 곰손이는 새롭게 정착한 무산지대에서 거둬들인 첫 수확물을 먼저 조상에게 대접한다. 곰손 일가를 비롯한 선량한 인물들은 제례를 비롯하여 전래의 미풍양속을 준수한다. 무산의 장포수는 산돼지를 잡은 다음, 전통적으로 전해 내려오는 무용을 한다. 그는 "사냥을 한 후에 돌고기를 구워서 술을 마신 끝에는 화톳불을 놓고 군중 무용"을 한다. "그것은 고시레와 아울러 희생된 짐승들의 위령을 하는 한편 앞으로도 수렵이 잘되게 하여달라는 기원의 의미"(2부 30면)를 담고 있다.

둘째, 곰손을 비롯한 마을의 빈농들은 장유유서를 실행한다. 마을 사람들은 지식의 유무, 물질적 풍요, 계급의 귀천에 의해 사람을 섬기는 것이 아니라, '연령'에 따라 아랫사람으로서 윗사람에 대한 예를 다한다. 예컨대 송월동의 야학교사 박선생은 "어른과 아이들한테 각별히 인사성이 밝았"으며, "노인을 존경하고 어린이들을 무등 사랑하"고 "선생이라 하여 교만한 태도를 조금도 보이지 않"(3부·상 306면)는다. 특히 무산지대 마을 사람들은 '노인'을 공경한다. 아무리 빈궁한 처지일지라도 자기 집으로 찾아온 노인에게는 부족한 끼니일망정 나누어 대접한다. 작중에서 '노인'은 공경의 대상이기도 하지만, 노동 계급 각성에 있어서 선도적 존재이다.

노인들은 올곧은 성품을 가지고 있으며, 애국 노동자의 전범이 된다. 예컨대 무산7소에 사는 바른골 노인은 "천성이 강직한데다가 또한 끌끌하"다. "그는 아들들을 사랑하였지만 그러나 귀동이로만 키우지는 않았"으며 "장성한 큰아들에 대하여도, 만일 그가 잘못하는 일이 있으면 준절히 꾸짖었"고 "눈꼴틀리는 것은 그냥 덮어두지 못"(2부 11면)했다. 무산―회령간 국경 경비 전화선 가설 무렵, 왜놈이 '훈도시'만 입고 물을 얻으러 오자 바른골 노인은 "개 행실을 하는 자에게는 조선 풍속에 물을 끼얹는"(2부 44면)다고 하여 뜨거운 물세례를 퍼붓는다. 남편을 일찍 여의었을망정, 바른골 노인은 강직한 성품으로 두 아들을 훌륭하게 키운다. 큰 아들 봉룡이는 성실한 농사꾼이 되고, 갑룡이는 투철한 사회주의 혁명 투사가 된다. 이외 길주댁은 도망중인 씨동이를 도와주며, 아들 봉길을 투사로 길러낸 현명한 어머니로 형상화되어 있다. 작중에서 노인은 인생의 살아온 과거가 풍부한 현자의 성격을 띠고 있다.

셋째, 이기영은 부모에 대한 자녀의 효행을 높이 평가하면서 장유유서의 질서를 일상에서 확인한다. 북한에서 발간된 조선문학사와 조선문학사개관에는 '심청전'이 대표적인 고전으로 소개되어 있다. 뿐만 아니라 월북 작가 박태원이 북한에서 아동을 위한 심청전(박태원 편저, 국립문학예술서적출판사, 1958)을 편저한 바 있으며 2005년 남북한이 공동으로 만든 애니메이션 「심청전」(넬슨 신 감독, 『왕후심청』, 2005)이라는[43] 사실을 고려할 때, 이기영의 소설뿐 아니라 북한의 집단주의 체제에서는 '효'에 대한 가치를 높이 평가하고 있음을 알 수 있다. 이기영은 『두만강』에서 전대와 동일한 심청 캐릭터를 등장시키지 않는다. 이기영은 전대의 '심청'과 유사한 삶을 살아갈 수밖에 없는 식민지하 여직공의 비애를 심청의 비애와 동궤에 놓고 있다.

> "심청이는 옛날에만 있지 않소. 나는 심봉사와 같이 눈도 안 멀고 상처도 안했건만 딸자식은 가난한 부모의 살림빚을 갚기 위하여 제사공장에 여직공으로 3백냥에 팔려갔고 거간꾼 맹가놈은 그때 우리 내외를 꼬이기를 3년기한이 찰 때까지는 품삯을 후히 받고 공부도 잘 하여서 시집갈 밑천까지 벌어가지고 나오리라 하더니만, 3년이 벌써 지났어도 돈은커녕 도리어 폐병이 들어서 다 죽게 되었으니 이것이 임당수에 빠져죽은 심청이가 아니고 무엇이며, 제사회사와 거간꾼은 부처님과 그 중놈이 아니고 무엇이며, 나는 눈뜬 심봉사가 아니고 무엇이란 말이오?"(2부·하 112면.)

이기영은 술집으로 팔려가고 제사공장으로 팔려간 가난한 농민의 딸을 '효녀 심청'으로 묘사한다. 하늘이 만든 효녀 심청은 하늘의 보은(報恩)을 받지만, 일제의 검은 손에 의해 만들어진 효녀들은 대가는커녕 제 일신(一身)이 망가지고 일가(一家)는 몰락한다. 이기영은 전래의 '심청 모티프'를 통해 유교의 미덕 효를 소환해 내고, 일제에 구속당하는 빈민 노동자와 농민의 적개심을 한 마음으로 규합해 낸다. 가정을 규율하는 효는 범국가적 범주에서 충으로 변용된다. 그러나 엄밀한 의미에서 작중 인물들은 가정

---

43) 2005년 8월 개봉된 극장용 애니메이션 <왕후 심청>은 해외동포 넬슨 신이 감독하고 북한의 4·26 아동촬영소가 원화와 동화 100%를 제작한 것이다(서병문, 「남북 문화콘텐츠 경협차원 교류를」, 『세계일보』, 2005. 8. 29).

안에서 부모에 대한 자식의 예, 효를 보이기보다 가정 밖에서 국가를 위해 한 몸을 바친다. 이기영이 농민과 노동자를 통해 강조하는 애국(愛國)은 전대의 충에 기반을 두고 있다. 다음 인용문을 보도록 하자. "오늘 조선 인민의 모든 불행의 원인은 조국을 잃은 때문이다. 나라가 없는 백성은 부모를 잃은 자식보다도 더 불행한 것이다. 그러므로 조선 인민은 자기의 조국을 찾아야 한다."(2부·하 434면) 이 문장에서 '나라'는 '부모'보다 더 큰 위상을 지니고 있으며, 작중에서 부모에 대한 효는 국가에 대한 충에 포섭된다. 효를 비롯한 장유유서의 질서는 북한의 사회주의 체제를 유지 존속시키는 후광으로 자리 잡고 있으며, 궁극적으로 국가주의에 귀결되고 있다.

4-2. 공동규약체와 공리성 추구

공동 보장 공동체로서 대동(大同)사회는 가정, 마을, 국가 단위의 공동규약체를 통해 실현된다. 조선 후기의 향약은 향촌에 유교적 도의를 정착시켰다.44) 작중 인물들은 공동체 생활을 통해 조선시대 향촌사회의 자치규약을 실현한다. 곰손을 비롯한 농민들은 향약의 4대 덕목 덕업상권(德業相勸), 과실상규(過失相規), 예속상교(禮俗相交), 환난상휼(患難相恤)을 잘 실행해 옮긴다. 그들은 덕업(德業 : 선(善))을 서로 권하며, 과실(도박, 싸움)을 서로 규제한다. 『두만강』의 초반에는 도박에 빠진 젊은이들이 등장하는데, 그들 역시 오래지 않아 개심한다. 이외 그들은 예의와 풍속을 교환하며 윗사람과 아랫사람이 지켜야 할 예의범절을 준수한다. 나아가 어려움을 당한 사람을

---

44) 향약은 북송(北宋) 말기 여대균(呂大鈞)이 일가 친척과 향리 사람들을 교화·선도하기 위해 만든 것으로 '여씨향약(呂氏鄕約)'이라 한다. 이후 주희가 보완하여 '주자증손여씨향약'을 만들고 이것이 보급되어 향약은 유교적 도덕 질서를 선양·공급하는데 앞장섰다. 우리나라에서는 중종 12년(1517년) 2월 경상도 감사 김안국이 '여씨향약'을 처음 실시했으며, 이황은 이를 '예안향약(禮安鄕約)'으로, 이이는 선조 6년(1571년) '여씨향약'과 '예안향약'을 기초로 '서원향약(西原鄕約)'을 만들어 충청도 청주에서 시행했고, 선조 10년(1577년)에는 '해주향약(海州鄕約)'과 '해주일향약속(海州一鄕約束)'을 제정·시행하였다(성균관대학교 유학과 교재편찬위원회, 앞의 책, 225면 참조).

협조하여 도와준다. 전대의 향약이 농민들을 하나의 공동체로 결속시키는 가운데 체제의 안정을 도모해 왔듯이, 『두만강』에서 송월동 농민들과 무산의 노동자들은 '농민야학'과 '농민조합'을 통해 전대 향약의 결속력을 재현하고 나아가 무장투쟁의 거점으로 활용한다.

곰손을 비롯한 농민과 노동자들은 농촌생활 공동체를 영위할 뿐 아니라, 농민야학과 노동조합의 형태로 빈민들을 하나의 결속체로 묶는다.45) 우선, 곰손 일가를 통해 농촌생활 공동체의 일면을 살펴보면 다음과 같다. 무산지대에 먼저 정착한 곰손이는 송월동에서 올라온 쌍둥이 형제를 아들처럼 거두어 준다. 옥이네 식구, 곰손이네 식구, 쌍둥이 형제가 모두 한 지붕에 거처한다. 곰손이는 쌍둥이 형제에게 일감과 농토를 알선하고 가정을 일구도록 돕는다. 추석전날에는 자신이 수확한 쌀을 이웃에게 나누어 주고, 추석날에는 마을사람들을 초대하여 "송편 한접시, 시루떡과 설기떡이 한접시, 녹두지짐이와 감자를 넣은 돼지국을 한그릇씩, 그리고 열무김치를 한상", "집에 담근 능주와 강냉이 막걸리"(2부 174면)를 대접하며 수확의 기쁨을 나눈다. 곰손이가 쌍둥이 형제에게 베푼 은덕과 마을 주민들에게 행하는 예(禮)는 향약의 덕목 환난상휼(患難相恤)과 예속상교(禮俗相交)에 각각 해당된다.

마을의 '농민야학'은 전대 향촌 자치규약을 제공한 향약의 위상을 지닌다. 농민야학은 마을의 집단 공동체를 대표하는 자생적 단체이다. 농민야학은 빈농들에게 민족적 기개와 의로운 인간상을 심어준다. 구체적으로 야학은 문맹퇴치뿐 아니라 사상학습의 장을 제공하고, 집단의 결집력과 공동체적 소속감을 준다. 야학에서 만들어진 결집력은 공동체를 규합하여 '조직의 힘'을 현실화한다. "빈농민들은 지난해 봄내 개간공사를 하는 중에 집단적 생활을 통하여 희미하나마 앞날의 희망을 내다보았다. 그것은 그들

---

45) '공동규약체'는 '집단성'과 더불어 이기영의 다른 소설에서도 나타난다. 예컨대 전대 소설 『고향』에서는 '두레'와 '야학'이 농민들 간의 단합과 현실 대응 의지를 견인한다.

이 전자에는 아무 힘도 없는 분산된 각 개인—미약한 일개 빈민으로밖에 더는 몰랐었는데 야학을 다시 개설하고 박선생이 온 이후부터 계급의식의 점차적 각성과 단결의 힘을 깨닫게 되었다.”(3부 77면) 전대에 송월동 농민들은 조직의 힘을 발휘하여 학정(虐政)하는 고을 원님을 내 쫓은 사례가 있다. 송월동 주민들은 고을 원님을 옛날의 관례대로 지경 밖으로 넘겼다. 지경을 넘기게 되는 경우, 읍 부녀자들은 매운 제를 그의 길 앞에 뿌리며 그 같은 원님이 다시 오지 않도록 액막이를 한다. 그 결과 이군수는 삭탈관직하고 새로 심군수가 부임한다. 하나로 집결된 민중의 힘은 현실의 토대마저 변화시킨다.

광산 노동자들은 “동맹파업”을 통해 “단결된 힘으로 회사나 공장주에게 자기의 권리를 주장”(3부·하 142면)한다. “노동자들은 일반적으로 계급의식이 깨었기 때문에 단결의 무기를 가지고 끝까지 자본가”(3부·하 143면)에 대항한다. 집단생활의 체험은 농민과 노동자의 각성토대가 된다. 특히 ‘집단노동’ 체험은 노동자이기 앞서 무산자로서 계급에 대한 각성을 용이하게 한다. 박포리는 씨동이에게 “맑스—레닌주의 사상으로 무장하는 데 노동자의 집단생활이 가장 중요”하다고 말한다. “왜 그러냐 하면 노동자는 기본계급이요 혁명의 선봉대이기 때문”(3부·하 313면)이다. ‘야학’, ‘농민조합’, ‘노동동맹’, ‘소녀회’, ‘사회주의 학습단체’, ‘투쟁단체’ 그 밖에 만주지방의 부녀자들 단체인 ‘부녀회’, ‘반일회’, ‘농민협회’(제3부·하 232면)의 활동 등 공동규약체들은 모두 계급의식을 고양시킨다.

김진해가 송월동 농민들에게 경지복구공사를 시키자, 송월동 농민들은 하나로 단결하여 경지복구공사를 진행한다. 현장 책임은 이춘실이 맡고, 동리의 살림살이는 김관일이 맡는다. 이춘실이 나서서 김진해와 임금을 협상하고, 김관일은 점심을 굶는 사람, 끼니를 제때 해 먹지 못하는 사람들에게 식량을 나누어 준다. 마을 사람들은 하나의 조직체로 일하면서 한 살림을 산다. 이춘실은 경지복구공사장에서 점심을 못 가져 온 이웃에게 밥을 나누어 주면서 다음과 같이 말한다. "정말 옛날에 내가 어릴 적만 해도 마을사람들은 서로 도와주고 음식을 노나먹는 아름다운 풍속이 있었소. 그랬던 것이 시대가 변하고 왜놈들이 들어와서 독판을 치고 살기가 더욱 구차해지는 바람에 인심이 야박해지며 조상 전래의 미풍양속도 없어지고 백성들우 도탄에 빠저 신음하게 되었소."(3부·상 387면) 이기영은 전통적인 향약 공동체의 미풍양속을 구현해 내고 있을 뿐 아니라, 전래 미풍양속이 소멸하게 된 원인중 하나를 "왜놈들이 들어"온 데서 찾고 있다. 이기영은 일제시대 민중의 궁핍과 사회의 동요를 당대 전통의 사멸과 동궤에 놓고 있다. 그런 의미에서 곰손을 비롯한 주민들의 미풍양속 준수는 일제에 대한 문화적 저항의 성격을 띤다.

야학과 더불어 농민조합은 파업을 비롯한 자본가에 대한 집단적 저항의 토대이다. 송월동 빈민들은 집단생활을 통해 임금협상 타협안을 마련하는 등 단결의 힘을 현실화시킨다. 노동조합은 동맹파업을 통해 그들의 요구를 관철시킨다. 회사로부터 받은 현금 1천 여원으로, 송월동 철도회사에 다니는 마을 사람 모두는 순직한 노동자의 장례를 성실히 거행한다. 송월동에서 치룬 이 장례는 '지주'·'독립지사'가 아니라 '노동자'의 장례라는 점에서, 송월동에 의미 있는 사건으로 남았다. 이때 노동자들의 장례행렬은 고인의 죽음을 기리는 것 외, 노동자의 계급 각성을 북돋우면서 그들의 의식을 고양시킨다. 노동자의 고양된 의식은 인민을 대변하는 노동자의 권익우선이라는 사회주의의 공리성을 공고히 다진다. 작품 후반부에 이르면, 작품 초반부 노동자의 단결은 항일무장유격대의 등장과 더불어 무장투쟁으로 귀결됨을 시사한다.

4-3. 청빈의 삶과 노동하는 인간

곰손으로 대변되는 농민과 노동자들은 사리사욕을 멀리하며 청빈한 삶을 산다. 유교 전통 사회에서는 '가난함을 편히 여기며 진리를 즐거워 할 것'을 내세우며, 도덕적 정당성을 극단적으로 강조하여 청빈을 요구하였다.46) 이기영은 금광업에 대해 질시와 환멸을 보낸다. 송월동의 사금광은 농민들의 농토를 앗아갔으며, 외부인의 유입으로 말미암아 마을의 풍기를 문란하게 한다. 뿐만 아니라 광석을 운반하기 위한 자동차길 닦기 부역에 농민들이 동원된다. 금점(金店)으로 인해 왜놈들은 횡재하는 반면, 빈농들은 더욱 가난에 몰리게 된다. 송월동에 일게 된 금광업은 '빈익빈부익부'에 가속도를 몰고 왔다. 이와 같은 맥락에서 이기영은 기독교를 부정적인 시각으로 바라본다. 작중에서 '예배당'은 유산계급이 연애를 일삼는 등 청빈한 삶과 대조적으로 유산자들의 부패 온상이다. 이기영이 보여주는 '청빈'은 사유재산을 몰수하고 공동소유를 원칙으로 하는 사회주의 인간의 전제조건이 된다.

작중에 등장하는 '사회주의 인간'의 가장 큰 특징은 그들이 '노동하는 인간'라는 것이다. 이기영은 '근로 인간'의 미덕을 강조한다. 박곰손은 송월동에서 성실한 농민의 전형이다. 그는 돌 자갈밭을 2년 동안 개간하여 알뜰한 농토로 만든다. 그는 마을 청년들에게 '노름'을 청산하고 성실히 일할 것을 당부한다. 특히 그는 논이 없는 무산군 일대에 벼농사를 실험해 보인다. "남조선의 영농법을 실험해서 좋은 점"을 "고장 사람들에게 본"(2부 101면) 보인다. 곰손은 개울의 산 밑에 작답공사를 하여 언덕 밑에 '벼의 육상모'를 길러 벼농사에 성공한다. 아울러 그는 마을에 처음으로 "물레방아"를 만들어 보인다. 곰손은 "순전히 동리를 위하려는 공동심"에서 "공동소유물"(2부 135면)을 만든 것이다. 비록 자신이 만든 물레방아를 마을 유산 계급자들이 탈취해 가더라도 그 이권을 주장하기보다, 묵묵히 주어진 노동에 성실히 임한다. 곰손뿐 아니라 농민들 모두 양잠, 베짜기, 화전, 가

---

46) 금장태, 위의 책, 29면 참조.

마니 짜기 등 쉬지 않고 노동한다. 쌍둥이 형제가 집을 나가자, 춘실이 역시 근실한 농민(노동자)으로 새 삶을 산다. '노동'은 '무산자'로서 그들의 정신을 무장시킨다. 춘실은 "몸소 생활을 체험하여보니 일하는 재미", "유익한 물건을 만드는 것이 창조의 기쁨"(2부 543면)임을 깨닫는다.

반면, '노동하지 않는 인간'은 경계의 대상으로서 노동자의 적대자이자 응징의 대상이 된다. 이기영은 "세상 사람들이 제가끔 자기의 적당한 직업을 선택하여 생산에 종사할 것 같으면 나라가 부강해지고 서로 다 잘살 수 있을" 터 인데, "놀고먹으려는 사람들"과 "남이 만든 것을 뺏어먹는 불한당들" 때문에 "농업도 공업도 발전되지 못하고 옛날이나 지금이나 판에 박은 생활"(1부 473면)을 할 수밖에 없다고 본다. 분이는 식당 취사 일을 하면서 고학한다. 분이의 '고학(苦學)'이 의미 있는 것도 그녀가 학생이기 앞서 '근로 인간(노동자)'의 직분을 다하고 있기 때문이다. "노동을 해가면서 공부를 한다는 것은 가장 신성한 일이라고 말할 수 있다." "아직도 낡은 인습에 젖은 사람들은 '상일'을 창피하게 여기는 폐단이 없지 않은데 그것은 노동을 천시하는 유한계급의 양반사상이다. 인간 생활에 필요한 모든 물건은 하나도 노동의 열매가 아닌 것이 없다는 것을 생각할 때 어떻게 노동자를 천하게 볼 수 있겠는가?"(3부·상 203면) "노동자와 농민이야말로 인간사회의 기본계급이다. 왜냐하면 그들은 생산자이기 때문이다." "그런데 계급사회에서는 주객이 '전도'되어 놀고먹는 소비자들이 도리어 생산자를 천인으로 차별하려고 한다. 이것은 지배계급이 근로대중을 착취하기 위한 노예사상이다."(3부·상 203~04면) "분이는 낡은 습관에 젖은 사람들에게 본을 보이기 위해서도 육체노동을 달갑게 해야 하고 힘든 노동을 체험함으로써 자기의 사상을 단련시켜야겠다는 결심을 다지었다."(3부·상 204면) 프롤레타리아 계급의 정체성은 그들이 '근로 인간'이라는 데 있다.

노동하는 인간의 미덕이 강조된 데에는 사회주의 형성기 '자본가'와 '지주'를 "놀고먹는 기생충"(3부·하 122면)의 이미지로 타매하기 위한 방안이기도 하다. 조선후기 실학자들은 신분계급을 넘어 생산의 의무를 강조함으로써 놀고먹는 계층을 엄격하게 비판한 바 있다. 노동의 의무와 노동의 신성성 강조의 기저에는 노력하지 않고 소득을 취하며 하는 일 없이 먹기만 하는 경제적 비윤리성에 대한 비판이 전제되어 있다.[47) '노동하는 인간'에 대해 이기영은 다음과 같이 말한다. "노동자 농민들은 이 세상에서 가장 옳은 일, 가장 고귀한 일을 하는데 그것은 만 사람의 의식주를 보장해주는 생산자이기 때문이다." 반면, 지주와 자본가는 "한줌도 못되는 무위도식하는 기생충", "단지 생산수단을 독점한 사유권 제도 하에서 노동의 결과인 사회적 재부를 수탈해먹고 사는 착취계급"(3부·하 169면)으로 묘사된다. 근로 인간에 대한 가치 부여는 놀고먹는 계층에 대한 반항과 적개심으로 이어진다. 이기영은 놀고먹는 계층이 농민에게 과하는 부당한 노동을 고발하는 데, 작중에서 그것은 '부역'과 '사패지' 등의 형태로 나타난다. 우선, '부역(賦役)'의 부당성을 살펴보면 다음과 같다. 작가는 노동하는 인간의 미덕을 강조하지만, 그 노동이 '누구(무엇)'을 위한 것인가에 대한 성찰을 요구한다. 황무지를 개간하고 농토를 늘리는 것이 건강한 노동임에 비해, '부역'은 봉건지주와 타락한 관료들이 빈민들에게 일방적으로 강요하는 노동이다. 전자(前者)가 자발적으로 이루어지는 노동임에 비해, 후자(後者)는 특정 권력에 의한 강제이다. '부역'은 식민지하 빈농을 '농노(農奴)'로 전락시키는 부패한 제도이다.

송월동 주민들은 강제부역에 동원된다. 농민들을 부역으로 동원하는 계층은 부패한 양반관료와 일본관료이다. 서울 양반(한판서댁)이 송월동으로 이사오기로 하자, 마을 청년들은 길부역으로 동원된다. 그 집의 작인(作人)이라는 이유만으로 송월동 사람들은 부역을 나간다. 지주의 땅을 소작하는 대신 도지를 지불함에도, 지주는 "출역을 많이 하고 열성껏 일을 한 집에는 좋은 땅을 우선적으로 준다"(1부 91면)고 강요함으로써, 주민들을 부역에

---

47) 금장태, 앞의 책, 30면. 이익과 박제가 등이 위와 같은 견해를 피력했다.

강제 동원시킨다. 한길주는 농민들에게 춘궁기 곡식을 빌려주고 부역에 동
원시키는가 하면, 가을에는 엄청난 고리를 농민들에게 부과했다. 시대가
바뀌었는데도 불구하고 여전히 강제되던 ‘부역’은 “종의 시대 있었던 유
물”(1부 89면)이다. 양반관료와 마찬가지로 일본관료는 부패한 마을 지주와
결탁하여 송월동 마을 사람들에게 ‘경부철도공사’ 부역을 강제한다. 이외
도 송월동 주민들은 일본 이민자들의 논농사 수리관개를 보장하기 위해
방축공사 부역에 시달린다.

  ‘부역’과 마찬가지로 농민들로 하여금 정당한 노동의 기회를 앗아간 것
이 ‘사패지’이다. ‘사패지’는 조선시대 나라에서 개인에게 조(粗)를 받을 권
리를 준 밭이다. 곰손이는 돌 자갈밭을 2년 동안 개간하여 기름진 농토로
만들었으나, 한판서 집에서는 그 땅을 자신의 사패지라고 하여 빼앗아 간
다. 이밖에 한길주는 냇가에서 사금을 캐던 이춘실에게 ‘사패지’를 이유로
더 이상 채굴을 못하도록 냇바닥도 자기 소유라고 강권을 휘두른다. 무산
지방에서도 곰손이는 묵밭을 일구어 농토를 만들지만, 그 역시 빼앗기고
만다. ‘사패지’는 농민들의 밥그릇이 되어야 할 땅이 소수 양반에 의해 착
취당하는 봉건 제도의 모순뿐 아니라, 놀고먹는 유산계급이 무산계급의 노
동력을 무상으로 착취하는 유산계급의 횡포를 보여준다. 이기영의 소설에
서 ‘청빈’은 노동하는 인간의 미덕을 강조함과 동시에, 일하지 않고 가지려
드는 유산자의 탐욕을 부정적으로 시사한다. 유산계급과 달리, 작중 노동
자와 농민들은 ‘존재’의 문제를 ‘소유’와 별개로 생각하므로, 모두 청빈한
삶을 산다. 청빈은 궁극적으로 공동 생산하고 공동 소유하는 공산주의 이
념으로 귀결된다.

4-4. 권선징악의 윤리와 투쟁의욕 고취

  작중 농민과 노동자들은 권선징악[因果應報]의 윤리를 엄수한다. 전작에

걸쳐 노동자 농민이 선한 인물로 묘사되고 있는 반면, 일제와 지주 한길
주·김진해 등은 악한 인물로 묘사되고 있다. 작중에서 권선징악은 "노동
자(농민) : 선(善)=부패한 양반(일제) 관료 : 악(惡)"이라는 도식으로 나타난다.
이러한 도덕율은 선한 노동자들이 악한 관료들에게 대항하는 계급투쟁을
자연발생적인 것으로 규범화한다. 무산7소에서 공공의 이익을 위해 물레방
아를 놓은 곰손과 달리 허부자와 윤풍헌, 김장의는 자신의 이해타산을 위
해 일을 꾸민다. 이에 마을 주민들은 "나쁜 세상은 뜯어고치고 악한 놈들
에겐 벌을 주어야" 한다고, "힘은 뭉치면 있는 거"라고, "그래서 이 세상을
바로 잡아서 그른 것이 횡행을 못하게 하고 옳은 것이 그른 것을 이길 수
있게 바른 세상으로 만들"(2부 135면)어야 한다고 생각한다. 이기영은 악한
(惡漢)에 대한 선한 인물의 승리를 보여주면서 미래를 낙관적으로 조망하고
있다. 가난한 농민과 노동자들의 적개심은 악한 관료들에 대한 자연발생적
대항(계급투쟁)이라는 점에서 사회주의 인간의 성장을 촉진시킨다.

　『두만강』에서 자연발생적으로 사회주의 혁명투사가 된 인물로 강덕만과
김갑룡을 들 수 있다. 이 외, 송월동의 이춘실, 김관일, 한길주의 손주 며느
리 윤씨, 강서방딸 곱단이 등도 모두 자연발생적으로 혁명에 가담하게 되
지만, 선도자로서 투쟁 일선에 선 인물은 강덕만과 김갑룡이다. 강덕만은
지주 한길주의 비부(婢夫)였다. 아내가 종이었으므로, 그 역시 지주 한길주
의 집에서 종과 다름없이 일을 도맡아 하고 있었다. 의병이 한길주 집에서
현금과 쌀을 가지고 갈 때, 덕만을 짐꾼으로 데리고 간다. 이후 그는 점차
현실을 직시하고 척후병으로서 용맹스런 의병이 된다. 바른골 노인의 둘째
아들 갑룡이 역시 자진 의병이 된다. 처음 의병에 가담할 시에는 분이로부
터 호감을 얻으려는 허영심과 공명심(功名心)이 작용했으나, 그는 사회주의
에 눈을 뜨고 공산당 노동 연맹회의 상무로서 비밀공작을 하는 가운데 적
극적이고 선도적인 사회주의 혁명투사가 된다. 강덕만과 김갑룡은 사회주
의 혁명투사가 출현하기까지 자연발생적인 과정을 보여준다.

이기영은 가난한 인물의 현실자각에 있어서 특정한 인물, 특정한 계층을 설정해 놓고 있지 않다. 여염집 여인을 비롯하여 이웃과 주변에 흔히 볼 수 있는 농민과 화전민, 장사치들 모두를 시대를 이끌어나갈 동력체로 보고 있다. 명동촌 명동학교의 역사 선생은 분이를 비롯한 학생들에게 "사람은 역사를 만들기 위해서" 산다고 말하며 역사의 주체를 다음과 같이 언급한다. "인민들은 크거나 작거나 간에 역사를 창조하는 것만은 틀림없단 말야! (중략) 왜 그러냐 하면 근로하는 사람들은 누구나 직접 간접으로 역사를 창조하는 데 참가하는 것이니까, 역시 그들도 역사를 만든다고 말할 수 있거든! 더 쉽게 말한다면 지금 현시대를 보더라도 독립단이나 혁명투사들은 조국의 새 역사를 만들기 위하여 활동하는 게 아닌가. 우리 같은 보통 직업을 가진 사람들도 사회발전을 위해서 깜냥대로 자기의 사업을 수행하고 있으니, 이런 것이 다, 말하자면 역사를 만드는 과정에서 한개의 나사못과 한개의 치자(齒車)의 임무를 담당하는 것이라고 말할 수 있거든!"(2부·하 249~250면) 이기영은 역사의 주체를 특정 계층의 특정 인물에 두지 않는다. 역사의 주체는 '근로하는 사람'을 비롯한 인민 모두임을 강조한다.

이 땅의 선한 인민들은 고단한 현실을 자각하면서 적빈을 초래한 일본을 적대시하고, 조국해방을 위해 '애국(愛國)'을 강렬하게 부르짖는다. 이 작품에서 애국은 배일(排日)의 형태로 구현된다. 식민지하를 배경으로 하는 이기영의 소설에서 "애국정신"(2부·하 156면)이 강조되는 것은 눈여겨보아야 할 대목이다. 이기영이 프로문학을 선택하고 월북하여 한국전쟁(조국해방전쟁)을 치른 이후까지 그 근본은 애국, 민족주의 이데올로기에 있었다. 좌파 민족주의 이데올로기는 우파와 달리 '아래로부터의 혁명'이라는 노선을 지향했다. 이기영은 국내 3·1독립운동의 실패 원인을 지도자들의 "무저항주의", "청원식 독립 선언"의 탓이라 여긴다. 이기영은 그들이 "전후 식민지 재분할을 위한 미국 대통령의 기만적 구호인 '민족자결론'에 심취"하여 "조선독립의 의사만 표시하면 국제적 외부의 협력 밑에 독립이 저절

로 성취될 것이라는 얼빠진 환상"(2부·하 283면)을 가졌다고 비판한다. 3·
1운동이 아래로부터 이루어진 독립운동이 아니라 위로부터 이루어진 독립
운동(부르주아민족운동)이라는 점에서, 그 소극적 저항을 지탄하는 이기영의
의식 기저에는 좌파 민족주의 이데올로기가 공고히 자리 잡고 있다. 이기
영은 위로부터 이루어진 애국계몽운동의 시대가 끝나고 새로운 사회주의
운동의 시대가 필연적으로 도래했음을 시사한다. 좌·우의 정치노선과 별
개로, 이기영의 애국 정신은 식민지로부터 해방을 지향하며 민족주의 이데
올로기를 키워나간 전전 세대 좌파 지식인의 정신적 구심점을 보여준다.
일제의 압제, 악에 대항하는 좌파 지식인의 구국(救國), 선은 계급의식 고취
외 민족주의 이데올로기의 시원을 보여준다. 민족주의 이데올로기는 투쟁
성에 있어 좌·우의 차이가 있을 뿐, 제국주의의 식민지하에서 전개 발전
해 나갔다는 것을 다시금 염두에 둘 필요가 있다.

5. 맺음말

　지금까지 이기영의 대하장편소설 『두만강』에 나타난 집단주의 체제와
유교적 예교성에 대해 살펴보았다. 『두만강』은 혈연공동체를 통해 단일민
족 공동체로서 유사가족공동체를 구현하고 있으며, 공동 보장 공동체로서
대동(大同)사회를 지향하고 있다. 단일민족 공동체는 작중 인물을 형제·자
매와 같은 동기(同氣)로 묶어 주고 있으며, 임자 없는 국유지를 비롯한 공
동생산과 공동분배는 대동사회를 지향하고 있다. 북한은 '봉건 시대'에서
'식민지 시대'와 '사회주의 시대'를 거치는 과정에서 근대적인 개인의 체험
을 용납하지 않는다. 식민지 시대에 대한 인식이 깊어질수록 그들은 사회
주의를 더욱 맹렬하게 수용한다. 북한은 전대 유교 사상의 권위(authority)를

기반으로, 사회주의라는 새로운 권력(power)을 잉태한다. 이 땅에 사회주의 인간이 잉태되기까지 구한말 부패 관료와 일제치하라는 불우한 시국이 자리 잡고 있었지만, 사회주의 인간이 성장하는 데에는 유교적 예교성이 큰 몫을 차지한다. 유교적 인간의 예교성은 사회주의 인간의 의식을 고양시키는 촉매 역할을 한다.

이기영의 『두만강』에 나타난 '유교적 인간'과 '사회주의 인간'의 친화성은 크게 다음과 같이 네 가지 형태로 나타난다. 첫째, 작중 인물들은 '장유유서'를 실천하는 가운데 '집단 체제'를 공고히 한다. 둘째, 작중 빈농들이 농촌공동체에서 단결된 힘을 발휘할 수 있었던 것은 공동규약체로서 농민야학과 농민조합이 있었기 때문이다. 그들은 '공동규약체'를 통해 집단의 공리성을 추구할 수 있는 역량을 만들어 나간다. 셋째, 작중에서 '청빈'과 '노동하는 인간'은 노동의 미덕을 극대화 함과 동시에, 노동하지 않고 놀고 먹는 유산계급에 대한 적대감을 비판적으로 시사하고 있다. 넷째, "농민(노동자) : 선(善)=부패한 양반(일제) 관료 : 악(惡)"이라는 도식은 '권선징악' 윤리를 현실화화고, 선한 농민들에게 악한 관료에 대한 투쟁의 정당성을 불어넣는 것은 물론 나아가 투쟁의욕을 강화시킨다.

이기영의 『두만강』에 나타난 유교 윤리 장유유서, 공동규약체, 청빈과 노동, 권선징악은 모두 북한의 주체문예이론, 당성·노동계급성·인민성 구현에 이바지한다. 전대의 공동규약체는 모두 '당'에 귀결되고, '당성'은 최고 장자(長者)로서 김일성 수령과 동궤에 있으면서 어버이를 상징한다. 청빈과 노동을 비롯한 권선징악은 '노동계급성'을 구현해 내면서 동시에 사회주의 체제가 염원하는 '인민성'의 문제로 귀결된다. 이때 '인민성'이 작중 인물의 의식뿐 아니라 예술 형식으로서 조선적이고 민족적인 문학형태를 지향한다면, 이기영의 『두만강』은 유교 윤리와 더불어 전통 민속과 우리말을 적절히 살리고 있다는 점에서 '인민성'을 잘 반영하고 있다. 이 외, 이기영의 『두만강』에는 전래의 유교 윤리가 다음과 같은 두 가지 형태로 굴절을 보인다. 첫째, 가(家)의 윤리가 축소되면서 가족을 비롯한 제 집단 윤리가 '국가 윤리'에 귀속되고 있다. 둘째, 가족·부부를 비롯한 제 관계는 계층의 세분화가 무화되는 대신 모두 '동무'와 같이 평등한 입지에서 형제·자매의 '유사혈연관계'로 탈바꿈 된다.

궁극적으로 이기영이 '전후복구와 사회주의 건설기'에 『두만강』을 통해 보여주고자 한 것은 무엇인가. 19세기말부터 1930년대에 이르기까지, 충청도 시골 마을 송월동에서 『두만강』 일대 무산과 만주의 동북지방에서 일어난 사건은 작가 이기영이 조명하려는 바가 무엇인지 시사해 준다. 구한말부터 일제강점기에 이르기까지, 봉건 관료와 일제는 '자본가'의 모습으로 노동자를 구속한다. 이에 노동자(농민)들은 현실을 자각하고 계급갈등을 민족해방운동으로 끌어올린다. '조국해방전쟁(6·25)' 이후 이기영은 전대의 역사에서 조국해방의 가능성과 필연성을 보려 했다. 이러한 사실은 이 작품이 단순히 1950년대 북한소설에 머무르지 않고 남북한통일문학사의 중추에 자리하고 있음을 보여준다. 적어도 이 작품에서 이기영은 근로 노동자들의 현실자각과 투쟁전력을 통해 '민족해방'의 필연성과 가능성을 보여주고 싶었던 것이다. 물론 3부 하권에 이르면 조국해방운동의 선봉으로 김일성이 출현하고 있지만, 구한말에서 1930년대라는 시기와 한강 이남과 두만강 일대 그리고 만주라는 공간에서 벌어진 농민과 노동자들의 구국(救國)투쟁은 민족해방투쟁의 역사를 증언한다.

민족해방투쟁의 근거지로 이기영은 '두만강'을 호명하고 있다. '두만강'은 1930년대 무산계급의 투쟁과 의의를 보여주는 설득력 있는 표제라 볼 수 없으며, 제3부·상의 이야기는 '두만강'이라는 표제 안에 그 내용이 포괄되지도 않는다. 단지 제3부·하의 이야기에서 김일성의 영도가 '두만강 너머'에서 시작된다는 것을 암시할 뿐이다. 그럼에도 작가가 '두만강'으로 제목을 정한 데에는 다음과 같은 두 가지 의도가 전제되어 있다. 첫째는 조국의 산천을 버리고 떠날 수밖에 없었던 아픈 식민지 역사의 메타포가 그 하나요, 둘째는 조국의 해방을 위한 혁명의 토양과 에너지가 국외에서 활동하던 김일성의 영도에서 기원한다는 것, 혁명가 김일성을 부각시키기 위한 메타포가 다른 하나이다. 씨동 일행이 김일성의 영도 아래 집결되는 작품의 종결부는 수령에 대한 충실성, 당성을 부각시키려는 작가 이기영의 정치성이자, 동시에 북한문학의 정치성이기도 하다. 『두만강』의 2부에서 무산지역으로 삶의 터전을 옮긴 박곰손은 "의병들의 본격적인 싸움이 남조선보다도 북조선에 있었다는 것"을 자각하고, "의병들에 대한 존경과 앞으로의 커다란 희망"을 가진다(2부 53면). 구체적으로 그것은 "함경북도 일대는 두만강과 국경을 접하여서 그들의 활동무대가 남조선보다는 훨씬 유리한 조건"(2부 55면)이 된다. 두만강은 러시아(소련)와 국경을 이루고 있으며, 작중 빈번히 등장하는 러시아에 대한 이기영의 찬사는 당시 북한과 소련의 밀접한 관계를 시사해 준다.

이 글에서는 이기영의 『두만강』을 통해 전전 세대 월북 작가의 의식에 존재하는 유교적 세계관을 확인해 보았다. 『두만강』의 배경이 19세기말부터 1930년대 중반이라는 시대적 특수성도 간과할 수 없겠지만, 이기영이 그의 소설에서 형상화해낸 사회주의 인간은 유교적 인간의 면모를 지니고 있다. 유교의 예교성은 북한의 사회주의 체제 성립과 발전에 큰 영향을 미쳤음을 알 수 있다. 유교의 예교성은 전전 세대 월북 작가 이기영의 의식 속에 깊이 침윤되어 모럴로 남아 있으며, 이러한 유교의 예교성은 북한이 사회주의 체제를 이 땅에 견고하게 뿌리내릴 수 있는 토대가 되었다. 이기영은 한국근대문학사의 의미 있는 작가로 남아있지만, 분단된 산하와 더불어 남한의 문학사에서는 이후 행적이 나타나 있지 않다. 남북한 통일문학사 기술의 시작은 이기영과 같은 전전 세대 작가에서부터 시작되어야 할 것이며, 그것은 남북한이 공유하는 전대의 전통과 사상을 통해 남북한의 공통점을 확인하는 데서 시작해야 할 것이다.

제 2 부 참고문헌

고정욱, 「<두만강>론－계급적 대립구조에 입각한 등장인물의 각성과 단결을 중심으로」,
　　　『반교어문학회지』 2, 반교어문학회, 1990, 376~396면.
권기성, 「儒敎 人間論과 基督敎 人間論의 比較 硏究」, 『한국행정사학』, 1995.
권영민, 『최태응 문학전집』, 태학사, 1996.
＿＿＿, 『한국근대문인대사전』, 아세아출판사, 1990.
＿＿＿, 『한국현대문학사－1945~1990』, 민음사, 1994.
금장태, 『유교의 사상과 의례』, 예문서원, 2000.
김강호, 「이기영의 <두만강>論」, 『국어국문학지』 27, 문창어문학회, 1990, 167~186면.
김경수, 『염상섭 장편소설 연구』, 일조각, 1999, 232~249면.
김병익, 『한국문단사 1908~1970』, 문학과지성사, 2001.
김석근, 「'유교적 사유'와 그 구성원리」, 『아세아연구』 41권 1호, 1998.
김승환, 「염상섭론－상승하는 부르주아와 육이오」, 『한국학보』, 1994. 3, 2~32면.
김영택, 「전쟁체험의 소설화에 대한 일 고찰－전전세대 작가의 작품을 중심으로」, 『선청어
　　　문』, 서울대 사범대 국어교육과, 1995, 4, 443~466면.
김영화, 「김이석론」, 『어문론총』 22, 고려대 국어국문학과, 1981.
＿＿＿, 「염상섭의 '취우'」, 『현대작가론』, 문장, 1983, 267~278면.
김윤식, 『북한문학론』, 새미, 1996.
＿＿＿, 「우리 현대 문학사의 연속성－염상섭의 『취우』와 한설야의 『대동강』」, 『한국현대
　　　현실주의 소설연구』, 문학과지성사, 1990, 344~373면.
＿＿＿, 「제9장 「취우」의 세계－가치중립성의 표정」, 『염상섭연구』, 서울대학교출판부,
　　　1987, 819~843면.
＿＿＿, 『한국현대 현실주의 소설 연구』, 문학과지성사, 1990.
김은자, 「김이석 소설 연구」, 이화여대 석사학위논문, 1992.
김이석, 「作家로 世上에 나오기까지」, 『신태양』, 1955. 7.
＿＿＿, 『신한국문학전집』 16, 어문각, 1970.
＿＿＿, 『한국문학대전집』 25, 학원출판공사, 1987.
＿＿＿, 『한국문학전집』 87, 삼성출판사, 1972.

김재용, 「역사의 주체인 민중의 생활과 투쟁의 서사시적 형상화」, 『두만강』 제3부・하, 풀빛, 1989, 435~449면.

김종욱, 「염상섭의 '취우'에 나타난 일상성에 관한 연구」, 『관악어문연구』, 1992, 141~156면.

______, 「전후 소설에 나타난 전쟁 미망인의 존재 양상」, 『한국 문학과 전쟁』, 2003 한국현대문학회 하계 학술발표대회 자료집.

김혜진, 「박정희정권기 반공이데올로기의 정치경제적 기능」, 『역사비평』, 역사비평사, 1992, 봄.

박명림, 『한국1950 전쟁과 평화』, 나남출판, 2002.

박장춘, 「김이석소설연구─자의식의 변이과정을 중심으로」, 『동명전문대논문지』 14, 1992. 12, 271~284면.

박종원・류만, 『조선문학사개관』Ⅱ, 북한사회과학출판사, 1986.

박현수, 「전쟁의 객관화와 그 의미」, 『1950년대 문학의 이해』, 성균관대학교출판부, 1996, 133~160면.

박홍배, 「民村小說 硏究─「두만강」을 中心으로」, 『동의어문논집(새얼어문논집)』 5, 새얼어문학회, 1991, 255~273면.

배경렬, 『한국 전후 실존주의 소설 연구』, 태학사, 2001.

변혜원, 「김이석 소설연구」, 숙명여대 석사학위논문, 1985. 12.

사회과학원 문학연구소, 『조선문학사』, 과학・백과사전출판사, 1977.

서영빈, 「통일문학사 서술 시각에서 본 중국 조선문학」, 『재외 한국인문학의 어제와 오늘, 내일에의 전망 : 한국문학이론과 비평학회 2006 국제학술회의 요지집』, 한국문학이론과 비평학회, 2006. 6, 119~132면.

성균관대학교 유학과 교재편찬위원회, 『유학사상』, 성균관대학교출판부, 1999.

성백효 역, 『논어역주』, 전통문화연구회, 1999.

송기섭, 「근대소설과 유교적 인간」, 『국어국문학』 127, 2000.

신경득, 『한국전후소설연구』, 일지사, 1983, 143면.

신영덕, 「'취우'에 나타난 현실인식의 성격」, 『한국의 전후문학』, 태학사, 1991, 169~184면.

______, 『한국전쟁기 종군작가 연구』, 국학자료원, 1998.

신춘호, 「이기영의 『두만강』연구」, 『중원인문논총』 15, 건국대학교 동화와번역연구소(구건국대학교 중원인문연구소), 1996, 47~74면.

신형기, 「민족이야기의 두 양상・안수길의 『북간도』와 이기영의 『두만강』 분석」, 『한국학논집』 32, 계명대학교 한국학연구소, 2005, 39~78면.

______, 「통일문학사 서술 방법론 개발의 전제」, 『현대문학이론연구』 8, 현대문학이론학회, 1997, 31~45면.

신형기・오성호, 『북한문학사』, 평민사, 2001, 147~148면.

____________, 『북한문학사·항일혁명문학에서 주체문학까지』, 평민사, 2001.

염상섭, 「취우」, 『염상섭전집』 7, 민음사, 1987.

유임하, 『분단현실과 서사적 상상력－한국현대소설의 분단인식연구』, 태학사, 1998.

유재일, 「한국전쟁과 반공이데올로기의 정착」, 『역사비평』, 역사비평사, 1992, 봄.

이기영, 『두만강7-11』, 풀빛, 1989.

이대영, 『한국 전후실존주의 소설 연구』, 국학자료원, 1998.

이부영, 「유교의 분석심리학적 이해」, 『유교문화연구』 1, 2000.

이상경, 『이기영·시대와 문학』, 풀빛, 1994, 370~397면.

이임하, 「1950년대 여성의 삶과 사회적 담론」, 성균관대학교 사학과 박사학위논문, 2002.

이주형, 『한국 현대소설과 민족현실의 인식』, 역락, 2007.

이형기, 「김이석론」, 『문학춘추』, 1964. 12, 278~187면.

장사선, 「남북한 소설사 연구와 이데올로기」, 『현대소설연구』, 2005. 3, 7~28면.

전영선, 「특별기획 : 북한문화예술인물－한설야·이기영」, 『북한』, 북한연구소, 2000. 12,
    172~181면.

정영태, 「일제말 미군정기 반공이데올로기의 형성」, 『역사비평』, 역사비평사, 1992, 봄.

정호웅, 「두만강론－항일무장투쟁의 길」, 『창작과비평』, 창작과비평사, 1989, 가을호, 94~
    111면.

조갑상 편저, 『소설로 읽는 부산－「혈의 누」에서 「모래톱이야기」까지』, 경성대학교출판부,
    1998.

조남현, 「두만강을 통해 본 북한문학－이기영의 「두만강」론」, 『문학사상』, 문학사상사, 1989.
    6, 218~229면.

조동일, 「前代小說의 構造에서 일어난 變化」, 『신소설의 문학사적 성격』, 서울대학교출판부,
    1998.

조수웅, 「해방후 장편의 세계」, 『한설야 소설의 변모양상』, 국학자료원, 1999, 228~253면.

중앙일보사 편, 『민족의 증언 2』, 중앙일보사, 1983, 99면.

최근덕, 「儒敎와 佛敎에 있어서의 理想的 人格」, 『불교연구』 15, 1998.

최원식, 「소설과 역사적 법칙성－이기영의 『두만강』을 읽고」, 『두만강』 제3부·하, 사계절
    출판사, 1989, 321~326면.

최은철, 「나의 아버지 최태응」, 『죽순』 33, 1999, 143~152면.

최재서, 『문학과 지성』, 인문사, 1938.

최태응, 「1950년대 대구시절 일기초」, 『죽순』 35, 2001, 62~71면.

한국현대문학연구회, 『한국의 전후문학』, 태학사, 1994.

한설야, 『대동강』, 조선 작가동맹 출판사, 1955.

한수영, 「월남작가와 1950년대의 소설」, 『문학과 현실의 변증법』, 새미, 1997, 422~447면.

한원영, 『한국신문연재소설연구』, 국학자료원, 1999.
한창엽, 「<북간도>와 <두만강>의 대비적 고찰」, 『한양어문연구』 9, 한국언어문화학회(구
    한양어문연구회), 1991, 331~362면.
함재봉, 『탈근대와 유교』, 나남출판, 1998.
홍성암, 「단층파의 소설연구」, 한양대 석사학위논문, 1983. 12.

加地伸行 · 김태준 역, 『유교란 무엇인가』, 지영사, 1996.
기 들릴 글 / 그림 · 이승재 옮김, 『평양－프랑스 만화가의 좌충우돌 평양 여행기』, 문학세
    계사, 2004.
루이제 린저 · 강규현 옮김, 『북한이야기』, 형성사, 1988.
베네딕트 앤더슨 · 윤형숙 역, 『상상의 공동체』, 나남출판, 2002.
시몬 드 보부아르 홍상희 · 박혜영 역, 『노년－나이듦의 의미와 그 위대함』, 책세상, 2002.
알랭 로랑 · 김용민 옮김, 『개인주의의 역사』, 한길사, 2001.
柳父章 · 서혜영 역, 『번역어 성립사정』, 일빛, 2003.
이푸 투안 · 구동회 심승희 역, 『공간과 장소』, 대윤, 1995.
줄리아 칭, 임찬순 · 최효순, 『유교와 기독교』, 서광사, 1993.
鐸木昌之 · 유영구 옮김, 『金正日과 수령제 사회주의』, 중앙일보사, 1994.
和田春樹 · 유영구 옮김, 『북조선－유격대국x가에서 정규군국가로』, 돌베개, 2005.

그 밖에 『대구매일』 · 『영남일보』, 『신태양』 · 『문학예술』 · 『자유문학』 · 『현대문학』 · 『소설
    문학』 · 『문학춘추』 등 문예지 참고, 최태응의 유족 최은철 · 최은희의 증언 및 대
    구지방 문예지 『죽순』회장 윤장근의 대담 참고

논문이 수록된 학술지

「1950년대 한국전쟁 배경 소설에 나타난 '서울'과 '평양'－염상섭의 『驟雨』와 한설야의
    『대동강』에 등장하는 여성 인물의 비교」(『개신어문연구』, 2003. 12).
「이기영의 『두만강』에 나타난 집단주의 체제와 유교의 예교성(禮敎性) 고찰－'유교적 인간'
    과 '사회주의 인간'의 친화성 고찰」(『국어교육연구』, 2006. 8).
「전전(戰前) 세대의 소설에 나타난 유교적 휴머니즘 일고(一考)－김이석 소설의 '선량한 인
    물'을 중심으로－」(『한국언어문학』, 2003. 12).
「최태응 소설에 나타난 전후(戰後) 인식－전후(戰後) 미발굴 장편소설을 중심으로」(『어문연
    구』, 2003. 8).

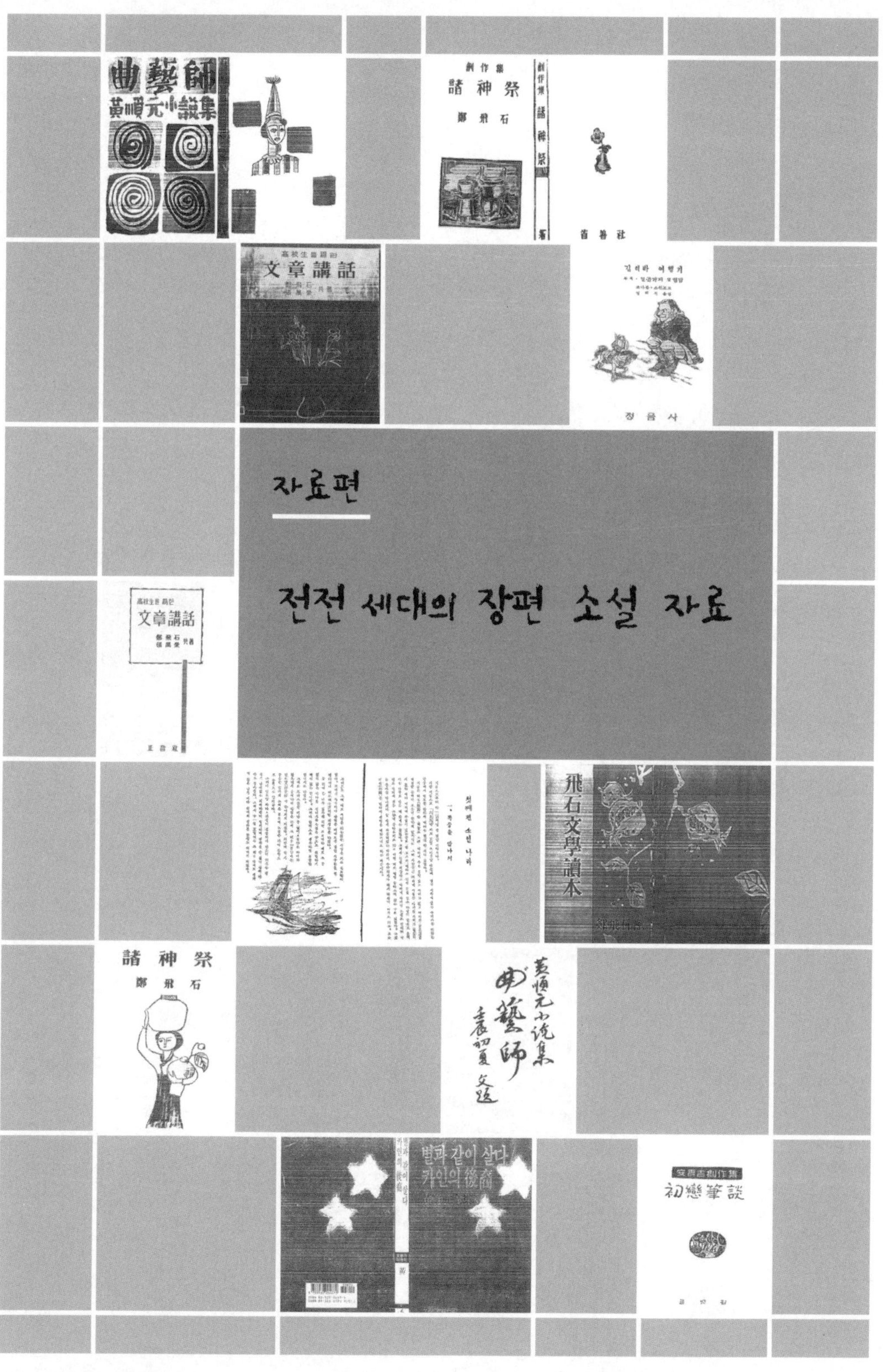
자료편

전전 세대의 장편 소설 자료

『새를 보라』

『대구매일』, 1954. 2. 1~6. 17 : 발굴작

연애소설에 끼어든 전후(戰後) 문제―전후의 피폐한 현실을 남녀 애정 갈등과 장애를 통해 형상화 시켜 놓은 작품이다. 작품에는 상이군인 곽연수, 여의사 장선주, 사범대학생 서옥정이 주인공으로 등장한다. 상이 군인 곽연수가 전후의 피폐한 현실을 대변한다면, 여의사 장선주와 사범대학생 서옥정은 그러한 현실을 복구하고 재건해 내는 인물을 대변한다. 남자들이 전장(戰場)에 다녀온 후 몸과 마음이 상처입고 재활이 쉽지 않다면, 전후의 현실 복구 문제는 상처입은 남자를 보필할 수 있는 진취적이고 적극적인 여성의 몫임을 시사한다. 곽중사는 전쟁으로 인해, 가족이 몰사당하고 자신의 육신이 온전하지 못하게 되었다. 반면, 장선주는 전쟁과 무관하게 현실에서 의학공부를 하고 의사로서 직책을 가지고 있다. 서옥정 역시 아버지가 납북되고 큰오빠가 전사하지만, 건강한 생활력으로 작은 오빠와 함께 생활한다. 뜨개질, 가정부 등 가리지 않고 고학한다. 두 여인은 전후 물질적, 정신적, 육체적으로 피폐해진 상이군인 곽연수를 돕는다. 두 여인은 친지 없는 연수에게 각각 '누이'와 '애인'에 해당한다.

1. 슬픈 선물

주인공은 옥정이다. 그녀의 아버지는 9·28 때 이북으로 납치되고, 어머니는 1·4후퇴 때 폐렴으로 죽는다. 큰오빠 병준은 전방에 나간 후 소식이 없다. 작은

백락종 그림, 연재 1회

오빠 병호는 대학교 상과를 다니며, 야간중학교에서 일하며 학비를 마련한다. 옥정은 여자대학교 교육과를 다니며, 뜨개질하여 학비 및 생활비를 마련한다. 옥정은 크리스마스 이브에 돈을 잃고, 쌀 두되를 외상으로 얻어 집에 간다. 집에는 오빠 병호와 친구 뿔독(임학수)이 고기와 술을 먹고 있다. 병호는 야간중학교가 아닌 다른 곳에 취직하여 선불을 받았다고 한다. 병호는 술을 마시지 않는 옥정에게 정통파 크리스찬이라 조롱한다. 그 사이, 군복입은 불청객이 방문한다. 상이군인으로 퇴역한 곽연수 중위는 병준이 여동생의 크리스마스 선물로 남겨둔 부인시계를 옥정에게 전해 주고, 병준의 전사소식을 전한다. 물소(진성욱)가 들어오고 곽중사는 나간다. 이후, 옥정은 고마운 상이군인을 떠올린다.

2. 직업

옥정은 뜨개질을 하면서, 다음 학기 등록금을 걱정한다. 오빠는 자신의 직업이 무엇인지 얘기해 주지 않는다. 통행금지 10시가 다 되었는데, 오빠는 오지 않는다. 옥정은 큰오빠를 잃은 슬픔과 작은오빠에 대한 불안, 그리고 외로움을 느낀다. 그것은 지난 해 크리스마스 때 큰오빠의 전사소식을 알려준 곽연수 중사에 대한 막연한 그리움이다.

3. 꽃과 연인

병호의 직업이 무엇인지 알 수 없으나, 그는 야간통행증을 소지하며 늦게 들어온다. 옥정은 작은오빠를 걱정한다. 이튿날 옥정을 뜨개질한 것을 들고, 동창 선배 김은경의 집에 간다. 은경은 옥정에게 새 일자리를 주선한다. 21살의 옥정은 장대규 사장집의 가정부로 취직한다. 낮에는 학교 공부를 하고, 5시부터 9시까지 일한다. 그 집에는 딸, 28살의 장선주가 있다. 그녀는 소아과를 전공했으며, 영남병원의

백락종 그림, 연재 16회

원장 조수로 일한다. 옥정은 장선주의 유복한 처지가 부러웠다. 장선주가 일하는 병원에서 곽연수는 다리 수술을 받는다. 곽연수의 쌀쌀한 태도에도 불구하고, 선주는 그를 좋아하게 된다. 연수는 사랑하던 여자로부터 버림받은 적이 있다. 연수는 여자를 생각하면, 항시 꽃을 떠올렸다. 특히, 지난 크리스마스 이브 때 본 옥정의 얼굴과 그에 어울리는 꽃을 생각하며, 그녀를 그리워했다. 장선주는 손수 화분을 연수의 입원실에 주면서 그에게 다가간다. 선주는 37살의 상처한 국회의원의 구혼을 받지만, 부모에게 반대 의사를 표한다.

일요일, 옥정은 교회를 다녀오고 공부를 하면서 오빠의 저녁을 준비한다. 오빠는 자신의 돈벌이가 바람난 남편의 난봉 현장을 밝히는 일이라 말하고, 옥정에게 협조를 구한다. P라는 인물은 <메뚜기> 다방의 마담과 바람을 피웠는데, 옥정은 그 다방에 나가 앉아있는 일을 맡았다. 오빠 병호는 뿔독과 물소의 도움으로 현장의 사진을 찍는데 성공한다.

4. 청춘과 꿈

옥정은 장대규씨 집에서 그 집 사모님의 '조수노릇'을 한다. 허리 주무르기, 소설읽어 주기, 뜨개질, 심부름 등이다. 옥정은 선주의 심부름으로 영남병원에 매화를 들고 간다. 그곳에서, 그는 연수를 만난다. 전쟁 전, 연수는 초명이라는 여자와 사랑하고 결혼까지 약속했으나, 그녀는 대학 교수와 결혼했다. '붉은 작곡가(사회주의자)'인 교수는 북한으로 가고, 초명은 딸을 키운다고 연수는 알고 있다. 실연한 연수는 전쟁이

백락종 그림, 연재 29회

발발하자 일선에 자원했고, 그가 상이군인으로 귀향했을 때 이미 가족들은 9·28 무렵 서울의 방공호에서 몰사 당했다. 연수는 옥정을 '후리지아 애인'으로 사랑하는 반면, 선주를 '매화 누이'로 존경한다. 선주는 연수와 옥정의 관계를 질투한다. 연수는 누이를 떨치기 싫은 마음에 선주의 구애를 받는다. 선주는 상처한 국회의원과의 결혼을 반대하고, 어머니께 사랑하는 사람이 있다고 말한다.

선주의 아버지, 장대규는 요정 <현대관>의 명자(초명의 바뀐 이름)를 사랑한 이후 외박이 잦아졌다. 그는 그녀에게 다방 <메뚜기>는 물론 물질적 조력을 아끼지 않았다. 명자는 옛 애인 연수가 상이군인이 되어 부산에 나타났다는 소식을 듣고, 마음이 동요되었다. <현대관>에서 장대규는 선주를 데리고 나와 권국회의원과 점심을 하기로 했으나, 선주가 나오지 않자 두 사람은 밥을 먹으며 약속을 다음날 저녁으로 미룬다. 같은 곳에서, 박용균은 명자와 함께 아내를 만난다. 박전무는 차기 국회의원에 출마할 요량으로 사태를 아내 편에 맞추어 이혼하지 않도록 한다. 10시 전까지 집에 들어가는 대신, 박전무는 그 시간 이전까지는 명자에게 물질적 정신적 보상을 해 준다.

5. 운명

오설죽 그림, 연재 58회

선주는 자신의 아버지 회사(오육물산)에 연수의 취직을 알선한다. 상이군인 연수는 육체적 장애가 있으므로, 선주의 적극성에 기뻐하고 자신의 마음을 선주에게 쏟는다. 연수는 '새로 살아야 한다'는 생존욕으로 충만하다. 선주는 권태영 국회의원의 저녁 초대에 옥정을 보낸다. 장대규는 권에게 옥정을 수양딸이라고 부르며, 부족한 자리를 대신한다. 권국회의원은 요리점에서 옥정을 보고, 옥정에게 끌려 혼처를 바꾼다.

<현대관>의 명자는 장사장의 비서로 장대규의 회사에서 일하기로 한다. 옥정은

일요일 오전 교회를 다녀오고, 오후에는 집안일을 한다. 일을 마치고, 그녀는 영남 병원으로 곽연수를 만나러 갔으나, 그는 퇴원하고 없었다. 집에 돌아온 옥정은 문밖에서 기다리는 곽연수를 만나 다방에 간다. 이후 연수가 불렀는지 선주가 나타난다.

6. 교차점

선주는 옥정을 집으로 보낸다. 연수는 선주와 나오면서 달리는 차 안의 초명을 보고, 상념에 빠진다. 다음날, 연수는 선주의 병원으로 찾아가 그녀와 점심을 먹는다. 그녀는 그의 취직이 성사되었음을 알리고, 아버지의 회사에 근무할 것과 이후 집으로 저녁 식사 초대를 한다.

옥정은 그날 밤, 손님맞이로 분주한 집에서 손님이 오지 않아 저녁도 못 먹고 장

오설죽 그림, 연재 74회

대규 부인의 몸을 주무르느라 힘이 빠진다. 초대한 연수는 집에 오지 않았고, 아버지의 회사에도 가지 않았다. 연수는 전화로 자신의 졸도 소식을 알린다. 옥정은 다음날 일찍 버스를 타고 연수의 집으로 갔으나, 그곳에는 먼저 선주가 택시를 타고 와 있었다. 그들은 택시를 타고 나갔다. 학교 가기 위해 버스를 기다리던 옥정에게, 권태영의 차가 멎는다. 옥정은 지친 몸으로 그 차에 오르고, 곧 졸도한다. 권태영은 그를 가까운 내과로 데리고 가서 치료받게 한다. 권은 의회에 참석 못하고, 옥정은 학교에 가지 못한다. 옥정은 권을 다방으로 데리고 가서 밀크세크를 산다. 옥정은 권의 호의로, 그에게 호감을 가진다. 권은 옥정을 데리고 송도로 간다.

7. 탐조등

곽연수는 장대규 사장을 찾아가, 다음날부터 출근하기로 한다. 그는 비서로 일하는 초명(명자)을 보고, 애증에 휩싸인다. 연수는 초명으로부터 5시에 만나자는

오설죽 그림, 연재 94회

쪽지를 받고, 선주를 데리고 나가려 했으나 자리에 없어서 옥정을 데리고 간다. 다방에서 초명을 보자, 연수는 수차례 빰을 때린다. 초명이 나가자, 연수는 초명을 찾으려는 마음으로 나갔으나 보지 못한다.

아침에 사장과 함께 출근한 초명은 연수에게 오후 4시 동래 온천장 여관에서 만나자는 쪽지를 전한다. 연수는 선주의 집에 가서 선주 어머니를 만난 것을 회상하며, 마음에 꺼리면서도 여관으로 들어간다. 초명은 과거에 연수를 사랑했으나 그때 이미 뱃속에 다른 사람의 아이를 가지고 있었다고 말하며, 다시 한번 과거를 뉘우친다. 옆방에 있던 병호 일행은 초명과 연수의 모습을 사진에 담는다. 연수는 자신의 약혼 사실을 말하고, 초명에게 과거 행적을 묻는다. 초명이 단순 노동한 것으로 꾸며 말해서, 연수는 초명을 동정한다. 두 사람은 많은 술을 마셨고 연수가 먼저 잠든다. 새벽에 깨어난 두 사람은 서로의 애정을 확인한다. 아침 일찍 일어난 초명은 호텔에서 자신을 기다리고 있을 장사장에게 전화한다. 그리고 박용균을 만나, 그가 연수와의 사진을 보기 전에, 그녀가 먼저 그에게 그만 만날 것을 선언한다.

이틀을 쉬고, 사장 집으로 나온 옥정은 사장 부인에게 바람피우는 남편의 물증을 잡을 수 있는 카메라 이야기를 꺼낸다. 사장 부인은 병호 일행에게 장사장의 일을 맡긴다.

8. 새들의 생리

병호 일행은 박전무 부인의 사건을 끝낸 후, 집에서 축배를 든다. 옥정은 병호가 보여준 연수의 사진을 보고 경악한다. 옥정은 권태영에 대해 애정이 아닌 존경으로 결혼할 생각을 한다. 선주는 연수와 함께 옥정의 판잣집에 찾아와, 결혼 들러리를 서 줄 것을 부탁한다.

연수는 여러 여자를 오가고 있었다. "간 밤에는 초명이와 자고 오늘은 선주와 결혼식을 의논하려 여기까지 오고 또 옥정이에게 이처럼 애뜻한 사랑을 느끼고, … 나는 애정의 분열증(分裂症)에 걸린 것은 아닐까?"(106회). 상이군인 연수의 행적은 불완전하고 미숙한 삶을 대변한다. 병수 일행은 호텔에서 명자와 연수가 함께 있는 사진을 찍는다. 사장 부인은 호텔에서 명자가 남편이 아닌 다른 남자와도 함께 있는 장면을 목도한다. 명자에게 돈은 '행복의 마스코트'였으므로, 여러 남자를 오간다.

권태영은 옥정의 하학길에서 기다리다가 그녀를 데리고 송도로 간다. 옥정은 졸업 후 그와 결혼하기로 약속하고, 그에게 비밀리에 사귀는 사람이 있는지 묻는다. 그는 없다고 말한다. 모처럼 집에 온 장사장은 명자에게 세간을 준 사실을 아내에게 말하려 한다. 그에 앞서 아내는 명자가 장사장 이외 젊은 남자와 관계하는 목격사진을 보여준다. 장사장은 딸 선주와 그 사진 속의 남자 '연수'를 발견하고 경악한다. 다음날, 연수는 신문에 박전무의 아내가 박전무

오설죽 그림, 연재 103회

를 간통죄(명자, 기생 금화와 관계)로 고소한 기사를 읽는다. 그는 장사장에게 불려가 뺨을 맞는다. 명자는 형사들에 의해 연행된다. 선주는 연수를 불러내 뺨을 때리고 침을 뱉는다. 하숙집으로 돌아온 연수는 어떤 여자가 자신의 세간을 내 갔으며, 그 방은 곧 새로운 하숙생이 들어옴으로 집을 나선다.

옥정은 저녁을 지으며, 오빠가 가져온 사진을 본다. 권태영이 온천장 기생과 함께 자는 모습을 담은 사진을 보고, 파혼을 결심한다. 사진을 동봉한 파혼 편지를 부치고 집으로 돌아가는 길에, 옥정은 연수를 만난다. 연수는 옥정에게 새 삶의 손길을 부탁한다. 옥정은 연수를 데리고 집으로 들어가 오빠와 셋이서 오랫동안 이

야기들을 한다.

"「모든 것은 운명이예요」 (중략) 「곽중위님 결국 과거는 다 흘러 가버린 겁니다. 새를 보세요. 땅을 차고 창공으로 훨훨 날라가듯 무궁한 현재와 미래만을 보세요.」"

"「옥정씨 감사합니다 당신과 나는 한쌍의 새가 된다면, 새가 되어 새로운 인생 출발 할 수 있다면…… 죽지 않겠어요. 새로 살어 보겠어요.」"

옥정의 구원으로 인한, 연수의 부활이라 할 수 있는 새 삶은 돈 많은 여의사에 의해 이루어지지 않았다. 그것은 가진 것 없이 고학하는 여대생, 옥정에 의해 이루어졌다. 옥정은 일요일마다 교회에 나가고 있다.

『장미의 고향』

『대구매일』, 1958. 11. 20~1959. 4. 22 : 발굴작

1. 비소리

김훈 그림, 연재 11회

19살 김인순은 정영옥의 집에 드난 일을 하며 산다. 정영옥의 아버지는 대구 지방의 유지로서, 재력가(도의원, 토건회사, 무역회사)이다. 같은 교회에 다니지만, 인순은 영옥의 시중을 들고 눈치를 본다. 서재영은 그 지방 유지의 아들로, 인순의 미모에 끌리지만 영옥의 집안과 혼인하려 한다. 영옥은 박형만을 사랑한다. 박형만의 아버지는 영옥의 집 과수원에서 일한다.

서재영은 박형만을 시기하여, 교회 사람들이 영옥의 집에서 저녁을 먹는 자리에서 박형만이 연애한다고 놀린다. 서재영과 박형만이 싸우자, 영옥의 모친은 사위삼을 서재영 편을 든다. 그 날 밤, 집에 돌아온 형만은 영옥과 인순의 방문을 차례차례 받는다. 그 집을 지켜보던 서재영은 두 번째 인순이 방문했을 때, 영옥을 불러내어 박형만과 두 여자들 간의 사이에 불화를 몰고 온다.

이 일을 계기로 '인순'과 '형만'은 시련을 겪는다. 형만은 교회에서 주는(영옥엄마가 주관) 장학금, 1만원(매달)을 받지 못하게 된다. 형만은 비굴한 도시, 대구를

등지고 서울로 떠난다. 인순은 영옥과 싸우게 되고, 영옥의 엄마는 인순 모녀를 집
에서 내쫓는다. 서재영은 그 틈을 이용하여 인순모녀에게 거처를 마련해 주고, 제
집처럼 드나든다. 서재영은 인순에게 결혼을 빙자하여 자신의 욕망을 채운다. 인순
은 서주사댁 맏며느리 자리를 탐하여, 순결을 버린다.

2. 그늘

서울행 기차에 몸을 실은 박형만
은 맞은편 좌석의 부인과 알게 되
어, 서울에서 그 부인의 집에 유숙
한다. 그녀는 형만에게 남편에게 붙
은 첩을 떼어줄 것을 청한다. 그녀
의 집에 도착하여 호화로운 저택과
목욕탕을 보고 형만은 놀란다. 부인
의 이름은 서동조이고, 그녀에게는
음악과 동생 동숙이 있다. 형만은

김훈 그림, 연재 62회

동숙의 미모와 세련됨에 마음을 잃는다. 셋이서 술을 마시고, 형만이 깨어났을 때
동조가 곁에 와서 장가갈 것을 그게 안 되면 오입이라도 할 것을 권한다.

대구에서 서재영은 새벽녘, 인순에 대한 가책을 느끼지만 아침에는 영옥의 집에
가서 두 사람의 결혼을 서두른다. 정도의원과 서주사는 본격적으로 두 집안의 혼
담을 서두른다. 인순은 재영이 영옥과 결혼한다는 사실을 엄마로부터 알게 된다.
결혼식 날, 인순은 신랑에게는 고춧가루를, 신부에게는 모래를 뿌리고 서울행 기차
에 몸을 싣는다. 무일푼으로 기차에 오른 인순의 무임승차비와 식대비를 가죽 잠
바 청년이 대신 지불해 준다. 별칭 급행열차, 본명 김치국은 인순을 자기 집으로
데려간다. 치국의 아내는 득남하고 누워있었는데, 치국은 인순에게 아내에게 느끼
지 못한 온정을 가진다.

3. 터널 속으로

김훈 그림, 연재 85회

박형만은 서동조의 요구를 수락한다. 의식주, 학비 마련을 떠올리며 박형만은 일을 착수한다. 형만은 서울에서 대학을 편입하려 했다. 탄도무역주식회사의 안강순을 만나자, 형만의 마음은 상업적 자세에서 개인적인 호감으로 바뀐다. 안강순 역시 장사장의 마수에서 벗어나려던 참이었으므로, 선뜻 형만에게 호감을 느낀다. 박형만은 강순을 찾아온 장사장과 3자 대면한다. 형만은 강순과 둘이서 식사하면서, 이후 그녀의 집에서 하숙하기로 한다.

서동조 여사의 집에 온 형만은 갑작스런 장사장의 출현으로, 모든 사실이 발각된다. 형만은 사장으로부터 협잡군이라는 이야기를 듣고, 그 집에서 쫓겨난다. 동숙은 나가는 형만에게 "배움만이 무기"라는 말을 건넨다. 그 길로 형만은 강순의 집에 들어가지만, 차마 진실을 말하지 못한다. 잠든 밤에 편지만 써 놓고 집을 나선다.

한편, 서울에 온 인순은 김치국의 집에서 의정부의 파라다이스로 거처를 옮긴다. 그녀는 양갈보가 되어 미육군 중위 뽑의 사랑을 받는다. 인순은 그와 파티를 다녀오는 길에, 상처난 한 청년을 발견한다.

4. 『터넬』은 벗어

이후 노상의 화장품 장수가 된 형만은 주위 깡패의 행패로 인해 부상당한다. 뽑의 차를 타고 가던 인순은 형만을 발견하고 그를 치료한다. 뽑의 주선으로 형만은 미군의 식당에서 일하며, 고학을 할 수 있게 된다. 대구에서 의학교를 다니던 형만은 서울에서도 의학을 공부한다.

뽑은 인순과 결혼을 약속한 후, 편지만 남기고 떠난다. 상심한 인순은 이제 스톤 대령과 동거한다. 영옥 내외는 정도의원과 함께 토목사업 건을 성사시키기 위해 스톤 대령을 만나러 온다. 영옥의 아버지, 정도의원은 금강의 다리 부설 공사 단독 입찰을 부탁하고자 인순에게 선물을 전한다. 인순은 정도의원에게 접근하여 추파를 던진다. 인순은 정도의원의 거처를 찾아가, 갖은 애교로 그의 마음을 녹여놓는다.

형만은 식당일 아니라, 사무실에서 통역관으로 일한다. 그는 낮에 일하고, 야학한다. 박형만이 일하는 사무실로

김훈 그림, 연재 91회

미군의 도움을 받기 위해 장준석이 찾아온다. 장준석은 안강순이 고아원에서 일한다는 것과 서동숙은 미국 유학을 간다는 사실을 전해준다. 형만은 뽑에게 자신의 미국 유학을 부탁하는 편지를 쓰고, 안강순에게도 편지를 쓴다.

형만은 사사로운 육욕을 참지 못해 인순에게 가지만, 인순은 그의 각성을 촉구한다. 인순은 정도의원이 찾아오자, 그와 함께 백화점에 가서 귀금속 일체를 구입하고 중국집 아서원에 가서 값비싼 고급 음식을 먹고 호텔에 간다. 스톤대령이 올 즈음, 인순은 기차역으로 마중 나간다. 그러나 스톤 역시 그녀를 속이고, 전근되어 동경으로 떠난다. 인순은 정도의원에게 살림집을 부탁한다.

5. 봄은 오건만

안강순은 박형만의 사무실을 찾아와 그간 자신의 심경 변화를 이야기하고, 미군부대로부터 원조를 받는다.

인순은 서울 시내에 전세를 얻어 살림을 살면서 비교적 안정을 얻는다. 그러던 어느 날 그 집에 서재영이 수차례 찾아온다. 정도의원과 인순이 함께 있을 때, 서재영이 찾아와서 인순이가 쫓아낸다.

영옥의 집에서는 정도의원이 소가(첩)에 인순을 들였다는 사실을 알고, 부인은 재영을 데리고 인순의 집을 찾아간다. 인순의 집에 온 정도의원 부인은 인순을 심하게 구타해서, 재영은 의사를 부른다. 인순은 정도의원이 준 돈과 그간 모은 돈을

김훈 그림, 연재 118회

은행에 예금하고 사글세방을 얻는다. 인순의 처소에 서재영의 도움으로 인순의 엄마가 찾아온다.

그 사이 영옥은 재영에 대한 불신과 반목은 커가고, 영옥의 심장병은 악화되었다. 영옥은 죽는다. 재영은 자신의 과거를 반성하며, 군입대한다. "유사시에는 심신을 흘러 나라에 보답할 수 있는 「군대」라는 곳은 얼마나 감격스러운 대상인지…… 내가 군에 복무를 마치고 나가는 날 나는 이전의 내가 아니요 씩씩하고 참된 한 사람목의 대장부로서 당신 앞에 설 것입니다."라는 편지를 인순에게 보낸다.

인순은 그녀의 엄마와 함께 안강순의 고아원에서 일을 거들어 주며, 그곳에서 출산한다. 그 아이는 외국인 혼혈이 아니라, 서재영의 아이라고 한다. 형만은 미국 유학길에 오른 비행기에서 동숙을 만난다. 작품 말미에, 형만의 입에서 '장미의 고향'이 언급된다. "장미의 화관 감은 입술에 수정알 같은 이빨들도, 예전 그대로의 동숙이다. 「동숙씨 난 장미의 고향을 찾았어요. 내게는 동숙씨가 영원한 장미의 고향인가봐요.」"

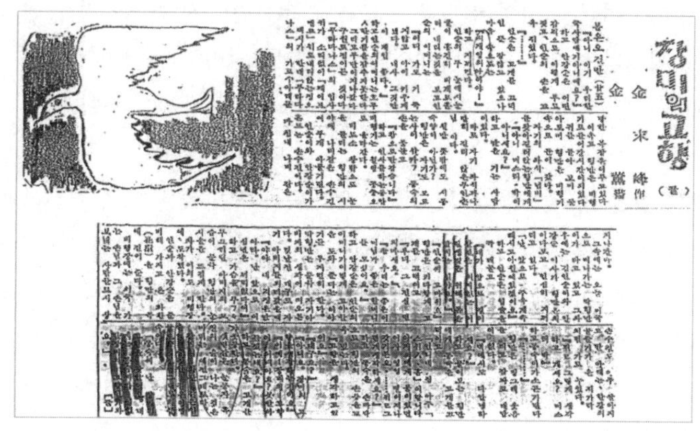

김훈 그림. 마지막 연재

『푸른 날개』

『조선일보』, 1954. 3. 26~9. 13 : 단행본(민중서관, 1958)으로 출간

1. 젊은이들

권상오는 녹파여자고등하교 역사 선생이다. 그는 "어린 양 같은 사람의 떼를 먹이는 목자"로서 "풀을 머근 어린 양들"(421면)을 돌본다. 청룡토건회사 취체역 박경래 사장은 막내딸 학교 입학을 위해 권상오에게 뇌물을 주려한다.

추백련과 이순명에게 이끌려 스탠드빠 '지혜'에서 권상오는 사장을 만난다. 빠의 마담 윤지순은 '납치 미망인'으로서 남편과 흡사한 외양의 권상오를 보자 회한에 잠긴다. 그녀의 남편은 대학 강사였는데 납북되었고, 그 사이에 태어난 아이(효석)는 1·4후퇴 부산 피난 시절 죽어 버렸다. "그의 자본을 사람들이 그냥 두지는 않았다. 지순의 자본은 그의 뛰어난 미모였다."(431면) "지혜라는 것은 선악과 금단의 열매를 상징하는 말이요, 금단의 열매는 술을 의미하는 것이다. 지순이에게는 술장사하는 일은 선악과를 따먹는 이브처럼 죄스럽게 생각이 되어 「지혜」라는 이름을 붙여본 것이다."(432면)

박사장은 일본 명치대학 상과를 졸업하고 돌아와 민족을 위해 헌신하겠다는 사명감을 갖고 일제에 동조하지 않았으나, 지금은 세속적인 인물이 되어 필요에 따라 세상과 야합한다. 지순에게 요정을 만들어 준 것도 그 일환이다.―"아들 창현이가 대학 이학년이고 부인은 또 「여사」라는 명칭을 받는 소위 문화가정의 호주로서 아내도 몰래 아들도 몰래 이런 일에 손을 대고 있다는 것은 이른바 오도(誤導)에 빠진 것이 아닐까?"(433~434면)

권상오는 백련의 초대에 응하여 그의 집에 간다. 백련의 모친 정혜진 여사의 생일 잔치에 불리어 간 것이다. 백련의 동생, 애련은 권선생의 제자이다. 권상오가 창현이와 정혜진여사의 집으로 들어간다. 이후 박사장이 들어온다. 박사장은 홀로 된 정여사에게 도움을 주었고, 정여사는 그를 남편처럼 믿고 따랐다.

2. 미풍

모임에 참석한 미스현의 내력은 다음과 같다. 미스현은 '생활감정', '취미'의 차이로 남편과 헤어졌다. 서른 세 살의 미스현은 권상오를 알게 된 이후, 그에게 마음을 빼앗긴다. 트럼펫을 즐기는 자리에는 박창현(22살, 부여대학국어국문학과2학년), 추백련(대학 가사과 졸업), 송대위(해군장교 송예준), 미스현(부동산을 소유), 의숙이 있다. 이 자리에 피아니스트 한영실이 등장하자, 미스현은 강한 질투에 사로잡힌다. 뒤이어 은행에 근무하는 송현숙(24살)이 들어온다. 박창현은 피아노를 제법 친다. 피아노를 치기 위해 백련의 집에 들르던 중 한영실을 알게 된다. 그녀를 통해 죽은 누나의 모습을, 애정을 느낀다. 그러나 박사장은 아들 창현에게 정여사의 재산을 상기시키며 백련과 약혼할 것을 권고한다.

권상오와 박창현, 송예준과 미스현은 함께 영어 공부를 했다. 오늘은 영어 공부 대신 정여사의 집에 모인 것이다.

3. 정신 위생

송현숙은 삼촌의 권고로 이 자리에 참석했다. 삼촌은 현숙의 신랑감으로 권상오를 지목하여 그를 직접 볼 수 있는 기회를 마련한 것이다. 송예준은 전쟁 때 아내를 잃은 홀애비이다. 그는 미스현을 마음에 두고 있다. 한영실이 일어나자, 박창현이 그녀의 뒤를 따라 일어난다. 남은 사람들은 레코드 음에 맞추어 춤을 추기 시작한다. 송대위는 미스현과, 이어 백련과 춘다. 권상오는 송현숙과, 이어 추백련과, 이어 미스현과 춤을 춘다. 9시 40분을 즈음하여 백련의 차를 타고 사람들은 제 집으로 향한다. 백련은 권상오와 다음 만날 약속을 하며 헤어진다. 하숙집에 돌아온 권상오는 미스현의 기습적 방문, 기습적 애정 공세를 받는다. 잠자리를 준비하며 키스와 육탄공세를 한다. 권상오는 그녀의 애정을 용납하지 않는다. 미스현은 늦은 밤 하숙집을 혼자 나간다. 권상오는 정신위생이 흔들림을 느낀다.

4. 꿀벌과 바다

빠 <지혜>에서 추백련과 권상오가 만난다. 마담 지순은 상오를 보자, 자신의 처지를 비관하게 된다. 지순과 알고 지내는 미스현이 찾아온다. 미스현과 백련은 빠에서 심하게 말다툼을 한다. 백련은 미스현의 나이를 문제삼았고, 미스현은 백련의 교양을 문제삼았다. 연적의 싸움. 빠에 들러 술과 음료를 사 넣은 박사장은 정여사에게 찾아가 창현과 백련의 약혼을 서두를 것을 계획한다. 상오는 백련의 의지대로 그녀의 집에 가서 정여사를 만나지만, 백련의 불만(약혼)을 언급하지 않는다. 상오는 수학과 영어를 가르치는 과외 집에서, 한영실이 피아노를 가르치는 모습을 보고 마음이 동한다.

5. 공기의 생리

부모도 형제도 가진 재산도 없는 한영실은 저 혼자 힘으로 대학을 나오고 직업을 구한다. 이러한 영실에게 상오는 존경 이상의 감정을 느낀다. 두 사람은 같은 고향의 평양 출신이다.

과외를 마치고 하숙에 돌아오자, 송대위와 송현숙이 기다리고 있다. 그들이 가져온 술을 마시고 있을 때, 한영실이 찾아와 권상오를 데리고 나간다. 권상오는 이북에 부인(탄실)이 있다. 한영실은 피아노 연주회를 가지 않고, 다방으로 간다. 결혼 상대자로 마도로스 김상국을 소개한다.

그날 밤, 하숙집으로 한영실이 다시 찾아온다. 한영실과 권상오 간에 결혼에 관한 시비가 벌어진다. 한은 권을 사랑하지만, 권은 한을 첩은 가능하되 아내로 맞아들일 수 없음을 시사한다. 또 하나의 관계가 있다. 미스현과 김상국의 관계이다. 김상국이 한영실과 약혼한 사실을 알고, 미스현은 김상국에게 질투와 애욕의 손길을 뻗힌다. 그의 결혼에 강짜를 부리는가 하면, 그녀 스스로 정혜진 여사의 집으로 찾아가 정혜진, 한영실과 추백련 사이에 들어가 박경래의 첩인 <지혜>의 마담, 한을 사모하는 박창현, 한은 김상국의 약혼자임 등을 모두 밝혀 좌중의 사람들에게 상처와 혼돈을 준다.

한영실은 전후 결혼 이데올로기가 노정한 이중성을 보여준다.

"지금부터 한 개의 사무로서 결혼생활로 들어가려는"(513면) "사랑과 생활이 갈라서는 분수령(分水嶺)" "생활의 수법"(514면) "신성한 결혼 내지 완전한 결혼이라면 오죽 좋아요? 마음과 몸을 꼭 같이 사랑하고 정신도 취미도 융합할 수 있는— 그러나 그것은 바랄 수 없는 사치야요. 우리에게는 선택할 자유가 없어졌어요. 전쟁이 우리를 그렇게 만들어 버렸어요." "순전한 노동이에요. 알바이트예요. 피아노 개인교수라는 일종의 취직이에요. 살기 위해서 하는 취직."(515면)

"돈푼 있는 집으로 다니면서 피아노를 가르치는 동안 한영실씨는 부지중에 허영심이 늘어난 모양이죠? 넓은 응접실에 피아노를 놓고 자가용 자동차를 달릴 수 있는 화려한 생활을 꿈꾸시도록 된 모양인데— 미스 한, 너무도 비참하게 타락하셨습니다. 자기 타락을 생활이란 꺼풀로 둘러 씌우려는 미스 한은 불쌍한 위선자입니다."(515면) "여러 사람을 상대로 하는 장사보다 한 사나이를 상대로 하는 장사가 편하긴 편하리라."(516면)

미스현과 김상국의 관계, 애욕과 물욕이 얽혀 있다. 김상국은 한과의 결혼에 대해 다음과 같이 말한다. "난 아무런 애정도 느끼지 못하고 있어요. 한영실에게는 미안하지만—내가 결혼을 하자는 것은 앞으로 내 사회적 신용—말하자면 위신을 갖추자는 것 밖에 다른 목적은 없어요."(528면) 김상국(서른)은 어선을 통해 밀수품을 실어 나르는 비밀선박의 선주이다. 미스현은 김에게, "와이씨! 우리 언제까지나 결혼하지 말고 살아요 와이씨는 영원히 총각으로 난 또 영원히 미스현으로 (중략) 얼마나 스릴이 있는 생활이에요? 남들이 모르는 비밀의 애정을 가졌다는 것— 그것은 보석보다 값 있는 거야요. (중략) 평범한 생활의 노예가 되어서야 쓰겠어요? (중략) 싱겁디 싱거운 부부생활, 생각해 보아요 몸서리나지 않는가. 이렇게 비밀히 만나다는 것, 자릿자릿하지 않아요? 마음대로 즐길 수도 있고 그러면서도 남의 눈을 피하려는 조심성, 공포에 근사한 불안—"(536면)

6. 사랑의 범주

"양의 껍질을 쓰고 사탄의 심장을 소유한 한영실"(540면)―김말봉의 소설에는 선과 악에 대한 비유가 빈번히 등장한다. '양'과 '사탄', '목자'의 알레고리가 대표적이다. 주변 사람들의 오해와 갈등에 휘말리는 사람은 '양'인 반면, 이들을 미워하거나 괴롭히는 사람은 '사탄'이다. '양'을 사랑하는 사람은 스스로 자신을 '목자'로 인지한다.

"가정의 주부자리를 천천히 물색"(546면)하는 한영실은 독실한 크리스챤이다. 영실은 "오해의 십자가"(548)를 자청한다고 하고, 상오는 "사랑은 좀 더 무거운 십자가", "사랑의 가시로 된 십자가"(549면)를 지자고 권한다. 영실은 하느님(기독교)의 힘을 역설한다. 자신이 사는 것이 아니라, 자신 안에 깃든 하느님의 영으로 살고 있다고.

"이것은 제 양심의 지상명령, 바꾸어 말하면 하나님의 목소리입니다. 권선생님, 생각해 보세요! 제가 오늘까지 어떻게 간혹한 세상에서 내 몸을 지켜왔는가― 부형도 친척도 없는 타향이에요. 돈이나 의복이나 손에 가진 것이라고는 없이― 난 남에게 손가락질 받지 않을 만큼 오늘을 만들었어요. 그게 제가 똑똑해서 그렇게 된 줄 아십니까? 아니예요. 저는 항시 제 양심에서 들리는 목소리만 듣고 따라 가기 때문이에요."(550면)

애정의 기근(饑饉)에 빠진 인물들은 애욕에 빠져 일상을 잊는다. 주인공 상오가 자칭하는 '아담의 후예'라는 용어는 이 작품에서 여자의 관능과 애욕에 빠진 남자를 의미한다. 김말봉은 '성욕'과 '애정'을 구분하고 있다. 이상적인 여성의 모습을 성모(聖母)로 구현하고 있다. "사나이가 여인에게 느끼는 정욕은 그것이 맹렬할지라도 결단코 사랑은 아닙니다. 사랑이 아닌 동물적 본능입니다. 사람과 사람 사이에 가질 수 있는 제일 높은 감정은 나는 감사라고 생각합니다.", "본능은 항상 자기 중심인 때문에 욕심과 원망이 따르는 겁니다. 그 때문에 본능은 항시 피로하기 쉬운 겁니다."(572면)

또 하나의 관계가 얽혀진다. 권상오와 지순과의 관계가 그것이다. 상오는 한영실에게 김상국과의 결혼을 만류한다. 김상국에게 여자가 있다고 전한다. 영실은 상국의 호텔로 찾아가 이를 확인한다. 호텔에 같이 있던 미스현은 침대 밑으로 들어간다. 상국이 여자가 없다고 하느님의 이름으로 부인한다. 돌아가던 길에 영실은 상국의 신앙을 강화시키기 위해 다시 호텔에 들어간다. 이번에 미스현은 숨어 있지 않고 대담하게 호텔방을 차지한다. 이에 한영실은 김상국에게 파혼을 선언한다. 다이아 반지와 통장을 모두 내어 놓고 떠난다. 미스현은 상오의 하숙집에서 밤을 지내고, 지순을 찾아간다. 그곳에서 상오를 본다. 상오는 그날 만취하여 토사를 하고, 지순의 방에서 하루를 지낸다. 그는 아침에 지순에 대한 정욕이 타올라 절제하지 못했다. 지순은 상오의 정욕을 유예시킨다. 정신을 차리자, 상오는 지순이 몰래 그 집을 떠난다. 편지를 남기고 집에 돌아온 권상오는 학교에 사직원을 제출한다. 그는 자신의 언행이 교육자답지 않다고 여긴다.

7. 탈피

권상오는 고향 사람을 만나 고향에 있던 가족이 모두 적격탄에 맞아 죽었다는 소식을 듣는다. 한영실이 찾아와 김상국이 단지한 손가락을 보이며, 결혼을 결심했다고 말한다. 상오는 지순의 집에 옷을 갖다 주려고 나온 길에, 추백련을 만나 정여사의 집에 간다. 정여사는 상오에게 백련과 결혼해 줄 것을 권고한다. 상오가 오자, 지순은 현재 생활에서 탈피하여 새 삶을 살 것이라고 말한다. 윤지순의 남편은 생화학 강사였는데 납북되었다고 한다. 살 길을 찾아 그녀는 술집을 차렸지만, 이제 그녀는 자신의 전공인 간호학을 공부하려고 한다. 지순은 전날 상오의 포옹이 자신을 '사람의 아내'로 눈을 뜨게 해 준 '거룩한 교훈'이라고 말한다. 상오는 전날 자신의 과오를 속죄하는 의미에서 윤지순에게 결혼을 신청한다.

"권선생님! 이래 뵈도 어릴 때 주일학교에서 성경 요절 잘 외운다고 표창받은 소녀였어요. 「술 취하지 말지어다」하는 성경귀절처럼, 누구보다도 잘 외었댔어요. 술장사를 시작하면서 몇 번이고 이런 말이 내 귀에서 울려댔어요. (중략) 돈이 있어야 해. 돈을 벌어야 앞날을 살아가지. 남편이 영 안돌아온다면? 그럴수록 돈이 있어야 한다."(587면)

박경래가 찾아오자, 지순은 술장사를 그만 둔다고 통고한다. 상오는, "성경 말씀이 옳긴 옳아. 모두가 죄인이야.”(579면) “우리는 다 약합니다. 기회만 있으면 얼마든지 죄를 지을 수 있고 타락할 수 있는 피조물(被造物)입니다. 그 때문에 우리에게는 항시 고민이 따르는 겁니다. 그 고민이 육체적이든 정신적이든 이길 때까지 싸우는 것이 인간에게 부여된 운명인가 봅니다.”(588면)라고 설교한다. ‘초인(超人)’, ‘성인(聖人)’이 될 수 없는 인간의 근원적인 숙명, 원죄의식이 나타나 있다. 그 죄는 ‘성욕’이다. 정신으로 통제할 수 없는 육체의 강렬한 욕망이야 말로 죄의 원흉이다. 작중 인물은 무수한 아담들과 이브들이다. ‘미스현’은 악의 화신인 뱀을 대표한다.

8. 이마와 이마

결혼식날, 한영실은 미스현이 김상국과 키스하는 장면을 목격하고 식장을 뛰쳐나간다. 한영실은 다시 추백련의 집으로 들어가 피아노 선생을 하기로 한다. 사직한 권상오는 녹파여고 체육관 기성회를 조직하여 정혜진 여사로부터 400만원 가량의 후원금을 얻고, 미스현으로부터 1천만원의 후원금을 받는다. 양자 모두 권상오의 마음을 사려는 계산이 앞서 있다.

송대위의 도미 환송 파티 때, 김상국이 나타나 미스현의 이브닝 드레스를 찢고 뺨을 때린다. 찢어진 옷을 걸머쥐고 추백련의 집으로 들어온 미스현은 한영실과 마주친다. 영실은 옷을 꿰매준다.

9. 對決

미스현은 김상국을 서에 고발한다. 권상오는 사회 활동의 필요로 말미암아, 추백련과 결혼하기로 하고 예식에 임한다. 미스현에게 양품점 여직원이 찾아와 양품점 수색 사실 및 서의 출두명령을 알려준다. 미스현은 수사과장을 찾으러 가는 길에, 김상국을 만난다. 김상국은 미스현의 얼굴을 맥주 캔으로 밀어 버렸다. “항시 신비스러운 미소로 사람을 뇌살시키던 미스현의 입술은 연한 화판처럼 절반이 찢겨 나갔다.”(632면)

사고 현장에서 피흘리던 미스현을 탄실이가 발견하고 병원에 데려간다. 탄실이는 미스현이 있던 자리에서 권상오의 청첩장을 발견한다. 오탄실은 고향 여성들과 함께 자활의 길을 모색하고 있었다. 결혼식날, 탄실은 권상오를 부른다. 상호는 탄실과 더불어 차에 오른다. 흑인 트럭 운전수의 과실로 상호가 탄 차가 사고 난다. 탄실은 죽고, 상오는 다리 하나를 잃는다. 세브란스 병원에서 상오를 눈물로 간호하던 간호원은 지순이다.

미스현은 실로 얽어맨 자신의 얼굴을 보고, 철도자살을 감행한다. 다음과 같은 유언을 남긴다. "내가 내 육체를 이렇게 파괴해 버리는 것은 당신들 눈 속에 남아 있는 미스현을 언제까지 아름답게 하려는 갸륵한 나의 욕망때문이외다. 권상오씨에겐 실연을 했고 한영실에게는 도덕적으로 압도를 당해 왔고 그리고 마지막 김상국의 폭력 앞에서 나의 얼굴이 찢겨졌습니다. 그러나 모든 것은 다 나에게 있어 지나간 일들입니다. 나에게는 오직 영원한 망각이 있을 뿐이외다."(644면)

의족을 한 상오를 발견하자, 추백련은 상오의 곁을 떠난다. 상오와 영실의 정신적 결합과 반려가 이루어진다. "영실씨, 당신만 내 곁에 있어 준다면 난 한 다리가 없어도 땅 끝까지 아니 저 대공을 향해 마음껏 날아갈 수 있어요. 당신은 나의 영혼의 푸른 날개야요."(654면)

"도대체 결혼이란 한 개의 사무입니다. 인생이 살아가는 동안 수행해야 할 한 개의 의무라 할까— 지극히 단순한—"(625면)—권상오는 송현숙에 대해 자신의 결혼을 다음과 같이 역설한다. 작중 주인공 권상오의 결혼관은 사회가 만든 제도 일반에 대한 김말봉의 가치관이 담겨있다. 종교적인 영역(기독교)을 제외한 일체의 사회 제도는 '사무'와 '의무'에 지나지 않는다.

『생 명』

『조선일보』, 1956. 11~1957. 9 : 단행본(민중서관, 1958)으로 출간,
김말봉이 도미(渡美) 시찰 후 집필한 작품

1. 항변(抗辯)

창님은 여대생(한성여자대학)이다. 헌혈하고 800환을 받는다. 그 돈으로 동생이 먹을 것을 산다. 집에 돌아오니 전창수는 유서를 남긴 채 집을 나갔다. 남산 중학교 2학년에 재학중인 창수는 납입금 독촉에 시달리다 자살한다. 집을 찾아온 담임 설병국과 함께 한강에서 창수의 시신을 찾는다. 창님이는 민주주의에 대한 환멸을 느낀다("국가 재산을 독점하고 있는 광산주니 영업주들이 죽인거야. 제 욕심만 채우는 모리배가 죽였어." 13면). 학교에서 창님이는 재벌사업가의 딸 김정미에게 책임을 묻는다. 가진 사람이 없는 사람에게 가진 것을 나누지 않는다고. 이후 설선생은 창님을 동정하여 자주 방문한다. 기실 설선생 역시 동생(병기)과 함께 어렵게 고학하는 처지이다.

설병국은 대학교육에 대해 다음과 같이 말한다. "장사야— 밑천 들여 이익 보자는 장사야 (중략) 대학쯤 나와야 올바른데 취직도 할 수 있고 더구나 시집을 가려면 대학의 간판이 필요하거든"(17면)

김정미의 아버지(수십억의 광산주)는 비밀 축첩으로 인해 부인과 싸운다. 부인은 힘에 부치는 계를 한다. 아들을 원하는 아버지의 의중을 알고, 정미는 집을 나가 얄루강학사의 오현무를 만난다. 오현무는 김정미의 배경이 자신에게 절실히 요구된다는 사실을 강조하며, 집으로 돌려보낸다. 오현무는 월남한 고학생이다. 월남

이유와 고학이유가 모두 '가난'을 등지고 '윤택하고 편안한 삶'을 살려는데 있다.

"적어도 나는 앞으로 대성해야 할 그릇이란 것을 내 자신 확신하고 있단 말입니다. 이북에서는 이러한 나의 야망이 기운을 펼 도리가 없었습니다. 사선을 뚫고 월남한 이유는 맘껏 기운껏 나래를 펴고 나의 천분을 발휘하려는 것이었습니다. 목숨을 내 걸고 월남은 했지만 돈도 없고 일가친척도 없는 내가 어떻게 내 뜻을 이룰 수 있어요? 내가 미스 김을 택한 이유는 미스 김이 살고 있는 그 환경이 나의 힘이 되어 주기를 바라는 까닭입니다."

"난 이북에서 왔지만 난 이북에 있을 적부터 가난뱅이였어요. 지긋지긋 가난뱅이 살림이 싫어졌어요. 어떻하면 윤택하고 편안한 생활을 할 수 있을까 그것이 나의 월남한 목적이었는지도 몰라요. 바른 말로 고백한다면 김정미씨가 그러한 환경 가운데 있기 때문에 사랑하는지도 모르죠."(29면)

김정미는 당시 교회가 지닌 문제에 대해 지적한다.

"오늘 우리 교회가 침체상태에 놓여진 이유가 어데 있습니까? 교회는 구제물이나 나눠 주는 구락부로 생각하는가 하면 가난한 형제는 업수이 여기고 돈 있는 사람에게만 아부하고 바꾸어 말하면 물질에만 연연하고 있는 까닭입니다. 만약에 우리가 이러한 의욕에서 깨어나지 않는다면 공산당을 타도할 아무런 자격도 없습니다. 왜냐하면 공산주의는 칼·맑스의 유물론을 토대로 생겨난 주의이기 때문입니다. 유심론을 지지하는 우리 기독교가 가장 유물론의 앞장이가 되어 있는 사실을 여러 분은 어떻게 생각하십니까?"(31면)-정미의 생각

정미의 가출은 당일로 끝난다. 집에 돌아온 정미는 아버지에게 집과 토지와 광산에 해당하는 자기 몫의 재산을 청하여 얻는다.

2. 대가(代價)

설선생은 눈보라 치는 날, 창님의 집을 나와 택시를 합승한다. 합승한 부인은 유근삼 학생의 학모이다. 김한주(52살)의 애첩인 화주 여사는 혼인한 전력이 있다. 전쟁미망인은 아니나, 구습의 피해자이다. 동경여자미술대학을 졸업하고 와세대 졸업생인 남자와 결혼했으나 그에게 아내가 있었으므로, 그녀는 자리를 박차고 나왔다. 화주는 시간당 1만원을 준다는 조건으로 설에게 모델 제의를 한다. 설은 돈도

돈이지만, 화주의 요염한 외모에 이끌린다. 화주의 집에서 밤에 찾아온 김한주의 눈을 피해, 설은 벗은 몸을 감추기 위해 병풍 뒤에 숨는다.

3. 경사(傾斜) – 빗기어 건너감

전창님은 설병국에게 연정을 느낀다.

김한주의 딸 정미는 지금까지 사귄 오현무(이북에서 월남한 고학생)와 헤어진다. 미국유학을 소망하던 그는 김정미의 집안을 보고, 그녀에게 접근했던 것이다. 그는 이제 정미의 친구 혜옥과 사귄다. 김한주는 금광업이 어려운 중에, 1천만원의 돈을 애첩에게 준다. 아내의 어려운 사정을 알고 뒤늦게 김한주가 화주에게 돈을 다시 돌려줄 것을 청하나 화주는 어음을 돈으로 찾았지만 다 썼다고 주지 않는다. 아내는 곗돈을 받으러온 여자들에게 시달림 끝에, 맞고 쓰러져 뇌일혈로 입원한다. 김한주는 1천만원을 아내에게 주지 않은 것을 후회한다.

4. 허실(虛實)

화주는 설병국의 깍듯한 정신과 수려한 외모에 이끌려 유혹한다. "염치있고 자존심 있고, 그리고 어디까지나 예절다운 설병국"(260면) 설은 화주에게 욕망을 느끼면서 전창님에게 동정을 느낀다. 설은 화주의 욕망에서 벗어나기 위해 전을 찾는다. 충무대학 정경과 이학년 김기철이 전에게 나타나 설은 화주의 남첩이라 하고, 자신의 애정을 호소한다. 바깥에서 이를 엿듣던 화주가 나타나 홧김에 김에게 돈을 준다. 판자촌에 불이 나서, 전창님과 설은 근처 여관에서 밤을 보낸다. 관계할 것을 요구하는 설에게 전은 다음과 같이 말한다.

"전후파, 전 멸시해요. 아주 무슨 초 모던으로 자처하면서, 함부로 육체를 더럽히는 계집들. 그것들이 인간이야요? 쓰레기보다도 추한 고깃덩이들이지. 외려 양공주편이 나아요." "양공주들은 굶주리는 부모를 위해서, 동생들의 학비를 위해서, 때로는 병든 남편을 위해서 자기 몸을 희생하는 거예요" "하지만 전후파로 자처하는 계집애들, 옷 있고 밥 있고, 사치스럽게 몸치장할 돈도 있고, 나돌아 댕길 시간도 있고, 그래서 극장이며 다방으로 휩쓸고 다니면서, 얼굴이 반반한 대학생 나부랭이나 찾아서 암캐처럼.” “이것들은 전후파라는 게 무언지, 알지도 못하구, 그저 성(性) 방면에만 방종하게 덤비면 그게 바로 전후파가 되는 줄로 알고 있는 것이 우습단 말 야요.”(161면)

5. 사중주(四重奏)

전과 설, 김기철과 화주의 관계. 설은 화주 여사에게 부탁하여 전의 전셋집을 얻 어준다. 그는 그녀의 집에서 매일 나체 모델이 될 것을 약속한다. 김은 전에게 나 타난 설과 화주 여사간의 관계를 지적하고 애정을 호소한다. 전의 전셋집 노파는 다음과 같이 말한다. “요새 어디 똑똑한 청년 있나? 모두 군인 나가구 아니면 처자 있구.”(194면)

6. 망원경(望遠鏡)

김기철도 전(창님)과 마찬가지로 피를 팔아 고학하는 고학생이다. 그는 고향으 로 돌아가 묵전을 일구려는 야심을 가진다. “사람들이 농토를 못 건사하니까” 묵 전이 된다. “농사할 장정들이 납치돼 가고 전장나가 죽고, 비료는 별로 주지 않고 몇 해고 자꾸 같은 자리에다 같은 것만 심어서 힘이 쭉 빠진 논밭에 홍수가 내달 아 모래로 덮어 버린 곳은 허는 수 없이 묵전이 된다.”(211면) 그는 팔촌 형님의 택 시 조수가 되어 그의 일을 돕는다. 택시 승객이 화주의 집에 도착한다. 수상한 승 객과 그의 트렁크를 의심한 기철은 화주에게 가서 으름장을 놓는다. 화주는 기철 의 야성에 허물어지는 마음을 다잡고, 그에게 돈을 나누어주겠다고 타협한다.

혜옥의 언니가 유화주이다. 오현무는 화주의 아들 근삼의 “영어과외”를 맡고 있 다. “지금 세상 영어 모르면 볼 장 못 본다. 십년 전에 일본말 모르면 병신되는 것 처럼.”(230면) 화주는 설(병국)에게 줄 크리스마스 프레젠트를 오에게 준다. 두 사람 은 약혼을 서두른다. 화주의 애욕을 사전에 막을 요량으로, 설은 전과 결혼을 서두 른다. 결혼 소식을 들은 화주는 강력한 흥분제를 커피에 타서 설에게 먹인다. 설은 화주에게 드러내지 못한 성욕을 전에게 와서 강요한다. 정조를 잃은 전은 하루 바 삐 결혼식이 이루어져야 함을 걱정한다.

결혼에 물질적으로 조력해 주는 화주에게 감사의 뜻을 전하러 온 전은 잠결에 일어나 설과 화주의 애욕 행태를 직시하고, 반지를 빼고 결혼을 취소한다. 그들의 밀수행각이 발각되자, 화주는 여의도 비행장에 가서 홍콩행 비행기를 기다리다가 구금된다. 이에 앞서 화주의 애욕에 놀아나는 설은 화주의 집에 있다가 들이 닥친 형사들에 의해 서로 연행된다.

7. 유전(流轉)

설병국은 허영의 꺼풀에 쌓인다. 정미와 가까워져, 김한주의 신임을 얻는다. 미국유학하려는 김정미는 설에게 함께 가기를 권고한다. 전창님은 교회에 다니는 불우한 노인을 위해 세브란스 병원에서 간호를 한다. 거동이 불편한 노인의 똥오줌을 받는 가운데, 전은 교회 선교사들로부터 신임을 얻는다.

8. 비약(飛躍)

설병국은 김한주의 광산업을 돕기 위해 돈을 운송하던 중, 돈을 갈취하려던 운전수로부터 상해를 입는다. 전이 있는 세브란스 병원 외과에 입원한다. 설은 전을 보고, 가슴을 조린다. 전은 교회 선교사들로부터 미국유학의 기회를 얻는다. 전은 비행기 안에서 자신의 임신사실을 인지하고 기도한다. "주여. 제 영혼을 맡아 줍소서. 나를 위하여 흘리신 피 공로를 믿습니다.", "주여. 설병국에게 올바른 신앙심을 주옵소서."(329면), "보이지 않는 하나님의 손이 나를 여기까지 이끌어 왔사오니 주님 처분대로 하옵소서."(330면)

9. 생명

설과 김정미는 약혼한다. 화주여사가 나타나 설과 김한주에게 협박한다. 화주는 김한주의 돈을 뜯어내기 위해 김기철을 보낸다. 1천만 원을 요구했으나 2백만 원만 가져온 김기철과 다투다가 화주는 과음하고 죽는다. 미국에 도착한 전은 부인구제회 회장 미세스 허드슨의 도움을 받아 거처를 마련한다. 신학교에 입학하기 위해, 학위를 마치지 못한 전은 학위를 받을 수 있도록 칼리지에 입학하게 된다. 허드슨 부인은 미혼모 구제 사업을 한다. "언 메레지 머더 홈"(369면) 자신의 구제에서 시작한다. "실수가 무서운 것이 아닙니다. 실수하고도 다시 일어서 보겠다는 간절한 마음이 있으면 그 사람 구원받을 수 있지요. 그러나 어떤 여자가 한 번 넘어진 다음 나는 이왕 이렇게 됐으니 아무렇게 돼도 할 수 없다고 아직도 사회가 버리기 전에 자기가 먼저 자기를 버리는 일 이것이 무섭단 말입니다."(369면)

전은 방학동안 미세스 코오린스 집에 유숙하면서 여든 넘은 할머니를 수발하는 일을 맡는다. 그곳에서 초청한 한국유학생을 위해 전은 한국 음식을 만든다. 전은 미국에 유학 온 설병국과 김정미를 만난다. 창님이가 미국에서 석달을 지난 동안 그는 다음과 같이 달라졌다고 본다. "첫째 창님의 얼굴빛이 뽀얗게 화색이 도는 것, 둘째 창님의 입가에 겸손한 미소가 피어나는 것, 셋째 창님의 전체에서 풍족하고 너그러운 기분이 흘러 나오는 것들이다."(386면) 창님은 유학 온 후 가난에서 탈피한 것이다. 미국은 창님에게 여유를 주었다.

전이 탄 차가 사고가 난 바람에, 전의 임신 사실이 알려진다. 김정미와 설병국은 전의 존재에 위협을 느껴 결혼을 서두른다. 결혼전날, 전은 설병국과 김정미에게 자신의 임신 사실을 밝힌다. 결혼식 날, 신부가 입장하지 않는다. 기다리던 전이 신부의 너울을 쓰고 신부 입장한다. 축가는 주기도문이다. "우리가 우리에게 죄지은 자를 사하여 준 것같이 우리의 죄를 사하여 주옵소서."(411면)

김정미는 생명에 대해 존중하는 글을 남기고 아버지와 함께 유럽 여행길에 오른다. "한 개의 생명을 말살할 권리는 내게는 없는 것을 알았어요. 그와 함께 나와 내 아버지가 영원히 떠날 수 없는 것처럼 설병국과 전창님의 자식은 또 영원히 떠나지 못한다는 사실을 알아냈어요."(412면)

미국에 대한 일방적인 호도가 자주 나타난다. "사천 년이 아닌 사백 년 동안에 세계를 제패할 만큼 번영을 초래한 미 국민의 실제 생활을 관찰하는 것은 마치 좁은 우물 안에 살던 개구리가 큰 바다로 나온 듯한 느낌이다. 그러나 큰 바다 같은 미국은 좁은 우물 속에서 살던 한 마리의 개구리 전창님에게는 고래나 상어가 사는 무서운 바다가 아니라, 부드러운 해초와 보석 같은 조개들이 있고 산호가 수림처럼 서 있는 아름다운 바다이다. 마음대로 헤엄치고, 원대로 지식의 열매를 따먹을 수 있는 복지 가나안의 평지이기도 하다."(370면)

『청춘의 윤리』

?, 1941 : 단행본(『한국문학전집』, 민중서관, 1965)으로 출간

일제말 정비석은 『청춘의 윤리』에서 젊은이들에게 청춘의 꿈이 아니라 청춘의 윤리를 쫓아야 한다고 강조한다. 젊은이들의 대표적인 정서는 자기 계발과 야망에 있는 것이 아니라, 타자를 위한 끊임없는 희생에 있다. 그 결과, 청춘 남녀는 애정을 쫓기보다 당 체제가 요구하는 직업과 책임을 완수해야 한다. 장현주는 사랑하는 남자의 부인이 되기 앞서, 벗에 대한 신의를 존중하고 자선단체를 맡는데 몸을 바쳐야 한다. 동일한 차원에서 주성호 역시 애정은 물론이거니와 의사로서 연구와 학위 취득이 아니라, 일선의 병원에서 부상병들을 치료하는데 몸을 다해야 한다. 주성호는 영옥에게 일선의 간호원으로 올 것을 권한다. 작중 청춘 남녀는 모두 당 체제가 요구하는 '자선단체'와 '병원'을 위해 자신의 청춘을 희생한다. 이 작품의 '희생'이 바로 작가가 당대 독자들에게 요구하는 메시지이다.

일제강점기 내선일치를 주제로 한 또 다른 작품과의 비교

이기영의 『생활의 윤리』(1942), 소화 17년 9월 5일 초판 발행

소화 19년 4월 20일 재판 발행(배급처 : 일본서적배급회사조선지부·발행소 : 성문당)

이기영의 『생활의 윤리』와 대비하여 와 대비하여, 정비석의 『청춘의 윤리』를 비교할 필요가 있다.

정비석이 『청춘의 윤리』에서 노골적으로 내선일체의 논리를 피력하고 있다면, 이기영은 『생활의 윤리』에서 풍속교정과 계몽의 차원에서 일제의 논리를 우회적으로 드러낸다. 작품의 추이는 다음과 같다.

두메 사람들 → 냉면집 → 담판 → 서울안목 → 기인한 인연 → 수렵장 → 산악의 정기 → 간계 → 산돼지와 양 → 직업전선 → 오해 → 우연 → 문병 → 이성과 감정 → 타락의 심연 → 생활의 윤리

석웅주와 허일찌 두 사람을 중심으로 이야기가 전개된다. 두 여성인물은 이기영이 내세우는 '생활'의 기준에 따라 긍정적 생활자와 부정적 생활자로 등장한다. 석웅주가 바람직한 생활인의 모습을 고수하고 발전시켜나가고 있다면, 허일찌는 타락한 생활인의 최후를 보여준다. 석웅주의 삶에 도움을 주는 남자 주인공('수호신')으로 이준구가 있으며, 허일찌의 타락에 큰 영향을 미치는 남자 인물로 박달이 있다. 이기영이 주창하는 '생활의 윤리'는 석웅주라는 여성에 의해 실현된다. 첫째, 직업의 선택. 둘째, 감정에 매몰되지 않는 이성적인 연애관.

석웅주는 외국인 전도부인의 도움으로 산골에서 학교를 졸업하고, 서울에 있는 여학교에 다닐 수 있는 기회를 얻었다. 석웅주는 여학교의 졸업을 즈음하여, 아버지로부터 돈있는 남자의 후취가 되라는 강권을 받는다. 웅주는 졸업 후, 직업전선에 뛰어들어 강원도 두메 산골에 있는 가족들을 서울로 데리고 갈 의사를 밝힌다. 웅주는 준구의 도움을 받아 그녀와 결혼하려는 병태를 물리친다. 웅주는 백화점의 점원이 되어 한 가계를 책임질 수 있는 생활인이 된다. 작중에서 '웅주의 결혼사건'은 풍속교정을 부르짖는 계몽소설의 형태를 띠고 있다. 남자는 "색시의 인물"을 보고, 여자는 "신랑집이 부자구 지체가 높다"(391면)는 것만을 보고 결혼하는 당대인의 허영을 꼬집고 있다. 참된 생활은 허영이 아니라 '노력'과 '노동'으로 성취되어야 할 것임을 보여준다. 이 부분은 권장할 만한 사실이긴 하지만, 풍속교정의 범주를 벗어나지 않는 계몽성이 과다노출되고 있다. 준구는 올바른 결혼관을 다음과 같이 웅변한다.

"첫째는 취미와 성격이 걸맞고 서로 저편을 이해하는 아량과 마주 도아가자는 그야말로 일심합력이 있지 않으면, 결코 그 가정이 행복되지 않을 것입니다. 재산이나 지위같은 것은 오히려 둘째 문제겠지요 피차간 이런 속은 모루구 거저, 외화만 보구 결혼을 했다가 불행에 빠진 사람들이 얼마나 많은지요 이건 다만 물질적 생활만 가지고 한 말이나, 정신적 생활 정말 사람다운 생활을 해가는데, 서로 배필을 잘못 맞나서, 끗끗내 불행한 가정이 된 것은 제가 아는 사람만도 여러집을 보았습니다."(392면) 나아가 "생활에 대한 책임"(393면)과 관련하여, 부인 역시 남편과 더불어 생활(여기서는 경제)에 대한 책임을 져야함을 주장한다.

　　허일찌와 대조적인 석응주의 생활윤리는 '자주적인 의식'에서 찾아볼 수 있다. 응주가 직업을 얻으려는 동기가 드러난 부분을 유심히 살펴보자.

　　"오늘날까지 그는 남의 도움으로 공부를 하여왔다. 자기와 같은 처지로서, 하여튼 중학을 마쳤다는 것은 분외의 행운일는지 모른다. 하나, 다시 한편으로 생각할 때, 남의 은혜를 입는다는 것은 여간 부끄럽고 큰 부채가 아니다. 더구나 타국사람인 선교부인의 돈으로 공부를 하였다는 것은 얼마나 가엾은 일이냐. 물론 선교부인은 그런 생각으로 학비를 보조하지는 않았을 것이다. (중략) 하지만 그를 수양 어머니로 정하고, 학비의 도움을 받는다는 것은 아모려도 구구한 짓으로 볼 수밖에 없다. 그것을 일종의 자선사업으로 지목받는─고아원의 고아와 같은 신세와 별로 다를것이(288면) 없지않으냐. 응주의 이런 생각은 무시로 자격지심이 드는 동시에 자존심을 상하는 것 같은 느낌을 억제할 수 없었다. 그것은 그가 점점 철이 나갈 수록 더하였다. 이와같이 절곡한 생각은 응주로 하여금 어떠한 결심을 갖게 하였다. 그는 남에게 받은바 이 은혜를 사회적으로 봉사(奉仕)하기에 성력(誠力)을 다하자 싶었다. 그래 그는 자기의 미천한 직업(백화점 점원 : 인용자)을 조곰도 불만히 역이진 말자 하였다."(289면)

　　"취직은 떳떳한 일이 아니냐. 직업에 귀천을 따질께 아니라 먼저 자신의 자격을 생각해야 된다. 누구나 분수에 넘치는 것을 바라는 것은 일종의 허영이다. 그는 턱없이 허영을 바라는 것 보다는 차라리 내 힘에 적당한 일터에서, 생활의 즐거움을 찾고 싶었다."(289면)

　　그렇다면, "생활의 윤리"가 부재할 경우 어떤 불행을 맞이하는가. 허일찌는 이성보다는 감정에 좌우된다. 일찌는 유복한 가정(허담)의 딸이다. 아버지는 딸에게 산돼지의 피를 먹일양으로 사냥을 나선다. 허일찌는 허혼한 준구(가정교사)에 대해 감정적인 불만을 토로하며, 결국에는 헤어진다. 일찌는 준구(시골출신・문학가 지망생)의 친구인 박달(서울출신・법률가 지망생)의 유쾌한 성격에 호감을 가지고 그에게 빠져든다. 박달은 처자가 있음에도 일찌를 속이고 육체 관계를 가진다. 박달은 일찌를 떠나고, 일찌는 혼자 아이를 낳는다. 일찌의 이러한 불행은 맹목적으로 감정에 매몰된 연애의 비극적 말로를 보여준다. 이기영은 어려운 시기일수록, 감정을 자제하고 이성에 충실할 것을 당부한다. 이기영은 고민과 생각없이 사는 두메 사람들을 짐승과 다를 바 없이 묘사한다. '감정'에 매몰된 일찌가 종국에는 '신경쇠약', '늑막염' 등의 병자가 되어 사생자의 미혼모가 된 것에 비해, '이성'에 충실한 응주를 '건강한 생활인'으로 묘사하고 있다.

　　작중 중반에, 영화 "창살없는 감옥"이 등장한다. 당대 상영된 영화인듯하다. 줄거리는 다음과 같다. "불량소녀감화원 원장"은 직무에 충실한 나머지, 사랑하는 의사와 연애에 충실하지 못한다. 의사(남자)는 원장의 사랑을 저버리고, 원장의 제자와 사랑한다. 공무에 충실한 여성이 사적인 연애에 소홀한 것이 계기가 되어 맞이하는 장엄한 비애를 다루고 있다.

이기영의 미덕은 '사(死)의 철학'에서 찾을 수 있다.

"생명이 순식간에 있다는 것은 인간의 자각(自覺)을 의미한 말일세. …… 생명을 순간적으로 인식한다는 것은 참으로 위대한 사상인줄 아네. 그것은 예수나 석가가 아니고서는 도저히 못할말이거든. 웨 그러냐하면, 그들은 생명을 다만 생리적으로만 보지 않았단 말일세. 다시 말하면, 생명의 귀중한 보람은 다만 『사는데』 있지 않고, 그것을 높이는데—정신적으로 발전식히는데 있다는 것이니까—. 그래서, 그들(예수나 석가 : 인용자)은 생명을 순간적으로 느끼기때문에, 하루를 육신이 편히들 못하게 죽을 준비를 밧비하지 않었나. 죽엄은 도적같이 언제올는지 모르니까, 그 안에—인젠 죽어도 좋을만큼 준비를 했단 말일세—. 따라서 그들이 무한한 고통을 받고, 일찍 죽은 것은 실상, 죽은 것이 아니라 정신적으로는 다시 살어났단말일세! 보리 한알이 땅에서 썩어서 더 많은 열매를 낳게 한다는 성경의 비유와 같이. 예수나 석가는 그래서 지금까지 살고, 앞으로도 인류가 멸망하기전 까지는 영원히 살것아닌가— 그런데 우리와 같은 범인은 죽엄을 무서워 하면서도 실상은 죽엄을 멀리 생각한단 말일세. 혹시 병이나 들든지 옆에서 누가 죽는 것을 보면 그 때는 겁을 벗적냈다가도, 그 순간이 지나면 또 다시 무심히 지내거든— 마치 죽엄은 나와는 아무 상관이 없는 내일의 화제처럼— 하지만 날마다 우리의 신변을 싸고도는—날마다 생각해야할 문제인줄아네—. 어느때 어느순간 죽엄이 없는날이 있는줄 아니, …… 이 서울 장안만 해도 매일 수백명이 죽고 낳는 사람들이 있을거니— 그럼으로 죽는 것은 사는것과 마찬가지로 누구나 절실히 느껴야할 문제인줄 아네."(409면)

『故 園』

?, 1947 : 단행본(『한국문학전집』, 민중서관, 1965)으로 출간

이 작품에서 정비석은 정신적 사랑과 육체적 사랑의 격돌을 보여준다.

육체적 사랑이 기승을 떨며 작중 인물이 당면한 상황을 압도하려 하지만, 궁극적인 지점에 이르면 정신적 사랑이 육체적 사랑을 이긴다. 주인공 현오권에게는 세 여자가 있다. 자신이 선택한 여성이 아니라, 부모가 선택한 대상이라고 하여, 그는 봉건적인 고향집의 아내는 아예 갈등의 대상에서 제외시킨다. 그는 육감적 여성 채옥과 이지적 여성 영주 사이에서 갈등한다. 작품의 배경은 독립운동 · 만주 항일혁명 · 광주학생사건 등과 같은 역사적인 사건이 양념처럼 드리워져 있으나, 이 작품은 철저하게 개인의 욕망을 보여주는 데 주력하고 있다. 이 작품은 「제신제」의 연장선상에 있다. 그러나 이 작품에서 정비석이 제시하는 윤리는 '자기극복'에 따른 '극기복례'일 뿐, 전통적인 유교적 세계관을 보여주는 것은 아니다. 당시대 정치와 윤리 담론에 충실한 것이 아니라, 개인의 방황과 좌절 및 극복 의지를 보여준다. 즉, 충(忠) · 효(孝) · 서(恕)의 전통질서의 복원이 아니라, 개인이 자신의 욕망을 어떻게 조절하는가를 보여준다.

『장미의 계절』

?, 1947년 : 단행본(『한국문학전집』, 민중서관, 1965)으로 출간

이 작품에서 정비석은 자매의 사랑을 통해 해방이후 사회의 풍속과 윤리를 보여준다. 유경온은 양봉학원의 강사생활을 하여, 동생 유경채를 뒷바라지 한다. 언니는 전통적인 여인상으로, 동생을 위해 인내하고 희생하는 인물이다. 전문학교를 졸업한 유경채는 출판사에 취직한다. 두 여성 인물의 상대역으로 한태세와 강시중이 등장한다. 한태세는 딸(애영)을 둔 홀애비로서 경온에게 '결혼신입(신청)'을 한다. 경온은 경채가 한태세를 좋아한다고 여겨 결혼을 거부한다. 강시중은 출판사(동양문화사)의 사장으로서 일본 유학시절 같은 하숙집에 있던 경온을 사모해 왔다. 그는 한태세와 경온의 관계를 알고 그 마음을 단념한다.

경채는 부호의 아들 최세근과 같은 출판사 직원 노인수, 두 사람의 흠모를 받아 오던 중, 노인수와 사랑에 빠진다. 회계를 담당하던 경채는 노인수의 청에 못 이겨, 회사돈을 횡령한다. 노인수는 그 돈으로 모리배의 일을 계획했으나, 발각되어 북으로 떠난다. 평소 가난한 그는 공산주의 사상을 신봉하던 청년이었다. 강시중은 번민에 빠진 경채에게 결혼을 신청한다. 결혼식 날 노인수는 북에서 내려오지만, 그는 다시 월북한다. 경채와 강시중이 결혼하고 신혼여행을 떠나자, 경온과 한태세 역시 일가를 이루려고 한다.

두 여인의 결혼으로 작품을 끝맺는다. 두 자매의 안정된 삶은 '형제애'에 토대를 두고 있으며, '결혼(가족 만들기)'를 통해 지속될 수 있음을 보여준다. 아울러, '공산주의 사상'에 대한 폄하가 간접적으로 제시되어 있다. 공산주의 사상에 물든 청년은 회사 돈을 횡령하여 모리배가 되는가 하면 종국에는 월북한다는 사실을 통해 반공주의의 단초를 보여준다.

『애정무한』

?, 1952년 : 단행본(『한국문학전집』, 민중서관, 1965)으로 출간

이 작품에서 정비석은 실명으로 등장한다. 대구 피난시절, 정비석은 달성공원의 이상화 시비 앞에서 이근호를 만난다. 정비석과 동향인 그는 전쟁중에 일어난 자신의 애절한 사랑이야기를 들려준다.

전쟁이 발발하자, 이근호는 서울에서 김승환으로 개명하여 일가의 도움으로 숨어 지낸다. 그는 차출되어 '중구선전실'에서 일하게 된다. 반공주의자인 그는 자유를 신봉하며, 암암리에 우익의 일을 도왔다. '중구선전실'에서 그는 아름다운 여인 김선옥을 만난다. 그곳 책임자인 김철 역시 김선옥에게 흑심을 품고 있었으나, 김선옥은 이근호를 추종한다. 나아가 김선옥은 이근호가 추구하는 자유사상을 추종한다. 이근호를 시기하던 김철은 거짓행적을 꾸며('민족청년단' 간부일을 함) '김승환'을 고발한다. 이근호가 무혐의로 풀려나자, 김선옥은 이근호를 집으로 불러들여 밤을 함께 보낸다. 그들은 완전한 결혼과 사랑을 언약한다.

유엔군의 전세가 호전됨에 따라, 대규모의 숙청을 피해 이근호는 김선옥과 피신한다. 도중에 이근호는 잡혀서 이름모를 건물속에 갇힌다. 이에 김선옥은 그 근처에서 행상 행세를 하며, 이근호를 기다린다. 필사의 노력으로 이근호는 화장실의 밑구멍을 통해 그곳을 빠져나와 김선옥을 만난다. 두 사람은 산속으로 피난가서 꿈같은 시간을 보낸다. 이후 유엔군이 서울을 수복하자 그들은 서울로 다시 돌아왔다. 그러나 김선옥은 병(복막염)을 얻는다. 병든 김선옥을 서울에 두고, 이근호는 유엔군과 함께 서부전선으로 종군하여 점령지의 정훈공장을 맡는다. 다시 상황이

악화되어 서울에 돌아온 이근호는 병중에 있는 김선옥을 데리고 부산으로 피난간다. 그곳에서 김선옥은 마지막 숨을 거둔다. 이근호와 김승환은 낙동강에 김선옥의 시신을 수장한다.

정비석은 이념을 초월한 남녀간의 애틋한 사랑을 보여주고 있다. 자유주의자와 공산주의자의 만남, 공산주의자가 자유주의자로 귀환하고 아름다운 사랑을 구가하지만 작가 정비석은 공산주의에 한번이라도 적을 둔 자에 대해서는 엄연한 자세를 보인다.

『深 海 魚』

『영남일보』, 1954. 1. 1~5. 10 : 발굴작

1. 談判

전쟁 직후의 부산을 배경으로 작품이 시작된다. 전쟁으로 인해 김경애의 가정은 영락한다. 아버지와 오빠가 납북되고 가세는 기울어, 부산에서 김경애(25살)는 대학을 중퇴하고 여사무원으로 취직해 있다. 반면, 약혼자 한건호(33살)의 집은 전쟁 경기를 타고 사업(삼호물산주식회사)이 날로 번창했다. 한건호는 김경애의 정조를 유린했음에도 김경애 가정 상황이 악화되자 파혼을 선언한다. 한건호의 사무실에서 김경애는 한건호가 세무서에서 일하는 홍성찬을 반색하는데 비해, 그녀를 홀대하는 데 분개한다. 파혼을 염두에 둔 그의 처사를 확인하고 밖으로 나오던 중, 그녀는 박명주를 만난다.

2. 아버지와 아들

한건호(전무)는 장관의 조카인 박명주에게 자기의 자가용으로 함께 환도할 것을 권하며, 결혼을 청한다. 한건호와 아버지 한흥원 사장은 장관의 조카인 박명주와 인연을 맺어서 사업을 비롯한 그들의 활로에 교두보를 마련하려 한다. 회사를 나온 한사장은 오계향의 집에 찾아가 그녀의 애교에 마음을 잃는다. 계향은 한사장에게 애교와 교태를 통해, 환도 후 서울에 '적산가옥'을 마련하려 한다. 밤에 홍성찬 과장이 찾아왔으나, 계향은 그를 잘 을러서 춘자네 집으로 보낸다.

3. 生의 攝理

김경애가 자살을 결심하고 부산송도 앞바다에 뛰어드려는 순간, 청년 화가가 나타나 만류해서 집으로 돌아온다. 새로운 생의 의지를 다잡으며 집으로 돌아오지만, 어머니는 담석증으로 고통을 호소하고 있다. 어머니를 병구환하며 하루 더 쉬고, 다음날 회사(인쇄소)에 출근하니 김경애의 '환도'를 운운하며 면직을 요구해 왔다.

4. 善因緣 惡因緣

김경애는 퇴직금과 그 달치 월급 2만 5천환으로 어머니를 모시고 환도길에 나선다. 서울행 '야미표'를 사고 기차에 오른다. 플랫폼에서 김경애는 변인규(청년 화가·예술대학조교수)의 모습을 보고 마음을 설렌다. 그도 곧 환도한다는 소식을 곁에서 엿듣는다. 열차 안에서 김경애는 홍성찬을 만난다. 어머니가 갑자기 열이 올라 경애는 당황했다. 홍성찬의 호의로 기차의 짐칸에 어머니를 누일 자리를 마련했다. 서울에 도착하자, 홍성찬이 이끄는 대로 병원으로 간다. 어머니는 폐렴 진단을 받고 병원에 입원하여 치료받는다. 김경애는 가진 돈을 다 쓰게 되자, 돈을 변통하기 위해 집을 나선다. 친구 집에 갔으나 친구는 없었으며 예전에 집에서 부리던 사람집에 갔으나 5천원만 꾸어줄 수 있다는 박정한 말을 듣고 돌아선다. 미군 부대에서 일하다가 유엔마담이 된 친구 강마리의 호사스러운 모습을 보자, 경애는 내심 부러운 마음이 든다.

5. 毒牙

경애는 변인규가 환도하는 날 서울역에 마중 나간다. 변인규는 일간 경애의 모친이 입원한 병원으로 찾아오겠다고 했다. 병원으로 돌아온 경애는 병실에 찾아온 한건호를 만난다. 한건호는 경애에 대한 애욕을 잊지 못했다. 그냥 돌아가면서도 건호는 경애에 대한 정념을 저버리지 않았다. 그날 밤, 어머니는 임종한다. 경애는 홍성찬의 도움으로 장례를 치르고 기거할 곳이 없던 차에 홍성찬이 주선하는 집에서 머물렀다. 그 집에 머문 이틀 째 밤 홍성찬은 만취해서 들어와 경애를 겁탈했다. 경애는 그 집을 나간다. 경애가 나간 아침, 마담 계향이 찾아와 홍성찬과 애욕을 나눈다. 환도한 계향은 서울의 집 문제로 세무서 사람을 알선해 줄 것을 청한다. 서울집을 한사장이 마련해 준 것이다.

6. 어디로 갔는가?

박명주는 한건호로부터 백만원의 사업자금을 받아 다방 '이호실'을 개업한다. 한건호는 박명주에게 구애하고 결혼을 청하지만, 박명주는 연애는 찬성하지만 결혼은 반대한다. 다방 '이호실'에 변인규가 나타나자, 박명주는 '노블한' 그의 인상 착의에 반하여 그에게 그림을 요구하면서 적극적으로 관심을 표한다. 변인규는 명동의 약속장소에서 3시간이나 기다려도 김경애가 나타나지 않고 편지만 보낸 사실에 가슴 아파할 뿐, 박명주에게 전혀 관심을 보이지 않는다. 변인규는 보내지도 않을 편지에 경애에 대한 사랑을 적고는, 그 자리에 버리고 다방을 나선다. 박명주는 그 편지를 주워 경애의 존재를 의식하고 질투하기 시작한다.

7. 세파

홍성찬에게 겁탈당한 후 거리에 나온 김경애는 강마리의 집을 찾아간다. 밤늦게 강마리는 외국인 장교를 데리고 들어오려 하자, 김경애는 '오시이레'에 숨는다. 그들은 뜨거운 성애를 벌이고 잔다. 아침 일찍 장교가 출근하자 경애가 방으로 나온다. 경애는 그 집에 유숙할 생각으로 찾아왔으나 단념하고, 마리의 집을 나온다.

여관 신세를 지다가 임시 거처로 친구의 집 행랑방에 거처를 정하고, 김경애는 변인규와 약속한 장소에 나간다. 정조문제로 자신을 원망하며 변인규에게 편지만 보내고 혼자 돌아온다. 김경애는 망설임 끝에 요릿집 사무원으로 취직한다. 그 요릿집은 계향이 서울에서 차린 '월야정'이다. 계향은 홍성찬의 정부인 동시에 한사장의 정부이다.

8. 바다와 나비

김경애는 요릿집 사무원으로 일하며 회계를 본다. 북지에서 온 젊은 뿌이 최일현이 김경애에게 가깝게 다가온다. 그는 경애에게 애정을 가지고 있으나 쉽사리 고백하지 못한다. 신문에서 변인규의 그림이 출품된다는 전시회 기사를 읽는다. 경애는 전시회에 가서 작품 '바다와 나비'를 본다. 그 그림의 부제는 'K女의 幻想'으로, 바다라는 거친 현실을 배경으로 나비의 고통을 그리고 있으며 아울러 섬을 통해 구원 가능성을 시사한 작품이다. 어느새 박명주가 나타나 그 그림을 탐내기 시작한다. 경애는 어떻게 해서든 그 그림을 갖기 위해 변인규에게 편지를 쓴다. 이후 신문의 광고란에 변인규가 김경애를 기다린다는 내용이 실린다. 그것을 읽고 김경애는 전시회에 갔으나 변인규 곁에 박명주가 있는 것을 보고 실망한다. 변인규는 전차에 탄 김경애를 보고 뒤따라 오지만, 김경애는 변인규와 함께 있는 박명주의 존재를 꺼려 그를 피한다.

9. 愛憎의 길

변인규는 김경애를 만나지 못하자, 술을 마시려고 옆에 있는 박명주에게 돈을 빌리려 한다. 명주는 변인규를 술집으로 직접 안내하여 함께 술을 마신 후, 육체를 통해 자신의 애정을 적극 호소한다. 변인규는 명주의 정열적인 키스에 순간 마음을 놓다가, 다시 정신을 차려 그 자리를 떠난다. 박명주는 다방에 돌아와 그녀를 기다리던 한건호에게 애정을 호소하며 결혼을 청한다. 한건호는 술취한 명주의 작태에 애정이 사라졌으나, 육욕을 채울 욕심으로 명주를 포옹한다.

10. 聖夜의 悲哀

경애는 신문 광고란을 통해 변인규가 자신을 기다린다는 소식을 읽는다. 경애는 크리스마스이브 저녁 파고다 공원에서 만나자는 내용의 편지를 변인규에게 부친다. 그러나 그 편지를 먼저 읽은 박명주는 경애가 곧 결혼한다는 내용으로 위조하여 변인규에게 보낸다. 크리스마스이브 저녁, 김경애는 파고다 공원에서 오랫동안 기다리지만 변인규는 나타나지 않는다. 그때 박명주가 나타나 김경애에게 변인규는 그 시간 자신의 일행과 함께 크리스마스 파티에 간다는 거짓 소식을 전한다. 경애는 기다리다 돌아갔다는 서운한 감정을 담은 편지를 변인규에게 보낸다. 그날 밤, 경애는 요릿집 마담의 방에서 잠옷차림으로 나오는 한사장을 보고, 한사장이 돌아가고 난 후에 십만환을 가지고 나오는 마담을 보면서 돈에 얽힌 애욕을 목도한다. 파티에 나간 마담이 돌아오지 않자, 경애는 그 날의 장부정리를 마담 방에 갖다두려고 들어간다. 그때 마담을 찾아 그 방으로 들어온 홍성찬이 다시 한번 경애를 겁탈하려 한다. 그때 뽀이 최일현이 나타나 홍성찬으로부터 경애를 구해주고, 집까지 바래다준다. 경애는 이제 요릿집에서 일하지 않을 것이라고 말한다.

11. 두 개의 混線

남녀가 처한 상황의 혼선, 평행선을 달림. 정비석은 만남을 거듭 지연시키면서 이야기를 이어나간다.

월야장을 그만 둔 김경애는 신문 광고란을 살펴보면서 변인규의 답장을 고대한다. 강마리를 찾아가니 박명주가 '굉장한 연애'에 빠져 있으며 그 대상이 변인규라는 사실을 전해 듣는다. 한건호는 쓸쓸한 마음으로 집으로 돌아가는 경애를 본다. 한건호는 그녀를 쫓아와 그녀의 행랑방에 들어온다. 그간 자신의 잘못을 뉘우치고 애정을 호소하지만, 경애는 마음(정신)의 애인이 있음을 강조하며 그를 돌려보낸다. 어느 날 경애는 변인규를 그리워한 나머지 거친 바다에서 나비인 자신이 섬인 변인규를 만나는 꿈을 꾼다.

변인규는 박명주가 보낸 위조편지를 보고, 김경애가 변심한 것으로 여겨 상심한다. 박명주는 변인규를 데리고 나가 술을 마시며 다시 한번 자극적인 방법으로 애정을 호소한다. 변인규는 술취한 박명주를 다방에 데려다주고, 혼자 하숙집으로 돌아온다. 아버지의 환갑이 임박했다는 어머니의 편지를 받고, 그는 충청도 고향 집으로 간다. 그로 인해 그는 경애의 편지를 받지 못한다.

12. 靈魂의 啓示

10여 일 가량, 변인규를 기다리던 경애는 다시 변인규에게 편지를 보낸다. 답장을 기다리다 지친 경애는 집을 나와 전차에 몸을 싣고 나가서 한강에 다다른다. 한강변에서 자살을 생각하기도 했으나, 다시금 자신의 마음을 다잡는다. 그 순간 마주오던 전차에 변인규가 타고 있을 것이라는 예감으로 흥분이 일어 역으로 나간다. 일전에 전시회에서 봤던 대학생이 변인규의 근간 소식을 전해준다. 그는 시골 간지 열흘이 다 되었으며 일간 돌아올 것이라는 사실을 알려준다. 김경애는 변인규가 행여 자신의 집으로 찾아오지 않았을까 마음을 졸이며 집으로 오지만, 아무런 기별도 없었다.

13. 銀河의 밤

변인규는 서울의 하숙방에 돌아와 두 통의 변지를 발견한다. 필적과 내용이 다른 편지를 통해, 그간 김경애로부터 온 편지가 박명주의 위조편지였음을 알아차린다. 저녁에 찾아온 박명주에게 변인규는 그녀의 잘못을 각인시켜 주고, 이에 박명주는 회한에 잠긴다. 변인규는 박명주를 다방에 바래다 준 후, 편지에 쓰여 있는 주소를 찾아 김경애에게 간다. 그날 밤도 김경애는 변인규를 만나 눈물을 흘리는 꿈을 꾼다. 꿈에서 깨자, 김경애는 대문 두드리는 소리를 듣는다. 변인규의 청혼에 김경애는 자신의 과거(더럽힌 육체)를 문제 삼아 거부한다. 그러나 변인규의 이해로 두 사람은 결혼을 약속한다. 변인규의 목소리로 정비석은 '결혼은 영혼과 영혼의 결합'임을 강조한다. 변인규는 김경애에게 다음과 같이 말한다. "나는 경애씨의 현재와 미래를 사랑하려는 것이지 경애씨의 과거를 사랑하는 것은 아닙니다. 과거가 어떠했거나 현재와 미래를 사랑할 수 있다면 결혼자격은 그것으로 충분하다고 봅니다. 아무리 깨끗한 마음을 가진 사람이라도 환경에 따라서는 얼마든지 더러워질 수 있으니까요."(5. 9, 118회) "경애씨! 우리 두 개의 영혼은 이 시간을 가지기 위해 얼마나 고민했습니까. 이제부터 우리들은 참된 인생을 누려봅시다."(5. 10, 119회)

『자유부인』*

『서울신문』, 1954 : 단행본 출간

오선영은 가정부인으로 집 안에 있는 것을 '노예 생활'로 여겨 집 밖의 세계로 뛰어든다. 동창모임, 계모임, 상점의 얼굴 마담을 하면서 자유를 호흡한다. 남편과 아내의 위치를 벗어던지고 쾌락의 세계에 전념하다가 집에서 쫓겨난다. 종국에 이르러 그녀는 자신이 호흡한 것이 자유가 아니라 방종인 것을 알고, 남편은 뉘우치는 오선영을 다시금 집안으로 들인다. 이 작품에서 정비석은 전쟁이후 '여성'의 '허영'을 비판하고 있다. 아울러, '한자어권' 문화를 존중하고 '전통'과 '봉건'을 구분한다.

1. 花交會

소장파 한글학장 장태연 교수와 그의 아내 오선영 여사. 남편은 마흔 둘, 밤낮없이 한글만 연구한다. 아내는 서른 다섯. "유난히 귀여웁고, 영롱한 눈이 퍽 총명하면서도 정열적인 인상" R여자 대학 출신의 동창 모임, 화교회에 다녀온다. 집을 나서면서 옆집의 대학생 신춘호를 만나 유쾌한 기분에 젖는다. 동창 모임에서 동창들이 직업(요리집·고리 대금업·양장점 자본주)을 갖는다는 말을 듣고 마음이 동한다. 오선영은 집 밖의 세상을 '자유의 세계'라 여긴다. "민주 해방 덕택에 남들은 고급 승용차에 거드럭거리고 떵떵거리며 살아가는데" "자기 남편만은 예나 지금이나 천편일률로 교단에 홀소리 닿소리 강의만 하고 있으니 실로 딱하기 그지없었

---

*『자유부인』과 『민주어족』은 『심해어』와 같은 시기 연재한 작품으로서 두 작품은 비교해서 읽어볼만 하다.

다."(32면) 남편의 압제를 받지 않기 위해 경제적으로 자립할 요량으로 직업을 가질 염을 먹는다.

"여자에게는 과거가 없다. 오직 눈앞의 현실이 있을 뿐이다. 실로 행복스러운 건망증(健忘症)인 것이다. 그런 행복스러운 건망증이 있음으로 해서 어제의 악처(惡妻)가 오늘의 현부(賢婦)도 될 수 있고, 오늘의 가정 부인이 내일의 매소부로 전락할 소질도 있는 것이다."(16면) "자유라는 화장품으로 마음조차도 화장"한다.

2. 그리운 世界

그날 오후, 국회의원 오병헌(오빠집)에게 들른다. 오병헌은 사립초등학교 교원 출신으로 '육영사업'을 명분삼아 선거운동을 한다. 오빠의 뒤를 봐주는 태창기업 한태석 사장의 마누라가 운영하는 화장품 상점을 맡는 일을 맡기로 마음을 먹는다. 오빠 집을 나서면서, 조카딸 명옥과 옆집 대학생 신춘호의 키스광경을 보게 된다. 그 광경을 지켜보던 오선영은 "잃어버린 세계에 대한 일종의 향수"(48면)를 느낀다. "하나의 청춘 남녀가 대담 무쌍하게도 한길 한복판에서 열렬히 껴안고 키스하는 풍속은 전에는 못 보던 풍속이었다. 처음 보는 풍속이기에 신비의 세계요, 동경의 세계였다."(49~50면) 그들은 부끄러워하지 않으며, 오히려 신춘호는 오선영에게 함께 집으로 돌아가자고 하여 동반한다.

3. 平和革命

고요한 가을 아침, 미군 부대 타이피스트로 있는 박은미가 장태연 교수의 집으로 찾아온다. 박은미는 오선영이 주문한 미국 화장품을 전해주러 왔다. 그녀의 하얀 종아리와 미모에 장태연은 마음이 동요된다. 박은미는 미군 부대의 동료들에게 한글철자법을 강의해 줄 것을 요청하고, 장태연은 쾌히 승낙한다. 아내 오선영은 집에서 일할 식모를 데리고 온다. 그리고 남편에게 자신이 직업을 가지고 일할 수 있게 해 달라고 설득한다. 절묘한 찬스에, 그녀는 목적을 달성한다. 남편이 출강하러 나가자, 오선영은 옆집에 하숙하는 신춘호를 찾아간다. 함께 담배를 피우고 그로부터 댄스를 배우며, 평소 누려보지 못한 감각의 자유를 만끽한다.

4. 職業戰線

오선영 여사는 화장품 상점 '파리양행'을 잘 경영하여 매상을 늘인다. 한태석의 부인 이월선 여사는 기생출신의 미인으로 오선영에게 가게 일을 맡긴다. 그녀는 '사회인(社會人)'으로서 '생의 보람'과 '신선한 긴장'·'생존 경쟁의 스릴'을 느낀다. 그녀는 당시 경제권이 남자들에게 있는 만큼, '에로 서비스'를 비롯한 '서비스 만전주의'로 나아간다. 특히, 사회사업가 백광진과 한태석 사장이 그녀의 사업 수완을 칭찬하며, 그녀의 일을 적극 도우겠다는 의사를 밝힌다. 오선영 여사는 사기 충천한다. 달변과 양장이 잘 어울릴 것이라는 한태석의 말에, 그녀는 3만원 짜리 양복을 해 입을 궁리를 한다.

5. 幻想交響曲

장태연 교수는 학교에서 박은미의 전화를 받고 밖에서 만난다. 돈을 마련하기 위해 그는 약혼 시계(구식형 회중시계)를 3천원에 저당 잡힌다. 박은미는 미국 공보원에서 하는 영국 영화 특별시사회에 함께 가자고 한다. 박은미와 그는 저녁을 먹고 '미녀 엠마'라는 영화를 본다. '넬슨 제독의 애정 문제(아내와 또 다른 여자간의 삼각관계)'를 다룬 영화를 보면서, 장태연은 박은미에게 걷잡을 수 없이 빠져든다. 장태연은 처남 오병헌과 마주쳐서, 본의 아니게 그의 짚차로 집에 돌아온다. 오병헌은 매부인 장태연에게 시골 중학교의 교장을 맡아 선거운동을 해 줄 것을 부탁한다. 장태연은 교육을 정치에 이용하면 안 된다고 단호히 거절한다. 오병헌이 떠나자, 장태연은 박은미를 생각하고 오선영은 신춘호의 방에 가서 탱고를 배운다.

6. 魚心·水心

오선영은 한태석의 처 이월선으로부터 양품점을 겸할 것을 제의받는다. 백광진이 저녁을 함께 먹자는 편지를 오선영에게 보낸다. 오후에 최윤주가 찾아와 선영에게 이혼 사실, 애인이 있음, 일품 양요리 전문점 개업, 화교회에서 애인동반 댄스파티가 있음을 알려준다. 남편이 기생을 좋아한다는 사실을 "남녀 동등권이 버젓한 민주주의 시대"(142면)를 운운하며 이혼사유로 꼽는다. "이제부터의 우리들은 우리들 자신의 참다운 행복을 위해 모성애라는 것도 희생을 시켜야"(143면)한다고 힘주어 말한다.

상점에 돌아온 선영은 백광진의 전화를 받고, 약속을 다음으로 미룬다. 백광진은 최윤주의 파트론? 한태석은 저녁에 상점에 들러 전화를 쓰고, 오선영과 저녁을 먹는다. 선영은 한태석에게 댄스 파티에서 애인 대용품이 되어 줄 것을 부탁하고, 한태석은 기꺼이 수락한다.

7. 神聖可侵

집에 돌아온 오선영은 남편이 한글 강습회에 가서 늦게 온다는 사실을 알고, 자신의 집 안방에 신춘호를 부르고 전축을 가지고 와서 춤을 춘다. 아이들에게는 과자와 으름장으로 비밀에 부친다. 남편이 돌아오자, 신춘호가 아이들에게 전축을 들려주러 놀러온 것처럼 하여 내보낸다. 남편은 박은미 생각에 여념이 없고, 오선영은 육체적 불만이 쌓인다. "정신적으로는 남편의 학구적 정열을 존경할 수 있지만, 중년 부인의 육체는 정신적인 존경만으로는 만족할 수 없었다."(174면) 다음날 아침, 10살 경수가 엄마의 비밀을 아빠에게 발설한다. 장태선은 분개하지만 '인테리겐챠의 양식(良識)', 지성(知性)의 힘으로 차분히 기회를 타서 말하려 한다.

8. 時代風潮

오선영은 '이십오시 다방'에서 신춘호를 만난다. 춘호는 "이십 사 시간이라는 것은 어느 때나 구원을 받을 수 있는 시간이지만, 영원히 구원받을 수 없는 시간-그 시간을 이십오시"라고 하며, "사람으로서도 영원히 구원받을 없는 사람을 <이십오시 인간>"이라 부를 때 "유한마담으로서 영원히 구원받을 수 없는 마담을 이십오시 마담"이라고 부를 수 있다고 말한다. 그녀는 신춘호와 함께 엘시 아이(해군 장교 구락부)에 가서 춤을 춘다. 그녀는 그곳에서 조카 명옥을 만난다. 그 시간 장태연은 한글 강습회를 마치고 박은미와 둘이서 저녁을 먹는다. 박은미는 S대 국문과 졸업반인 원효삼의 성적을 졸업에 지장이 없도록 올려 줄 것을 부탁한다.

9. 領域侵犯

백광진은 오선영을 통해 외상으로 핸드백과 와이셔츠, 넥타이를 구매한다. 원효삼은 집으로 찾아와 오선영에게 뇌물이 든 과자를 건네며 성적을 부탁한다. 오선영은 뇌물인 돈 삼만원을 양복값으로 챙겨둔다. 남편에게 원효삼의 성적을 올려 줄 것을 청한다. 장태연은 "대학이라는 데는 학문을 닦는 곳이지 졸업장을 파는 곳이야"(216면)니며, "일개의 목전의 불행"에 앞서 "국가와 민족 문화 전체의 요원한 장래의 불행"(217면)을 보아야 한다고 말한다. 그럼에도 오선영은 이만 칠천원을 주고 투피스(양복)을 맞추고, 남편 몰래 대학 성적 보고서에 30점을 80점으로 고친다.

10. 人生勝負

오선영의 파리양행에 친구 최윤주가 나타나, 핸드백을 자랑하고 자신의 사업을 자랑한다. 백광진은 협잡군으로 다소 바람기가 있는 여자들에게 접근하여 사업자금을 조달해 주겠다는 유혹을 하며 접근한다. 최윤주는 백광진의 유혹에 용기를 얻어 남편과 자식을 버리고 집을 나왔던 것이다. 백광진은 압수한 밀수품 경매처분 <대단히 유리한 사업>을 운운하며 최윤주에게 칠십만원의 돈을 가져오도록 유혹한 것이다. 이에 오선영도 애가 타서 사업자금을 조달하겠다는 백광진을 생각한다.

다음으로 올케가 찾아와 오빠의 선거자금 융통을 부탁하나, 오선영은 거절한다. 오선영은 여러 사람을 만나며, '계'에 대한 강한 욕구를 가진다. 다음으로 한태석이 나타나 함께 점심을 먹으로 갈 때, 이월선 여사가 나타난다. 상점의 미스 김은 오선영의 일거수일투족을 감시하여 주인여자 이월선에게 일렀던 것이다.

11. 心理波紋

"글에 있어서의 문법이란, 마치 국가에 있어서의 헌법과 같다고 장태연 교수는 생각한다." "장태연 교수는 글을 하나의 생명체라고도 생각한다. 생명체인 이상에는 그 자체의 체계가 있고 생리(生理)가 있으리라. 그 체계와 그 생리를 유지하고 발전시켜 나아갈 수 있는 길은 문법을 존중하는데 있다고 믿는 것이다."—한글철

자법(2-12면)

　오선영은 장교수가 저녁에 돌아와 집에 있음에도, 그의 눈을 피해 신춘호의 하숙방으로 간다. 신춘호가 정욕에 불타는 눈길로 접근할 때, 아이들이 찾아온다. 오선영은 부랴부랴 집으로 간다. 정비석은 신춘호가 부르는 "마담"이라는 용어를 "악마의 이야기"인 "마담(魔談)이라 칭한다.

12. 虛榮無限

　오선영의 파리양행에 백광진이 나타난다. 그는 20만원짜리 남의앞 수표를 가지고 와서 5만 8천원의 외상을 갚는다. 다음으로 파리양행에 최윤주가 나타나 계에 들 것을 권한다. 이튿날, 오선영은 계원모임에 참석하기 위해 '나이롱' 옷을 짓는다. 새 나이롱 옷을 입고, 가게 금고에서 현금 이만오천원의 공금을 사취하여 곗돈으로 쓴다. 이러한 오선영의 탈선을 정비석은 '공산주의', '괴뢰'에 비교한다. "오선영 여사도 범죄를 할 때에만은 공산주의 사상과 공통되는 점이 없지 않았던 것이다."(2-53면)

13. 混沌天地

　장교수는 학교에서 원효삼의 성적이 수정된 것을 의아하게 여길 뿐, 아내를 의심하지 않는다. 그는 오병헌으로부터 국회의원 '입후보 취지서'를 써 줄 것을 부탁받는다. 장교수는 대학교 입학 청탁까지 받으나 그것은 거절한다. "국회의원이란 십만 국민의 대변자라기보다도, 이권(利權)을 독점하는 특권 계급이거나, 그렇지 않으면 고등 직업 소개인"(2-72면)과 다를 바 없다고 여긴다. 장교수는 아내의 탈선을 알리는 편지를 받는다. 집에 돌아오니, 아내는 새로 맞춘 양장을 입고 맵시를 뽐내고 있다. "늘어가는 것이라고는 화장품과 옷치장을 하는 것과 허영심만이 있을 뿐, 가정은 아주 엉망이 되었다. 아내의 취직 이후로 장태연 교수는 집에서 따뜻한 음식을 먹어 본 기억이 없었고, 아이들은 언제나 모성애에 굶주려 상갓집 개 모양으로 눈만 뜨면 밖으로 나다니게 되지 않았던가"(2-82면) 장교수는 일류 정치가 국회의원은 모리정상배(謨利政商輩)이고, 대학생은 성적표 개량운동이나 하고,

아내는 가정을 버리는 당대 풍조를 근심한다.

14. 有名無實

오선영은 백광진이 준 수표가 부도수표여서 수차례 그에게 전화하지만 통화가 안됐다. 다급해진 그녀는 가겟돈 횡령한 것을 메우기 위해 한태석에게 20만원을 빌린다. 오선영의 파리양행에 명옥이 나타나 신춘호와 그곳에서 만나기로 약속했다고 한다. 뒤늦게 나타난 신춘호는 오선영에게 와이셔츠와 넥타이를 사달라고 하여 수중에 넣는다. 오선영은 신춘호와 사진관에 가서 함께 사진을 찍고, 요리집에 간다. 그곳에서 오선영은 오빠를 만난다. 신춘호는 친구들의 도미 환송회에 간다. 선영은 9시에 화신상회 정문에서 춘호와 만나기로 약속했으나, 춘호는 오지 않고 남편을 만나 집으로 돌아온다.

15. 遠浦歸帆

강습수료식을 겸해 강습생들은 장교수에게 양복감을 주었고, 박은미는 손수 짠 넥타이를 선물했다. 그날 밤, 은미는 장교수에게 원효삼과 결혼한다는 사실을 알린다. 장교수는 아내와 대조적인 은미에 대한 애정으로 상심에 잠긴다. 그러나 아이들의 얼굴을 보며 현실의 위치를 지각한다. "몸은 멀쩡하게 가정에 처해 있으면서도 정신이 남의 집 처녀에게 팔려 있"어서 "애비로서 애비의 구실을 못"(2-141면)한 것을 뉘우친다.

16. 收支不計

아내는 전축을 사기 위해 계를 들었다고 한다. 명옥과 춘호가 미국유학가기 전, 인사차 집으로 찾아온다. 오선영은 그들과 함께 집을 나선 후 다방으로 데리고 간다. 춘호의 냉정한 모습을 보고, 선영은 실의에 빠진다. "외간 남자와의 첫경험의 연정(戀情)"(2-158면), '일시적인 홍분'일지라도 '청춘의 꿈', '정열의 분방', '씩씩한 생의 파동'으로 '화려한 공상의 날개'를 펴던 오선영의 신세가 참담해 진다. 그녀는 계모임에는 가지 않았고, 공허한 마음으로 최윤주의 집에 찾아간다. 최윤주는 백광진과 온천에 갔다.

17. 百尺竿頭

신춘호와 실연 사건 후, 오선영은 남편과 가정지사를 버려둔다. 국회의원 선거날, 오선영은 남편에게 '민주주의'와 '댄스'를 결부시킨다. "정말로 진짜 민주주의자가 되려거든 먼저 춤부터 배우세요."(170면) 선거후, 그녀는 파리양행에 간다. 최윤주가 찾아와 X청장 마누라가 주최한다는 파티가 다음날 있다고 알린다. 다음날, 곱게 한복으로 갈아입은 오선영은 서울역에서 한태석을 기다린다. 그는 아내 이월선의 눈을 피해 쪽지를 전한다.

18. 更進一步

오선영은 한태석과 다방에서 만난 후 댄스파티에 간다. 백광진은 돈을 협잡하고 한태석은 애정을 협잡한다. 한태석에게 이끌려 오선영은 택시에 올라 여관에 간다. 댄스를 즐기고 침대에 가려는 순간, 한태석의 아내 이월선이 나타난다. 오선영은 핸드백도 가져오지 못한 채 줄행랑을 해야 했다.

19. 四面楚歌

장교수가 집에 돌아왔으나 아내는 없다. "민주 해방 덕택에 집안이 아예 결단이 나고 말"(2-219면) 것이므로, 장교수가 나서기로 한다. 박은미와 원효삼의 결혼 청첩장을 보자, 장교수의 마음이 혼란스러워진다.

오선영은 댄스파티가 있던 날 밤의 봉변으로 인해 "오직 <나의 집>만이 유일한 자유의 세계요, 행복의 보금자리"(2-227면)라고 여긴다. 그날 밤, 시민증도 없이 경찰서에서 밤을 지내고, 새벽에 국회의원에 낙선되었다는 오빠집에 간다. 아침 늦게 집에 돌아오자, 남편이 출근도 않고 노려본다. 오선영은 남편의 불호령에 잘못을 빌기는커녕 아니꼬움과 코웃음으로 대꾸하고 집을 나온다. 그녀는 집과 가정을 모두 잃었다. 집을 나온 그녀는 집이 '극락'이고, 남편이 '둘도 없는 보호자'임을 인식한다. 그녀는 파리양행에서 일하던 미스윤의 집에서 신세를 지기로 한다.

20. 溫故知新

오선영은 집을 나온 이후, 부자유와 절망을 절감한다. "남편은 언젠가, 옷이나 잘 입고 춤이나 추러 다니는 것을 자유로 알아서는 안 된다고 말해 준 적이 있었다. 진정한 민주 가정이란 외형적 형식에 있는 것이 아니라 정신적 태도에 달린 것이라고 일깨워 준적도 있었다. 다시 말하면, 똑같은 형태의 부부 생활을 하더라도 주종(主從)의 관계를 가지면 그것은 봉건적인 가정이요, 부부간의 인격을 서로 존중해 가면서 협조 정신을 발휘하면 그것이 바로 민주 가정이라고 설명해 주었다."(2-241면) 오선영은 자신이 '자유'와 '방종'을 혼돈하고 거리로 나왔다고 후회한다. "진정한 자유가 자기 집 안방"(2-241면)에 있다고 절감한다. "가정! 여자들은 가정을 떠나서는 자유도 행복도 있을 것 같지 않았다. 왜냐하면, 여자들의 자유와 행복이란 오로지 결혼이라는 토대 위에서만 성립될 수 있기 때문이다."(2-241~242면)

오선영은 아이들의 하학길에 아이들과 마중나온 남편을 보고 뉘우친다. 미스 윤은 장교수가 가져온 여름살이 옷을 선영에게 전해준다. 오빠의 집에 가보니, 뇌물수수 혐의로 가택수색을 당했다. 오빠는 구속영장이 나와 집에 구금되었다. 며칠 후, 아침 신문에 한글 간소화 문제를 다룬 기사를 읽는다. '문화파동(文化波動)'으로 국회의사당에서 전문학자들을 초빙한 공청회를 연다고 한다. 오선영은 한글에 대한 자신의 인식 부족, 남편의 거룩한 연구를 천시한 것을 반성하며 방청을 결심한다.

출근한 미스윤이 <永生醫院>으로부터 급히 쪽지를 보낸다. 최윤주는 유산후 출혈과다로 죽음을 목전에 두고 있다. "남편과 자식을 버리고 집을 나온 자유 부인의 말로(末路)"(2-259면)를 보여준다. 돈은 돈대로 빼앗기고, 사랑은 사랑대로 속고, 몸은 몸대로 망가진 그녀는 참회의 눈물을 흘린다. 그날 오후, 오선영은 공청회에서 한글을 옹호하는 남편의 연설을 듣는다. 공청회 이후 그녀는 남편과 눈이 마주친다. 남편은 뉘우치는 아내를 포용하고, 집으로 데려온다. "그리운 옛집으로!"(2-269면)

『民主魚族』

『한국일보』, 1955 : 단행본(정음사, 1955)으로 출간

작중에서 정비석은 전후사회의 대중을 어족(魚族)으로 명명한다. 1954년에는 심해어(深海魚)라는 작품을 발표했으며, 이 작품에서는 '어족', '민주(民主)'와 '심(深)'이라는 수식어로 1950년대 대중의 성격을 지칭한다. 아울러, 정비석은 『자유부인』과 마찬가지로, 제목은 물론 소제목을 모두 한자어로 나타내고 있다. 『민주어족』에서 정비석은 '민주어족'이란 "信念을 가지고 自己自身을 忠實하게 살아가려는 사람들"이라고 정의한다.

1. 人間信任狀

겨울을 배경으로 시작된다. 강영란은 어머니와 함께 살고 있다. 출가한 언니 강영희는 4년 만에 미망인이 되어 홀로 아들을 기르고 있다. 돌아가신 아버지의 친구 백암 선생의 소개로 강영란은 '민생 알루미늄제작소'에 경리로 취직된다. 월급 2만 5천원으로 40살 박재하 사장이 경영하는 회사에서 일한다. 이전 회사에서 강영란은 사장이 영화관에서 손을 잡은 일이 있은 후, 그곳을 나왔다.

2. 等外貴族

강영란은 오창준 변호사에게 찾아가 언니의 일을 의논한다. 오 변호사는 언니의 첫사랑으로 과거에 혼담이 오가던 사이이다. 오 변호사는 '모자(母子) 아파아트'의

관리 감독자일을 언니에게 권유한다. 모자 아파트는 "어린 아이 가진 미망인으로서, 집 없는 사람들만이 들어 살도록 되어 있는 아파아트"(31면)이다. 강영란은 배영환의 차를 타고 요릿집, 영화관에 간다. 그 과정에서 강영란은 오 변호사의 부인 김은애 여사를 만난다. 그녀는 '자유부인'으로 젊은 애인을 대동하고 있었다.

3. 哀愁의 뜰

미망인 강영희는 3살 된 아들 창훈과 산다. 시댁에서는 이제 생활비를 보내주지 않는다. 영희는 편물뜨기로 모자의 생활비를 마련한다. 돌연 나타난 시어머니는 영희가 살고 있는 집(남편의 유일한 유산)을 팔고, 영희 모자에게 친정집으로 들어갈 것을 권고한다. 동생 영란이 영희에게 찾아와 '모자아파아트'의 취직을 권고한다. 오창준 변호사도 찾아와 취직을 권고한다.

4. 人生動脈

정비석은 민생알루미늄 제작소의 박재하 사장을 '동맥형 인간'으로 찬탄한다. 그는 정치가들이 와서 권력을 휘두르더라도 자신의 소신을 굽히지 않는다. 예컨대 지방에 있는 애국자의 유가족(군경 미망인)에게 대리점을 주라는 일방적인 강요에 굴하지 않는다. 그는 정치의 임무와 경제의 영역을 분리한다. 박재하 사장은 회사의 발전과 사원의 민생(인권)을 위해 헌신한다. 그곳에서 강영란은 장부정리를 통해 "한 사람 몫의 쌀라리·맨 구실"(95면)을 톡톡히 해낸다.

5. 處世二重奏

배영환은 사무실의 타이피스트 고순례에게 유희 목적의 연애(작업)를 건다. 은행장인 아버지의 덕택으로 배영환은 사세청에서 전매청으로 내정된다.

6. 幸福의 方向

강영란이 맡은 공무(公務)는 '전표정리', '현금출납'이다. 토요일날 강영란은 배영환과 댄스홀에 가서 데이트를 즐긴다. 집으로 돌아오니, 영희가 시어머니에게 집을 빼앗겨 집으로 들어와 있었다. 일요일날 강영란은 영희와 함께 오변호사를 만나 모자아파트를 방문한다. 영희는 일하기로 마음먹는다. 모자 아파트는 해방후 오변호사가 만든 것으로 그곳에는 '전쟁미망인'과 '납치미망인' 일곱 세대가 산다. 정비석은 미망인들은 반드시 직업여성(학교교원·미용사·화장품장사·회사원)일 것. "직업을 아니가진 미망인이란 자칫하면 타락"(135)한다는 점을 간접 시사한다.

7. 憾情流域

박재하 사장은 공장의 자금상태가 원활하지 않지만, 크리스마스 선물비로 1백만원을 예산한다. 강영란은 홍병선의 연구실에 들러 대화를 나눈다. 그때 박재하 사장이 들어온다. 연구실 조수의 생일휴가를 통해, 공장 종업원들의 생일휴가 및 축의금 지원을 계획한다. 크리스마스날 저녁 강영란은 박재하 사장의 고독과 애정을 보고 느끼면서 마음에 사랑을 간직한다.

8. 世紀末風景

배영환의 방탕한 크리스마스 일정이 묘사되어 있다. 배영환은 자신의 그릇된 연애와 애정행각을 여성에 대한 자선사업으로 여긴다. 배영환은 타이피스트를 유혹하기 위해 핸드백을 선물한다. 크리스마스에는 김은애 여사와 비행기를 타고 해운대 호텔에 가서 놀아난다. 다음날 김여사가 계모임에 간 이후 돌아오지 않자, 배영환은 아침 일찍 혼자 통일호 열차에 오른다. 기차에서도 영환은 옆자리에 앉은 여자에게 수작을 걸지만, 스스로의 꼬임에 빠진다. 기차의 연착으로 서울에 늦게 도착할 것이며, 통금 시간 때문에 집에 못 갈 처지이니 천안에서 내려 온천이나 하자고 유혹하지만, 여자는 내리지 않아 혼자 천안에 남게 된다.

9. 隱花植物

강영란은 박사장으로부터 연말에 연초의 장부정리를 태만히 했다고 추궁을 받는다. 두 사람은 어설프게 서로에 대한 애정을 드러낸다. 퇴근길에 강영란은 홍병선과 택시를 탔다. 홍병선은 강영란에게 호감을 갖기 시작했다. 홍병선의 입을 통해 정비석은 '힘과 힘의 설전(舌戰)'이 아니라 약자로서 '성의의 호소'하는 외교가 필요함을 언급한다. '성의'와 '자주정신'을 통해 "얼마간의 원조만 받으면 우리도 넉넉히 자력으로 살아갈 수 있다는 성의와 정신"을 보여주어야 한다고 말한다. 귀가 길에 강영란은 오 변호사가 언니 영희를 집 앞까지 바래다주는 광경을 본다. 강영희는 오 변호사에 대한 자신의 애정 때문에 모자 아파아트를 그만둘 생각을 가진다.

10. 마음의 肖像

박재하 사장은 연초 연휴를 보내며 강영란에 대한 사모의 정을 다스리지 못해 술집에서 방황하며 영란의 초상화를 그린다. 거리에서 박사장은 우연히 강영란을 만난다. 만취한 그를 동행하여 강영란은 술집에도 가고, 공장까지 택시로 박사장을 데려다 준다. 술에서 깨어난 박재하 사장은 자신의 감정을 추수하며 강영란을 집으로 보낸다. 다음날 영란은 회사에 가지 않고 집에 있다가 박사장의 사무적인 편지를 받고, 다음날부터 출근하여 '애정'이 아닌 '일'에 열중한다.

11. 愛情僞裝

강영란은 배영환을 불러내어 영화를 보고 헤어진다. 이후, 배영환은 고순례를 만나 결혼을 빙자하여 정조를 유린한다.

12. 마음의 弱點

박재하는 강영란에게 영화를 보자고 제의한다. <황혼>을 본 후, 박재하는 '연애'와 '사랑'을 구분하여 자신은 '연애'가 아닌 '사랑'을 할 것임을 밝힌다. 어느 토요일, 강영란은 연구실의 홍병선에게 빌린 책을 돌려준다. 일요일에는 백암 선생의 회합에 참석한다. 그들은 당대 정치를 비판하고, 대안을 모색한다. 이후 각자 자신의 일터에서 그들의 소신을 펼쳐나가면서 민주세력을 확대해 나간다. 박재하는 강영란에게 음학회 티켓을 2장 주면서 홍병선과 함께 갈 것을 권한다. 강영란은 사랑을 숨기는 박재하의 심사에 화가 나서, 홍병선과 함께 음악회에 가지 않는다. 홍병선의 권유로 남산을 다녀온 후, 그녀는 곧 집으로 돌아온다.

13. 自己鬪爭

오창준 변호사의 갈등을 보여준다. 아내는 집 밖을 나돌아 다니면서 뭇 남자를 만나느라 집에 오지 않는다. 오창준은 모자아파아트에서 아내와 달리 내조할 수 있는 여자 강영희를 보고 마음이 흔들렸다. 밤늦게 아내를 기다리는 오창준은 경찰서로부터 신원확인차 걸려온 전화를 받는다. 술 취한 아내는 서에서 풀려나 집으로 돌아왔으나, 전혀 자신의 잘못을 인정하지 않는다. 오창준은 아내에게 이혼을 요청한다.

14. 誘惑無限

배영환의 애정행각이 묘사되어 있다. 배영환은 전매국의 사무실에서 장현욱을 꼬신다. 결혼을 요구하는 고순례를 만나서는 육체를 취하고 쾌락을 즐긴 후 자리를 빠져 나온다. 김은애 여사는 이혼 후 더욱 대담한 애정행각을 벌인다. 일요일 배영환은 장현욱을 태우고 남한산성에 간다. 장현욱은 거부감을 보이지 않고 자발적으로 엔조이에 동참한다.

15. 多忙속에서

강영란은 오변호사가 아내와 이혼한 사실을 언니에게 알려주지만, 영희는 벌써 그 사실을 알고 있다. 영희는 모자아파아트 일에 더욱 성실히 임한다. 오변호사에 대한 애정은 표출하지 않는다. 박사장이 감기몸살로 앓게 되자, 강영란은 홍병선과 함께 침상을 지키며 그를 간호한다. 홍병선은 얼핏 강영란에게 자신의 애정을 표출한다.

16. 斷乎한 措置

박재하는 병석에 누워있는 동안, 강영란의 극진한 간호를 받는다. 강영란에 대한 연정으로 밤늦게까지 흥분한 나머지, 박사장은 일요일 오전 늦게까지 늦잠을 잔 결과 정부요원과의 약속시간을 맞추지 못한다. 이 일을 계기로 박사장은 자신을 반성하고, 영란을 단념한다. 영란은 박사장에게 제가 먼저 결혼을 신청하지만, 단호하게 거절당한다. "대장부의 이성(理性)을 마비시키고, 사업을 망치게 하고야 말듯이 놀랍도록 아름다운 시선"(402)에 못이겨, 박사장은 영란에게 회사를 나가라고 한다.

17. 靑春煩惱

강영란은 면직당하고 집에서 쉰다. 홍병선이 찾아와 그 달치 월급과 퇴직수당을 준다. 강영란은 홍병선의 애정을 눈치 채지만, 모른 채한다.

강영희는 오 변호사로부터 결혼제의를 받는다. 불현듯 나타난 시어머니는 창훈이를 강제로 데려간다. 다음날 시집으로 찾아갔으나, 시어머니는 창훈이를 데리고 시골로 가버렸다. 오 변호사가 시아버지와 교섭을 했으나 결렬되었다. 그 사이, 오 변호사의 둘째 아들 형태가 폐렴으로 앓아누웠다. 간호사가 오긴 했으나, 오 변호사의 가정도 엉망이다. 이혼한 남자와 미망인의 불행을 여실히 보여준다.

18. 突發事故

집에서 노는 강영란은 "바쁘니 어쩌니 하면서도 직장을 가지고 있을 때에는 일요일의 즐거움을 알"았으나, 일하지 않는 이즈음 그날이 그날이었다. 배영환의 청혼으로 강영란은 마음이 동요되고 그와 결혼하려는 마음이 강해진다. 박재하 사장은 동료 기업가의 중상모략으로 구속된다. 홍병선은 이 일을 기화로 강영란을 회사로 불러 들여 공장일을 거들도록 한다. 오 변호사 역시 구속된다. 그들이 함께 하는 '일요회'라는 모임을 '비밀결사'라 여겨 사상범으로 몰린 것이다(국가보안법위반). 오 변호사가 없는 동안, 강영희는 그의 집에서 가사와 아이를 돌본다. 집으로 돌아온 오 변호사는 강영희에게 함께 살 것을 거듭 권고한다.

19. 自力鬪爭

박사장이 검거된 후, 홍병선은 자력을 발휘하여 공장의 사활을 위해 투신한다. 사채이자지불을 비롯하여 원료비, 종업원 월급 등 지출내역 중 홍병선은 '원료비'를 제일 우선으로 한다. 운영위원회를 열고 종업원 대회를 열어 월급을 유예하고, 빚쟁이들에게는 '지불유예'를 일방적으로 선포한다. 홍병선은 유약하고 순진한 소년의 이미지가 아니라 강인하고 활력이 넘치는 경영자의 자질을 유감없이 발휘한다. 강영란은 홍병선의 새로운 모습을 발견한다. 고순례가 강영란에게 찾아와 배영환의 결혼빙자 애정행각을 실토한다. 강영란은 '현대여성'의 '지적빈곤', "자기자신에 대한 확고한 신념"을 고순례에게 지적한다.

20. 행복에의 길

민생알루미늄제작소는 홍병선의 지도력에 의해 제자리를 잡아나갔다. 강영희는 오 변호사 집에서 함께 살기로 한다. 박재하 사장은 '국가보안법위반'에서 '공무원뇌물수수혐의'로 중상모략을 당했다가 풀려난다. 공장 종업원들은 저녁까지 작업장의 불을 켜고 일하면서 박재하 사장을 맞이한다. 그날 밤, 홍병선은 강영란에게 청혼한다.

『비정의 곡』

1958년 연재, 단행본(삼중당, 단기4293년) 출간

　은행장 송원철을 중심으로 인간의 욕망과 좌절을 보여준다. 정비석은 은행장의 직위에서 실업자(실직자)로 전락한 송원철을 중심으로 비정한 현실 문제를 지적한다. 송원철은 물욕과 애욕에 빠져 돈은 돈대로 잃고 망신을 당한다. 그는 실업가 모리배의 꼬임에 빠져 돈을 잃는다. 한성실업의 사장 장희준 사장은 송의 돈으로 밀수하던 중 밀수품은 바다에 잃고 그는 체포된다. 이외 송원철은 스탠드빠에서 일하던 허옥심의 꼬임에 빠져 돈을 잃고 모욕을 당한다.

　남편이 집에 부재하는 동안, 아내는 비밀 댄스홀에 나가 남편과 가정 일에 등한시한다. 이외 딸 김정미는 변영준을 만나, 그와 자유연애에 빠져 아이를 가진다. 송원철은 소설가 현몽호의 조언으로 헛된 욕망에 사로잡혀 있던 자신을 반성한다. 돈을 잃는 내막을 아내에게 말하자, 아내는 자신의 곗돈 1천만 원, 예금한 돈 2천만 원으로 새 생활을 계획한다. 아내는 남편을 위무하고, 남편은 아내를 통해 피로한 육체와 정신의 안식을 얻는다. 송원철은 아내의 권유대로 딸 정미의 결혼을 허락하고, 아내에게 모든 일을 일임하려 한다.

『에덴동산의 길은 아직도 멀다』

『조선일보』, 1961, 1.25~12.11. 320회 : 단행본(회현, 1962)으로 출간

1. 영욕의 이력

작품의 시간적 배경은 1960년 10월 말이다. 정비석은 4·19 이후 지영환 일가의 변화를 보여준다. 지영환은 본시 대학의 역사학자였으나, 정계에 진출하여 차관의 직책을 지냈다. 4·19 이후 지영환은 권세를 잃는다. 지영환 개인으로 보자면 학자의 명예를 잃고 차관의 직위를 잃었으며, 가족의 문제로 보자면 딸 영란이 파혼선고를 받았다.

2. 시류를 타고

경일방적 한경선 사장은 친구 허명관(풍유객)을 만나 화류장에 간다. 한사장은 마담 강명선을 보고 욕심을 갖는다.

3. 절망 속에서

지영환은 자유당 시절 국장자리를 지낸 김형만과 바둑을 둔 후, 아베크 호텔에 간다. 그곳에서 지영환은 23살의 몸파는 처녀를 목도하고, 집으로 돌아오는 길에 날강도짓 하는 학생의 행패를 당한다. 정비석은 4·19 이후의 혼란한 사회 정체를 비판적으로 보여주는 데 주력한다.

4. 무한한 탐욕

한경선 사장은 실세있는 정치가 유대건을 집과 술로 매수해서 자기 사람으로 만든다. 강마담에 대한 한사장의 욕망은 커진다. 옥란은 한경선을 찾아가 약혼 취소에 대해 반발한다.

5. 현실의 파문

김영만이 지영환의 집으로 찾아와 옆집에 유대건이 이사온다는 소식을 전한다. 지영환은 바깥에서 강마담을 만나 키스하고 집으로 돌아온 결과, 와이셔츠에 루즈 자욱을 아내에게 들켜 구박받는다. 그는 애로서비스로 얼버무린다.

6. 젊은 반항(4월 19일부터 5월 8일까지 연재)

한경선 사장은 유대건의 딸과 자신의 아들을 약혼시키려고 계획한다. 지옥란은 귀국하는 한성준을 마중하고, 호텔에서 함께 관계를 가진다. 다음날, 한성준은 아버지 한경선 사장을 찾아가 아버지의 일방적인 파혼문제를 혁명정신으로까지 확산시켜 다툰다. 4·19의 발발과 더불어 당시 사회분위기를 젊은세대 한성준과 지옥란의 열애로 반영해놓았다.

7. 고독한 장미(5월 9일부터 26일까지 연재)

5·16 사건이 서사의 흐름에 전혀 개입되어 있지 않다. 4·19에 대한 혁명정신은 젊은이들의 애정문제로 간접적으로 보여주고 있는 반면, 5·16에 대해 정비석은 전혀 내색하지 않는다.

화류장의 기생 연옥은 한경선 사장의 아이를 배었는데, 낳아서 기를 맘을 먹는다. 강명순은 지영환과 만나 호젓한 방갈로에서 애욕을 나눈다. 한경선 사장은 강마담에게 더욱 추파를 던진다.

8. 세도와 모반

지영환의 아내가 유대건의 집에 먼저 가서 인사하고, 남편의 관직을 부탁한다. 이후 유대건이 지영환에게 찾아와 생명보험회사 주식을 정치자금으로 달라고 한다. 유대건은 한사장을 불러 생명보험회사 인수에 동업을 권고하고, 한사장은 이를 수락한다. 한사장은 아들의 결혼문제로 아들과 충돌한다.

9. 여인의 생태

지영환의 집에 선물꾸러미가 왔으나, 그것은 이웃집 유대건의 집에 온 것으로 다시 그 집으로 가져간다. 유대건의 부인 김미순은 지영환의 부인 방영숙을 자기 집으로 불러 가져온 선물(레몬)을 함께 먹으며, 자신의 입지를 과시한다. 방여사는 울화통이 터져 남편에게 안하무인으로 대든다.

10. 사랑의 미로

한경선 사장은 극동생명보험 일을 강마담의 요리집에서 처리하고, 강마담에게 애정을 호소한다. 강마담은 돈문제로 쪼들리면서도 지영환의 부름에 좋아하며 그와 함께 청평 산장에서 뜨거운 밤을 보낸다.

11. 부정정신

한성준과 지옥란은 수원에서 놀고 하룻밤을 잔다. 한성준은 아버지와 다투고, 옥란도 집을 나와 성준과 방을 얻는다.

12. 역사와 생활

유대건이 재무장관이 되어 세도를 부린다. 지영환은 강명순을 돕기 위해 골동품을 저당 잡히고 80만원을 받는다.

13. 인간고해

한경선 사장은 유대건 재무장관으로부터 달러레이트에 변동이 있을 것을 귀띔 받고, 원자재를 모은다. 그는 아들의 고집(약혼문제)을 받아들이기로 한다. 지영환은 골동품을 판 돈으로 강명순과 인천의 송도로 가서 애욕을 나누고 70만원을 빚 갚는데 쓰라고 준다. 지영환은 계모임에서 돌아온 아내로부터 강마담과의 관계를 추궁받는다.

14. 현실의 비정

성준이 부모를 만나 집으로 들어가기로 한다. 지영환은 강명순에게 연락을 못하 는 처지에 처한다. 한사장은 마담 강명순과 새로 온 기생 안정순에게 치근덕거린 다. 빚에 몰린 강마담은 가진 패물을 판다. 강마담이 지영환 집에 전화했을 때, 방 여사가 전화를 받아 강마담에게 심한 모욕을 준다.

15. 유폐자

지영환은 한국역사가를 대표해서 유럽으로 떠나게 된다. 지영환은 강명순의 송 별연을 받으며, 두 사람은 뜨거운 밤을 보낸다.

16. 고독한 종언

지영환과 밤을 보낸 후, 강명순은 그와 헤어질 결심을 굳힌다. 강마담은 요리집 을 청산하고 빚을 갚는다. 유럽에서 지영환이 보낸 편지를 받고 마음이 동요된다. 사랑을 잃고 마음의 갈피를 잡지 못한 강마담은 술이 취해 한사장의 농간에 빠져 몸을 허락한다. 강명순은 임신[지영환의 아이]사실을 알고, 혼자서 키울 염을 먹는 다. 지영환은 유럽에서 돌아온 후 강명순을 찾지만, 허명관으로부터 강명순의 소식 [요릿집 청산과 한사장과의 육체 관계]를 듣는다. 이후 지영환은 대학의 강단으로 돌아간다.

『第二의靑春』

『조선일보』, 1957. 9. 17~1958. 6. 14. 270회 : 단행본(일조각, 1958) 출간

이 작품에는 네 부류의 청춘이 나타나 있다. 우선, 남자를 대상으로 그들의 애정을 나열하면 다음과 같다.

① '잡지사 사장 엄택규가 맞이하는 제이의 청춘' : 아내와의 사별과 더불어 방황하던 마음을 다잡고, 젊은이들의 미래를 축복해 줌.
② '고학하는 대학원생 윤필구가 맞이하는 젊은 세대의 청춘' : 공대생으로 미국에 공부하러 감.
③ '자유를 찾아 귀순한 신현우가 맞이하는 첫사랑, 자유분방한 환락을 추구하는 백영주에 대한 애욕' : 남한에서 '자유'를 찾아 귀순한 신현우가 찾은 것은 '첫사랑과의 해후와 결혼', '도시의 환락(영화·음악·댄스·온천)'이다. 다시 아내에게 돌아간다.
④ '잡지사에서 일하다가 낙향한 최영호' : 김성희에게 마음을 잃고, 백영주를 배신함. 성희가 자신의 구애를 거절하고, 엄택규 사장과 어울리는 것을 보고 낙향함. 시골 학생들에게 면학을 북돋우는 계몽사업에 전념함. 백영주 동참.

다음으로 여성을 기준으로 살펴보면, 두 부류로 나누어진다.

① 김성희 : 엄택규, 윤필구, 최영호 여러 남자의 사랑을 독차지하다가 궁극에는

고학하는 대학원생 윤필구의 반려자가 되기로 작정한다.

② 유자애 : 중년에 접어든 여성. 후취의 자리를 벗어나 적극적으로 첫사랑과 재결합한다. 백영주로 말미암아 남편과 한 차례 혹독한 시련을 겪는다.

1. 꽃다발

한여름을 배경으로 이야기가 전개된다. <부인화보> 사장 엄택규(49세)는 성희를 알게 된다. 성희는 버스에서 마주친 인상적인 여성이다. 엄택규의 아들(엄동식)이 입원에 해 있는 병실에 김성희가 병문안 온다. 아들은 깡패(김택수)에게 맞고서 치료중이다. 김성희는 깡패로 불리는 아이의 고모로서, 치료비 영수증을 전달하러 온 것이다. 김성희는 맹인학교의 음악교사로 재직 중이다. 엄택규는 병원을 나와, 김성희와 차를 마시며 그녀에게 호감을 갖는다.

2. 정보

자애(40의 중년)는 친구, 이경희를 통해 신현우가 서울에 왔다는 소식을 듣는다. 젊은 시절, 자애는 신현우와 밀회하고 아이를 가졌으나, 이모의 만류로 아이를 지웠다. 그 후, 김종모의 후처가 된다. 아들 태수는 남편의 전처소생이다. 자애는 15년 동안, 자식을 낳지 못했다. 자애는 정혜가 운영하는 다방으로 신현우를 만나러 갔으나, 보지 못하고 쪽지만 남겨둔다. 자애가 즐겨읽는 책과 영화는(<에덴의 동쪽>, <보바리 부인>) 1950년대 후반, 사회의 풍조를 보여준다. 한때 태수의 가정교사 노릇을 했던, 윤필구는 야간 영수학원에서 수학을 가르치면서 대학원 공과에 재학하고 있다.

3. 한 떨기 장미꽃

성희는 윤필구와 부쩍 가까워진다. 엄택규가 출판사에 일해 볼 것을 권고했으나, 성희는 자기 대신 필구를 소개한다. 그녀는 학교창립기념일 행사로 노래극을 만든다. 그녀는 자신이 만든 노래극을 필구에게 선보이며, 평을 부탁한다. 자애는 신현우에게 만나자고 한 장소에서, 성희와 필구의 밀회를 본다. 기다리는 현우는 나타나지 않는다.

4. 단풍과 더불어

유자애가 집으로 돌아오자, 집에는 남편 김종모가 기다리고 있었다. 옛 애인과 만나지만, 남편에게 양심의 가책을 느끼지 않는다. "제 집이면서도 한해에 한번, 때로는 두석달 얼씬도 안하는 남편이라 반가울 것도 그리울 것도 없었다."(63면) 남편은 생활비를 주고, 새벽 일찍 나갔다. 자애는 정혜부부, 이경희, 신현우와 더불어 수목원에 단풍놀이 간다. 자애는 현우를 보고, 기쁨에 젖었다. 현우는 젊은 패들의 공을 주워주려다가 냇물에 빠진다. 맞은편에서 백영주가 공을 주우러 온다.

5. 싹

성희는 윤필구가 취직되자, 엄택규에게 식사를 대접하고 영화(미국영화 <행복에의 초대>)를 함께 본다. 엄택규는 아내 혜원이 위암으로 앓고 있어, 늘 우울했던 기분과 달리 성희를 만나자 청춘의 새로운 기운을 느낀다. 성희는 식당에서 자애가 신현우와 밥을 먹는 밀회의 장면을 목격한다. 자애는 남편이 준 생활비(20만원)로 현우의 춘추 양복과 코트를 사준다.

6. 혼선

기사를 게재하고 맹아학교를 탐방하면서 최영호는 김성희와 사진을 찍었다. 그 사진이 빌미가 되어, 애인 백영주는 최영호를 의심하고 강한 의혹을 보낸다. 여성 잡지사 사장 엄택규는 물론 편집장, 최영호, 신입사원 윤필구 모두 김성희에 대한 애정으로 들뜬다. 맹아학교에 장질부사가 퍼진 기사를 읽고, 세 사람은 모두 김성희를 걱정한다. 유자애는 신현우를 위해 오장동에 거처를 마련해 준다.

7. 남편이 있는 미망인

자애는 신현우에게 적극적으로 자신의 애정을 호소했다. 자신을 일컬어 '남편있는 미망인'이라 소개한다. 결혼은 직업에 불과하며 자신의 실제 남편은 신현우라는 것이다. 신현우는 휴전선을 넘어 월남한 귀순자이다. 일정한 직업을 얻지 못하고, 자애가 얻어준 집에 기숙한다. 자애는 이혼을 불사하겠다고 더욱 대담하게 신현우에게 구애한다. 자애는 신현우와 함께 밤을 보내고, 경주로 여행을 간다.

"내가 가장 감명이 깊게 읽은 소설에 <보봐리부인>이란 게 있어요. 그 소설의 여주인공이 '엠마'얘요, 시골 의사의 아내인 '엠마 보봐리'는 미인이기도 하고 총명하기도 했어요. 그러나 남편 '사르르'는 속된 인간이었어요. 그래서 '엠마'는 날마다 무엇을 기다리고 있었어요. 무엇이 찾아 올 것 같았고, 꼭 찾아 온다고 기대하고 있어요. 그러나 와야 될 것이 오지 않았어요. 그것은 마치 넓은 바다 수평선 위에 돛을 단 배가 나타나듯이 찾아오리라고 생각했어요. 그리고 아침에 일어날 때마다, 오늘은 돛단배가 오리라 하고 희망에 가슴이 부풀"(131면)었음을 고백한다. "흐르는 애정의 강물 속에서 새로운 애정을 하나 더 마련할 수 있는 것이 아닐까? 옛 애정을 그대로 돌이킨다기보다, 그걸 인연으로 새로 맺어지는 애정! 사랑을 청춘의 꽃이라고 한다면 지금 새로 맺는 애정은 제이의 청춘—"(140면)

8. 명암

혜원은 남편 엄택규가 부쩍 멋을 내고, 젊어 보이는 것을 보고 생에 대한 새로운 의지로 수술을 자청해서 입원한다. 영숙이 편도선염으로 입원한 병실에서, 최영호는 성희에게 강한 애정을 느껴 그녀와 함께 음악감상실에 간다. 그곳에서 백영주를 만나 곤욕을 치른다.

9. 권태여 안녕

유자애는 신현우와 더불어 경주와 부산을 여행한다. 유자애는 발칵 뒤집어진 서울 집에 돌아와, 김종모에게 이혼을 선언한다.

10. 샘

성희는 백은주가 학교로 보낸 협박편지를 받고, 최영호를 만나 그 편지를 전한다. 이후 불미스러운 일을 만들지 않기 위해 일체 관계를 않으려 한다. 윤필구는 최영호와 성희가 만나는 장소를 서성이며, 성희를 의심한다. 그는 최영호와 헤어진 성희에게 다가가지만 서로 오해만 커진다. 성희는 엄택규를 만나 마음의 안정을 찾는다. 덕수궁을 거닐고, 엄택규는 병원에서 수술한 아내를 문병한다. 엄택규는 현모양처로 돌아온 아내와 듬직한 아들이 있지만, 젊은 여인 성희에 대한 강한 애정을 감출 수 없다.

11. 초련부인

김종모와 이혼하고, 유자애는 홍릉에 신현우와 신접살림을 꾸렸고, 신현우는 총무과장으로 낙민증권주식회사에 취직한다. 그 회사에 근무하는 백은주는 최영호에 대한 배신감으로 중년남자 신현우에게 강렬한 유혹을 보낸다. 신현우도 조금씩 그 싱싱한 유혹에 경도된다. 신현우는 치정관계에 빠져든다. "무엇보다도 자유를 찾아 죽음의 휴전선을 넘어온 자신이 아직 뚜렷하게 이 땅에 발을 붙이기도 전에 남의 아내와 치정관계에 빠진다는 사실"(129면) 그는 유자애뿐 아니라, 백영주와 치정관계에 휘말린다.

12. 원심 · 구심(遠心 · 求心)

맹아학교의 음악회가 성공리에 끝났다. 엄택규는 성희에게 저녁과 술을 산다. 두 사람은 술을 마시고, 눈을 맞으며 집으로 돌아간다.

13. 경인가도(京仁街道)

성희는 자애에게서 불미스러운 이야기(중국집에서 중년 남자와 술을 마신 것)을 듣고, 상심해서 자애집을 빨리 나왔다. 게다가 수신인을 알 수 없는 연애편지를 받고 마음이 어수선해져서 부인화보 엄택규에게 전화를 했다. 엄택규는 아내의 병이 심해져서 성희에게 인천행을 권했다. 두 사람은 인천에서 즐거운 한 때를 보낸다. 오후 늦게, 구두굽이 떨어져서 성희가 물에 빠진다. 두 사람은 호텔에서 묵고, 다음날 서울로 돌아왔다. 엄택규는 신사답게 옷을 세탁소에 보내고, 성희가 편안히 쉴 수 있도록 배려해 준다.

14. 대가(代價)

인천에서 돌아온 엄택규는 밤새 아내가 심하게 앓았음을 뒤늦게 알고 자책한다. 병은 더욱 심해져서 죽음을 앞당기게 되었다. 성희는 엄택규와 자신을 대상으로 쓴 '아베크 가쉽 만평 기사'를 보고, 엄택규에게 찾아가 기사를 보인다. 그녀는 스스로 토라져서 집으로 향한다. 윤필구가 나타나 대학원 졸업과 미국행의 계획을 알린다. 성희는 물에 빠진 이후, 독감을 앓는다. 성희가 열이 오르자, 필구는 병원이며, 먹을 것, 의사, 집으로 바래다주는 등 자상하게 챙겨준다.

15. 유혹이란 무기(武器)

신현우는 백은주와 영화·음악감상·댄스홀에 출입한다. 유자애는 신현우를 의심하기 시작한다. 자애가 남편 현우와 함께 영화보려고 회사에 찾아가자, 백은주가 쫓아와 자애는 그들의 관계를 의혹스럽게 느낀다. 신현우와 백은주가 본 영화는 <세일즈맨의 죽음>이다.

유자애는 신현우를 의심하면서 <안나 카레리나>의 비극이 '브론스키'의 의심에 있음을 떠올린다. 유자애와 신현우가 본 것은 재상연되는 <자이앤트>이다.

16. 젊음의 승리

윤필구는 성희에게 장문의 편지로 구혼을 청했다(빈농의 아들로서, 아버지가 술 거해서 만주로 떠난 사실, 만주생활의 고역, 해방 후 서울에 오기까지 지난했던 삶, 사변과 군입대로 복무를 마치고 돌아옴, 가정교사 생활 등).

엄택규는 아내가 죽자, 성희에게 구혼을 청했다("이성을 이처럼 열렬히 사랑해 보는 것도 첫 일이라고 용기있게 말하오, 이를 터이면 첫사랑이라고 할까요. (중략) 그때 청년들의 사상적 풍조가 개인의 애정문제 같은 것은 안중에도 없었소 민족주의건 무슨 주의건, 일제(日帝)에 항거하는 의식을 가진 청년. 그런 청년이나 학생이 아니면 떳떳히 낯을 들고 다닐 수 없었고, 학생사회에 의젓히 끼일 수 없었던 것이요 (중략) 애정이 없는 조혼(早婚)을 모순이라고 생각하면서도 달리 뜻이 맞고 정으로 끌리는 여자를 찾아 연애 같은 달콤하고 열렬한 시간을 보내고 싶은 생각을 또한 죄악 같이 배격하지 않을 수 없었소"(340면)).

윤필구는 시골에 간 최영호로부터 온 편지를 통해 엄택규와 성희의 관계를 알게 된다. 그는 성희에게 찾아가 엄택규를 호색한이라 비방했고, 엄택규에게 가서는 중년 세대가 젊은 세대의 앞날을 간섭해서는 안 된다고 했다. 엄택규의 집을 나서는 골목에서 성희를 만나자, 윤필구는 성희를 포옹하고 키스하면서 자신의 사람으로 만든다.

17. 사랑하는 갈대

신현우는 아내 유자애가 주말(연휴)에 온양온천으로 가자고 하는 것을 만류하고, 백은주와 함께 온양온천 철도호텔에서 묵는다. 백은주에게 온양온천 여행은 취직건을 성사시키기 위한 계책일 뿐으로, 그녀는 신현우에게 일체 몸을 허락하지 않는다. 다음날 아침, 유자애는 온양의 객실에서 신현우와 백은주의 포옹 장면을 목격한다. 이 일에 대한 보복으로 백은주는 결혼을 조르는 편지를 속달로, 유자애·신현우의 집에 보낸다. 유자애는 코코아에 수면제를 다량 넣어서 신현우와 함께 만신다. 유자애는 수면제를 꺼내면서 자신이 읽은 서구 소설의 주인공 '엠마 보봐리'를 떠올린다. "자애의 머리에는 얼핏 '보봐리 부인'의 최후가 떠올랐다. 호색한 '로돌프'의 농락에서와 청년 법률가 '레옹'과의 사랑을 위해, 남편 몰래 진 빚을 청산할 길이 없어 비소(砒素)를 먹고 죽은 '엠마 보바리!' 그러나 자애의 머리에서는 이상하게도 안개가 걷혀지면서 그 소설을 읽었을 때 느꼈던 감상 '엠마 보바리여 왜 당신은 그렇게 약하오'(371면)가 생생하게 떠올랐다.

18. 마음의 애인

유자애와 신현우는 의식을 회복했다. 자애는 모살혐의로 경찰서에 들어간다. 김성희는 유자애의 모살기사를 읽고, 병원에 찾아갔다가 돌아오는 길에 엄택규를 만난다. 엄택규는 성희의 애정을 존중해 주면서 그녀의 앞날을 기원해 준다. 그는 성희를 '마음의 애인'으로 남겨둔다. 엄택규는 C병원의 병원장인 친구를 만나 자애의 호송장면을 지켜본다.

19. 법과 사랑

백은주가 회개하고, 유자애에 대한 변호를 자청했다. 신현우 역시 자신의 과오를 뉘우치고, 유자애에 대한 사랑을 공개적으로 밝힌다. 탄원서를 제출했다. 유자애는 무죄로 석방되어 신현우와 함께 홍릉의 집으로 돌아왔다. 생활의 발견, 조선·민족·국가에 대한 발견과 열병으로 들끓던 전시대에 비해, 1950년대 중반에 이르면 '일상', '생활'에 대한 발견이 이루어진다. 그것은 로만스그레이와 애정편력의 형태로 나타난다.

20. 지상(地上)에 맺다

최영호는 학교에 기부금을 희사하려는 남궁씨를 만나, 그와 더불어 농촌학교로 돌아간다. 그간 최영호는 백은주를 만나 함께 낙향할 것을 권하고, 그녀는 조만간 떠날 의사를 표한다. 신현우와 유자애는 함께 경주에 가서 두 사람의 애정을 두텁게 하고, 토함산 일출을 맞는다. 그들은 도시 문명의 이면, 퇴폐에 대해 자각하고 반성한다. "소박한 농촌 청소년들을 상대로 소박한 행복을 돌이켜 이어 나갈 수 있을 것입니다. 거기에는 명동도 없고 형광등도 없습니다. 한때 우리의 눈과 마음을 현혹하게 했던 아무 것도 없어요. 다만 있는 것은 배움에 목마른 청소년들, 우리들의 조카와 동생들 뿐이요. (중략) 우리는 둘이 다, 어떤 뜻에서나 서울이란 도회의 부허(浮虛)한 생활에서 상처를 받은 사람들이 아닌가요? 상처를 받았으니 낙향(落鄕)한다는 기계적인 논리에서가 아니라 굳세고 더욱 뜻있는 삶을 가지기 위해서는

농촌으로 돌아가야 될 걸로 알아요.”(448면)

안수길은 대중적이고 통속적인 주제로 소설을 전개해 나가지만, 종국에는 계몽 담론을 펼친다. 작가는 계몽이 왜 필요한지, 계몽의 의의를 부각시키기 위해 ‘청춘의 방황’과 ‘중년의 사랑’을 활용한 것이다.

이 작품에서 여성들은 ‘사랑’에 죽고, ‘사랑’에 산다. ‘애정지상주의’, 이것은 이 작품뿐 아니라, 안수길의 다른 작품에서도 나타난다. 『내일은 풍우』에 이르면, 여성은 ‘박애주의’의 형태로 자신의 애정을 승화시키기로 한다. 남자들은 여러 여자의 ‘사랑’을 전전하다가, 자신의 진로를 확인하고 꿋꿋이 걸어간다. 여자의 사랑은 남자들에게 쉼터의 역할을 한다.

『浮 橋』

『동아일보』, 1959. 7. 21~1960. 4. 1, 254회 : 단행본(삼성출판사, 1972)으로 출간

上

1. 密會

김남주는 피아니스트이다. 임동호 선생의 음악평론을 즐겨 읽는다. 남주의 친구 최지애가 남주의 어머니 이정순과 임동호 선생(현직 의학박사이면서 수필가, 음악평론가로 활약)간의 만남을 주선한다. 두 사람은 과거 혼담이 있었으나, 이정순의 아버지가 임동호의 부실한 몸을 이유로 응하지 않았다고 한다. 이정순 대신, 딸 김남주가 나가서 임동호와 만나고 함께 식사한다. 최지애는 강득수와 친구관계로 지내고 있다. 강득수는 문학(철학)을 전공하고 졸업했다.

2. 憂國老人

강득수의 아버지 강치규(73)는 우국노인으로서 윤리가 무너지는 당시대, 윤리(효)를 바로잡으려는 의도로 선대(아버지)의 제사를 거창하게 준비한다. 그는 장노인을 비롯하여 다른 노인의 도움을 받고, 자식들을 한 자리에 모아서 제사를 지낸다. 득수는 강노인이 50줄에 젊은 여자(정선비)와 바람이 나서 낳은 자식이다. 중년에 접어든 강치규의 로만스그레이가 잉태한 아들이 강득수이다. 그는 하얼빈에서 사업하던 시절, 젊은 정선비와 하룻밤을 함께 했는데, 이후 태어난 아이가 득수이

다. 득수의 모친은 요정을 경영한다. 이 요정에 김남주의 아버지 김춘배(건국제분 회사 사장)가 출입하며, 정선비와 정분을 나눈다. 득수는 '제사'를 비롯한 노인의 일에 무심하다. 낮에 최지애와 즐긴 데이트(득수가 지애와 본 영화는 서부 활극 <함정>)를 음미하며 잠자리에 든다. 득수는 지애에게 '우정의 한계'를 느낀다.

"강치규 노인은 요즘의 세태를 통탄하는 일종의 우국 노인이라고 할 수 있을 것이다. 입버릇으로 윤리와 도덕은 땅에 떨어졌다."(55면) "이 기막힌 병을 고치기 위해선 효도(孝道)를 일으키지 않아서는 안 되겠고, 그러기 위해선 선조(先祖)에 대한 제사부터 엄수(嚴守)하지 않아서는 안 된다고 생각한 것이다."(56면) "효도를 일으키려는 것이 강노인이다."(61면) "구한국시대의 일본 유학생은 아니었으나, 국내에서 관립 고등학교를 졸업하고, 일정 때 강원도에서 한 군데 군수를 지낸 일이 있는 건 오늘 밤 제사를 받을 선친(先親)이 구한국시대의 고관이었던 반련", "군수 노릇도 집어치우고 실업계에 나섰고, 오십에는 하르빈 진출하여 모피·보석·곡물 같은 걸 무역하는 큰 회사를 경영한다. 그곳에 사는 우리나라 사람들의 자제를 위한 학교와 유치원에 기부도 많이 한다. "해방 후에는 신문의 애독자였고, 수복 뒤에는 열독자가 되고 있다. 윤리가 땅에 떨어지고 삼강오륜이 무너지는 걸 통탄하는 것도 신문에 보도되는 기사에서 받은 자극이 무엇보다 컸기 때문이다."(62면)

3. 소탈한 사람

임동호 선생의 단란한 가족들이 나타난다. 그는 제대를 앞둔 믿음직한 아들 용기, 여고생인 딸 용희와 현모양처의 아내를 두었다. 최지애가 신문사에 입사한 후, 원고 청탁을 위해 임동호에게 찾아간다. 임동호는 강노인의 손녀 옥순이를 치료하기 위해 수술날짜를 잡는다. 임동호 가족은 오페라 공연을 보러갔다. 그곳에서 김남주를 만난다. 용기는 남주에게 호감을 느낀다. 남주는 음악학교의 선배 테너 김기택의 처녀 무대를 보러 간 것이다. 그들이 본 오페라는 베르디의 <일·트로바토레>이다.

4. 苦悶

　남주는 어머니로부터 강영감 막내 아들의 청혼 소식을 듣는다. 강득수의 아버지 강치규와 정선비의 관계가 소개되고, 정선비의 내력이 소개된다. 이후 정선비는 28살에 28살의 청년을 만나지만, 남편의 병세가 와전되자 댄서로 일했고 남편은 죽는다. 해방후 고국에 돌아와 마담이 되어 요정을 차렸고, 김춘배 사장과 점차 정분이 났다. 밤늦게 남주의 아버지가 집에 와서, 가족 모두 함께 저녁을 먹는다. 작중에서 이정순 부인은 현숙한 부인으로 묘사되고, 남주도 요령있고 재치있는 딸로 묘사된다.

5. 交流

　임동호는 옥순의 수술을 흡족하게 마치고, 강노인과 친분을 맺는다. 아버지가 없는 임동호, 큰아들(강명수)을 잃어버린(납치) 강노인은 부자(父子)와 같은 정을 나눈다. 임동호가 뒤늦게 알고 보니, 강노인의 큰아들은 일본 유학시절 안면이 있는 동기였다. 임동호는 지애에게 줄 원고를 마무리하고, 지애의 구루우프에서 젊은이들에게 강의를 한다. 임동호는 구세대와 신세대에 걸쳐서 각각 교류하며, 친분을 나눈다. 그가 새삼 젊은이들과 교류를 가졌다는 생각에 뿌듯해 하는 차, 옆집에 살고 있는 금희(과거 그를 따르던 간호원)를 만나자 그는 이성으로서 감정을 느낀다. 남주는 임선생의 강의를 듣고자 모임에 나갔다가, 집으로 돌아가는 길에 택시 안에서 임동호 선생에게 독주회에 관해 자문을 구한다.

6. 愛情의 倫理

　정선비는 가게도 안 되고 몸져 누워있다. 강득수는 어머니에 대한 콤플렉스를 가지고 있으므로, 어머니를 찾아가도 살갑게 굴지 않는다. 그는 자기 출생의 기원이 되었던, '로맨스그레이'를 혐오한다. 어머니 집을 나온 득수는 지애를 찾는다. 찻집에서 지애는 남주의 독주회 문제에 관심을 쏟을 뿐, 득수에 대해 주의를 기울이지 않는다. 득수는 친구와 만나 대포집, 바아에서 술을 마시고, 술값이 없어 난

처해 있는데, 임동호가 나타나 술값을 치른다. 득수는 지애의 집에서 술기운을 빌어 지애를 포옹하지만, 거부당한다. 득수는 지애의 뺨을 때리고 집으로 돌아와 후회한다.

7. 不協和音

　가을로 접어들었다. 최지애는 강득수의 사건으로 인해 마음에 열병을 앓는다. 김남주를 불러내서 그 간에 벌어진 사건의 전모를 말하고, 자신도 술에 취해본다. 지애를 만나러 가는 길에, 남주는 박기택을 만나 함께 지애를 만난다. 지애가 먼저 가고, 두 사람은 점심을 함께 먹는다. 남주는 박기택에게 묘한 애정을 느낀다. 집에 돌아온 남주는 중매쟁이가 보낸 득수의 사진을 보고, 지애가 왔을 때 그 사진을 보여준다. 지애는 그 사진을 보고, 득수는 물론 남주에 대해 오해한다. 다음날 남주는 오해를 풀기 위해 지애를 찾으려고 임동호의 병원까지 간다. 그곳에서 남주는 지애를 만나는 대신, 임용기를 만나 뜻하지 않게 산행을 함께 한다.

8. 距離

　악기상을 운영하는 윤영섭은 김남주와 다방에서 만나 독주회 장소를 알선한다. 윤영섭은 남주가 피아노를 가르치는 아이의 삼촌이자, 간호원이었던 남금희의 남편이다. 다방에 나타난 지애는 남주와 용기의 데이트를 의심하고, 남주를 연애만 일삼는 불량한 여자로 내몬다. 상심한 남주는 영섭의 영화구경을 제안을 받아들여, 함께 영화 '여로'를 본다. 영화관에서 남주는 자신의 상황을 인식하고, 영섭과 거리를 두고 곧 집으로 돌아간다. 아내 금희는 남주와 영섭이 영화관에 출입하는 것을 목격한다. 남편 영섭은 금희와 임동호의 관계를 의심하고, 아내 금희는 영섭을 비겁한 인물로 여겨 사생활을 의심한다.

　남주가 기혼한 윤영섭과 함께 본 영화는 율 부린너 주연의 '여로'이다. 당시 수입·배포된 외국산 영화에 나타난 '연애'가 작중 인물들의 일상에 영향을 미친다. 남주는 <여로>를 본 후, 다음과 같이 현실을 자각한다. "더우기 ≪여로≫는 달콤한 내용만이 아니었다. 흡사 삼팔선의 비극을 연상시키는 것 같은 엄숙한 것이 남주로

하여금 한층 더 윤태섭이의 저속한 동작에 목석처럼 대하도록 만들었다.”(353면)

下

8. 圓周

임용기는 용희와 아침부터 옥신각신한다. 동생 용희는 오빠가 좋아하는 여자, 남주에게 장가가라고 말한다. 임동호는 아내와 둘이서 식사를 하고, 노금희의 전화를 받고 좀 들뜬 기분으로 창경원에서 그녀를 만난다. 금희는 윤영섭의 ‘밀회(연애)’ 광경(김남주와 영화구경)을 이야기하고, 금희의 우상이 임동호라고 여기는 남편과 그들 부부의 소원함을 토로한다. 임동호는 노금희와 만나고 돌아오면서, 모든 것을 ‘원주’에 비유했다.

9. 염소

강득수는 최지애를 만나 그간 오해를 풀고, 다음날 남주의 독주회에 가기로 한다. (이즈음 강득수는 ‘현대 철학 사조’에 대한 책을 읽는다.) 득수는 감기를 앓고 일어난 후, 어머니 정선비가 이사하려는 동네의 집을 함께 방문한다. 어머니가 염소 우유를 파는 찻집을 구상하는데 크게 환영하지는 않지만, 이전 생활을 청산한다는 점에서 적극 동의한다. 득수는 그곳에서 근처에 사는 임동호를 만난다. 임동호는 득수에게 아버지 강노인이 쓴 ‘醫世人術’(‘병든 세상을 고친다는’, 427면)이라는 붓글씨를 보여주고, 글씨를 치하한다.

10. 아름다운 싸움

김남주는 독주회를 성황리에 끝마쳤다. 독주회에 나간 용기는 남주에 대한 마음을 가누지 못하며, 지애와 득수, 애인이 있는 P 등을 보며 마음을 붙잡지 못했다. 특히, 쇼팽의 <열정소나타> 연주는 감회가 깊었다. 지애와 득수가 남주를 불러내어 축하연을 베풀면서 용기를 찾았으나, 용기는 선뜻 나타나지 않았다. 스탕달의

<적과 흑>에서 '손오병법'으로 '줄리앙 소렐'이 여자 마음을 애태우는 대목과 마찬가지로, 용기도 남주의 마음을 태우게끔 그 자리에 참석하지 않았다. 득수와 지애는 두 사람이 결혼할 의사를 지애 부모에게 밝히기로 했다.

11. 私生兒

'혼사장애'—득수가 사생아[법률적으로 부부가 아닌 남녀 사이에 태어난 아이]라는 점에서, 지애의 모친은 결혼을 반대했다. 박기택은 남주와의 결혼 주선 문제로 임동호 선생을 찾아가 중매를 부탁했다. 지애는 모친의 반대에 부딪혀 남주를 만난다. 지애의 집에서 남주는 용기 동생 용희가 남주에게 보낸 연애편지를 함께 읽는다. 남주는 박선생과 용기 사이에 갈등한다.

12. 바람개비

임동호는 정선비가 운영하는 밀크홀을 애용했으며, 정선비는 임동호에게 자신의 과거를 토로한다. 김남주는 임동호를 만나기 위해 밀크홀에 간다. 그곳에서 남주는 아버지를 꾀어 자신의 가정파탄을 초래했던 정선비가 강득수의 모친임을 알게 된다. 임동호 선생은 김남주에게 박선생과의 혼담을 꺼낸다. 집을 나서는 길에 영화보러 가는 용기·용희남매와 마주친다. 남주는 지애에게 득수 모친을 보았다고 알리고, 지애도 밀크홀에서 득수 모친을 본다. 지애는 득수와 만나, 서로에 대한 의견을 나눈다. 득수 모친으로 인해 지애는 흔들렸으나, 곧 득수에 대한 애정을 회복한다. 용기와 용희 남매는 <보리수> 후편을 보러간다. 득수는 혼인의 난관에 처한 지애와 당자의 현실 문제를 <제7의 천국>, <제8의 천국>에 비유하여 말한다.

13. 煙氣

윤태섭은 김남주에게 이혼합의 후 결혼하자고 강렬한 구애를 토로한다. 이후, 남주는 태섭에게 반대의사의 편지를 보낸다. 남주는 용기의 청혼 편지를 받는다. 남주의 편지를 받고, 태섭은 방황한다. 밤늦게 만취하여 그는 가게에 들어간다. 켜

놓은 촛불에서 불이 번져 가게가 타고, 태섭이 화상을 입는다.

14. 對岸(어렵고 험난한 고비를 헤쳐 넘겨야 달성할 수 있는 목표)

번역 일에 몰두하여 출판사에 직장을 얻게 될 득수는 성실한 청년으로 거듭난다. 그러던 중 지애 삼촌의 편지를 받고 그를 만난다. 지애 삼촌이 결혼 반대의사를 보이자, 득수는 생활의 질서를 잃고 난폭해져 갔다. 그는 '사생아 의식'을 절감한다. 노금희는 임동호에게 찾아가 남편소식(화상)과 이혼후 자신의 계획을 말하지만, 임선생은 이혼을 만류했다. 임용기는 남주의 답장(편지)를 기다리며 거칠어진다. 득수는 밀트홀에서 동호와 정선비가 환담을 나누는 모습에 보고 불쾌하게 여겨 화를 내고 자리를 박차고 나간다. 임동호는 모두가 '열정의 과잉'으로 세련되지 못했다고 생각한다. 그들의 현상태가 모두 '부교(浮橋)-뜬다리', 배다리라 여긴다.

15. 探求하는 姿勢

임동호의 중재하에, 지애 모친과 강노인이 득수와 지애의 결혼을 승낙했다. 남주는 이 사실을 집나간 득수·지애에게 알린다. 득수는 절에서 번역작업을 하고, 지애는 그 아래 집에서 득수를 돕는다. 정선비는 부산으로 내려가 '모자원' 일을 돕기로 하고, 밀크홀을 청산한 후 그 돈을 모자원에 기부한다(안수길은 작중에서 자식을 위해 자신의 생을 희생하는 모성애를 강조한다). 강노인도 증권을 팔아 익명으로 정선비의 일을 돕는다. 남주는 방황 끝에 박기택을 선택하고 약혼피로연을 한다. 지애와 득수가 축하해 준다. 두 사람은 경제적 손실을 줄이기 위해 약혼을 하지 않겠다고 임선생에게 말한다. 임동호는 상심한 용기를 독려하며, 다음날 인천 앞바다로 가족 여행을 떠난다. 그는 '신음하면서 탐구하겠다'고 마음먹고, 부교가 아닌 철교의 역할을 해야겠다고 스스로 다짐한다.

『來日은 風雨』

『한국일보』, 1965. 7. 23~1966. 6. 24, 285회
단행본(『한국대표작가신문학전집2-안수길 편』, 문리사, 1978)으로 발간

신세대의 이상적인 여성상 '김영주' 제시. '어른과 소녀가 한 몸에 살고 있다'(6면). 중년 여성의 이상적인 모습을 태로·태희의 모친 '최명숙'을 통해 구현해 낸다.

1. 뺨맞은 그 女子

오화상사 오피스에서 영문통신을 다루는 정태로(27살, 영문과 출신)는 김영주(선임)와 근무한다. 동생 태희(독문학 전공 여대생)가 M호올로 오빠를 부른다. 그곳에서 태희의 남자친구 김종우와 인사를 나눈다. 김영주로부터 소설책 번역 제의를 받는다. 원번역자의 청부를 대역해 주는 것이다. 퇴근길 러시아워, 택시의 충격으로 앞좌석 여성의 뺨을 때리는 소동이 벌어진다. M호올에서 태로는 음악을 들으며, '잭 켈루악'의 <노상에서>라는 책을 떠올린다.

2. 빗맞은 화살

두 남매의 일요일 풍경. 태희는 황미라와 스케이트장에서 스케이트를 타고, 오후에 까페에서 맥주를 마시고 온다. 집에는 김종우의 만나자는 내용의 엽서가 있다. 태로는 회사 야유회로 송도에 간다. 김영주가 불참한 관계로 김이 빠졌고, 실컷 수영만 하고 돌아왔다. 모친 최명숙은 사변에 남편을 잃은 후, 자식 남매를 혼자 키워서 대

학까지 보낸다. "해방전 고녀(高女)를 졸업했을 무렵의 재원이요, 미인형이었고 지금은 사십 오륙의 연륜과 더불어 품위를 풍겨주는 얼굴"(36면)이다.

3. 午前의 生理

월요일 김영주는 얼굴이 어두웠고, 사무실을 오래 비웠다. 저녁에는 출판사쪽 사람(전무)과 이선생, 김영주·정태로가 번역 일로 저녁을 먹기로 했으나, 김영주는 급하게 자리를 빠져 나간다. 이선생도 밥을 먹고 나가버리자, 태로와 출판사 전무 두 사람만 남아 M호올로 간다. 그곳에서 태로는 송도에서 본 여자를 만났고, 그녀는 손님으로서 그들을 접대한다. 김종우는 시간제 아르바이트 자리를 태희에게 주었다. 태희는 재가한 종우 모친과 자신의 모친을 비교하면서, '어머니'의 위대함을 실감한다. 정태로는 주군과 함께 김영주의 실체를 의심하며, '쉘부르의 우산'에 등장하는 '쥐느비에프'를 떠올린다.

3. 어머니들

태희가 아르바이트 자리에서 만난 아이, 유우동은 트기(혼혈아)의 사생아이다. 외조모의 근심과 술집에서 일하는 엄마의 경제력으로 가게가 유지되었다. 태희는 새삼, 전쟁미망인으로서, 남매를 올곧게 키운 엄마에 대한 사랑을 확인했다(태희는 혼혈아를 낳은 술집 여인과 대조하여, 자신의 어머니에 대한 사랑을 확인한다). 김종우는 엄마에 대해 '여성'과 '모성'을 구분하고, 비판적 자세를 보인다. 태로는 번역료로 가을에 엄마를 여행 보낼 계획을 한다. 종우는 개가한 모친을 통해, 여성을 '욕망하는 여성'과 '희생하는 모성'으로 구분한다. "여자가 한 몸에 지니고 있는 여성과 모성 중의 여성이 저지른 죄의 벌은 그 여자의 배에서 나온 자식이 받게 마련인 거다. 모성은 자식이 대신 받게 되는 벌에 대한 속죄(贖罪)의 심정이 아닐까 하는 생각이야."(77면)

4. 아버지들

정태로는 회사에서 열흘 휴가를 내어 보광사서 번역작업을 마무리한다. 작업이 끝나는 날, 출판사 송전무와 김영주가 나타났다. 차편이 고장나는 바람에, 친구 엄선생의 배려로 여학생들의 관광버스를 타고 왔다. 엄선생은 여학교에서 MAR부원들의 합숙훈련 지도교사로 보광사에 온 것이다. 그들은 도덕재무장기구(道德再武裝機構) 정신무장, 도덕재건의 일환으로 훈련왔다. 산속 호젓한 곳에서 김영주 아버지의 이야기를 들으며, 태로는 영주를 포옹했으나 영주는 거부하고 그곳을 떠났다. 태로는 무안했다. (실업가인 태로의 아버지는 전쟁 때 파편을 맞아 돌아가셨다) 태로는 자신이 영주에게 한 돌발적인 포옹을 "카뮈의 <이방인>의 주인공이 한 일"과 비교한다. "달밤인 탓에, 계곡의 지저귀는 물 소리 때문에 여인에게 포옹"(104면)을 했다는 것이다.

5. 群舞

다음날 아침, 동생 태희와 황미라는 보광사에 간다. 그리고 송일 전무와 그의 사촌 강영애도 보광사에 나타난다. 강영애는 태로가 뺨을 때렸던, 기억에 잊혀지지 않는 교양있는 여자였다. 김영주는 간 밤, 태로와의 포옹 사건으로 마음이 싱숭생숭해졌는데다가 여러 여자들과 교제를 보이는 태로의 모습이 못 마땅스러웠다. 김영주는 엄선생의 관광버스를 타기로 하고, 태희 일행도 타고 온 버스로 떠난다. 태로는 송전무, 영애와 더불어 택시로 서울에 간다.

6. 모두 혼자

태로는 출근했으나, 이후 영주가 휴가를 시작한다. 그로 인해, 태로의 일거리는 많아졌다. 출판사에 원고를 넘기면서 연수표를 받았다. 태로는 그것을 어머니께 건넨다. 종우가 집을 나간 후, 그의 어머니가 태로에게 연락해서 근심을 토로한다. 태희를 만나게 해 달라고 청했고, 태희도 응했다. 종우는 집을 나와 친구 하숙집, 가정교사 일을 하는 신군의 집을 드나든다. 종우는 의붓아버지 이선생과 김영주의 관계를 돌이켜보고, 의문을 풀지 못했다. 자신의 가정교사였던 영주에 대해 갖가지 의혹을 가진 채, 부모를 불신했다.

7. 어긋나는 잎새

태희는 이혁두 선생댁에서 종우 모친을 만났다. 태희는 종우에 관해 아는 대로 이야기 한다. 모친은 이선생과 김영주 간의 관계를 무관하다고 거듭 강조했다. 집에 돌아오는 이선생과 동행하여 온 송전무도 보았다. 돌아오는 길에, 이선생 집을 나서면서 김영주를 만났다. 집에 돌아와 태희는 오빠에게 그 사실을 말했다.

8. 바람개비

태로는 송전무의 초대에 태희와 함께 간다. 강영애와 오빠의 관계가 진전될 조짐을 보이자, 태희가 먼저 자리를 뜬다. 세 사람은 남산에 드라이브를 갔고, 케이블카를 타고 내려왔다. 태로는 아침에 주머니를 쓰리당하고, 회사에서 김영주를 본다. 영주는 비서실장 발령이 내렸고, 주군과 더불어 같은 사무실에서 일하게 된다. 태로는 사장의 신임을 받는다. 주군은 여당국회의원의 아들인데, 두 사람을 집에 초대한다. 두 사람은 대단한 규모를 가진 집을 나오면서, 모종의 동질감을 느꼈다. 그리고 보광의 밤을 떠올렸다.

9. 주사위

태희는 종우로부터 김영주에게 아이가 있다는 사실을 전해 듣고, 오빠 태로에게 알린다. 태로는 한창 주군과 더불어 김영주와 잘 지내고 있던 터이라 의구심이 일면서, 주군에게 그 사실을 말한다. 주군과 김영주와 더불어 보광사에 소풍을 간다. 태로의 간접적인 질문에 영주는 그저 자리를 피할 뿐이다. 이 당시, 김영주와 태로가 본 영화는 <부베의 연인>이다. 주인공 여자에 대한 인상, 음악에 관해 이야기 한다.

10. 안과 밖

태희는 총각시간강사의 과제물을 성실히 준비하려 하는데, 책을 사볼 돈이 없다. 종우 모친이 종우의 징집영장을 들고 와 태희에게 부탁한다. 태희는 종우를 찾아 야구장에 간다. 그곳에서 강영애가 다른 남자와 '아베크'하는 장면을 목격한다. 태희는 모친의 부탁대로 종우에게 하숙집을 나와 집에 들어갈 것을 권고한다. 태희는 태로에게 강영애의 아베크 광경을 보았다고 말한다. 태로는 진지하게 자신의 결혼을 고민한다.

11. 旅愁

태로는 태희와 모친을 수덕사로 여행보낸다. 토요일 출발—미라와 태로가 나와 모녀를 배웅한다. 일요일 돌아오는 날—미라와 태로가 함께 태희 모녀를 마중 나왔다. 미라는 함께 택시를 타고 태희 집까지 왔다가 다시 그 차를 타고 집으로 돌아갔다. 그들의 모친은 "물렁물렁한 듯하면서도 자식을 위하는 일이라면 자신을 희생해 내려온 것이 습관으로 되어 있는 어머니"(256)이다.

12. 友情의 論理

과동무가 결혼과 학업문제로 태희에게 고민을 털어놓는다. 태희는 종우와 자신의 관계에 대해 우정인지 그 이상인지 고민해 본다. 태희는 주말등산을 종우와 함께 하면서, 그들의 관계에 대해 이야기를 나눈다. 친구 그 이상의 관계라는 종우의 말에, 태희는 종우에게 집으로 들어갈 것을 거듭 촉구한다(태희를 통해, 모성애를 이해하고 숭고하게 받아들이는 신세대의 조신함을 엿볼 수 있다).

13. 眞實의 밑바닥

송일전무는 독립해서 출판사를 기획했고, 강영애는 사원으로 일한다. 두 사람이 태로에게 번역을 의뢰했고, 그들의 강청에 태로도 응한다. 태로는 김영주의 집에서 문제의 그 아이가 아버지의 아이, 자신의 동생이라는 사실을 전해 듣는다. 아이 엄마의 재혼으로 아이에 대해 아무런 말도 할 수 없었으나, 아이 엄마의 죽음으로 말미암아 진실을 밝혔다. 주군은 당시 007 추리소설을 탐독한다.

14. 그 뒤에 오는 것

번역할 책(추리소설)을 받으러 태로가 출판사에 가자, 송일과 영애는 함께 저녁을 먹었다. 송일의 권유로 M호올에 가서 유경선(바다에서 본 여자)이 유동이의 엄마임을 알게 된다.

이튿날, 태희는 미라의 집에서 미라에게 혼담이 오고간다는 이야기를 전해 듣는다. 그리고 유동이네 집에 가자, 유경선이 아르바이트를 그만 청하겠다고 통보한다.

15. 오늘은 가고

태로는 김영주에게 새로운 감정이 싹텄다. 태로는 일요일날 주군과 함께 김영주 집에 가서 점심을 먹고, 영화를 봤다. 맥주를 함께 마시고, 둘이 남았을 때 취기를 빌려 태로는 김영주에게 결혼을 청한다. 김영주의 무반응에 태로는 혼자 남아 술을 더 마시고, 급기야 교통사고를 당한다. 김영주, 강영애, 황미라—여러 여자가 한꺼번에 태로의 병문안을 온다. 태희는 특히 김영주에게 불쾌감을 드러냈다. 태로는 태희의 지적대로 마음을 다잡아야 한다고 생각한다.

주군은 당시 상영하는 재크 레몬의 영화를 소개한다. 그들은 <뜨거운 것이 좋아요>, <아파아트의 열쇠를 빌려준다>를 명명하면서 재크 레몬이 주연하는 영화의 특징을 다음과 같이 이야기 한다.

"그 배울 좋아한다기 보다, 그 사람 나오는 영화가 좋아요"
"웃음 속에 눈물이 있나요?"
"눈물은 아니예요. 적어도 생각이라고 할까? 센티가 아니라, 날카로운 크리틱, 비판이 있어요." 영주의 야무진 발음에,
"그렇죠. 날카로운 비판이죠"라고 태로가 곁들었다.

"날카롭다고 하지마는 쩨쩨한 세계가 아니구, 뭐랄까요? 그렇죠. 일종의 문명비판이라고 할 거예요."(331~332면)

그들은 재크 레몬의 <주인 좀 빌리세요>를 보러간다. 영주는 웃으면서 무얼 생각하게하는 영화에 몰두한다. 태로는 옆에 앉은 영주에게 신경이 집중되어 있어 영화에 몰입이 되지 않았다.

16. 언제나 來日

태로는 병원에 입원해 있다. 김영주를 비롯하여 미라, 영애, 한꺼번에 여자들이 문병을 왔다. 태로는 영주에 대해 애정을 갖고 있지만, 미라에 대해서도 단호한 태도를 보이지 않는다. 종우는 결국 집으로 들어갔고, 집에서 미라·영주를 불러 생일상을 대접한다. 종우는 태희에게 군대갈 것이라고 밝힌다. 미라는 맞선을 보지만, 마음은 태로에게 있으므로 그 대상이 탐탁치 않았다.

17. 風雨일지라도

태로는 퇴원 후, 출근한다. 김영주의 추천으로 태로는 홍콩 주재원으로 가게 된다.
황미라가 맞선 본 남자는 강영애와 약혼한다. 태희는 태로에게 미라를 오빠의 반려자로 추천했고, 태로도 이에 응한다. '내일은 풍우'라는 표제는 젊은이들의 알 수 없는 미지의 미래를 의미하고 있다.

『山을 바라보는 사람들』

『여상』, 1964 연재 : 단행본(『한국대표작가신문학전집2 — 안수길 편』, 문리사, 1978)으로 출간

1950년대 중반에 소개된 外畵 <산>의 내용과 비교를 요한다.

'자연'이 동경의 대상이 된다. 인간의 현실에서 모럴을 되찾기 위해 '자연'을 모델로 하여, 새로운 도덕을 현실에 소환해 낸다. 비판하고자 하는 현실, 현실의 부당한 일면을 '자연'에 빗대어 반성을 촉구한다. 자연의 소환을 꿈꾸는 것이 아니라, 방법론으로 자연이라는 소재를 차용한다. 자연을 통해 현실을 말하고자 한다. 이때 현실은 자연이 아니라, 인간공동체의 삶이다. 소수자의 부당한 삶을 '나약하지만 부단히 생성하는 자연'의 속성에 비추어 극복하려 한다.

1. 登山準備

유현주가 친구 최지수와 만난다. 그들은 대학을 막 졸업한 생생한 청춘이다. 현주가 간 다방에는 지수와 지수 부모님, 그리고 청년이 함께

제목 : 산(제작 : 1956년, 미국)
원명 : The Mountain(1957년 개봉)
감독 : 에드워드 드미트릭
주연 : 스펜서 트레시 로버트 와그너
포인트 : 알프스산에 도전하는 형제의 모험과 집념

당시 <산>의 영화 포스터

있다. 그는 지수 동생의 가정교사가 될 사람이라고 한다. 현주는 일찍 어머니를 보내고, 홀로 계신 아버지 걱정을 한다. 부모와 청년이 가고 난 후, 지수는 현주에게 백교수와 학생들의 등산 계획을 이야기하며, 현주가 함께 갈 것을 권한다.

2. 山이 보이는 庭園

지수는 현주와 함께 현주네 아버지 유일당(유철준)에게 찾아가, 현주의 등산을 허락해 줄 것을 청한다. 일당은 자신도 함께 가겠다고 한다. 백운대 정상을 향하여 일행은 즐거운 마음으로 등산한다. 유일당은 내내 침울해 한다.

3. 가벼운 事故

백운대 정상에서 현주가 넘어지자, 유일당은 당황해 하며 덤벼들다가 자신마저 넘어지는 등 우사를 보인다. 지수는 이 일을 계기로 유일당이 산과 관련된 로맨스를 가졌다고 짐작하고, 그것이 무엇인지 궁금해 한다.

4. 죄 없는 농담

지수는 현주에게 김상구의 누이를 유일당의 반려자로 추천한다. 김상구의 누이는 고아원에서 일한다. 가정교사 김상구가 급성맹장염으로 앓았다. 마침 집에 있던 현주와 지수가 그를 부축하여 병원으로 데리고 간다. 김상구는 경과가 좋아진다.

5. 아버지의 新婦감

지수는 현주를 데리고 김상구의 누이가 있는 상애 고아원에 가서, 김상희를 만난다. 지수는 김상희에게 상구의 소식을 전한다고 말했으나, 지수와 현주는 유일당의 신부감으로 김상희를 관찰한다. 현주가 재혼을 언급하자, 유일당은 현주가 결혼한 다음의 일이라고 일축한다.

6. 銀婚祝賀

최치훈은 딸 최지애의 성화로 인해 25년간의 혼인생활을 축하하는 은혼식을 했다. 지애는 김상희와 유일당을 초대했으나, 김상희만 왔다. 지애와 현주가 김상희 여사를 배웅하자, 유일당이 뒤늦게 나타났다.

7. 괴로운 回想

일당은 최치훈 사장과 술을 나눈다. 일당은 술이 취하자, 김상희와 만나게 된 학교생활을 떠올린다. 사변 전, 유일당이 교감으로 재직중인 학교에 막 졸업한 김상희가 신임 교사로 들어온다. 똑같은 역사교과를 담당하고 있었으므로, 역사연구에 열을 올리는 유일당과 김상희는 가까워진다. 특히 직원등산을 함께 가서 김상희가 다리를 다쳐 유일당이 함께 있어준 일이 있었는데 이후 이 일은 두 사람의 뇌리에 깊이 박힌다. 사변 후에도 그들은 만난다. 상희는 같은 학교 체조선생 마정철과 결혼했지만, 행복해 보이지 않았다.

8. 山에 얽힌 事緣

사변 후, 유일당의 학교로 찾아온 김상희는 남편의 의처증에 대해 털어 놓는다. 남편의 의심대상은 유일당이며, 지난 등산 사건(상희가 발을 삐고 유선생이 옆에서 자리를 지킴) 때의 일을 증거로 제시했다. 유선생은 그 일을 계기로 소문을 피하기 위해 그 학교를 떠난 것이라 했다. 유선생은 자주 그 일로 김상희를 만났으나, 유선생이 상처한 후에는 상희로부터 연락이 끊어졌다('산'에 대한 의미부여가 지나친 우연의 형태로 작가의 작위성을 노출한다).

"그 따분했던 옹진반도에서의 교편 생활 속에서 학문에 대한 의욕을 북돋을 수 있었고, 그렇게 함으로써 삶의 보람을 느꼈다는 그 자체가 상희에게서 느끼는 애정의 변형이 아닐까 하는 깨달음"(449면) "상희에게도 일당을 다만 신상 상담자로서만 자주 만난 것이 아니었을지 모른다. 그런 것이, 다만 그것 때문이라고 한다면, 구태여 문제에 걸려 있는 일당을 밀회(密會)하는 것처럼 만날 필요가 없는 일이다.

그것은 오히려 삼갔어야 될 일이다. 그러나 상희도 일당도 삼가는 빛이 없었다." (451면)

9. 失敗한 데이트

유일당은 현주에게 김상희에 대한 관심을 보인다. 지수는 모처럼 김상구로부터 데이트 신청을 받아서 현주도 데리고 함께 나간다. 김상구가 약속 시간을 많이 어기자, 지수는 화를 내고 김상구와 헤어진다. 이때 김상구가 지수에게 보기를 청한 영화는 <화니>이다. 지수도 내심 영화 <화니>를 보고 싶어했다.

10. 뜻밖의 光景

지수는 현주의 집에 가서 유일당을 찾지만 집에 없다. 지수는 다시 광나루 상애고아원의 김상희 여사를 만나러 간다. 그곳에는 이미 유일당과 김상희가 만나고 있다. 지수는 다시 현주에게 찾아가 그 사실을 알린다.

11. 疑問의 訪問

김상구가 유현주의 집으로 와서, 늦은 일에 대해 사과하고 지애에게 잘 말해 줄 것을 청한다. 유일당은 상애고아원의 김상희 여사를 만난 사실을 딸 현주에게 숨긴다.

12. 秘密을 가지다

현주는 만나자는 상구의 편지를 받고 덕수궁에 나간다. 상구는 지난 데이트에 자신이 늦었던 이유를 말한다. 제시간에 도착했으나, 지수 외 현주의 비용까지 마련하느라 전당포에 시계를 잡히고 왔다는 것이다.

13. 淡淡한 아버지

찾아온 지수에게 현주는 상구가 데이트 비용 부족으로 그것을 마련하기 위해 약속시간보다 늦게 왔다고 전한다. 수국을 들고 온 아버지에게 현주는 그것이 김상희 여사의 선물인지 확인한다. 두 사람의 관계를 짐작한다. 아버지가 담담히 김상희와 자신의 만남을 들려준다.

14. 三郎城을 돌면서

유일당은 김상희, 지수, 현주와 함께 강화도의 정족산을 간다. 지수는 일당과 상희간의 '산과 관련된 로맨스'를 알 수 있는 계기라 여긴다. 지수가 두 사람의 결혼애기를 꺼낸다. 왜 결혼하지 않냐고 일당은 상희의 고아원 사업을 위해 미국에 다녀올 것이라고 말하고, 그(출국)에 대한 기념으로 등산을 나온 것이라고 한다. 사실, "밀회(密會)라는 의식도 없이 여러 차례 함께 차도 마시고 식사도 하고 극장 같은 데도 다녔다"(499~500면) 일당은 그간 상희에게 결혼을 청한 적 있지만, 상희는 의처증에 시달리다 정신병원에 요양중인 남편을 떠올리며 그것은 불가능한 일이라고 거절한다(두 사람은 각자 서로에게 '마음의 여인'으로 남아있다). "김상희는 모든 정열을 고아원 일에 기울이겠다고 다시금 결심했다."(500면)

15. 두 등정(登程)

김상희 여사의 출국날, 지수가 나오지 않았다. 상희가 출국하자 모두들 뿔뿔이 흩어지고, 상구와 현주만 남았다. 상구가 우울해 하는 현주와 더불어 음악홀에 가서 차분한 시간을 보낸다. 지수는 상구와의 화해를 청하며, 상구·현주와 백운대에 함께 등산갈 것을 약속해 놓고, 나오지 않는다. 상구와 현주, 두 사람만 등산길에 오른다. 상구는 지수에 대해 화를 내고, 두 사람은 좋은 시간을 가진다. 지수는 상구의 배웅 없이, 현주의 전송을 받으며 미국유학길에 오른다.

15. 山을 바라보며

지수네 이웃집이 불이 나서 현주는 지수네 집으로 간다. 그곳에서 집 안 세간 정리하는 일을 돕다가, 현주는 우연히 지수의 일기장 '일곱번째 베일'을 본다. 현주는 지수가 그간 현주와 자신의 사랑을 위해 자신이 얼마나 노력했는지, 알게 된다. 유일당처럼, 지수는 산을 바라보며 자신의 마음에 평화를 찾으려 했다. "의젓한 백운대 봉우리를 바라보노라니 내 마음도 그 봉우리 같아지는 듯 모든 지저분하고, 나의 머리와 마음을 번거롭게 만들었던 온갖 생각이 도망쳐 버리고 말았다. 그리고 마음이 안온해졌다. 산을 바라보는 마음! 산을 바라보는 사람의 마음이 어떤 것임을 전에는 미처 생각지도 못했던 나였다. 그리고 이렇게 한가하고 호젓하게 산을 바라보기란 이번이 나의 생애에서 처음의 일이었다. 이런 나에게 멀리 바라다 보이는 산은 나의 표현력으로 옮겨 놓을 수 없는 무엇을 주고 있는 것이다. 늘 산을 바라보는 마음은 어떤 것일까."(516면, 지수의 일기 중 일부)

『愛情의 倫理』

1959, 『김동리선집』, 삼성출판사, 1963

1. 바닷바람

1951년 2월 7일 오후. 윤애경은 평양에서 단신 부산으로 피난왔다. 그녀는 상록다방에 취직하여 그곳에서 숙자와 숙식을 같이 한다. 애경은 밤마다 숙자가 김씨(영식)와 관계하는 것은 모른 채 하지만, 김씨가 숙자와 자신이 자는 방으로 들어와 잠을 자겠다는 제안에는 참을 수 없어 그녀 스스로 다른 일자리를 찾는다. 윤애경은 박병호의 도움으로 신문사(대한신보사) 용도부에 취직한다. 박병호는 대한신보사의 상무취체역이다. 박병호는 신문사에서 일하는 김인숙의 집을 애경의 거처로 알선해 준다. 전쟁중 상처한 박병호는 애경에게 프러포즈 하지만, 애경은 북쪽에서 헤어진 애인 이야기를 꺼내며 그의 프러포즈를 받아들이지 않는다.

2. 愛憎이라는 것

애경은 못 받은 월급을 받기 위해 상록다방으로 가지만, 그녀는 다방에서 사장인 조상봉으로부터 겁탈당하고 만다. 다방에서 일하는 숙자와 김씨는 조상봉이 애경을 겁탈할 수 있도록 애경이 먹는 우동에 수면제를 넣는다. 이후 애경은 자살을 시도하지만, 육군장군의 도움으로 병원에 입원한다. 김인숙과 박병호는 백방으로 애경을 찾는다. 병원에서 온 간호장교가 김인숙에게 애경의 편지를 전달해 준다.

인숙은 간호병(위생병)이 되려는 애경을 만류하여, 집으로 데리고 온다. 박병호는 애경에게 다시 한번 프러포즈한다. 다방에는 종군작가들의 작품이 전시되어 있었고, 그 속에서 애경은 '이경식'이라는 이름을 발견한다. 박병호는 종군작가단 동인 정인채로부터 '제일회 종군작가간담회' 초청장을 받는다.

3. 愛人

김인숙을 따라 종군작가단에 간 애경은 그곳에서 이경식의 모습을 본다. 이경식은 평양시절, 애경에게 영어를 가르치던 미술선생이었고, 두 사람은 사랑의 언약을 한 바 있었다. 이경식은 먼저 서울에 내려간 다음, 윤애경의 식구들을 데리러 다시 오기로 약속했지만 돌아오지 않았고 이에 애경이 그를 찾아 부산까지 온 것이다. 경식과 애경은 우연히 다방에서 만났고, 경식은 결혼은 물론 이혼까지 하고 여러 여성과 사귀고 있었다(결혼이후 다시 이혼→민경순). 애경은 경식과 단 둘이 만나기로 하지만, 인숙의 지적대로 경식에게 일정한 거리를 두었다. 애경은 임신 사실을 인숙에게 알린다.

4. 惡의 波動

김인숙은 애경이 낙태하도록 돕는다. 낙태 후, 애경은 한동안 기력을 회복하지 못해 회사에 휴직한다. 복직 후, 회사에는 애경의 자리에 편집장이 불러들인 다른 청년이 있었다. 애경은 회사를 그만두고, 인숙의 권고에 따라 박상무의 프러포즈를 받아들인다.

5. 結婚

애경은 박상무와 결혼하여, 밤에는 박상무를 낮에는 박상무의 전처 자식을 돌본다. 그녀는 그 생활에 적응하여 임신한다. 김인숙은 정인채와 약혼식을 한다. 화가 정인채는 친구 이경식을 부르고, 인숙은 애경을 불렀다. 술좌석에서 이경식은 과음하고 탭댄스, 주정을 하면서 쓰러진다. 이경식은 친구에게 주먹을 날리려다가 애경의 어깨에 주먹을 날린다. 울먹이는 애경에게 이경식은 주정하고, 애경은 조용히 그 자리를 빠져 나온다.

6. 人生이란 강물

환도할 듯한 분위기에, 박병호는 서울에 신문사 사옥과 살림집을 마련할 요량으로 단신 서울행 기차에 몸을 싣는다. 그러나 열차 사고로 박병호는 죽는다. 박병호의 부고를 알리면서, 김인숙은 윤애경에게 다음과 같이 위로한다. "세상이란 우리 앞에서 자꾸 흘러가는 거야. 우리가 그 속에 뛰어들어서는 안 돼. 우리는 언덕에 서서 바라보는 거야. 강물에 뛰어들어서는 안돼요."(410~411면) 윤애경은 김인숙을 따라 젖먹이만 이끌고 서울로 와서, 신계현(축가를 부른 신옥현의 언니)의 집 이층에 세를 얻는다. 윤애경은 장미다방의 마담 일을 하다가, 돌연 박병호의 전처자식과 할머니가 왔다는 이유로 집을 나간 후에는 주위 사람들에게 연락을 끊었다. 이후 신계현과 김인숙에게 애경의 안부 편지가 왔다.

7. 눈길을 헤치며

애경은 <녹수>라는 다방을 열었고, 그곳에 김인숙이 찾아간다. 그 간 애경은 유부남 변호사 이준섭과 동거도 하고 사랑을 키워나갔지만, 오래지 않아 헤어졌다. 얼마 후 다방 <녹수>도 없어지고, 애경은 이준섭과도 헤어진다. 이준섭은 도미하고, 애경은 동업자와 함께 까페를 차린다. 크리스마스, 김인숙, 정인채, 이경식은 까페에서 뜻하지 않게 애경을 만난다. 크리스마스 밤, 애경은 까페에서 나와 세 사람과 함께 시간을 보낸다. 반듯하게 새 사람이 된 이경식은 애경과 더불어 새 삶을 시작하고 싶은 듯했고, 김인숙과 정인채는 두 사람을 엮어줄 분위기에서 이야기가 끝난다.

『자유의 역사』

『김동리선집』, 삼성출판사, 1963
(『자유의 기수』로 1959~1960년 신문연재 이후 단행본 출간시 '자유의 역사'로 제목을 바꿈)

김동리는 자유의 기원을 '일제치하'에서 찾고 있다. 이 작품은 한국전쟁, 분단, 반공과 같은 주제를 다루고 있는 것이 아니라 좌충우돌하는 이 땅의 자유의 역사를 보여준다. 작중 인물의 부모나 작중 인물의 과거는 모두 독립운동과 연계되어 있다. 반(反)자유의 역사를 조명함으로써, 자유의 기원을 찾고 있다. '해방'의 담론과 '자유'의 담론이 혼용되어 있다. 해방이 집단의 희망이라고 한다면, '자유'는 집단의 희망과 개인의 욕망을 두루 포괄하는 개념이다. 이 작품에서 '자유'는 젊은이들의 자유분방한 연애와 남녀간의 애욕으로 구현된다. 그들은 생의 목표를 가지고 있지 않다. 식민지 그늘에서는 해방이 민족 모두의 목표였다면, 해방이 된 이후 이들은 특정한 목표를 가지고 있지 않다. 고작 이들이 지향하고 성취하려는 자유는 '연애의 자유', 그들은 자기 삶의 진로와 방향을 모색하지 못한 채, 방황한다. 일체의 방황은 욕정으로 나타난다. 참을 수 없는 감정의 소용돌이, 그 감정은 특정 대상을 향해있지 않고 무질서하고 산발적으로 나타난다. 아버지가 죽고, 어머니와 딸이 서로를 알아보지 못한다. 아군과 적군의 구별은 투철한 이념에 있다기보다, 자기 자신의 생존을 위한 전략이다.

1. 말없는 소녀

김인식은 자동차에 치일 뻔한 영옥을 구하고, 그녀를 데리고 이윤수의 집에 간다. 김인식은 대한노동민보사의 촉탁으로 있다. 특정한 직업과 이념이 있지 않다. 윤수는 대동출판문화사에 근무하고 있다. 윤수의 집에는 동생 애영, 애영의 형 신영이 함께 살고 있다. 신영은 서른두 살의 과숫댁으로 윤수의 누님이다. 윤수는 여자 친구(여대생 졸업반 석미경)를 만나는 자리에 인식이 와서 그 친구의 됨됨이를 보아 달라고 부탁한다.

2. 二對二

인식은 윤수의 청을 수락하여, 미경을 만나러 나간다. 미경은 안경애를 데리고 와서 네 사람이 만났다. 미경은 윤수의 우유부단한 성격을 타박한다. 최선생이 검거되었다는 연락을 받고, 윤수가 먼저 자리를 뜬다. 미경은 자신의 약혼 일정을 알리고, 경애와 인식을 그 자리에 초대한다. 최을상은 남로당 간부로서 출판노조 서울 인쇄 책임자로 보련(보도연맹)에서 이탈되어 있다. 최을상은 안경애의 이모부이다.

3. 約婚式

석미경은 윤익진과 약혼식을 치르지만, 결혼할 마음을 먹지 않는다. 윤익진은 서울대학 법과를 우등으로 졸업하고, 고등고시까지 합격한 재원이다. 석미경은 북의원 의학박사 석진호 원장의 딸이다. 석박사의 재취부인 윤씨는 서른두 살 미모의 중년부인이다. 미경은 인식의 출현에 마음이 동요되었다. 미경은 인식과 경애에게 다음날 다시 만날 것을 약속한다.

4. 여러 가지 情熱

최을상은 출판계에 관한 정보를 간첩에게 빼돌린 혐의를 가지고 있었다. 윤수는 최을상을 구하기 위해 적극적으로 노력한다. 그가 경찰에 소환을 받았을 때, 친구 박정보 기자가 도와주었고 인식은 최을상에 대한 신원보증을 섰다.

5. 라일락이 질 무렵

미경은 인식과 짝이 되어 경애, 윤식과 더불어 도봉산에 간다. 산속에서 미경은 인식과 키스도 하고, 부쩍 가까워진다. 미경은 인식의 하숙집에서 옷장에 숨어 있던 영옥을 만나 당황한다. 인식의 집에 몰래 숨어든 영옥은 미경을 싫어했다.

6. 過去가 있는 女性들

안경애는 친구 장숙영과 다방을 차리기로 한다. 그들이 오금숙의 다방을 인수하는 과정에서, 이윤수가 관계했다. 안경애, 장숙영, 오금숙은 함께 동업하기로 한다. 장숙영은 이혼녀로서 아이와 식솔을 거느리고 있다. 장숙영, 안경애, 이윤수는 장숙영의 집에서 통행금지 이후까지 만취한다. 장숙영은 이윤수의 잠자리에 들어가 그와 함께 관계한다. 오금녀는 서울이 고향이나 해방 전에는 만주와 북지에서 지내다가 해방 후 대련에서 인천으로 돌아왔다. 하르빈의 까페에서 일하던 시절, 그녀는 김익상을 만났고 그의 아이를 낳는다. 그녀는 아이를 친구에게 맡기고 철창 생활을 해야 했다. 그 원인이 독립군이었던 아버지 때문인지 그렇지 않으면 공산당에 입당한 김익상 때문인지는 자세히 알지 못한다.

7. 삵괭이와 장미

영옥은 인식을 좋아하는 만큼 그가 좋아하는 미경을 미워했다. 애영의 집에서 애영의 언니, 소박받은 신영의 구박을 받는 가운데, 영옥은 '모자료'로 돌아간다. 인식과 애영이 모자료에 찾아가 병색이 짙은 영옥을 병원에 입원시킨다. 영옥은 폐렴이 걸렸다. 영옥은 인식과 미경의 관계를 미경의 집에 편지로 알린다. 인식은 미경의 어머니로부터 미경과 만나지 말 것을 권고 받지만, 다시 미경을 만나 서로의 사랑을 확인한다.

8. 漂迫者의 手記

인식은 미경에게 구애를 확언하기 앞서, 자신의 과거가 담겨있는 수기, <표박자의 수기>를 미경에게 읽도록 권한다. 미경은 다음날 도서관에서 인식의 수기를 읽는다. 인식의 아버지는 독립운동가로서 중국으로 망명갔으며, 인식은 백부 슬하에서 전문학교까지 다닌다. 일제에 동조하는 백부에게 실망하고 인식은 술을 탐하며 까페에서 여급 순옥을 만난다. 순옥과 동거하던 중 순옥이 임신한 무렵, 인식은 학도병으로 끌려간다. 그가 중국에 끌려갔을 때 군대를 탈출해서 진씨 집에 기거했고, 그의 딸 진양과 결혼한다. 진양이 죽고, 인식은 아버지가 죽은 사실을 알게 된다. 해방과 함께 그는 한국으로 돌아왔다.

9. 젊은 사람들끼리

미경은 인식과 사귀면서 파혼할 계획을 오빠 기영과 의논한다. 미경의 오빠, 기영은 친구이자 여동생의 약혼자였던 익진을 만나 파혼을 결정한다. 익진은 미경을 화신백화점 옥상으로 불러내어 파혼선서를 하고, 영옥이 보낸 편지(미경이 인식과 하숙방에서 보낸 사실이 적힌 편지―영옥이가 보냄)를 낭독한 후 깡패를 동원하여 기영을 급습한다. 그때 인식이 나타나 깡패들을 처치한다. 윤씨부인은 인식을 못마땅해 한다.

10. 물방울의 由來

영옥은 목련다방에서 기식하고 일한다. 영옥은 장채권의 명에 따라 목련다방에 나타난 미경의 거동을 보고한다. 영옥이 윤씨부인에게 보낸 편지가 화건이 되어, 윤씨와 미경 간에는 갈등이 생기고 미경은 집을 나간다. 미경은 인식을 찾아가고, 인식이 없는 사이에 기영이 미경을 데리고 나간다. 인식은 미경의 행방불명으로 인해 안절부절해 하며, 안정을 잃는다. 인식과 윤수는 석병원 근처에서 미경, 기영을 만난다. 그들은 그간 서로의 사정을 전하고 기영의 도움을 약속받는다.

11. 불행한 일요일

장숙영의 집에 오금녀, 안경애, 김인식, 이윤수 다섯 사람이 모인다. 안경애가 한턱내는 것으로 술판이 벌어진다. 남녀 둘씩 짝을 지어 놀음판이 벌어진다. 일요일 북침소식을 듣지만, 일행은 전쟁의 기운을 느끼지 못한다. 김동리는 전쟁 발발 당시, 적군과 아군의 군사력을 매우 상세하게 비교해 서술한다. 작가의 목소리가 이 부분, 직접 노출되어 있다. 열세에 처해 있는 남측에 비해 최대 병력으로 침투한 북측의 군사력이 강조되어 있다. 아울러 '협상연극' 운운 중에 침략한 북측의 부도덕성도 고발하고 있다("공산주의 정책의 십분지구를 지지하지만 그 십분지 일에 독재주의가 있기 때문에 공산당을 지지하지 않는다.", 304면). 오금녀의 남자 친구 박일형은 좌익분자로서 제 세상을 만난 듯이 활동을 개시한다. 오금녀를 비롯한 일군은 '처세술'로서 이념을 선택한다. 신념이 아니라 '보험의식'이다. 최을상도 마찬가지이다. 아직 서울까지 침공당하지 않았으므로, 작중 인물들은 전쟁에 대한 긴박감을 자각하지 못한다.

12. 깨어지는 서울

서울시내에 적의 침공이 시작되었다. 인식의 하숙집으로 공산군이 된 김순실(양옥희)가 두 사람 사이에 생긴 아들을 데리고 나타나, 어려울 때 도움을 청할 것을 권고한다. 그녀는 해방직후 박기혁이라는 좌익인물을 만나 좌익계통(열렬한 남로당 여당원)에서 일하고 있었다. 석의사네에서는 피난 문제로 가족회의를 소집한다. 미경은 오빠에게 받은 돈을 인식에게 준다. 윤수는 인식에게 함께 피난가자고 권하며, 인식이 돌아오기를 기다린다. 인식은 혼란 중에 하숙집에서 수기와 사진을 챙겨서 다방으로 돌아온다. 인식을 기다리던 윤식은 혼자 떠난다. 인식은 다방에서 늦은 밤까지 미경이 오기를 기다리지만, 미경은 오지 않았다.

13. 運命의 交叉

다방 목련에서는 숙자와 영옥이 기거한다. 오금녀는 박일혁과 부쩍 가까워졌고,

그의 주선으로 오금녀는 여민애(김순옥)을 만난다. 중국에서 오금녀의 아이를 맡아
길러서 그 아이의 얼굴을 기억하던 김순옥은 영옥을 보고 오금녀에게 영옥이 그녀
의 딸임을 알려준다. 박일혁의 심부름으로 영옥은 부녀동맹의 김순실에게 봉투를
전한다(동생 박기혁이 온다는 메시지). 영옥은 김순실집에 인식이 숨어 있다는 사
실을 알고, 윤식을 만났을 때 그 사실을 알려준다. 윤식의 주선으로 영옥은 인식을
다방의 아랫방으로 부른다. 윤식은 인식을 만나 한강을 건너지 못한 그간 사정과
피난상황에 대해 이야기한다. 부상당한 운전수 민중석을 구한일, 민중석을 치료하
던 중에 통신병 정호영을 알게 된 것 등. 세 사람은 무전송신기를 구하고 수리하여
어떤 일을 도모하고 있다는 여러 가지 사실을 전했고, 인식은 윤식의 말을 듣고 각
성한다.

14. 自由의 旗手

미경은 애영의 집에 왕래하면서, 인식의 소식을 듣고 그의 거처(다방 아랫방)을
간다. 그곳에 나타난 영옥은 미경에게 패악을 부린다. 영옥에게 온 조경섭이 연락
원증을 요구하며, 석박사의 거처를 밀고한다. 영옥은 강순실에게 그 종이를 보여주
었고, 강순실의 신고로 석박사는 붙잡힌다. 기영이도 붙잡힐 고비를 넘기며, 몸을
피한다. 윤수는 안경애의 프러포즈를 받지만, 수락하지 않는다. 민중식이 붙잡히자,
윤수는 정호영과 더불어 도망치다가 적발되어 총살당한다. 인식은 영옥과 한방에
자면서 영옥의 육체를 탐하려다가 정신을 차린다.

15. 에필로그

인식의 끝없는 욕정이 영옥을 거쳐 숙자에게까지 치달았다. 미군들이 서울을 수
복할 즈음이다. 숙자는 거리로 나가 주위 사람들의 죽음을 알리고, 특히 윤수의 과
숫댁 누이의 총살 소식들을 전해준다. 인식은 윤식을 비롯한 많은 이들의 죽음을
목도하고 자신의 무절제한 욕정을 자조한다. 석병원으로 찾아간 인식은 미경과 마
주앉아서도 다음과 같이 혼란스러워 한다. "하루 종일 듣고 본 학살의 자취, 산골
짜기마다 뒹굴던 젊은 남녀들의 시체, 윤수의 죽음, 영옥의 밀고, 자기자신의 무절

제한 욕정— 이런 것이 모두가 한데 헝클어진 채 무엇이 무엇인지 갈피를 잡을 수 없었다."(467~468면) 그는 미경을 만나지만, 선뜻 그녀에게 다가서지 못한다. 오금녀는 월북하지만, 영옥은 애영의 집에 숨어 있다가 종로로 끌려간다. 영옥은 미경 남매의 청원으로 빨리 풀려난다.

이 작품에는 다음과 같은 두 가지 사실이 해방 후·전쟁 전후의 한국 사회를 보여준다.

*** 고아 의식**

작중에서 '영옥'이라는 캐릭터는 기괴한 작중 다수 고아들을 대변한다. 대다수 인물들은 부모가 없다. 영옥은 물론, 애영과 신영, 인식 등 모두 부모가 없다. 미경의 경우, 어머니가 작고하고 서모가 있을 뿐이며, 윤수 역시 부모의 존재가 작품에 나타나 있지 않다. 영옥 뿐 아니라 작중 인물 다수가 기괴한 고아 출신이다. 그들의 부모는 일본의 전쟁에 동원되었거나 식민지 그늘에서 죽음을 맞이했다.

*** 해방 후 보도연맹의 위상과 서울 내 좌익의 지하운동**

윤수는 최을상을 자신의 집에 숨겨주면서, 보도연맹 활동에 대해 인식과 이야기한다.

'보도연맹', "보호(保護)와 선도(先導)를 한다고 해서 보도연맹", "과거에 좌익계열(左翼系列)에 가담했던 사람들을 대한민국 품안으로 받아 들여서 보호선도한다."(17면) "근본적으로 보면 좌익계열의 지하활동(地下活動)이나 지하조직을 막기 위하여 그들을 보련이란 주머니 속에 집어 넣"(17면)는다.

『이곳에 던져지다』

『한국일보』, 1960. 10. 2~1961. 5. 23

1. 國展

국전에 입상한 이경준은 강정
식과 더불어 자신의 작품이 전시
되어 있는 전시회에 간다. 그곳에
서 기애와 기애 친구 옥련을 만난
다. 강정식은 옥련에게 호감을 보
인다. 뒤늦게 석애가 동생 희애를
데리고 나타난다. 일행 모두 중국
집에서 이경준의 입상을 축하하
며, 그의 작품 「돌」에 대한 평가를
듣고자 한다. 강정식은 국선작가

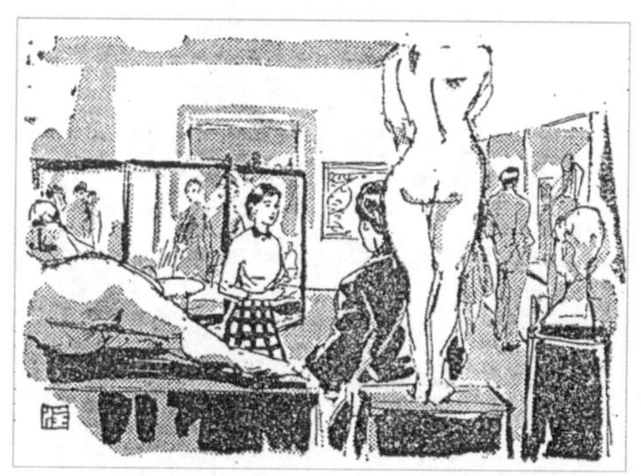

김영주 그림, 연재 2회

에 대한 냉소적 반응을 보였고, 석애는 경준과 따로 시간을 가지기를 원했다.

2. 丁石愛孃

정석애는 경준, 정식과 더불어 영화를 보고 정식의 집에서 술을 마신다. 영화
'새벽에 오는 손길'을 보고, 경준과 달리 석애와 정식은 극중 인물의 돌발적인 애
정에 찬사를 보낸다. 경준은 먼저 말없이 집으로 돌아간다. 경준의 집으로 석애가

김영주 그림, 연재 7회

김영주 그림, 연재 28회

찾아온다. 경준은 석애를 보면서, 과거 석애와 자신이 만나기까지를 돌이켜본다. 미술학도 경준이 가정교사로서 석애의 집에 있을 무렵, 석애는 대학생이었고 기애는 고등학생 희애는 중학생이었다. 석애는 친구의 감정으로 경준을 대한다고 했으나, 그녀에게 경준은 이성이었다. 그러나 석애는 전도유망한 회사원 김대성(약혼자)과 경준을 동시에 만났다. 결혼을 회피한 채, 석애는 경준에게 사랑과 애욕을 갈망했다. 반면 경준은 결혼과 애욕을 동일시했다. (경준은 대학 재학시절 소설에 입선하기도 했으며 문학도로서도 넓은 식견을 가지고 있었다.) 통행금지 시간이 다가오자, 경준은 결혼과 애정을 동일시하지 않는 석애를 짚차에 태워 보낸다.

3. 칸트리 俱樂部

석애가 탄 짚차는 김대성의 차였다. 석애를 미행하던 김대성은 통행금지시간 경준의 하숙을 나온 석애를 태운 채, 경준이 탈 사이도 없이 문을 닫아버렸다. 석애는 대성과 함께 칸트리 구락부에 가서 골프를 친다. 석애의 아버지 정진우는 실업가이며 김대성은 그 회사에서 일하는 총망받는 사원이다. 석애는 아버

김영주 그림, 연재 37회

지를 따라 클럽에서 골프를 치던 것이 이 즈음엔 김대성을 따라 골프장에서 골프를 친다. 김대성은 석애에게 경준의 하숙집에 가지 말 것을 권고한다. 석애는 전시회에서 경준을 만난 후, 마음이 동요되어있다. 골프장에는 30안팎의 여성이 있었다. 그 여성은 정진우와 관계가 있는 듯하지만, 실상 김대성과도 절친한 관계를 보였다. 정진우가 골프장에서 갑자기

김영주 그림, 연재 52회

졸도하자, 석애는 아버지를 모시고 강수병원으로 간다. 정진우는 강정식의 형이 운영하는 병원에 입원한다. 그날 밤 정진우는 독감으로 열이 올랐으며, 석애는 아버지를 지켜보다가 정식의 방에 들어간다. 석애는 정식이 권하는 술을 먹고 몸을 가누지 못하여 그의 품에 몸을 맡긴 채 정신을 놓는다.

4. 丁基愛嬢

정기애는 석애를 찾는 경준의 전화를 받고, 경준을 만난다. 경준은 고등학교에 미술교사로 출강하고, 저녁에는 학관에서 영어를 가르친다. 기애는 경준에 대한 마음을 전하는 대신, 동생 희애와 내일 다시 만날 것을 약속한다. 집에 돌아온 기애는 석애의 일기를 몰래 훔쳐보면서 석애와 경준 두 사람의 애정을 확인한다. 다음날 기애는 병원에서 아버지를 지키

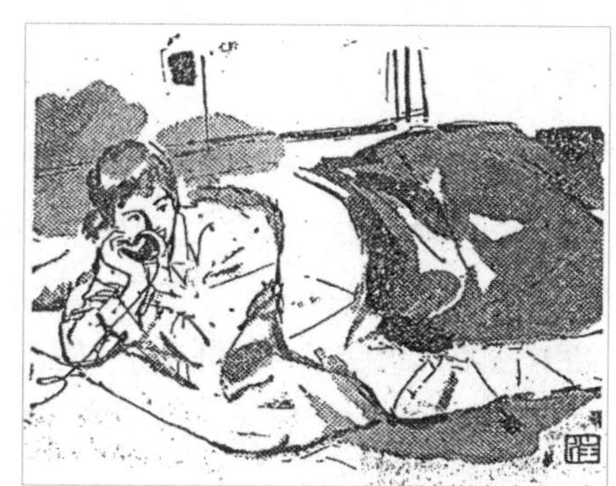

김영주 그림, 연재 58회

느라 경준을 만나러 나가지 못하고, 희애만 보낸다. 빔늦게 기애는 경준의 하숙집

에 가서 창틈으로 하숙방에서 벌어진 일을 엿듣는다. 기애는 하숙방 누드모델 현미의 목소리를 오해하고, 뛰어나간다. 기애는 김대성의 차와 부딪힐 뻔 한다. 김대성은 기애를 태워준다. 기애는 중간에 내려 친구 옥련의 집에 가서 자신의 애정문제에 대해 이야기를 나눈다. 다시 기애는 경준의 하숙방으로 찾아가 그를 만난다. 기애는 언니 석애가 경준을 기다린다는 말로 경준을 바깥으로 불어낸다. 기애는 자신의 사랑을 고백하고, 의외로 경준 역시 기애의 사랑을 수락한다. 그리고 모델 현미에 대한 오해도 풀어준다.

5. 鹿苑茶房

김영주 그림, 연재 73회

녹원다방의 윤혜숙은 실업가 정진우의 도움으로 명동에서 다방을 운영한다. 그녀는 정진우와 깊은 관계를 가지고 있으며, 그녀의 동생 윤혜정을 골프 파트너로 추천하기도 했다. 윤혜정은 명동의 국일양재점을 운명하고 있으며, 스포츠에 능했다. 그녀는 김대성의 애인으로서 언니 윤혜숙에게 그녀의 문제를 상의한다. 김대성과 윤혜정이 춤을 추러 간 곳에서 두 사람은 이경준과 정석애를 만난다. 김대성은 경준과 석애 앞에 나타나 경준의 국전 그림을 사겠다는 것, 경준이 기애와도 만난다는 등 그에 대한 불편한 기색을 노골적으로 드러낸다. 김대성은 윤혜정과 더불어 네 사람이 합석하지만, 분위기가 어색하자 두 사람은 따로 나간다. 두 사람을 따라 석애는 경준을 데리고 그들이 머무는 대경장(호텔)에서 내린다. 석애는 방에 들어가 경준에게 그간 자신에게 있었던 일(정식과 있었던 일, 처녀만은 지킨 일 등)을 이야기하던 중 경준을 찾는 전화를 받는다. 현미가 자살하려고 유서를 남기고 나갔다는 현미 친구의 전화를 받고, 경준과 석애는 경준의 하숙집으로 간다. 하숙집에는 뜻밖에 기애가 엎드려 자고 있었다.

6. 姉妹

석애는 집으로 돌아와 기애에게 경준과의 관계에서 기애가 물러날 것을 강요했다. 기애는 석애가 경준을 두고 다른 사람과 약혼한 사실을 들며, 자신과 경준이 서로 사랑하기로 했음을 고백한다. 흥분한 석애는 날이 밝자 기애를 데리고 덕소의 다리로 데리고 가서, 두 사람 중 한 사람이 빠져 죽는 것으로 동생 기애를 위협했다. 기애와 석애

김영주 그림, 연재 14회

가 다리의 끝에서 걸어오던 중, 기애가 발을 잘못 디뎌 다리 밑으로 떨어졌다. 석애는 자신을 탓하여, 주위 남자의 도움으로 기애를 건져서 병원으로 데리고 갔다.

7. 陰地와 陽地

김대성은 윤혜정과 대경장에서 자고 출근한다. 정회장이 운영하는 회사는 은행으로부터 거액의 대부를 받기 위해 정계로비를 하는데, 그 일을 김대성이 전담했다. 김대성은 정치적 수완이 뛰어났다. 정당에 오천만환을 주고, 개별적으로는 50만환을 주기로 한다. 석애는 김대성을 만나 김대성이 윤혜정을 만나지 않으면, 자신 역시 이경준을

김영주 그림, 연재 106회

만나지 않으리라 약속한다. 경준은 기애의 병원을 가던중 석애를 만난다. 석애는 경준을 보자, 다시 경준에 대한 마음이 동요된다. 경준은 기애의 병실을 찾아 간다. 경준과 기애가 있는 병실에 석애가 나타난다. 경준은 자신이 온양온천으로 떠나 있는 동안, 석애에게 야간의 학관 수업을 부탁한다. 경준은 온양에 가기 전 만난

연수 군을 통해 김마담이 대경장의 경준에게 전화하던 것을 엿들었다는 새로운 소식을 전해 준다. 연수는 전쟁고아이다(피난 중에 헤어진 어머니와 누님을 찾기 위해 그는 구두 닦고 담배팔면서 거리를 배회한다).

8. 自由라는 이름의 暴力

김영주 그림, 연재 126회

석애는 경준을 단념하지 못하고, 온양온천으로 찾아간다. 경준은 기애를 사랑한다는 말로 석애의 애정을 받아들이지 않는다. 석애는 지현미가 일하는 세일미장원에서 머리를 한다. 지현미 역시 연수 군과 마찬가지로 전쟁고아이다. 아버지는 납치되고 어머니와 동생이 일사후퇴 때 남하하다가 동생은 잃어버리고 어머니는 죽고 말았다.

석애는 경준의 하숙집을 얼쩡거리다가 김대성과 만나 그의 차를 타고 대경장에 간다. 김대성은 석애가 경준을 찾아간 일과 그의 정조를 문제삼고, 석애는 대성에 대해 더 분노한다. 석애는 집으로 돌아가 기애에게 경준과 헤어질 것을 강요하고, 경준의 파멸을 기원한다. 김대성은 석애에 대한 반감을 이경준에 대한 악감정으로 분출한다. 김대성은 회사의 강수위를 통해 인근 '어깨'들이 경준에게 린치를 가하도록 지시한다. 늦은 시간, 기애와 있던 경준은 '어깨'들에게 에워싸여 심한 부상을 당한다. 기애는 파출소에 신고하지만, 파출소에서는 적극적으로 나서지 않는다. 불량배에게 당한 경준은 병원에 입원한다.

9. 「시지프스」의 신화

김대성이 정치 로비를 벌이지만, 정부통령 선거시기 및 당 정책의 새로운 수정론 등으로 말미암아 로비의 효염을 보기 어려워진다. 김대성은 강수위와 그들의 끄나풀에게 돈을 건네준다. 이경준은 폭력의 뿌리를 캐기 위해 파출소, 본서, 시경,

치안국 등으로 찾아다니지만, 어느 곳이든 문제를 해결하기보다 찾아간 경준을 조롱하거나 난감하게 만든다. 이것은 사건 당일 기애가 파출소를 찾았을 때 당하던 것과 같은 것이었다.

석애가 미국유학을 가려하자, 강정식이 송별회를 주최하여 경준도 자리를 함께 한다. 경준을 외면하는 석애에게 정식은 경준이 당한 그 간의 사건을 알려준다. 정씨의 부인(기애와 석애의 모친)은 경준을 두고 석애와 기애가 서로 다툰 사실을 알자, 기애에게 경준을 만나지 말 것을 강요하며 호되게 꾸짖어 집을 나가라고 한다. 기애는 경준의 하숙방에서 밤새 손을 잡고 잔다.

김영주 그림, 연재 150회

김영주 그림, 연재 179회

10. 이곳에 던져지다

삼일오 선거가 확정되고 흥국상사 이억원의 은행융자가 해결된다. 석애는 미국으로 유학을 떠난다. 비행기에 오르면서 석애는 김대성에게 그와의 마지막 작별을 고한다. 석애가 떠나자, 대성은 석애의 약혼자로서 정씨 부인(석애의 모친)에게 가서 향후 결혼 계획을 확고히 다진다(대성의 어머니는 일본 사람이었고 태평양전쟁 폭격으로 죽었으며, 해방되자 그는 아버지와 한국으로 돌아왔다. 육이오사변 때 아버지가 폭격으로 죽자, 누님과 고모 당숙만이 혈육으로 남아 있다). 강정식이 석애를 쫓아 도미한 사실을 알고, 대성은 더욱 불안해한다. 석애는 미국에서 박사코스를 밟고 있는 과학자(실업가의 아들)와 사귄다.

이 사실을 알게 된 대성은 정진우를 찾아가 이 문제를 의논하려 했지만, 4·19 (학생들의 데모)가 일어난다. 대성은 자동차를 학생들에게 빼앗기고, 녹원다방을 찾아간다. 4·19가 일어나자, 정진우는 은행에서 헌금을 찾는다. 기애는 4·19 데모에 가담하다가 뇌진탕으로 죽는다. 그녀가 죽은 같은 병원에서, 경준은 총 맞은 어린 소년을 구하려다 부상을 당해 치료받는다. 지현미가 찾아와서, 경준이 구한 소년이 자신의 동생 지현식이라는 것을 알게 된다. 그러나 소년은 이튿날 죽었고, 경준은 퇴원한다. 4·19에서 달포가 지나자, 석애는 새 애인과 약혼을 하겠다고 집에 편지를 보냈고, 대성은 일본으로 건너간다.

『비오는 동산』

1961. 1~12(『김동리선집』, 삼성출판사, 1963 수록)

1. 정오의 햇빛

미란은 친구 진희 집에 도착한다. 미란은 진희 오빠 강진식의 구애를 받았으며, 썩 내키지 않지만 조건이 좋은 진식과 결혼할 생각을 한다. 진식의 친구 장준이 진희 집에 온다. 진희는 오빠의 소개로 장준을 몇 차례 만났으며, 그를 좋아하게 된다. 문학과 관련된 이야기를 나누면서, 미란과 장준이 뜻을 같이하는 반면 진희와 진식은 생각을 달리한다. 네 사람은 대천으로 해수욕을 떠난다.

2. 海邊의 神話

진식과 미란, 장준과 진희는 대천 해변에서 여름을 즐긴다. 진식은 그곳에서 영애를 만난다. 영애는 진희 친구이며, 진식이 미란을 만나기 전까지 사귄 여자이다. 장준이 영애에게 매력을 느끼는 반면, 영애는 변심한 진식을 놓아주지 못한다. 영애는 진식을 만나 애정을 호소하지만, 그는 단호히 거절한다. 이에 영애는 장준과 결혼할 것이라고 공고한다. 분개한 진식은 바다 한가운데서 장준과 영애가 탄 보트를 뒤집어엎는다. 이후 장준과 영애는 일행보다 앞서 서울로 떠난다.

3. 서울 사람들

영애는 장준과 깊은 사이가 되고, 영애의 아버지는 진식의 편지를 받고 그를 만난다. 진식은 동생 진희가 장준의 아이를 밴 사실은 차마 말하지 못하고, 영애와 장준이 만나지 말 것을 만류한다. 진희가 장준을 찾아가 임신 사실을 알리지만, 장준은 아이를 지우라고 권고한다. 진식은 이 일에 미란까지 끌어들인다.

4. 대결

진식대신 미란이 나서서 장준을 만나 담판을 지으려 한다. 미란은 장준을 만나자, 그에게 매료된다. 미란은 장준의 하숙집에 가서 그와 키스한다. 장준은 미란을 데리고 집 근처 다방에 간다. 다방에는 진식과 진희, 영애와 영애 아버지 이인화가 모두 장준을 쏘아 보고 있었다.

5. 새로운 離合

진식은 일행(이인화와 영애, 진희, 장준)을 이끌고 중국집에 가서 요리를 시킨다. 그는 담판을 지으려 한다. 이인호는 딸에게 장준을 만나지 말 것을 권고하고, 장준에게는 딸을 만나지 말 것을 강권한다. 장준과 영애는 이인화의 말을 들으려 하지 않는다. 집에 감금된 영애가 장준에게 편지를 보낸다. 진희는 장준의 하숙방에 찾아가 뱃속의 아이와 더불어 그의 사랑을 구걸한다. 장준은 진희의 애정을 거부하고, 학관에 나가는 등 자기 일을 한다. 오빠 진식이 장준의 하숙방에 나타나 진희를 끌고 나간다.

6. 비오는 동산

진식은 진희가 장준의 하숙방에 있을 때, 사람을 시켜 사진을 찍게 한다. 진식은 그 사진을 영애의 부모님과 영애에게 보인다. 영애는 사진을 본 후, 정신을 잃고 급성뇌수막염에 걸린다. 오빠 진식은 진희에게 소파수술을 권한다. 진식은 미란을 보내 수술일체를 장준이 책임지도록 한다. 장준은 진희의 수술을 본인이 책임지기로 약속하고, 그의 하숙방으로 찾아온 미란에게 욕정을 느끼고 키스한다. 장준은 개인교습이 끝난 3시에 미란과 하숙방에서 다시 만날 것을 약속한다. 교습 후 받은 사례금으로 장준은 미란의 선물을 사러가던 중 GMC에 치어 죽는다. 진식은 장준대신, 진희를 데리고 산부인과에 들어간다.

『海 風』

『국제신문』, 1963(『김동리선집』, 삼성출판사, 1963 수록)

1. 사람을 낚는 漁父

백경호는 거리에서 미인을 발견하고, 그녀에게 모델을 청한다. 그는 그녀와 남산공원에서 4시에 만나기로 약속한다. 그녀가 차를 타고 나가자, 백경호는 그 차를 쫓아 <극예술회관>에서 내린다. 그는 흥신소의 김기우에게 그 여자에 대한 정보를 요청한다.

2. 大興商社와 白社長

백경호는 대흥상사 백정현의 아들이다. 백정현은 대흥인쇄직공들의 농성데모 문제로 아들 경호를 부른다. 주동자인 장성일이 경호와 초등학교 동창이기 때문이다. 경호는 연애 경비 10만원을 받는 조건으로 그 일을 돕는다. 경호는 사촌 정인석(선전부장)과 함께 인쇄공장에서 장일성을 만난다. 경호는 일성에게 일개인의 수지타산이 맞지 않는 업체를 팔 것인지, 그렇지 않으면 생활보장이라도 받아야 할 것인지 반문하며 데모를 만류한다.

3. 미역 냄새 불어오는

백경호는 앞서 백화점에서, 오미란이 산 것보다 훨씬 고가인 향수를 두 개 산다.

오미란은 친구 이자애와 백경호를 만난다. 경호는 두 사람을 상대로 사진을 찍고, 특히 오미란을 모델로 사진을 찍는다. 경호는 그녀들에게 저녁을 대접한다. 저녁식사 후, 미란은 정일성작 「오늘 이때」를 무대에서 연기한다(그는 6·25전부터 희곡을 써왔다). 경호와 자애는 꽃다발을 준비한다.

4. 舞臺의 「오늘 이때」

서울 수복이전 서울에 잔류하던 청년포로들이 처한 극한 상황을 보여주는 희곡 「오늘 이때」가 성황리에 무대에 올려진다. 극한 상황의 청년들은 윤간도 서슴지 않는다. 공산군은 유엔군과 무전 통신을 했다는 혐의로 청년들에게 죄명을 씌우고, 범인을 색출한다는 명목에서 청년 모두를 총살한다. 공연이 끝나고 극작가 정일성이 환영을 받으며 무대에서 인사한다.

5. 얽히는 因緣

오미란은 정인석을 보고 인사한다. 그녀는 정일성이라는 별명과 정인석이라는 본명까지 안다. 정인석은 부산에 있을 무렵, 그녀의 담임선생님이었다. 오미란은 백경호에게 모델료 대신 김또불을 찾아 달라고 한다. 이자애는 백경호에게 이용석 전무가 자신의 아버지라는 사실을 말하고 선처를 부탁한다. 정일성의 부탁으로 백경호는 공장장과 더불어 장일성의 사자회담에 참석한다. 장일성의 현실성 없는 요구 조건을 통해 정인석은 공산주의자를 생각하며, 그의 조건을 묵살하려 한다. 공산파로 지목되는 장일성에 비해, 정인석은 반공주의자로서 자본가의 입장을 논리적으로 대변한다. "반공주의자인 정인석은 「사자회담」이니 「거부권 행사」니 하는 투의 말을 즐겨 쓰는 장일성이 흡사 八·一五 직후의 공산파를 보는 것 같다고 마음으로 경계"(83면)한다.

6. 過去가 있는 少女

정인석은 부산에서 김영숙의 담임이던 시절을 회상한다. 영숙의 할머니는 무당이었고, 아버지는 상놈이었다. 언니가 기생이 된 것처럼, 영숙 역시 기생이 되어야 한다고 아버지 김또불은 영숙을 학교에 보내지 않는다. 무당의 손녀라는 질시보다 남자들의 귀염을 받는 것이 더 낫다고 여긴 것이다. 김영숙의 집에서 정인석은 그녀의 아버지 김또불로부터 이러한 사실을 전해 듣는다. 김영숙은 정인석의 하숙집으로 옮겨왔다가 부모에게 발각되자 집을 나간다. 거리에서 1학년 때 담임이던 권선생님을 만나 그들 부처의 도움으로 서울에 가서 오갑부의 양녀가 된 것이다. 오갑부가 맞아들인 양자 오영국은 오미란(김영숙은 이름을 바꾼다)을 사랑한 나머지, 그녀를 못살게 군다. 이러한 사실을 정인석에 호소하자, 미란은 정인석으로부터 자기 집에 기거해도 된다는 제안을 받는다.

7. 먼 바닷물 소리 같은

미란은 정인석의 집 이층에 머문다. 정인석은 첫 부인을 잃고, 두 번째 맞은 부인은 그녀의 사랑을 찾아가도록 했다. 첫 부인에게서 난 딸이 영희이다. 미란은 정인석에게 사제지정 이상의 감정을 느꼈고, 정인석 역시 그녀에게 사랑을 느낀다. 백경호가 인석의 집으로 와서 미란에게 김또불의 행방(소재)을 알려주고, 누드모델 제의를 한다. 이와 함께 경호는 미란에게 사랑을 고백한다. 백경호의 뒤를 이어 이자애, 정인석이 와서 네 사람은 가든파티를 한다. 이자애는 오미란에게 정인석과 백경호의 관계를 밝혀주고 태도를 분명히 할 것, 자신의 아버지 회사복귀를 도와달라고 청한다. 백경호도 정인석에게 오미란에 대한 태도를 분명히 해 줄 것을 당부한다.

8. 混線

대흥상사의 백사장은 사리에 밝은 사람이다. 선임전무 이용석에게 공로주를 주고 생활비도 지급한다. 후임 안수경은 장일성의 부추김으로 인쇄공장 시찰도 가고, 선전부장의 장부를 조사하는 등 회사 일에 적극 간섭했다. 백사장은 안수경의 전무 발령과 더불어 정인석에게 부사장 발령을 내렸다.

9. 갈림길

정인석의 어머니 이순옥이 인석의 집에서 잔치를 연다. 이순옥은 박장로교 신자로서 신앙촌에 거주한다. 이순옥은 백사장과 이복남매이며, 남매 이상으로 가깝게 지냈다. 정인석이 부사장 된 것을 축하하며 백사장 내외도 부른다. 오미란 일행이 집에 오자, 이순옥은 그들을 마귀라 하여 쫓는다. 오미란 일행(이자애·권혜경)은 백경호, 김기우와 함께 요정에서 술을 마시고 그곳 별장에서 잔다. 백경호는 술 취한 미란에게 키스하고 사랑을 고백한다.

10. 밑바닥

오영국은 양부모의 장사 밑천을 훔쳐서 집을 나간다. 그는 작부 미숙을 보고 첫눈에 마음을 주고, 함께 살려고 한다. 미숙이 하숙집으로 돌아오지 않자, 오영국은 미숙의 집을 찾아간다. 미숙의 집에서 오영국은 사진첩 속의 오미란 어린시절 모습을 본다. 그는 자신이 소지한 오미란의 사진을 꺼내 서로 대조해 보며, 김또불과 가족들에게 김영숙(오미란)의 행적에 대해 아는 대로 알려준다.

11. 영원의 청춘 바다여

백경호와 오미란은 대천 해수욕장에서 바다와 하나되어 젊음을 만끽한다. 백경호는 오미란과 '바다와 별의 결혼식'을 거행하고 함께 잔다. 백경호는 과거를 청산하고 오미란과 새 삶을 시작할 결심을 하고 함께 서울로 돌아간다.

12. 亂脈

오미란이 대천에 간 동안, 이자애는 정인석의 집에 기거한다. 그녀가 자주 목욕을 하는 통에, 정인석은 거울에 비친 알몸의 이자애를 본다. 그 후 산만한 정신을 가누지 못해 정인석은 열이 오른다. 딸 영희는 이자애가 정인석을 안마하는 것을 보자, 서글픈 생각에 집을 나간다. 다음날 영희는 할머니 이순옥을 데리고 집에 돌아온다. 이순옥은 이자애를 마귀라고 하여 집에서 내쫓았다. 영희가 없어졌다는 소식을 듣고, 백경호가 김기우와 함께 정인석의 집에 왔지만, 이자애와 더불어 집을 나가야 했다.

13. 生家와 養家

대천에서 돌아온 미란은 양가 부모님을 뵙고 생활이 힘든 것을 목도한다. 오미란은 자신의 뒤를 밟는 남학생을 발견한다. 그는 김근식, 자신의 남동생이었다. 오미란은 김근식을 따라 생가 부모와 형제들을 만난다. 오미란은 선택의 여지없이 현대영화사를 찾아간다. 영화를 찍기로 하고, 계약금을 받아 양가(아버지 약값)에도 드리고 친가에도 생필품과 돈을 나누어 준다. 미란은 혜경·자애·기우·경호를 만나 저녁을 산다. 그날 미란은 경호를 따라 그의 집에 가서 어머니께 인사를 드리고, 약혼날을 잡는다. 밤에 양가집으로 친부 김또불이 찾아와 미란을 데려가려 하지만, 미란은 완강히 거부한다.

14. 激突

백경호와 오미란의 약혼식이 있었다. 정인석은 급성맹장염을 치료하지 않고 신앙에 의존하다가 돌아가신 어머니의 상을 치룬다. 정인석은 어머니의 임종 시, 백사장이 자신의 부친이라는 사실을 전해 듣는다. 이후 그는 이자애를 만나 애인을 요청한다. 백경호가 회사에 와서 신부의 결혼비용을 요청하지만, 회사 사정이 여의치 않아 무산된다. 바로 그때 김또불이 나타나 신부의 아비 됨을 칭하며, 백사장에게 돈을 요구한다. 미란이 회사에 와서 아버지를 만류한다. 김또불은 딸의 머리를 쥐어흔들었고, 백경호는 김또불의 면상에 주먹을 날렸다. 김또불은 뇌진탕으로 즉사한다. 백경호는 범인으로 수감되고, 이를 지켜보던 백사장이 쓰러진다.

15. 海風

백사장은 뇌일혈로 죽는다. 오미란은 백사장의 장례에 송여사(백경호의 모친)의 반대로 인사도 못 드렸다. 백경호는 자신에 대한 변호를 물리치고, 자신의 과실을 인정한다. 그는 실형을 언도받는다. 수형생활 중에 그는 소설(해풍)을 썼고, 그동안 미란은 배우로 성공했다. 삼심에서 풀려난 경호와 여우주연상을 수상한 미란 앞에 영광만이 남아 있다. 그간 미숙과 영구, 이자애와 정일성이 결혼했다.

『전 후 파』

『평화신문』, 1951. 11〜1952. 4(『최태응전집』, 태학사, 1996)

이 작품은 일본의 <전후파문학>에서 제명을 따온 것으로 보인다. 소설가 장동규를 중심으로, 대구에 남겨둔 가족일가와 서울에서 만나 여제자 여옥을 중심으로 사건이 전개된다. 특히, 이 작품은 동규가 종군하면서 서울이라고 하는 후방과 전장터인 전방을 중심으로 이분화된 공간 및 그에 따른 작가의 의식구도를 보여준다.

1. 폐허에 뿌려진 정열의 씨

동규는 대구에 가족을 두고, 서울에 와서 여옥을 만난다. 여옥은 사변이전 동규가 여학교 근무할 때 그를 따르던 제자이다. 여옥은 상경한 동규의 밥값 일체를 지불하며 동규의 여관방에서 잠을 청하는 등, 동규에게 애정을 적극 표출한다.

2. 유혹의 막다른 골목

여옥은 부산에 남아있는 가족을 위해 서울에서 생활비를 번다고 하는데, 작중에 구체적인 그녀의 직업은 명시되어 있지 않다. 사업가이던 아버지는 기생첩과 더불어 홍콩으로 가버리고, 어머니와 동생은 부산에 있다. 동규는 여옥의 유혹과 자신의 욕망으로 갈등하며, 사제지간의 정리를 떠올리는 등 욕망을 자제하려 한다. 동규와 여옥 사이에는 청년 실업가 김민섭이 등장한다. 김민섭은 여옥의 아버지 밑에 일하던 사람으로, 6·25 이후 벼락부자가 되었다. 여옥에게 금전적 도움을 주며, 여옥의 마음을 얻고자 한다.

3. 양갈보의 소굴에서

여옥의 권유로, 동규는 처소를 여옥의 집으로 옮긴다. 여옥은 양갈보의 소굴에 살고 있다. 동규는 그곳에서 스물아홉의 전쟁미망인 형순엄마를 알게 되고, 사회주의 시인의 아내인 안나를 만난다. 형순엄마는 여옥의 집일을 봐주고 있으며, 안나는 양갈보로 일한다.

4. 양(羊)의 껍질을 쓴 이리

여옥은 안나와 함께 파티에 나가 통역을 하고 밤늦게 돌아온다. 이러한 사실로 미루어 보아, 여옥은 양갈보의 일과 미군장병에게 통역하는 것으로 돈을 번다. 밤늦게 돌아온 여옥에게 동규는 일본 전후의 복구사례를 긍정적인 예로 제시한다. 동규는 시대의 문제와 자신의 애욕을 동일시하면서, 시대의 주인이 되지도 못하고 한 여자의 애인도 되지 못한다. 동규라는 인물의 우유부단한 성격을 보여준다. 이러한 성격이 최태응 소설 <전후파>에 나타난 인물의 특성인지 전후라는 시대의 성격인지는 좀더 고려해 보아야 할 것이다.

5. 뜻하지 않은 일선행(一線行)

동규는 여옥에게 목욕탕에 간다고 집을 나왔으나, 뜻밖에 종군작가로 나가는 채웅을 만나 그와 함께 강원도 전장터로 나가 전쟁을 직접 목격한다. 동규는 일선 현장과 전투 실황을 목격하고 새롭게 감격한다. 채웅에 의하면, 대구에 있는 동규의 가족들이 동규가 보낸 50만원을 받았다고 전하는데, 동규는 금시초문이다.

6. 막사의 밤

채웅은 문학잡지 일로 서울로 가고자 한다. 채웅과 동규는 이동 도중 향로봉, 금강산을 거치면서, 애국 장병들의 용맹스런 모습을 묘사한다. 애국노무자들의 모습도 긍정적으로 묘사한다. 동규는 막사에서 젊은 장병들의 늠름하고 화기애애한 모습을 보고 흥겨워한다.

7. 다행(多幸)의 경위(經緯)

채웅과 동규는 요행히 서울행 차를 얻어 탄다. 동규는 서울에 오자 곧 여옥을 만났고, 여옥의 집에서 여학교 훈도시절 그를 따르던 제자, 정옥을 만난다. 여학생이던 정옥은 남편이 전사하여 양담배 장사를 했고, 여옥은 그녀를 도와 미국물건을 건네주었다. 여학교 훈도가 종군작가가 되는가 하면, 여학생들은 전쟁미망인 혹은 양갈보로 전락한다.

8. 난데없는 이국(異國)손님

동규와 여옥의 방에, 양갈보로 일하는 어린 매춘부가 찾아와 미국장병과의 육체관계가 두렵다며 하소연한다. 여옥은 어린 매춘부의 방으로 가서 미국장병에게 여자의 오빠가 부산에서 왔다는 거짓말을 하고, 동규는 오빠 노릇을 한다. 의외로 미국 흑인 장병은 모빠상을 읽는 독자로서 동규에게 모빠상의 책을 선물한다. 그는 동규일행에게 '친구'를 자청하며 신사적인 자세로 순순히 돌아간다.

9. 명동(明洞)의 유혈극(流血劇)

동규는 여옥의 방에서 폐렴으로 일어나지 못한다. 여옥은 의사를 부르며 고가의 약으로 동규를 치료했다. 어느 정도 회복한 동규는 여옥에게 채웅 사무실로 편지전달을 부탁한다. 여옥은 찻집에서 채웅을 기다리다가 김민섭을 만나 모욕을 당한다. 김민섭은 여옥을 '양갈보 사기꾼'이라 하여, 뺨을 때리고 머리채를 잡아끄는 등 능욕을 준다. 채웅과 그 사무실 청년들이 나서서 사태를 수습한다.

10. 마음이 저린 이별(離別)

동규는 서울을 떠나 대구행 기차에 몸을 싣는다. 여옥은 돈 50만원과 짐 꾸러미를 챙겨주었고, 채웅 역시 여비 3만원을 건네주었다.

11. 생활(生活)의 패배자(敗北者)

대구의 본 집에 돌아온 동규는 다시 폐렴을 앓는다. 아내는 그간 세 차례 여옥이 각각 50만원을 보냈다는 사실을 말하고, 남편을 원망한다. 병원에 입원한 동규에게 아내는 '생활을 모르는 남편'이라 하여 이혼을 청구한다.

12. 지레 끓는 전후파(戰後派)의 도시(都市)

동규는 회복되자 병원을 나와 종군작가들과 함께 부산으로 가서 강단에 선다. 종군목격담과 시국담으로 계몽활동을 한다.

13. 다시 애국(愛國)의 산야(山野)

동규는 강연회에서 만난 장병을 따라 다시 전방에 들어간다. 동규에게 전방은 적극적이고 진취적인 삶의 현장인 반면, 후방은 썩고 부패된 공간이다. 동규는 전방에서 후방의 퇴폐를 걱정한다.

14. 끝없는 포옹(抱擁)

종군으로 있으면서, 동규는 여옥에게 편지를 쓴다. 동규는 편지에 후방 사회의 급격한 변천과 현실에 대해 우려와 더불어 재건 의지를 보인다. 여옥에게 전후파가 되자는 권유를 한다. 일주일 만에 동규는 다시 서울로 돌아와 여옥을 만나 포옹한다.

『행복은 슬픔인가』

『영남일보』, 1954. 10. 24~1955. 2. 24, 총106회 발굴작

전체 10장의 소제목으로 구성되어 있으며, 제목은 그 장의 내용을 직접적으로 드러낸다. 이 작품은 전후 '상이군인'의 후일담이다. '상이군인'이 올바로 정착하는 과정을 통해 바람직한 전후 복구 사업의 모습을 구현해 내고 있다.

1. 마지막 별

정민식은 전쟁터에서 적군의 따발총에 한쪽 눈을 잃었는데, 나머지 눈 하나마저 실명 위기에 있다.

2. 전쟁의 산물

정민식(대대장이자 소령)은 부산에서 전장의 부하인 김중사를 만나는데, 그 역시 손발이 성치 않은 상이군인이다. 민식은 김중사를 조수로 하고, 부산의 영도에서 아틀리애를 마련한다. 민식은 열심

백락종 그림, 연재 4회

히 그림 그리기에 몰두하고, 틈틈이 오락장에서 공기총을 쏘는데 그 과정에서 오

락장의 마담(유성애)과 친분이 생긴다. 마담은 그의 아틀리애를 방문하고, 그의 모델을 자청한다.

3. 호수에 떨어진 돌

백락종 그림, 연재 5회

정민식에게 오락장 마담은 파문을 일으킨다. 30대 정민식은 독신일 뿐 아니라, 마담은 전쟁 이전까지 상당한 생활을 누린 지적 여성으로서 당시에는 미망인으로 나타난다. 그러나 오락장 마담의 구체적이지 않은 인물 설정은 단순히, 작품의 오락적 구성의 수단에 지나지 않음을 보여준다. 이들의 애욕 묘사 장면은 다음과 같다. 모델은 나체를 자처하고, 민식은 한쪽 눈마저 실명 위기에 있으므로 모델에게 더욱 가까이 다가가 그림을 그린다. 양자 사이에 제 삼의 인물 주먹패의 두목 '어깨'가 등장한다. 민식이 대학을 중퇴한 미술학도인 반면, 어깨(날매)는 독학으로 어학(영, 중, 일)과 교양을 구비한 문학자이다.

4. 곬으로 흐르는 물

백락종 그림, 연재 10회

오락장 마담은 늦은 밤, 민식의 침실에 들어와 애욕을 연출하지만 이후 그녀는 어깨의 품에 안긴다. 민식의 처소에서 돌아가던 길에, 마담은 상해를 입는다. 민식과 김중사가 병원으로 데리고 간 즉, 모든 것이 어깨의 계획임이 드러난다. 이후 민식은 김중사(용복)와 형제의 정을 나누기로 하고, 민식 '형'과 용복 '아우'로 형제 관계가 형성된다. '전우(戰友)'에서 '형제(兄弟)'로 관계의 전이가 이루어지고, 민식은 자신의 애욕을 극복한다. 그들은 '삿갖고지 전투'의 향수를 재음미하며 우애를 돈독히 한다. 이후 이들은 부산을 떠난다.

5. 실낙원

민식과 용복은 기차를 타고 서울로 향한다. 기차안에서는 민식이 용복에게 자신의 옛추억을 이야기한다. "여숙과의 로맨스"는 그의 고향인 평양을 배경으로 전개된다. 민식은 그곳을 "로맨스 언덕"이라 추억한다. "로맨스의 언덕"이 식민치하 일본으로부터 위협받고 파손되고, 그 자리에 신사가 들어선다. 민식에게 로맨스는 두 가지 의미를 함축한다. "자연과 전통이 살아있는 언덕", "애인 여숙과의 추억이 서려 있는 곳".

백락종 그림, 연재 49회

6. 연애없는 신

민식의 추억담이 계속된다. 민식은 일본의 대학에서 미술학도로 공부하고 있으며, 여숙은 서울에서 여학교를 다니고 있다. 민식은 여숙의 졸업을 기다려 결혼하려 마음먹는다. 민식은 그전 겨울방학은 일본에서 지낼 생각이었으나, 학병 징집으로 평안도 진남포 여숙의 집으로 쫓기듯 찾아온다. 민식의 집에는 여숙의 기숙사 동무 복히가 함께 왔다. 이전부터 복히는 민식을 마음에 두었으나, 혼자 속앓이만 헌다. 복히는 스케이트 선수인데, 여숙의

백락종 그림, 연재 29회

백락종 그림, 연재 29회

백락종 그림, 연재 58회

마을 논바닥에서 스케이트를 타나가 사고를 당하고, 이에 민식이 그를 안고 병원에 찾아가 병구완을 한다. 여기에 개연성 없는 또 하나의 통속적 화소가 등장한다. 추운 겨울밤 복히의 침상에서 지켜보던 민식은 복히의 권유와 추위에 견디지 못해, 복히의 침대에 나란히 누워서 애욕을 발산하다가 잠이 든다. 이날 아침, 여숙이 그 광경을 목도하고 민식의 곁을 떠난다. 민식은 여숙에게 제대로 해명할 기회를 잃고 징집 통고를 받는다. 그러나 작품 내에서 민식이 출정했는지 여부는 밝혀놓지 않았다. 그의 태평양 전쟁 징집이 1945년 전이라고 한다면, 그의 한국 전쟁 출정은 1950~1953년 사이일 텐데 태평양 전쟁과 한국 전쟁 사이 약 5년 동안 그가 무엇을 했는지 작품에는 나타나 있지 않다. 주인공 정민식은 한국전쟁을 배경으로 참전한 바 있는 상이군인으로서 자신의 내력(샂갖전투)은 언급이 되어있지만, 태평양 전쟁에 관해서는 전혀 언급이 없다. 다만, 당시 한국의 적대자로 "일본 제국주의"와 "괴뢰 공산 제국주의"를 동일시하고 있다는 점이 눈이 띤다.

7. 현실의 기수면

지금까지 설정된 여자와의 관계이외, 정치적이고 사회적인 이야기가 언급된다. 표

제, "현실의 기수면"이란 아무리 부지런히 풀어보아
야 맞지 않고 떨어지지 않는 현실의 어떤 면이 있
다는 뜻으로, 현실 문제를 모두 이해하고 해명하기
는 어렵다는 최태응의 시국관을 보여준다. 최태응
이 이 작품에서 내세우는 바는 다음과 같다. 정치,
현실에 적극적인 변혁을 도모할 생각은 말고 제 각
각 성실한 삶을 살아야 한다는 것이다. 막사이사이
대통령와 비율빈의 예를 들어, 민식은 용복으로 대
표되는 난민들에게 권고하고 계몽을 설파한다.

백락종 그림, 연재 86회

8. 난항

서울에 온 민식은 서울 거리가 내다보이는 삼각산 기슭에 아틀리애를 구하고 용
복과 기거한다. 이미 이 시기에 민식은 남은 한쪽 눈마저 실명한다. 민식은 용복과
더불어 상이군인회에 참석하여 그들의 응어리진 울분을 진정시키는 등, 상이군인의
집단 시위 현장에 가서 그들에게 자활과 갱생을 권고하는 계몽활동을 한다. 용복은
민식의 눈이 되고, 민식은 용복의 손발이 된다. 민식의 그림을 보러온 친구 명관과
권노인을 통해, 민식은 그의 그림을 외부에 알릴 기회를 갖는다.

9. 봄은 오는가

권노인의 소개로 민식은 공주의 학교에 부임하기로
한다. 그의 애인 여숙은 이미 그 학교에서 근무하고
있으며, 여숙은 권노인과 의부녀 관계를 맺으면서 돈
독히 지내고 있다. 권노인은 여숙에게 민식에 대한 오
해를 풀어준다. 민식은 권노인의 주선으로 개인전을
열게 되는데, 그곳에서 여숙을 만난다.

백락종 그림, 연재 96회

10. 처녀의 눈물을 거두고

그들은 민식의 개인전이 열린 다방에서 결혼식을 올린다. 첫날밤, 여숙은 끊임없이 눈물을 흘린다.

전후 통속 소설이 전쟁미망인을 주로 부각시키고 있는데, 이 작품은 상이군인을 주인공으로 내세우고 있다는 점이 다른 작품과 구별된다. 또한 이 작품은 <바보 용칠이>를 비롯한 전작의 연작선상에서 볼 때, 결손 인물(소외인)을 작중 주인공으로 내세우는 최태응 소설의 계보를 잇고 있다. 사회 부정응자들의 갱생 의지와 그 원형을 보여준다는 점에서 의의가 있지만, 작중 인물이 자신의 문제를 사회의 문제로 확대해서 볼 수 있는 시야를 가지고 있지 않을 뿐 아니라 작중에서 최태응은 이러한 자각을 차단한다. 주인공 민식은 김중사에게 일방적으로 계도 계몽자의 모습으로 설교를 하는데, 작중 주인공의 이러한 직접적인 서술은 작가의 의지를 대변한다.

백락종 그림, 연재 98회

『그렇다고 개인주의가 되란 말은 아니다. 열백번씩 사선을 넘어서 몸은 비록 하찮은 한조각의 뜻은 부스러기꼴이 되고 받았다한들 적어도 국가 민족을 놓고 아무런 사심도 주저도 없이 목숨을 걸고 깨끗이 죽기를 맹서하고 결심하고 각오했던 우리들의 그 정렬 그 양심 그 투혼이야 변할 날이 있겠니? 오즉 내 나라 내 겨레를 해치려는 원수를 물리치고 싸우기 위해서 나섰을 따름인 우리에게 달리 무슨 조건이나 욕망이나 후스길을 바라보는 예상이나마 있었드냐? <u>그저 적군을 상대로 죽이느냐 죽느냐―이기느냐 지느냐―하는 한 가지 문제 하나의 목표에만 달려 있었을 뿐…. 반면에 후방이니 총후니 하는 데 들어서는 어디까지나 믿고 바라고 기원하면서 잘 참고 잘 하고 잘 되기만 빌었지 그 이상 우리에게는 여태도 없었거니와 권한도 없었으니까…. 지금이라고 우리에게 조금도 다른 권리라든지 가</u>

격 같은게 부여 되었을 까닭이 없지』(강조는 인용자)

　『……』

　『가령 우리나라 정부의 장관이나 차관이나 국장과장 계장 심지어 어느 말단 공무원에 이르기까지 혹시 그 지위의 여하를 막론하고 또 혹은 국회의 이른바 십만 선량으로 모처럼 선출되어 나라의 법을 만들고 중대한 정사에 헌신 참획하는 국회의원들—나아가 자타 공인하는 정객 지도자 학자언론인 할 것 없이 다들 그만한 자리에 앉은 인물들이 단 한 사람이라도 지금 우리가 읽고 놀라고 실망과 비분에서 저주를 퍼부을 그런 독직 사건을 확실히 저질렀을 경우 적어도 우리의 눈앞에서 얼찐거리는 좀도적 현행법이래도 고작해야 고발이나 체포를 협조는 할수있을까 모르려니와 든손 처벌을 한다거나 바로 우리가 피해자라 하드래도 역시 감정이나 폭행을 가지고 보복을 해서는 안되는 엄연한 민주주의 법치국가에서 말이지 그만큼 어마어마한 사건을 어찌 이러고 저러고 간섭할 수 있으며 도대체 그러잘 필요부터 있느냔 말이다. 어련히 탐지 하고 조사해서 재판을 하고 가장 적절히 처단될 것을 믿고 관심 하고 사실상 그래야한다는 밖에…』(강조는 인용자)

　당대 정치와 사회가 강제하는 분위기의 반영일 수 있지만, 작가 본연의 의식 한계로 보인다. 감각적 묘사 및 소설 구성의 완결성에 비해, 최태응은 당대 사회와 정치 분위기를 통찰할 만한 지성이 결여된 것으로 보인다. 이러한 사실은 이 작품의 통속적 결함과 더불어 작품의 한계로 지적될 수 있다.

　이 작품이 갖는 통속소설로서의 일반적 결함을 소개하면 다음과 같다. 인물 설정에 있어서 작위성이 드러난다. 주인공 민식과 관련하여, 육감적 애욕을 보여주기 위한 일환으로 개연성 없는 인물이 급박스럽게 작중에 등장한다. 오락장의 유마담과 주먹패 어깨의 설정 및 여숙의 친구 복히의 설정이 그 예이다. 이들은 단순히 그릇된 애욕 관계 설정을 위해 등장하는데, 그 결과 작중에서 이들의 출생(출신) 배경이 드러나지 않는다. 이들은 주인공과 육감적 애욕 갈등관계가 끝나고 나면, 작중에서 사라져서 이후 어떤 행로를 걷는지 제시되지 않는다. 특이한 것은 최태응의 청교도적인 순결성 강조이다. 작가는 이 여인들의 애욕을 부정적으로 묘사하면서, 그 주인공의 의지 실현에 방해되는 인물로 묘사된다. 여숙은 결혼전날 밤,

"저 아직 처녀예요"라고 고백하여 주인공 민식의 마음을 흡족하게 해 준다. 이러한 사실은 ≪문장≫지 출신 최태응의 전통적이고 보수적인 성격을 보여준다. 즉, 새 시대의 새 이념을 제시하지 못할 뿐 아니라, 전대(과거)의 시선에서 벗어나지 못하는 종군작가의 면모를 보여준다.

이 작품에서 미덕을 찾는다면, 전후 새로운 인간관계의 일면을 보여준다는 것이다. 전쟁은 다수의 죽음을 몰고 온 만큼, 전후 소설에서는 가족 해체의 정서를 반영한다. 부부애를 대신하는 이성애, 형제애를 대신하는 전우애의 출현이 그 대표적 예이다. 남편을 잃고, 아내가 없는 여인은 또 다른 남자, 여자에게 애욕을 품는다. 이때 애정은 사색하는 '연정'이 아니라, 육체적 '애욕'으로 치닫고 있다. 이와 아울러 죽고 흩어진 형제를 대신하여, 전장에서 생사를 함께 하던 전우가 혈연을 대체하여 뜨거운 인간애를 교환한다.

「남일동에서」

『대구매일』, 1955. 7. 15∼7. 23 : 발굴작 단편

1950년대 대구의 남일동은 유명한 유곽지대이다. 후방에 대한 인식을 보인다. 고향을 떠난 옥순은 유곽녀가 되어, 객사한다. 최태응 역시, 전쟁으로 인해 고향을 잃는다. 고향을 상실한 민중의 모습을 보여준다.

나는 4년 전 일을 회상한다. 소설가인 나는 시인 엠과 더불어 종군하여 일선에 가기로 한다. 대구는 종군하기 전에 소설가인 내가 잠시 머물던 지방이다. 일선에 가기 위해, 시인 엠이 돈을 변통하며 대구에 머물면서, 나는 남일동 유곽에 머물게 된다. 나는 남일동 유곽에서 술에 취해 정신을 잃는다. 술이 깨자 고향 소녀, 옥순이의 목소리를 듣는다. 옥순은 만취한 나를 보살펴 주었으며, 종군하기 전까지 짧은 시간일 망정 극진히 대접해 주었다. 남일동을 떠난 이후 옥순에게 두 번 정도 편지가 왔었고, 나 역시 답장을 해 주었다. 옥순은 나에게 각별한 애정을 보였다. 4년이 지난 후 남일동을 찾았을 때, 옥순은 죽고 없다. 옥순의 친구들이 죽은 옥순을 대신하여 나를 극진히 대접한다. 그들에 의하면, 하룻밤만 지나면 남일동 일대의 유곽은 헐어 없어진다고 한다.

『낭만의 조락』

『대구매일』, 1956. 3. 25~7. 3(83회 연재 중 중단, 발굴작)

이 작품은 학도 시절, 청년들의 낭만과 열정을 주조로 하여 1935년부터 1940년 이전이라는 과거를 배경으로 하고 있다.

1. 九月의 話題

정준식(21)은 조인하(19)의 집에서 하숙하고 있으며, 이한원 김승재(20)와 한패를 이루어 각별한 우정을 지니고 있다. 학교에서 모범생인 준식 일행은 자주 모여서 토론도 벌이며 시국에 대해 걱정한다. 준식은 지난 여름에 결혼한 것으로 보이는데, 인하는 결혼식장에서 신부들러리를 선 순영과 눈이 맞아 연애중이다.

오석구 그림, 연재 4회

2. 黎夜의 비명

학교 체육 교사 스즈끼는 일제의 스파이 역할을 톡톡히 하며, 준식 일행에게 접근했다. 준식 일행이 맑스를 돌려 읽는 평소 관행으로 미루어 보아, 그들은 정치적이고 사상적인 학습을 한 것으로 보인다. 이들은 스즈끼의 조짐에 불안을 느껴 이후 모임을 자제하려했으나, 스즈끼에 의해 모두 잡힌다. 준식 일행은 그들을 끌고 가는 스즈끼와 그의 동행자인 이형사를 죽인다.

오석구 그림, 연재 8회

3. 어데로 가나

준식 일행은 스즈끼와 이형사를 죽이고 수수밭에 묻어둔 후, 각각 도피생활에 접어든다. 준식은 교복을 벗고 평복으로 갈아입고 혼자 길을 떠나고, 한원과 승재는 둘이 함께 떠난다. 인하는 역시 혼자 길을 나섰다. 준식은 산속 암자에서 묘거 스님을 만나 도움을 받으며, 인하는 마찌노 선생을 만나 앞으로의 향방에 대한 자문을 구한다.

4. 형제

이제부터 초점은 준식에게 집중된다. 준식은 도망가다가, 고향 쪽으로 방향을 바꾼다. 준식은 장꾼들의 행렬에 섞여, 고향 인근 마을까지 와서 지인의 도움으로 은신처를 마련한다. 그곳에서 준식은 유일한 혈육, 형 준태를 만나 각별한 우애를 확인한다.

5. 잘못열린 문

오설죽 그림, 연재 40회

준식은 폐병으로 준태의 병원에 입원한다. 폐병 격리 병실에서 3기 폐병을 앓는 준식은 1호실(옆방) 아야꼬의 방문을 받는다. 일본에서 조선 거류지내 일본 남자에게 시집온 아야꼬는 난봉꾼 남편으로 인해 매독에 걸렸고, 폐병을 앓는다. 아야꼬는 준식의 방에 들어와 준식을 유혹한다. 준식 역시 격정을 억누르지 않는다. 가까워진 아야꼬는 준식이 잠든 틈에 들어와서 준식이 쓴 일기장에서 맑스(자본론)를 읽는다. 깨어난 준식은 자신이 문을 잠그지 않은 것을 후회한다.

6. 「맑스」를 읽는 바보

(많은 부분이 유실되어 있다.)

준식은 맑스 책과 일기장을 불태운다. 3월 중국 청도행 배를 타기로 하고, 그 날을 기다린다. 한편 아야꼬는 일본으로 떠날 기미를 보이지 않다. 아야꼬는 준식에게 임신 사실을 알린다.

7. 1936년의 봄

떠나기 전, 준식은 아야꼬와 부부의 감정을 느끼며 육체를 교환한다. 아야꼬는 병원을 떠나 일본으로 가는 것으로 보인다. 이후 준식은 중국 청도행 배에 오른다. 모든 주선은 형이 했다. 준식은 선박 노무자로 승선한 이후, 찬열이를 알게 된다.

8. 연극 속의 연극

준식은 "평양환"을 타고 식당 뽀이가 된다. 형이 준 편지를 읽고 그 간의 상념에 잠긴다. 편지에 준식의 고향에서 아내가 임신한 사실이 적혀 있다. 아이없는 형에게 준식의 자식은 위안이 된다고 적혀있다. 선장실에서 1등 객 손님이 준식을 찾는다는 소식을 듣고, 식사 배달을 가 본 즉, 1등 객실 손님은 아야꼬이다. 그녀는 일본을 저주하고, 일본행이 아닌 중국행을 선택한다. 준식은 기뻐한다.

박왕호 그림, 연재 68회

9. 망명 제1장

준식은 아야꼬와 선실 안과 선실 밖의 항해를 통해 신혼 여행의 기분을 만끽한다. 자유항 대련에서 아야꼬는 준식의 프레젠트를 사오고, 찬열이는 음식을 사온다. 준식은 아야꼬와 있는 것을 찬열이에게 들킨다. 그들은 중국 청도에 도착했다.

10. 시냇물이 흐르듯이

청도에서 준식은 2년 동안 아야꼬와 아파트를 얻어 가정을 일구어 딸을 낳고 산다. 학창 시절 동지들을 찾지만, 넓은 중국땅에서 그들의 행방을 알기 어렵다. 준식은 여의사 윤정임(부호의 딸)과도 불륜의 관계를 가진다. 윤의사는 형 준태를 좋아한 올드미스이다. 그해 겨울 아야꼬는 죽고, 그 딸을 윤정임이 키우기로 한다. 준식은 아이를 넘기고 떠나려 한다.

11. 광도의 "상해"

박왕호 그림, 연재 86회

(마지막 3회분이 누락되었다.)

　윤정임은 병원의 보조의사를 대동하여 준식을 찾아온다. 그들은 중국의 번화한 도시를 구경한다. 특히, 상해의 서구식 건물과 화려한 장식, 쇼와 댄스를 흥쾌하게 바라본다. 이곳에서 정임은 준식과 한 방을 쓰며, 부부행세를 한다. 부잣집 딸 정임의 외모와 매너는 많은 사람들의 이목을 끈다(여기에서 이야기가 중단되어, 상해에서 학창시절의 동지들을 만났는지 여부가 나타나지 않으나, 최태응 소설의 결말처리 구조로 짐작하건대 만났음을 알 수 있다).

포대령과 소와 나와 그들의 애인들에게

「가는 것」

사람은 가는 것이다.
멀리서 왔던 그 먼―길을
사람은 다시 가는 것이다.

한 平生이 十里라면
五里를 왔다 되돌아 가는것
사람은 그렇게 가는 것이다.

어찌하여 왔던 것이며
가는길엔 더구나 할말이 없이
사람은 다만 가는 것이다.

짜른 목숨일수록 분주한 걸음
오는길 가는길이 다 險惡해도
사람은 누구나 가는것이다.

떠나던 첫날부터 만났던 사람

오는길도 못다 와서 헤어진 사람
오며 가며 사람은 가는 것이다.

거칠은 벌판에서 만나는 사랑
시냇가에 서성대다 얽히는 사랑
사랑도 눈물처럼 가는 것이다.

가는 길 구비마다 뿌린 마음 씨
꽃 피고 맺는 열매 걷울 줄 없이
사람은 가기만 하는 것이다.

구름을 보내며 가는 달 같이
돋다 말고 시드는 새엄과 같이
사람은 사람마다 가는 것이다.

가고파 가는길도 사람 사는 길
지긋게 싫은 길도 끌려 가는 것
사람은 피치못해 가는 것이다.

－未完

단기 4288. 3. 19(＊ 대구시절)

윤장근 선생님(친필 원고 소장)의 해석

- 5연 첫 행의 "사람"은 첫 부인을 말한다고 한다.
- 새엄 : 이북방언(짚으로 만든, 움막같이 물건을 저장하는 곳(움집)에서 돋는 싹)
- 후에 유가족 일동이 이미 작고한 최태응 선생의 죽음을 알리는 부고장에 제목을 「사랑하는 사람들에게」로 바꿔 1연을 쓰고 인사말을 대신했다고 전한다.

그 밖에 『최태응문학전집』(태학사, 1996)에 수록되지 않은 단편

1. 「슬픔과 고난의 光榮」, 『문예』 창간호 (소설)
2, 「나의 文學道 回顧」, 『백민』, 1949, 3월
3. 「창작여담」, 『예술부락』, 1946, 6월
4. 「외할머니」(소설), 『해동공론』, 1948, 8월
5. 「북녘사람들」(소설), 『문화』, 1947, 제1호
6. 「사랑의 힘」(창작소설), 『문학계(백기만 발행)』, 1958, 제1집(1호로 끝남)
7. 「지옥에 사는 사람들」(소설), 『예술집단(대구사람 최해운 발행)』, 1955, 제2집 (2집으로 끝남)

최태응 발굴작 단편원문

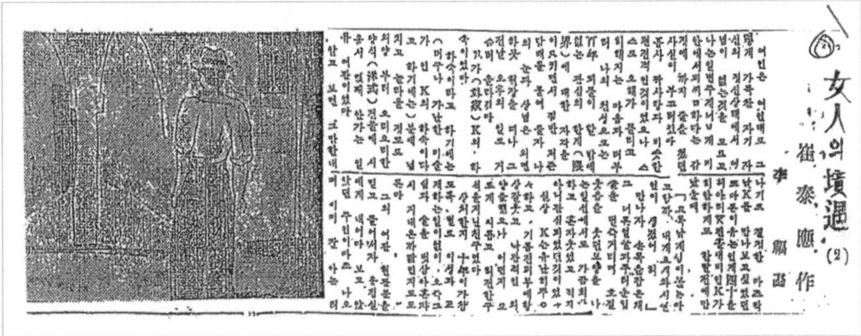

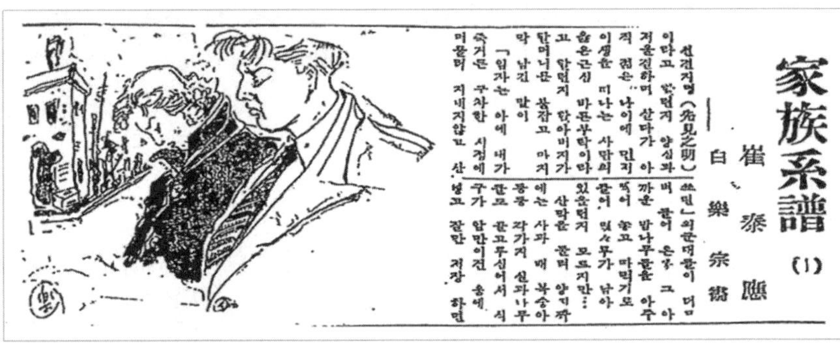

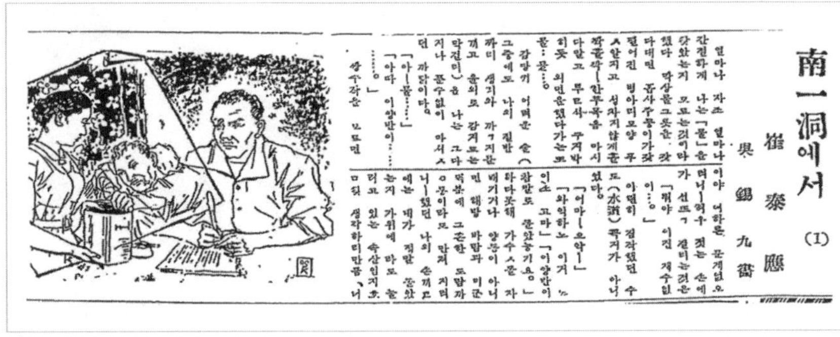

『허풍지대』

『대구매일』, 1962 : (『한국문학전집』, 삼성출판사, 1973)

1. 품향

김부창은 책 외판원으로 전전하면서, 물건 외판원 이상묵을 만난다. 김부창이 여학교 교사로 있을 때 이상묵은 그 여학교 여학생을 추근대던 남학생이었다. 이상묵은 국회의원 아버지의 집을 나와 혼자 살면서 생활비를 마련하고 있다. 김부창은 이상묵으로부터 세일즈의 비법을 듣는다. 근세사를 공부하는 송학범 교수는 매번 일품향(튀김요리집)에서 저녁 식사를 한다. 그는 독신으로 다방마담 강정담을 마음에 두며, 강마담 역시 그를 마음에 둔다. 늦은 밤, 송교수는 이상묵 김부창과 어울려 일품향에 들어선다.

2. 달과 판자집

김부창은 일본에서 대학을 1년 다니다가 학도병으로 징집되었고, 이후 한국에 왔으나 큰일을 할 인물은 못되었다. 죽은 아버지의 부와 이름을 빌어 신문사·학교를 취직하지만 곧 쫓겨난다. 신문사 시절 그는 운동부 기자로 채용되었는데, 운동에 대해 일자무식이 드러나면서 신문사를 나와야 했다. 학교에서는 교장의 정책(곰보학생 거부)에 반하는 이야기를 함으로써 쫓겨나게 되었다. '일류'만 추구하는 교장은 곰보학생의 입학을 거부했다. 부인 영숙은 남편의 실직을 알고, 원효로 집을 팔아 바나나 무역에 손을 댔으나 실패한다. 그 후 그들은 판잣집에서 살게 되었다. 당시 판잣집은 러시아 공사관이 있던 곳으로 일명 '크레믈린'이라 불리었다. 영숙은 재봉질로 생활비를 마련했다.

3. 책과 애정

송교수는 일행과 더불어 일품향에 와서 어느 때보다 즐거운 분위기 속에 만취해서 1억원 가치가 있는 자신의 연구 자료책을 강마담에게 맡긴다. 이튿날, 마담은 가방을 잃어버려서 경찰서와 이상묵에게 도움을 청한다. 저녁시간이 되자, 송교수고 가방의 책을 찾으러 왔으나, 강마담은 울면서 가방 분실을 실토한다.

4. 노다지

문제의 가방은 이상묵이 가지고 있었으며, 그는 그것을 가지고 김부창을 찾아가 사업을 꾀한다. 그 책은 자유당 시절, 자신의 이권을 위해 뇌물을 바친 민주당 간부의 이름이 적혀 있었다. 이상묵은 자신이 회장이 되어 김부창에게 '애국적인 사업'에 동참할 것을 독려한다. 사업인 즉, 뇌물 관련 정치인들을 찾아가 돈을 뜯어내는 것이다.

5. 검은 나비

책가방 사건 이후, 강마담은 송교수의 질책을 받으면서 마음이 어지러웠다. 이상묵은 강마담을 만나 일품향에서 일하는 '옥희와 박주인과의 관계', '난희와 뚝보(화식집 남자 종업원)와의 관계'에 대해 알려준다.

6. 예쁜 노역

영희는 돈을 마련하기 위해 권오돈에게 접근하여(댄스홀, 호텔) 몸을 허락하고 관계를 가진다. 영희가 집에 돌아왔을 때 최송배가 방에서 기다리고 있다. 그는 영희의 과거 남자인데, 처자를 버리고 영희에게 온 것이다. 최송배는 영화회사 사장으로 속이고 영희에게 접근했으며, 영희는 영화배우의 꿈을 안고 그에게 몸을 허락했다. 이후, 영희는 그가 영화쪽에 관심을 가진 날건달인 사실을 알고, 그에게 처자를 버리고 자신에게 오라고 면박을 준다. 이제 영희는 새 남자가 생겼다고 말하고, 최송배는 영희를 윽박하여 새 남자의 이름을 알아낸다.

7. 어떤 조건

강마담은 송교수에게 잃어버린 책을 대신하여 자신의 몸과 돈 50만원을 주려했으나, 송교수의 면박으로 무안을 받는다. 강마담은 전차에서 부창을 만난다. 강마담은 책도난 사건을 책임지겠다는 부창과 술을 마시고 그의 사업에 동참하기로 하며 밤을 함께 보낸다.

8. 암투

오래전부터 친밀했던 권오돈(자동차부속일체)과 박화삼(자동차사업)은 바둑으로 의가 갈린다. 최송배(성팔)가 영희를 빌미로 권오돈을 찾아와 돈을 받아가고, 영희는 권오돈을 만나 최송배를 빌미로 새 거처로 아파트를 얻는다.

9. 대립

권오돈과 박화삼은 의가 갈린 이후 계속 대립한다. 권오돈이 영희와 자동차(시보레) 드라이브를 하자, 박화삼은 크라이슬러를 사서 가족과 드라이브한다. 박화삼이 아내가 몰래 저축한 돈으로 빌딩을 지으려 하자, 권오돈 역시 아내가 산 땅에 빌딩을 지으려 한다. 이 사실을 알고 박화삼은 10층 건물로 빌딩을 증축할 생각을 하는데, 불현듯 집으로 걸려온 강마담의 전화를 받고 호텔에 나간다. 박화삼은 강마담을 첩으로 삼을 요량으로 그녀가 요구하는 50만원의 돈을 주고 관계한다. 다음날, 강마담은 '잃어버린 책'을 소포로 받는다. 부창은 그 책이 가짜이며 사기꾼에 의해 만들어진 책이며, 자신 역시 50만원 가량의 손해를 봤다고 적어놓았다. 강마담은 송교수의 면상을 휘두를 생각으로 그 책을 반긴다.

『아름다운 행렬』

『조선일보』, 1957, (단행본 출간)

1. 송여사

송여사는 애인으로 사귄 어린 청년을 보내고, 술친구 천여사를 만난다. 송여사의 남편은 산부인과 황산원의 원장이고 천여사의 남편은 제약회사 사장이다. 둘은 함께 술을 마시며, 황산원의 부원장 김영호에게 나오라고 전화한다. 김의사는 환자 때문에 못 간다고 거절한다. 김의사는 전쟁 때 북에서 온 피난민이며, 능력있는 의사이다.

2. 난희

소설가 허규는 난희와 데이트를 즐기지만 북에 둔 가족(처자)을 못 잊는다. 허규는 황산원의 부원장 김영호의 친구이며, 난희는 대일약품회사 최필주의 조카이다. 허규와 난희의 데이트날 난희는 언니(원희)의 부름으로 숙부회사에서 일하는 청년 임병수를 만난다. 허규는 난희의 대용품으로 나온 주선영을 만난다. 주선영은 황산원 황경진의 첩이다.

3. 정숙

간호부 윤정숙은 전쟁으로 인해 의학교 공부를 못 마치고 간호사 생활을 한다.

황경진으로부터 심한 타박을 받지만, 꿋꿋하게 일한다. 부원장 김영호를 마음에 두지만 말하지 못한다.

4. 선영

선영은 6·25 동란 이후 홀어머니와 더불어 인천에 살면서 미군부대 타이피스트로 근무했다. 같은 사무실에서 이성우를 만나 함께 살았다. 그는 사무실에서 쫓겨나자 밀매업을 하다가 적발되었다. 그가 도망가고 혼자 남은 선영은 같은 사무실의 미군과 관계하고 아이를 가진다. 인천에서 서울로 거처와 직장을 옮긴 후 선영은 아이를 떼어주는 조건으로 황경식에게 몸을 맡긴다.

5. 훈풍

난희는 황산원의 김영호에게 찾아가 두 사람은 레스토랑에서 정담을 나눈다. 허규와 선영의 문제를 거론하며 난희는 영호에게 협조를 구한다. 김영호와 헤어진 난희는 언니가 머무르는 반도호텔에 약속시간보다 늦게 찾아가서 못 만났다. 대신 호텔 바에서 천여사와 임병수의 연애광경을 목도한다.

6. 풍속

김영호는 황경식으로부터 종합병원으로 확장 계획 및 '인공유산' 일반화와 수익 창달 명목하에 '안심병원'으로 개칭하려는 의도를 듣는다. 김영호는 신중히 생각해서 동참여부를 알리기로 하고 송여사와 함께 그녀의 친척집에 왕진을 나간다. 돌아오는 길에 중국집에서 송여사는 남편과 헤어지겠다는 결의 및 자신이 김영호를 마음속으로 생각하고 있으며, 앞으로는 후원하고 싶다고 밝힌다. 김영호는 병원에 남아 불의와 맞서기로 다짐한다. 난희는 허규와 선영의 만남 및 결혼을 서두른다.

7. 결렬

황경식은 환락을 즐기다가 경철서에서 취조 받는다. 댄서와 함께 든 여관에서 그는 자신의 이름과 직업을 허위로 기록했던 것이다. 병원은 개장되고 내과의 서영팔이 영입되었다. 임신2개월의 여인을 내과에서는 폐의 이상이 있으니 낙태하라고 진단내리고, 산부인과의 영호는 그녀의 건강을 들어 낙태를 만류한다. 결국 김영호는 병원 측의 지시를 따르지 않는다하여 병원을 떠난다. 간호부 정숙은 영호와 뜻을 같이 하여 비록 규모가 작고 영세할망정 올바른 의도의 길을 가는데, 동참의 결의를 보인다.

『대 동 강』

조선작가동맹출판사, 1955

이 작품은 유엔군에 의한 평양 점령 3개월을 배경으로 한다. 1950년대 북한 문학은 한국 근대문학사의 연속선 위에서 논의될 수 있다. 북한에서 유일(주체) 사상이 확립된 것은 1967년의 일이며, 이 작품은 근대 프롤레타리아 문학의 연속선상에 있다. 주인공은 점순을 비롯한 공장의 인쇄노동자들이다. 한설야는 '청년 노동자들이라는 새로운 전형'을 통해 민중 영웅을 제시한다. '전쟁 영웅'은 전선에만 있는 것이 아니라, 보잘 것 없는 여성 노동자의 투쟁으로 후방 평양에 실재함을 보여준다.

한설야는 작중에서 '민중'을 '선량한 사람들'로 묘사한다. 이들의 '선량'을 위협하고 파괴하는 자들이 미군이다. "모든 선량한 사람들은 한결같이 그것을 듣고 싶어할 것이었다. 선량한 사람들은 괴로운 사람들의 편이오 그 사람들의 괴로움을 없앨 것을 희망하는 사람들이라고 점순은 생각하였다."(107면) "모든 선량한 사람들이 다만 삶과 평화를 사랑하는 한가지 리유로 해서 사람잡이하는 놈들에게 목숨을 바쳐야하는 판이었다."(111면) 그들은 다음과 같은 과업을 수행한다.

- 미군이 주도하는 인쇄공장의 '신문발간' 사업 파탄
- 전쟁에서 승리의 신심을 심어주는 선전 공작
- 적들의 패주 후 공장 복구 건설

제1부 – 미군점령하의 인쇄공장 풍경

1. '조국해방전쟁'을 배경으로 평양의 모습이 묘사되어 있다. 인쇄소에서 나온 18살 점순은 무연탄 운반부가 되었다. 남장한 그녀는 씩씩한 노동자의 삶을 산다. "깎은 머리에 검정 캡을 눌러 쓴, 석탄 껍데기 어리숭숭한 점순의 얼굴을 볼 때, 어머니는 도리여 안심되였다. 어머니가 보기에도 점순이는 하릴 없는 막간 사내새끼 같았다."(4면) "소학교도 마치지 못한 점순이를 남편이 죽은 뒤 할 수없이 인쇄공장으로 내 보낸 어머니"(6면). 담력과 생활력이 굳세어진 점순은 덕준의 지시를 받았다.

2. 점순은 인쇄소를 나오기 전을 회상한다. 문선공 상락은 점순을 마음에 두었지만, 점순은 대민을 마음에 두었다. 직맹회의에서 점순은 상락의 개인주의를 비판했고, 이에 상락은 점순을 공격했다. 점순은 그것을 자기 비판으로 승화시키고, 인쇄소를 나와야 했다. 한설야는 '사상 무장이 잘 되어 있는 노동자'와 '사상이 불철저한 노동자' 간의 반목과 대립을 통해 노동자의 사상성 고취과정을 보여준다.

3. 무연탄을 나르던 점순은 상락이 일하는 인쇄소에서 일하며, 적에 대한 투쟁을 계속하려 한다. 인쇄소로 가는 도중, 그녀는 자동차 사고로 다친 아이를 돌본다. 인쇄소는 인쇄 공장이 되었고, '평양일보'로 간판이 변경된다. 점순은 상락에게 '동지', '지도자'의 각성을 촉구한다. "개성은 살려야겠으니 그러나 그것은 남과 전체를 방해해서는 안된다―상락 동무 말은 이렇지요? 옳습니다. 모든 사람이 다 같이 잘 살아야지요. 나는 나의 행복을 원합니다. 동시에 상락 동무의 행복을 원합니다. 또 다른 모든 선량한 사람들의 행복을 원합니다."(29면)

4. 인쇄 공장에 들어간 점순은 원활한 공작활동을 위해 상황을 면밀히 파악한다. 이전에 있던 노동자와 달리, 남쪽에서 온 노동자들은 남한 시절을 내세워 북쪽 현실과 주민을 비판한다. 남쪽에서 온 노동자들은 놀고먹으며 일을 게을리 한다. 이들은 남쪽과 연고 없는 북쪽 주민을 무시했다. "이자들은 상락이를 정말 바지저고리로 알고 있었다. 상락은 남에서 오지 않았을 뿐 아니라 아무런 배경도 없는 민짜

로 알았던 것이다."(33면)

5. 공장에는 점순 외, 동수라는 소년이 들어와 그들의 공작을 성실히 수행한다. 점순 일행은 게으른 기계과정을 비롯하여, 미군 주도하에 그들의 선전물인 신문을 만드는 일을 방해한다. 점순은 상락에게 지도자가 되어 후방에서 조국을 구하는데 동참하자고 한다. 서울에서 온 사람으로 인해 공무 부장에서 보통의 문선공으로 밀려나간 상락은 점순에게 함께 일할 것을 약속한다. 아편을 찾는 미군을 구타하고 대동강에 빠뜨리는 인민의 모습에 점순과 상락은 감화를 받는다.

6. 신문을 빨리 내야 한다는 미군 측의 명령으로 신문은 나왔으나, 글자들이 바뀌어 남한 정치 인사들에 대한 비판과 미군에 대한 조소를 담은 의미로 바뀌고 말았다. 점순 일행이 글자의 의미가 바뀌도록 활자를 바꾸어 놓은 것이다. 인쇄 공장은 빨갱이가 있는 것으로 의심받고 형사가 온다. 그들은 다시 급하게 신문을 만들어야 했다.

"미국놈들은 걸핏하면 기계자랑이고 기계가 전쟁한다고 생각하오. 부패한 군사를 가진자들은 필연적으로 이렇게 밖에 더 생각할 수 없겠지만 그러나 그 결과는 결국 패전할 수밖에 없소. 우리는 기계가 아무리 좋아도 사람만 못하다는 걸 알고 있소. 아무리 정교한 기계라 하더라도 사람의 두뇌와는 같을 수 없소. 미국놈들의 삐 二 九와 순양함은 절대로 우리 동수나 문일 동무의 머리를 따를 수 없소. 기계는 힘을 가질 수 있으나 사상은 가질 수 없소."(60면) 기계에 대해 부정하고, 인간에 대한 신뢰를 보인다.

7. 미군 사령부 민정 부장 스미쓰는 신문사 사장과 평양의 보안 부장을 자리에 두고, 아메리카니즘을 역설한다. 그것은 숫자, 대량의 인명 학살을 요구한다는 것이다.

8. 인쇄 공장에서 점순과 상락 일행이 끌려가자, 동수는 문일과 모의하여 점순 일행을 구해낸다. 점순 일행은 문일의 집에 당분간 기거하기로 하고, 동수와 문일은 다시 공장에 나가기로 한다. 평양에 대한 점순의 애감을 느껴보자. "「누가 무어

라고 하든지 이 거리는 우리의 거리다. 오늘은 원쑤들이 둥지를 틀고 있지만 내일은 그 옛날보다 더 아름다운 우리의 거리로 돌아올 것이다」 (중략) 거리를 휘감아 흐르는 대동강의 웅심 깊은 맥박이 땅을 울리고 있는 것 같았다. 점순은 대동강 쪽으로 머리를 돌렸다. 그리며 다시 한번 「김일성 광장! 쓰딸린 거리!」하고 사모치게 그리운 이름들을 입 속으로 가만이 불러 보았다.”(84면) 점순의 내면을 통해서 다음과 같은 두 가지 사실을 알 수 있다. 1950년대 초 이 작품에서 한설야는 적어도 '김일성'이 아니라 '김일성 광장'을 그리워하고 수호하려 했다는 것이다. 이것은 주체사상이라기 보다, 조국의 산하에 대한 애정을 보여주는 대목이다. 작중 인물이 벌이는 다양한 공작은 김일성의 주체사상을 수행해 옮기는 것이 아니라 빼앗긴 조국의 산하를 다시 찾아야 한다는 '애향심'의 소산이다. 그들은 유격활동, 빨치산 활동을 평양에서 실현하고 있다.

제2부 – 토굴속으로 피신한 점순의 지하공작 활동

1. 토굴 속에 피신한 점순의 마음은 다급해졌다. 어머니가 잡혀간 소식을 듣고 점순은 '피신'이 아니라 새로운 '공장'을 계획하고 전투 준비를 해야 할 때라고 주위 사람들을 독려했다. 토굴에서 그들은 삐라 공작을 시작한다. 작중 점순 어머니는 '영웅 어머니 형상화'를 대표하며, '노동자 영웅의 탄생 배경'이 어떠한지 보여준다. ―“어머니는 젊어서 남편이 죽은 뒤, 점순이와 그의 남동생을 기르기에 그야말로 부엌으로 들어가 굴뚝으로 기여나오는 고생을 하였다. 어머니는 어찌하든지 점순이를 소학이나 졸업시켜 주려고 무진 애를 썼다. 그러나 공교히 점순의 남동생이 긴날병을 앓는 통에 점순은 소학 五학년에서 퇴학하여 인쇄소 견습공으로 들어갔다.(95면) 그들은 “김일성 장군 빨찌산 이야기”와 “김 장군 유격대 이야기”(97면)를 연상하면서 투쟁욕을 고취한다. 김일성은 민중의 '영웅'이었다.

2. 점순은 여성성을 백안시하고 반병신 계집애로 변장하고 투쟁전선에 적극적으로 가담한다. 인민군은 중공군의 후원으로 미국을 타진하고 있다는 소식을 듣고, 그 선전내용을 삐라로 만든다. 그것은 평양 시민들에 대한 선전공작이다.

3. 점순은 미친 계집 복장으로 동수 어머니가 일하는 식당에 가서 토굴 사람들이 먹을 양식을 구해온다. 식당에서 점순은 식당 지배인과 정훈 장교, 미군대위 해리손이 서로 협잡하는 광경을 본다. 몸파는 계집 차림의 여자와 미군을 잡은 전공(電工) 차림의 남자를 통해, 점순은 평양시민의 전투욕과 의분을 느낀다. 평양에 대한 묘사. 한설야는 작중에서 해방의 기쁨을 맞은 민족 대표 도시의 성격을 부각한다. "수령을 받들어 태양처럼 밝던 이 거리, 그 어느 승리와도 관련되여 있는 민주 수도 그리고 조선의 모든 길이 이리로 통하던 평양―이 력사의 도시에 오라지 않아 인민 군대의 나팔소리가 다시 울리라고 점순은 생각했다."(110면)

4. 점순은 상락과 더불어 지역을 나누어 삐라를 돌린다. 점순은 문일 어머니가 일하는 식당에서 미군의 만행(인민 학대)과 숨은 영웅이 활약하는 모습을 목격한다. 상락은 자신의 두 길(과거)을 반성하고, 이제 한 길을 갈 것을 다짐한다. 한설야는 작품 곳곳에서 점순의 시선으로 '민중 영웅'과 '선량한 시민의 비애'를 교차하여 보여준다. 전자가 '미군'을 살상하는 대범한 인물이라면 후자는 '미군'으로부터 혹독한 피해를 받은 일 개 시민의 모습을 보여준다.

5. 유엔군은 평양시에 유포된 삐라로 인해 경계가 삼엄해지고, 평양신문 인쇄공장으로 형사가 찾아온다. 인쇄소에서 일하던 동수와 문일은 슬기롭게 대처해서 위기를 모면한다. 미군측은 의심이 가는 다수의 시민들을 검거하고 매질했으며, 검거자의 다수는 뇌물을 먹여 경찰측으로부터 풀려났다. 경찰은 더욱 검거를 삼엄히 했으나 삐라를 살포한 범인은 잡지 못했다.

6. 맥아더 출전소식이 신문의 호외에 난다. 점순은 바짝 긴장하면서 일행의 투쟁의지를 고취시킨다. 그간 삐라를 뿌리러 나간 상락이 제시간이 되어도 돌아오지 않는다. 점순 일행은 어려움에 처할수록, 김일성 장군의 행적을 떠올리며 전투욕을 가다듬는다. 이때 김일성장군은 이순신장군과 동일한 역사적 연속성과 정통성을 계승한 인물로 소개된다. 평양의 일반 민중의 용맹스런 활약은 이와 동일선상에 있음을 강조한다.

7. 점순일행은 다른 토굴로 거처를 옮긴다. 그곳에서도 삐라 만드는 작업에 열을 올린다. 인민군과 중공군의 반격전이 계시되었고, 상락은 붙잡혔으나 잘 싸우고 있다는 소식을 듣는다. 이러한 소식을 들은 점순 일행은 더욱 성실히 삐라 만드는 일에 나선다. 점순은 "벌써 열 네 살부터 투사의 면모"를 보이는 동수를 통해 "새 인간을 창조해 주는 공화국 현실"(170면)에 머리를 숙였다. 동수는 어린 시절 김일성의 영웅적 성장담을 듣고, 이것이 계기가 되어 전쟁이 발발하자 빨찌산 연락대원으로 들어갔다.

8. 전세가 인민군에게 기울었다는 소식을 듣고 점순은 더욱 힘을 낸다. 미군이 도주하기 전에, 기물을 파손하고 수용소에 인민을 가두어 학살한다는 소식을 듣는다. 이에 점순은 전공(최용범)의 지시를 받고, 박시현(미군과 육박전을 벌인 사나이)의 도움을 받아 수용소 한 군데를 맡아 인민을 구출해 내는 과업을 맡는다.

9. 상락이 감금된 감방에는 점순의 어머니도 있었다. 상락은 그곳에서 인쇄공장의 기계과장 김정만과 마주친다. 상락은 그의 밀고로 강도 높은 학대를 받는다. 상락은 모진 고문에도 의연한 기계를 보이는 공장 선반공 박용을 통해, 투쟁 의지를 돈독히 한다. 감방에서는 미군을 죽인 상락에게, 함께 모의한 일행을 밝히라고 고문의 강도를 높인다. 굴하지 않는 상락을 죽이라는 지시가 내린다.

10. 김정만이 파 놓은 산의 땅굴로 끌려가던 상락은 풀려난다. 그를 끌고 간 '딱총'은 상락 대신 김정만을 죽인다. 딱총(리종민)은 상락에게 악수를 청한다. 그는 조직선의 일부였다.

11. 상락은 문일의 집에 와서 점순과 그 일행을 만난다. 그들은 미군의 도주 소식을 듣고 상수리 수용소를 공격하고 수용된 인민을 구출할 계획을 세운다. 미군은 도주 길에 평양에 원폭을 투여한다는 협박을 하며, 평양 주민을 동요시킨다. "나가는 사람은 산다. 안 나가는 사람은 죽는다. 불 수일에 평양에는 원자탄이 떨어질 것이다."(215면) 점순 일행이 무기를 마련하고 무기다루는 연습을 하고 있을

때, 문일의 형(인민군대 정찰분대장) 문상이 나타난다.

12. 점순 일행은 수용소를 해방시키는데 성공한다. 점순은 어머니를 만난 감격에 잠기지만, 곧 '어머니의 딸'이 아니라 '조선의 딸'이 되리라 결심한다. "어디까지나 굳센 조선의 딸이 되어야 하리라고 생각하였다. 그는 속으로 가만이 부르짖었다. "어머니! 어머니에게 대한 원쑤 놈들의 죄악은 그 놈들이 조선 사람에게 지은 죄악의 몇천만분의 하나도 안됩니다. 우리는 아직 행복한 사람입니다. 불행한 사람들을 위해 더 싸와야겠습니다."(228면) 상락은 수용소 난민들과 함께 신속하게 빨찌산으로 들어간다. 무기다루는 연습을 하면서, 점순은 임진왜란 계월향을 떠올리며, 계월향을 애국적 여성으로 보고 자신과 계월향을 동일시한다. 점순의 투쟁이 지하당의 인정을 받게 되자, 덕준의 지시에 따라 점순은 용범, 시현(전공)들과 합작 활동을 시작한다.

제3부 – 해방된 평양과 인쇄공장의 복구

1. 평양이 해방되자, 문화인쇄공장 지배인 인철은 평양의 인쇄공장으로 돌아온다. 인철은 아무도 없을 줄 알았던 공장에서 점순 일행과 그간 그들의 노고를 듣고 감격한다.

2. 대민 일행이 인쇄 공장에 돌아온다. 말수 적으면서 일 많이 하는 기계과장 대민의 행적을 긍정적으로 묘사하고 있다. 그들은 전후 피폐한 현실에서 소용이 될 만한 도구들을 찾아낸다. 점순은 적기의 공습에도 불구하고 맹렬하게 재건을 위해 쓸만한 물건을 찾기에 여념이 없다. 도라끄 그라밍, 달구지. 한설야는 이 지음, 전쟁의 폐허속에서 평양의 평화로운 모습을 형상화한다. "미군이 강요하는 죽음의 그림자가 파고 들기에는 하늘도 땅도 너무나 태연한 것 같았다."(250면)

3. 공장이 미군의 폭격으로 날아가자, 제1차 직장대회를 거쳐 대민과 지배인은 새로운 공장부지를 물색하였고, 이후 그곳으로 남아있는 기물을 옮겼다. 그곳에서 새로 들이온 인쇄공 기석괴 문일 간에 다툼이 있었다. 대민은 피난 대열에 끼지 않

고 공장을 사수한 문일의 업적을 기리며, 그들 간의 갈등을 중재한다.

4. 두 번째 직장회의를 하고, 지배인은 그 결과를 보고했다. 공장의 노동자들은 기계의 수리와 조립, 기자제 수집에 열을 다해야 하며, 노동자들은 전사와 동일한 투지를 가져함을 각오했다. 아울러, 공장내 미군점령 당시 평양을 떠난 사람과 남아 있던 사람간의 분열(내분) 조짐을 우려했다. 기계공 기석은 자신의 전적, 평양을 후퇴하여 미군에 빌붙어 치안대를 결성한 자신의 전적을 우려하여, 평양에 잔류한 문일 등을 먼저 모함하려 했다. 그는 자신의 혐의를 의식하여, 미군점령 당시 평양에 잔류했던 노동자들의 의식을 의심하며 그들을 문제시 했다.

5. 공장 노동자들은 초소를 지키는 전사와 같이, 자신이 맡은 임무(기자재 수집과 조립)를 열성적으로 수행했다. 재민은 재단기를 발견했다는 소식을 듣고, 점순 일행과 더불어 적의 폭격이 무차별적으로 진행 중인 전장터에서 재단기를 손수 분리하고 공장으로 싣고 오는데 성공한다. 점순은 형의 집에 누워있는 상락을 떠올리고 공장의 합숙 조직이 마련되는 대로, 하루 속히 데려올 생각을 한다.

6. 점순은 대민에게 자신이 보아 둔 '전지재단기'를 가져올 것을 청하고, 점순 일행이 그곳에 가 본 즉 그것은 재단기가 아니었으며, 그들은 심한 폭격(시한탄)으로 인해 매우 위험한 고비를 넘긴다. 방공호에 잠시 몸을 피한 점순은 평양 시민의 꿋꿋한 생활 의지를 발견한다. 주어진 현실을 적극적이고 긍정적으로 사고하는 평양 시민의 사고방식, 그것은 전후 복구의 긍정적 의식이다. 그들은 빈 구루마로 올 수 없으므로, 여러 가지 쓸모 되는 것을 주워 담는다. 그들은 농장의 거름바가지로 쓸 요량으로 미군의 철모도 줍는다.

7. 전쟁이 시작된 이듬해 설이 지난 이틀날, 점순은 공장의 전화 가설을 위해 중앙전화국(지하)의 영란을 만나러 간다. 폭격이 심해지자, 공장의 노동자들은 공장을 빠져 나와 방공호 속으로 대피한다. 폭격이 멈추자, 노동자들은 공장에 간다. 공장은 심한 폭격을 당했으며, 일부는 불길에 휩싸여 있다. 노동자들은 힘을 모아

불을 끄고, 공장을 재건하기 위해 힘을 모은다. 점순이 돌아오지 않자, 지배인을 비롯한 대민 등 노동자들이 근심한다. 점순의 행방 묘연을 걱정한 상락이 지팡이를 들고 공장으로 와서, 공장 재건에 함께하려는 의사를 적극적으로 비춘다.

8. 세 번째 직장회의가 열리고, 새 공장부지를 마련하기로 한다. 기석과 대선이 발견한 대동강 지류, 남포 쪽 룡악리라는 마을을 마음에 두고, 지배인은 직접 답사하고 그 마을 리위원장과 회담한다. 그곳에서 지배인은 리위원장으로부터 의심스런 면을 발견하고, 마을 노파로부터 원한어린 비탄의 심경을 듣는다.

9. 공장 이전에 대한 행정 회의가 열리고, 지배인은 대민을 주축으로 공장의 이동과 시설 운반을 시작했다. 그 와중에 항시 지배인은 돌아오지 않는 점순의 행방에 대해 마음을 썼다. 한 밤중, 노동자들은 항간 떠도는 귀신 이야기의 주인공인 귀신을 잡았다고 지배인을 찾아온다.

10. 한밤중의 귀신은 땅에 매몰된 점순이었다. 점순이는 사흘동안 땅 속에서 구사일생으로 살아남아 있었던 것이다. 지배인 일행은 조심스레 땅을 파고, 점순을 병원으로 옮겼다. 상락은 병원에 남아 점순을 지킨다.

11. 지배인은 새로운 공장이 들어설 마을에서 여러 가지 애를 먹는다. 리위원장이 지원해 주겠다던 달구지가 제 때에 오지 않는가 하면, 여러 기자제와 시설 부족을 겪는다. 그 마을에서 지배인은 두 사람의 방문을 받는다. 리지배인이 찾아와 식모를 주선했으며, 마을 노인이 찾아와 마을 주민의 내력과 심경을 얘기해 준다.

12. 점순의 건강은 회복되었고, 그동안 점순은 간호원들로부터 편물뜨기를 배워 전선에 편물을 보내기도 했다. 대민의 방문을 받은 후, 점순은 대민의 장갑을 뜬다. 그리고 곧 퇴원하려한다. 문일과 동수는 기계부속이 없어지는데 대해 기석의 행동을 관찰하고, 이상한 낌새를 발견한다. 지배인은 마을에서 달구지의 동원이 제대로 안되는 이유 등이 리위원장의 탓임을 알게 된다. 한설야는 작중에서 "노력(勞力)

영웅", "전투(戰鬪) 영웅"을 강조한다.

13. 점순은 퇴원하여 공장에 간다. 신복을 비롯한 공장 노동자들의 격려를 받는다. 점순은 제본부에서 화보집 등의 일을 찾아서 부원들과 의견을 교환하는 등 모범적인 노동자의 모습을 보인다(이 부분에서 '김일성 장군'이라는 칭호가 아닌 '김일성 수령님'으로 칭호가 바뀐다). 동수는 식모와 기계공 기석을 의심하여 그들의 뒤를 쫓아가 본 즉, 그들이 리위원장과 더불어 친미주의 반동분자임을 알아낸다. 동수는 그 사실을 점순에게 알리지만, 점순은 동수 개인 차원의 공명심 발로가 아닌, 조직 차원의 응징으로 해결해야 함을 조언한다. 점순은 소년 탐정 동수의 흥분을 가라앉힌다.

14. 지배인에게 리녀맹위원장과 천 로인이 찾아와 마을의 저변 사정을 이야기해 준다. 전후 여자만 남은 마을의 농민들은 노동자와 연계를 희망한다는 뜻을 전한다. 지배인을 비롯한 공장 노동자들은 달구지를 빌리는 대신, 노동자들의 노동집기 등(탈곡기)을 만들어 준다. 소위 "진달래 필 때"(미군의 재침)를 기다리는 리위원장 최경천은 면당에 보고되어, 조직차원에서 그들 일행은 잡혀가면서 소탕된다.

15. 상락은 마지막 달구지를 끌고 마을로 온다. 도중에 반동 8명과 마주치고 그들을 인솔해가는 내무원 딱총(수용소 시절 상락을 구해준 인물)도 만난다. 대민은 자신이 맡은 과업을 성실히 초과 수행하는 모범 노동자이다. 대민은 일을 끝내고 혼자 있을 때 점순이 준 장갑을 낀다. 그는 늦은 밤까지, 그리고 새벽 일찍 일어나 제본실의 재단기를 조립해 놓는다. 새벽 어스름 밝을 무렵, 일을 마친 대민과 일을 나온 점순이 서로 마주친다. 그들은 붉고 찬란해 진다. 두 사람은 각각 다음과 같이 말한다. "이제 맘껏 일하게 됐어요." "난 가서 또 하나 새걸 조립해야지."

작품 찾아보기

ㅎ

저자 안미영

문학박사, 문학평론가. 1970년 울산에서 태어나 충북대학교 국어국문학과, 경북
대학교 대학원 국어국문학과를 졸업했다. 2002년『동아일보』신춘문예 문학평
론이 당선되었고, 저서로『이상과 그의 시대』(소명출판, 2003), 평론집『낮은
목소리로 굽어보기』(시와에세이, 2007)가 있다. 현재 충북대, 경북대, 대구교대,
목원대에 출강하고 있다.

전전戰前 세대의 전후 인식

초판 인쇄 2008년 2월 18일
초판 발행 2008년 2월 28일

지은이 안미영
펴낸이 이대현
편 집 이소희
펴낸곳 도서출판 역락
　　　　　서울 서초구 반포4동 577-25 문창빌딩 2층
　　　　　전화 3409-2058, 3409-2060 I FAX 3409-2059
　　　　　이메일 youkrack@hanmail.net
　　　　　등록 1999년 4월 19일 제303-2002-000014호
ISBN 978-89-5556-596-6 93810

정 가 22,000원

* 잘못된 책은 교환해 드립니다.